上册
余华作品版本叙录

高　玉　王晓田　编著

这就是我成为一名作家的理由，我对那些故事没有统治权，即使是我自己写下的故事，一旦写完，它就不再属于我，我只是被它们选中来完成这项工作的人。我作为一个作者，你作为一个读者，都是偶然。

《活着》

我想这是现实生活给予我们的最基本的感受，亲切同时又让人不安。

《黄昏里的男孩》

他们这些零星片断也许都是自身之外的记忆，即便是道听途说般地兴记得，常常比不和两撞的微笑搂紧连意。他们的意人在多间着在诊所感着，之是用苦的生涯捕捉了他们的记忆，而对待事他们通当如何衰老的，这样的意态，于是可以看到自己之长着剖自己是那样跟毅者自己中意横梢的人，如可以从这些轻散者剖自己中意横梢的人。

我对那些伟大作品的每一次阅读，都会被他们带走……那是温暖而百感交集的旅程。它们将我带走，然后又让我独自一人回去……当我回来之后，才知道它们永远和我在一起了！

《温暖和百感交集的旅程》

音乐的叙述和文学的叙述有时候是如此的一致，它们都暗示了时间漫长的束老和时间漫去的新生；时下了空间的转瞬即逝：它们都经历了段喜的开始，悟与的跌宕起伏，高潮的推出和结束的回响。

"青玉案写角了我的写作"

浙江工商大学出版社
ZHEJIANG GONGSHANG UNIVERSITY PRESS

图书在版编目（CIP）数据

余华作品版本叙录 / 高玉，王晓田编著 . — 杭州：
浙江工商大学出版社，2017.8
ISBN 978-7-5178-2289-9

Ⅰ . ①余… Ⅱ . ①高… ②王… Ⅲ . ①余华 – 文学 –
作品 – 版本 – 研究 Ⅳ . ① I206.7 ② G256.22

中国版本图书馆 CIP 数据核字 (2017) 第 152029 号

余华作品版本叙录

高　玉　王晓田　编著

策划编辑	郑　建
责任编辑	郑　建
封面设计	林朦朦
责任印制	包建辉
出版发行	浙江工商大学出版社
	（杭州市教工路 198 号　邮政编码 310012）
	（E–mail: zjgsupress@163.com）
	电话：0571-88904980，88831806（传真）
印　　刷	杭州五象印务有限公司
开　　本	710mm×1000mm　1/16
印　　张	37.25
字　　数	188 千
版 印 次	2017 年 8 月第 1 版　2017 年 8 月第 1 次印刷
书　　号	ISBN 978-7-5178-2289-9
定　　价	99.00 元

目 录

绪论：从头做起

浙江师范大学余华研究中心 2007 年成立，现在快 10 岁了。在"研究"上这些年我们做了很多工作，但很难说满意。

对一个作家研究得是否透彻，首先要看资料工作做得怎么样，或者也可以说取决于资料工作做得怎么样。资料主要包括两方面：一是作品资料，二是作家生平资料。而研究与资料相关的评论、论文以及专著等，我倒觉得在其次。以此来看，对余华的研究可以说还很不成熟，当今学术界与余华研究相关的评论、论文有很多，专著也有 10 多种，主要是国内的，也有国外的，很是热闹。但基础性的工作却做得很不够，个人传记资料收集和发掘，作品收集和整理还非常欠缺。

中国文学研究特别讲究"知人论世"，"红学"一半的工作是在考证和研究曹雪芹的身世，"红学"某种意义上变成了"曹学"。对鲁迅的研究非常充分，也体现在这两方面，"回忆"鲁迅的资料非常多，鲁迅的个人材料很大程度上是通过这种种"回忆"来完成的。有人考证鲁迅和许广平的个人私密生活发生在哪一天，这虽然有点无聊，鲁迅的后人也非常不高兴，但从另外一方面说明了对鲁迅的研究的全面和深入，说明了鲁迅研究在资料方面的充分。鲁迅著作的出版更是非常繁荣，《鲁迅全集》已有近10种，鲁迅的书法作品，各种手稿都已经出版，也是多种版本，特别是宣纸版的，线装、蓝色套盒，非常精美和气派。

余华个人资料的发掘，我们能够做的工作其实非常有限。但资料收集整理却是我们义不容辞的。我觉得，余华研究首先要做的，也是我们能够做的，是整理余华公开发表的作品，包括小说、散文、文学评论、访谈以及著作等。本人大约从2012年开始做这项工作。原以为很简单，余华在当代著名作家中，"量"相对是很少的，甚至可以说是最少的。但做起来才发现很复杂，虽然余华1983年开始发表作品，至今最远不过30多年，但有些材料已经很难找了。发表在期刊上的作品还相对容易找一些，而发表在报纸上，特别是小报上的文章，找起来就特别困难。有几个"访谈"，我们至今甚至还没有找到原出处。还有的访谈是在海外用外文发表的，找寻起来更难。

余华作品资料工作涉及很多方面，本书主要是介绍版本源流，包括四部分：报刊上发表的单篇作品，作品集和长篇小说单行本，盗版本，他选本。另外，最后附一个创作年谱简编。这里特别需要说明的是"盗版本"问题，老实说，收录这些作品，我们的心情很复杂。一方面我们为余华感到高兴和自豪，这么短的时间内就有这么多盗版本，只能说明余华的作品很受欢迎。另一方面，我们也为余华的知识产权被侵犯而感到痛心。在中国，据说盗版最多的是金庸的小说，1994年三联版"金庸作品集"36册出版之前，中国大陆仅有天津百花文艺出版社出版的《书剑恩仇录》是得到金庸授权的，是"正版"，其它满街的金庸武侠小说都是盗版。1994年之前，在中国，很多人都曾看过金庸小说，但都是金庸"收名"，不法商人"收利"，据说金庸并不是特别在意这件事。大书法家启功先生成名之后，很多人学他，书画市场还出现了很多"仿作"，直接署启功之名，逛书画市场时陪同人员问启功的感想，启功的回答是："他比我写得好。"对于盗名，据说启功私下里也并不是特别在意的，"别人也是混口饭吃。"中国人自古以来版权意识就不强，当今中国的知识产权问题还缺乏有效的规范，侵权很多，这真是无可奈何的事。周星驰的电影非常受欢迎，但很多人都是看盗版光盘，所以2016年初周星驰的新电影《美人鱼》上映时，很多人都买票进电影院，一个重要的原因就是"我们都欠周星驰一张电影票"。所以我们只能说，很多读者还欠余华一本书。

本书之所以把这些盗版都收录进来，倒不是在为盗版做广告，或者原谅不法商人的侵权行为，而是因为，不管这些书是怎么"出版"的，不管它们多么粗制滥造，但它们都是余华的作品，其艺术信誉是余华本人承担的。对于这一问题，我们寄希望于国家知识产权更加规范、管理更加严格，寄希望于读者尊重作家的知识产权、提高知识产权意识，寄希望于出版社改进出版方式、畅通发行渠道、减少盗版利润空间等。

余华作品盗版本比正版还难收集。本书仅限于所谓"精品集""文集"和"作品集"。至于改换作品名、正版盗印等，收集和甄别难度非常大，只能暂时阙如。另外，网上的余华作品就更多，包括我们自己的"余华研究中心网站"上的余华作品，也是没有得到余华授权的，这是很为歉意的。

我们希望这种基础性的工作能够对余华研究向纵深发展具有推动作用。

报刊发表作品

（按发表时间排序）

1983

001. **短篇小说《疯孩子》。(之后改名为《星星》, 发表在《北京文学》1984 年第 1 期)**

发表在《海盐文艺》1983 年第 1 期。小说从第 10 页到第 15 页, 共 6 页约 5000 字。

插图：王平。

002. **短篇小说《第一宿舍》。**

发表在《西湖》1983 年第 1 期。小说从第 2 页到第 9 页，共 8 页约 13000 字。

插图：魏旻。责任编辑：徐培。

003. 短篇小说《"威尼斯"牙齿店》。

发表在《西湖》1983 年第 8 期。小说从第 2 页到第 7 页，共 6 页约 10000 字。

插图：潘鸿海。责任编辑：徐培。

004. 短篇小说《鸽子，鸽子》。

发表在《青春》1983 年第 12 期。小说从第 37 页到第 42 页，共 6 页约 10000 字。

插图：施邦鹤。

1984

005. 短篇小说《星星》。（就是《疯孩子》，此次发表时改题目为《星星》）
发表在《北京文学》1984 年第 1 期。写毕于 1983 年 11 月，再改于
北京（时间为余华自注在期刊文章后）。小说从第 2 页到第 8 页，共 7
页约 12000 字。

插图：姜吉维。

006. **短篇小说《美丽的珍珠》。**

发表在《海盐文艺》1984 年第 2 期。小说从第 26 页到第 31 页，共 6 页约 5000 字。

007. **短篇小说《竹女》。**

发表在《北京文学》1984 年第 3 期。小说从第 31 页到第 34 页，转第 51 页，共 5 页约 6600 字。

插图：张育民。

008. 短篇小说《月亮照着你，月亮照着我》。

发表在《北京文学》1984 年第 4 期。一稿写毕于 1983 年 7 月，二稿改于 1983 年 12 月（时间为余华自注在期刊文章后）。小说从第 32 页到第 36 页，共 5 页约 8500 字。

插图：王晖。

009. **短篇小说《甜甜的葡萄》。**

发表在《小说天地》1984 年第 4 期。小说从第 41 页到第 42 页，共 2 页约 4000 字。

010. **短篇小说《男儿有泪不轻弹》。**

发表在《东海》1984 年第 5 期。文章从第 4 页到第 9 页，共 6 页约 5000 字。

插图：余东东。

1985

011. 论文《我的"一点点"——关于〈星星〉及其它》。

发表在《北京文学》1985 年第 5 期。文章从第 79 页到第 80 页,共 2
页约 3000 字。

1986

012. 短篇小说《三个女人一个夜晚》。

发表在《萌芽》1986年第1期。小说从第54页到第57页，共4页约5000字。

013. 短篇小说《老师》。

发表在《北京文学》1986 年第 3 期。小说从第 46 页到第 49 页，共 4 页约 7000 字。

014. 散文《看海去》。

发表在《北京文学》1986 年第 5 期。小说从第 61 页到第 62 页，共 2
页约 3000 字。

015. **短篇小说《回忆》。**

发表在《文学青年》1986 年第 7 期。小说从第 24 页到第 27 页，共 4 页约 4000 字。

插图：陈志谦。

1987

016. 短篇小说《十八岁出门远行》。

发表在《北京文学》1987 年第 1 期。写毕于 1986 年 11 月 16 日北京（时间为余华自注在期刊文章后）。小说从第 4 页到第 7 页，共 4 页约 6600 字。

1989 年，小说集《十八岁出门远行》由作家出版社出版。1990 年，小说集《十八岁出门远行》（繁体字版）由台湾远流出版公司出版。2009 年，法文版小说集《十八岁出门远行》由法国 Actes Sud 出版公司出版。

017. 短篇小说《西北风呼啸的中午》。

发表在《北京文学》1987 年第 5 期。写毕于 1987 年 2 月 14 日（时间为余华自注在期刊文章后）。小说从第 25 页到第 27 页，共 3 页约 5500 字。

018. 中篇小说《四月三日事件》。

发表在《收获》1987 年第 5 期。写毕于 1987 年 5 月 20 日（时间为余华自注在期刊文章后）。小说从第 25 页到第 44 页，共 20 页约 40000 字。

019. 中篇小说《一九八六年》。

发表在《收获》1987 年第 6 期。写毕于 1986 年 12 月 31 日（时间为余华自注在期刊文章后）。小说从第 62 页到第 80 页，共 19 页约 35000 字。

插图：高传琳。

2006 年，法文版中篇小说《一九八六年》由法国 Actes Sud 出版公司出版。2013 年，作品集《一九八六年》由花城出版社出版。

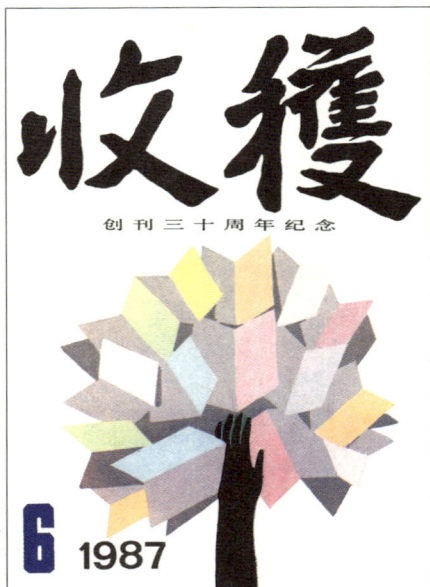

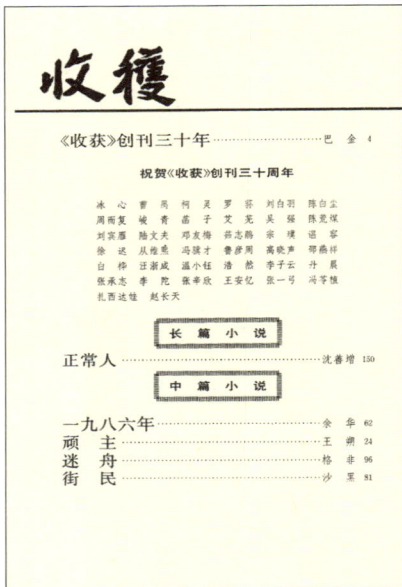

1988

020. **中篇小说《河边的错误》。**

发表在《钟山》1988 年第 1 期。写毕于 1987 年 4 月 14 日北京十里堡（时间和地点为余华自注在期刊文章后）。小说从第 94 页到第 112 页，共 19 页约 30000 字。

1992 年，小说集《河边的错误》由长江文艺出版社出版。1996 年，小说集《河边的错误》由长江文艺出版社出版。2002—2003 年，《小说精选》收录余华《河边的错误》，由内蒙古劳动出版公司出版，小说从第 110 页到第 128 页。

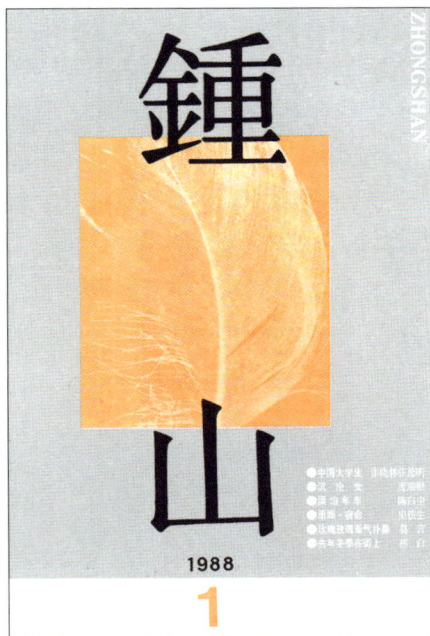

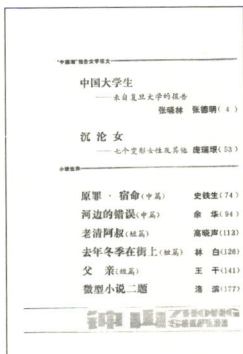

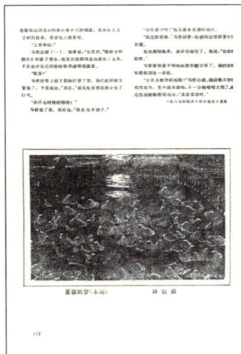

021. **中篇小说《现实一种》。**

发表在《北京文学》1988 年第 1 期。写毕于 1987 年 9 月 29 日（时间为余华自注在期刊文章后）。小说从第 4 页到第 25 页，共 22 页约 40000 字。

插图：高荣生。

1997 年，意大利文版小说集《折磨》（译为意大利文题目）由意大利 EINAUDI 出版公司出版。1999 年，小说集《现实一种》由新世界出版社出版。2001 年，中短篇小说集《现实一种》（上下）由青海人民出版社出版。2004 年，小说集《现实一种》由上海文艺出版社出版。同年，小说集《现实一种》（繁体字版）由台湾麦田出版公司出版。2006 年，小说集《现实一种》（繁体字版）由台湾麦田出版公司出版。2008 年，小说集《现实一种》由作家出版社出版。

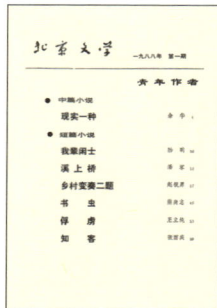

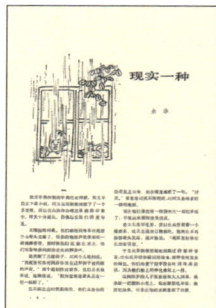

022. 中篇小说《世事如烟》。

发表在《收获》1988 年第 5 期。写毕于 1988 年 5 月 5 日（时间为余华自注在期刊文章后）。小说从第 66 页到第 85 页，转第 135 页，共 21 页约 37000 字。

插图：高传琳。

1991 年，小说集《世事如烟》（繁体字版）由台湾远流出版公司出版。

1994 年，法文版小说集《世事如烟》由法国 PHILIPPE PICQUIER 出版公司出版。1999 年，小说集《世事如烟》由新世界出版社出版，同时推出平装和硬精装。同年，意大利文版小说集《世事如烟》由意大利 EINAUDI 出版公司出版。2000 年，韩文版小说集《世事如烟》由韩国绿林出版公司出版。2003 年，余华精品集《世事如烟》由南海出版公司出版。2003 年，小说集《世事如烟》（繁体字版）由台湾麦田出版公司出版。2004 年，小说集《世事如烟》由上海文艺出版社出版。2008 年，小说集《世事如烟》由作家出版社出版。

023. 中篇小说《难逃劫数》。

发表在《收获》1988 年第 6 期。写毕于 1988 年 1 月 18 日。小说从第 64 页到第 82 页，共 19 页约 33000 字。

插图：张安朴。

2013 年，韩文版中篇小说集《难逃劫数》由韩国出版。

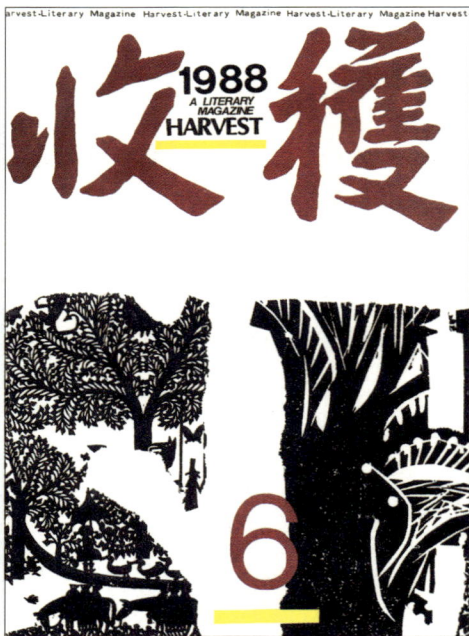

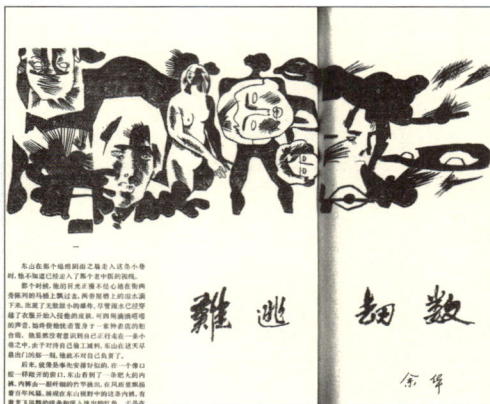

024. **短篇小说《死亡叙述》。**

发表在《上海文学》1988 年第 11 期。写毕于 1986 年 11 月（时间为余华自注在期刊文章后）。小说从第 51 页到第 53 页，转第 47 页，共 4 页约 5500 字。

责任编辑：钟佩珍。

025. 中篇小说《古典爱情》。

发表在《北京文学》1988 年第 12 期。写毕于 1988 年 8 月 27 日（时间为余华自注在期刊文章后）。小说从第 4 页到第 20 页，共 17 页约 30000 字。

2000 年，法文版小说集《古典爱情》由法国 ACTES SUD 出版公司出版。

2005 年，法文版小说集《古典爱情》由法国 ACTES SUD 旗下平装本丛书 Babel 出版平装本。2005 年，越南文版小说集《古典爱情》由越南文学出版社出版。2006 年，小说集《古典爱情》由人民文学出版社出版。2011 年，越南文版小说集《古典爱情》由越南人民公安出版社出版。

1989

026. 短篇小说《往事与刑罚》。

发表在《北京文学》1989 年第 2 期。写毕于 1988 年 12 月（时间为余华自注在期刊文章后）。小说从第 34 页到第 40 页，转第 33 页。共 8 页约 12000 字。

1996 年，英文版小说集《往事与刑罚》（即《The past and the punishments》）由美国夏威夷大学出版公司（University of Hawaii Press）出版。2003 年，挪威文版小说集《往事与刑罚》由挪威 Tiden Norsk Forlag 出版公司出版。2013 年，加泰罗尼亚语版《往事与刑罚》由西班牙 Males Herbes Publishing House 出版公司出版。2017 年，西班牙语版《往事与刑罚》由西班牙 Seix Barral 出版公司出版。

027. 短篇小说《鲜血梅花》。

发表在《人民文学》1989 年第 3 期。写毕于 1989 年 1 月 18 日（时间为余华自注在期刊文章后）。小说从第 62 页到第 69 页，共 8 页约 10000 字。

1999 年，小说集《鲜血梅花》由新世界出版社出版。2000 年，小说集《鲜血梅花》由时代文艺出版社出版。2004 年，小说集《鲜血梅花》由上海文艺出版社出版。同年，小说集《鲜血梅花》（繁体字版）由台湾麦田出版公司出版。2008 年，小说集《鲜血梅花》由作家出版社出版。

028. **随笔《我的真实》。**

发表在《人民文学》1989 年第 3 期。文章从第 107 页到第 108 页,共 2 页约 700 字。

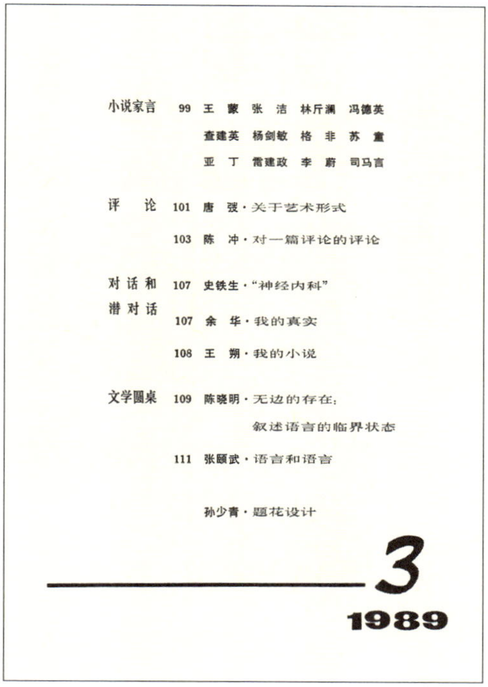

3

1989

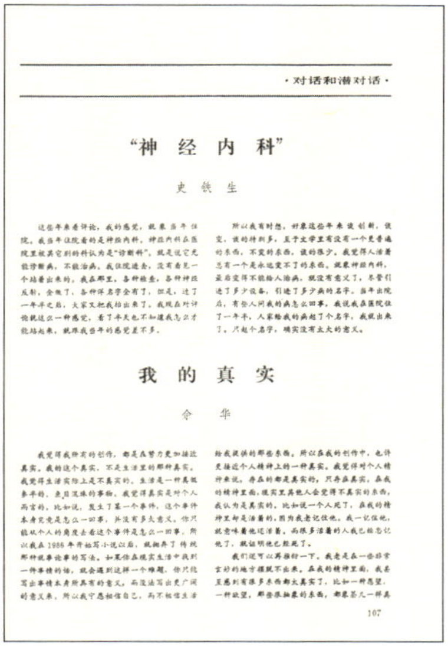

· 对话和潜对话 ·

"神经内科"

史铁生

我的真实

余华

107

029. 中篇小说《此文献给少女杨柳》。

发表在《钟山》1989年第4期。写毕于1989年2月14日（时间为余华自注在期刊文章后）。文章从第38页到第55页，共18页约25000字。

030. **随笔《虚伪的作品》。**

发表在《上海文论》1989 年第 5 期。写毕于 1989 年 6 月（时间为余华自注在期刊文章后）。文章从第 44 页到第 49 页，共 6 页约 8000 字。

文章分为两个部分。

031. **短篇小说《爱情故事》。**

发表在《作家》1989 年第 6 期。写毕于 1989 年 3 月 23 日（时间为余华自注在期刊文章后）。小说从第 4 页到第 8 页，共 5 页约 8500 字。

032. **短篇小说《两个人的历史》。**

发表在《河北文学》1989 年第 10 期。写毕于 1986 年 11 月。小说从第 10 页到第 13 页，共 4 页约 3500 字。

插图：褚大伟。

1990

033.　中篇小说《偶然事件》。

发表在《长城》1990 年第 1 期。小说在第 32 页到第 49 页，转第 67
页。共 19 页约 28000 字。

1991 年，小说集《偶然事件》由花城出版社出版。

034. 随笔《走向真实的语言》。

发表在《文艺争鸣》1990 年第 1 期。写毕于 1989 年 9 月 25 日（时间为余华自注在期刊文章后）。文章从第 44 页到第 45 页，共 2 页约 2000 字。

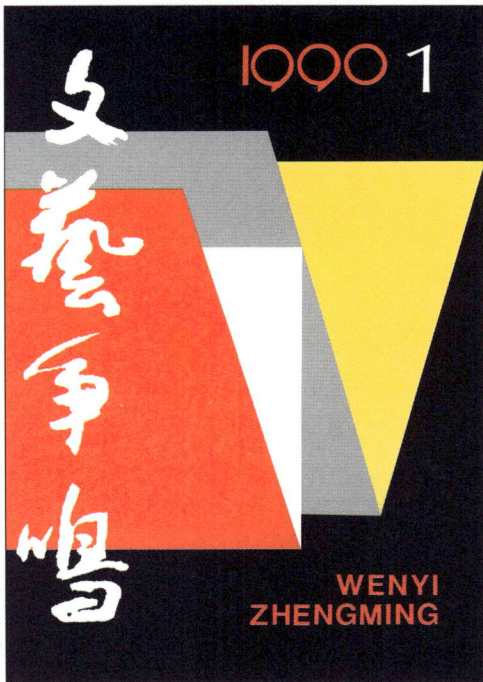

035. 随笔《川端康成和卡夫卡的遗产》。

发表在《外国文学评论》1990 年第 2 期。写毕于 1989 年 11 月 17 日（时间为余华自注在期刊文章后）。文章从第 109 页到第 110 页，共 2 页约 3000 字。

036. 随笔《读西西女士的〈手卷〉》。

发表在《当代作家评论》1990 年第 4 期。写毕于 1990 年 5 月 1 日（时间为余华自注在期刊文章后）。文章从第 120 页到第 122 页，共 3 页约 3000 字。

文章包括"说明""写作方式""罗列""照片""遗忘"五个部分。

1991

037. 中篇小说《夏季台风》。

发表在《钟山》1991年第4期。小说从第4页到第30页，共27页约36000字。

1993年，小说集《夏季台风》（繁体字版）由台湾远流出版公司出版。

038. **长篇小说《呼喊与细雨》。**

后更名为《在细雨中呼喊》。发表在《收获》1991 年第 6 期。写毕于 1991 年 9 月 17 日（时间为余华自注在期刊文章后）。小说从第 4 页到第 91 页，共 87 页约 175000 字。

插图：亦小。题字：李纬。

1992 年，长篇小说《呼喊与细雨》（繁体字版）由台湾远流出版公司出版。1993 年，长篇小说《在细雨中呼喊》由花城出版社出版。1998 年，意大利文版长篇小说《在细雨中呼喊》由意大利 DONZELLI 出版公司出版。1999 年，长篇小说《在细雨中呼喊》由南海出版公司出版。2003 年，法文版长篇小说《在细雨中呼喊》由法国 ACTES SUD 出版公司出版。2004 年，长篇小说《在细雨中呼喊》由上海文艺出版社出版。同年，长篇小说《呼喊与细雨》（繁体字版）由台湾麦田出版公司出版。2004 年，韩文版长篇小说《在细雨中呼喊》由韩国绿林出版社出版。2007 年，英文版长篇小说《在细雨中呼喊》由美国兰登书屋旗下 AnchorBooks 出版。2008 年，长篇小说《在细雨中呼喊》由作家出版社出版。同年，越南文版长篇小说《在细雨中呼喊》由越南人民公安出版社出版。2014 年，泰文版《在细雨中呼喊》由泰国 NanmeeBooks 出版。2016 年，西班牙文版《在细雨中呼喊》由西班牙 Seix Barral 出版公司出版。2017 年，德文版《在细雨中呼喊》由德国 S.Fischer 出版公司出版。2017 年，瑞典文版《在细雨中呼喊》由瑞典 Bokstugan Wanzhi 出版。

2004 年，《在细雨中呼喊》荣获法国文学和艺术骑士勋章。注："法兰西文学艺术骑士勋章"设立于 1957 年，是法国四大勋章之一，专门颁发给在文学艺术领域获得卓越成就者，或为传播法兰西文化和艺术做出突出贡献的各国人士。该勋章由法国文化部授予，每年只有少数享有很高声誉的艺术家有资格获得，文学艺术骑士勋章是法国政府授予文学艺术界的最高荣誉。

1992

039. **长篇小说《活着》。**

发表在《收获》1992 年第 6 期。写毕于 1992 年 9 月 12 日（时间为余华自注在期刊文章后）。小说从第 4 页到第 42 页，共 38 页约 150000 字。

插图：亦小。题字：陈伟国。

1993 年，又转载于《小说月报》1993 年第 3 期，小说从第 4 页到第 37 页共 34 页。

插图：颜宝臻。

1993 年，长篇小说《活着》由长江文艺出版社出版。1993 年 7 月 27 日，余华于海盐写下了《〈活着〉自序》。1994 年，长篇小说《活着》（繁体字版）分别由香港博益出版公司和台湾麦田出版公司出版。同年，法文版长篇小说《活着》（Vivre!）由法国 HACHETTE 出版公司出版。1994 年荷兰文版长篇小说《活着》由荷兰 DE GEUS 出版公司出版，希腊文版长篇小说《活着》由希腊 LIVANI 出版公司出版。1994 年，电影《活着》由年代（香港）国际影业有限公司出品。该片改编自余华的同名小说，由张艺谋执导，葛优、巩俐等主演。影片以中国内战和新中国成立后历次政治运动为背景，通过男主人公福贵一生的坎坷经历，反映了一代中国人的命运。1994 年 5 月 12 日，该片获第 47 届戛纳电影节“评委会特别大奖”，主演葛优（饰福贵）获戛纳电影节“男演员奖”。1997 年，意大利文版长篇小说《活着》由意大利 DONZELLI 出版公司出版。1998 年，德文版长篇小说《活着》（Leben!）由德国 Klett-Cotta 出版公司出版。1998 年，《活着》由南海出版公司出版。2000 年，长篇小说《活着》（繁体字版）由台湾麦田出版公司出版。2002 年，日文版长篇小说《活着》由日本角川书店出版。同年，越南文版长篇小说《活着》由越南文学出版公司出版。2003 年，英文版长篇小说《活着》由美国兰登书屋出版。2004 年，长篇小说《活着》由上海文艺出版社出版。2004 年，《活着》拍摄成 30 集电视连续剧《福贵》。2004 年，《活着》出版了唱片版。2005 年，长篇小说《活着》（繁体字版）由台湾麦田出版公司出版。2006 年，瑞典文版长篇小说《活着》由瑞典 Ruin 出版公司出版。2007 年，《活着》印度马拉雅拉姆语版由印度 D C BOOKS 出版公司出版。2008 年，长篇小说《活着》由作家出版社出版。2008 年，法文版长篇小说《活着》由法国 Actes Sud 出版公司重新出版。2008 年，德文版长篇小说《活着》（Leben!）由德国 btb 出版公司重新出版。2008 年，意大利文版长篇小说《活着》由意大利 Feltrinelli 出版公司重新出版。同年，韩文版长篇小说《活着》由韩国绿林出版公司出版。2008 年，葡萄牙文版长篇小说《活着》由巴西 Companhia das Letras 出版公司出版。2009 年，《活着》泰语版由泰国 NanmeeBooks 出版公司出版。2009 年，塞尔维亚语版长篇小说《活着》由 Geopoetika 出版公司出版。2010 年，西班牙语版长篇小说《活着》由西班牙 Seix Barral 出版公司出版。2011 年，越南文版长篇小说《活着》由越南人民公安出版社出版。2012 年，由孟京辉导演，黄渤、袁泉主演的话剧版《活着》在国家大剧院首演，全剧长三个多小时。2014 年，捷克文版长篇小说《活着》由捷克 Verzone s.r.o. 出版公司出版。2014 年，俄语版长篇小说《活着》由俄罗斯 TEXT 出版公司出版。2015 年，丹麦语版长篇小说《活着》由丹麦 KLIM 出版公司出版。2015 年，阿拉伯文版长篇小说《活着》由科威特 Ebdate Alimayia 出版公司出版。2015 年，印尼文版长篇小说《活着》由印尼 PT GRAMEDIA PUSTAKA UTAMA 出版公司出版。2016 年，芬兰语版长篇小说《活着》由芬兰 Aula & Co. 出版公司出版。2016 年，斯洛文尼亚语版长篇小说《活着》由斯洛文尼亚 M.K Publishing House Group 出版公司出版。2016 年，葡萄牙文版长篇小说《活着》由葡萄牙 Relogio d'agua 出版公司出版。2016 年，罗马尼亚语版长篇小说《活着》由罗马尼亚 Humanitas 出版公司出版。2016 年，土耳其文版长篇小说《活着》由土耳其 Jaguar Kitap 出版公司出版。

1998 年，《活着》获意大利文学格林扎纳·卡佛文学奖（Premio Grinzane Cavour）。2014 年，《活着》获得意大利朱塞佩·阿切尔比国际文学奖（GIUSEPPE ACERBI LITERARY INTERNATIONAL PRIZE）。

040. 随笔《结束》。

　　发表在《芒种》1992 年第 10 期。文章从第 47 页到第 48 页，共 2 页约 2000 字。

1993

041. **中篇小说《一个地主的死》。**

发表在《钟山》1993 年第 1 期。写毕于 1992 年 7 月 20 日（时间为余华自注在期刊文章后）。小说从第 4 页到第 25 页，共 22 页约 13000 字。

2017 年，法文版小说集《一个地主的死》由法国 ACTES SUD 出版公司出版。

042. 短篇小说《祖先》。

发表在《江南》1993 年第 1 期。小说从第 4 页到第 15 页，共 12 页约 14000 字。

责任编辑：金路。

043. 短篇小说《命中注定》。

发表在《人民文学》1993 年第 7 期。小说从第 9 页到第 12 页，共 4 页约 4000 字。

1994

044. 随笔《我·小说·现实》。

发表在《今日先锋》1994 年第 1 期。《今日先锋》由生活·读书·新知三联书店出版。文章从第 18 页到第 20 页，共 3 页约 1200 字。

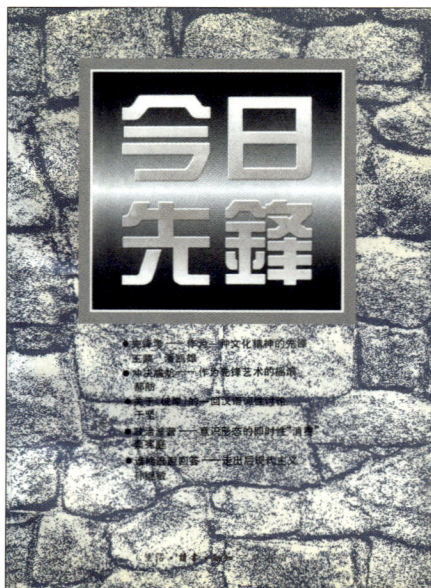

045. **短篇小说《吵架》。**

发表在《啄木鸟》1994 年第 4 期。小说从第 20 页到第 30 页，共 11 页约 15000 字。

题字：闻君。责任编辑：王方红。

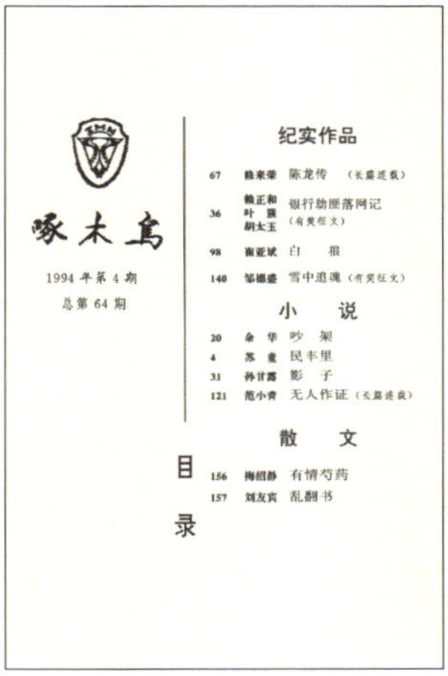

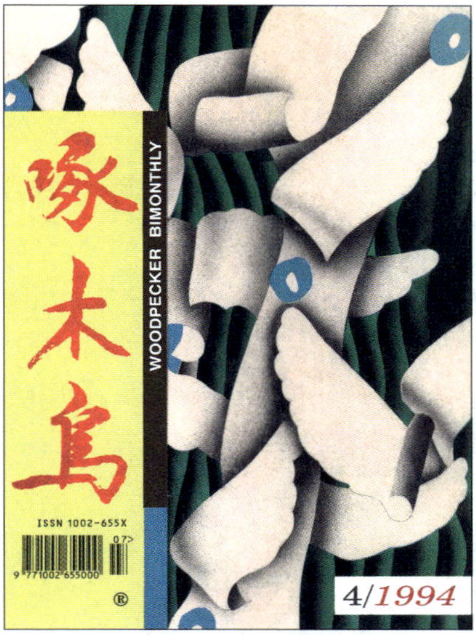

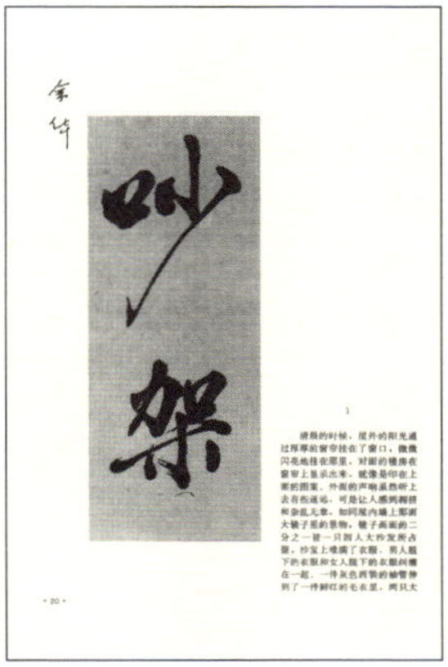

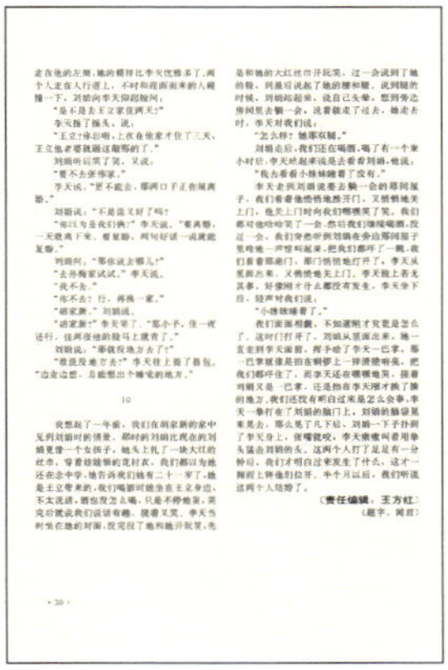

046. **随笔《重读柴科夫斯基》。**

发表在《爱乐》1994 年第 4 辑。

047. 中篇小说《战栗》。

发表在《花城》1994 年第 5 期。小说从第 58 页到第 75 页，共 18 页约 25000 字。

责任编辑：文能。

1995 年，小说集《战栗》（繁体字版）由香港博益出版公司出版。

1999 年，小说集《战栗》由新世界出版社出版。2003 年，小说集《战栗》（繁体字版）由台湾麦田出版公司出版。2004 年，小说集《战栗》由上海文艺出版社出版。2006 年，小说集《战栗》（繁体字版）由台湾麦田出版公司出版。2008 年，小说集《战栗》由作家出版社出版。

048. 短篇小说《在桥上》。

发表在《青年文学》1994 年第 10 期。小说从第 4 页到第 6 页，共 3
页约 3000 字。

题图：吟龙。

049. **短篇小说《炎热的夏天》。**

发表在《青年文学》1994 年第 10 期。小说从第 7 页到第 11 页，共 5 页约 6000 字。

题图：吟龙。

FENGMIANRENWU ZUOPIN 封面人物作品 FENGMIANRENWU ZUOPIN

○余 华

炎热的夏天

“有男朋友会有很多方便，比如当你想看电影时，就会有人为你买票，还为你准备了话梅、橄榄，多得让你几天都吃不完；要是出去游玩，更少不了他们，吃住的钱他们包了，还得替你背这扛那的……按现在时髦的说法，他们就是赞助商。”

温红说着眼睛向大街上行走的人望去。

这是一个夏日之夜，黎萍洗完澡以后穿着睡裙躺在藤榻里，她就躺在屋门外的街上。那条本来就不算宽敞的街道被纳凉的人挤得和走廊一样狭窄，他们将竹床、藤椅什么的应该是放在屋中的家具全搬到外面来了，就是蚊帐也架到了大街上，他们发出嗡嗡的响声，仿佛是油菜花开放时蜜蜂成群而来。这街道上拥挤的景象，很像是一条长满茂盛青草的田埂。黎萍躺在藤榻里，她的长发从枕后披落下来，地上一台电扇仰起吹着她的头发。温红坐在一旁，她说：

“我看见了一个赞助商。”

“是谁？”黎萍双手伸到脑后甩了甩长发

“李其刚。”温红说道。“把他叫过来？”

7

050. 随笔《自传》。

发表在《美文》1994 年第 11/12 期。文章从第 23 页到第 26 页，共 4 页约 4000 字。

责任编辑：刘亚丽。

1995

051. 短篇小说《阑尾》。

发表在《作品》1995年第1期。小说从第24页到第27页，共4页约4000字。插图：邓小玲。责任编辑：杨克。

作品
文学月刊
主　编：黄培亮
杨干华
（执行）

1995年第1期目录

阑尾

□余华

—24—

插　图：邓小玲
责任编辑：杨　克

—27—

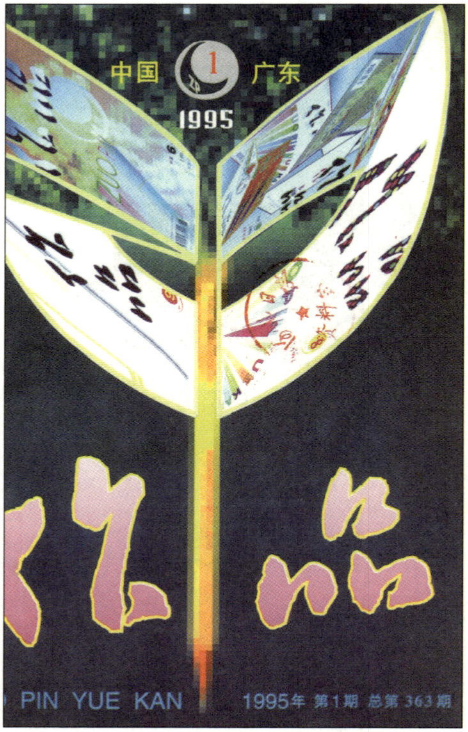

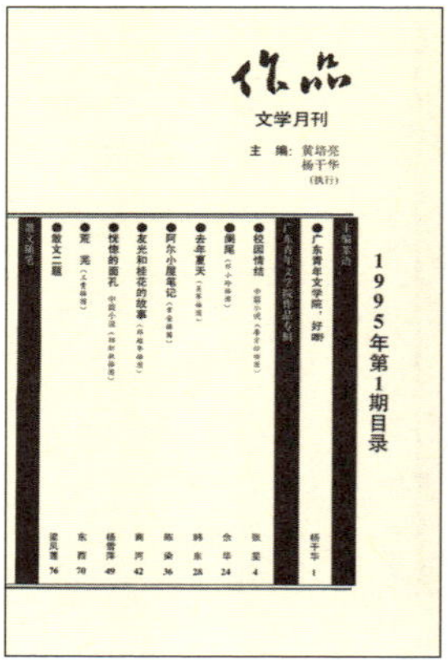

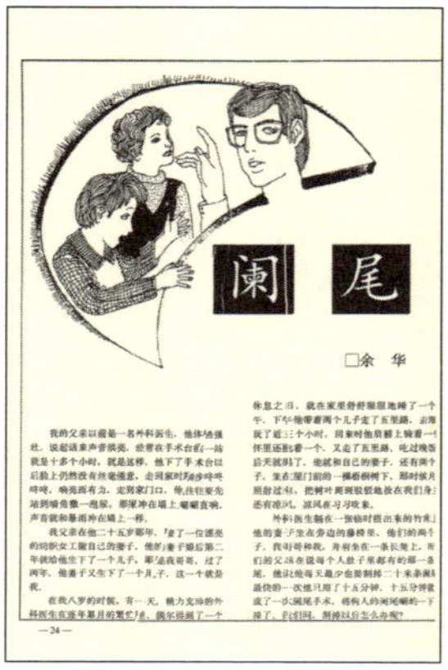

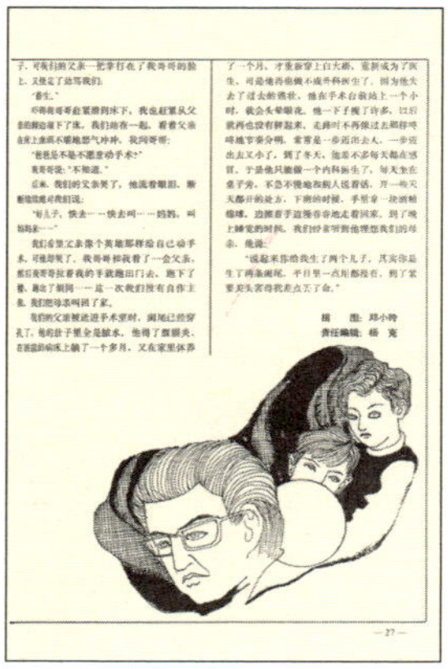

052. **短篇小说《我没有自己的名字》。**

发表在《收获》1995年第1期。小说从第74页到第81页,共8页约10000字。

2000年,韩文版小说集《我没有自己的名字》由韩国绿林出版公司出版。2002年,小说集《我没有自己的名字》由云南人民出版社出版。

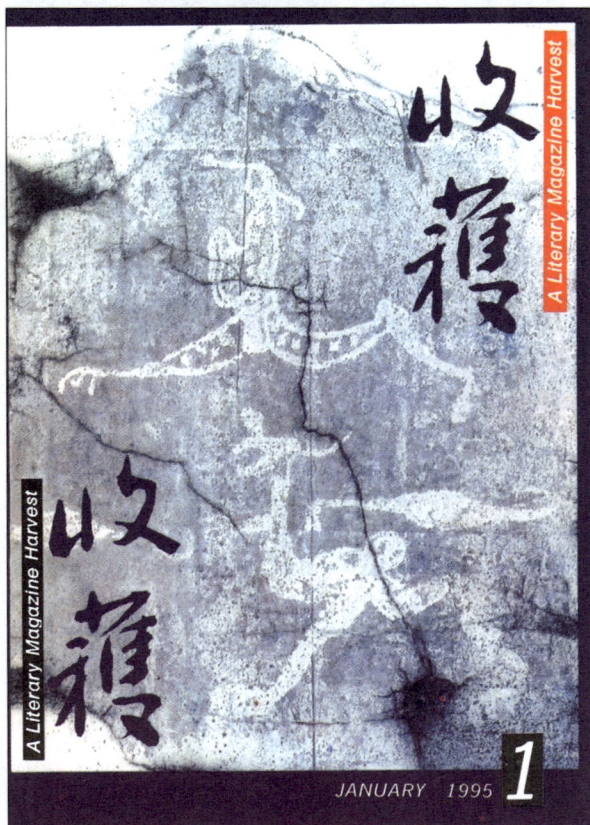

053. **短篇小说《他们的儿子》。**

　　发表在《收获》1995 年第 2 期。小说在第 76 页到第 80 页,转第 98 页,共 6 页约 4000 字。

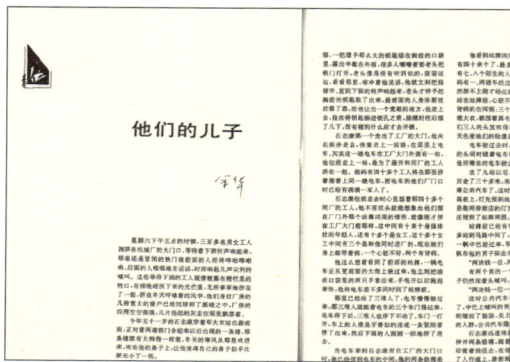

054. 长篇小说《许三观卖血记》。

发表在《收获》1995年第6期。小说从第4页到第82页，共79页有150000字。

1996 年，长篇小说《许三观卖血记》由江苏文艺出版社出版。1996 年，长篇小说《许三观卖血记》（繁体字版）由香港博益出版公司和台湾麦田出版公司分别出版。1997 年，法文版长篇小说《许三观卖血记》由法国 ACTES SUD 出版公司出版。1998 年，长篇小说《许三观卖血记》由南海出版公司出版。1998 年，韩文版长篇小说《许三观卖血记》由韩国绿林出版公司出版。1999 年，意大利文版长篇小说《许三观卖血记》由意大利 EINAUDI 出版公司出版。1999 年，德文版长篇小说《许三观卖血记》由德国 KLETT—COTTA 出版公司出版。1999 年，韩文版长篇小说《许三观卖血记》由韩国绿林出版公司出版。2002 年，长篇小说《许三观卖血记》（繁体字版）由台湾麦田出版公司出版。2003 年，英文版长篇小说《许三观卖血记》由美国兰登书屋出版公司出版。2004 年，长篇小说《许三观卖血记》由上海文艺出版社出版。2004 年，长篇小说《许三观卖血记》由人民文学出版社出版。2004 年，法文版长篇小说《许三观卖血记》由法国 Babel 出版。2004 年，荷兰文版长篇小说《许三观卖血记》由荷兰 DE GEUS 出版公司出版。2004 年，英文版长篇小说《许三观卖血记》由 Anchor Books 出版公司出版平装本。2004 年，德文版长篇小说《许三观卖血记》由德国 btb 出版公司出版平装本。2006 年，越南文版长篇小说《许三观卖血记》由越南人民公安出版公司出版。2006 年，法文版长篇小说《许三观卖血记》由法国 ACTES SUD 出版公司出版。2007 年，瑞典文版长篇小说《许三观卖血记》由瑞典 Ruin 出版公司出版。2007 年，希伯来文版长篇小说《许三观卖血记》由以色列 Am Oved 出版公司出版。2007 年，韩文版长篇小说《许三观卖血记》由韩国绿林出版公司出版。2007 年，捷克文版长篇小说《许三观卖血记》由捷克 Dokoran 出版公司出版。2008 年，长篇小说《许三观卖血记》由作家出版社出版。2009 年，长篇小说《许三观卖血记》由人民文学出版社出版。2009 年，泰文版《许三观卖血记》由泰国 NanmeeBooks 出版公司出版。2011 年，长篇小说《许三观卖血记》由作家出版社出版。2011 年，长篇小说《许三观卖血记》（繁体字版）由台湾麦田出版公司出版。2011 年，葡萄牙文版长篇小说《许三观卖血记》由巴西 Companhia das Letras 出版公司出版。2013 年，日文版长篇小说《许三观卖血记》由日本河出书房出版。2014 年，西班牙文版长篇小说《许三观卖血记》由西班牙 Seix Barral 出版公司出版。2014 年，塞尔维亚文版长篇小说《许三观卖血记》由塞尔维亚 GEOPOETIKA 出版公司出版。2015 年，《许三观卖血记》由韩国导演改编为韩国剧情家庭片于 2015 年 1 月 14 日在韩国上映。该片是由河正宇执导并与河智苑主演的喜剧片。影片讲述的是身处社会底层的主人公许三观，通过卖血来度过一系列人生危机的故事。2016 年，葡萄牙语长篇小说《许三观卖血记》由葡萄牙 Relogio d'agua 出版公司出版。2016 年，丹麦文版长篇小说《许三观卖血记》由丹麦 KLIM 公司出版。2016 年，俄文版长篇小说《许三观卖血记》由俄罗斯 TEXT 出版公司出版。2016 年，阿拉伯文版长篇小说《许三观卖血记》由埃及 ATLAS 出版公司出版。2017 年，土耳其文版长篇小说《许三观卖血记》由土耳其 Jaguar Kitap 出版公司出版。2017 年印尼文版长篇小说《许三观卖血记》由印尼 PT GRAMEDIA PUSTAKA UTAMA 出版公司出版。

2000 年，《许三观卖血记》被韩国《中央日报》评为"百部必读书"之一。

055. 随笔《潘凯雄印象二三》。

发表在《当代作家评论》1995 年第 6 期。文章从第 32 页到第 33 页，共 2 页约 1500 字。

责任编辑：林建法。

056. 随笔《传统·现代·先锋》。

发表在《今日先锋》1995 年第 6 期（第 3 辑）。《今日先锋》由生活·读书·新知三联书店出版。文章从第 1 页到第 6 页，共 6 页约 4000 字。

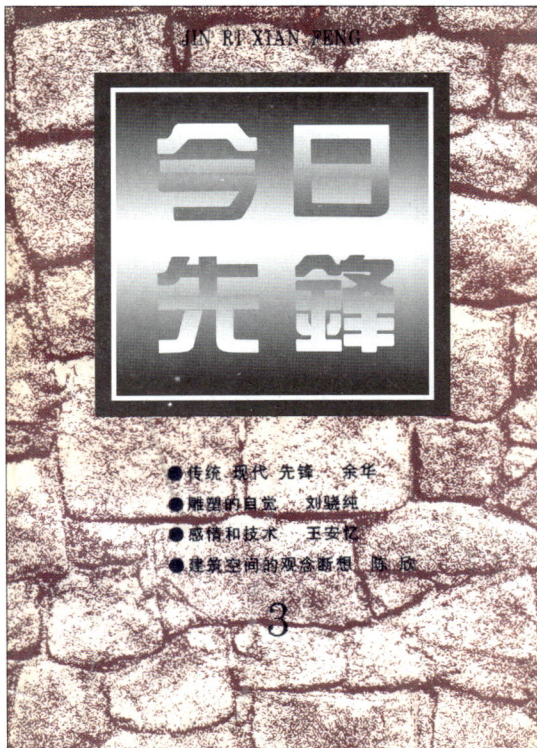

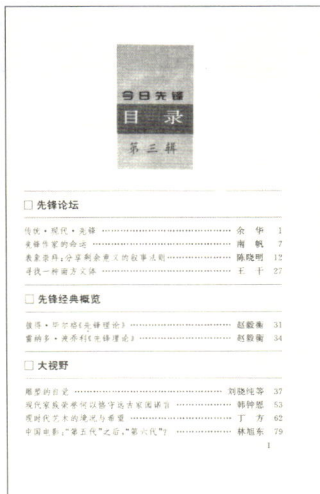

057. 短篇小说《我为什么要结婚》。

发表在《东海》1995 年第 8 期。文章从第 4 页到第 11 页，共 8 页约 13000 字。

责任编辑：平湖。

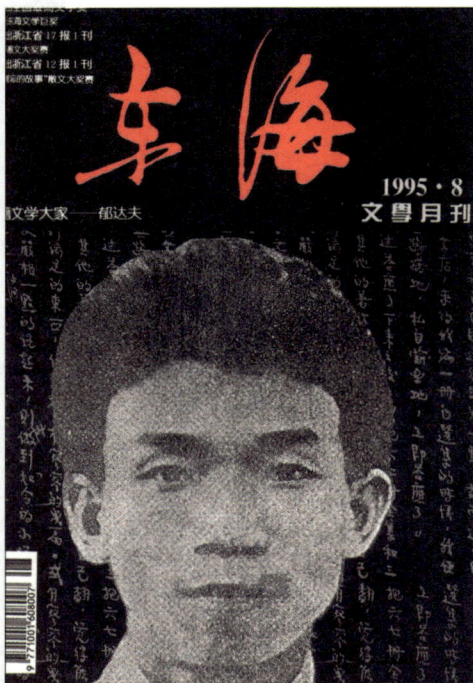

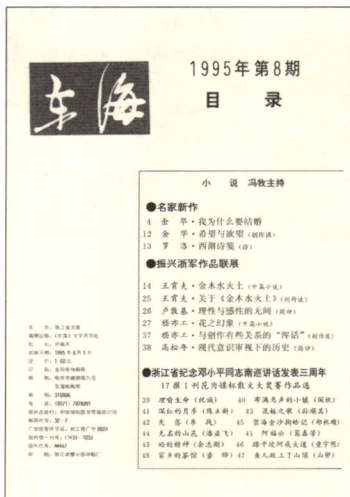

058. 随笔《希望与欲望》。

发表在《东海》1995 年第 8 期。文章在第 12 页，共 1 页约 1000 字。

责任编辑：平湖。

希望与欲望

余 华

对于希望，一般的理解是想或者盼着达到某种目的或出现某种情况，这某种目的或某种情况是以可能的姿态出现在希望者面前。而“可能”作为一个事实是靠不住的，应该说它不是事实，它是一种情绪，一种状态。作为情绪，它是对希望者存在的，是一只伸过去的手或者是一道望过去的目光，它本身是虚无的，它需要抓住或者望到什么，然后它才能确立自己。而它所能抓住和望到的同样也应该是虚无的，仅仅只是“可能”。一旦“可能”成为事实，那么希望也就不存在了。如果一个已经躺在床上的人，说他希望躺在床上的话，他显然是用错词语了。

在我看来，希望是一条道路，一条去掉起点和终点的道路。它的意义只是在于这样的过程，就像眼睛在望过去、手在伸过去，是想达到某种目的中的“想达到”和想出现某种情况中的“想出现”，而不是已经达到和已经出现。

像期望、希冀等，与希望有着极其紧密的意义，还有欲望这个词，与希望也有关系。欲望经常被理解为是取得某种东西或达到某种目的的要求，它也是未达到和未取得（出现）时的“想”。

在汉语中，希望是一个十分美好的词汇，而欲望则不像希望那样讨人喜爱。尽管这两个词汇在很多时候和地方都是作为中性词出现的，但是它们在词语中经常起到褒和贬两种完全不同的作用。

让词汇自身来承担道德上的责任，在汉语中司空见惯，这也是汉语局限所在。我们现在使用中的汉语词汇很多都带有固定的身份，这对小说家的叙事工作带来很多不便和困难，会使他们的作品变得呆板和缺乏变化。

我理解中的希望，应该是纯粹的理想，是精神领域中的寻找和要求。而欲望，是来自物质上的欲念。它们之间的区别仅仅在于此。当一个人说：我希望得到一辆汽车；我希望吃到鱼；我希望去海边……

这个人在我看来是用错词汇了，他应该这样说，我欲望得到一辆汽车；我欲望吃到鱼；我欲望去海边……

当一个人想得到宁静，想得到爱，想得到安慰……他可以用希望这个词汇了。另一方面，希望同时也是梦想，它很多时候不是某个个人的精神所需，而是人群同时发出的声音，就像路德·金所发出的喊叫：“我梦想……”

所以在我自己的作品中，当人物出现物质上的要求时，我从来不用希望这个词汇，我很简单地使用“想”这个词，他想或者她想，还有我想。

【责任编辑：平　湖】

059. **短篇小说《女人的胜利》。**

发表在《北京文学》1995年第11期。写毕于1995年9月9日（时间为余华自注在期刊文章后）。小说从第19页到第26页，共8页约12000字。
责任编辑：傅锋。

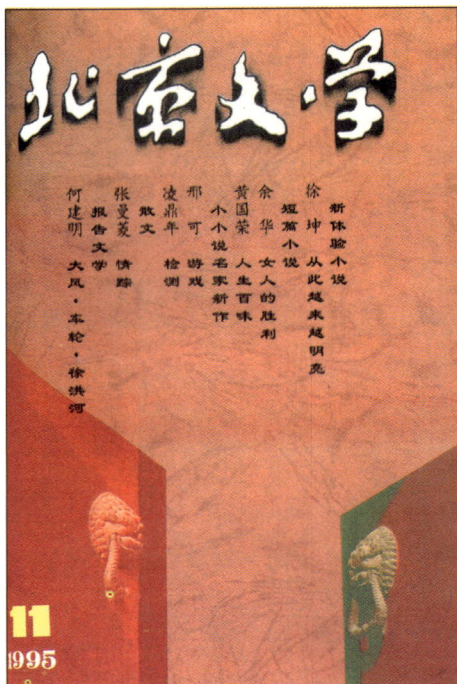

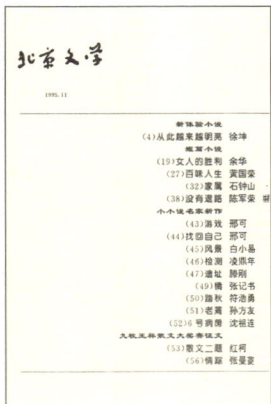

060. **随笔《别人的城市》。**

发表在《巴黎国际城市节会刊》1995年。

1996

061. **短篇小说《空中爆炸》。**

发表在《大家》1996 年第 2 期。小说从第 35 页到第 40 页，共 6 页约 7000 字。

责任编辑：陈家桥。

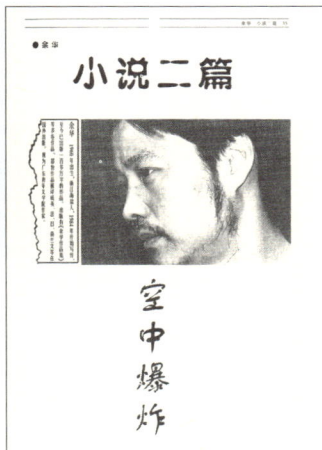

062. 短篇小说《蹦蹦跳跳的游戏》。

发表在《大家》1996年第2期。小说从第40页到第41页，共2页约2000字。

责任编辑：陈家桥。

063. 随笔《强劲的想象产生事实》。

发表在《作家》1996 年第 2 期。写毕于 1995 年 1 月 24 日（时间为余华自注在期刊文章后）。文章从第 14 页到第 18 页，共 5 页约 7000 字。

责任编校：王冰冰。

2004 年随笔集《强劲的想象产生事实》由上海文艺出版社出版。

064. 随笔《三岛由纪夫的写作与生活》。

　　发表在《作家》1996 年第 2 期。写毕于 1995 年 9 月 18 日（时间为余华自注在期刊文章后）。文章从第 19 页到第 20 页，共 2 页约 3000 字。

　　责任编校：王冰冰。

065. 余华与潘凯雄的对话《新年第一天的文学对话——关于〈许三观卖血记〉及其它》。

发表在《作家》1996 年第 3 期。写毕于 1996 年元旦（时间为余华自注在期刊文章后）。文章从第 4 页到第 10 页，共 7 页约 9000 字。

责任编辑：顾亦。

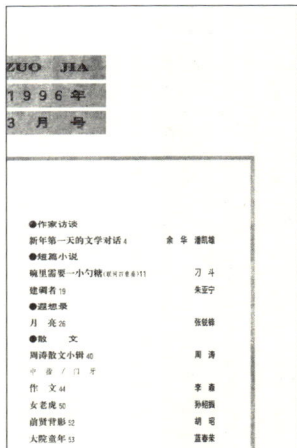

066. 随笔《长篇小说的写作》。

发表在《当代作家评论》1996 年第 3 期。
写毕于 1996 年 4 月 5 日（时间为余华自
注在期刊文章后）。文章从第 4 页到第 7
页，共 4 页约 5000 字。

责任编辑：林建法。

067. **随笔《谁是我们共同的母亲？》。**

发表在《天涯》1996 年第 4 期。写毕于 1995 年 4 月 12 日（时间为余华自注在期刊文章后）。文章从第 100 页到第 103 页，共 4 页约 5000 字。

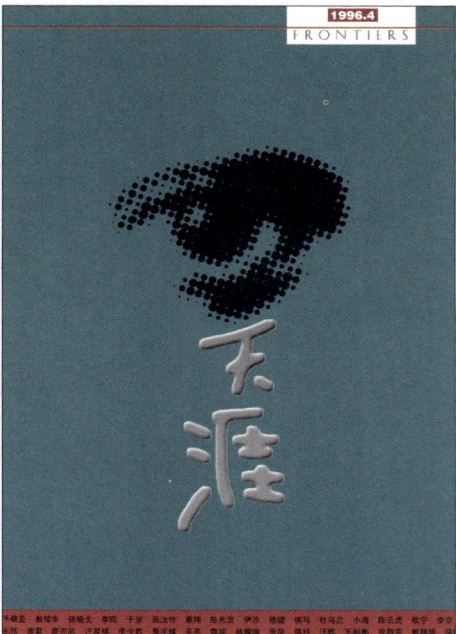

068. 随笔《叙述中的理想》。

发表在《青年文学》1996 年第 5 期。写毕于 1996 年 2 月 8 日（时间

为余华自注在期刊文章后）。文章在第 64 页，共 1 页约 1000 字。该

文 1997 年又在《当代文坛报》1997 年 5/6 期转载。

069. 随笔《若即若离的城市》。

发表在《青年文学》1996 年第 5 期。写毕于 1995 年 6 月 21 日（时间为余华自注在期刊文章后）。文章在第 65 页，共 1 页约 1000 字。责任编辑：金小凤。

作家笔记

○ 余 华

若即若离的城市

我生长在中国的南方，我的过去是在一座不到两万人的小城里，我的回忆就像瓦砾苔草一样长在那些低矮的屋顶上，还有石板铺成的街道、伸出来的屋檐、一条穿过小城的河流，当然还有像树枝一样从街道两侧伸出去的小胡同，当我走在胡同里的时候，那些低矮的房屋就会显得高大了很多，因为胡同太狭窄了。

后来，我来到了北方，在中国最大的城市北京定居。我很初来到北京时，北京到处都在盖高楼，到处都在修路，北京像是一个巨大的工地，建筑工人的喊叫声和机器的轰鸣声是昼夜不息。

我年幼时读到过这样的句子："秋天我漫步在北京的街头……"这句子让我激动，因为我不知道在秋天的时候，漫步在北京街头会是什么样的感觉。当我最初来到北京时，恰好也是秋天，我漫步在北京的街头，看到宽阔的街道，高层的楼房，川流不息的人群车辆，我心想：这就是漫步在北京的街头。

应该说我喜欢北京，就是作为工地的北京也让我喜欢，嘈杂使北京显得生机勃勃。

这是因为北京的嘈杂并不影响我内心的安静，当夜晚来临，或者是在白昼，我独自一人走在大街上，想着我自己的事，身边无数的人在走过去和走过来，可是他们与我素不相识。我安静地想着自己的事，虽然我走在人群中，却没有人会来打扰我。我觉得自己是走在别人的城市里。

如果是在我过去的南方小城里，我只要走出家门，我就不能为自己散步了，我不停地会遇上熟悉的人，我只能打断自己正在想着的事，与他们说几句没有意义的话。

北京对我来说，是一座属于别人的城市，因为在这里没有我的童年，没有我对过去的回忆，没有错综复杂的亲友关系，没有我最为熟悉的乡音，当我在这座城市里一开口说话，就有人会对我说："听口音，你不是北京人。"

我不是北京人。但我居住在北京，我与这座城市若即若离，我想看到它的时候，就打开窗户，或者走上街头；我不想看到它的时候，我就闭门不出。我不要求北京应该怎么样，这座城市也不要求我。我对于北京，只是一个逗留很久还没有离去的游客；北京对于我，就像前面说的，是一座别人的城市。我觉得作为一个作家，或者说作为我自己，住在别人的城市里是很幸福的。

1995 年 6 月 21 日

[责任编辑　金小凤]

65

070. 余华、林舟谈话录《叙事，掘进自我的存在——余华访谈录》。

发表在《东海》1996 年第 8 期。文章从第 64 页到第 68 页，共 5 页约 8000 字。

责任编辑：李黎。

071. **中篇小说《我的故事》，即后来的《我胆小如鼠》。**

发表在《东海》1996 年第 9 期。写毕于 1996 年 6 月 26 日（时间为余华自注在期刊文章后）。文章从第 4 页到第 12 页，共 9 页约20000 字。

责任编辑：平湖。

1999 年，《我胆小如鼠》小说集由新世界出版社出版，同时推出平装本和硬精装本。2003 年，小说集《我胆小如鼠》（繁体字版）由台湾麦田出版公司出版。2004 年，小说集《我胆小如鼠》由上海文艺出版社出版。2008 年，小说集《我胆小如鼠》由作家出版社出版。

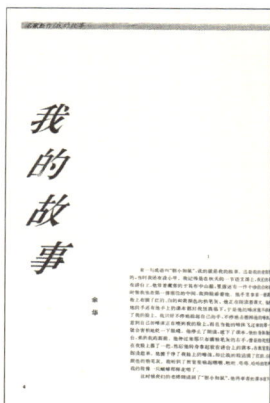

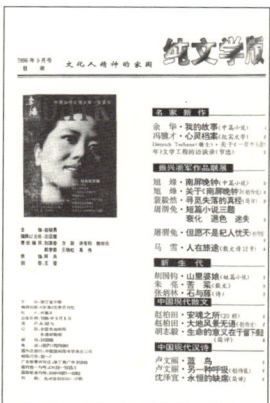

072. 短篇小说《为什么没有音乐》。

发表在《人民文学》1996年第11期。写毕于1996年9月5日（时间为余华自注在期刊文章后）。小说从第32页到第37页，共6页约6500字。

责任编辑：韩作荣、程绍武。

073. 随笔《布尔加科夫与〈大师和玛格丽特〉》。

发表在《读书》1996 年第 11 期。写毕于 1996 年 8 月 20 日（时间为余华自注在期刊文章后）。

文章从第 10 页到第 17 页，共 8 页约 6000 字。

文章分"布尔加科夫""大师和玛格丽特""幽默与现实"三个部分。

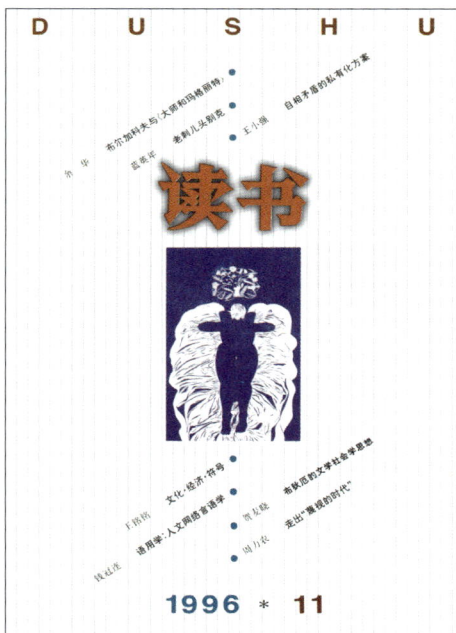

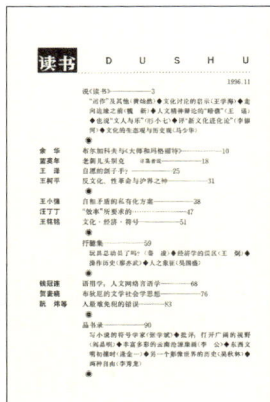

074. 余华的《结构余华》。

发表在《北京青年报》1996 年 5 月 7 日。

1997

075. 短篇小说《黄昏里的男孩》。

发表在《作家》1997 年第 1 期。写毕于 1996 年 11 月 22 日（时间为余华自注在期刊文章后）。小说从第 4 页到第 7 页，共 4 页约 5000 字。

责任编辑：顾亦。

1998 年，小说集《黄昏里的男孩》由香港明报出版公司出版。1999 年，小说集《黄昏里的男孩》由新世界出版社出版，同时出版平装本和硬精装本。2003 年，小说集《黄昏里的男孩》（繁体字版）由台湾麦田出版公司出版。2004 年，小说集《黄昏里的男孩》由上海文艺出版社出版。2008 年，小说集《黄昏里的男孩》由作家出版社出版。

076. **散文《奢侈的厕所》。**

发表在《长城》1997 年第 1 期。文章从第 110 页到第 112 页，转第 112 页，共 4 页约 5500 字。

077. 散文《我所不认识的王蒙》。

发表在《时代文学》1997 年第 6 期。写毕于 1997 年 9 月 15 日（时间为余华自注在期刊文章后）。文章在第 110 页，共 1 页约 700 字。

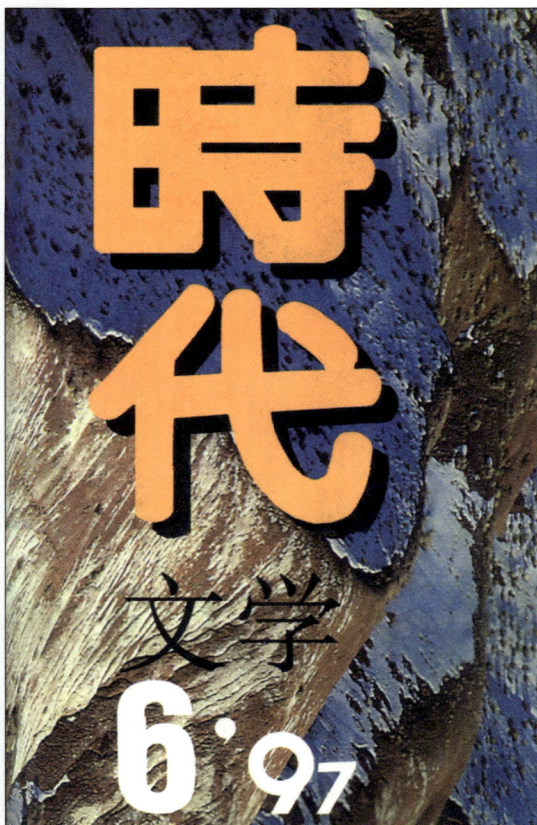

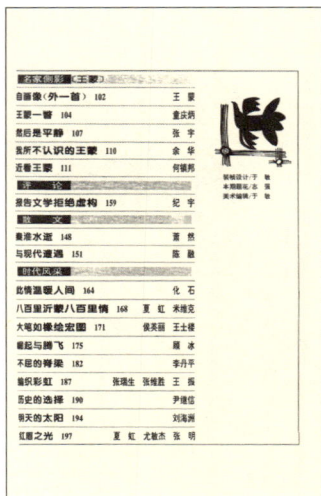

078. 随笔《作家与现实》。

发表在《作家》1997 年第 7 期。写毕于 1996 年 3 月（时间为余华自注在期刊文章后）。文章从第 6 页到第 8 页，共 3 页约 1500 字。

079. **演讲《我为何写作》。**

《我为何写作》是作者于 1997 年 11 月在意大利都灵举办的"远东地区文学论坛"的演讲稿，后来被收录《我能否相信自己》，由人民日报出版社于 1998 年出版。在《小说评论》2002 年第 4 期发表的《自述》中的第一部分中，作者再次谈到了《我为何写作》。

1998

080. 随笔《医院里的童年》。

发表在《华夏记忆》1998 年第 1 期。写毕于 1998 年 5 月 26 日（时间为余华自注在期刊文章后）。文章在第 110 页，共 1 页约 2000 字。

081. 随笔《包子和饺子》。

发表在《华夏记忆》1998 年第 2 期。

082. **随笔《博尔赫斯的现实》。**

发表在《读书》1998 年第 5 期。写毕于 1998 年 3 月 3 日（时间为余华自注在期刊文章后）。文章从第 105 页到第 112 页，共 8 页约 7000 字。

083. 随笔《契诃夫的等待》。

发表在《读书》1998 年第 7 期。文章从第 3 页到第 9 页，共 7 页约 6000 字。

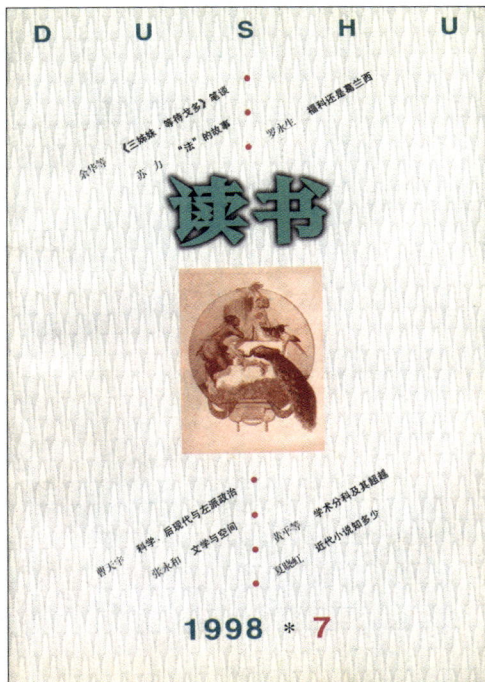

084. 演讲《我能否相信自己——在香港中文大学的演讲》。

发表在《作家》1998 年第 8 期。文章从第 93 页到第 95 页，共 3 页约 2500 字。

本文为作者在香港中文大学的演讲稿，其繁体字文本刊载于《二十一世纪》双月刊。

责任编校：傅百龄。

1998 年，随笔集《我能否相信自己》由北京人民日报出版社出版。2002 年，随笔集《我能否相信自己》（繁体字版）由台湾远流出版公司出版。2007 年，随笔集《我能否相信自己》由明天出版社出版。

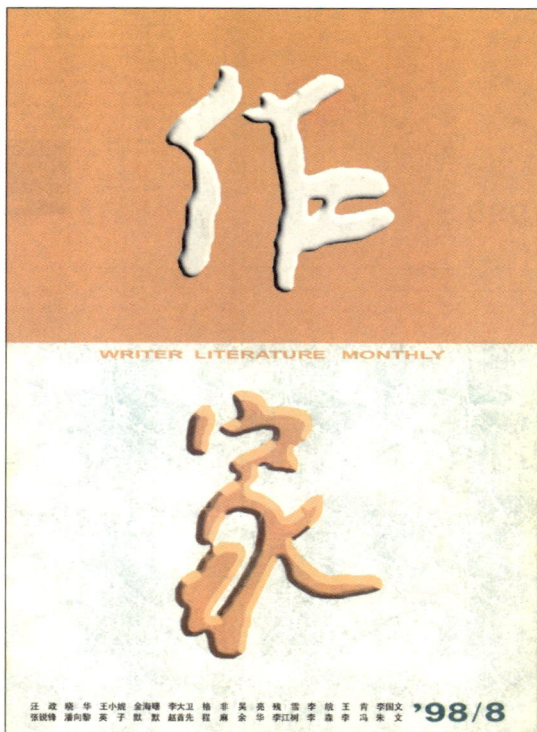

报刊发表作品

085. 随笔《眼睛和声音——关于心理描写之一》。

发表在《读书》1998 年第 11 期。写毕于 1998 年 8 月 17 日（时间为余华自注在期刊文章后）。文章从第 94 页到第 99 页，共 6 页约 5500 字。

086. 随笔《内心之死——关于心理描写之二》。

发表在《读书》1998 年第 12 期。写毕于 1998 年 8 月 26 日（时间为余华自注在期刊文章后）。文章从第 23 页到第 28 页，共 6 页约 5500 字。

2000 年，小说集《内心之死》由华艺出版社出版。

1999

087. **随笔《文学和文学史》。**

发表在《读书》1999 年第 1 期。写毕于 1998 年 9 月 7 日（时间为余华自注在期刊文章后）。文章从第 42 页到第 49 页，共 8 页约 7500 字。

088. **随笔《音乐的叙述》。**

发表在《收获》1999 年第 1 期。写毕于 1998 年 12 月 13 日（时间为余华自注在期刊文章后）。文章从第 95 页到第 101 页，共 6 页约 7000 字。

在《音乐的叙述》之前，1998 年 12 月 17 日，余华写了《前面的话》：前些日子，我在检查自己究竟写下了多少小说作品时，我发现有超过一半数量的小说是发表在《收获》杂志上的，而且我所认为的最重要的作品几乎都是在《收获》上发表。这个事实暗暗感动着我，因为十二年来《收获》一直在激励着我的写作。现在，我第一次在《收获》杂志上发表非小说类的随笔作品，十二年建立起来的互相信任，使我可以在《收获》杂志上开设专栏，我将专栏定名为"边走边看"。余华在之后的几期《收获》上发表的几篇随笔也都和音乐有关。

089. **随笔《音乐影响了我的写作》。**

发表在《音乐爱好者》1999 年第 1 期。写毕于 1998 年 12 月 2 日（时间为余华自注在期刊文章后）。文章从第 8 页到第 10 页，共 3 页约 5000 字。

2004 年,《音乐影响了我的写作》由上海文艺出版社出版。2008 年,《音乐影响了我的写作》由作家出版社出版。2012 年,《音乐影响了我的写作》由作家出版社出版。

090. 访谈《"我只要写作，就是回家"——与作家杨绍斌的谈话》。

发表在《当代作家评论》1999 年第 1 期。谈话时间是 1998 年 10 月 22 日。地点杭州。文章从第 4 页到第 13 页，共 10 页约 15000 字。责任编辑：林建法。

091. 随笔《高潮》。

发表在《收获》1999 年第 2 期。写毕于 1999 年 1 月 26 日（时间为余华自注在期刊文章后）。文章从第 100 页到第 108 页，共 9 页约 10000 字。

文章分"肖斯塔科维奇和霍桑""《第七交响曲》和《红字》"两个部分。

2000 年，小说集《高潮》由华艺出版社出版。

092. 访谈《"我不喜欢中国的知识分子"》。

发表在《作家》1999 年第 2 期。文章从第 10 页到第 13 页，共 4 页约 3000 字。

《"我不喜欢中国的知识分子"》是"答意大利《团结报》记者问"。

地点：都灵。记者：苏珊娜·莉芭蒙蒂（Susanna Ripamonti）。

译者：宋建。

原载意大利《团结报》1998 年 6 月 16 日。

责任编校：夫劫。

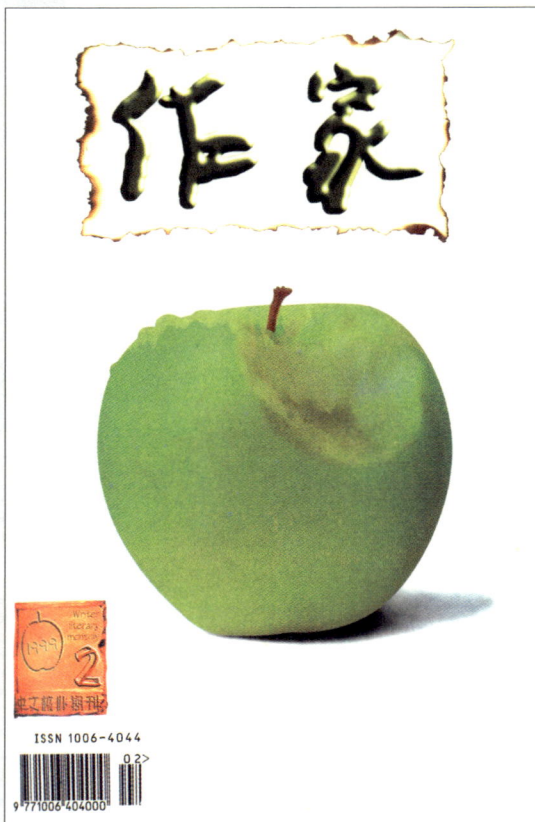

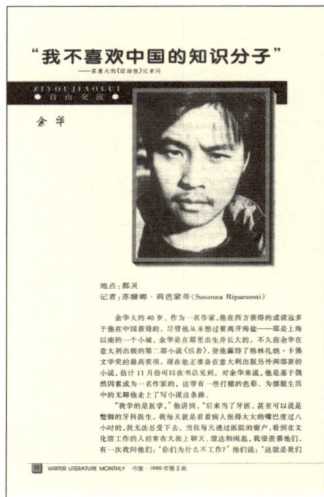

093. 访谈《永远活着》。

发表在《作家》1999 年第 2 期。文章从第 13 页到第 15 页，共 3 页约 2000 字。

《永远活着》是"答意大利《解放报》记者问"。

地点：都灵。记者：马可·罗马尼（Marco Romani）。

译者：宋建。

原载意大利《解放报》1998 年 6 月 14 日。

责任编校：夫劫。

[一定也会喜欢这两部小说的。"

记者问：您还有什么要补充的吗？

"你刚才告诉我，你们的报纸最近遇到了一些困难。那么我的补充就是希望你们这份报纸更加成功，销售量能进一步提高。在中国，很多人知道意大利的《团结报》。我要告诉您，我喜欢西方的左派。"

（译者宋建 原载意大利《团结报》1998 年 6 月 16 日）

责任编校 夫 劫

自由交流 ZIYOUJIAOLIU

余华

永远 活着

——答意大利《解放报》记者问

地点：都灵
记者：马可·罗马尼（Marco Romani）

只有老牛做伴的福贵每天耕种着一小块儿田地，借此度日，但他脑海里充满了回忆、激动和痛苦。与一个到中国南方农村寻找民歌的民族文化学者的相遇，使得他有机会打开记忆的闸门，滔滔不绝地讲述他的过去。

《活着》（格林扎纳·卡佛文学奖最高奖项的获奖作品）是 38 岁的余华奉献给读者的一部感人的小说，在小说中他将主人公福贵的经历同中国的重大历史事件相互融合在一起，就像将两片着色的玻璃片重叠在一起。

福贵本是一个富裕的土地所有者，耍骰子赌博使他失去了所拥有的一切，同时也将他整个家庭引入了不幸与贫穷。倒霉的事情接连发生，一刻也没有安宁；在在轮手枪的逼迫下福贵应征入伍，加入了蒋介石的国民党队伍，共产党胜利后，他自由了，回到了他的老家，等待他的却是艰难的现实；从饥荒到繁重的劳动。为抢救当官的女人，他的儿子因被抽血过多而夭折，他的国女因分娩难产过世，他的妻子也因长期抱病离他而去，接着女婿出了工伤事故死去，外外子吃豆子时被噎死，一个个亲人相继死去。福贵经历着一次又一次磨难却始终坚信：即使生活是悲惨的，也应该鼓足勇气与力量熬过去，直至最后一刻。

"如果让我给我的小说下个定义，"前来都灵领取格林扎纳·卡佛文学奖的余华说道，"就是忍耐：面对所有逆境苦难，包括最残酷的，我认为每个人都应高兴地、愉快地去尝试克服、度过它。"

记者问：《活着》是一部跨越近一个世纪中国历史的小说，您的创作思想是如何产生的？

"我的创作思想是在我的工作中逐渐产

094. 随笔《否定》。

发表在《收获》1999 年第 3 期。写毕于 1999 年 3 月 23 日（时间
为余华自注在期刊文章后）。文章从第 94 页到第 99 页，共 6 页约
6000 字。

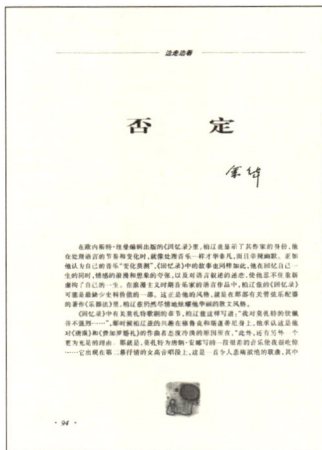

095. **随笔《色彩》。**

发表在《收获》1999 年第 4 期。写毕于 1999 年 5 月 12 日（时间为余华自注在期刊文章后）。文章从第 112 页到第 117 页，共 6 页约 7000 字。

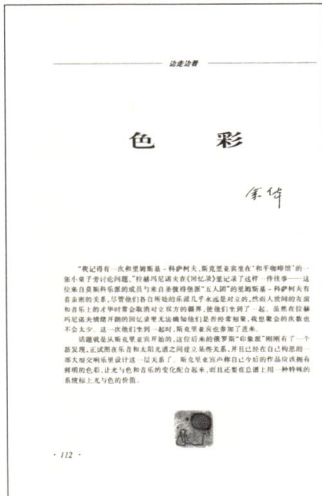

096. **随笔《灵感》。**

发表在《收获》1999 年第 5 期。写毕于 1999 年 7 月 18 日（时间为余华自注在期刊文章后）。

文章从第 111 页到第 115 页，共 5 页约 5000 字。

中篇小说

4 野骡子 莫言
31 红尘之人 何立伟
175 有你有我 严平
162 大家 赵凝

短篇小说

60 棋盘 王小妮
68 一个陌生城市的房间 裴在美

四季收获

74 蝴蝶出狱 陆星儿

边走边看

111 灵感 余华

百年上海

116 感激上海 袁鹰
127 时间玩偶 孙甘露

陈迹残影

133 这个洒脱的"浪荡汉子" 李辉
139 永玉题跋 黄永玉

河汉遥寄

150 又送高晓声 陆文夫
153 融进永远的春天 林希

美术

本期书法 蔡梅华
封二 汉密尔顿在他的设备旁 本杰明
封三 伊戈尔·斯特拉文斯基 阿诺德

HARVEST MAGAZINE

边走边看

灵感

余华

· 111 ·

一九九九年七月十八日

· 115 ·

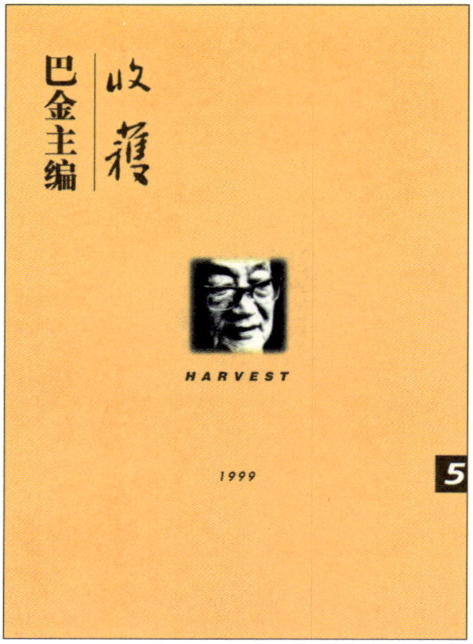

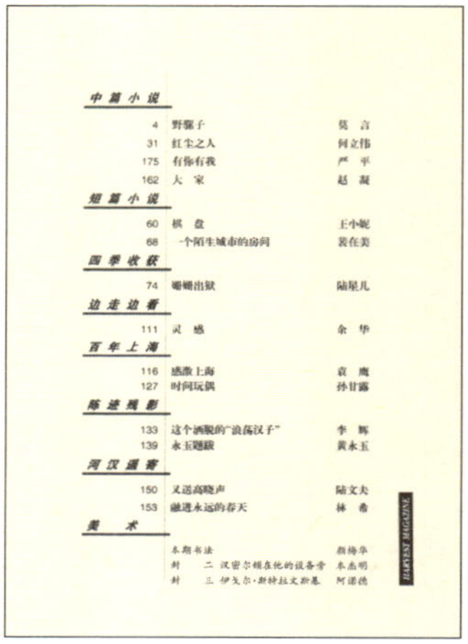

097. **随笔《父子之战》。**

发表在《华夏记忆》1999 年第 4 期。文章约 2000 字。

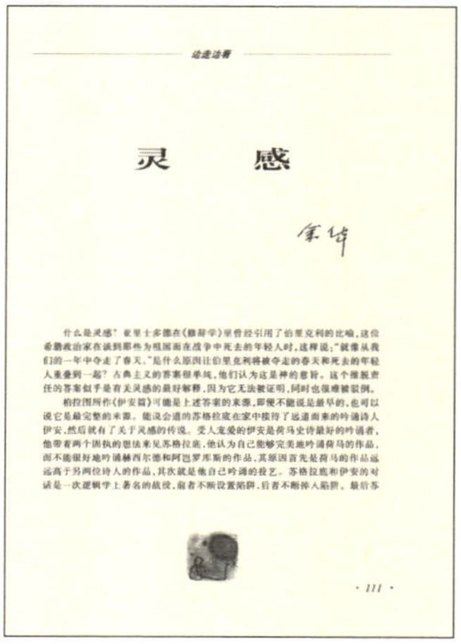

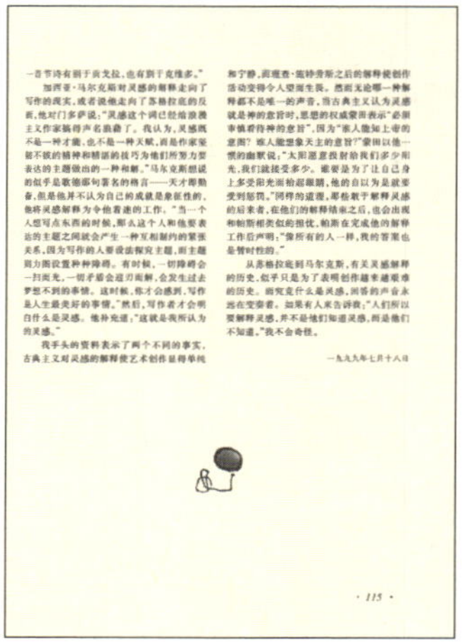

098. 随笔《字与音》。

发表在《收获》1999 年第 6 期。写毕于 1999 年 9 月 5 日（时间为余华自注在期刊文章后）。文章从第 128 页到第 131 页，共 4 页约 3000 字。

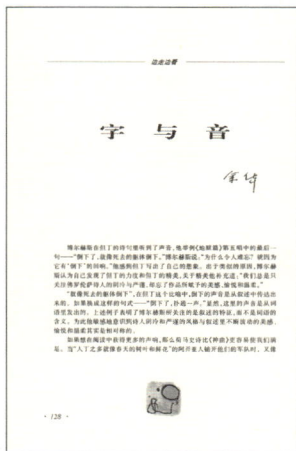

099. 随笔《时差》。

发表在《南方周末》1999 年 7 月 16 日。

100. 随笔《温暖和百感交集的旅程》。

发表在《读书》1999 年第 7 期。写毕于 1999 年 4 月 30 日（时间为余华自注在期刊文章后）。文章从第 42 页到第 48 页，共 7 页约 6000 字。

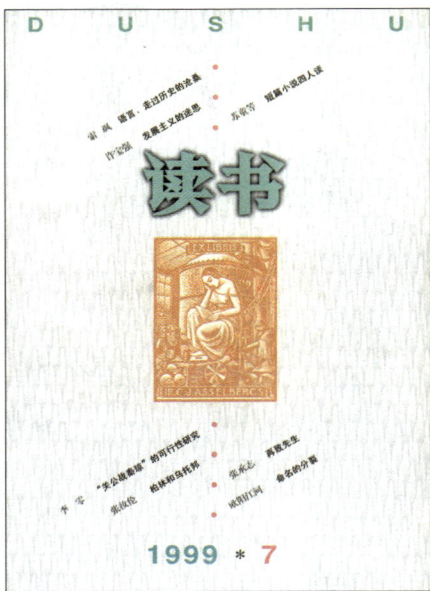

2004 年，《温暖和百感交集的旅程》由上海文艺出版社出版。2013 年，《温暖和百感交集的旅程》由作家出版社出版。

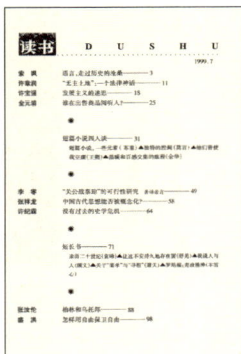

101. 余华、黄少云谈话《八问余华》。

发表在《女友》1999 年第 7 期。

102. 王永午与余华访谈录《余华——有一种标准在后面隐藏着（访谈录）》。
发表在《中国青年报》1999 年 9 月 3 日。

103. 随笔《卡夫卡和 K》。
发表在《读书》1999 年第 12 期。写毕于 1999 年 8 月 30 日（时间
为余华自注在期刊文章后）。文章从第 38 页到第 46 页，共 9 页约
8500 字。

2000

104. 随笔《山鲁佐德的故事》。

发表在《作家》2000 年第 1 期。写毕于 1999 年 10 月 25 日（时间为余华自注在期刊文章后）。文章从第 30 页到第 32 页，共 3 页约 7000 字。

105. 随笔《消失的意义》。

发表在《视野》2000 年第 1 期。

106. **随笔《我的一生窄如手掌》。**

发表在《莽原》2000 年第 1 期（此文在文集《音乐影响了我的写作》中的题为《人类的正当研究便是人》）。文章从第 168 页到第 174 页，共 7 页约 5000 字。

责任编辑：张晓雪。

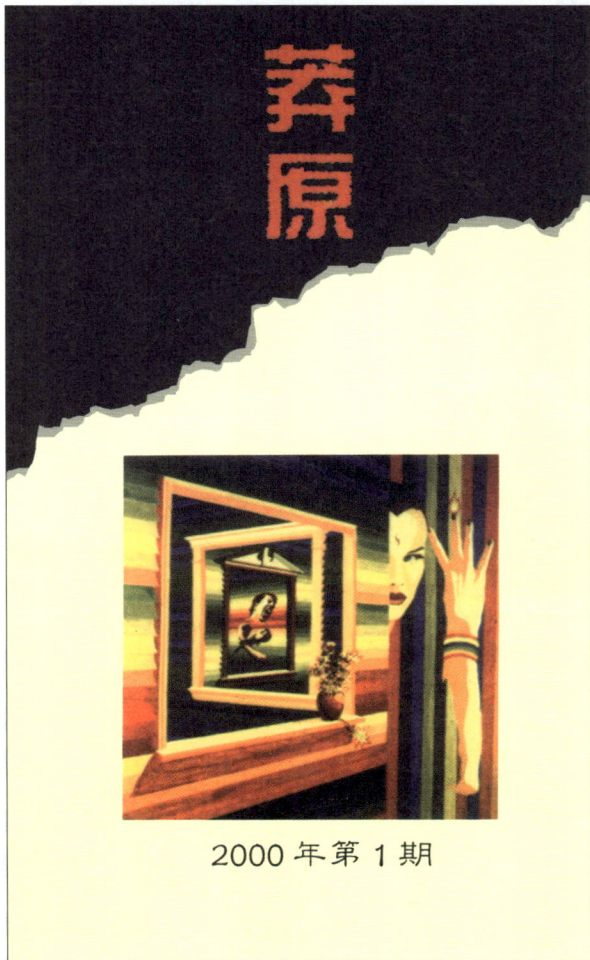

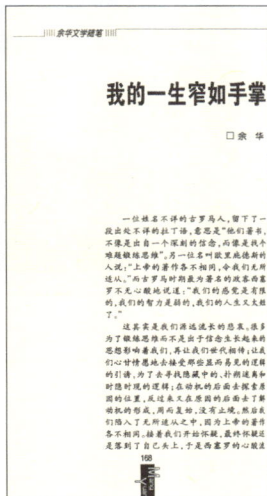

107. 随笔《父子之战》

发表在《视野》2000 年第 5 期。文章在第 20 页到第 21 页，共 2 页约 2000 字。

徐鹏摘自《华夏记忆》。

报刊发表作品

108. 随笔《网络和文学》。

发表在《作家》2000 年第 5 期。写毕于 2000 年 3 月 17 日（时间为
余华自注在期刊文章后）。文章在第 7 页，共 1 页约 1000 字。

责任编校：曲有源。

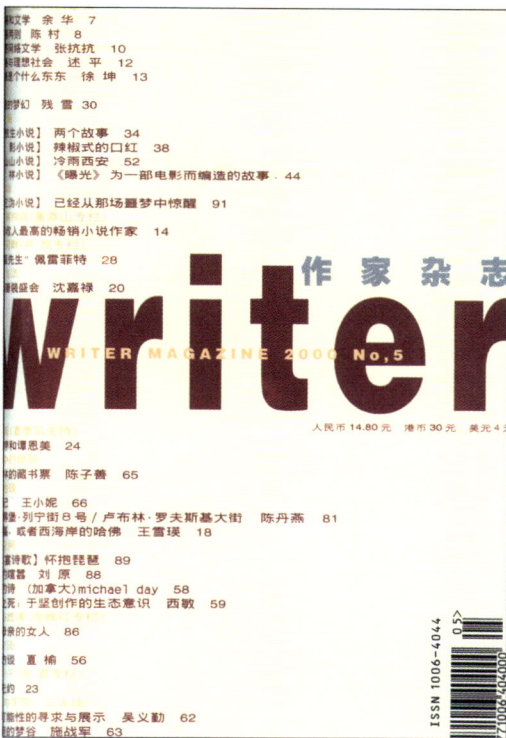

109. 演讲《文学和民族——2000 年 6 月 3 日在韩国民族文学作家会议上
　　　的演讲》。

发表在《作家》2000 年第 8 期。文章从第 68 页到第 69 页，共 2 页
约 3000 字。

注：本文为作者 2000 年 6 月 3 日在韩国民族文学作家会议上的演讲，
该次会议的主题是"与世界作家对话"，发表时该刊略有删节。

责任编校：傅百龄。

报刊发表作品

110. **随笔《回忆十七年前》。**

发表在《北京文学》2000 年第 9 期。写毕于 2000 年 7 月 5 日（时间为余华自注在期刊文章后）。文章从第 16 页到第 18 页，共 3 页约 3000 字。

责任编辑：张颐雯。

2001

111. 随笔《没有边界的写作——读胡安·鲁尔福》。

发表在《小说界》2001 年第 1 期。文章从第 158 页到第 160 页,共 3 页约 3000 字。

112. **余华、张英访谈录《文学不衰的秘密》。**

发表在《大家》2001年第2期。文章从第122页到第129页，共8页约13000字。

访谈包括"这是一个文学革新的时代""乐趣是文学长盛不衰的秘密""音乐与随笔写作""外国文学与中国文学""现实、真实与生活""活着，永远的追问""人的休息是非常重要"七个部分。

责任编辑：海男。

113. 随笔《灵魂饭》。

发表在《上海文学》2001 年第 5 期。写毕于 2001 年 2 月 10 日（时间为余华自注在期刊文章后）。文章从第 18 页到第 22 页，共 5 页约 8000 字。

责任编辑：姚育明。

2002 年，随笔集《灵魂饭》由南海出版公司出版。2002 年，随笔集《灵魂饭》（繁体字版）由台湾远流出版公司出版。2008 年，韩文版随笔集《灵魂饭》出版。

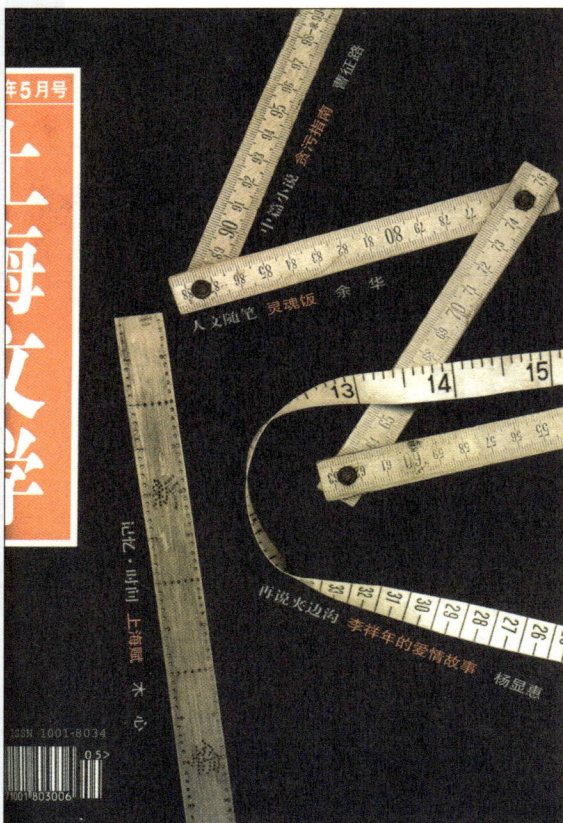

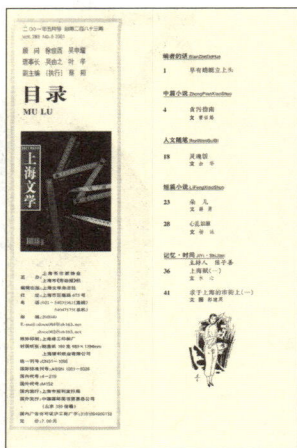

114. 随笔《午门广场之夜》。

发表在《北京青年报》2001 年 6 月 25 日。

115. 余华、熊育群访谈录《文学：走过先锋之后——余华访谈》。

发表在《羊城晚报》2001 年 12 月 12 日。

116. 随笔《我的第一份工作》。

发表在 2001 年《榕树下——网络文学》。写毕于 2001 年 4 月 12 日（时间为余华自注在期刊文章后）。《榕树下——网络文学》是由榕树下图书工作室选编的 2001 年中国年度最佳网络文学作品，由漓江出版公司出版。文章从第 1 页到第 6 页，共 7 页约 4500 字。

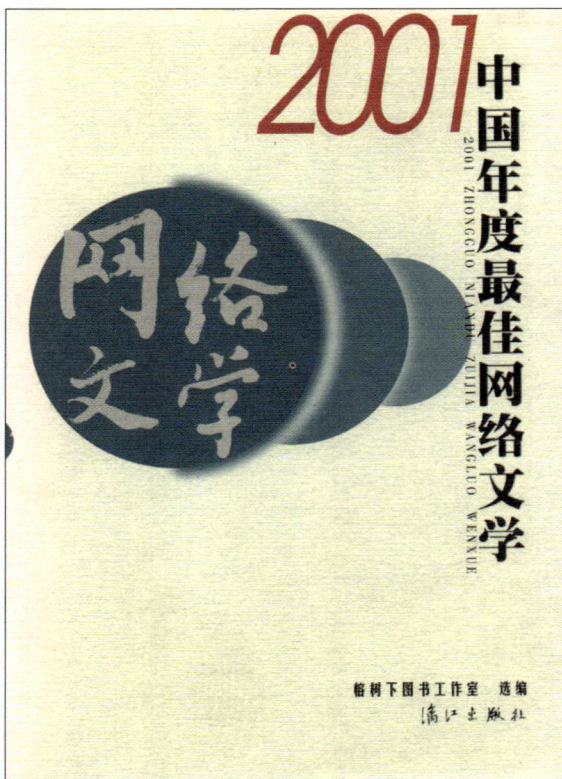

2002

117. **演讲《小说的世界》。**

发表在《天涯》2002年第1期。文章从第28页到第37页，共10页约15000字。

此文是余华2001年9月13日在北京大学“孑民论坛”演讲的记录稿。本次论坛由北大中文系卢永麟教授和韩毓海副教授共同主持，整理者为鲁太光。

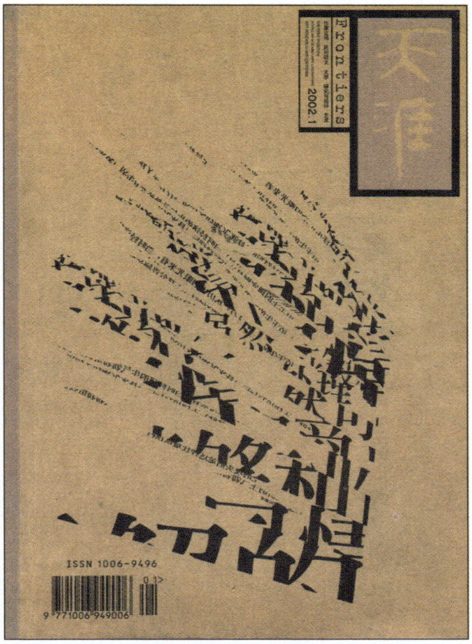

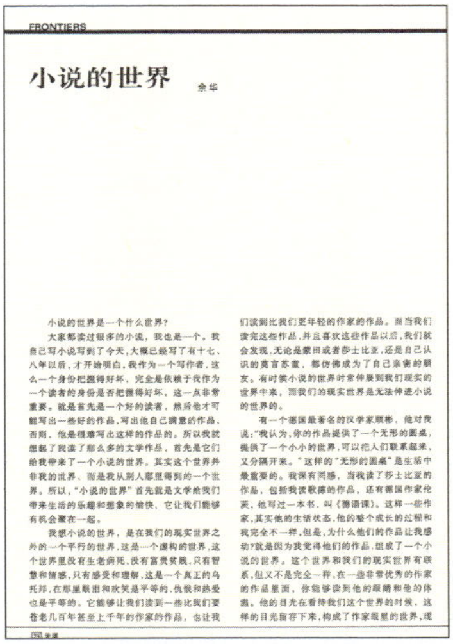

FRONTIERS

小说的世界

余华

小说的世界是一个什么世界？

大家都读过很多的小说，我也是一个。我自己写小说写到了今天，大概已经写了有十七、八年以后，才开始明白，我作为一个写作者，这么一个身份把握得好坏，完全是依赖于我作为一个读者的身份是否把握得好坏，这一点非常重要。就是首先是一个好的读者，然后他才可能写出一些好的作品，写出他自己满意的作品，否则，他是很难写出这样的作品的。所以我就想起了我读了那么多的文学作品，首先是它们给我带来了一个小说的世界。其实这个世界并非我的世界，而是我从别人那里得到的一个世界。所以，“小说的世界”首先就是文学给我们带来生活的乐趣和想象的愉快，它让我们能够有机会聚在一起。

我想小说的世界，是在我们的现实世界之外的一个平行的世界，这是一个虚构的世界，这个世界里没有生老病死，没有富贵贫贱，只有智慧和情感，只有感受和理解，这是一个真正的乌托邦，在那里眼泪和欢笑是平等的，仇恨和热爱也是平等的。它能够让我们读到一些比我们要苍老几百年甚至上千年的作家的作品，也让我们读到比我们更年轻的作家的作品。而当我们读完这些作品，并且喜欢这些作品以后，我们就会发现，无论是蒙田或者莎士比亚，还是自己认识的莫言苏童，都仿佛成为了自己亲密的朋友。有时候小说的世界时常伸展到我们现实的世界中来，而我们的现实世界是无法伸进小说的世界的。

有一个德国最著名的汉学家顾彬，他对我说：“我认为，你的作品提供了一个无形的圆桌，提供了一个小小的世界，可以把人们联系起来，又分隔开来。”这样的“无形的圆桌”是生活中最重要的。我深有同感，当我读了莎士比亚的作品，包括我读歌德的作品，还有德国作家伦茨，他写过一本书，叫《德语课》。这样一些作家，其实他的生活状态，他的整个成长的过程和我完全不一样，但是，为什么他们的作品让我感动？就是因为我觉得他们的作品，组成了一个小说的世界。这个世界和我们的现实世界有联系，但又不是完全一样，在一些非常优秀的作家的作品里面，你能够读到他的眼睛和他的体温。他的目光在看待我们这个世界的时候，这样的目光留存下来，构成了作家眼里的世界，现

28 天涯

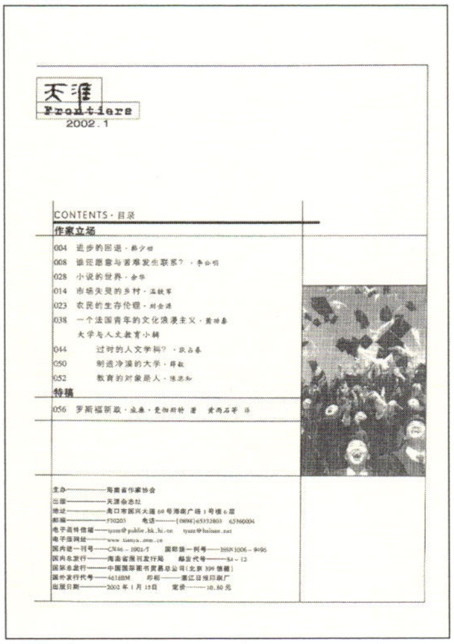

天涯
Frontiers
2002.1

CONTENTS · 目录

作家立场

主办——海南省作家协会
出版——天涯杂志社
地址——海口市国兴大道69号海南广场1号楼6层
邮编——570203 电话——(0898)65332803 65360004
电子函件信箱——tyzz@public.hk.hi.cn tyzz@hainan.net
电子版网址——www.tianya.com.cn
国内统一刊号——CN46-1001/I 国际统一刊号——ISSN1006-9496
国内总发行——海南省报刊发行局 邮发代号——84-12
国际总发行——中国国际图书贸易总公司（北京399信箱）
国外发行代号——4616BM 印刷——湛江日报印刷厂
出版日期——2002年1月15日 定价——10.80元

118. **汪跃华、余华访谈录《文学不是"内分泌"》。**

发表在《文汇读书周报》2002 年 3 月 8 日。

119. **随笔《文学与记忆》。**

发表在《文学报》2002 年 3 月 14 日。

120. **余华与王尧、栾梅健访谈录《我的文学道路——在苏州大学"小说家讲坛"上的讲演》。**

文章发表在《当代作家评论》2002 年第 4 期。访谈时间是 2002 年 3 月 8 日，主持人是王尧和栾梅健。文章从第 4 页到第 19 页，共 16 页约 22000 字。

责任编辑：林建法。

余华《我的文学道路》之后收录于王尧、林建法主编的《我为什么写作——当代著名作家讲演集》，该书 2005 年由郑州大学出版社出版。文章在本书的第 60 页到第 88 页。

121. 余华与王尧对话录《一个人的记忆决定了他的写作方向》。

发表在《当代作家评论》2002 年第 4 期。文章从第 19 页到第 30 页，共 12 页约 15000 字。

责任编辑：林建法。

122. 随笔《这只是千万个卖血故事中的一个》。

发表在《读书》2002 年第 7 期。文章从第 22 页到第 23 页，共 2 页约 1000 字。

本文是作者为《许三观卖血记》英文版所写的前言。

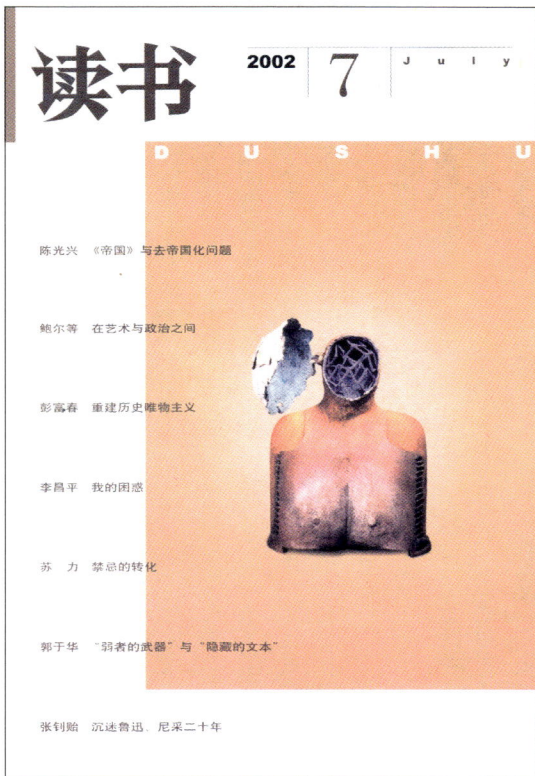

123. 随笔《自述》。

发表在《小说评论》2002年第4期。文章从第31页到第36页，共6页约6500字。其中分为两个部分，第一部分谈到：我为何写作。第二部分谈到：音乐影响了我的写作。

124. **叶立文、余华访谈录《叙述的力量——余华访谈录》。**

发表在《小说评论》2002 年第 4 期。文章从第 36 页到第 40 页，共 5
页约 6500 字。

2003

125. 随笔《〈说话〉自序》。

发表在《当代作家评论》2003 年第 1 期。文章在第 75 页。

2002 年,演讲录《说话》由春风文艺出版社出版。

126. 短篇小说《朋友》。

发表在《小说界》2003 年第 2 期。文章从第 130 页到第 136 页，共 7
页约 8000 字。

责任编辑：郯宗培。

2003 年，小说集《朋友》由江苏文艺出版社出版。

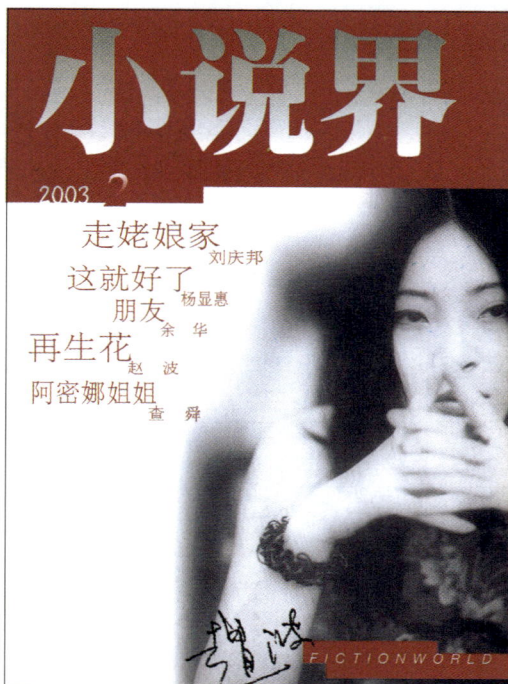

127. 随笔《什么是爱情》。

发表在《作家》2003 年第 2 期。写毕于 2003 年 1 月 5 日（时间为余华自注在期刊文章后）。文章从第 20 页到第 21 页，共 2 页约 1000 字。

责任编校：傅百龄。

128. **随笔《歪曲生活的小说》。**

发表在《作家》2003 年第 2 期。写毕于 2002 年 1 月 2 日（时间为余华自注在期刊文章后）。文章从第 21 页到第 22 页，共 2 页约 1300 字。

责任编校：傅百龄。

在这篇随笔中，余华提到拉伯雷的《巨人传》，同时，着重讨论的是第奇亚诺·斯卡尔帕，他是一个出生在 1963 年的威尼斯、现在成了光头的男作家。余华在文章中，介绍了他对斯卡尔帕的小说《亲吻漫画》的理解，以及他与斯卡尔接触、交流的过程。在这里，最重要的是，斯卡尔帕"歪曲生活的小说"得到了余华由衷的赞同。

余华写道："《亲吻漫画》是一部歪曲生活的小说，我的意思是第奇亚诺·斯卡尔帕为我们展示了小说叙述的另一种形式。当我们的阅读习惯了巴尔扎克式的对生活丝丝入扣的揭示，还有卡夫卡式的对生活荒诞的描述以后，第奇亚诺·斯卡尔帕告诉我们还有另外一种叙述生活的小说，这就是歪曲生活的小说。"

129. 随笔《可乐和酒》。

发表在《散文百家》2003 年第 2 期。

散文百家·选刊版

可乐和酒

文/余 华

对我儿子漏漏来说，"酒"这个词曾经和酒没有关系。它表达的是一种气体的发胀的饮料。开始的时候，可能漏漏一岁零四五个月左右，那时候他刚会说话，他全部的语言加起来不会超过 20 个词语，不过他已经明白我将杯子举到嘴边时喝的是什么，他能够区分出我是在喝水，还是喝饮料，或者喝酒，当我在喝酒的时候，他就会走过来向我叫道："我要喝酒。"

他的态度坚决而且诚恳，我知道自己没法拒绝他，只好取悦他，给他的奶瓶里倒上可乐，递给他："你喝吧。"

显然他一下子就喜欢上了这种饮料，并且将这种饮料叫做"酒"。我记得他第一次喝可乐时的情景，他先是慢慢地喝，接着越来越快，喝完后他将奶瓶放在那张小桌子后面坐了下来，他有些发呆地看着我，显然可乐所含的气体在捣乱了，使他的胃里出现了十分古怪的感受。接着他打了一个嗝，一股气体从他嘴里冒出，他被他自己的嗝声吓目瞪口呆。他不知道发生了什么，睁圆了眼睛惊奇地看着我，然后他脑袋一抖，又打了一嗝。他更加惊奇了，开始伸手去摸自己的胸口，这一次他的胸口也跟着一抖，他打出了第三个嗝。他开始慌张起来，他可能觉得自己的嘴像是枪口一样，嗝从里面出来时，就像是子弹从那地方射出去。他站起来，仿佛要逃离这个地方，仿佛嗝就是从这地方钻出来的，可是等他走到一旁后，又是脑袋一抖，打出了第四个嗝。他发现嗝在急追着他，开始害怕了，嘴巴出现了哭泣前的抽动。

这时候我嘻哈笑了起来，他的样子实在是太可爱了，让我无法忍住自己的笑声。看到我放声大笑，他立刻如释重负，他知道自己没有危险，也跟着我放声大笑，而且尽力使自己的笑声比我的更响亮。

就这样，可乐成了他喜爱的"酒"，他每天都要发出这样的喊叫："我要喝酒。"同时他每天都要体会打嗝的乐趣，就和他喜欢喝"酒"一样，他也立刻喜欢上了打嗝。

我的儿子将可乐作为酒，一直持续到两岁多。他在海盐生活了三个月以后，在我接他回北京的那一天，我的侄儿阳阳突然带着一间屋子里，过了一会儿，他突然哭喊着跑了出来，双手使劲地抱着自己的衣领，是自己的脖子被人捏住的紧张。他扑到了我的身上，我闻到了他嘴里浓浓的酒味，然后看到我的侄儿阳阳一脸坏笑地从那间屋子里走出来。

我的侄儿漏漏大 7 岁，他知道漏漏每天都要喝的"酒"其实是可乐，所以他要骗我漏漏，当他将白酒倒在瓶盖里，告诉漏漏这是酒的时候，其实是在骗他说这是可乐。我的漏漏喝了下去，这是他第一次将酒作为酒喝，而且还是白酒，酒精使他痛苦不堪。

同一天下午，我和漏漏离开了海盐，来到上海。在上海机场候机的时候，我买了一杯可乐给漏漏，同he："要不要喝酒？"上午饱受了真正的酒的折磨后，我的漏漏连连摇头，他不要喝酒。这时候对漏漏来说，酒的含义不再是有气体的甜甜的饮料，而是又辣又烫的东西。

在我问了他几次要不要喝酒、他都摇头后，我就问他："要不要喝可乐？"他听到了一个新的词语，和"酒"没有关系，就向我点点头。当他拿起杯子喝了可乐以后，我看到他一脸的喜悦，他发现自己正在喝的可乐，就是以前喝的"酒"。我告诉他："这就是可乐。"他跟着重复："可乐·可乐……"

我的漏漏总算知道他喜欢的饮料叫什么名字了。此前很长的时间，一直喊失在词语里，这是我的责任，我从一开始就误导了他，混淆了两个不同的词语，然后是我的侄儿将我欺骗，可恰恰是侄儿对漏漏的欺骗，帮助我将对漏漏的拨乱反正，使漏漏在茫茫的词语中找到了方向。可乐和酒，漏漏现在分得清清楚楚。

（摘自《灵魂饭》）

然大学友生请者无不应，时或有自喜者，亦分赠请少年，相与欣悦，以之为乐。自大学退休后，外界知者渐多而求者众，斯又如题之擂云，"索为人所投使，更觉为累"。四十年来，虽未能精此一艺，然时日累聚，亦薄有会心。行草不复隳于一家，自束刻偏于摩崖，若云适会前贤，愧未能也。因思平生艺事，多得师友启发之力，今师友凋零始彩，蜡3晚一览，不知亦复能有所进否？书端题署，系集吾师沈先生书，亦所以纪念吾师也。

（原载 1985 年 1 月 16 日台北《联合报》副刊）

小启 ············
"非韵的文即散文"，这是本刊的基本观点。
"快乐阅读第一"，这是本刊的基本思路。
当然需要悲天悯人的文字。
当然需要闪现人性和思想的灵光。
好文章不怕长，也不嫌短。
欢迎举荐中外各式各样的好散文。
《散文百家·下半月》

130. 随笔《朱德庸漫画中的爱情》。

发表在《中国青年报》2003 年 5 月 7 日。

2004

131. 随笔《文学中的现实》。

> 发表在《上海文学》2004 年第 5 期。文章从第 68 页到第 69 页，共 2 页约 2000 字。

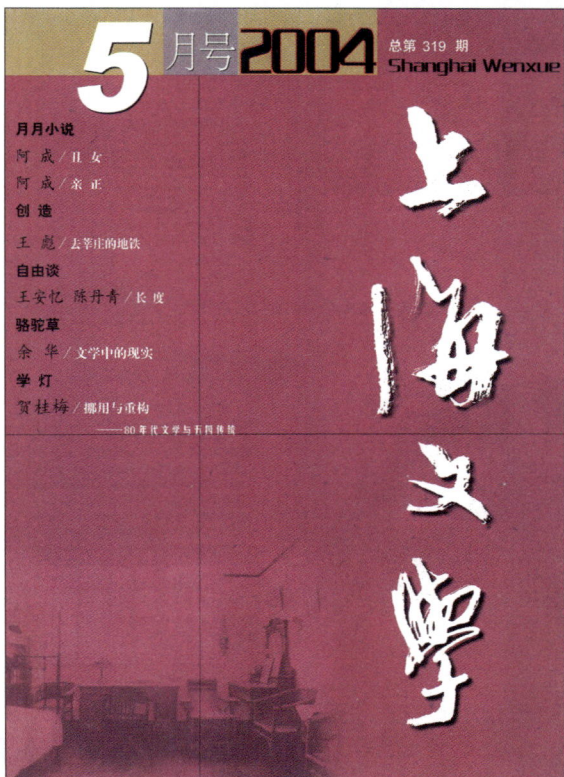

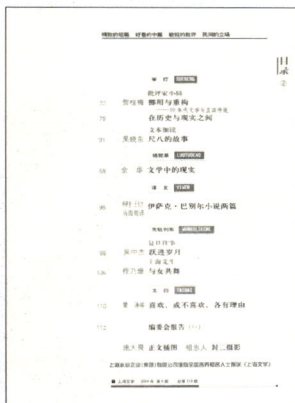

132. 余华与洪治纲访谈录《远行的心灵》。

发表在《花城》2004 年第 5 期。文章从第 198 页到第 208 页，共 11 页约 15000 字。

责任编辑：林宋瑜。

133. 随笔《韩国的眼睛》。

发表在《中外书摘》2004 年第 5 期。

134. **余华与洪治纲访谈录《阅读、音乐与小说创作》。**

发表在《作家》2004 年第 11 期。文章从第 11 页到第 13 页，共 3 页约 4000 字。

2005

135. 随笔《读程永新的小说》。

发表在《新民晚报》2005 年 2 月 6 日。

136. 随笔《奥克斯福的威廉·福克纳》。

发表在《上海文学》2005 年第 3 期。写毕于 2004 年 10 月 10 日（时间为余华自注在期刊文章后）。文章从第 84 页到第 86 页，共 3 页约 3500 字。

137. 随笔《西·伦茨的〈德语课〉》。

发表在《上海文学》2005 年第 3 期。写毕于 2004 年 10 月 2 日（时间为余华自注在期刊文章后）。文章在第 87 页，共 1 页约 1500 字。

骆驼草

西·伦茨的《德语课》

余 华

1998 年夏天的时候，我与阿尔巴尼亚作家卡塔雷尔在意大利的都灵相遇，我们坐在都灵的剧场餐厅里，通过翻译聊着，不通过翻译吃着喝着。这时的卡塔雷尔已经侨居法国，应该是阿尔巴尼亚裔法国作家。90 年代初，作家出版社出版过他的一部小说《亡军的将领》，我碰巧读过这部小说。他可能是阿尔巴尼亚当今最重要的作家，像其他流亡西方的东欧作家那样，他曾经不能回到自己的祖国。我们见面的时候已经没有这个问题了，只要他愿意，任何时候都可以回去了。不过他告诉我，他回去的次数并不多。原因是他每次回到阿尔巴尼亚都觉得很累，他说只要他一回去，他在地拉那的家就会像个酒吧一样热闹，认识和不认识的人都会去访问他，最少的时候也会有二十多人。

因为中国和阿尔巴尼亚曾经有过"海内存知己，天涯若比邻"的友谊，我与卡塔雷尔聊天时都是得很愉快，我提到了霍查和谢胡，他提到了毛泽东和周恩来，这四位当年的国家领导人的名字在我们的发音里接连出现。卡塔雷尔在"文革"时访问过中国，他在说到毛泽东和周恩来时，是极其准确的中文发音。我们就像是两个追星族在议论四个摇滚巨星的名字一样兴高采烈。当时一位意大利的文学批评家总想插进来和我们一起聊天，可是他没有我们的经历，他就进入不了我们的谈话。他一会儿批评我们中国法律的死刑，想把我拉过去，我没理他；他一会儿又提到了科索沃的问题，他激动地指责塞族人是如何欺负阿族人，他以为身为阿族的卡塔雷尔一定会跟着他激动，可是卡塔雷尔正和我一起在回忆里激动，他照顾不上他。

后来我们谈到了文学，我们说到了德国作家西格弗里德·伦茨，不知道是什么原因说起的，可能是我们同喜爱伦茨的小说《德语课》。这部可以被解释为反法西斯的小说，也就可以在当时的社会主义国家出版。

卡塔雷尔说了一个他的《德语课》的故事。前面提到的《亡军的将领》，这是卡塔雷尔的重要作品。他说，他在写完这部书的时候，无法在阿尔巴尼亚出版，他想让这本书偷渡到西方去出版。他的方法十分巧妙，就是将书藏在书里偷渡出去。他委托朋友在印刷厂首先排版印刷出来，发行量当然只有一册，然后将《德语课》的封面小心撕下来，再粘贴上去，成为《亡军的将领》的封面。就这样德国人伦茨帮助了阿尔巴尼亚人卡塔雷尔，这部挂羊头卖狗肉的书顺利地混过了海关的检查，去了法国和其他更多的国家，后来也来到了中国。

我说了一个我的《德语课》的故事。我第一次读到伦茨的小说是《面包与运动》，第二次就是这部《德语课》，那时候我在鲁迅文学院，我记得当这部书震撼了我，在一个孩子天真的叙述里，我的阅读却在惊心动魄。这是一本读过以后不愿意失去它的小说，我一直没有将它还给学校图书馆。这书是八十年代翻译成中文出版的，当时的出版业还处于计划经济时代，绝大多数的书都是只有一版，买到就买到，买不到就永远没有了，买不到时《德语课》归还的话，我可能会永远失去它。我一直将它留在宿舍，直到毕业时必须将所借图书归还，否则就按书价的三倍罚款。我当然选择了罚款，我说书丢了。我就把它带回了浙江，后来我定居北京时，又把它带回到了北京。

然后在 1998 年，一个中国人和一个阿尔巴尼亚人，在一个名叫意大利的国家里，各自讲述了和一个德国人有关的故事。这时候我觉得文学真是无限美好，它通过阅读被人们所铭记的时候，也在通过更多的方式被人们所铭记。

2004 年 10 月 2 日   87

138. 随笔《致保罗先生》。

发表在《作家》2005 年第 4 期。写毕于 2005 年 2 月 8 日（时间为余华自注在期刊文章后）。文章从第 2 页到第 3 页，共 2 页约 2000 字。

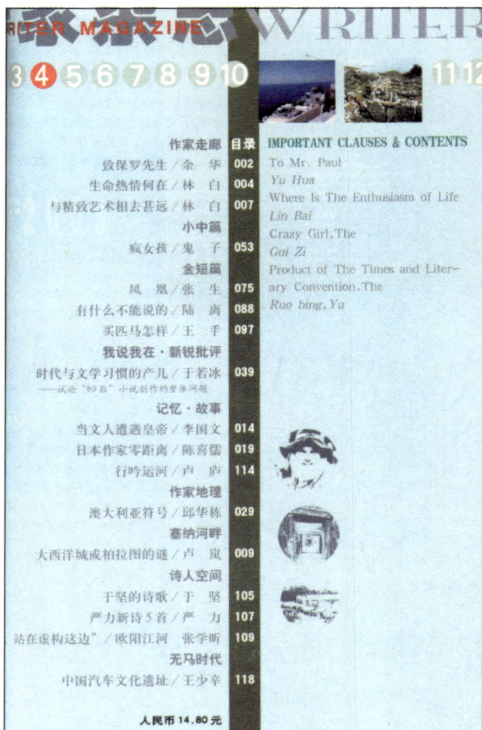

139. **随笔《文学作品中有跳动的心脏》。**

发表在《编辑学刊》2005 年第 5 期。文章是 2005 年 8 月 6 日，余华在上海图书馆的演讲。文章从第 46 页到第 51 页，共 6 页约 7000 字。文章分为两个部分，分别是："故事中跳动的心脏"和"文学中现实和想象的关系"。

140. 随笔《一个作家的力量》。

　　发表在《小说界》2005 年第 6 期。写毕于 2005 年 9 月 27 日（时间为余华自注在期刊文章后）。文章在第 92 页，共 1 页约 1300 字。

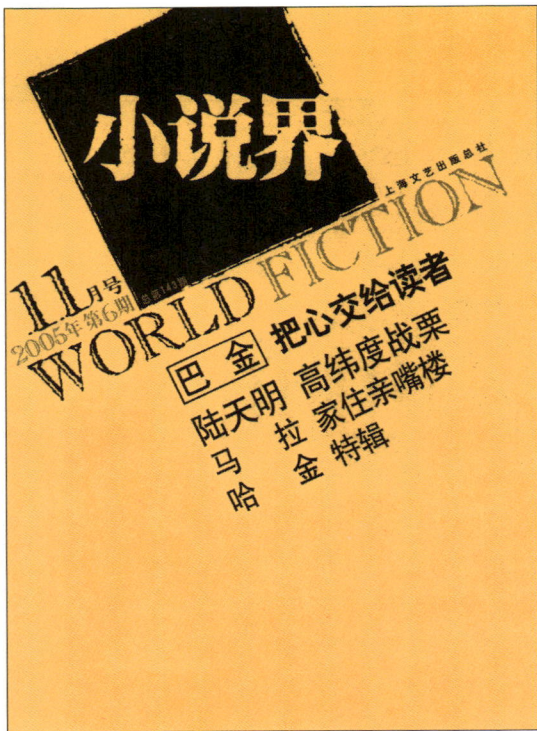

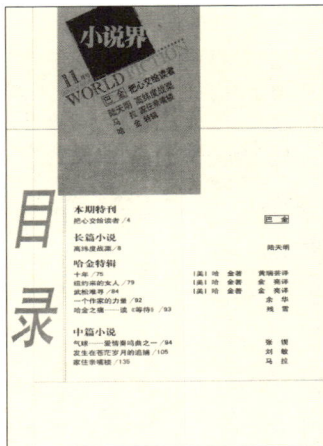

141. 余华、张英、王琳琳访谈录《余华：我能够对现实发言了》。
发表在《南方周末》2005 年 9 月 8 日。

南方周末/2005 年/9 月/8 日/第 D27 版
文学

余华：我能够对现实发言了

报驻沪记者 张英 实习生 王琳琳

对于自己的《兄弟》，余华认为，"光是上半部，就比《活着》和《许三观卖血记》要好"；他甚至认为，写完《兄弟》，中国近 40 年的历史和现实就都被自己把握住了。那么，《兄弟》是"和这个时代相称的作品"吗？

余华：我能够对现实发言了

余华出书了。在上一部长篇小说《许三观卖血记》出版 10 年后，余华交出的是《兄弟》。这两部小说之间，隔着漫长的 10 年。

在这 10 年里，因为不在状态，余华先后废弃了 3 部长篇小说的初稿。

最后，余华发现问题出在小说的叙述上。因此，他干脆放弃了原来写的小说，另起炉灶，开始写第四部小说，也就是《兄弟》。

和《活着》一样，《兄弟》也是妙手偶得之。有一次，余华从电视上看到一条简短的新闻，有一个人站在高楼上，企图自杀。有人打电话报警，警察赶来准备挽救，楼下围了不少看热闹的人。这个画面一直在余华的脑海里翻腾，最后，余华打算从这个画面出发，写一部关于兄弟俩成长故事的长篇小说。

《兄弟》讲述了江南小镇两兄弟李光头和宋钢从童年到老年的经历，从"文革"前的 1960 年一直写到 2005 年 11 月止。有趣的是，小说的时间跨度刚好是余华出生、成长到今天的过程。

在 35 岁以前，余华一直在书写过去的岁月和记忆，很少直面当下的现实生活。在 10 年前接受本报记者采访时，余华说自己是一个活在过去的人。不写 1990 年代之后的生活，是因为他还没有看清楚这个社会的巨大变化。而在《兄弟》里，他开始进入当代生活，用大量的细节呈现了 1960 年到 2005 年 11 月中国社会的变化和中国人生活的变化。

敢把握现实了

记者：在你以前的小说里，很少有鲜明的时代背景，也很少写到当代生活，而《兄弟》这一次却从"文革"时期开始写起现在，有着极强的时代特征。

余华：我以前往往在有意淡化时代背景，那是因为我觉得时代对我作品里的人物命运影响不大。《兄弟》是我第一次在小说里面对"文革"，我是在"文革"年代出生长大的，虽然没有成年，但是这段历史在我的童年和少年生活里留下了很深刻的印迹，一直不能忘怀。

像"文化大革命"这样一个人类历史上的重大事件，过去、现在、将来都会有人写。如果我来写，怎样能保证与众不同呢？过去我一直没有找到进入这段历史的最佳角度。

为什么我们这些作家都爱写以前的时代呢，因为时代越遥远越容易找到传奇性，可以在小说里天马行空地对历史进行虚构和想象。而当今时代，现实世界的变化已经令人目不暇接了；而且还出现了网络虚拟的世界。所以，写现实生活的作家有很多，可是在他们的作品里看不到真实的生活，你总是觉得虚假、不可信。

当《兄弟》写到下部的时候，我突然觉得自己可以把握当下的现实生活了，我可以对中国的现实发言了，这对我来说是一个质的飞跃。我发现今天的中国让每个人的命运充满了不确定性，现实和传奇神奇地合二为一，只要你写下了真实的现在，也就写下了持久的传奇。

记者：你怎么看这两个时代的变化呢？

余华：像我这个年纪的人，经历了"文革"和"改革开放"两个截然不同的时代，经历了新中国成立以来最巨大的变化，这些记忆成为了我们人生的重要部分，我们的命运、经历都与时代

第 1 页 共 5 页

142. **余华与张英访谈录《余华：〈兄弟〉这十年》。**

发表在《作家》2005 年第 11 期。文章从第 2 页到第 11 页，共 10 页约 15000 字。

访谈分为六个部分，分别是：一、"我不是畅销书作家"；二、"创作遇到了问题"；三、"通过《兄弟》写现实"；四、"有宋凡平这样完美的人吗?"；五、"只为自己的内心写作"；六、"下部比上部还要丰富"。

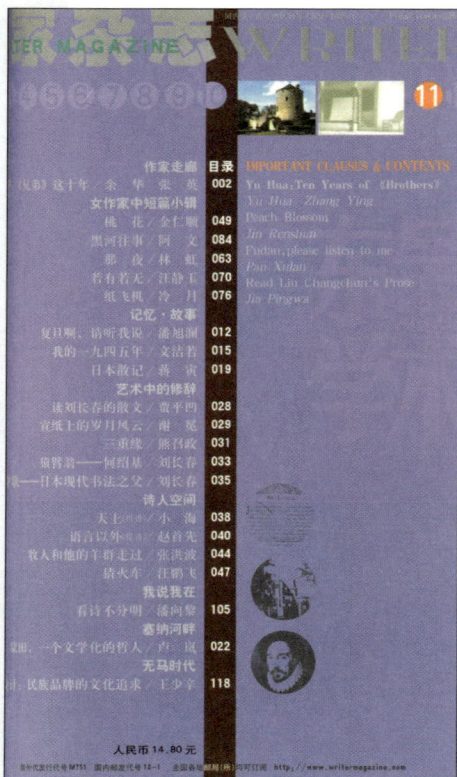

143. **长篇小说《兄弟》（上）。**

发表在《收获·长篇专号》2005年秋冬卷（有删节），文章从第4页到第51页。

在"后记"中，余华说："我开始写作一部望不到尽头的小说，那是一个世纪的叙述。2003年8月我去了美国，在美国东奔西跑了七个月。当我回到北京时，发现自己失去了漫长叙述的欲望，然后我开始写作这部《兄弟》。"

2005年，长篇小说《兄弟》（上）由上海文艺出版社出版。同年，长篇

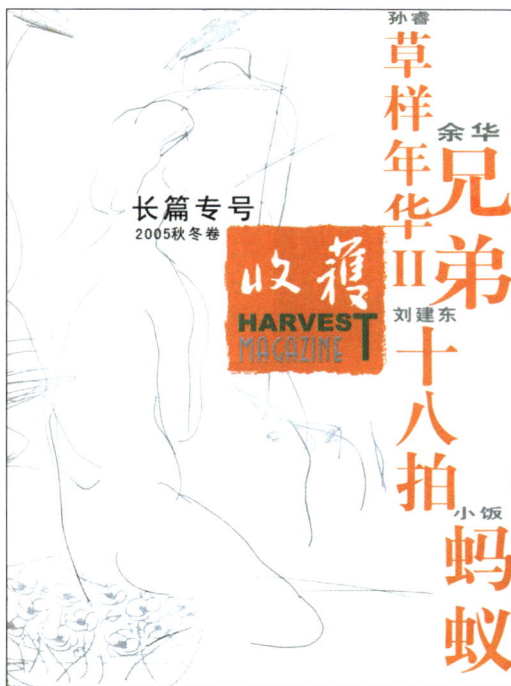

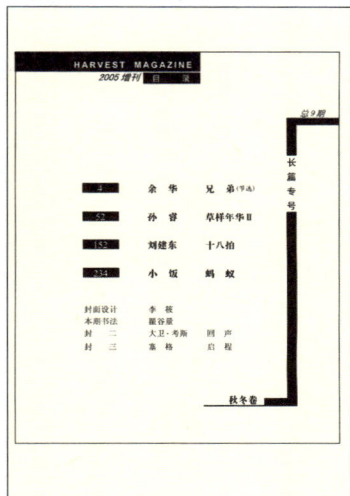

小说《兄弟》（上）（繁体字版）由台湾麦田出版公司出版。2006 年，越南文版长篇小说《兄弟》（上）由越南人民公安出版公司出版。

2006

144. 随笔《大仲马的两部巨著》。

发表在《编辑学刊》2006 年第 1 期。文章在第 74 页，共 1 页约 700 字。

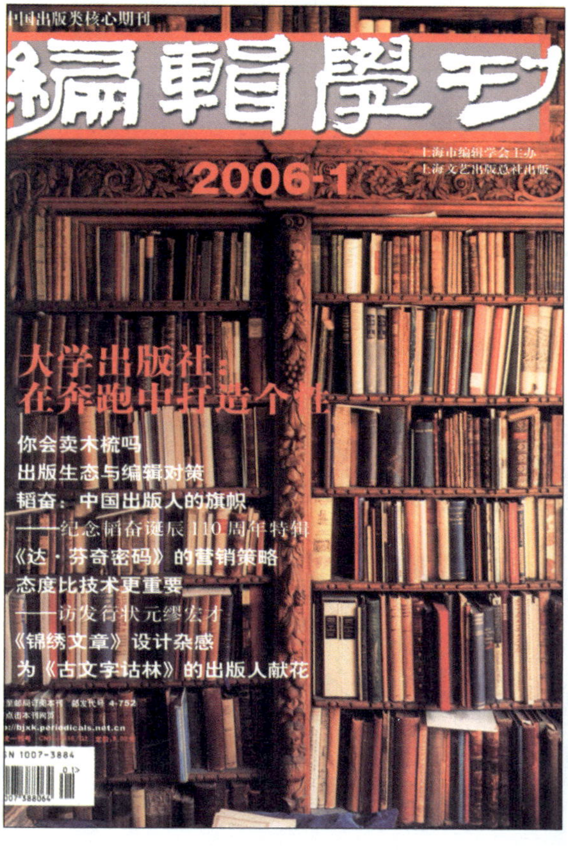
中国出版类核心期刊
编辑學刊
上海市编辑学会主办
上海文艺出版总社出版
2006-1
大学出版社：
在奔跑中打造个性
你会卖木梳吗
出版生态与编辑对策
韬奋：中国出版人的旗帜
——纪念韬奋诞辰110周年特辑
《达·芬奇密码》的营销策略
态度比技术更重要
——访发行状元缪宏才
《锦绣文章》设计杂感
为《古文字诂林》的出版人献花
ISSN 1007-3884

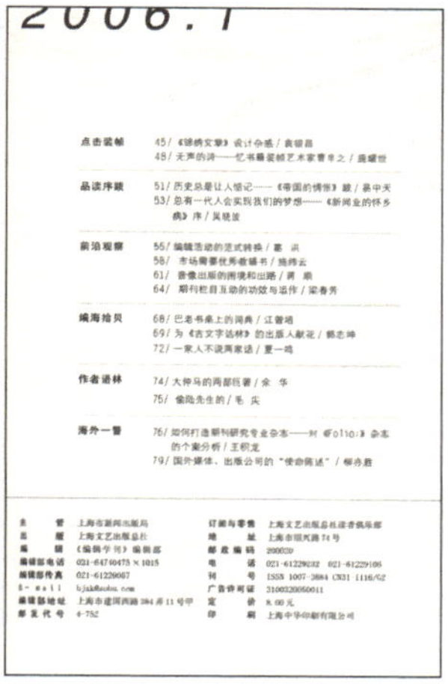

2006.1

主　　管	上海市新闻出版局	订阅与零售	上海文艺出版总社读者俱乐部
主　　办	上海文艺出版总社	地　　址	上海市绍兴路74号
编　　辑	《编辑学刊》编辑部	邮政编码	200020
编辑部电话	021-64740475×1015	电　　话	021-61229232 021-61229166
编辑部传真	021-61229067	刊　　号	ISSN 1007-3884 CN31-1116/G2
E-mail	bjxk@sohu.com	广告许可证	3100320050011
编辑部地址	上海市建国西路384弄11号甲	定　　价	8.00元
邮发代号	4-752	印　　刷	上海中华印刷有限公司

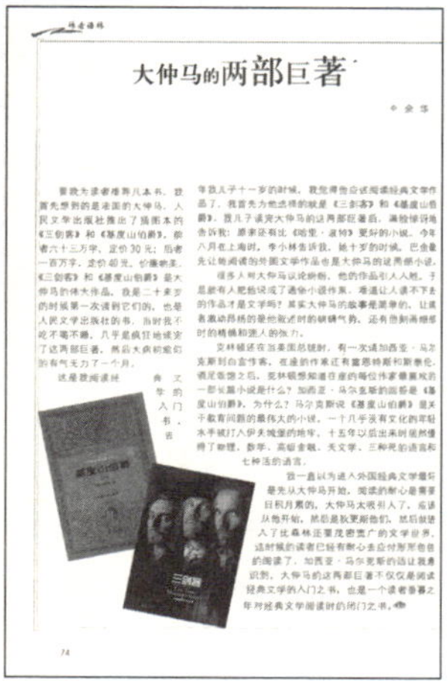

作者语林

大仲马的两部巨著

余华

要我为读者推荐几本书，我首先想到的是法国的大仲马。人民文学出版社推出了插图本的《三剑客》和《基度山伯爵》，前者六十三万字，定价30元；后者一百万字，定价48元，价廉物美。《三剑客》和《基度山伯爵》是大仲马的伟大作品，我是二十来岁的时候第一次读到它们的，也是人民文学出版社的书，当时我不吃不喝不睡，几乎是疯狂地读完了这两部巨著，然后大病初愈似的有气无力了一个月。

这是我阅读经典文学的入门书，去年我儿子十一岁的时候，我觉得他应该阅读经典文学作品了，我首先为他选择的就是《三剑客》和《基度山伯爵》。我儿子读完大仲马的这两部巨著后，满脸惊讶地告诉我：原来还有比《哈里·波特》更好的小说。今年八月在上海时，李小林告诉我，她十岁的时候，巴金最先让她阅读的外国文学作品也是大仲马的这两部小说。

很多人对大仲马议论纷纷，他的作品引人入胜，于是就有人把他说成了通俗小说作家，难道让人读不下去的作品才是文学吗？其实大仲马的故事是简单的，让读者激动昂扬的是他叙述时的磅礴气势，还有他刻画细部时的精确和迷人的张力。

克林顿还在当美国总统时，有一次请加西亚·马尔克斯到白宫作客，在座的作家还有富恩特斯和斯泰伦。晚宴吃饱之后，克林顿想知道在座的每位作家最喜欢的一部长篇小说是什么？加西亚·马尔克斯的回答是《基度山伯爵》，为什么？马尔克斯说《基度山伯爵》是关于教育问题的最伟大的小说，一个几乎没有文化的年轻水手被打入伊夫城堡的地牢，十五年以后出来时居然懂得了物理、数学、高级金融、天文学、三种死的语言和七种活的语言。

我一直以为进入外国经典文学最好是先从大仲马开始，阅读的耐心是需要日积月累的，大仲马太吸引人了，应该从他开始，然后是狄更斯他们，然后就进入了比森林还要茂密宽广的文学世界，这时候的读者已经有耐心去应付那些沉闷的阅读了。加西亚·马尔克斯的话让我意识到，大仲马的这两部巨著不仅仅是阅读经典文学的入门之书，也是一个读者垂暮之年对经典文学阅读时的闭门之书。

74

145. **长篇小说《兄弟》（下）。**

发表在《收获》2006 年第 2 期和《收获》2006 年第 3 期。《收获》第 2 期中文章从第 160 页到第 208 页，第 3 期中文章从第 156 页到第 208 页。

2006 年，长篇小说《兄弟》（下）（繁体字版）由台湾麦田出版公司出版。2006 年，韩文版长篇小说《兄弟》（上下）由韩国人文主义出版公司出版。2006 年，越南文版《兄弟》由越南人民公安出版社出版。2006 年，《兄弟》由上海话剧艺术中心改编为话剧，编剧李容。2007 年，韩文版长篇小说《兄弟》由韩国人文主义出版公司出版。2008 年，长篇小说《兄弟》由作家出版社出版。2008 年，日语版长篇小说《兄弟》由日本文艺春秋出版。同时，2008 年，意大利文版长篇小说《兄弟》（上）由意大利 Feltrinelli 出版公司出版。2009 年，意大利文版长篇小说《兄弟》（下）由意大利 Feltrinelli 出版公司出版。2009 年，英文版长篇小说《兄弟》（Brothers）由美国兰登书屋旗下的 Pantheon Books 出版公司出版。2009 年，英文版长篇小说《兄弟》

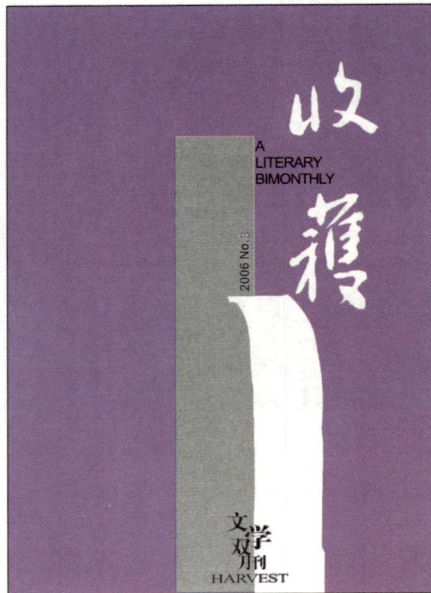

（*Brothers*）由英国麦克米伦公司出版。2009 年，德文版长篇小说
《兄弟》由德国 Fischer 出版公司出版。2009 年，西班牙文版长篇小
说《兄弟》由西班牙 Seix Barral 出版公司出版。2009 年，斯洛伐克
文版长篇小说《兄弟》由斯洛伐克 Marencin PT 出版公司出版。2009

年，匈牙利文版长篇小说《兄弟》由匈牙利 Magveto 出版公司出版。
2009 年，泰文版长篇小说《兄弟》由泰国 NanmeeBooks 出版公司出版。
2009 年，匈牙利文版长篇小说《兄弟》由匈牙利 Magveto 出版社出版。
2010 年，长篇小说《兄弟》由作家出版社出版。2010 年，葡萄牙文版
长篇小说《兄弟》由巴西 Companhia das Letras 出版公司出版。2010
年，法文版长篇小说《兄弟》由法国 Babel 出版。2011 年，斯洛伐克
文版长篇小说《兄弟》下部由斯洛伐克 MarencinPT 出版。2012 年，
挪威文版长篇小说《兄弟》由挪威 Aschehoug 出版公司出版。2013
年，荷兰文版长篇小说《兄弟》由荷兰 DEGEUS 出版公司出版。2015
年，俄文版长篇小说《兄弟》由俄罗斯 TEXT 出版公司出版。2016 年，
瑞典文版长篇小说《兄弟》由瑞典 Bokstugan Wanzhi 出版公司出版。
2016 年，挪威文版长篇小说《兄弟》由挪威 Aschehoug 出版社出版。
2017 年，捷克文版长篇小说《兄弟》由捷克 Verzone s.r.o. 出版公司出
版。2017 年，印尼文版长篇小说《兄弟》由印尼 PT GRAMEDIA PUSTAKA
UTAMA 出版公司出版。

《兄弟》讲述了江南小镇两兄弟李光头和宋钢，重新组合成的家庭在
"文革"劫难中的崩溃过程。

这是两个时代相遇以后出生的小说，前一个是"文革"中的故事，那是
一个精神狂热、本能压抑和命运惨烈的时代，更甚于欧洲的中世纪。
后一个是故事，那是一个伦理颠覆、浮躁纵欲和众生万象的时代，更甚
于今天的欧洲。一个西方人活四百年才能经历这样两个天壤之别的
时代，一个中国人只需四十年就经历了。四百年间的动荡万变浓缩在
了四十年之中，这是弥足珍贵的经历。连接这两个时代的纽带就是这
兄弟两人，他们的生活在裂变中裂变，他们的悲喜在爆发中爆发，他们
的命运和这两个时代一样地天翻地覆，最终他们必须恩怨交集地自食
其果。

余华曾说过："写作不是一种生活，而是一种发现，它通过一个什么事
情，调动过去的生活积累，同时又给它一种新的生活容貌。"《兄弟》在
叙述过去的生活时，虽然并没有绕开那些共识性的历史记忆，但是，它

却从特定的历史苦难中发现了爱的宽广。余华还说："事实上，我是写到下部的时候，才知道自己是在写作一部什么样的小说。作家都愿意去写作久远的故事，因为在久远的时代里更容易找到文学中最引人入胜的传奇性。当我写到下部时，我突然发现今天的中国充满了传奇性，应该说是现实和传奇合二为一了。这是一个叙述者千载难逢的时代，只要写下了真实的现在，也就同时写下了持久的传奇。"起初作者的构思是一部十万字左右的小说，可是叙述统治了他的写作，篇幅超过了四十万字。写作就是这样奇妙，从狭窄开始往往写出宽广，从宽广开始反而写出狭窄。这和人生一模一样，从一条宽广大路出发的人常常走投无路，从一条羊肠小道出发的人却能够走到遥远的天边。所以耶稣说："你们要走窄门。"他告诫我们："因为引到灭亡，那是宽的，路是大的，去的人也多。引到永生，那门是窄的，路是小的，找着的人也少。"我想无论是写作还是人生，正确的出发都是走进窄门。不要被宽阔的大门所迷惑，那里面的路没有多长。

2008 年，《兄弟》获得法国著名的《国际信使》周刊设立的首届"国际信使外国小说奖"。授奖评语称："余华的笔穿越了巨变中国的四十年，这是一部伟大的流浪小说。"同年，被瑞士《时报》评为 2000 至 2010 年世界最重要的 15 部小说之一。

注："国际信使外国小说奖"由法国著名的《国际信使》周刊组办。《国际信使》是文摘类周刊，选编世界各地报刊上的文章，翻译成法语发表。该奖只设外国小说奖，不设法国小说奖，"国际信使外国小说奖"2008 年是第一届。该年法国各出版公司推荐了 130 部外国小说参与竞争，共有 10 部外国小说入围终评，最终根据评委会投票，选定《兄弟》获奖。

146. 洪治纲和余华对话《回到现实，回到存在——关于长篇小说〈兄弟〉的对话》。

发表在《南方文坛》2006年第3期。访谈时间2006年3月12日至15日。文章从第30页到第35页，共6页约12000字。

访谈分为四个部分：第一部分是"生活里拥有无尽的财富"；第二部分是"让人物走出自己的道路"；第三部分是"细节会在叙述中自我延伸"；第四部分是"批评让我感到自己仍在前进"。

147. 余华、严峰对话《〈兄弟〉夜话》。

发表在《小说界》2006 年第 3 期。文章从第 43 页到第 49 页，共 7 页约 10000 字。

责任编辑：韩樱。

文章分五部分："《兄弟》之风格剧变——向伟大的十九世纪小说致敬""《兄弟》之现实寓言——与真实相比，小说的荒诞是小巫见大巫""《兄弟》之雅俗之辨——时代的阅读趣味改变了""余华之音乐通感——乐感缺失的时代，历史感和时间感也被挤掉""《兄弟》之争议——'人类忍受不了太多的真实'"。

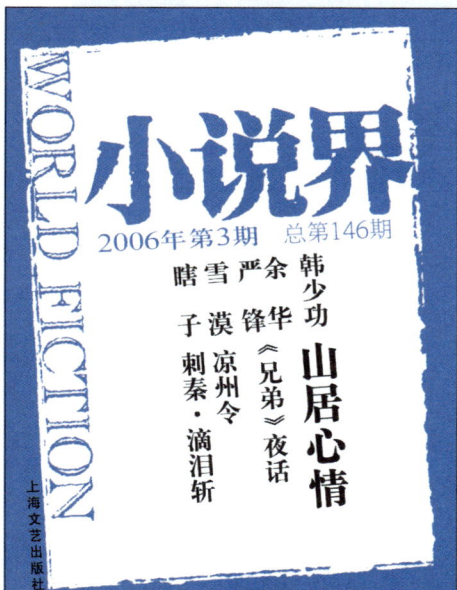

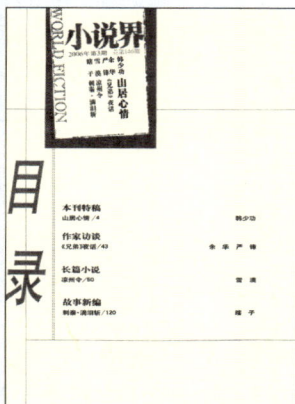

148. 随笔《执着阅读》。

发表在《大学时代》2006 年第 4 期。文章在第 39 页，共 1 页约 1000 字。

149. 余华、张英、宋涵对话录《余华现在说》。

发表在《南方周末》2006 年 4 月 27 日。

150. **余华、吴虹飞、李鹏对话录《余华：争议不是坏事》。**

发表在《南方人物周刊》2006 年 4 月 11 日第 9 期。文章从第 18 页到第 24 页，共 7 页约 15000 字。

记者：吴虹飞。实习记者：李鹏。发自北京。实习记者陈琛对本文也有帮助。

文章分"质疑《兄弟》""作品的荒诞来自于现实""怀念 80 年代""三部标志性作品"" '文革' 的刻骨影响""作家的政治倾向性我很难界定"六个部分。

其中内容包括：

"批评一部小说永远比写一部小说容易。"

"我们就是生活在这样荒诞的时代里，从文革时压抑的荒诞，到今天泛滥的荒诞，当我试图正面去描述这些时，我的作品也就同样荒诞了。"

"生活在今天这个变幻莫测的时代，只要关心一下别人就会震撼自己。不止是关心自己认识的人，也要关心自己素不相识的人。"

"如果一个作家只关心自己的创作，不关心社会，不关心自己所处的时代，不关心别人的生存，这样的作家不可能写出触及社会现实的作品。"余华也是 2006 年 4 月 11 日第 9 期《南方人物周刊》的封面人物。"余华和这二十年"是关于余华的主题，同是在《南方人物周刊》2006 年第 9 期发表的文章还有周刊编辑部整理的《余华的自信和难题》。黄发友、张颐武、郜元宝、程永新及余华博客跟贴的网友等人共同参与的《〈兄弟〉大家谈》由实习记者陈晓健整理。

2007

151. 演讲《三十岁后读鲁迅》。

发表在《青年作家》2007 年第 1 期。文章从第 22 页到第 25 页，共 4 页约 6000 字。

文章分为两个部分："演讲实录"和"现场互动"。

其中，"演讲实录"中分为五个部分：一、"我与鲁迅'迟到'的缘分"；二、"《狂人日记》：'举重若轻'的绝妙"；三、"《孔乙己》：'言简意丰'的技巧"；四、"《风波》：文学作品 VS 时代背景"；五、"《故事新编》：正、邪均可述史"。"现场互动"中分为三个部分：一、"人生：从牙医到作家"；二、"创作：永无止境的探索"；三、"阅读：为了寻找自己的感觉"。

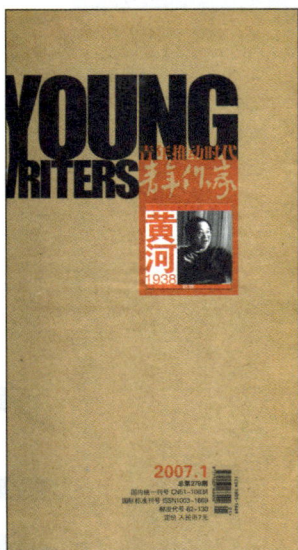

152. 演讲《文学不是空中楼阁——在复旦大学的演讲》。

发表在《文艺争鸣》2007年第2期。文章从第106页到第115页，共10页约15000字。

演讲时间：2006年11月30日晚6:30。

演讲主办：复旦大学当代文学创作与研究中心，《文艺争鸣》杂志社。

演讲地点：复旦大学逸夫科技楼报告厅。

由潘盛整理。

153. 散文《錄像帶電影》。

發表在《西湖》2007年第2期。文章從第72頁到第73頁，共2頁約1800字。

責編：嵇亦工。

154. 散文《日本印象》。

发表在《西湖》2007 年第 2 期。文章从第 73 页到第 74 页，共 2 页约 2500 字。

责编：嵇亦工。

的影片。这些电影被不断转录以后变得越来越模糊，而且大部分的电影还没有翻译，我们不知道里面的人物在说什么，模糊的画面上还经常出现录像带破损后的闪亮条纹。我们仍然全神贯注，猜测着里面的情节，对某些画面赞叹不已。我还记得，当我们看到电影里的一个男人正在沙漠地当的沙发上，看着自己和一个女人做爱时，我们会喊叫："牛！"看到电影里一些人正在激烈地枪战，另一些人却是若无其事地散步和安静地坐在椅子里看书时，我们会喊叫："牛！"当格非来到北京时，盘腿坐在朱伟家的地毯上看着录像带电影就是三个人了，喊叫"牛"的也是三个人了。我就是在这间屋子里第一次见到苏童，那是1989年底的时候，朱伟打电话给我，说苏童来了。我记得自己走进朱伟家时，苏童立刻从沙发里站起来，生机勃勃地伸出了他的手。不久前我在网上看到苏童在复旦大学演讲时，提到了我们第一次见面的情景。他说第一次见到我的时候，感觉是他街上的孩子来了。回想起来我也有同样的感觉，虽然我和苏童第一次见面已经29岁了，苏童那时26岁，可是我们仿佛是心长大了。

在我的记忆里，第一次看的录像带电影就是伯格曼的《野草莓》。我的童年和少年时期把八部革命样板戏看了又看，把《地雷战》和《地道战》看了又看，还有阿尔巴尼亚电影《宁死不屈》和《勇敢的人们》等等，还有朝鲜电影《卖花姑娘》和《鲜花盛开的村庄》，前者让我笑肿了眼睛，后者让我笑疼了肚子。文革后期罗马尼亚电影进来了，一部《多瑙河之波》让我的少年开始让人非非了，那是我第一次在电影里看见一个男人把一个女人抱起来，虽然他们是夫妻。那男人在甲板上抱起他的妻子时说的一句台词"我要把你扔进河里去"，是那个时代男孩子的流行语，少年时期的我每次说出这句台词时，心里就会悄悄涌上甜蜜的憧憬。

文革结束以后，大量被禁的电影开始公开放映，这是我看电影最多的时期。文革十年期间，翻来覆去地看样板戏，看地雷战地道战，看阿尔巴尼亚和朝鲜电影，文革结束后差不多两三天看一部以前没有看过的电影，然后日本电影进来了，欧洲电影也进来了，一部《追捕》我看了三遍，一部《虎口脱险》我看了两遍。我不知道自己看了多少电影，可是当我在1988年看完第一部录像带电影《野草莓》时，我震惊了，我第一次知道电影是可以这样表达的，或者说第一次知道这个世界上还有这样的电影。那天深夜离开吴滨的家，已经没有公交车了，我一个人行走在北京寂静的街道上，热血沸腾地走了二十多公里，走到十里堡的鲁迅文学院。那天晚上，应该说是凌晨了，录像带电影《野草莓》给予我的感受是：我终于看到了一部真正的电影。

日本印象

今年八月，日本国际交流基金会邀请我和家人访日十五天，去了东京，和东京附近的镰仓；北海道的札幌、小樽和定山溪；还有关西地区的京都、奈良和大阪。

这是十分美好的旅程，二十多年前我开始阅读川端康成的小说时，就被他叙述的细腻深深迷住了，后来又在其他日本作家那里读到了类似的细腻，日本的文学作品在处理细部描述时，有着难以言传的丰富色彩和微妙的情感变化，这是日本文学独特的气质。

在阅读了二十多年的日本文学作品之后，我终于有机会来到日本，然后我才真正明白为什么会产生如此细腻，而且这细腻又是如此丰富的日本文学，因为对细节的迷恋正是日本民族的独特气质。在我的心目中，日本是一个充满了美妙细节的国度，我在日本的旅行就是在美妙的细节里旅行。

在镰仓的时候，我去了川端康成家族的墓地，那是一个很大的墓园，不知道有多少人长眠在这里。我们在烈日下沿着安静的盘山公路来到墓园的顶端，站在川端家族的墓地时，我发现了一个秘密的细节，就是我四周的每一个墓碑都有一个石头制作的名片箱，当生前的人来探望去世的人时，应该递上一张自己的名片。如此美妙的细节，让生与死一下子变得亲密起来。或者说，名片箱的存在让生者和死者的继续交往有了现实的依据。然后我在晴空下举目四望，看到无数的墓碑依次而下，闪耀着

155. 余华与张清华对话录《"混乱"与我们时代的美学》。

发表在《上海文学》2007 年第 3 期。文章从第 83 页到第 89 页，共 7
页约 10000 字。

文章分为三个部分：第一部分从血缘与地理方面进行讨论；第二部分
从"混乱"与时代的美学进行谈论；第三部分从《兄弟》的生命在于
"真实"进行论述。

该篇文章是根据录音整理的，后经对话人审阅，整理者是北京师范大
学中国现当代文学专业 2006 级博士生曹霞和安静。

156. 演讲《飞翔和变形——关于文学作品中的想象之一》。

发表在《收获》2007 年第 5 期。文章是余华 2007 年 5 月 28 日在韩国延世大学的演讲（时间为余华自注在期刊文章后）。文章从第 111 页到第 115 页，共 5 页约 6000 字。

《飞翔和变形——关于文学作品中的想象之一》后来又发表在《文艺争鸣》2009 年第 1 期，文章在第 48 页到第 51 页。

157. 演讲《我们生活在巨大的差距里》。

发表于《读书》2007年第9期。《我们生活在巨大的差距里》是2007年5月21日余华在上海中德心理治疗大会上的演讲（时间为余华自注在期刊文章后）。文章从第115页到第118页，共4页约3000字。2015年，作品集《我们生活在巨大的差距里》由北京十月文艺出版社出版。

158. 随笔《从大仲马说起》。

发表在《西部》2007 年第 11 期。文章从第 25 页到第 26 页，共 2 页约 1500 字。

159. **随笔《阅读与写作》。**

发表在《上海文学》2007 年第 12 期。《阅读与写作》是作者 2007 年 4 月 20 日在上海作协"城市文学讲坛"的演讲。文章从第 76 页到第 79 页，共 4 页约 6000 字。

由金洁明整理，后经作者本人审定。摄影是麦穗奇。

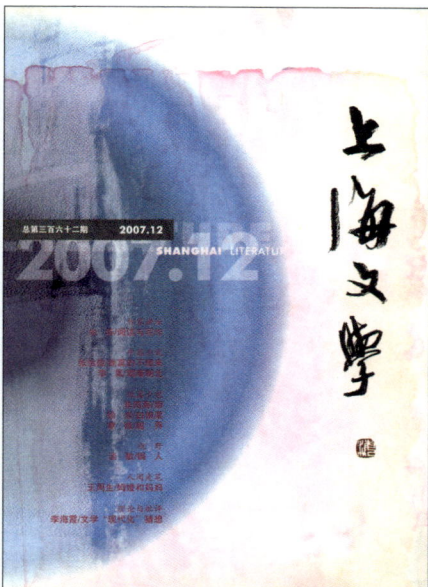

2008

160. 访谈《我写下了中国人的生活——答美国批评家 William Marx 问》。

发表在《作家》2008 年第 1 期。文章从第 2 页到第 5 页，共 4 页约 4000 字。

文章就《在细雨中呼喊》以及《兄弟》的内容进行讨论。

《在细雨中呼喊》英文版 2007 年 10 月 9 日由美国兰登书屋出版，译者 Allan Barr 是加州 Pomona College 的教授。William Marx 是美国知名的批评家，在波士顿主持一个著名的广播节目，同时主编网上的《世界文学》副刊。

责任编校：王小王。

161. 随笔《流行音乐的力量》。

发表在《视野》2008 年第 2 期。文章在第 61 页，共 1 页约 1000 字。

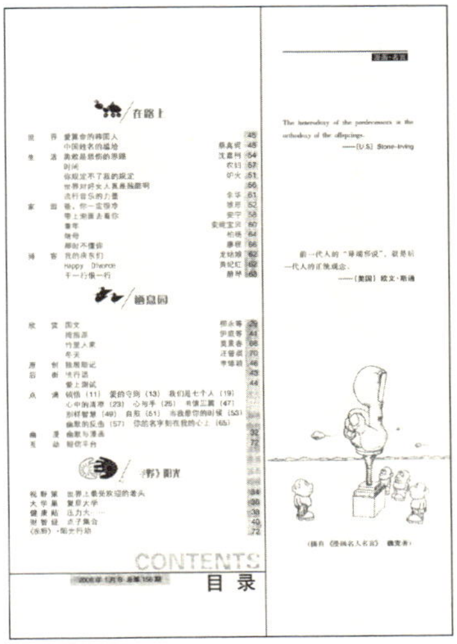

162. 随笔《轻盈的才华》。

发表在《作家》2008 年第 4 期。写毕于 2007 年 11 月 17 日（时间为余华自注在期刊文章后）。文章在第 98 页。

余华通过这篇约 500 字的文章来向《作家》杂志推荐张卓的三部短篇小说《不能剪头发的女孩》《干净西服上的小污点》和《逃》。

推荐理由是余华认为张卓喜欢从奇怪的角度出发，然后用不奇怪的叙述来完成作品，这样天真、还有一些时尚的笔调，就能很轻地表达我们日常生活中的沉重。

163. 随笔《伊恩·麦克尤恩后遗症》。

发表在《作家》2008年第8期。写毕于2008年4月5日（时间为余华自注在期刊文章后）。文章从第4页到第6页，共3页约4200字。

责任编校：王小王。

注：伊恩·麦克尤恩的短篇小说集《最初的爱情，最后的仪式》，由人民文学出版社出版。

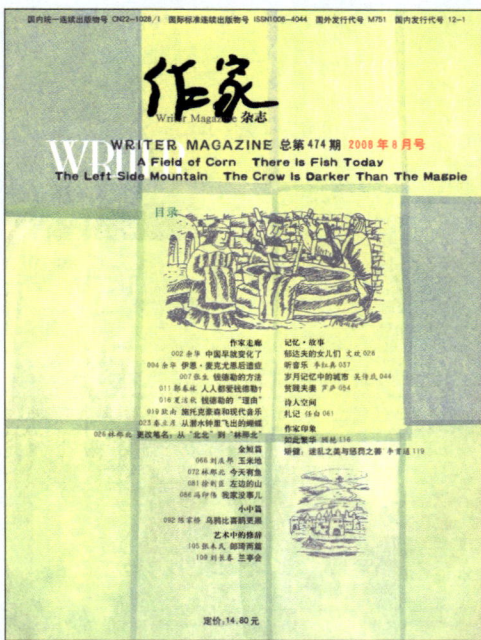

164. 随笔《中国早就变化了》。

发表在《作家》2008年第8期。写毕于2008年6月21日（时间为余华自注在期刊文章后）。文章从第2页到第3页，共2页约3000字。

责任编校：王小王。

2009

165. 随笔《生与死，死而复生——关于文学作品中的想象之二》。

发表在《文艺争鸣》2009 年第 1 期。文章从第 51 页到第 55 页，共 5 页约 7000 字。

166. **随笔《细节的合理性》。**

发表在《文艺争鸣》2009 年第 6 期。是余华 2008 年 10 月在北京师
范大学"当代世界文学与中国国际学术研讨会"上的演讲。文章从第
59 页到第 61 页，共 3 页约 5000 字。

167. 随笔《两位学者的肖像——读马悦然的〈我的老师高本汉〉》。

发表在《作家》2009 年第 10 期。写毕于 2009 年 8 月 8 日（时间为余华自注在期刊文章后）。文章从第 2 页到第 4 页，共 3 页约 4200 字。

责任编校：王小王。

168. 随笔《被遗忘的革命》。

发表在《纽约时报》2009 年 5 月 31 日。

169. 短篇小说《西北风呼啸的中午》。

发表在 2009 年《明报月刊》。

170. 《"八〇后作家在对社会撒娇"访谈》。

发表在《羊城晚报》2009 年 12 月 6 日第 A02 版。

2010

171. 随笔《一个记忆回来了》。

发表在《文艺争鸣》2010 年第 1 期。

文章从第 62 页到第 65 页，共 4 页约 5600 字。

172. 随笔《当德国成为领跑者》。

发表在《京华时报》2010 年 7 月 6 日第 T06 版。

173. 王侃、余华访谈录《我想写出一个国家的疼痛》。

发表在 2010 年《东吴学术》（创刊号）。文章从第 25 页到第 32 页，

共 8 页约 12000 字。

文章共六个部分：一、我并没有发明故事；二、作家的性格和运气；

三、《兄弟》内外；四、《兄弟》前后；五、对先锋文学的所有批评都是

一种高估；六、我想写出一个国家的疼痛。

2011

174. 随笔《文学与经验》。

发表在《文艺争鸣》2011年第1期。文章从第54页到第56页，共3页约4500字。

这篇文章是余华在主持"文学与经验"问题讨论中提到的内容。

175. 随笔《给塞缪尔·费舍尔讲故事》。

发表在《大方》2011年第2期。文章从第35页到第39页，共5页约5000字。

插图：韩笑。

费舍尔（S.Fischer）是德国最具声望的出版公司之一，成立于一八八六年九月一日，创始人为塞缪尔·费舍尔。德文Fischer是渔夫的意思，出版公司的标志就是一个渔夫在用力拉着渔网。

本文是作者应费舍尔出版公司的邀请，为纪念出版公司成立一百二十五周年而写的。文中提到的易卜生、豪普特曼、托马斯·曼和卡夫卡都是该社作者，巴尔梅斯是出版公司现任总编辑，库布斯基是余华的编辑。故事发生地巴德伊舍是奥地利的一个温泉小镇，当年塞缪尔·费舍尔常在这里避暑。

176. **演讲《文学中的现实和想象力》。**

发表在《延河》2011 年第 3 期。文章从第 159 页到第 165 页，共 7 页约 7000 字。

本文系根据作者在韩国延世大学演讲录音整理而成。

责任编辑：闫安。

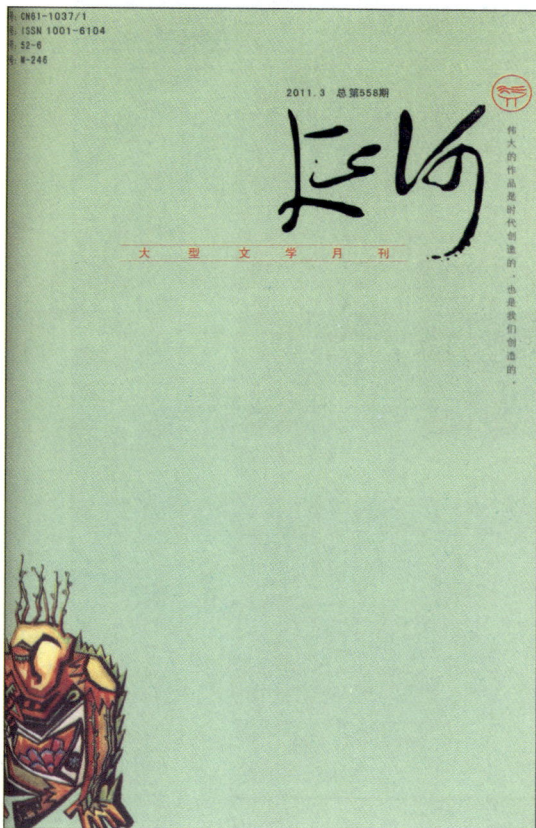

177. 随笔《消费的儿子》。

发表在《视野》2011 年第 12 期。共 1 页约 500 字。

2012

178. **随笔《我们的安魂曲》。**

发表在《全国新书目》2012 年第 3 期。

金陵女子学院成为国际安全区内专门收容妇女儿童的难民营，美国女传教士明妮·魏特林临危受命，进行了抵抗日军暴行、保护上万妇女和儿童、成立家庭工艺学校等人道主义行动。《南京安魂曲》写出了悲剧面前的众生万象和复杂人性，文章中的侵华日军的战争暴行，恐怖的日日夜夜，人性的怯懦和黑洞，夹杂在亲情与民族大义之间的挣扎，得以真实而全景地再现

我们的安魂曲

◎文/余华

我只用一个夜晚就读完了哈金的新作《南京安魂曲》，我不知道需要多少个夜晚还有白天才能减弱这部作品带给我的伤痛。我知道时间可以修改我们的记忆和情感，文学就是这样历久弥新。当我在多年之后找回这些感受时，伤痛可能已经成为隐隐作痛——那种来自记忆深处的疼痛。身体的伤疤可以愈合，记忆的隐隐作痛却会旷日持久。

我想，哈金在写作《南京安魂曲》时，可能一直沉溺在记忆的隐隐作痛里。他的叙述是如此的平静，平静得让人没有注意到叙述的存在，可是带给读者的阅读冲击却是如此强烈。我相信这些强烈的冲击将会在时间的长河里逐渐风平浪静，读者在此后的岁月里回味《南京安魂曲》时，就会与作者一起感受记忆的隐隐作痛。

这正是哈金想要表达的，让我们面对历史的创伤，在追思和慰灵的小路上无声地行走。在这个意义上说，哈金写下了他自己的安魂曲，也写下了我们共同的安魂曲。

哈金早已是享誉世界的作家了。他出生于辽宁，在“文革”中长大，当过兵，1981 年毕业于黑龙江大学，1984 年获得山东大学北美文学硕士学位，1985 年留学美国，他是改革开放后最早的出国留学生。这一代留学生拿着为数不多的奖学金，一边学习一边打工糊口，还要从牙缝里省下钱来寄回国内。哈金可能更加艰苦，因为他学习打工之余还要写作，而且是用英语写作。他对待写作精益求精，一部小说会修改 40 多次，这部《南京安魂曲》也修改了这么多次。

我拿到这部书稿时，《南京安魂曲》的书名直截了当地告诉我：这是一部关于南京大屠杀的作品。我心想，哈金又在啃别人啃不动的题材了。虽然我已经熟悉他的写作，虽然我在他此前的小说里已经领略了他驾驭宏大题材的能力，我仍然满怀敬意。

南京大屠杀是中国现代史上无法愈合的创伤。侵华日军于 1937 年 12 月 13 日攻陷当时的首都南京，在南京城区及郊区对平民和战俘进行了长达 6 个星期的大规模屠杀、抢掠、强奸等战争罪行。在大屠杀中有 30 万以上中国平民和战俘被日军杀害，南京城的三分之一被日军纵火烧毁。

在这简单的词汇和数字的背后，有着巨浪滔天似的鲜血和泪水，多少凄惨哀号，多少生离死别，多少活生生的个体在毁灭、耻辱、痛苦和恐惧里沉浮，仿佛是纷纷扬扬的雪花那样数不胜数，每一片雪花都是一个悲剧。要将如此宏大而又惨烈的悲剧叙述出来，是一次艰巨的写作。而且对于文学来说，光有宏大场景是远远不够的，还要叙述出这样的场景里那些个体的纷繁复杂。哈金一如既往的出色，他在看似庞杂无序的事件和人物里，为我们开辟出了一条清晰的叙述之路，同时又写出了悲剧面前的众生万象和复杂人性。

《南京安魂曲》有着纪录片般的真实感，触目惊心的场景和苦难中的人生纷至沓来。哈金的叙述也像纪录片的镜头一样诚实可靠，这是他一贯的风格。他的写作从来不会借助花哨的形式来掩饰什么，他的写作常常朴实得不像是写作，所以他的作品总是具有特别的力量。

金陵女子学院是哈金叙述的重点。一所美国人办的学校，在南京被日军攻陷之后成为难民救济所。成千上万的妇女儿童和少数成年男子在这里开始了噩梦般的经历，日军在南京城的强奸杀戮也在这里展开，而中国难民之间的友情和猜忌、互助和冲突也同时展开。这就是哈金，他的故事总是在单纯里展现出复杂。《南京安魂曲》有着惨不忍睹的情景，也有温暖感人的细节；有友爱、信任和正义之举，也有自私、中伤和嫉妒之情……在巨大的悲剧面前，人性的光辉和人性的丑陋都在不断放大，有时候会在同一个人身上放大。

这部作品的宏大远远超出它所拥有的篇幅，想要在此作出简要的介绍是不可能的，也许可以简要地介绍一下作品中的人物，那也是捉襟见肘的工作。

明妮·魏特林，作为战时金陵女子学院的临时负责人，是故事的主角。这是一位无私的女性，她勇敢而执着，竭尽全力与日军抗争，努力保护所有的难民，可是最后却遭受了妒忌和诽谤。故事的讲述者安玲，她的儿子战前去日本留学，娶了一位善良的日本女子，战争期间被迫入伍来到中国，作为日军战地医院的医生，这位反战的正直青年最后被游击队以汉奸罪处死。安玲在战后出席东京审判时与自己的日本儿媳和孙子相见不敢相认的情景令人感伤。

而感伤之后是感叹：人世间的可怕不只是种种令人发指的暴行，还有命运的无情冷酷，而命运不是上帝的安排，是人和人之间制造出来的。

《南京安魂曲》
[美]哈金著　季思聪译
江苏文艺出版社　2011.10
定价：32.00 元

2013

179. 随笔《〈失忆〉读后》。

发表在《东吴学术》2013年第2期。

180. 随笔《毛泽东很生气》。

发表在《纽约时报》（评论版）2013年4月11日。

2014

181. 随笔《小记童庆炳老师》。

发表在《南方文坛》2014年第1期。写毕于2013年9月25日（时间为余华自注在期刊文章后）。文章在第86页，共1页约700字。

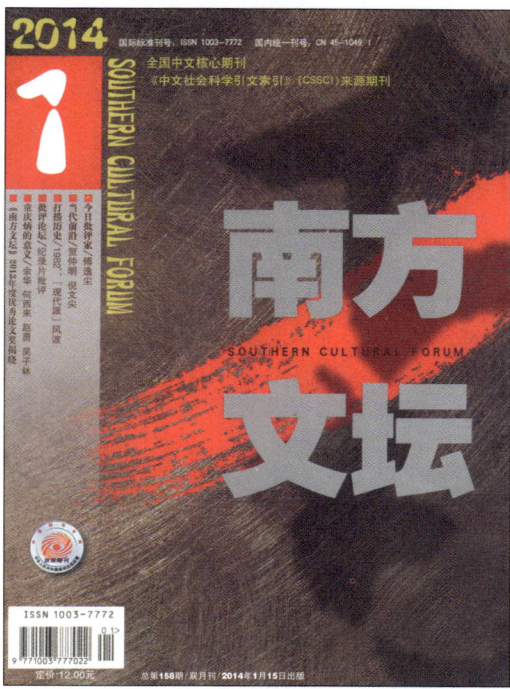

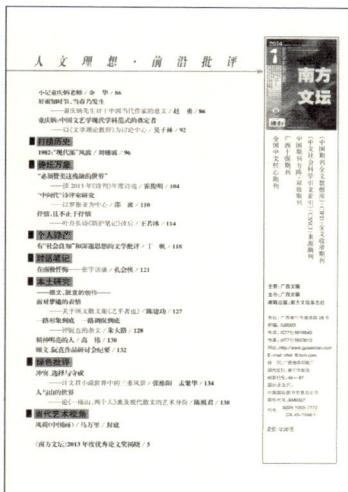

2016

182. 散文《阅读的故事》。

发表在《收获》2016 年第 2 期。文章从第 44 页到第 53 页，共 10 页约 17000 字。

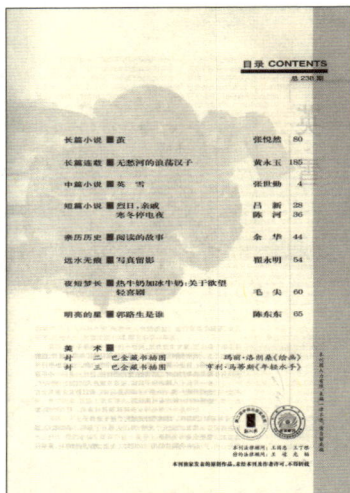

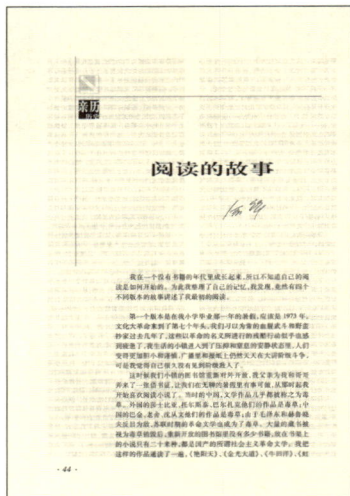

作品集和长篇小说单行本

（包括大陆版本、港台版本和外文版本）

1989

001. 1989 年，小说集《十八岁出门远行》，由作家出版社出版。

版次：1989 年 11 月北京第 1 版。印次：1989 年 11 月第 1 次印刷。

字数共为 172 千字。页数为 312 页。

其中收录《十八岁出门远行》《西北风呼啸的中午》《萤火虫》《一九八六年》《河边的错误》《四月三日事件》《现实一种》《世事如烟》，共 8 篇作品。

余 华

十八岁出门远行

十八岁出门远行

作者：余 华
责任编辑：水 舟
责任校对：彭卓民
装帧设计：王效宓
出版发行：作家出版社　　电话：5005588转
社址：北京农展馆南里10号
印刷：北京东光印刷厂
经销：新华书店北京发行所
开本：787×960　1/32
字数：172千
印张：10　　　　　　　插页：6
版次：1989年11月北京第1版第1次
ISBN 7-5063-0306-x/I · 305
定价：3.90元

作家版图书，版权所有，盗印必究。
作家版图书印、装错误可随时退换。

1990

002. 1990 年，小说集《十八岁出门远行》（繁体字版），由台湾远流出版公司出版。

版次：1990 年 10 月 1 日，"初版一刷"。平装本。

页数为 266 页。

小说集有李陀在 1989 年 4 月 28 日为其写的序《雪崩何处？》。

其中收录《十八岁出门远行》《死亡叙述》《一九八六年》《河边的错误》《现实一种》，共 5 篇作品。

最后附录是由朱伟写作的《关于余华》。

1991

003. 1991 年，小说集《世事如烟》（繁体字版），由台湾远流出版公司出版。

004. 1991 年，小说集《偶然事件》，由花城出版社出版。

版次：1991 年 12 月第 1 版。印次：1991 年 12 月第 1 次印刷。

字数共为 160 千字。页数为 324 页。

小说集由李陀的《雪崩何处？》作为代序。

其中收录《此文献给少女杨柳》《往事与刑罚》《古典爱情》《爱情故

粤新登字05号

偶 然 事 件
余 华
*
花城出版社出版发行
（广州市环市东路水荫路11号）
广东省新华书店经销
广东韶关新华印刷厂印刷
787×940毫米 32开本 10.25印张 1插页 160,000字
1991年12月第1版 1991年12月第1次印刷
印数1—1,400册
ISBN 7-5360-1042-7/I·933
定价：3.95元

事》《难逃劫数》《两个人的历史》《死亡叙述》《鲜血梅花》《偶然事件》，共 9 篇作品。同时附余华在 1989 年 6 月写的《虚伪的作品（创作谈）》。

《偶然事件》小说集的"内容提要"是这样的："余华是先锋派小说家，是近年来文坛上的领风骚者。本书收录他的最新作品四个中篇五个短篇，充分体现他重建小说新秩序的努力。生活是不真实的，生活事实总是真假杂乱、鱼目混珠，只有被个人角度感悟的东西才是真实的；经验也是不可靠的，它只对实际的事物负责，越来越疏远精神的本质……余华以纯粹个人化的新鲜感觉，纯粹个人化的叙述语言，创造了自己的小说体系，新的文字格局已经形成，本集子是其中的一个明证。"

1992

005.　1992 年，小说集《河边的错误》，由长江文艺出版社出版。

版次：1992 年 12 月第 1 版。印次：1992 年 12 月第 1 次印刷。

同时，小说集分为平装本和硬精装版本。

字数共 259 千字。页数为 347 页。

其中收录《河边的错误》《现实一种》《世事如烟》《古典爱情》《往事与刑罚》《鲜血梅花》《此文献给少女杨柳》《偶然事件》《夏季台风》，

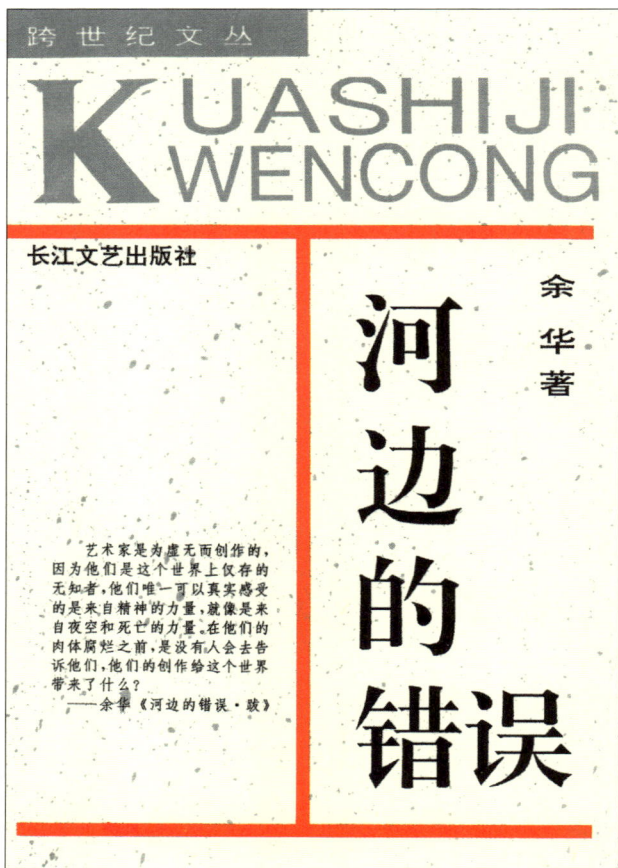

共 9 篇作品。目录里还包括陈骏涛的《〈跨世纪文丛〉缘起》以及谢冕写的总序:《跨世纪的机缘》。小说集的最后有余华在 1992 年 8 月 6 日所写的《跋》以及附录《余华主要作品目录》。

余华在《河边的错误·跋》中有这样的话:"……艺术家是为虚无而创作的,因为他们是这个世界上仅存的无知者,他们唯一可以真实感受的是来自精神的力量,就像是来自夜空和死亡的力量。在他们的肉体腐烂之前,是没有人会去告诉他们,他们的创作给这个世界带来了什么。"

006. 1992 年，长篇小说《呼喊与细雨》（繁体字版），由台湾远流出版公司出版。

版次：1992 年 7 月 16 日，"初版一刷"。平装本。

页数为 332 页。

《呼喊与细雨》共分为四章，第一章包括：南门、婚礼、死去、出生。第二章包括：友情、战栗、苏宇之死、年幼的朋友。第三章包括：遥远、风烛残年、消失、祖父打败了父亲。第四章包括：威胁、抛弃、诬陷、回到南门。

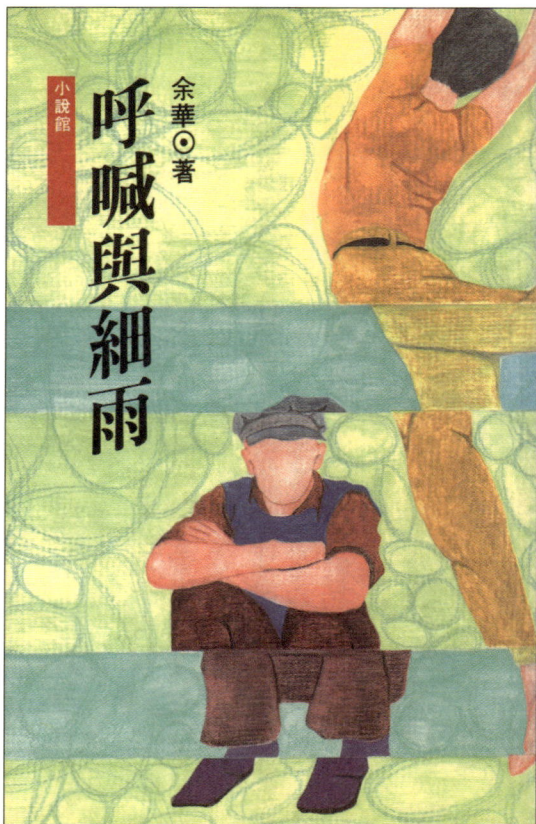

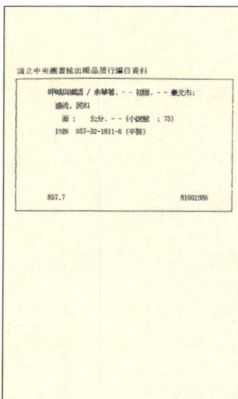

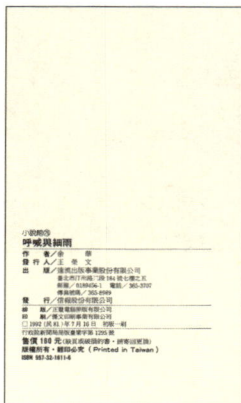

1993

007. 1993 年，小说集《夏季台风》（繁体字版），由台湾远流出版公司出版。

版次：1993 年 4 月 16 日，"初版一刷"。平装本。

页数为 287 页。

其中收录《西北风呼啸的中午》《鲜血梅花》《往事与刑罚》《四月三日事件》《难逃劫数》《夏季台风》，共 6 篇小说。

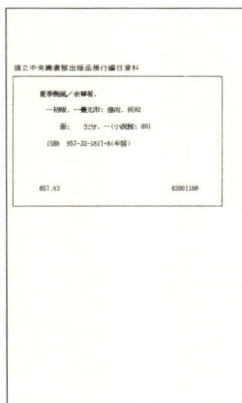

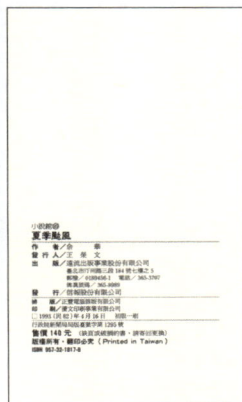

008. 1993 年，长篇小说《在细雨中呼喊》，由花城出版社出版。

版次：1993 年 6 月第 1 版。印次：1993 年 6 月第 1 次印刷。

字数共为 175 千字。页数为 268 页。

这是作为先锋长篇小说丛书中的一本。书的封面上是这样写的："一部真正的小说应该无处不洋溢着象征，即我们寓居世界方式的象征，我们理解世界并且与世界打交道的方式的象征。"

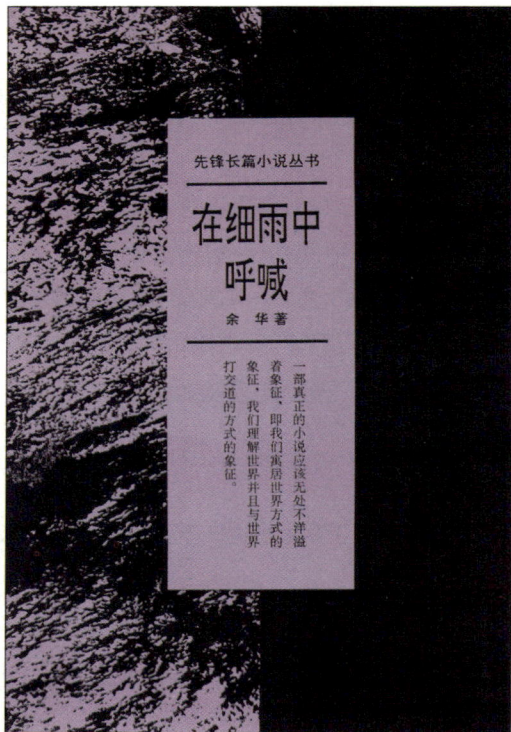

先锋长篇小说丛书

在细雨中呼喊

余 华 著

一部真正的小说应该无处不洋溢着象征，即我们寓居世界方式的象征，我们理解世界并且与世界打交道的方式的象征

粤新登字 05 号

在细雨中呼喊

余 华 著

花城出版社出版发行
（广州市环市东路水荫路 11 号）
新华书店经销
武汉大学出版社印刷厂印刷
850×1168 毫米 32 开本 8.5 印张 3 插页 175,000 字
1993 年 6 月第 1 版 1993 年 6 月第 1 次印刷
印数 1~10,000 册
ISBN 7-5360-1268-X/I · 1072
定价：7.50 元

长篇小说《在细雨中呼喊》的"内容提要"：

　　这是著名的先锋派代表作家余华的第一部长篇力作。

　　它描述了一位江南少年对成长的恐惧。"我"从小生长在一个不和谐的家庭之中，六岁即被送至一户离奇古怪、阴阳失衡的人家收养，奄奄一息的养母和体壮如牛的养父无法过正常人的生活，最终，极度压抑的养父竟为婚外恋情断送了性命，"我"由此面临被遗弃、淡忘、孤苦无依的命运。

　　作品自始至终笼罩着如烟似雾的氛围，在春雨般绵密的倾诉中，往昔情景交叉重现，炎凉的世态、孤立无援的反抗、风中弱杨一样的友情、对女性幻梦的破灭、生理渐变引致的无穷困扰……透过枝蔓曲折的生活表象，作者向我们揭示了成长的全部秘密。

　　本书无疑是作者倾尽全力的一次文学实验，它以特殊的视角效应展现似水流年，表达对人类生存的深刻感悟，是读者了解先锋小说的最佳范本。

009. 1993 年，长篇小说《活着》，由长江文艺出版社出版。

版次：1993 年 11 月第 1 版。印次：1993 年 11 月第 1 次印刷。

字数共为 150 千字。页数为 219 页。

《活着》是余华改变先锋前卫的笔法，走向传统小说方式的作品，富有电影视觉感和想象力。

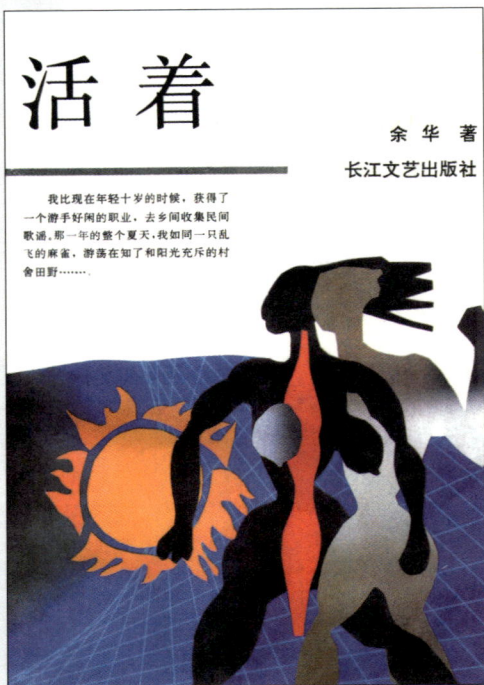

活　着

余　华　著
长江文艺出版社

我比现在年轻十岁的时候，获得了一个游手好闲的职业，去乡间收集民间歌谣，那一年的整个夏天，我如同一只乱飞的麻雀，游荡在知了和阳光充斥的村舍田野……。

鄂新登字 05 号

责任编辑：周季胜
装帧设计：王祥林

活　着
余　华　著
长江文艺出版社出版·发行
（武汉市解放大道新育村 63 号）
新华书店经销
七二一八印刷厂印刷
787×1092 毫米　32 开本　.7 印张　2 插页　150 千字
1993 年 11 月第 1 版　1993 年 11 月第 1 次印刷
印数：1—3000
ISBN7—5354—1053—7
I·887　定价：4.80 元

余华在其《活着》"前言"中写道："一位真正的作家永远只为内心写作，只有内心才会真实地告诉他，他的自私、他的高尚是多么突出……我始终为内心的需要而写作，理智代替不了我的写作，正因为此，我在很长一段时间是一个愤怒和冷漠的作家。"

同时，余华也介绍道："作家的使命不是发泄，不是控诉或者揭露，他应该向人们展示高尚。这里说的高尚不是那么单纯的美好，而是对一切事物理解之后的超然，对善与恶一视同仁，用同情的目光看待世界。正是在这样的心态下，我听到了一首美国民歌《老黑奴》，歌中那位老黑奴经历了一生的苦难，家人都先他而去，而他依然友好地对待世界，没有一句抱怨的话。这首歌深深打动了我，我决定写下一篇这样的小说，就是这篇《活着》，写人对苦难的承受能力，对世界乐观的态度。写作过程让我明白，人是为活着本身而活着的，而不是为活着之外的任何事物所活着。我感到自己写下了高尚的作品。"

1994

010. 1994 年，法文版小说集《世事如烟》，由法国 PHILIPPE PICQUIER 出版公司出版。

收录《世事如烟》和《河边的错误》两篇中篇小说。

译者：Nadine Perront。

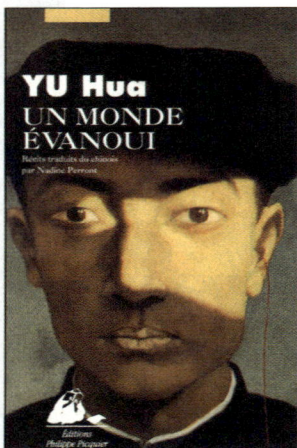

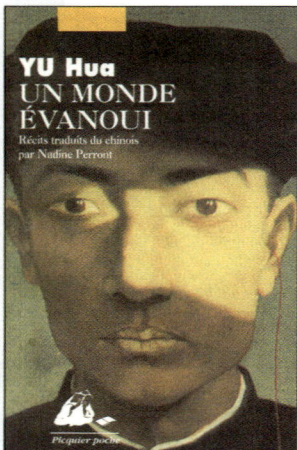

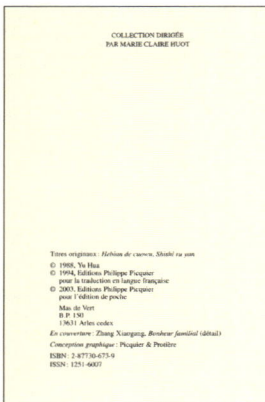

011. **1994 年，长篇小说《活着》（繁体字版），由台湾麦田出版公司出版。**
版次：1994 年 5 月 1 日，"初版一刷"；以及 1994 年 6 月 1 日，"初版二刷"。平装本。
页数为 245 页。

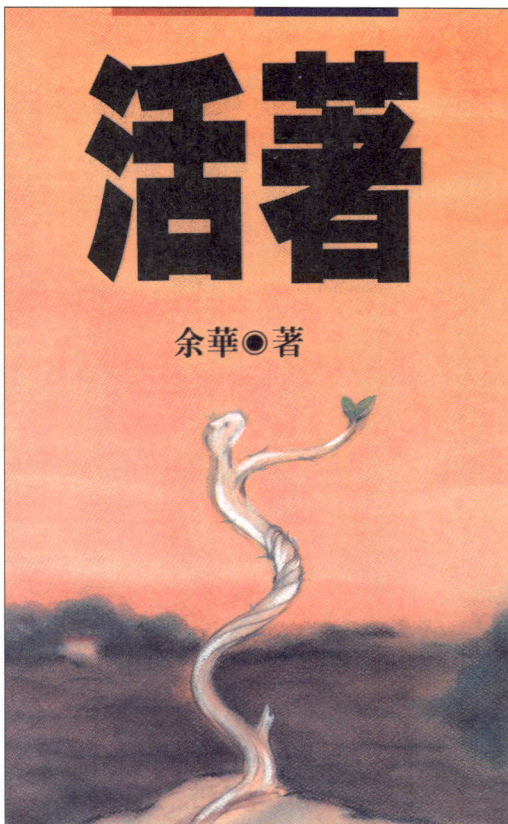

012. 1994 年，长篇小说《活着》（繁体字版），由香港博益出版公司出版。

版次：1994 年 6 月（初版），1994 年 10 月（第五版、第六版）。（此书为第六版）。

页数为 294 页。

在小说《活着》编者的话中，谢燕芳写道："以中国历史为背景、以农村为舞台，是不少中国小说常用的表现模式。这种以人物写社会、以

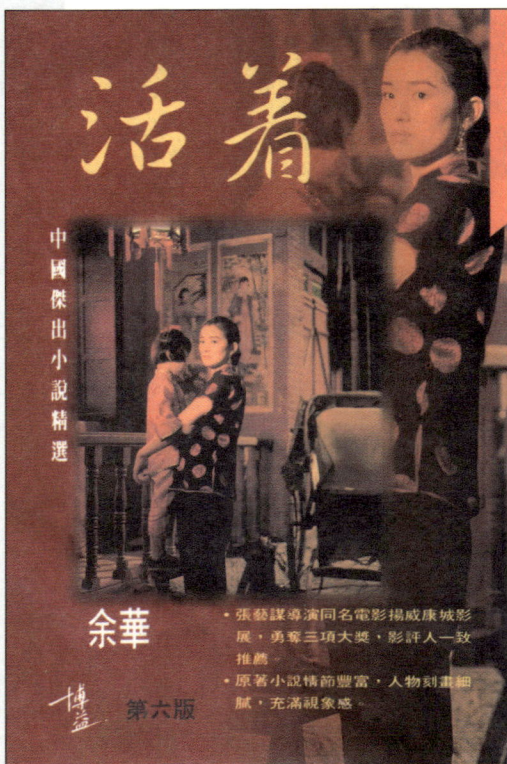

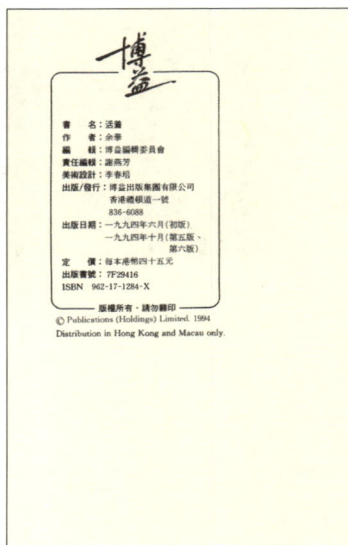

社会映射人物遭遇的手法，令本来可能只是某人某地的事，变成并非抽离的个别例子，而与历史、时代挂钩。《活着》描述一对农村夫妇坎坷的一生，作者以质朴的文字描写、以含蓄的感情处理。国共内战、解放、"土改"、"大跃进"、"文革"等重要历史时刻历历在目，透过这对夫妇的遭遇，见证了中国近代史的颠簸动荡。几个主角命途多舛，奋力挣扎求存，虽苦而不怨，更加增添故事的张力，说出千万人欲诉无由的感受。由于小说牵涉的时空由四十年代横跨七十年代，而且内容覆盖中国近代史几个重要的时期，题材敏感，备受争议，使《活着》平添一层神秘面纱，读者大可从字里行间细细咀嚼这本广受传媒关注的作品的独特之处。"

013.　1994 年，法文版长篇小说《活着》(*Vivre!*)，由法国 HACHETTE 出版

公司出版。

译者：Ping Yang。

Document de couverture extrait du film
de Zhang Ymou. Production : ERA
International. Distribution : ARP.

© ERA International (HK) Ltd. & YU
HUA 1994.
© Librairie Générale Française, 1994,
pour la traduction française.

Un voyageur épris de folklore rencontre un jour
un étonnant vieillard labourant son champ. Il
l'écoute raconter sa vie : enfant gâté dans une
famille aisée, Fugui, qui devient joueur invétéré,
conduit les siens à la ruine, ce qui, paradoxa-
lement, va le sauver dans la grande tourmente
politique vécue par la Chine au cours de la seconde
moitié du XX° siècle.

J'ai eu le coup de foudre en lisant le roman de
YU Hua. Ce livre retrace la vie de millions de fa-
milles chinoises. Il montre la société chinoise, son histoire
et sa culture de façon simple et authentique, la Chine
profonde au quotidien à travers une famille ordinaire.
À deux reprises Fugui, le personnage principal,
raconte une histoire dans laquelle un poussin est échangé
contre une vie, puis contre un mouton, et, enfin, contre
un buffle. Aux yeux de Fugui, cette simple histoire résume
son modeste espoir d'une vie meilleure. Garder l'espoir,
face aux problèmes et aux temps difficiles. Voilà de quoi il
s'agit, quand il s'agit de vivre...

ZHANG Yimou,

*Réalisateur, entre autres films, de Le Sorgho rouge, Épouses et
Concubines, et Vivre!, sélectionné au Festival de Cannes 1994.*

Né en 1960 près de Shanghai, YU Hua est l'un des jeunes
auteurs le plus talentueux de la « nouvelle vague » chinoise. Il
publie son premier roman en 1984, bientôt suivi de plusieurs
autres. Avec VIVRE!, c'est la première fois qu'un de ses romans
est porté à l'écran. C'est ainsi la première fois qu'il est traduit
en français et pubbé, en inédit, dans Le Livre de Poche.

31/3570/4　　　Code prix **LP 7**

9 782253 135708

Dépôt légal Impr. 4140 b-5　Édit. 1289 - 05/1994

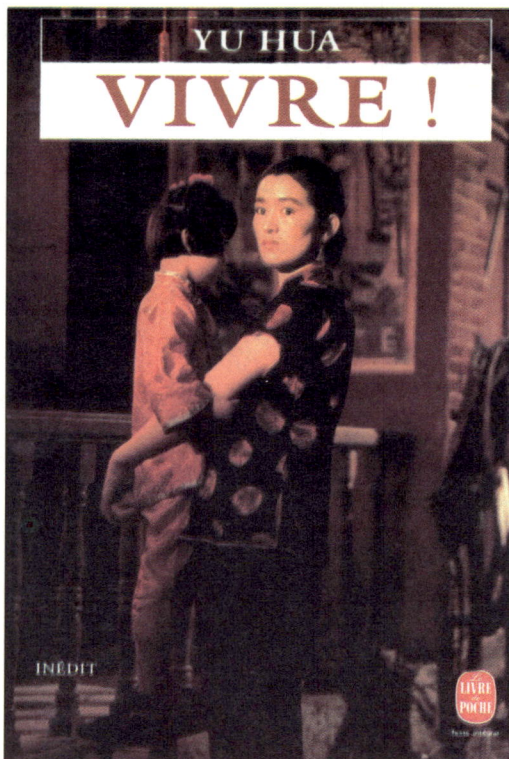

YU HUA

VIVRE !

INÉDIT

Le Livre de POCHE

014. 1994 年，荷兰文版长篇小说《活着》，由荷兰 DE GEUS 出版公司
出版。

015.　1994 年, 希腊文版长篇小说《活着》, 由希腊 LIVANI 出版公司出版。

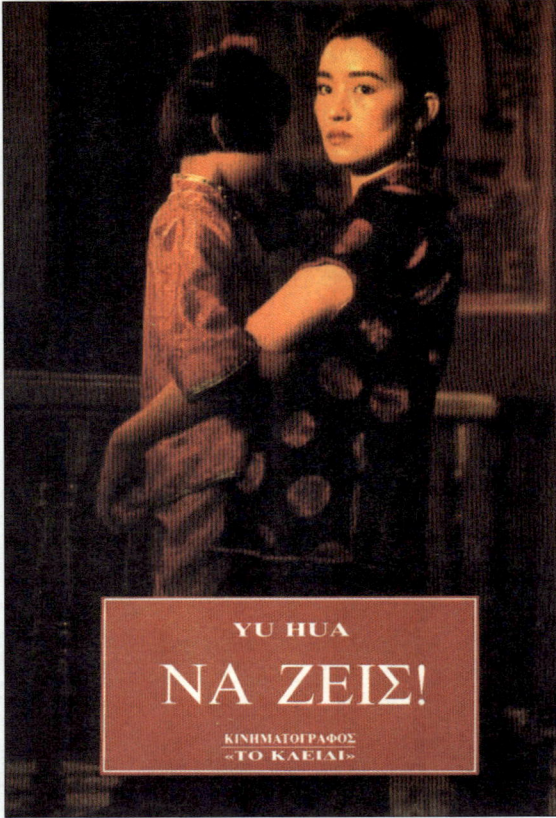

016.　1994 年,《余华作品集》(1、2、3),由中国社会科学出版社出版。
在 1995 年再版印刷。

版次:1994 年 12 月第 1 版。印次:1995 年 6 月第 2 次印刷。同时,
还有一版:1995 年 3 月第 1 版,1995 年 3 月第 1 次印刷。

字数共为 818 千字。

《余华作品集(1)》页数为 316 页;《余华作品集(2)》页数为 297 页;
《余华作品集(3)》页数为 388 页。

《余华作品集(1)》为短篇小说和中篇小说。其中短篇小说收录《十八
岁出门远行》《西北风呼啸的中午》《死亡叙述》《爱情故事》《往事与
刑罚》《鲜血梅花》《两个人的历史》《命中注定》《祖先》,共 9 篇作
品;中篇小说收录《河边的错误》《一九八六年》《难逃劫数》《夏季
台风》《一个地主的死》,共 5 篇作品。

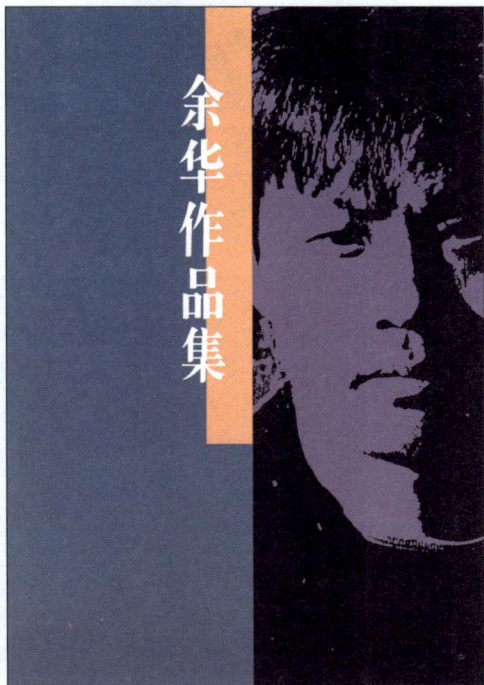

《余华作品集（2）》为中篇小说和创作谈。其中中篇小说收录《现实一种》《世事如烟》《此文献给少女杨柳》《偶然事件》《古典爱情》《四月三日事件》《战栗》，共7篇作品；创作谈收录《虚伪的作品》《〈河边的错误〉后记》《〈活着〉前言》《川端康成和卡夫卡的遗产》，共4篇作品。

《余华作品集（3）》包括长篇小说和附录。其中长篇小说收录《在细雨中呼喊》和《活着》，共2部作品；附录内容为《自传》和《余华主要作品目录》。

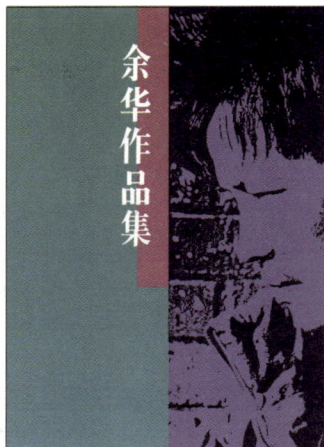

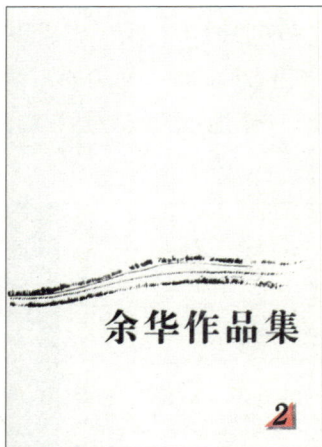

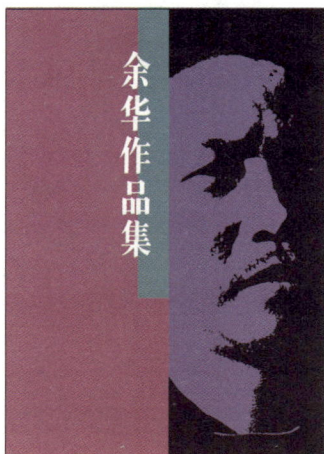

1995

017.　1995 年，小说集《战栗》（繁体字版），由香港博益出版公司出版。

1996

018.　1996 年，小说集《河边的错误》，由长江文艺出版社出版。

版次：1992 年 12 月第 1 版。印次：1996 年 2 月第 4 次印刷。

字数共 259 千字。页数为 348 页。

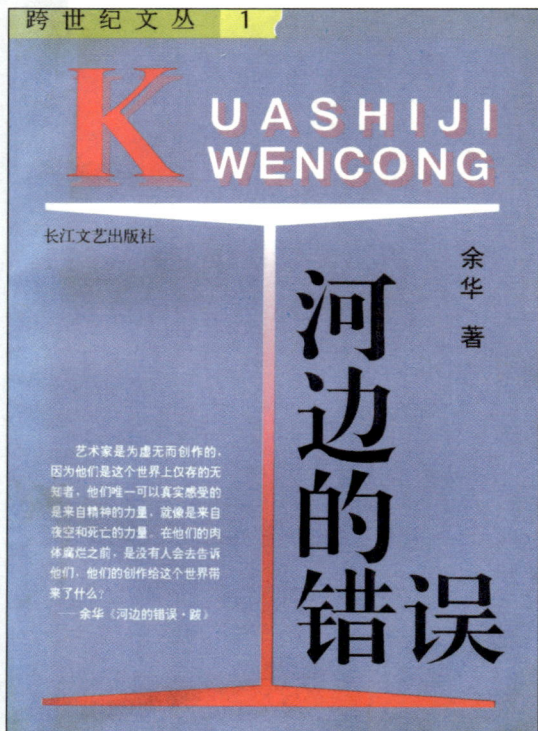

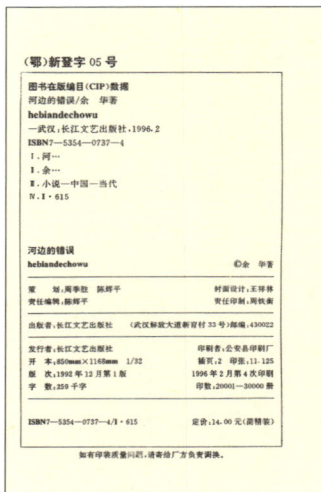

（鄂）新登字 05 号

图书在版编目（CIP）数据

河边的错误／余　华著

hebiandechowu

—武汉：长江文艺出版社，1996.2

ISBN7—5354—0737—4

Ⅰ.河…

Ⅰ.余…

Ⅱ.小说—中国—当代

Ⅳ.Ⅰ·615

河边的错误

hebiandechowu　　　　　　　　　　　　©余　华著

策　　划：周季胜　陈辉平　　　　　　封面设计：王祥林

责任编辑：陈辉平　　　　　　　　　　责任印制：周铁军

出版者：长江文艺出版社　　（武汉解放大道新育村 33 号）邮编：430022

发行者：长江文艺出版社　　　　　　印刷者：应安县印刷厂

开　本：850mm×1168mm　1/32　　　插页：11-125　印张：11-125

版　次：1990 年 12 月第 1 版　　　　1996 年 2 月第 4 次印刷

字　数：259 千字　　　　　　　　　印数：20001—30000 册

ISBN7—5354—0737—4/Ⅰ·615　　　定价：14.00 元（简精装）

如有印装质量问题，请寄绘厂方负责调换。

跨世纪文丛　1

KUASHIJI
WENCONG

长江文艺出版社

余华　著

河边的错误

艺术家是为虚无而创作的，
因为他们是这个世界上仅存的无
知者，他们唯一可以真实感受的
是来自精神的力量，就像是来自
欲望和死亡的力量。在他们的肉
体腐烂之前，是没有人会去告诉
他们，他们的创作给这个世界带
来了什么？
——余华《河边的错误·跋》

019. 1996 年，英文版《往事与刑罚》(*The past and the punish-ments*)，由美国夏威夷大学出版公司 (University of Hawaii Press) 出版。

收录《一九八六年》《往事与刑罚》《古典爱情》《鲜血梅花》《十八岁出门远行》《世事如烟》《一个地主的死》《命中注定》，共 8 篇作品。

译者：Andrew F.Jones。

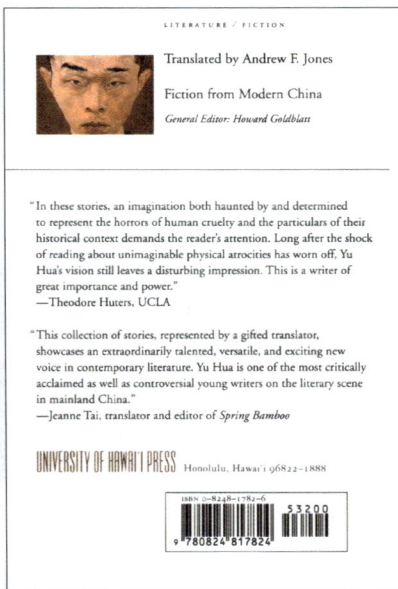

020. 1996 年，长篇小说《许三观卖血记》，由江苏文艺出版社出版。

版次：1996 年 6 月第 1 版。印次：1996 年 6 月第 1 次印刷。

字数共 150 千字。页数为 255 页。

余华在 1995 年 2 月 8 日，为长篇小说《许三观卖血记》写下了《叙述中的理想——代后记》。余华在这里追溯了自己为什么在一九八七年写作了《世事如烟》《现实一种》这样的作品，而又为什么到了一九九五年却写下了《我没有自己的名字》和《许三观卖血记》这样的作品。

余华说："当我写完短篇《我没有自己的名字》时，我感到自己有希望了，然后我开始写作长篇小说《许三观卖血记》，这部作品的写作过程，终于让我今天的理想在叙述中得到了实现。"

许三观卖血记
作　者：余　华
责任编辑：黄小初
出版发行：江苏文艺出版社（邮政编码：210005）
经　销：江苏省新华书店
印　刷：宜兴第二印刷厂
850×1168 毫米　1/32　印张 8　插页 4
字数：150,000　1996 年 6 月第 1 版第 1 次印刷
印数：1—20,300 册
标准书号：ISBN 7-5399-0945-5/I·897
定　价：10.50 元（软精装）
（江苏文艺版图书凡印刷、装订错误可随时向承印厂调换）

021. 1996 年，长篇小说《许三观卖血记》（繁体字版），由香港博益出版公司出版和台湾麦田出版公司分别出版。

1997

022. 1997 年，意大利文版小说集《折磨》，由意大利 EINAUDI 出版公司出版。

收录《现实一种》《一九八六年》《河边的错误》《往事与刑罚》，共 4 篇作品。

译者：Maria Rita Masci。

023. 1997 年, 意大利文版长篇小说《活着》, 由意大利 DONZELLI 出版公司出版。

译者 : N. Pesaro。

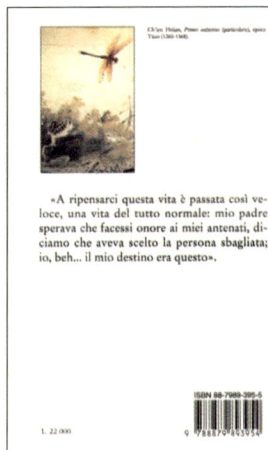

024. 1997 年, 韩文版长篇小说《活着》, 由韩国绿林出版公司出版。
译者：白元淡。

025. 1997 年, 长篇小说《许三观卖血记》(繁体字版), 由台湾麦田出版公
司出版。

026. 1997 年，法文版长篇小说《许三观卖血记》（*Le vendeur de sang*），由法国 ACTES SUD 出版公司出版。

译者：Nadine Perront。

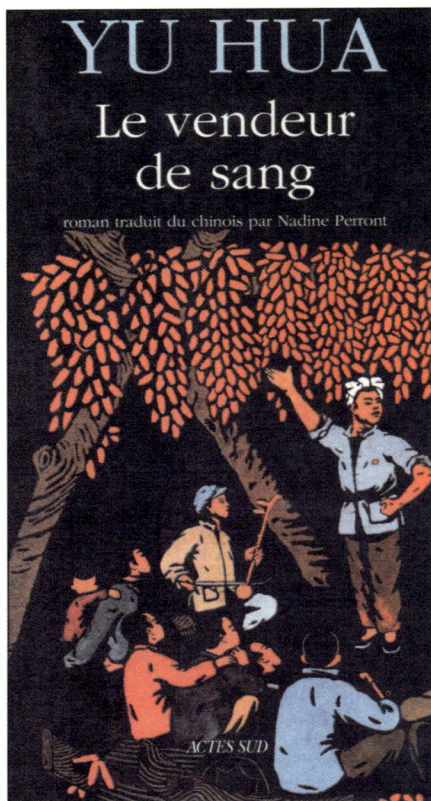

1998

027. 1998 年，意大利文版长篇小说《在细雨中呼喊》，由意大利 DON-ZELLI 出版公司出版。

译者：N. Pesaro。

028. 1998 年，长篇小说《活着》，由南海出版公司出版。

版次：1998 年 5 月第 1 版。印次：1998 年 12 月第 9 次印刷。

字数共 120 千字。页数为 195 页。

在这一版中，加入了余华在 1993 年 7 月 27 日写作的《〈活着〉前言》，以及余华于 1996 年 10 月 17 日在北京为《活着》写下的《韩文版自序》。

余华说："题目是《活着》，'活着'，作为一个词语，在中国的语言里充满了力量，它的力量不是来自于叫喊，也不是来自于进

HUO ZHE
余华文集·活 着

作　者　余 华
责任编辑　宣吉华 杨 莹
封面设计　康笑宇
出版发行　南海出版公司　电话　(0898)5350227　5352906
社　址　海口市机场路友谊园大厦日座 3 楼　邮编　570203
经　销　新华书店
印　刷　卡佛县印刷有限公司
开　本　850×1168 毫米　1/32
印　张　6.25
字　数　120 千字
版　次　1998 年 5 月第 1 版　1998 年 12 月第 9 次印刷
印　数　100001—120000 册
书　号　ISBN 7 - 5442 - 1096 - 0/I·190
定　价　12.00 元

南海版图书　版权所有　盗版必究

攻，而是忍受，去忍受生命赋予我们的责任，去忍受现实给予我们的幸福和苦难、无聊和平庸。"

　　同时，余华也介绍说："《活着》讲述了一个人和他的命运之间的友情，讲述了人如何去承受巨大的苦难，还讲述了眼泪的广阔和丰富，讲述了绝望的不存在，讲述了人是为了活着本身而活着，而不是为了活着之外的任何事物而活着。当然，《活着》也讲述了我们中国人这几十年是如何熬过来的。"

　　余华还说："我知道，《活着》所讲述的远不止这些。"

　　本书荣获：台湾《中国时报》十本好书奖，香港《博益》十五本好书奖。同时，在 1998 年《活着》荣获意大利格林扎纳·卡佛文学奖。

　　1997 年 7 月 3 日，韩国《东亚日报》，这样介绍《活着》：这是非常生动的人生记录，不仅仅是中国人民的经验，也是我们活下去的自画像。

　　1997 年 7 月 21 日，意大利《共和国报》这样介绍《活着》：这里讲述的是关于死亡的故事，而要我们学会的是如何去不死。

　　1998 年 1 月 31 日，德国《柏林日报》这样介绍《活着》：这本书不仅写得十分成功和感人，而且是一部伟大的书。

029. 1998 年，德文版长篇小说《活着》，由德国 KLETT － COTTA 出版
公司出版。

译者：Ulrich Kautz。

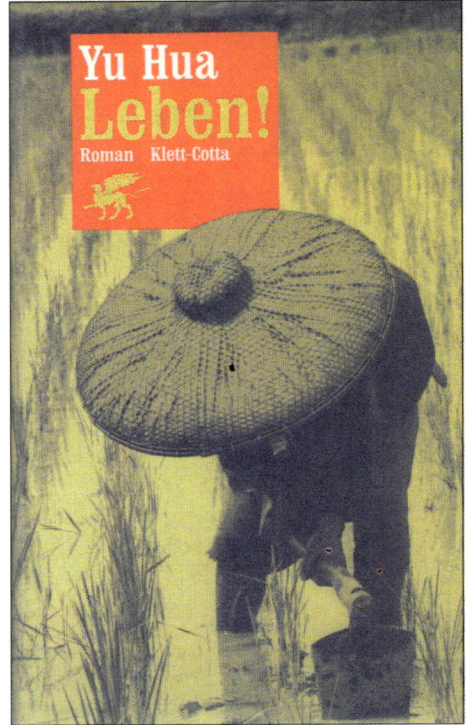

030. **1998 年，长篇小说《许三观卖血记》，由南海出版公司出版。**

版次：1998 年 9 月第 1 版。印次：2001 年 8 月第 18 次印刷。

字数共 175 千字。页数为 269 页。

其中有余华 1998 年 7 月 10 日写作的《中文版自序》，1997 年 8 月 26 日写作的《韩文版自序》，1998 年 6 月 27 日写作的《德文版自序》，以及 1998 年 4 月 11 日写作的《意大利文版自序》。

余华在"自序"中写道："写作《许三观卖血记》是在于童年熟悉的一个人以及有关他的故事，但显然《许三观卖血记》又是另一个故事，这个故事里的人物只是跟随那位血头的近千人中的一个，他也可能没有

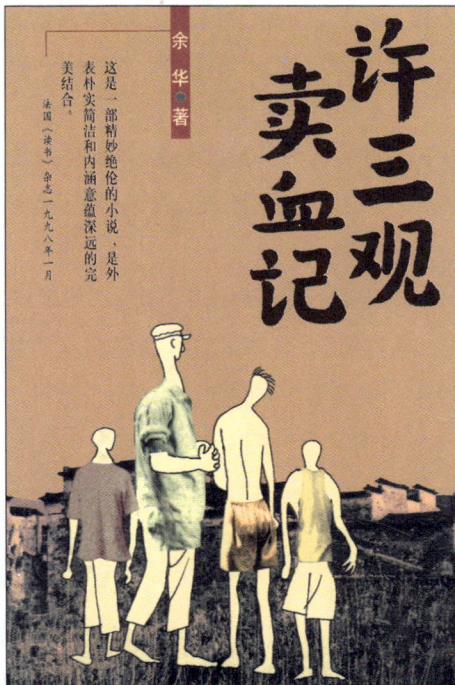

这是一部精妙绝伦的小说，是外表朴实简洁和内涵意蕴深远的完美结合。

——法国《读书》杂志一九九八年一月

余 华 著

许三观卖血记

XU SAN GUAN MAI XUE JI

余华文集·许三观卖血记

<table>
<tr><td>作　者</td><td>余　华</td></tr>
<tr><td>责任编辑</td><td>杨　笑　孙吉和</td></tr>
<tr><td>封面设计</td><td>康笑宇</td></tr>
<tr><td>出版发行</td><td>南海出版公司　电话（0898)5350227　5352906</td></tr>
<tr><td>社　址</td><td>海口市机场路友利国大厦 B 座 3 楼　邮编 570203</td></tr>
<tr><td>经　销</td><td>新华书店</td></tr>
<tr><td>印　刷</td><td>丰润县印刷有限公司</td></tr>
<tr><td>开　本</td><td>850×1168 毫米　1/32</td></tr>
<tr><td>印　张</td><td>9</td></tr>
<tr><td>字　数</td><td>175 千字</td></tr>
<tr><td>版　次</td><td>1998 年 9 月第 1 版　2001 年 8 月第 18 次印刷</td></tr>
<tr><td>书　号</td><td>ISBN 7-5442-1176-2/1·207</td></tr>
<tr><td>定　价</td><td>16.80 元</td></tr>
</table>

南海版图书　版权所有　违版必究

参加那次长途跋涉的卖血行动。我知道自己只是写下了很多故事中的一个，另外更多的故事我一直没有去写，而且也不知道以后是否会写。"余华自己认为，这本书其实是一首很长的民歌，它的节奏是回忆的速度，旋律温和地跳跃着，休止符被韵脚隐藏了起来。作者在这里虚构的只是两个人的历史，而试图唤起的是更多人的记忆。同时，余华也提到马提亚尔的话："回忆过去的生活，无异于再活一次。"所以在余华看来，"写作和阅读其实都是在敲响回忆之门，或者说都是为了再活一次"。

1998年1月，法国《读书》杂志这样写道："这是一部精妙绝伦的小说，是外表朴实简洁和内涵意蕴深远的完美结合。"

1998年2月，法国《焦点》杂志，对《许三观卖血记》有过这样的评价："在这里，我们读到了独一无二的、不可缺少的和卓越的想象力。"

1998年5月，法国《两个世界》杂志写道："余华以极大的温情描绘了磨难中的人生，以激烈的形式表达了人在面对厄运时求生的欲望。"

1997年12月11日，法国《新共和报》写道："作者以卓越博大的胸怀，以其简洁人道的笔触，讲述了这个生动感人的故事。"

1997年12月10日，比利时《展望报》写道："显然，余华是唯一能够以他特殊时代的冷静笔法，来表达极度生存状态下的人道主义。"

1998年5月，比利时《南方挑战》杂志写道："这是一个寓言，是以地区性个人经验反映人类普遍生存意义的寓言。"

031. 1998年，韩文版长篇小说《许三观卖血记》，由韩国绿林出版公司出版。

032. 1998年，小说集《黄昏里的男孩》，由香港明报出版公司出版。

033. **1998 年，随笔集《我能否相信自己》，由北京人民日报出版社出版。**
版次：1998 年 12 月第 1 版。印次：1999 年 8 月第 3 次印刷。
字数共 161 千字。页数为 258 页。

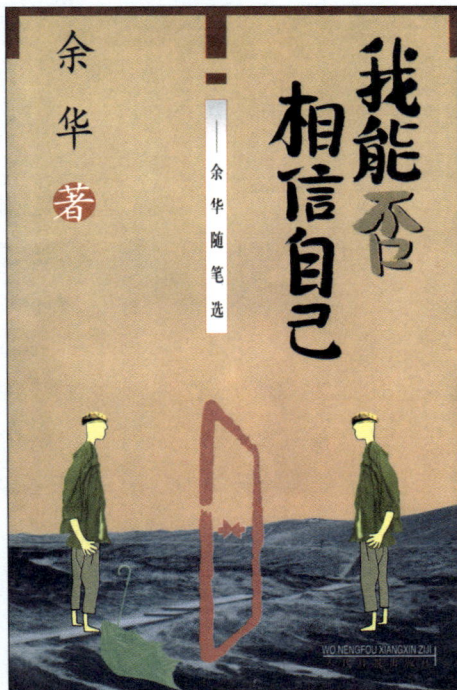

图书在版编目（CIP）数据

我能否和信自己：余华随笔选/余华著
一北京：人民日报出版社，1998.12
ISBN 7-80153-073-X
Ⅰ. 我…
Ⅱ. 余…
Ⅲ. 散文－作品集－中国－当代
Ⅳ. I267
中国版本图书馆 CIP 数据核字（98）第 38496 号

书　　名：我能否相信自己—余华随笔选
著　　者：余　华
责任编辑：焦叶平　杨坦斌
封面设计：康昊宇
统　　　：浙江通策文化工作室

出版发行：人民日报出版社（北京金台西路 2 号，
　　　　　邮编：100733）
经　　销：新华书店
印　　刷：北京金华印刷厂

开　　本：850×1168　1/32
字　　数：161 千字
印　　张：9.125
印　　数：25,001-45000 册
印　　次：1999 年 8 月　第 3 次印刷

书　　号：ISBN 7-80153-073-X/I·006
定　　价：18.00 元

随笔集包括三部分。

第一部分，"我和他们"：《我能否相信自己》《文学和文学史》《内心之死》《契诃夫的等待》《博尔赫斯的现实》《布尔加科夫与〈大师和玛格丽特〉》《胡安·鲁尔福》《三岛由纪夫的写作与生活》《川端康成与卡夫卡》《永存的威廉·福克纳》《强劲的想象产生事实》《谁是我们共同的母亲》《奢侈的厕所》，共 13 篇作品。

第二部分，"我和自己"：《虚伪的作品》《两个问题》《长篇小说的写作》《我为何写作》《音乐影响了我的写作》《我最初的现实》，共6篇作品，以及"前言和后记"。

"前言和后记"中收录《〈许三观卖血记〉中文版（1998年）序》（北京，1998-7-10）、《〈许三观卖血记〉韩文版（1998年）序》（北京，1997-8-26）、《〈许三观卖血记〉德文版（1999年）序》（北京，1998-6-27）、《〈许三观卖血记〉意大利文版（1999年）序》（北京，1998-4-11）、《〈活着〉中文版（1993年）序》（海盐，1993-7-27）、《〈活着〉韩文版（1997年）序》（北京，1996-10-17）、《〈在细雨中呼喊〉中文版（1998年）序》（北京，1998-10-11）、《〈在细雨中呼喊〉意大利文版（1998年）序》（北京，1998-8-9）、《〈现实一种〉意大利文版（1997年）序》（北京，1997-6-11）、《〈河边的错误〉中文版（1993年）跋》（嘉兴，1992-8-6）、《〈许三观卖血记〉中文版（1996年）跋》（北京，1996-2-8），共11篇文章。

第三部分，"访谈录"：《"活着是生命的唯一要求"——与〈书评周刊〉记者王玮谈话》《永远活着——答意大利〈解放报〉记者问》《"我不喜欢中国的知识分子"——答意大利〈团结报〉记者问》《"我只要写作，就是回家"——与作家杨绍斌的谈话》，共4篇作品。

随笔集的《我能否相信自己·序》由汪晖在1998年11月19日写作。汪晖在《我能否相信自己·序》中写道："一个最终了解写作过程是一个自己反对自己的过程的人，才能体会到写作如同命运一样的含义……在当代中国作家中，我还很少见到有作家像余华这样以一个职业小说家的态度精心研究小说的技巧、激情和它们创作的现实……他对语言、想象、比喻的迷恋成为一个独特的标记，只要读上一两小节，你就知道某篇文章出自他的手笔。他对句子的穿透力达到了惊人的程度，以至于现实仅仅存在于句子的力量抵达的空间，含混却又精确，迷糊却又透明。"

1999

034. **1999 年，小说集《现实一种》，由新世界出版社出版。**

同时推出平装本和硬精装本。

版次：1999 年 7 月第 1 版。印次：1999 年 7 月第 1 次印刷。

字数共 103 千字。页数为 177 页。

其中包括余华 1999 年 4 月 7 日写作的《自序》。并收录《现实一种》《河边的错误》《一九八六年》，共 3 篇小说。

余华自己说："《现实一种》里的三篇作品记录了我曾经有过的疯狂，暴力和血腥在字里行间如波涛般涌动着，这是从恶（噩）梦出发抵达梦魇的叙述。为此，当时有人认为我的血管里流淌的不是血，而是冰碴子。"

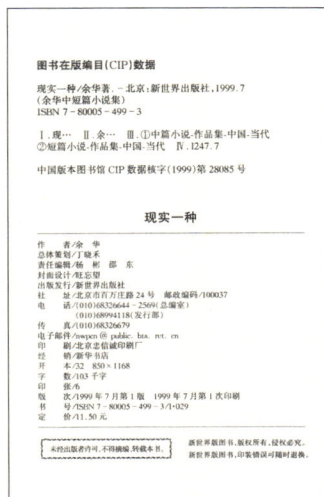

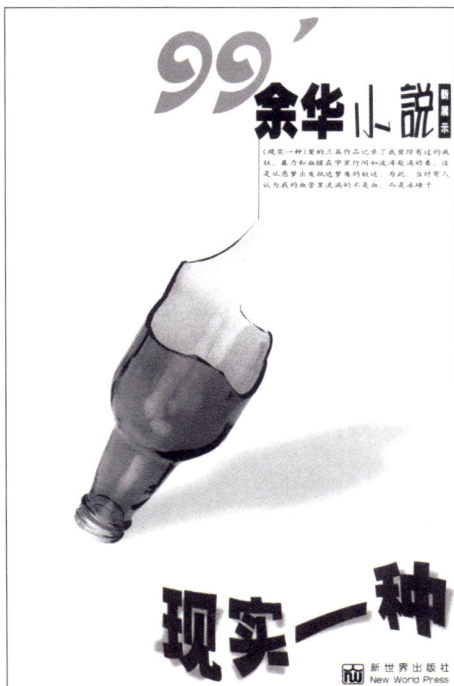

图书在版编目（CIP）数据

现实一种/余华著．—北京：新世界出版社，1999.7
（余华中短篇小说集）
ISBN 7 - 80005 - 499 - 3

Ⅰ.现… Ⅱ.余… Ⅲ.①中篇小说·作品集·中国·当代
②短篇小说·作品集·当代 Ⅳ.I247.7

中国版本图书馆 CIP 数据核字（1999）第 28085 号

现实一种

作　　　者/余　华
总体策划/丁晓禾
责任编辑/杨　柳　郜　东
封面设计/甄忘翌
出版发行/新世界出版社
社　　　址/北京市百万庄路 24 号　邮政编码/100037
电　　　话/（010）68326644 - 2569（总编室）
　　　　　　（010）68909418（发行部）
传　　　真/（010）68326679
电子邮箱/nwpen@public.bta.net.cn
印　　　刷/北京京信诚印刷厂
经　　　销/新华书店
开　　　本/32　850×1168
字　　　数/103 千字
印　　　张/
版　　　次/1999 年 7 月第 1 版　1999 年 7 月第 1 次印刷
书　　　号/ISBN 7 - 80005 - 3/I·029
定　　　价/11.50 元

未经出版者书面许可，不得翻印、转载本书。
新世界版图书，版权所有，侵权必究。
新世界版图书，印装错误可随时退换。

035. 1999 年，小说集《世事如烟》，由新世界出版社出版。

同时推出平装本和硬精装本。

版次：1999 年 7 月第 1 版。印次：1999 年 7 月第 1 次印刷。

字数共 103 千字。页数为 175 页。

其中收录《十八岁出门远行》《西北风呼啸的中午》《死亡叙述》《爱情故事》《命中注定》《两个人的历史》《难逃劫数》《世事如烟》，共 8 篇小说，以及余华于 1999 年 4 月 7 日写作的《自序》。

余华写道："《世事如烟》所收的八篇作品是潮湿和阴沉的，也是宿命和难以捉摸的。因此人物和景物的关系，以及他们各自的关系都是若即若离。这是我在八十年代的努力，当时我努力去寻找他们之间的某些内部的联系方式，而不是那种显而易见的外在的逻辑。"

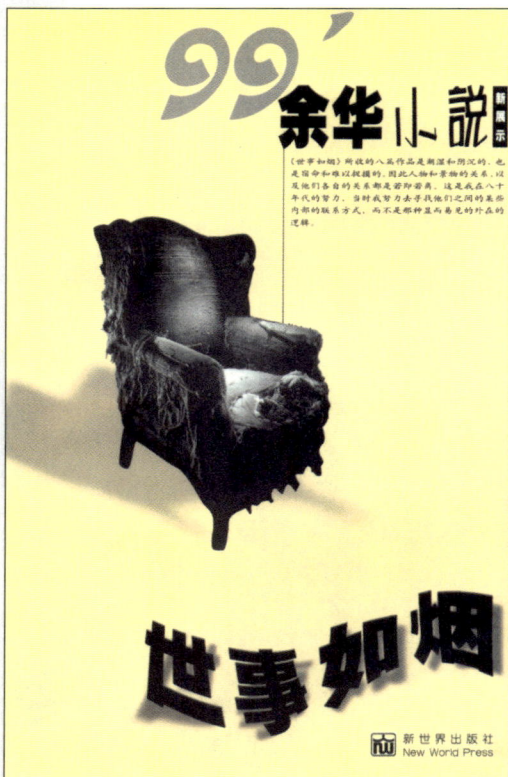

图书在版编目(CIP)数据

世事如烟/余华著. - 北京：新世界出版社,1999.7
(余华中短篇小说集)
ISBN 7 - 80005 - 500 - 0

I.世… II.余… III.①中篇小说-作品集-中国-当代
②短篇小说-作品集-中国-当代 IV.1247.7

中国版本图书馆 CIP 数据核字(1999)第 28087 号

世事如烟

作　者/余　华
总体策划/丁晓禾
责任编辑/杨　彬　邵　东
封面设计/旺忘望
出版发行/新世界出版社
社　址/北京市百万庄路 24 号　邮政编码/100037
电　话/(010)68326644 - 2569(总编室)
　　　　(010)68994118(发行部)
传　真/(010)68326679
电子邮件/nwpen @ public. bta. net. cn
经　销/新华书店
印　刷/北京忠信诚印刷厂
开　本/32　850×1168
字　数/103 千字
版　次/1999 年 7 月第 1 版　1999 年 7 月第 1 次印刷
书　号/ISBN 7 - 80005 - 500 - 0/I-030
定　价/11.50 元

新世界出版社
New World Press

036.　1999 年，小说集《鲜血梅花》，由新世界出版社出版。

同时推出平装本和硬精装本。

版次：1999 年 7 月第 1 版。印次：1999 年 7 月第 1 次印刷。

字数共 95 千字。页数为 162 页。

其中收录《鲜血梅花》《古典爱情》《往事与刑罚》《此文献给少女杨柳》《祖先》，共 5 篇作品，以及余华于 1999 年 4 月 7 日写作的《自序》。

余华写道："《鲜血梅花》是我文学经历中异想天开的旅程，或者说我的叙述在想象的催眠里前行，奇花和异草历历在目，霞光和云彩转瞬即逝。于是这里收录的五篇作品仿佛梦游一样，所见所闻飘忽不定，人物命运也是来去无踪。"

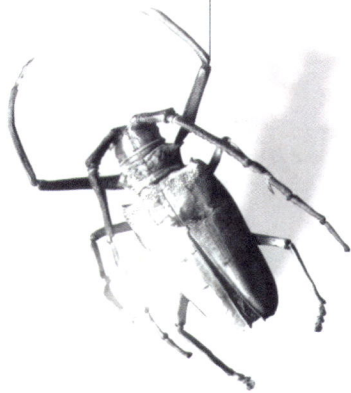

037. 1999 年，小说集《我胆小如鼠》，由新世界出版社出版。

同时推出平装本和硬精装本。

版次：1999 年 7 月第 1 版。印次：1999 年 7 月第 1 次印刷。

字数共 100 千字。页数为 170 页。

其中收录《我胆小如鼠》《夏季台风》《四月三日事件》，共 3 篇作品，以及余华于 1999 年 4 月 7 日写作的《自序》。

《我胆小如鼠》里的三篇作品，讲述的都是少年内心的成长，那是恐惧、不安和想入非非的历史。

图书在版编目(CIP)数据

我胆小如鼠/余华著. - 北京:新世界出版社,1999.7
(余华中篇小说集)
ISBN 7-80005-503-5

Ⅰ.我… Ⅱ.余… Ⅲ.①中篇小说-作品集-中国-当代
②短篇小说-作品集-中国-当代 Ⅳ.1247.7

中国版本图书馆 CIP 数据核字(1999)第 28081 号

我胆小如鼠

作   者/余 华
总体策划/丁晓禾
责任编辑/杨 彬 邵 东
封面设计/忸忑塑
出版发行/新世界出版社
社   址/北京市市万庄路 24 号 邮政编码/100037
电   话/(010)68326644～2569(总编室)
          (010)68994118(发行部)
传   真/(010)68326679
电子邮件/nwpen @ public. bta. net. cn
印   刷/北京忠信诚印刷厂
经   销/新华书店
开   本/32 850×1168
字   数/100 千字
印   张/6
版   次/1999 年 7 月第 1 版 1999 年 7 月第 1 次印刷
书   号/ISBN 7-80005-503-5/1-033
定   价/11.50 元

未经出版者许可,不得翻编,到藏本书.

新世界版图书,版权所有,授权必究。
新世界版图书,印装错误可随时退换。

038. **1999 年，小说集《黄昏里的男孩》，由新世界出版社出版。**

同时出版平装本和硬精装本。

版次：1999 年 7 月第 1 版。印次：1999 年 7 月第 1 次印刷。

字数共 105 千字。页数为 182 页。

其中收录《我没有自己的名字》《黄昏里的男孩》《为什么没有音乐》《女人的胜利》《阑尾》《空中爆炸》《在桥上》《炎热的夏天》《他们的儿子》《蹦蹦跳跳的游戏》《我为什么要结婚》《朋友》，共 12 篇作品，以及余华于 1999 年 4 月 7 日写作的《自序》。

《黄昏的男孩》里收录的 12 篇作品，这是 6 册选集中与现实最为接近的 1 册，也可能是最令人亲切的，不过它也是令人不安的。

图书在版编目(CIP)数据

黄昏里的男孩/余华著. - 北京:新世界出版社,1999.7
（余华中短篇小说集）
ISBN 7－80005－498－5

Ⅰ.黄… Ⅱ.余… Ⅲ.①中篇小说-作品集-中国-当代
②短篇小说-作品集-中国-当代 Ⅳ.I247.7

中国版本图书馆 CIP 数据核字(1999)第 28089 号

黄昏里的男孩

作　者/余　华
总体策划/丁晓禾
责任编辑/杨　彬　邵　东
封面设计/RE忘望
出版发行/新世界出版社
社　　址/北京市百万庄路 24 号　邮政编码/100037
电　　话/(010)68326644－2569(总编室)
　　　　　(010)68994118(发行部)
传　　真/(010)68326679
电子邮件/nwpen @ public. bta. net. cn
印　　刷/北京忠信诚印刷厂
经　　销/新华书店
开　　本/32　850×1168
印　　张/6
字　　数/105 千字
版　　次/1999 年 7 月第 1 版　1999 年 7 月第 1 次印刷
书　　号/ISBN 7－80005－498－5/I·028
定　　价/11.50 元

039. **1999 年，小说集《战栗》，由新世界出版社出版。**

同时出版平装本和硬精装本。

版次：1999 年 7 月第 1 版。印次：1999 年 7 月第 1 次印刷。

字数共 95 千字。页数为 163 页。

其中收录《偶然事件》《战栗》《一个地主的死》，共 3 篇作品，以及余华于 1999 年 4 月 7 日写作的《自序》。

这本小说集更多地表达了对命运的关切。

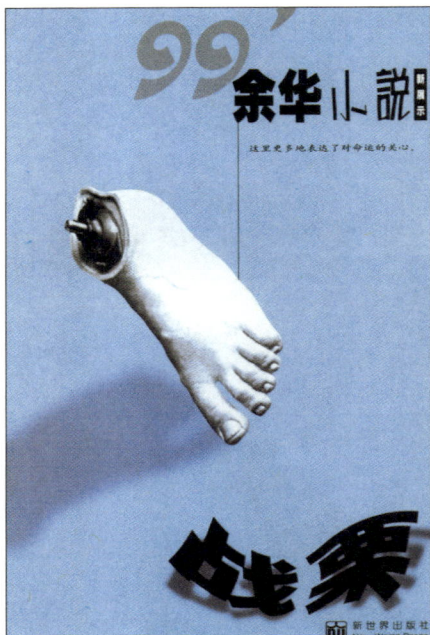

图书在版编目(CIP)数据

战栗/余华著. - 北京:新世界出版社,1999.7
(余华中短篇小说集)
ISBN 7 - 80005 - 502 - 7

Ⅰ.战… Ⅱ.余… Ⅲ.①中篇小说·作品集·中国·当代
②短篇小说·作品集·中国·当代 Ⅳ.I247.7

中国版本图书馆 CIP 数据核字(1999)第 28082 号

战 栗

作 者/余 华
总体策划/丁晓禾
责任编辑/杨 彬 邵 东
封面设计/邢志坚
出版发行/新世界出版社
社 址/北京市百万庄路 24 号 邮政编码/100037
电 话/(010)68326644 - 2569(总编室)
(010)68994118(发行部)
传 真/(010)68326679
电子邮件/nwpom @ public. bta. res. cn
经 销/新华书店
印 刷/北京忠信诚印刷厂
开 本/32 850×1168
字 数/95 千字
印 张/6
版 次/1999 年 7 月第 1 版 1999 年 7 月第 1 次印刷
书 号/ISBN 7 - 80005 - 502 - 7/I·032
定 价/11.50 元

未经出版者许可,不得翻编、摘编本书。 新世界版图书,版权所有,侵权必究。
新世界版图书,印装错误可随时退换。

040. **1999 年，意大利文版长篇小说《世事如烟》，由意大利 EINAUDI 出版公司出版。**

收录《鲜血梅花》《古典爱情》《世事如烟》《萤火虫》《西北风呼啸的中午》《两个人的历史》《十八岁出门远行》《爱情故事》，共 8 篇作品。

译者：Maria Rita Masci。

041.　**1999 年，长篇小说《在细雨中呼喊》，由南海出版公司出版。**

版次：1999 年 1 月第 1 版。印次：1999 年 1 月第 1 次出版。

字数共 175 千字。页数为 296 页。

其中加入了 1998 年 10 月 11 日，余华于北京写作的《中文版自序》，以及 1998 年 8 月 9 日，余华于北京写作的《意大利文版自序》。

曾有评价说："对一九九零年到一九九九年这一时期而言，没有比《在细雨中呼喊》更值得纪念的小说杰作了。阿兰曾经说过，小说在本质上是从诗到散文，从表象到一种实用的，仿佛是手工产品的现实的过渡。余华是纯粹的小说家。没有比他更善于帮助我们在自己身上把握生命的历史，从童年（《在细雨中呼喊》）到壮年（《许三观卖血记》），然后到老年（《活着》）的过程。所以他的书一旦问世，便成为人类共有的经验。就像伟大的哲学家用一个思想概括全部思想一样，伟大的小说家通过一个人的一生和一些最普通的事物，使所有人的一生涌现在他笔下。"

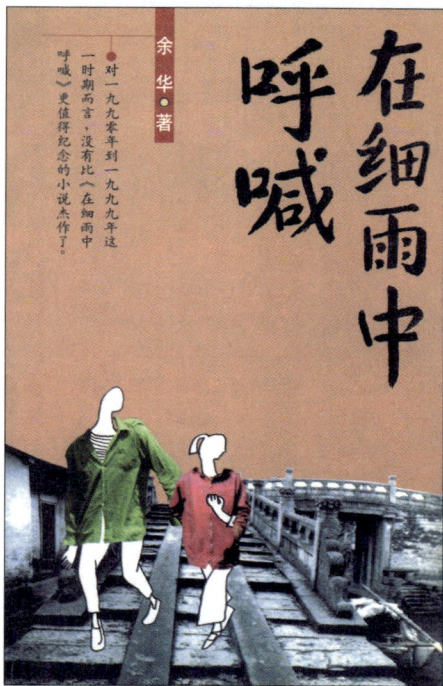

042.　**1999 年，意大利文版长篇小说《在细雨中呼喊》，由意大利 Donzelli 出版公司出版。**

译者：N. Pesaro。

043. 1999 年，德文版长篇小说《许三观卖血记》，由德国 KLETT-COTTA
出版公司出版。

译者：Ulrich Kautz。

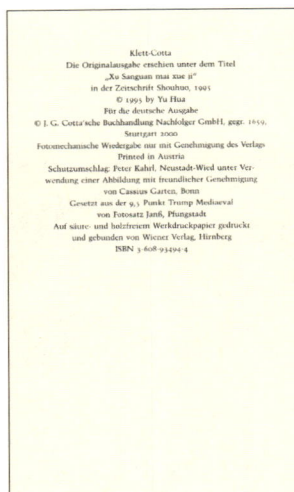

Yu Hua
Der Mann,
der sein
Blut
verkaufte

Roman

Klett-Cotta

044.　1999 年，意大利文版长篇小说《许三观卖血记》，由意大利 EINAUDI
　　　出版公司出版。
　　　译者：Maria Rita Masci。

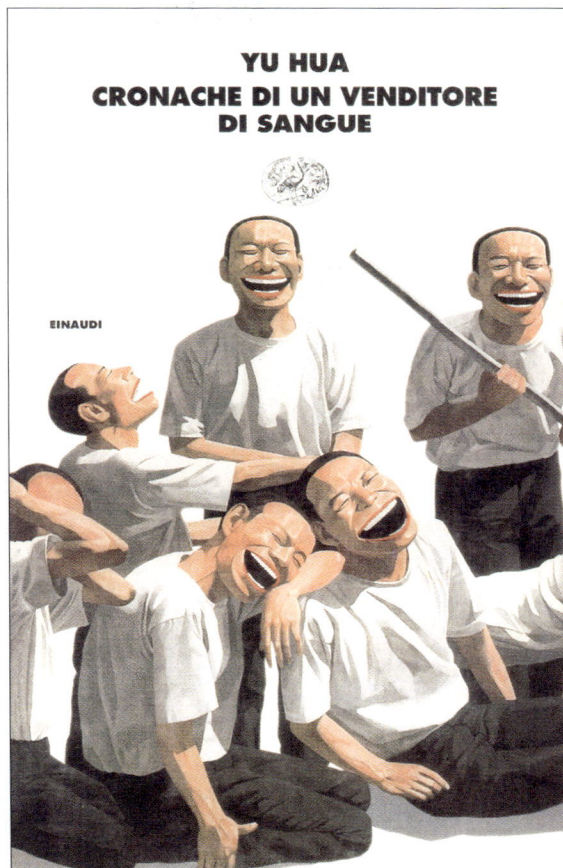

045. 1999 年，韩文版长篇小说《许三观卖血记》，由韩国绿林出版公司出版。

译者：崔容晚。

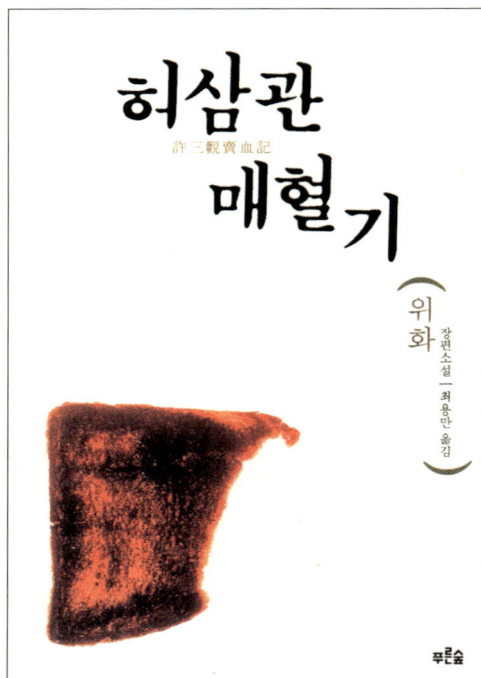

046. 1999 年,《温暖的旅程——影响我的 10 部短篇小说》(余华选),由新世界出版社出版。

版次:1999 年 8 月第 1 版。印次:1999 年 8 月第 1 次印刷。

字数共 140 千字。页数为 205 页。

其中序为余华写毕于 1999 年 4 月 30 日的《温暖和百感交集的旅程》。其中收录了(冰岛)赫·奇·拉克司内斯的《青鱼》、(奥地利)弗兰茨·卡夫卡的《在流放地》、(日本)川端康成的《伊豆的舞女》、(阿根廷)豪·路·博尔赫斯的《南方》、(美国)艾萨克·巴·辛格的《傻瓜吉姆佩尔》、(中国)鲁迅的《孔乙己》、(哥伦比亚)加西亚·马尔克斯的《礼拜二午睡时刻》、(巴西)若昂·吉马朗埃斯·罗萨的《河的第三条岸》、(美国)斯蒂芬·克莱恩的《海上扁舟》、(波兰)布鲁诺·舒尔茨的《鸟》,共 10 篇作品。

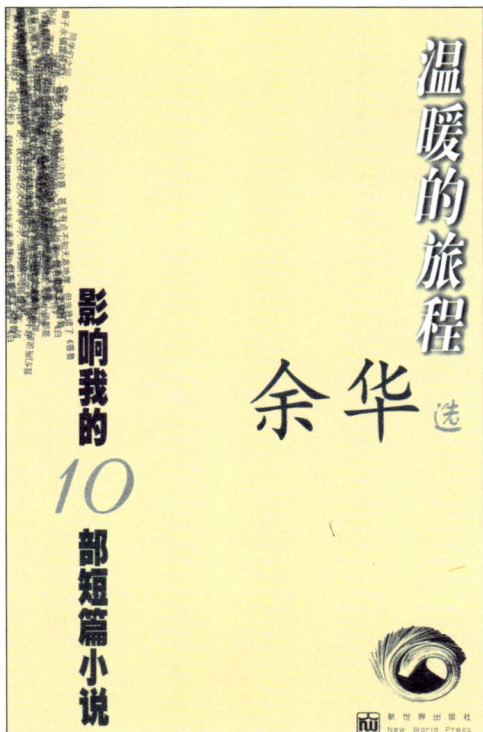

图书在版编目(CIP)数据

温暖的旅程/余华选编. - 北京:新世界出版社,1999.7
(影响我的 10 部短篇小说)
ISBN 7 - 80005 - 504 - 3

Ⅰ.温… Ⅱ.余… Ⅲ.短篇小说 - 作品集 - 世界 Ⅳ.114

中国版本图书馆 CIP 数据核字(1999)第 28094 号

温暖的旅程——影响我的 10 部短篇小说

作 者/余 华 选编
总体策划/丁晓禾
责任编辑/邵 东 杨 彬
封面设计/杜志望
出版发行/新世界出版社
社 址/北京市百万庄路 24 号 邮政编码/100037
电 话/(010)68326644 - 2569(总编室)
          (010)68994118(发行部)
传 真/(010)68326679
电子邮件/swpen @ public. bta. ret. cn
经 销/新华书店
印 刷/北京忠信诚胶印厂
开 本/32 850×1168
字 数/140 千字
印 张/7.5
版 次/1999 年 8 月第 1 版 1999 年 8 月第 1 次印刷
书 号/ISBN 7 - 80005 - 504 - 3/I·034
定 价/14.00 元

未经出版者许可,不得摘编、转载本书。   新世界版图书,版权所有,侵权必究。
                                            新世界图书,印装错误可随时退换。

2000

047. 2000 年，法文版小说集《古典爱情》(*Un amour classique: petits romans*)，由法国 ACTES SUD 出版公司出版。

收录《现实一种》《古典爱情》《此文献给少女杨柳》《偶然事件》，共 4 篇中篇小说。

译者：Jacqueline Guyvallet。

048. 2000 年, 韩文版小说集《世事如烟》, 由韩国绿林出版公司出版。

049. 2000 年, 小说集《鲜血梅花》, 由时代文艺出版社出版。

050. 2000 年，长篇小说《活着》（繁体字版），由台湾麦田出版公司出版。

版次：2000 年 6 月 15 日，"初版一刷"。平装本。

页数为 245 页。

麦田出版社是这样推荐《活着》的："余华最新力作《活着》，叙述了平凡人的大悲大喜，而终究都回归了大地。这无比动人的故事，将会震撼你的心灵。"

051. 2000 年，韩文版小说集《我没有自己的名字》，由韩国绿林出版公司
出版。

052. 2000 年，随笔集《内心之死》，由华艺出版社出版。

版次：2000 年 1 月第 1 版。印次：2000 年 1 月第 1 次印刷。

字数共 121 千字。页数为 174 页。

其中收录《温暖和百感交集的旅程》《卡夫卡和 K》《山鲁佐德的故事》《博尔赫斯的现实》《契诃夫的等待》《布尔加科夫与〈大师和玛格丽

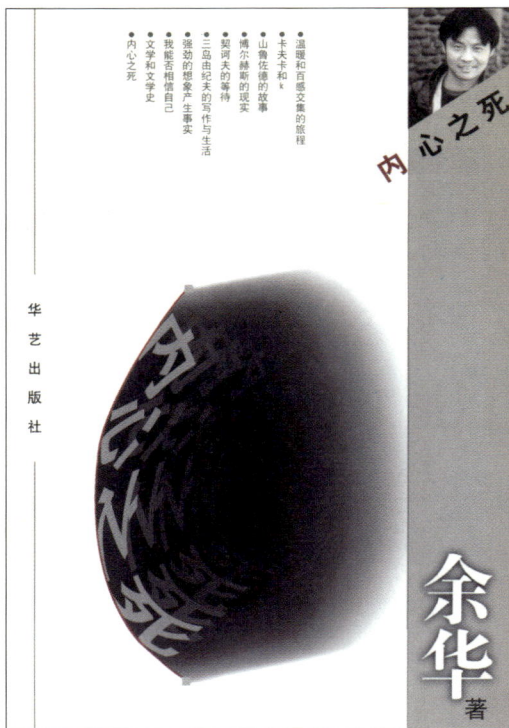

内心之死

余华　著

华艺出版社出版发行

（北京朝内南小街甲西裱褙胡同一号）
邮编：100010　　电话 66736751）

师大印刷厂印刷

850×1168　1/32　印张 5.625　121 千字
2000 年 1 月第一版　2000 年 1 月第一次印刷
印数：0001—30000 册

ISBN 7-80142-088-8/I · 051　　定价：11.00 元

特 〉》《三岛由纪夫的写作与生活》《胡安·鲁尔福》《威廉·福克纳》
《强劲的想象产生事实》《我能否相信自己》《文学和文学史》《内心
之死》，共 13 篇作品，还包括 1999 年 10 月 31 日余华写作的《内心之
死——前言》。

余华在随笔集的"前言"里这样写道："这些随笔试图表明的是一个读
者的身份，而不是一个作者的身份。没有一个作者的写作历史可以长
过阅读历史，就像是没有一种经历能够长过人生一样。我相信是读者
的经历养育了我写作的能力……二十多年来，我像是一个营养不良的
孩子那样保持了阅读的饥渴，我可以说是用喝的方式去阅读那些经典
作品。最近的三年当我写作这些随笔作品时，我重读了里面很多篇章，
我感到自己开始用品尝的方式去阅读了。我意外地发现品尝比喝更加
惬意。"

053. 2000 年，随笔集《高潮》，由华艺出版社出版。

版次：2000 年 1 月第 1 版。印次：2000 年 1 月第 1 次印刷。

字数共 119 千字。页数为 156 页。

其中收录《高潮》《否定》《色彩》《灵感》《字与音》《音乐的叙述》《重读柴科夫斯基——与〈爱乐〉杂志记者的谈话》《音乐影响了我的

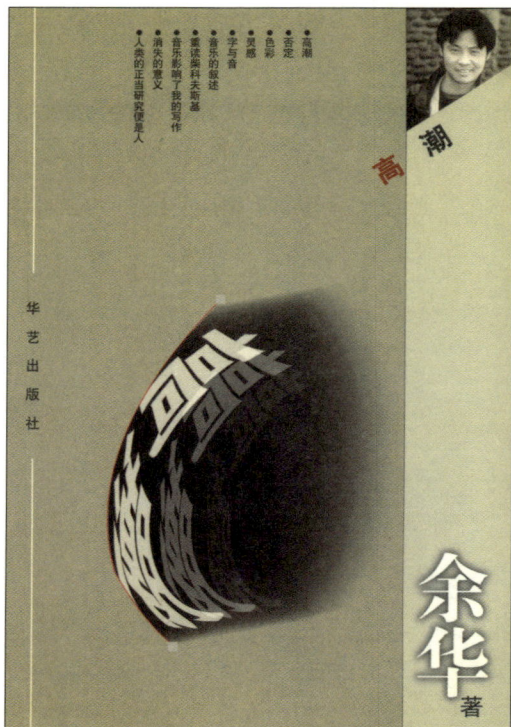

图书在版编目（CIP）数据

高潮/余华著. - 北京: 华艺出版社, 2000.1
ISBN 7-80142-094-2

Ⅰ.高… Ⅱ.余… Ⅲ.随笔 - 作品集 - 中国 - 当代 Ⅳ.1267.1

中国版本图书馆 CIP 数据核字（1999）第 77315 号

高　潮
余华　著
华艺出版社出版发行
（北京朝内南小街瓷图赛胡同一号）
邮编：100010　电话：66736751）
焰火印刷厂印刷
850×1168　1/32　印张 5.125　119 千字
2000 年 1 月第一版　2000 年 1 月第一次印刷
印数：0001～30000 册

ISBN 7-80142-094-2/1·056　　　定价：10.00 元

写作》《消失的意义》《人类的正当研究便是人》，共 10 篇作品，还包括余华在 1999 年 10 月 31 日写作的《高潮——前言》。

余华说："音乐的叙述和文学的叙述有时候是如此的相似，它们都暗示了时间衰老和时间新生，暗示了空间的转瞬即逝：它们都经历了段落的开始，情感的跌宕起伏，高潮的推出和结束时的回响。音乐中的强弱和渐强渐弱，如同文学中的浓淡之分；音乐中的和声，类似文学中多层的对话和描写；音乐中的华彩段，就像文学中富丽堂皇的排比句。一句话，它们的叙述之所以合理的存在，是因为它们在流动，就像道路的存在是为了行走。不同的是，文学的道路仿佛是在地上延续，而音乐的道路更像是在空中伸展。"

054.　2000 年,《当代中国文库精读——余华卷》(中文繁体字版)，由香港明报出版公司出版。

2001

055. 2001 年，中短篇小说集《现实一种》（上下），由青海人民出版社出版。
版次：2001 年 12 月第 1 版。印次：2001 年 12 月第 1 次印刷。
字数共 580 千字。
上卷页数为 404 页，下卷页数为 421 页。
上卷收录：《鲜血梅花》《古典爱情》《往事与刑罚》《此文献给少女
杨柳》《祖先》《现实一种》《河边的错误》《一九八六年》《十八岁

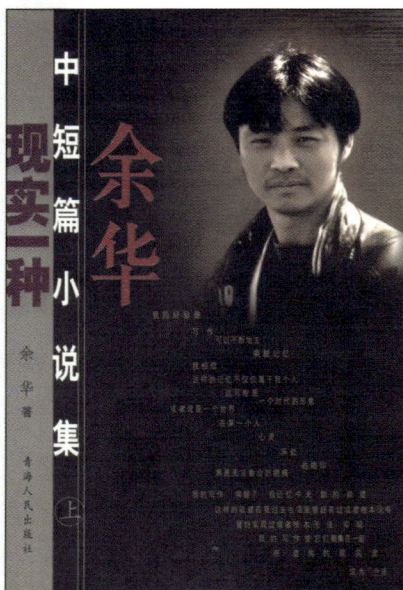

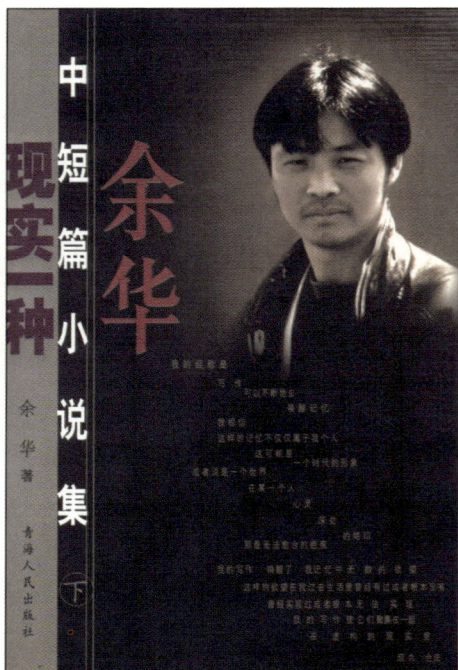

出门远行》《西北风呼啸的中午》《死亡叙述》《爱情故事》《命中注定》《两个人的历史》《难逃劫数》《世事如烟》，共 16 篇作品，以及《前言》。

下卷收录：《黄昏里的男孩》《我没有自己的名字》《为什么没有音乐》《女人的胜利》《阑尾》《空中爆炸》《在桥上》《炎热的夏天》《他们的儿子》《蹦蹦跳跳的游戏》《我为什么要结婚》《朋友》《偶然事件》《战栗》《一个地主的死》《我胆小如鼠》《夏季台风》《四月三日事件》，共 18 篇作品，以及附录 –1《余华文学大事年表》和附录 –2《余华研究：评论文章目录索引》。

余华说："我的经验是写作可以不断地去唤醒记忆，我相信，这样的记忆不仅仅属于我个人，这可能是一个时代的形象，或者说是一个世界在某一个人心灵深处的烙印，那是无法愈合的疤痕。我的写作唤醒了我记忆中无数的欲望，这样的欲望在我过去生活里曾经有过或者根本没有，曾经实现过或者根本无法实现，我的写作使它们聚集在一起，在虚构的现实里成为合法。"

056. 2001 年,《中国当代作家选集丛书——余华卷》, 由人民文学出版社出版。

版次：2001 年 10 月北京第 1 版。印次：2001 年 10 月北京第 1 次印刷。

字数共 300 千字。页数为 461 页。

其中分为"短篇小说""中篇小说""散文与随笔""创作谈"四个部分。

"短篇小说"中收录《十八岁出门远行》《西北风呼啸的中午》《死亡叙述》《爱情故事》《鲜血梅花》《往事与刑罚》《我没有自己的名字》

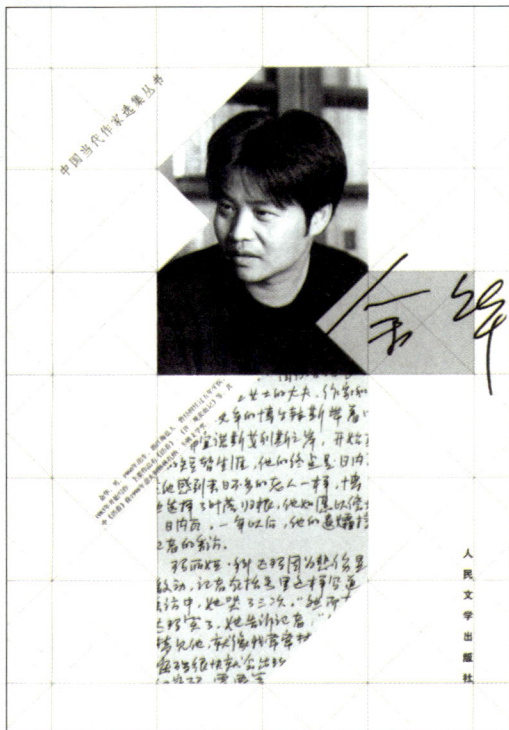

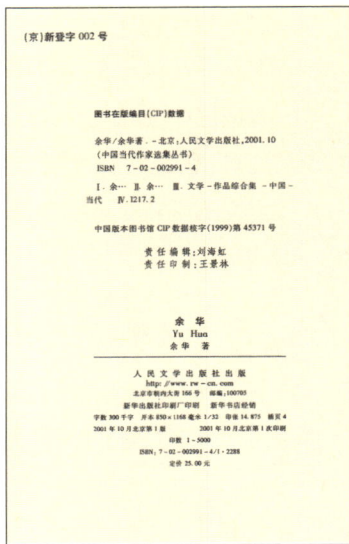

[京]新登字 002 号

图书在版编目[CIP]数据

余华/余华著. - 北京:人民文学出版社,2001.10
(中国当代作家选集丛书)
ISBN 7-02-002991-4

Ⅰ.余… Ⅱ.余… Ⅲ.文学 - 作品综合集 - 中国 - 当代 Ⅳ.I217.2

中国版本图书馆 CIP 数据核字(1999)第 45371 号

责任编辑：刘海虹
责任印制：王景林

余 华
Yu Hua
余华 著

人民文学出版社出版
http://www.rw-cn.com
北京市朝内大街 166 号 邮编:100705
新华出版社印刷厂印刷 新华书店经销
字数 300 千字 开本 850×1168 毫米 1/32 印张 14.875 插页 4
2001 年 10 月北京第 1 版 2001 年 10 月北京第 1 次印刷
印数 1 - 5000
ISBN 7-02-002991-4/I·2288
定价 25.00 元

《为什么没有音乐》《蹦蹦跳跳的游戏》《黄昏里的男孩》，共 10 篇作品；

"中篇小说"中收录《河边的错误》《现实一种》《世事如烟》《爱情故事》《偶然事件》《此文献给少女杨柳》，共 6 篇作品；

"散文与随笔"中收录《儿子的出生》《恐惧与成长》《流行音乐》《可乐和酒》《最初的岁月》《布尔加科夫与〈大师和玛格丽特〉》《卡夫卡和 K》《内心之死》《文学和文学史》，共 9 篇作品；

"创作谈"中收录《虚伪的作品》《长篇小说的写作》，共两篇作品，和"前言和后记"。

"前言和后记"中收录《〈活着〉前言》、《〈活着〉韩文版前言》（1996.10）、《〈现实一种〉意大利文版前言》（1997.6）、《〈许三观卖血记〉韩文版前言》（1997-8-26）、《〈许三观卖血记〉意大利文版前言》（1998-4-11）、《〈许三观卖血记〉德文版前言》（1998-6-27）、《〈许三观卖血记〉中文版前言》（1998-7-10）、《〈河边的错误〉后记》（1992-8-6），共 8 篇作品。

还收录陈思和写毕于 1997 年 6 月的《余华小说与世纪末意识（代序）》，和余华写毕于 2000 年 7 月 10 日的后记，以及附录《主要作品目录》。

057. 2001 年,《当代中国小说名家珍藏版——余华卷》,由文化艺术出版社出版。

版次：2001 年 5 月北京第 1 版。印次：2001 年 5 月北京第 1 次印刷。

字数共 390 千字。页数为 480 页。

其中收录长篇小说《在细雨中呼喊》，共 1 部作品；中篇小说《四月三日事件》《世事如烟》《此文献给少女杨柳》《偶然事件》《古典爱情》，共 5 篇作品；短篇小说《十八岁出门远行》《西北风呼啸的中午》《死亡叙述》《往事与刑罚》《鲜血梅花》，共 5 篇作品；以及余华《自序》。

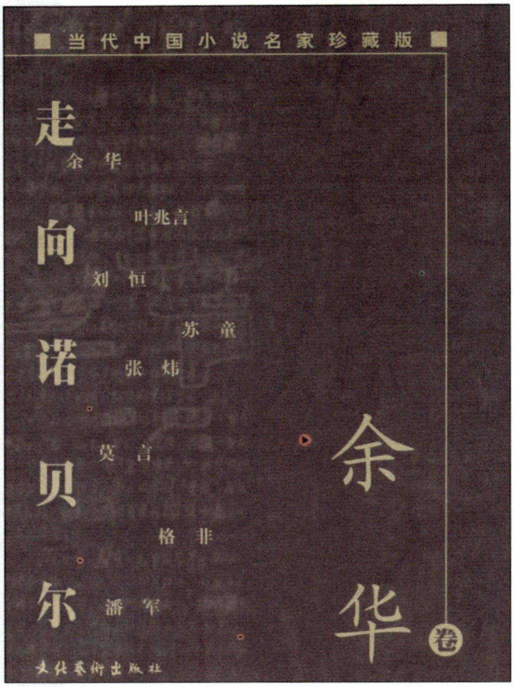

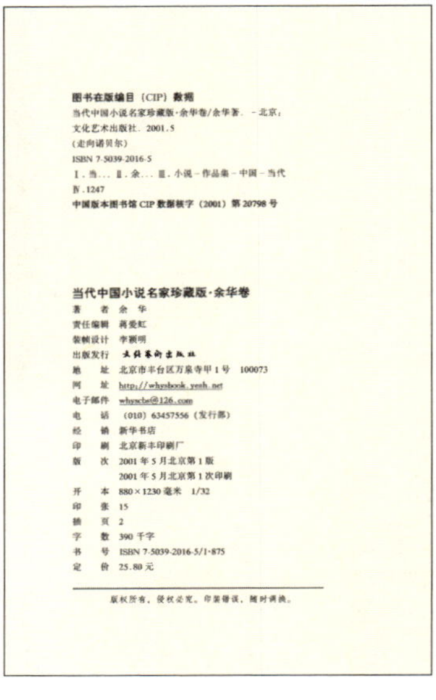
图书在版编目（CIP）数据
当代中国小说名家珍藏版·余华卷/余华著. －北京：
文化艺术出版社. 2001.5
（走向诺贝尔）
ISBN 7-5039-2016-5
Ⅰ.当… Ⅱ.余… Ⅲ.小说－作品集－中国－当代
Ⅳ.1247
中国版本图书馆 CIP 数据核字（2001）第 20798 号

当代中国小说名家珍藏版·余华卷
著　　者　余　华
责任编辑　蒋爱红
装帧设计　李颖明
出版发行　文化艺术出版社
地　　址　北京市丰台区万泉寺甲 1 号　100073
网　　址　http://whyshook.yeah.net
电子邮件　whyscbs@126.com
电　　话　（010）63457556（发行部）
经　　销　新华书店
印　　刷　北京新丰印刷厂
版　　次　2001 年 5 月北京第 1 版
　　　　　2001 年 5 月北京第 1 次印刷
开　　本　880×1230 毫米　1/32
印　　张　15
插　　页　2
字　　数　390 千字
书　　号　ISBN 7-5039-2016-5/I·875
定　　价　25.80 元
版权所有，侵权必究。印装错误，随时调换。

2002

058. 2002 年，日文版长篇小说《活着》，由日本角川出版公司出版。

    译者：饭冢容。

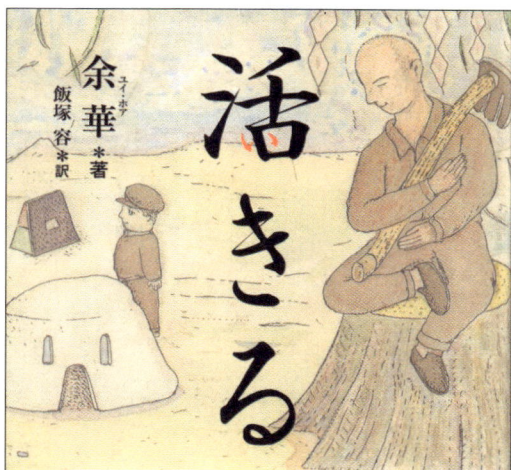

059. 2002 年，越南文版长篇小说《活着》，由越南文学出版公司出版。

    译者：武公欢。

060. 2002 年，小说集《我没有自己的名字》，由云南人民出版社出版。

版次：2002 年 11 月第 1 版。印次：2002 年 11 月第 1 次印刷。两种版本的封皮不同。

字数共 238 千字。页数为 348 页。

其中收录《高潮》《我没有自己的名字》《世事如烟》《在细雨中呼喊》，共 4 篇作品，以及余华写毕于 2002 年 7 月 12 日的《自序》。

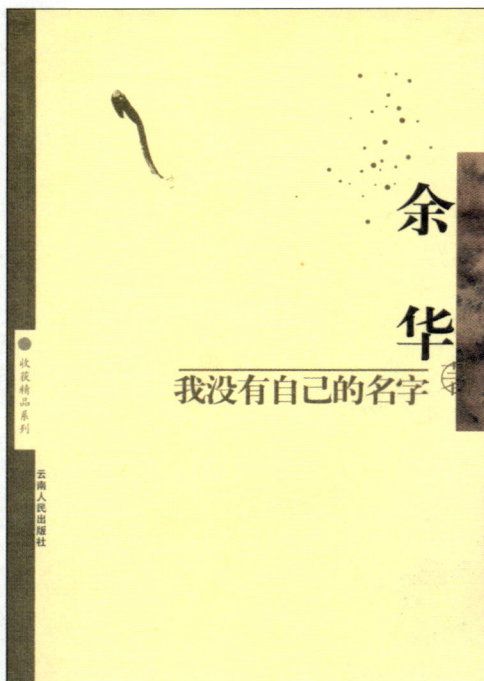

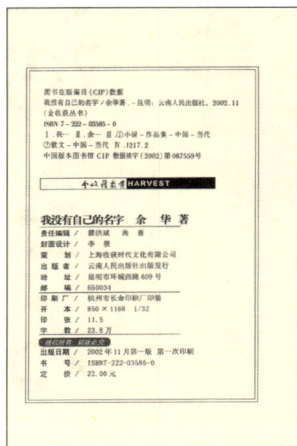

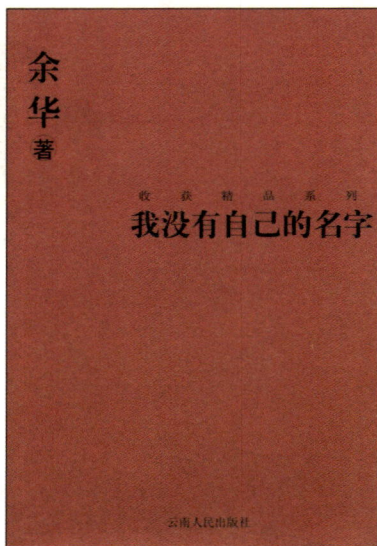

061. **2002 年，随笔集《我能否相信自己》（繁体字版），由台湾远流出版公司出版。**

版次：2002 年 10 月 1 日，"初版一刷"。平装本。

页数为 217 页。

其中收录《我能否相信自己》《温暖和百感交集的旅程》《强劲的想象产生事实》《布尔加科夫与〈大师和玛格丽特〉》《博尔赫斯的现实》

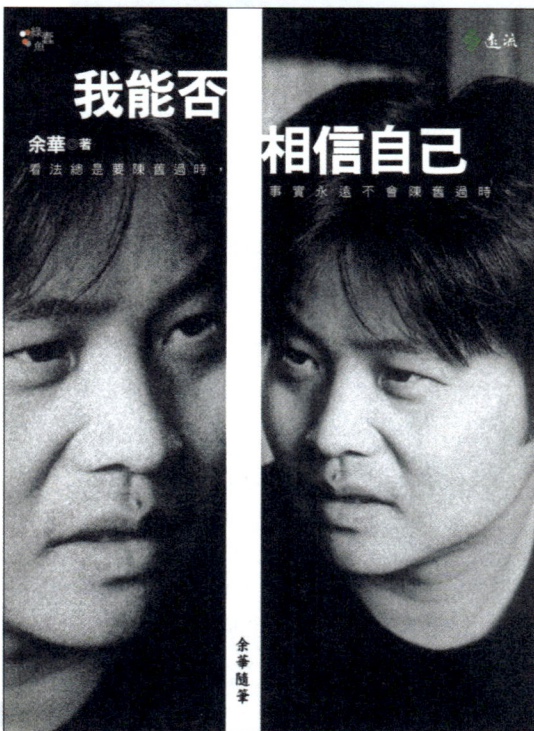

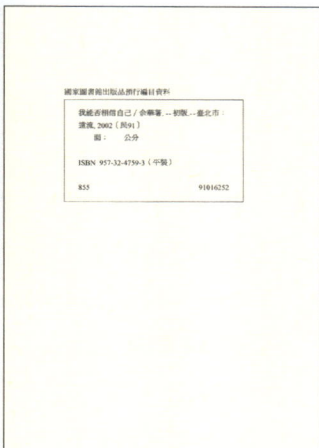

《契诃夫的等待》《山鲁佐德的故事》《三岛由纪夫的写作与生活》《内心之死》《卡夫卡和K》《文学和文学史》《威廉·福克纳》《胡安·鲁尔福》,共13篇作品,以及"前言和后记"。附录中还包括《作品对照》和《人名对照》。

"前言和后记"中收录《〈许三观卖血记〉中文版(1998年)序》(北京,1998-7-10)、《〈许三观卖血记〉韩文版(1998年)序》(北京,1997-8-26)、《〈许三观卖血记〉德文版(1999年)序》(北京,1998-6-27)、《〈许三观卖血记〉意大利文版(1999年)序》(北京,1998-4-11)、《〈活着〉中文版(1993年)序》(海盐,1993-7-27)、《〈活着〉韩文版(1997年)序》(北京,1996-10-17)、《〈活着〉日文版(2002年)序》(北京,2002-1-17)、《〈在细雨中呼喊〉中文版(1998年)序》(北京,1998-10-11)、《〈在细雨中呼喊〉意大利文版(1998年)序》(北京,1998-8-9)、《〈现实1种〉意大利文版(1997年)序》(北京,1997-6-11)、《〈99余华小说新展示——6卷〉自序》(1999-4-7)、《〈河边的错误〉中文版(1993年)跋》(嘉兴,1992-8-6)、《〈许三观卖血记〉中文版(1996年)跋》(北京,1996-2-8),共13篇文章。

余华说:"看法总是要陈旧过时,事实永远不会陈旧过时。""我的写作唤醒了我记忆中无数的欲望,这样的欲望在我过去生活里曾经有过或者根本没有,曾经实现过或者根本无法实现。我的写作使它们聚集到了一起,在虚构的现实里成为合法。十多年之后,我发现自己的写作已经建立了现实经历之外的一条人生道路,它和我现实的人生之路同时出发,并肩而行,有时交叉到了一起,有时又天各一方。因此,我现在越来越相信这样的话——写作有益于身心健康,因为我感到自己的人生正在完整起来。写作使我拥有了两个人生,现实和虚构的,它们的关系就像是健康和疾病,当一个强大起来时,另一个必然会衰落下去。于是,当我现实的人生越来越贫乏之时,我虚构的人生已经异常丰富了。"

062. **2002 年，随笔集《灵魂饭》，由南海出版公司出版。**

两个印刷版本。

第一个版次：2002 年 1 月第 1 版。印次：2002 年 1 月第 1 次印刷。

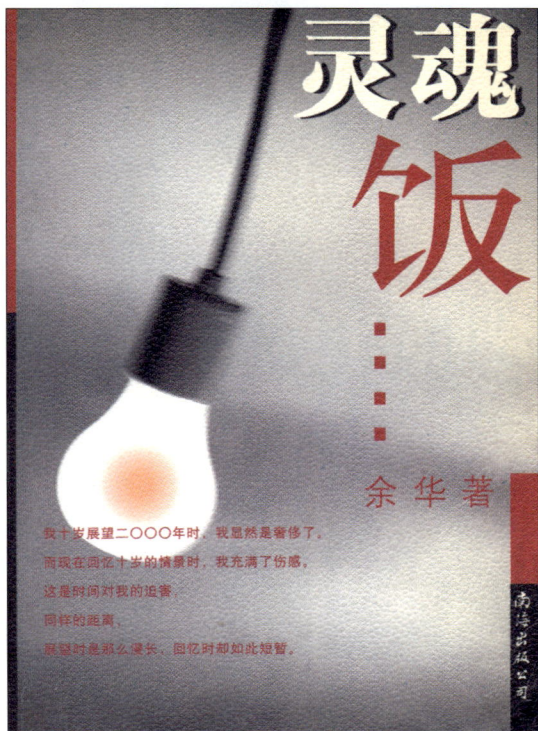

图书在版编目（C I P）数据

灵魂饭/余华著．－海口：南海出版公司，2002.1
ISBN 7-5442-2047-8

Ⅰ．灵…　Ⅱ．余…　Ⅲ．散文-作品集-中国-当代
Ⅳ．I267

中国版本图书馆 CIP 数据核字（2001）第 068472 号

LING HUN FAN
灵 魂 饭

作　　者　余　华
责任编辑　袁杰伟　杨　雯
封面设计　合和工作室
出版发行　南海出版公司　电话（0898）65350227
社　　址　海口市机场路左翔园大厦B座3楼　邮编　570203
经　　销　新华书店
印　　刷　河北省丰润县印刷有限公司
开　　本　850×1168 毫米　1/32
印　　张　8
字　　数　140 千字
版　　次　2002 年 1 月第 1 版　2002 年 1 月第 1 次印刷
书　　号　ISBN 7-5442-2047-8/I·395
定　　价　18.00 元

南海版图书　版权所有　盗版必究

第二个版次：2002 年 1 月第 1 版。印次：2006 年 6 月第 2 次印刷。
字数共 140 千字。页数为 248 页。

其中包括 3 个部分："两个童年""生活、阅读和写作""前言和后记"。
"两个童年"中选入《流行音乐》《可乐和酒》《恐惧和成长》《儿子的
影子》《消费的儿子》《儿子的出生》《父子之战》《医院里的童年》
《麦田里》《土地》《包子和饺子》《国庆节忆旧》《最初的岁月》，共 13
篇作品。

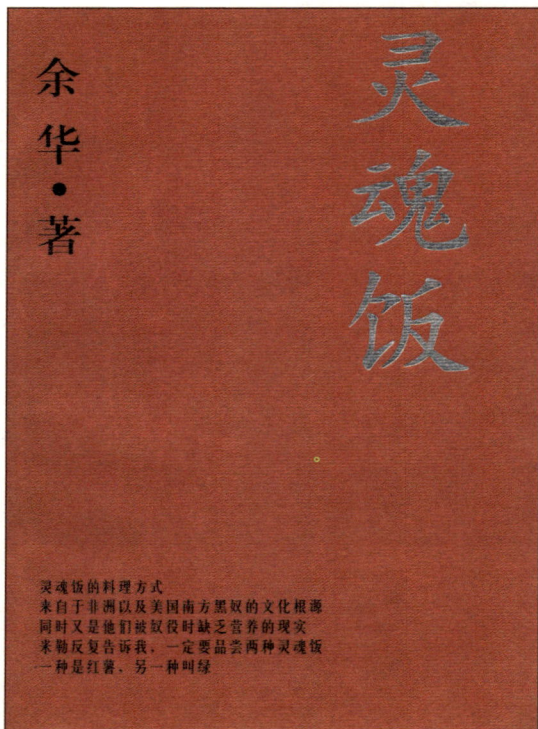

图书在版编目（CIP）数据

灵魂饭/余华著 .-海口：南海出版公司，2002.1

ISBN 7-5442-2047-8

Ⅰ. 灵— Ⅱ. 余— Ⅲ. 散文-作品集-中国-当代 Ⅳ.1267

中国版本图书馆 CIP 数据核字（2001）第 088472 号

LINGHUN FAN
灵 魂 饭
作　　者　余 华
责任编辑　杨 芝
出版发行　南海出版公司　电话（0898）66568511
社　　址　海口市海秀中路 51 号星华大厦五楼　邮编 570206
电子信箱　nhcbgs@0894.net
经　　销　上海英特颂图书有限公司
印　　刷　上海长阳印刷厂
开　　本　850×1168 毫米　1/32
印　　张　8
字　　数　140 千字
版　　次　2002 年 1 月第 1 版 2006 年 6 月第 2 次印刷
书　　号　ISBN 7-5442-2047-8
定　　价　18.00 元

南海版图书　版权所有　盗版必究

余
华·著

灵
魂
饭

灵魂饭的料理方式
来自于非洲以及美国南方黑奴的文化根源
同时又是他们被奴役时缺乏营养的现实
米勒反复告诉我，一定要品尝两种灵魂饭
一种是红薯，另一种叫绿

"生活、阅读和写作"中选入《灵魂饭》《韩国的眼睛》《结束》《午门广场之夜》《关于时间的感受》《关于回忆和回忆录》《美国的时差》《别人的城市》《一年到头》《十九年前的一次高考》《我的第一份工作》《回忆十七年前》《谈谈我的阅读》《应该阅读经典作品》《写作的乐趣》《我的写作经历》《我为何写作》《长篇小说的写作》《网络和文学》《文学和民族》《没有一条道路是重复的》《奢侈的厕所》《谁是我们共同的母亲》,共 23 篇作品。

"前言和后记"中选入《回忆之门》《关于平等的书》《另外一个故事》《妥协的语言》《为内心写作》《词语的力量》《时间的约会》《往事的发言》《柔软潮湿的稿纸》《两条人生道路》《读与写》《流动的品质》《艺术家与匠人》《叙述中的理想》,共 14 篇作品。

063. 2002 年,随笔集《灵魂饭》(繁体字版),由台湾远流出版公司出版。

064. **2002 年，演讲录《说话》，由沈阳春风文艺出版社出版。**

版次：2002 年 10 月第 1 版。印次：2002 年 10 月第 1 次印刷。

字数共为 72 千字。页数为 132 页。

其中收录余华的《自序》《我为何写作》《网络与文学》《文学与民族》《音乐影响了我的写作》《小说的世界》《我的文学道路》《文学与记忆》《在悉尼作家节的演讲》，共 9 篇作品。同时收录林建法、王尧写作的《小说家讲坛总序》。还包括《余华文学大事年表》。

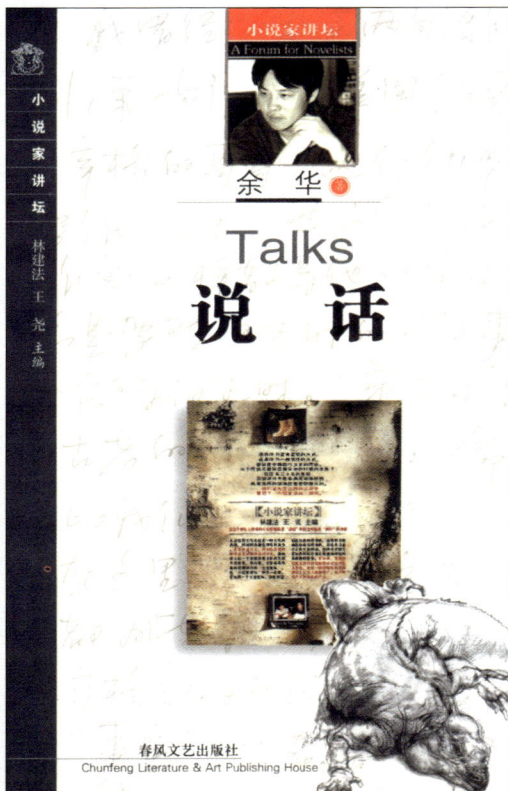

©余华 2002

图书在版编目（CIP）数据

说话/余华著. —沈阳：春风文艺出版社，2002. 10
（小说家讲坛）
ISBN 7-5313-2455-5

Ⅰ.说… Ⅱ.余… Ⅲ.演说—中国—当代 Ⅳ.I 267

中国版本图书馆 CIP 数据核字（2002）第 066373 号

春风文艺出版社出版发行
地址：沈阳市和平区十一纬路 25 号　邮政编码　110003
联系电话：024-23284385　23284029
购书热线：024-23284402　23284401
E-mail: chunfeng@vip. 163. com
北宁市印刷厂印刷

幅面尺寸：135mm×210mm	印张：6
字数：72 千字	印数：1—8000 册
2002 年 10 月第 1 版	2002 年 10 月第 1 次印刷
责任编辑：咸永清　施凌飞	责任校对：潘晓春
封面设计：夏季风	版式设计：夏季风

定价：9.00 元

版权专有　侵权必究
如有质量问题，请与印刷厂联系调换

065. **2002 年，长篇小说《许三观卖血记》（繁体字版），由台湾麦田出版公司出版。**

由王德威主编。

版次：2002 年 6 月 15 日，"二版一刷"（1997 年 5 月 1 日，"初版一刷"）。精装本。

页数为 294 页。

其中收录王德威写作的《编辑前言》，以及王德威写作的《伤痕即景，暴力奇观——余华的小说》序论。同时，余华也为小说《许三观卖血

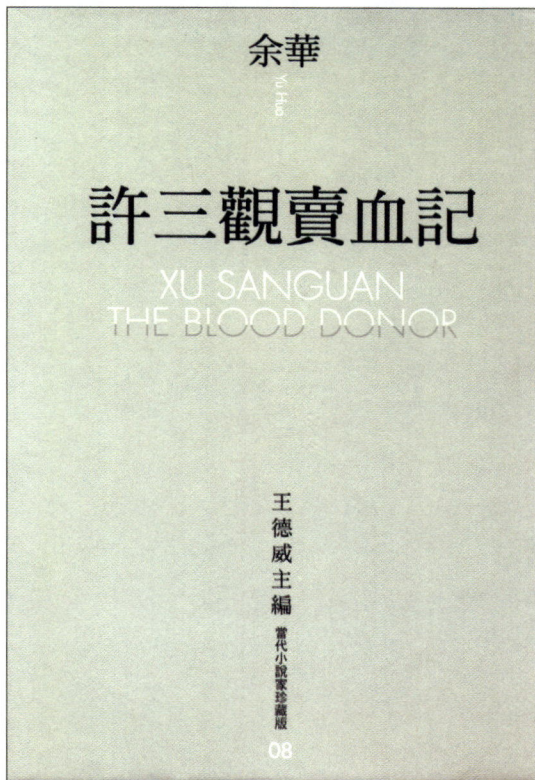

记》写作了自序《足球场上的奔者——长篇小说的写作》。

最后还包括《余华创作年表》。

在王德威写作的《伤痕即景，暴力奇观——余华的小说》序论中包括
四个方面的内容：“从长征到远行”“现实一种？”“暴力的辩证”“在
‘血与泪’中呼喊”。

王德威说：“余华以奇诡的人事情境，冷冽近乎黑色幽默的笔法，诉说
一则则荒诞也荒凉的故事。即使在渲染涕泪飘零的时分，仍有着谊属
颓废的放纵。父亲家庭关系的变调，宿命人生的牵引，死亡与历史黑
洞的诱惑，已成他作品的注册商标。而这些特征竟以身体的奇观——
支解、变形、侵害、疯狂、死亡为依归。”

2003

066.　2003 年，小说集《世事如烟》（繁体字版），由台湾麦田出版公司出版。

版次：2003 年 7 月 15 日，"初版一刷"。平装本。

页数为 191 页。

其中收录《十八岁出门远行》《西北风呼啸的中午》《爱情故事》《死

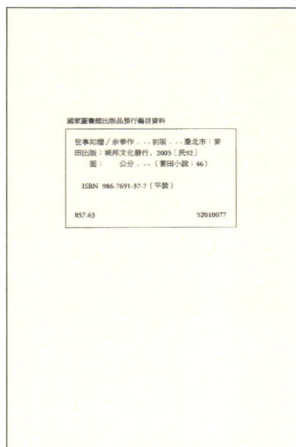

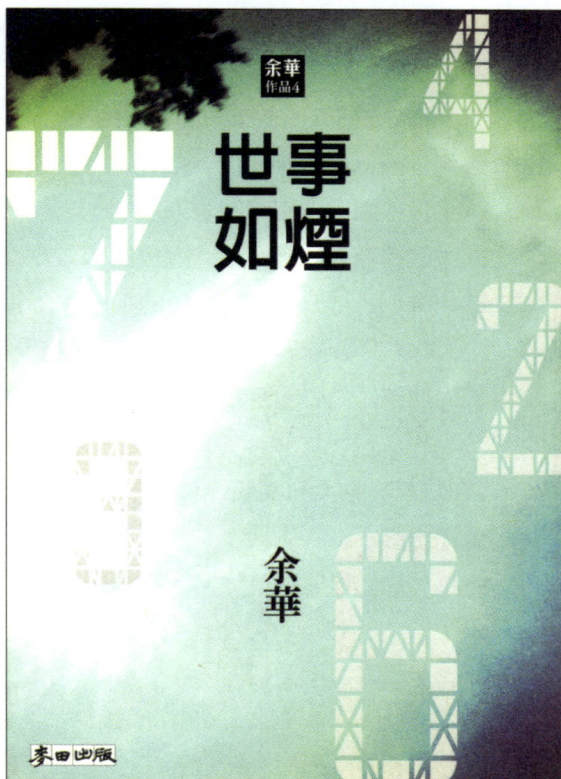

亡叙述》《两个人的历史》《命中注定》《难逃劫数》《世事如烟》，共 8
篇作品。

余华是首位荣获由澳大利亚与爱尔兰共同颁发的"悬念句子文学奖"
的中国作家。

詹姆斯·乔伊斯基金会这样评价道："你的故事反映了现代主义的
多个侧面，它们体现了深刻的人文关怀，并把这种有关人类生存状态
的关怀回归到最基本最朴实的自然界，正是这种特质把它们与詹姆
斯·乔伊斯以及塞缪尔等西方先锋文学作家的作品联系起来。在作品
《芬尼根守灵》中，乔伊斯把利菲河充分融入了女性的力量，而在《瓦
特》中，塞缪尔赋予风以神的力量。你的作品则反映了自然实体的生
存状态，它们既不是圣洁的，也不是耸人听闻般的，它们只不过是一种
类似于天气般的存在，一种存在于宇宙当中的原始经验。现在，有一
种全世界都比较普遍的观点，认为与生俱来的环境的不断损毁导致了
人类的掠夺天性。而你，一位中国作家赋予二十一世纪的生活以道学
的精神，由此带来一种全新的视野，这也是为什么乔伊斯把《荷马史
诗》中的奥德修斯称作领航的大师，他始终与风浪相随，这个人物最终
成为他创作《尤利西斯》的原型。"

067. **2003 年，意大利文版小说集《世事如烟》，由意大利 EINAUDI 出版
公司出版。**

收录《鲜血梅花》《古典爱情》《世事如烟》《萤火虫》《西北风呼啸的
中午》《两个人的历史》《十八岁出门远行》《爱情故事》，共 8 篇作品。

译者：Maria Rita Masci。

068. 2003 年，挪威文版小说集《往事与刑罚》，由挪威 Tiden Norsk Forlag 出版公司出版。

收录《1986 年》《往事与刑罚》《古典爱情》《鲜血梅花》《十八岁出门远行》《世事如烟》《一个地主的死》《命中注定》，共 8 篇作品。

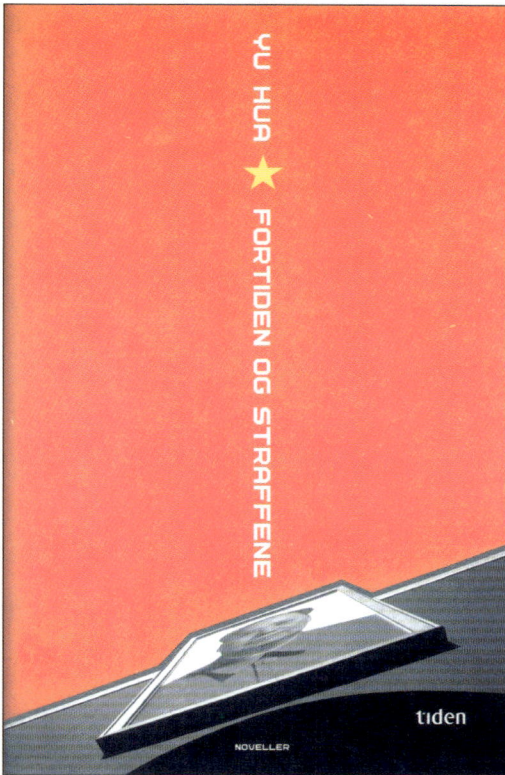

069. 2003 年，法文版长篇小说《在细雨中呼喊》（*Cris dans labruine*），
由法国 ACTES SUD 出版公司出版。

译者：Jacqueline Guyvallet。

070. 2003 年，韩文版长篇小说《在细雨中呼喊》，由韩国绿林出版公司
出版。

译者：崔容晚。

071. 2003 年, 英文版长篇小说《活着》(*To live*), 由美国兰登书屋出版公司出版。

译者 : Michael Berry。

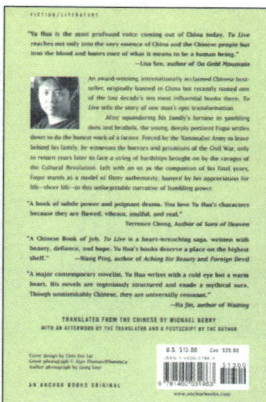

072. 2003 年, 小说集《战栗》(繁体字版), 由台湾麦田出版公司出版。

073. 2003 年, 德文版长篇小说《许三观卖血记》, 由德国 GOLDMANN 出版公司出版。

译者 : Ulrich Kautz。

074. 2003 年, 荷兰文版长篇小说《许三观卖血记》, 由荷兰 DE GEUS 出版公司出版。

075.　2003 年，英文版长篇小说《许三观卖血记》（*Chronicle of a blood merchant: a novel*），由美国兰登书屋旗下 Pantheon Books 出版。

译者：Andrew F.Jones。

分为精装本和平装本。

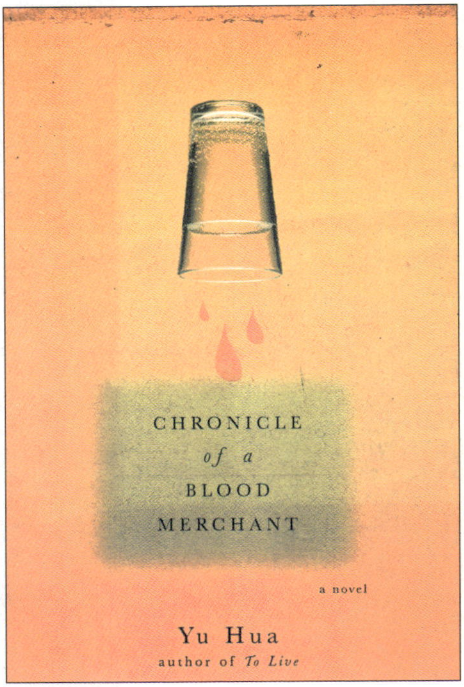

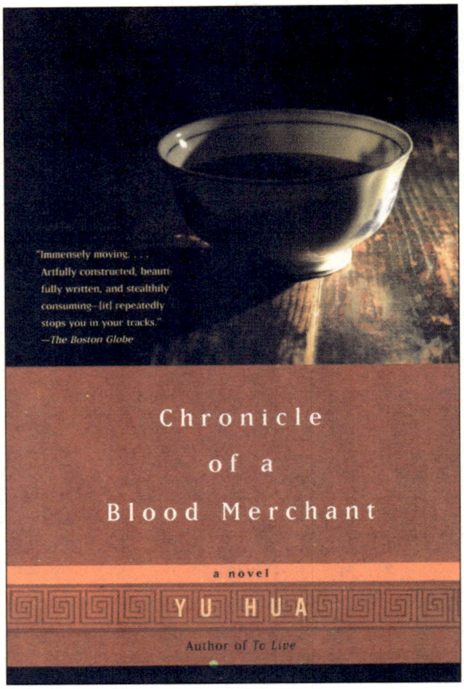

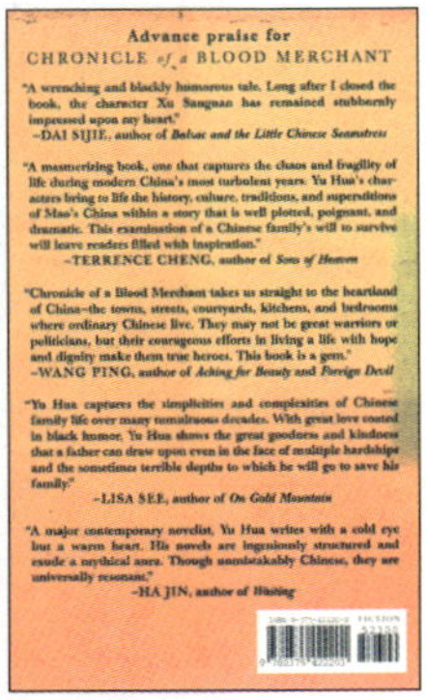

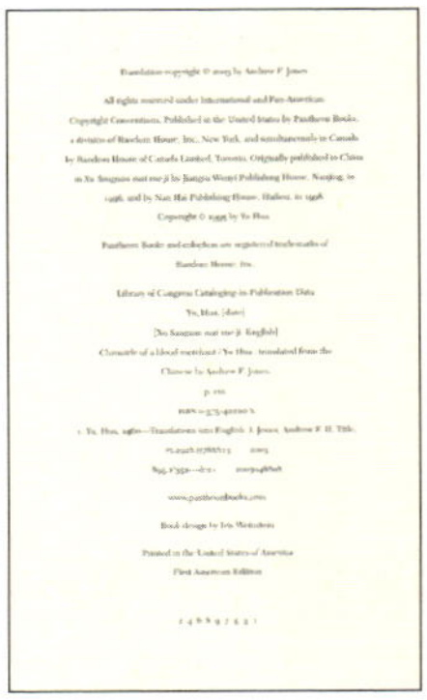

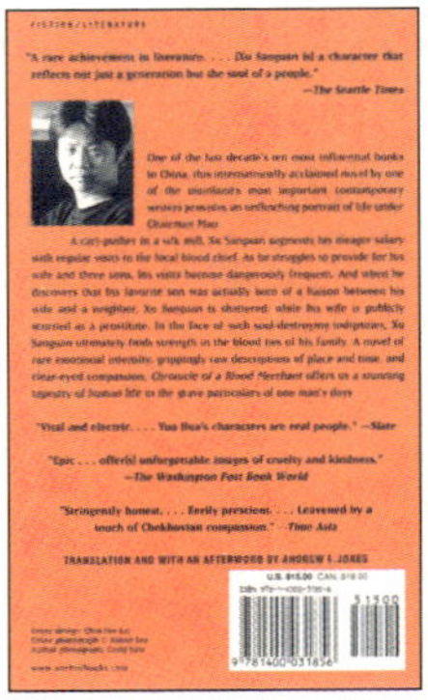

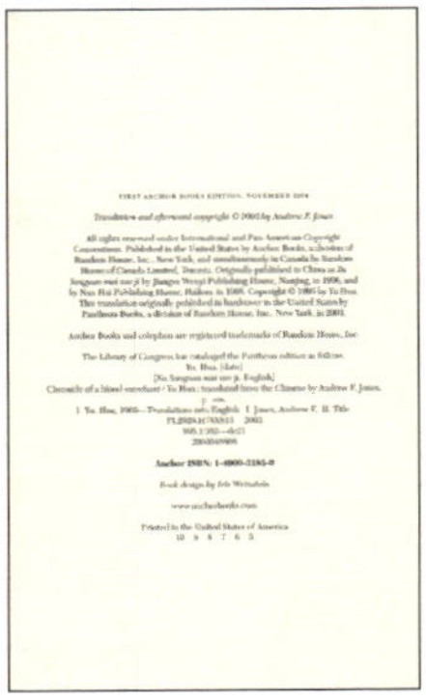

076. 2003 年，小说集《我胆小如鼠》（繁体字版），由台湾麦田出版公司
出版。

版次：2003 年 12 月 15 日，"初版一刷"。平装本。

页数为 197 页。

其中收录《我胆小如鼠》《夏季台风》《四月三日事件》，共 3 篇作品。

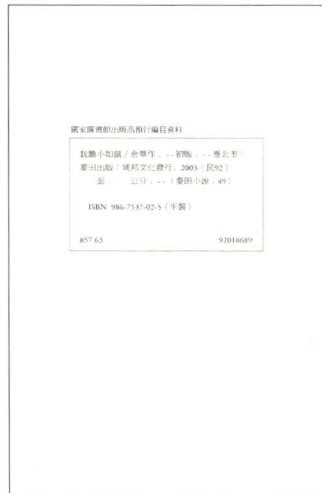

077. 2003 年，小说集《黄昏里的男孩》（繁体字版），由台湾麦田出版公司
出版。

版次：2003 年 4 月 1 日，"初版一刷"。平装本。

页数为 216 页。

其中收录《我没有自己的名字》《黄昏里的男孩》《为什么没有音乐》
《女人的胜利》《阑尾》《空中爆炸》《在桥上》《炎热的夏天》《他们的
儿子》《蹦蹦跳跳的游戏》《我为什么要结婚》《朋友》，共 12 篇作品。

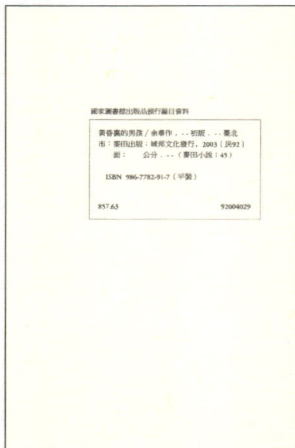

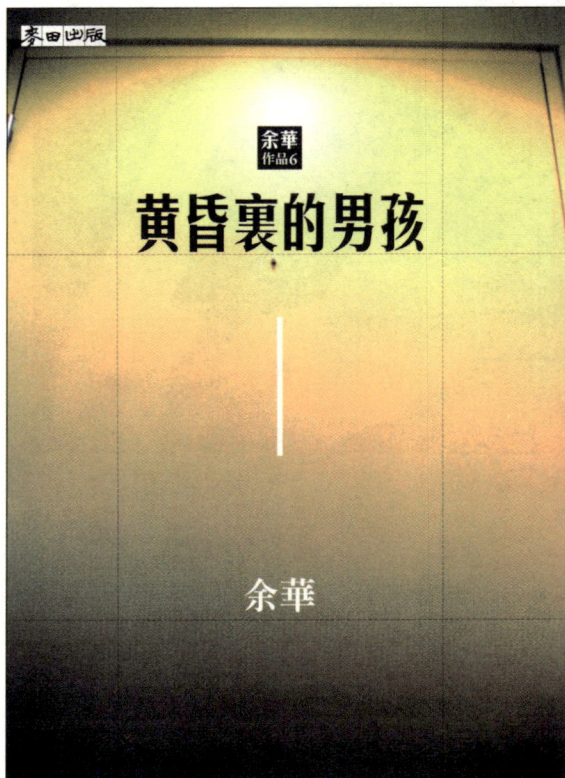

078. 2003 年，小说集《朋友》，由江苏文艺出版社出版。

版次：2003 年 8 月第 1 版。印次：2003 年 8 月第 1 次印刷。

字数共 250 千字。页数为 271 页。

其中收录《十八岁出门远行》《西北风呼啸的中午》《现实一种》《世事如烟》《古典爱情》《往事与刑罚》《鲜血梅花》《此文献给少女杨柳》《爱情故事》《我没有自己的名字》《空中爆炸》《蹦蹦跳跳的游戏》《黄昏里的男孩》《我胆小如鼠》《朋友》，共 15 篇作品。同时还包括谢有顺写作的《余华：活着及其待解的问题》。作品集的最后是《作者主要著作目录》。

谢有顺写作的《余华：活着及其待解的问题》，包括："发现写作的难度""人和世界的悲剧处境""暴力的内在结构""苦难及其缓解方式""遭遇不是生存""'看法'有时比'事实'更重要"六个部分。

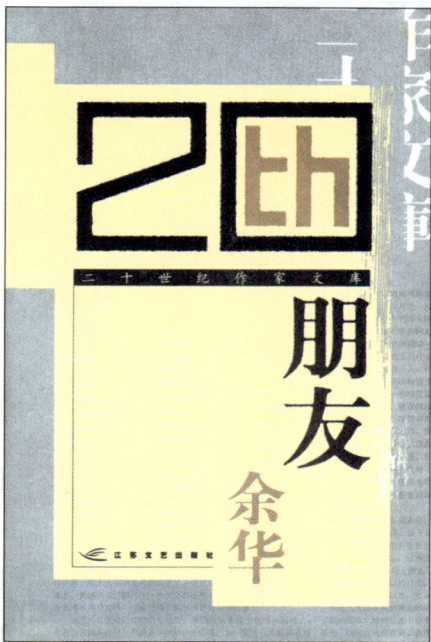

079. 2003 年，随笔集《没有一条道路是重复的》（繁体字版），由台湾远流出版公司出版。

2004

080. 2004 年，小说集《现实一种》，由上海文艺出版社出版。

分为两个版本：

第一个版为 2004 年 1 月第 1 版，2004 年 2 月第 2 次印刷。

字数共 105 千字。页数为 167 页。

其中收录《现实一种》《河边的错误》《一九八六年》，共 3 篇作品。还收录了余华在 2003 年 8 月 6 日写作的《新版说明》和《自序》，以及《詹姆斯·乔伊斯基金会颁奖词》。

余华写道："《现实一种》里的三篇作品记录了我曾经有过的疯狂，暴力和血腥在字里行间如波涛般涌动着，这是从恶（噩）梦出发抵达梦魇的叙述。为此，当时有人认为我血管里流淌的不是血，而是冰碴子。"

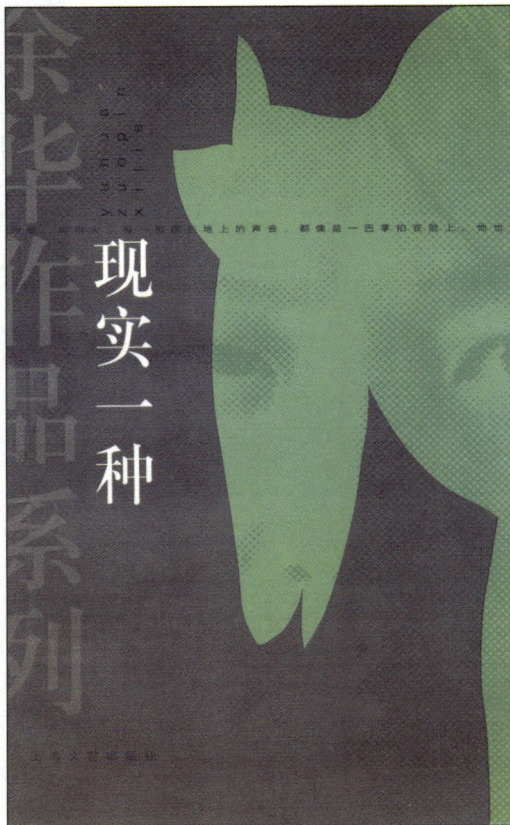

第二个版次为 2004 年 1 月第 1 版，2004 年 5 月第 2 版，2006 年 10 月第 7 次印刷。

字数共 105 千字。页数为 167 页。

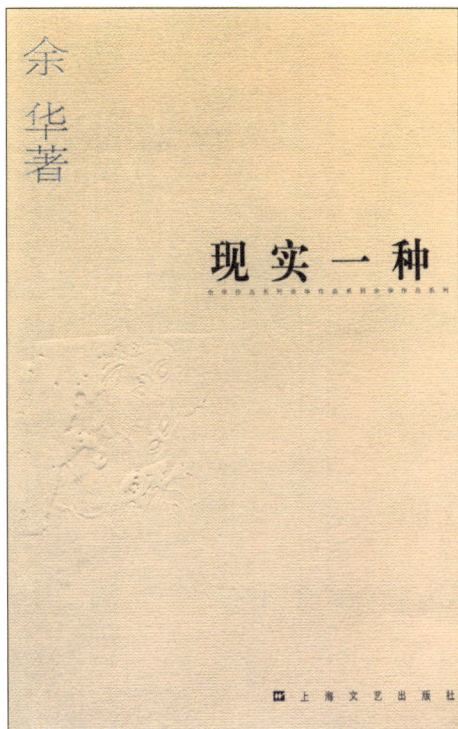

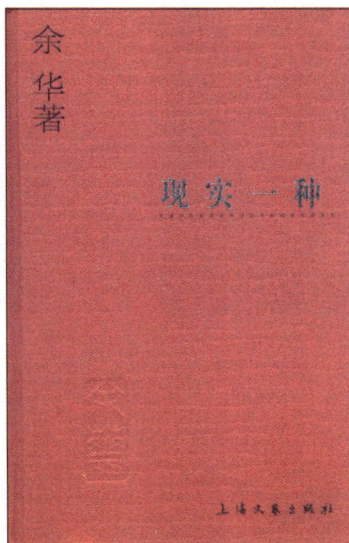

081. 2004 年，小说集《现实一种》（繁体字版），由台湾麦田出版公司出版。

082. 2004 年，小说集《世事如烟》，由上海文艺出版社出版。

分为两个版本：

第一个版本为 2004 年 1 月第 1 版，2004 年 2 月第 2 次印刷。

字数共 105 千字。页数为 166 页。

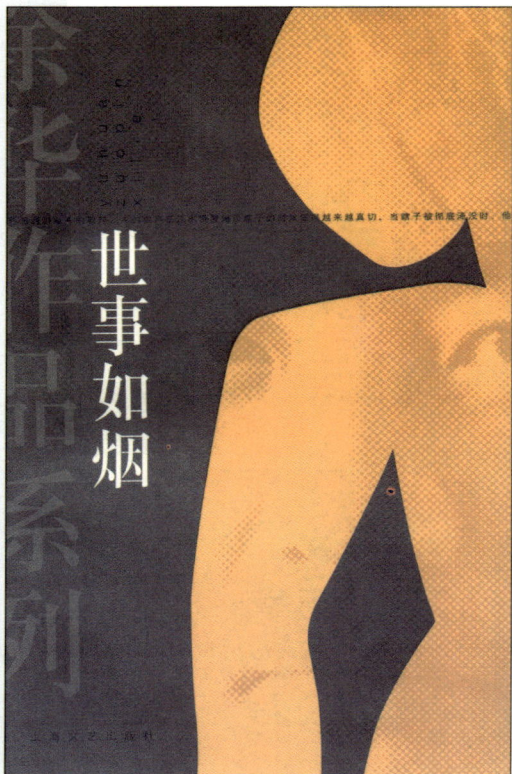

图书在版编目（CIP）数据

世事如烟/余华 著 . —上海：上海文艺出版社，2004.1（2004.2 重印）
ISBN 7 - 5321 - 2608 - 0
Ⅰ . 世… Ⅱ . 余… Ⅲ . 中国小说 - 作品集 - 中国 - 当代 Ⅳ . I247.5
中国版本图书馆 CIP 数据核字（2003）第 082367 号

策　　划：郑宗培
责任编辑：刘捍鸣
封面设计：袁银昌

世事如烟
余华 著
上海文艺出版社出版、发行
地址：上海绍兴路 74 号
电子信箱：cslcm@public1.sta.net.cn
网址：www.slcm.com
新华书店经销　上海市委党校印刷厂印刷
开本 889 × 1194　1/32　印张 5.5　插页 2　字数 105,000
2004 年 1 月第 1 版　2004 年 5 月第 2 次印刷
印数：6,101—11,200 册
ISBN 7 - 5321 - 2608 - 0/I·2042　定价：12.00 元

告读者　如发现本书有质量问题请与印刷厂质量科联系
T:021 - 64364064

第二个版次为 2004 年 1 月第 1 版，2004 年 5 月第 2 版，2006 年 10 月第 7 次印刷。

字数共 105 千字。页数为 166 页。

其中收录《十八岁出门远行》《西北风呼啸的中午》《死亡叙述》《爱情故事》《命中注定》《两个人的历史》《难逃劫数》《世事如烟》，共 8 篇作品。还收录了余华在 2003 年 8 月 6 日写的《新版说明》和《自序》，以及《詹姆斯·乔伊斯基金会颁奖词》。

余华写道："《世事如烟》所收的八篇作品是潮湿和阴沉的，也是宿命和难以捉摸的。因此人物和景物的关系，以及他们各自的关系都是若即若离。这是我在八十年代的努力，当时我努力去寻找他们之间的某些内部的联系方式，而不是那种显

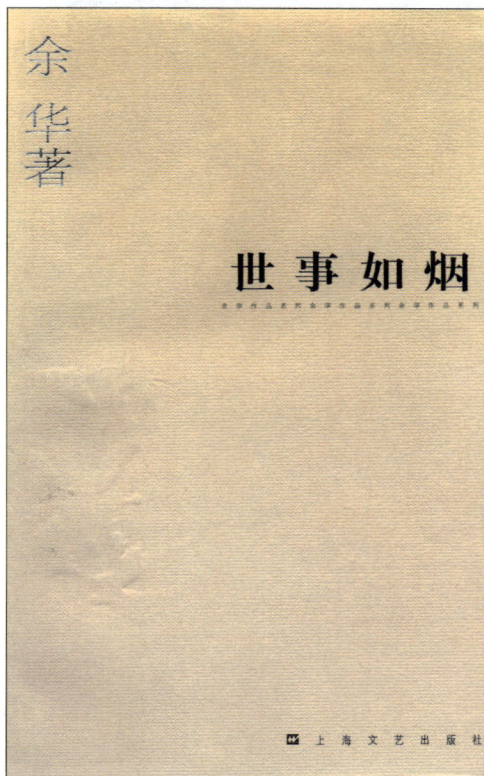

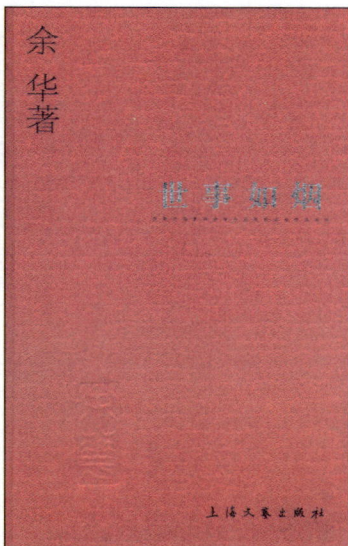

而易见的外在的逻辑。"

图书在版编目（CIP）数据

世事如烟/余华著. - 上海：上海文艺出版社. 2004. 1(2006. 10 重印)
ISBN 7 - 5321 - 2608 - 0

Ⅰ. 世… Ⅱ. 余… Ⅲ. 中篇小说 - 作品集 - 中国 - 当代 Ⅳ. I247. 5
中国版本图书馆 CIP 数据核字 (2003) 第 082367 号

策　划：郏宗培
责任编辑：刘梓明
封面设计：王志伟

世事如烟
余　华
上海文艺出版社出版、发行
地址：上海绍兴路 74 号
电子信箱：cslcm@publixl. sta. net. cn
网址：www. slcm. com

新华书店　经销　上海市委党校印刷厂印刷
开本 889×1194　1/32　印张 5. 625　字数 105,000
2004 年 1 月第 1 版　2004 年 5 月第 3 版
2006 年 10 月第 7 次印刷　印数 29,001—35,100 册
ISBN 7 - 5321 - 2608 - 0/I · 2042　定价 12.00 元

告读者　如发现本书有质量问题请与印刷厂质量科联系
T：021 - 64364064

083.　2004 年, 意大利文版小说集《世事如烟》, 由意大利 Einaudi 出版公
　　　司出版。

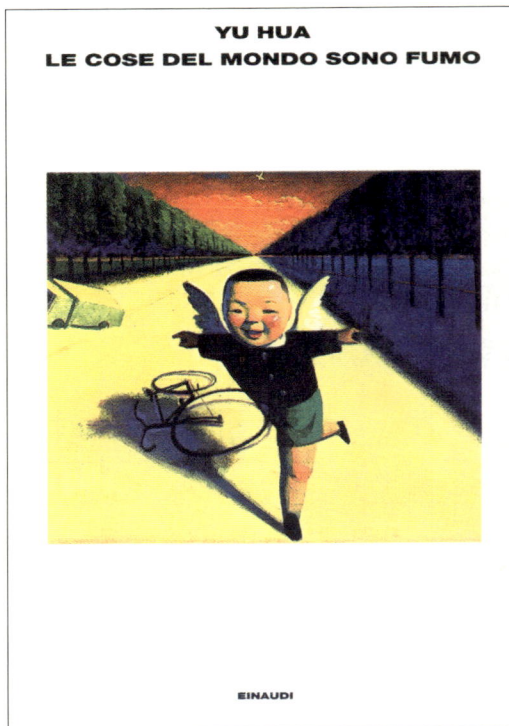

YU HUA
LE COSE DEL MONDO SONO FUMO

EINAUDI

Titoli originali: *Xianxue meihua, Gudian aiqing, Shishi ru yan,
Yinghunchong, Xi bei feng huxiao de zhongwu, Liang ge ren de lishi,
Shiba sui chumen yuanxing e Aiqing gushi*
© 1987, 1988 e 1989 Yu Hua

© 2004 Giulio Einaudi editore s.p.a., Torino
Traduzione di Maria Rita Masci
www.einaudi.it
ISBN 88-06-15007-3

Una raccolta di racconti avvolti in un'atmosfera trasognata e ma-
gica, che riprende e rovescia la narrazione dell'antica tradizione
cinese. Sembrano storie di ieri, raccontate con le immagini liri-
che di una lingua elegante e sapiente. Ma sono storie di oggi, con
la forza della contemporaneità, le angosce di un mondo che fa-
tica a mantenere un senso, l'ironia di chi sa mescolare normalità
e bizzarria, la consapevolezza della precarietà di ogni cosa.

Yu Hua è nato ad Hangzhou nel 1960. È uno dei maggiori scrittori cinesi
contemporanei. Di lui Einaudi ha pubblicato *Torture* e *Cronache di un ven-
ditore di sangue*.

€ 11,50

ISBN 88-06-15007-3
9 788806 150075

084. 2004 年，小说集《鲜血梅花》，由上海文艺出版社出版。

分为两个版本：

第一个版次为 2004 年 1 月第 1 版。印次：2004 年 2 月第 2 次印刷。

字数共 95 千字。页数为 152 页。

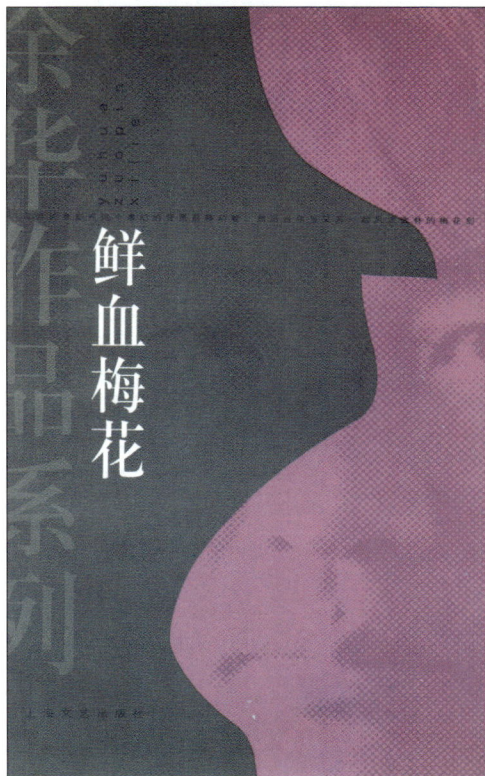

图书在版编目（CIP）数据

鲜血梅花 / 余华 著．－上海：上海文艺出版社，2004.1（2004.2 重印）
ISBN 7－5321－2619－6

Ⅰ．鲜… Ⅱ．余… Ⅲ．①中篇小说 - 作品集 - 中国 - 当代
②短篇小说 - 作品集 - 中国 - 当代 Ⅳ．I247.7
中国版本图书馆 CIP 数据核字（2003）第 091966 号

策　划：郑家均
责任编辑：韩　樨
封面设计：袁银昌

鲜血梅花
余华　著
上海文艺出版社出版、发行
地址：上海绍兴路 74 号
电子信箱：cslcm@public1.sta.net.cn
网址：www.slcm.com
新华书店经销　上海市印刷四厂印刷
开本 889×1194　1/32　印张 5　插页 2　字数 95,000
2004 年 1 月第 1 版　2004 年 2 月第 2 次印刷
印数：8,101—13,200 册
ISBN 7－5321－2619－6/I·2049　定价：12.00 元

告读者　如发现本书有质量问题请与印刷厂质量科联系
T：021－64780222

第二个版次为 2004 年 1 月第 1 版，2004 年 5 月第 2 版。印次：2005 年 10 月第 5 次印刷。

字数共 95 千字。页数为 152 页。

其中收录《鲜血梅花》《古典爱情》《往事与刑罚》《此文献给少女杨柳》《祖先》，共 5 篇作品。还收录了余华在 2003 年 8 月 6 日写的《新版说明》和《自序》，以及《詹姆斯·乔伊斯基金会颁奖词》。

余华写道："《鲜血梅花》是我文学经历中异想天开的旅程，或者说我的叙述在想象的催眠里前行，奇花和异草历历在目，霞光和云彩转瞬即逝。于是这里收录的五篇作品仿佛梦游一样，所见所闻飘忽不定，人物命运也是来去无踪。"

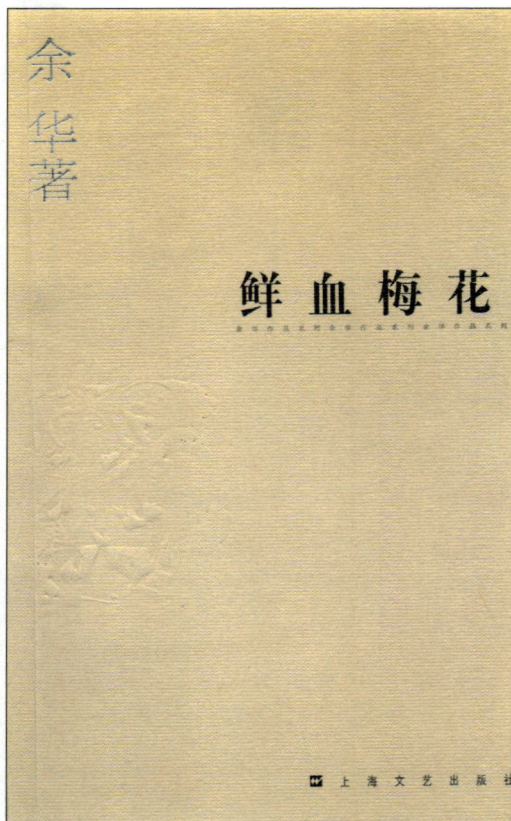

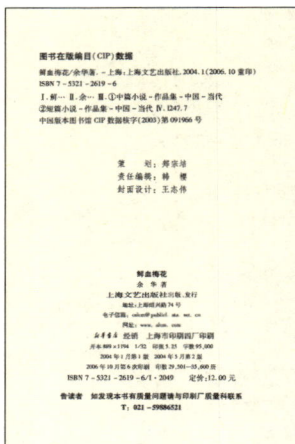

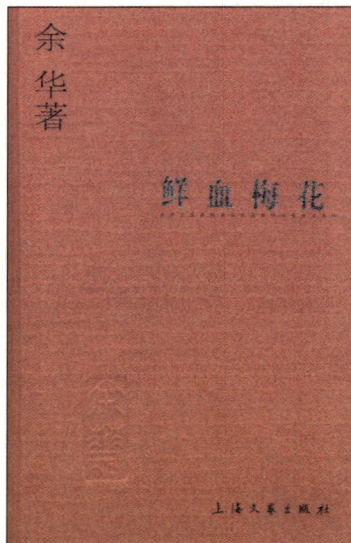

图书在版编目（CIP）数据

鲜血梅花/余华著. —上海：上海文艺出版社. 2004.1（2006.10重印）
ISBN 7-5321-2619-6

Ⅰ.鲜… Ⅱ.余… Ⅲ.①中篇小说-作品集-中国-当代②短篇小说-作品集-中国-当代 Ⅳ.I247.7
中国版本图书馆 CIP 数据核字（2005）第091966 号

策　划：郏宗培
责任编辑：蒋　楹
封面设计：王志伟

鲜血梅花
余　华著

上海文艺出版社出版、发行
电子信箱：cslcm@publicl.sta.sm.cn

新华书店　经销　上海市印刷四厂印刷
开本 889×1194　1/32　印张 5.37　字数 95,000
2004 年 1 月第 1 版　2004 年 5 月第 2 版
2006 年 10 月第 6 次印刷　印数 29,301—33,600 册
ISBN 7-5321-2619-6/I·2049　定价：13.00 元

告读者　如发现本书有质量问题请与印刷厂质量科联系
T：021—59886521

086. **2004 年, 长篇小说《在细雨中呼喊》, 由上海文艺出版社出版。**

版次 : 2004 年 1 月第 1 版, 2004 年 5 月第 2 版。印次 : 2006 年 1 月第 7 次印刷。

字数共 183 千字。页数为 295 页。

其中还收录了《中文版自序》《意大利文版自序》《韩文版自序》。

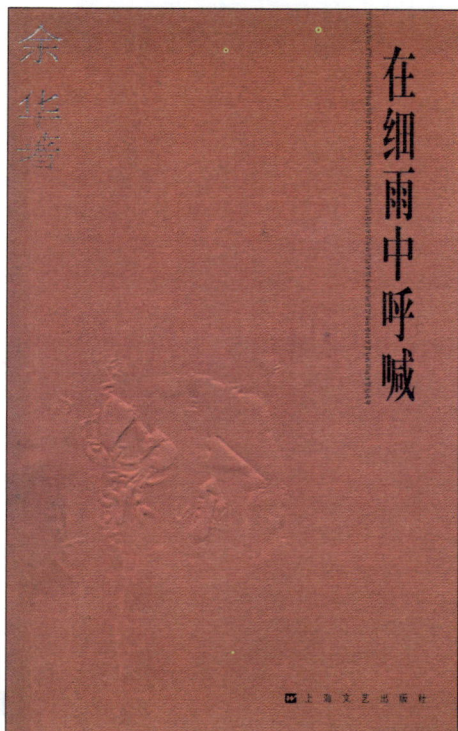

图书在版编目 (CIP) 数据

在细雨中呼喊/余华著 . —上海 : 上海文艺出版社, 2004.1
(2007.10 重印)
ISBN978- 7-5321-2593-7
Ⅰ. 在… Ⅱ. 余… Ⅲ. 长篇小说-中国-当代 Ⅳ.I247.5
中国版本图书馆 CIP 数据核字(2003)第 072441 号

策　　划 : 郑莹婷
责任编辑 : 刘伟明
封面设计 : 王志伟

在细雨中呼喊
余 华 著
上海文艺出版社出版、发行
地址 : 上海绍兴路 74 号
电子信箱 : cslcm@sh1iff.sta.net.cn
网址 : www.slcm.com
新华书店经销　上海当纳利印务有限公司印刷
开本 889×1194　1/32　印张 9.75　字数 183, 000
2004 年 1 月第 1 版　2004 年 5 月第 2 版
2007 年 10 月第 11 次印刷　印数 137,401~147,800 册
ISBN978- 7-5321-2593-7/I · 2036　定价 : 18.00 元
告读者如发现本书有质量问题请与印刷厂质量科联系
T : 021-54742977

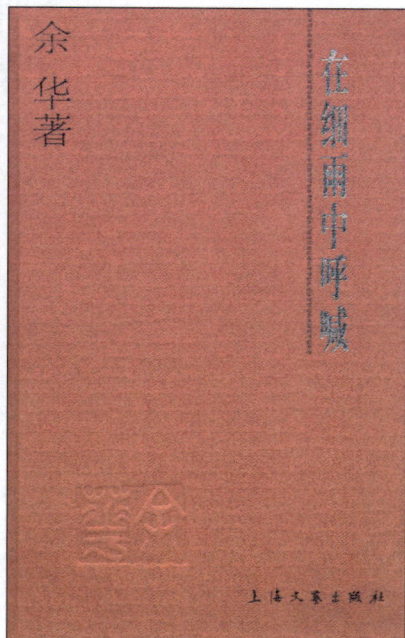

087. 2004 年，长篇小说《呼喊与细雨》（繁体字版），由台湾麦田出版公司
出版。

版次：2004 年 3 月 1 日，"初版一刷"。平装本。

页数为 298 页。

其中还收录了余华写毕于 2003 年 5 月 26 日的《韩文版自序》。

088. 2004 年，韩文版长篇小说《在细雨中呼喊》，由韩国绿林出版公司
出版。

089. **2004 年，长篇小说《活着》，由上海文艺出版社出版。**

分为两个版本：

第一个版次：2004 年 1 月第 1 版。印次：2004 年 1 月第 1 次印刷。

字数共 124 千字。页数为 194 页。

其中还收录了《中文版自序》《韩文版自序》《日文版自序》《英文版自序》。

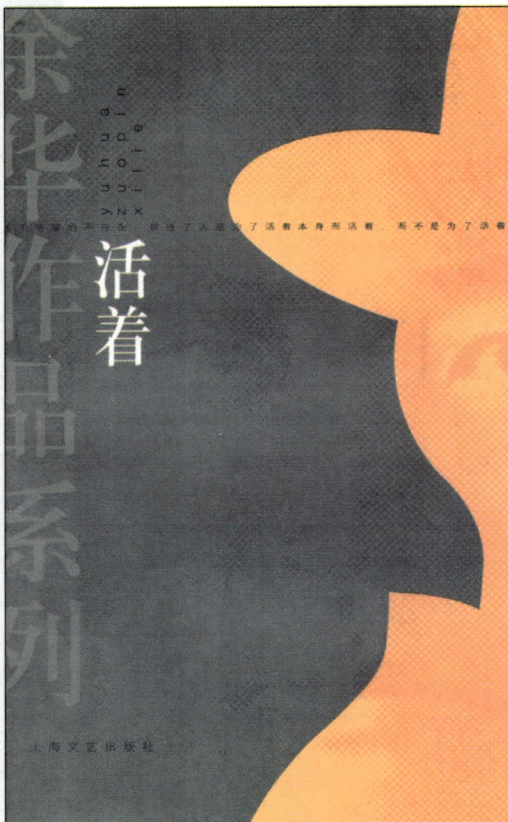

第二个版次：2004 年 5 月第 2 版。印次：2007 年 12 月第 22 次
印刷。

字数共 124 千字。页数为 194 页。

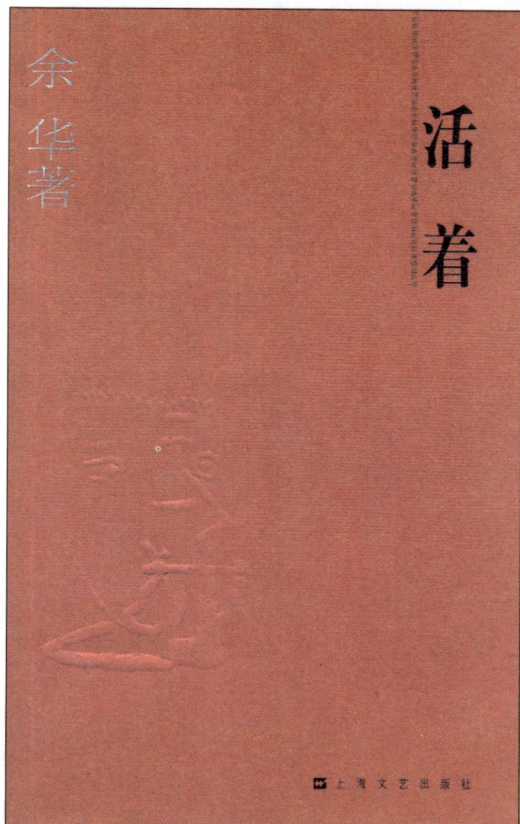

090. 2004 年，长篇小说《活着》出版了唱片版。

091. 2004 年，小说集《战栗》，由上海文艺出版社出版。

分为两个版本：

第一个版次为 2004 年 1 月第 1 版。印次：2004 年 1 月第 1 次印刷。

字数共 97 千字。页数为 154 页。

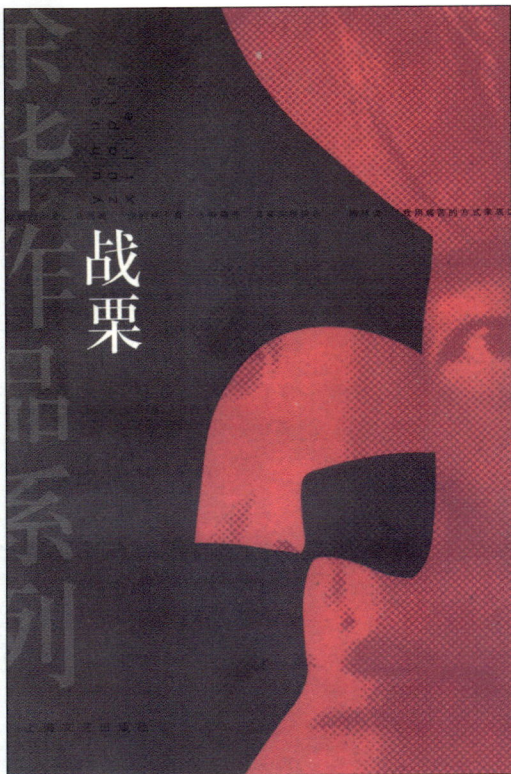

图书在版编目（CIP）数据

战栗/余华 著 — 上海：上海文艺出版社，2004.1
ISBN 7 - 5321 - 2609 - 9
Ⅰ. 战… Ⅱ. 余… Ⅲ. 中篇小说 - 作品集 - 中国 - 当代 Ⅳ. I247.5
中国版本图书馆 CIP 数据核字（2003）第 082368 号

策　　划：郏宗培
责任编辑：刘伟呐
封面设计：袁银昌

战栗

余华 著
上海文艺出版社出版、发行
地址：上海绍兴路 74 号
电子信箱：cslcm@public1.sta.net.cn
网址：www.slcm.com
新华书店经销　上海市委党校印刷厂印刷
开本 889×1194　1/32　印张 5.125　插页 2　字数 97,000
2004 年 1 月第 1 版　2004 年 1 月第 1 次印刷
印数：1—6,100 册
ISBN 7 - 5321 - 2609 - 9/I·2043　定价：12.00 元

告读者　如发现本书有质量问题请与印刷厂质量科联系
T：021 - 64364064

第二个版次为 2004 年 1 月第 1 版，2004 年 5 月第 2 版。印次：
2005 年 10 月第 5 次印刷。

字数共 97 千字。页数为 154 页。

其中收录《偶然事件》《战栗》《一个地主的死》，共 3 篇作品。还收录了余华在 2003 年 8 月 6 日写的《新版说明》和《自序》，以及《詹姆斯·乔伊斯基金会颁奖词》。

《战栗》也是三篇作品，这里更多地表达了对命运的关切。无论是在动荡的年代里，还是在宁静的生活中，这些人的命运都在随波逐流，反抗也好，挣扎也好，或者逆来顺受，最后都一样。它们是现实的，也是内心的。

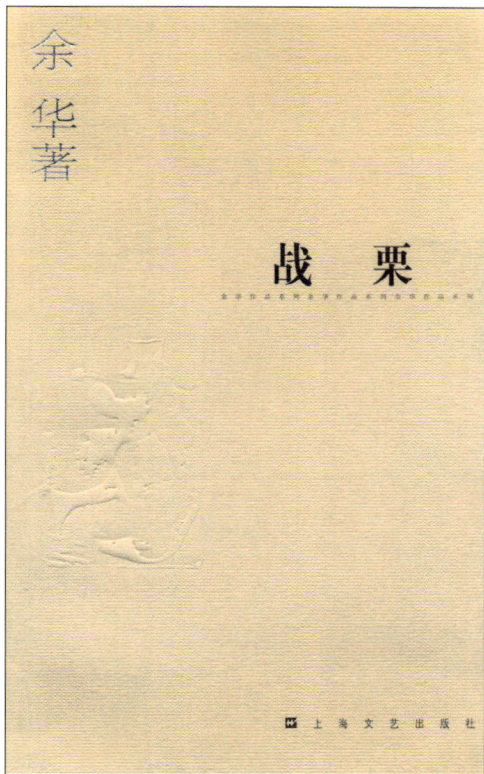

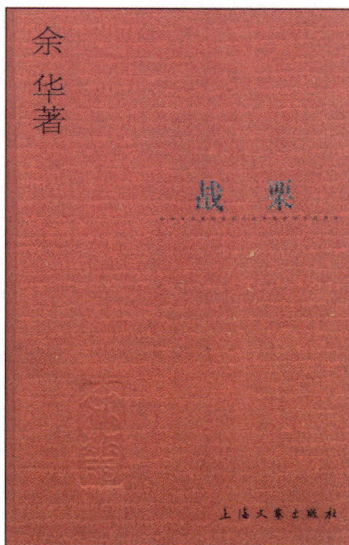

092.　2004 年，小说集《战栗》（繁体字版），由台湾麦田出版公司出版。

093. 2004 年，长篇小说《许三观卖血记》，由上海文艺出版社出版。

分为两个版本：

第一个版次：2004 年 1 月第 1 版。印次：2004 年 2 月第 3 次印刷。

字数共 164 千字。页数为 259 页。

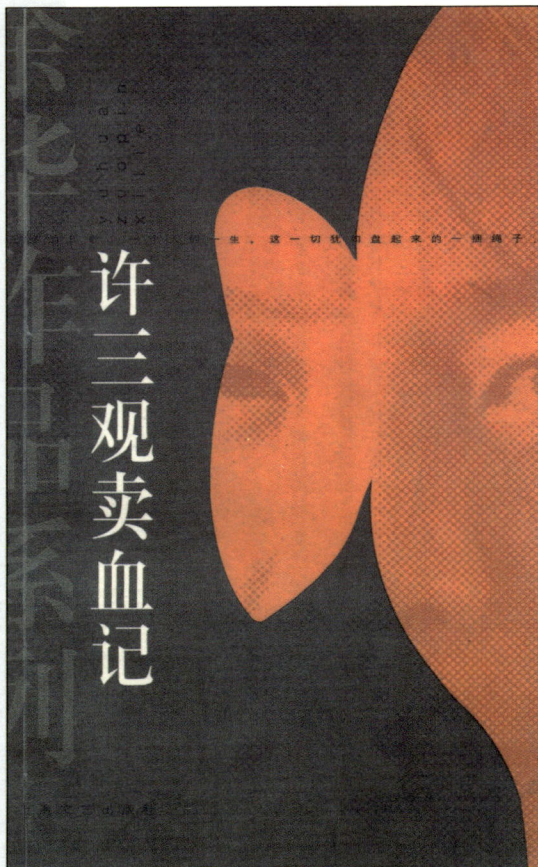

图书在版编目 (CIP) 数据

许三观卖血记/余华 著 — 上海：上海文艺出版社，2004.1(2004.2重印)
ISBN 7－5321－2596－3

Ⅰ.许… Ⅱ.余… Ⅲ.长篇小说－中国－当代 Ⅳ.I247.5
中国版本图书馆 CIP 数据核字(2003)第 074847 号

策 划：郑家培
责任编辑：韩 曦
封面设计：袁佳蕊

许三观卖血记
余华 著

上海文艺出版社出版、发行
地址：上海绍兴路 74 号
电子信箱:cslcm@public1.sta.net.cn
网址:www.ewen.cc

新华书店经销 上海交大印务有限公司印刷

开本 889×1194 1/32 印张 8.625 插页 2 字数 164,000
2004 年 1 月第 1 版 2004 年 2 月第 3 次印刷
印数：20,201—30,300 册
ISBN 7－5321－2596－3/I·2041 定价：17.00 元

告读者 如发现本书有质量问题请与印刷厂质量科联系
T:021－54742915

许三观卖血记

第二个版次：2004 年 5 月第 2 版。印次：2007 年 12 月第 16 次印刷。

字数共 164 千字。页数为 259 页。

其中还收录了《中文版自序》《韩文版自序》《德文版自序》《意大利文版自序》《英文版自序》。

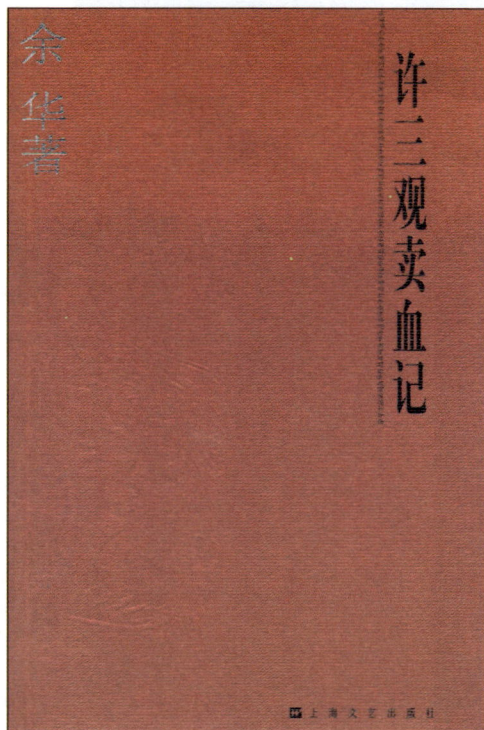

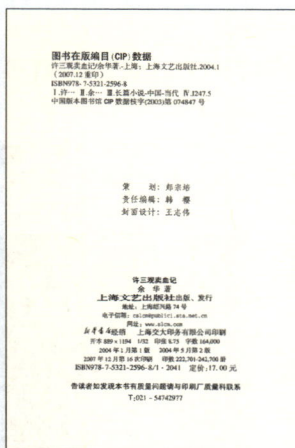

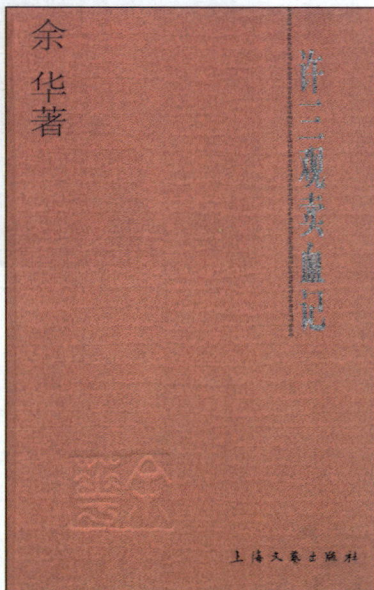

图书在版编目（CIP）数据

许三观卖血记/余华著 .—上海：上海文艺出版社,2004.1
（2007.12 重印）
ISBN978-7-5321-2596-6
Ⅰ.许… Ⅱ.余… Ⅲ.长篇小说-中国-当代 Ⅳ.J247.5
中国版本图书馆 CIP 数据核字(2003)第 074847 号

策　划：郑金裕
责任编辑：韩　樱
封面设计：王志伟

许三观卖血记
余　华 著
上海文艺出版社出版、发行
地址：上海绍兴路 74 号
电子信箱：cslcm@publicl.sti.sta.net.cn
网址：www.slcm.com
新华书店经销　上海大师务有限公司印制
开本 889×1194　1/32　印张 6.75　字数 164,000
2004 年 1 月第 1 版　2004 年 5 月第 2 版
2007 年 12 月第 16 次印刷　印数 221,701-242,700 册
ISBN978-7-5321-2596-6/1・2041　定价：17.00 元

告读者如发现本书有质量问题请与印刷厂质量科联系
T:(021)-54742977

094. 2004 年，长篇小说《许三观卖血记》，由人民文学出版社出版。

分为两个版本：

第一个版次：2004 年 5 月北京第 1 版。印次：2004 年 5 月第 1 次印刷。

字数共 175 千字。页数为 207 页。

第二个版次：2004 年 5 月北京第 1 版。印次：2007 年 1 月第 2 次印刷。

字数共 175 千字。页数为 207 页。

095. 2004 年，荷兰文版长篇小说《许三观卖血记》，由荷兰 DE GEUS 出版公司出版。

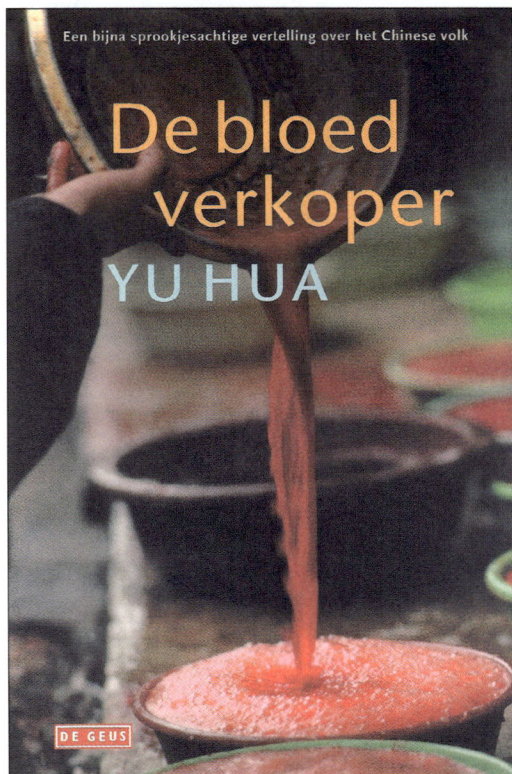

096. 2004 年，德文版长篇小说《许三观卖血记》，由德国 btb 出版公司
出版。

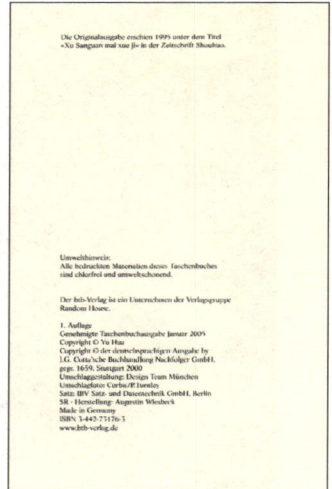

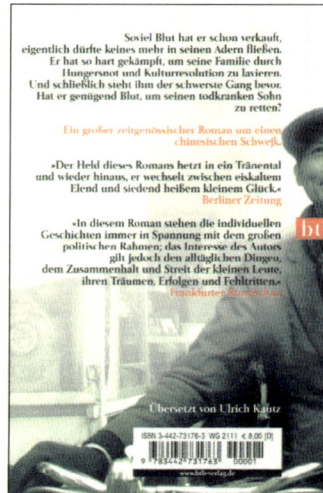

097. 2004 年，英文版长篇小说《许三观卖血记》（*Chronicle of a blood merchant: a novel*），由 Anchor Books 出版公司出版。
译者：Andrew F.Jones。

First Anchor Books edition, November 2004.

"Chronicle of a Blood Merchant takes us straight to the heartland of China —— the towns, streets, courtyards, kitchens, and bedrooms where ordinary Chinese live. They may not be great warriors or politicians, but their courageous efforts in living a life with hope and dignity make them true heroes. This book is a gem."

—— **Wang Ping, author of Aching for Beauty and Foreign Devil**

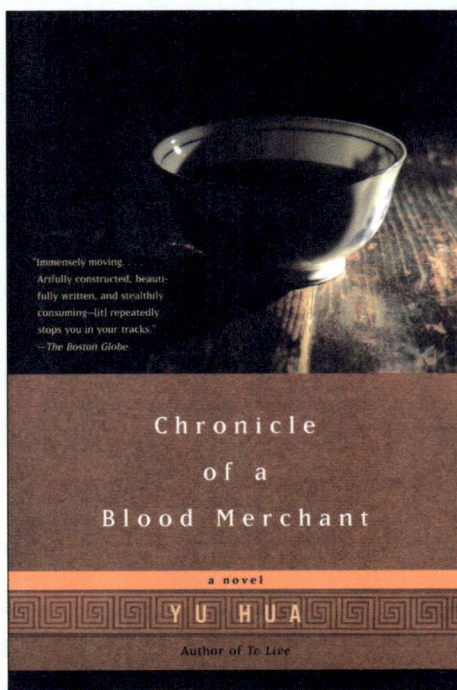

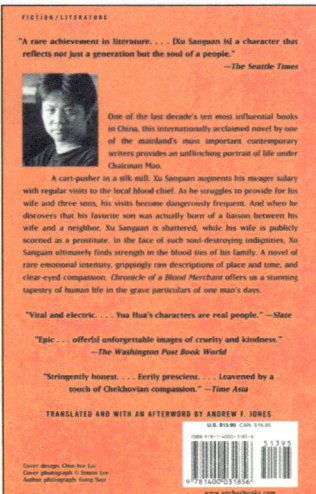

098.　2004 年，小说集《我胆小如鼠》，由上海文艺出版社出版。

分为两个版本：

第一个版次：2004 年 1 月第 1 次。印次：2004 年 1 月第 1 次印刷。

字数共 105 千字。页数为 165 页。

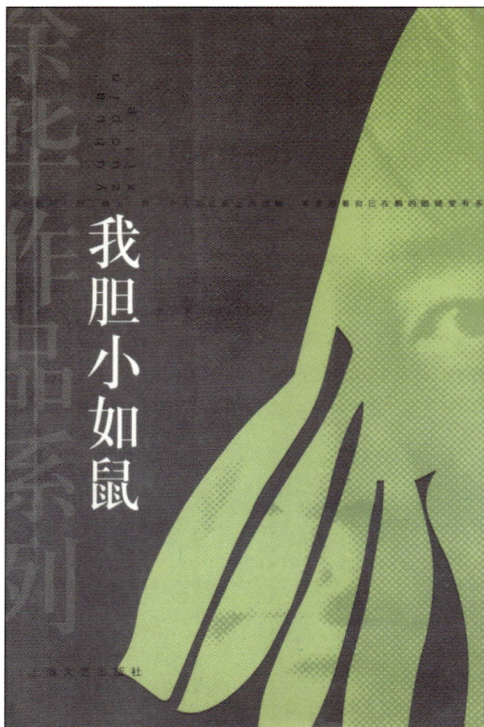

第二个版次为 2004 年 1 月第 1 版，2004 年 5 月第 2 版。印次：
2006 年 10 月第 6 次印刷。

字数共 105 千字。页数为 164 页。

其中收录《我胆小如鼠》《夏季台风》《四月三日事件》，共 3 篇作品。

还收录了余华在 2003 年 8 月 6 日写的《新版说明》和《自序》，以及
《詹姆斯·乔伊斯基金会颁奖词》。

《我胆小如鼠》里的三篇作品，讲述的都是少年内心的成长，那是恐惧、不安和想入非非的历史，也是欲望和天性的道路。这时候，世界最初的图像就像复印机一样，迅速地印在了这些少年的心灵深处，他们的成长就是对这图像的不断修改。

　随笔集 2004 年，《强劲的想象产生事实》，由上海文艺出版社出版。

100. 2004 年，小说集《黄昏里的男孩》，由上海文艺出版社出版。

分为两个版本：

第一个版次：2004 年 2 月第 1 版。印次：2004 年 2 月第 1 次印刷。

字数共 107 千字。页数为 172 页。

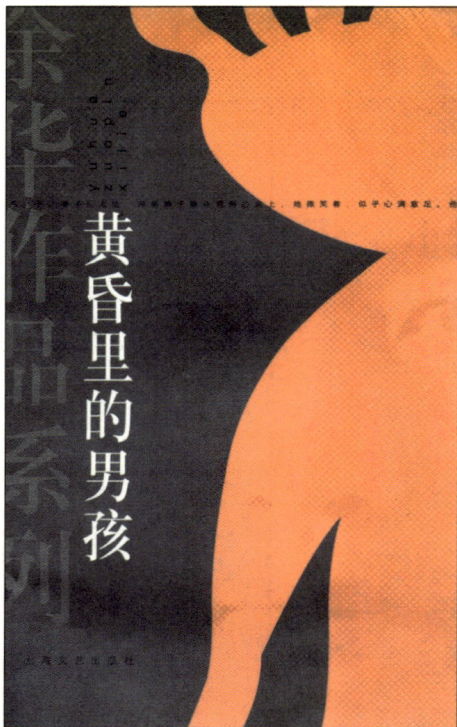

第二个版次为 2004 年 1 月第 1 版，2004 年 5 月第 2 版，2006 年 10 月第 6 次印刷。

字数共 107 千字。页数为 172 页。

其中收录《我没有自己的名字》《黄昏里的男孩》《为什么没有音乐》《女人的胜利》《阑尾》《空中爆炸》《在桥上》《炎热的夏天》《他们的儿子》《蹦蹦跳跳的游戏》《我为什么要结婚》《朋友》12 篇作品。还收录了余华在 2003 年 8 月 6 日写的《新版说明》和《自序》，以及《詹姆斯·乔伊斯基金会颁奖词》。

"《黄昏的男孩》里收录的十二篇作品，这是我所有中短篇小说中与现实最为接近的作品，可能是令人亲切的，不过也是令人不安的。我想这是现实生活给予我们最基本的感受，亲切同时又让人不安。"

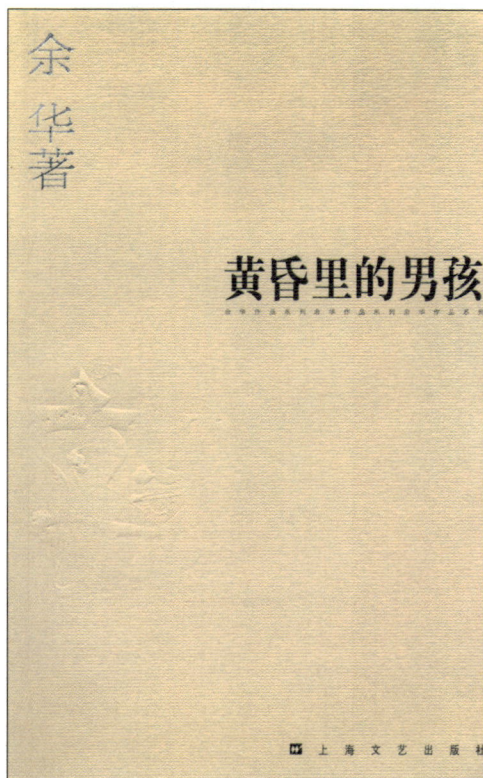

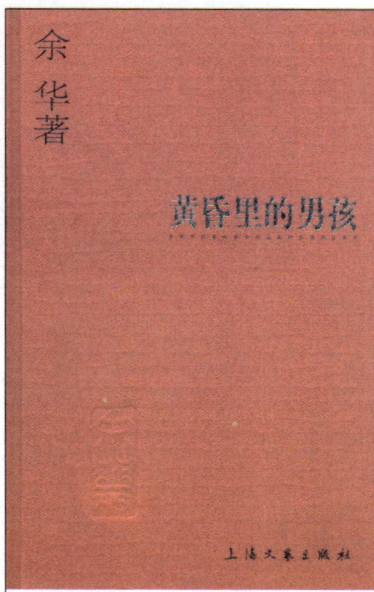

101. **2004年,《温暖和百感交集的旅程》,由上海文艺出版社出版。**

分为两个版本：

第一个版次：2004年2月第1版。印次：2004年2月第1次印刷。字数为81千字。页数为129页。（注：第一个版本中没有“前言和后记”。）

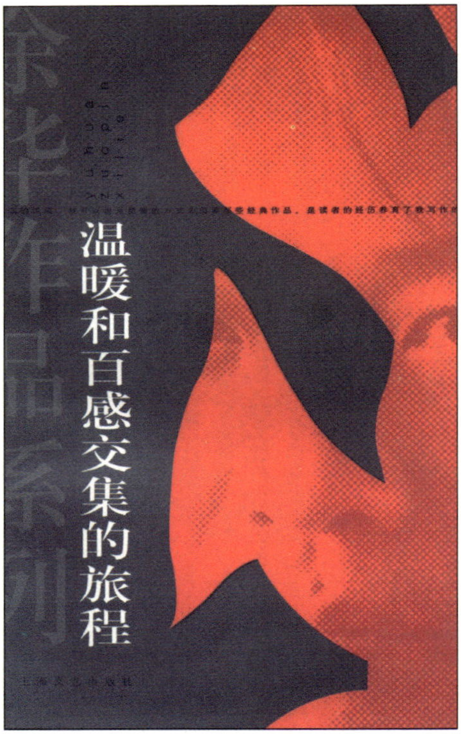

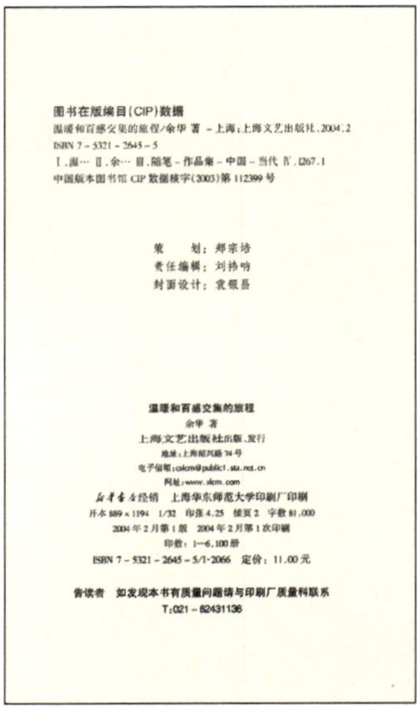
图书在版编目(CIP)数据
温暖和百感交集的旅程/余华 著 -上海:上海文艺出版社,2004.2
ISBN 7-5321-2645-5
Ⅰ.温… Ⅱ.余… Ⅲ.随笔-作品集-中国-当代 Ⅳ.I267.1
中国版本图书馆CIP数据核字(2003)第112399号

策　　划：郏宗培
责任编辑：刘扬呐
封面设计：袁银昌

温暖和百感交集的旅程
余华 著
上海文艺出版社出版、发行
地址：上海绍兴路74号
电子信箱：cslcm@public1.sta.net.cn
网址：www.slcm.com
新华书店经销　上海华东师范大学印刷厂印刷
开本 889×1194　1/32　印张 4.25　插页 2　字数 81,000
2004年2月第1版　2004年2月第1次印刷
印数：1—6,100册
ISBN 7-5321-2645-5/I·2066　定价：11.00元

告读者　如发现本书有质量问题请与印刷厂质量科联系
T：021-62431136

第二个版次为 2004 年 1 月第 1 版，2004 年 5 月第 2 版。印次：
2006 年 10 月第 6 次印刷。

字数共 96 千字。页数为 161 页。

其中收录《我能否相信自己》《温暖和百感交集的旅程》《卡夫卡和 K》
《山鲁佐德的故事》《博尔赫斯的现实》《契诃夫的等待》《布尔加科夫
与〈大师和玛格丽特〉》《三岛由纪夫的写作与生活》《胡安·鲁尔福》
《威廉·福克纳》《内心之死》《文学和文学史》，共 12 篇作品，以及
"前言和后记"。还收录了余华在 2003 年 8 月 6 日写的《新版说明》。

"前言和后记"中收录《〈许三观卖血记〉中文版（1998 年）序》（北
京，1998-7-10）、《〈许三观卖血记〉韩文版（1998 年）序》（北
京，1997-8-26）、《〈许三观卖血记〉德文版（1999 年）序》（北京，
1998-6-27）、《〈许三观卖血记〉意大利文版（1999 年）序》（北京，

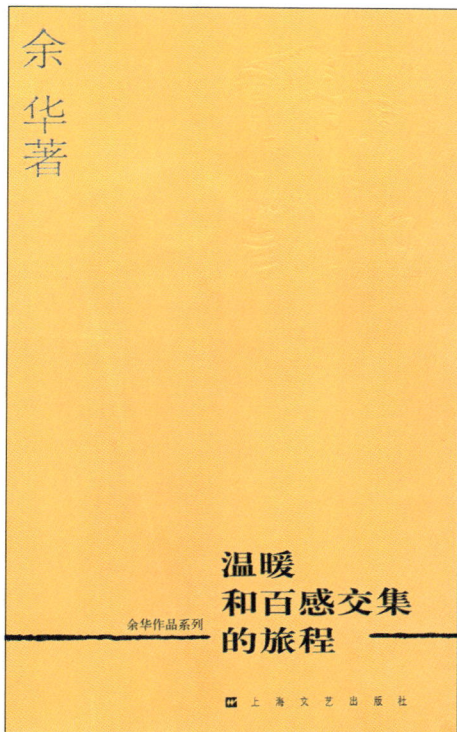

1998-4-11）、《〈活着〉中文版（1993年）序》（海盐，1993-7-27）、《〈活着〉韩文版（1997年）序》（北京，1996-10-17）、《〈活着〉日文版（2002年）序》（北京，2002-1-17）、《〈在细雨中呼喊〉中文版（1998年）序》（北京，1998-10-11）、《〈在细雨中呼喊〉意大利文版（1998年）序》（北京，1998-8-9）、《〈在细雨中呼喊〉韩文版（2003年）序》（2003-5-26）、《〈现实一种〉意大利文版（1997年）序》（北京，1997-6-11）、《〈99余华小说新展示——6卷〉自序》（1999-4-7）、《〈河边的错误〉中文版（1993年）跋》（嘉兴，1992-8-6）、《〈许三观卖血记〉中文版（1996年）跋》（北京，1996-2-8），共14篇文章。

书后的封底有这样的文字："没有一个作者的写作历史可以长过阅读历史，就像是没有一种经历能够长过人生一样。我相信是读者的经历养育了我写作的能力，如同土地养育了河流的奔腾和树林的成长——二十年多来，我像是一个营养不良的孩子那样保持了阅读的饥渴，我可以说是用喝的方式去阅读那些经典作品。最近几年当我写作这些随笔作品时，我重读了里面很多的篇章，我感到自己开始用品尝的方式去阅读了。我意外地发现品尝比喝更加惬意。"

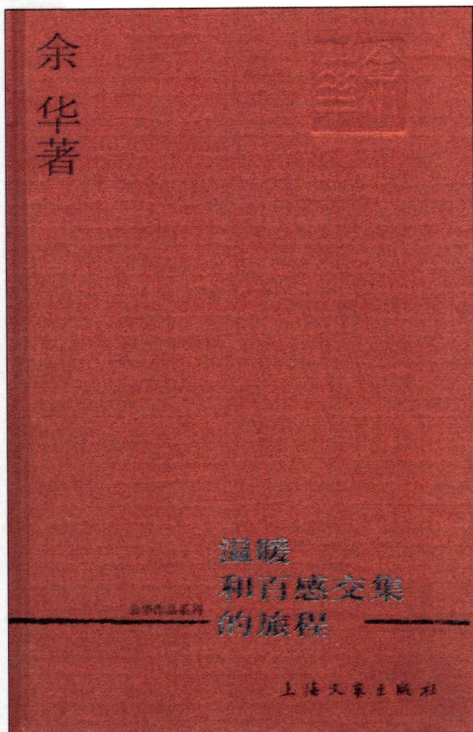

余华 著

温暖
和百感交集
的旅程

余华作品系列

上海文艺出版社

102. **2004 年，随笔集《音乐影响了我的写作》，由上海文艺出版社出版。**

分为两个版本：

第一个版次：2004 年 1 月第 1 版。印次：2004 年 1 月第 1 次印刷。

字数共 100 千字。页数为 163 页。

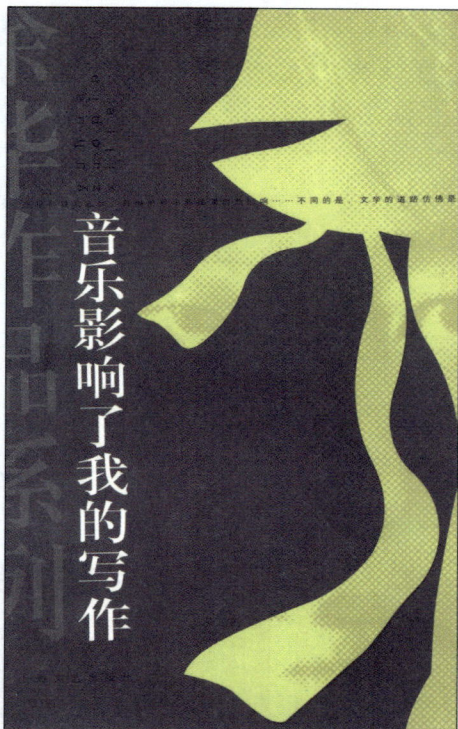

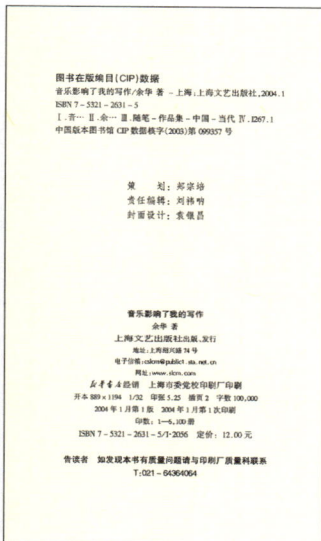

第二个版次为 2004 年 1 月第 1 版，2004 年 5 月第 2 版，2006 年
10 月第 6 次印刷。

字数共 100 千字。页数为 163 页。

其中收录《音乐影响了我的写作》《音乐的叙述》《高潮》《否定》《灵
感》《色彩》《字与音》《重读柴科夫斯基》《消失的意义》《强劲的想
象产生事实》《人类的正当研究便是人》《韩国的眼睛》《灵魂饭》，共
13 篇作品，以及余华在 2003 年 8 月 6 日写的《新版说明》。

余华写道："音乐的叙述和文学的叙述有时候是如此的相似，它们都暗示了时间的衰老和时间的新生，暗示了空间的转瞬即逝；它们都经历了段落的开始，情感的跌宕起伏，高潮的推出和结束时的回响。音乐中的强弱和渐强渐弱，如同文学中的浓淡之分；音乐中的和声，类似文学中多层的对话和描写；音乐中的华彩段，就像文学中富丽堂皇的排比句。一句话，它们的叙述之所以合理的存在，是因为它们在流动，就像道路的存在是为了行走。不同的是，文学的道路仿佛是在地上延续，而音乐的道路更像是在空中伸展。"

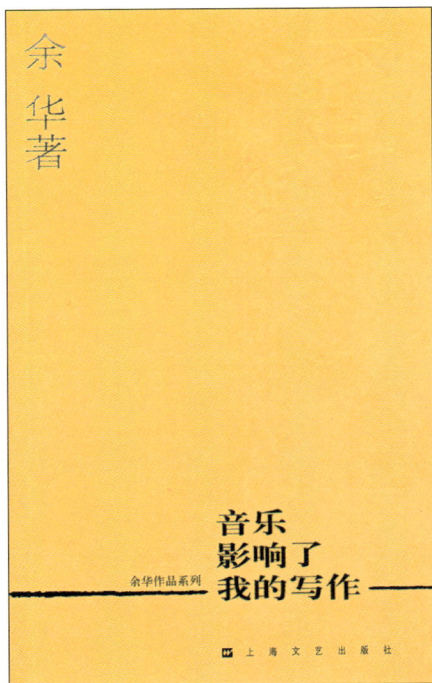

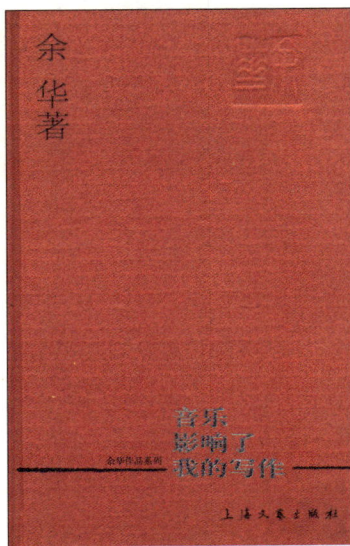

103. 2004 年，随笔集《没有一条道路是重复的》，由上海文艺出版社出版。

分为两个版本：

第一个版次：2004 年 2 月第 1 版。印次：2004 年 2 月第 1 次印刷。

字数共 107 千字。页数为 172 页。

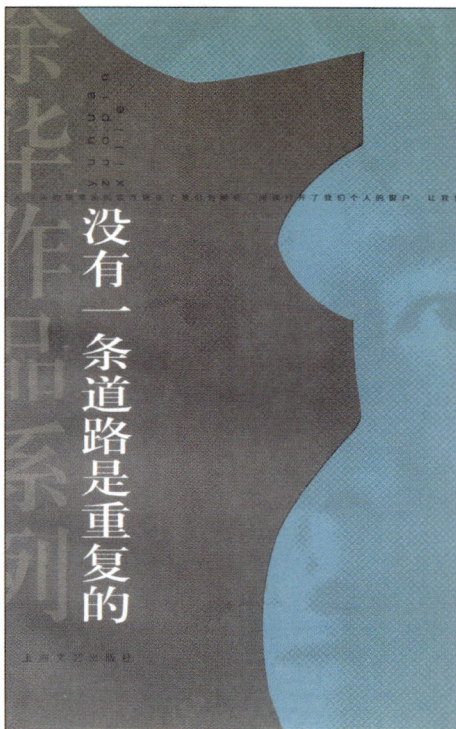

第二个版次：2004 年 5 月第 2 版。印次：2006 年 10 月第 6 次印刷。
字数共 118 千字。页数为 199 页。

其中包括"两个童年"和"生活、阅读和写作"两个部分，以及余华在
2003 年 8 月 6 日写的《新版说明》。

图书在版编目（CIP）数据

没有一条路是重复的/余华著. —上海:上海文艺出版社. 2004. 2
（2006. 10 重印）
ISBN 7 - 5321 - 2647 - 1
Ⅰ. 没… Ⅱ. 余… Ⅲ. 随笔 - 作品集 - 中国 - 当代 Ⅳ. I267. 1
中国版本图书馆 CIP 数据核字（2003）第 114338 号

策　　划：郑宗治
责任编辑：韩　樱
封面设计：王志伟

没有一条道路是重复的
余　华　著
上海文艺出版社出版、发行
地址：上海绍兴路 74 号
电子信箱：www.shcm. com. cn
网址：www. shcm. com. cn
经销　上海市委党校印刷厂印刷
开本 889 × 1194　1/32　印张 6. 625　字数 118, 000
2004 年 2 月第一版　2004 年 8 月第 3 版
2006 年 10 月第 6 次印刷　印数 23, 901—35, 000 册
ISBN 7 - 5321 - 2647 - 1/I · 2057　定价：13. 00 元

告读者　如发现本书有质量问题请与印刷厂质量科联系
T：021 - 64364064

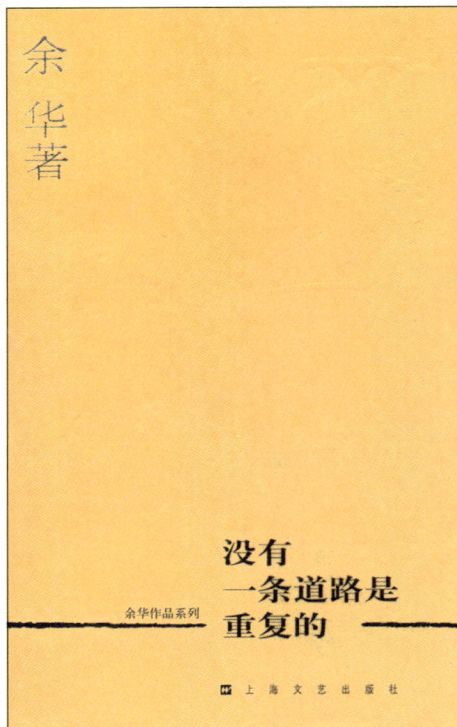

"两个童年"中收录《流行音乐》《可乐和酒》《恐惧和成长》《儿子的
影子》《消费的儿子》《儿子的出生》《父子之战》《医院里的童年》
《麦田里》《土地》《包子和饺子》《国庆节忆旧》《最初的岁月》，共 13
篇作品；

"生活、阅读和写作"中收录《结束》《午门广场之夜》《关于时间的感
受》《关于回忆和回忆录》《美国的时差》《别人的城市》《一年到头》
《十九年前的一次高考》《我的第一份工作》《回忆十七年前》《谈谈我

的阅读》《应该阅读经典作品》《写作的乐趣》《我的写作经历》《我为何写作》《长篇小说的写作》《网络和文学》《文学和民族》《没有一条道路是重复的》《奢侈的厕所》《谁是我们共同的母亲》《歪曲生活的小说》，共 22 篇作品。

封底中写道："世界上没有一条道路是重复的，也没有一个人生是可能替代的。每一个人都在经历着只属于自己的生活，世界的丰富多彩和个人空间的狭窄使阅读浮现在了我们的眼前，阅读打开了我们个人的窗户，让我们意识到天空的宽广和大地的辽阔，让我们的人生由单数变成了复数……我们感到自己的生活得到了补充，我们的想象在逐渐膨胀……这些和自己毫无关系的故事会不断唤醒自己的记忆，让那些早已遗忘的往事和体验重新回到自己的身边，并且焕然一新。"

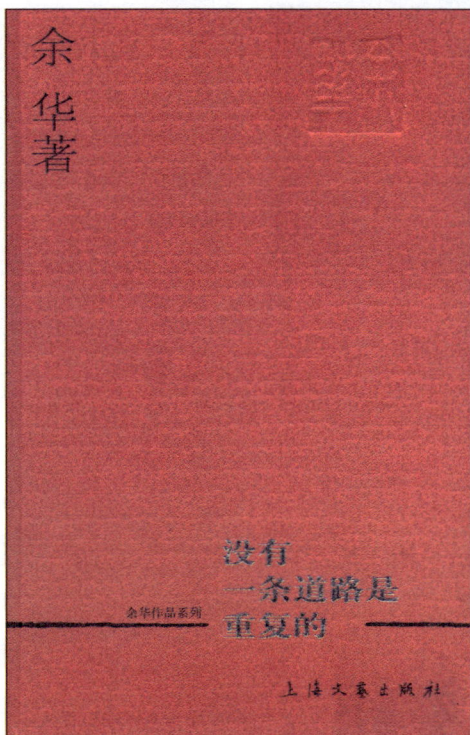

104.　2004 年，法文版长篇小说《许三观卖血记》，由法国 Babel 出版。

YU HUA
LE VENDEUR DE SANG

ROMAN TRADUIT DU CHINOIS PAR NADINE PERRONT

DU MÊME AUTEUR

Vivre !, Le Livre de poche, 1994.
Un monde évanoui, Philippe Picquier, 1994.
Le Vendeur de sang, Actes Sud, 1997.
Un amour classique, Actes Sud, 2000.
Cris dans la brume, Actes Sud, 2003.
1986, Actes Sud, 2006.

Titre original :
Xu Sanguan mai xue ji
Éditeur original :
Jiangsu wenyi chubanshe, Nankin
© Yu Hua, 1996

© ACTES SUD, 1997
pour la traduction française
ISBN 2-7427-6127-6

Illustration de couverture :
Peinture des paysans de Hohsien
République populaire de Chine

BABEL, UNE COLLECTION DE LIVRES DE POCHE

LE VENDEUR DE SANG

Du jour où Xu Sanguan apprend qu'on peut gagner de l'argent en vendant son sang, commence pour lui une vie nouvelle. C'est en effet à cet expédient qu'il devra son mariage, une union bientôt assombrie par la révélation de la bâtardise de son premier fils. Et c'est à cette pratique qu'il recourra ensuite – parfois au péril de sa vie –, chaque fois que le destin viendra frapper les siens.

Ballottés par les vicissitudes des trente années suivant l'instauration du nouveau régime chinois, avec la mise en place des communes populaires et la révolution culturelle, les personnages s'acharnent à survivre, envers et contre tout, sous le signe du sens de l'honneur, de la piété filiale et du dévouement – malgré la misère générale. Un roman empreint d'humanisme sur la réconciliation avec soi-même et avec le milieu naturel et humain dont on est issu.

Né en 1960 à Hangzhou (Zhejiang), Yu Hua a commencé à écrire en 1983. Il est notamment l'auteur de *Vivre !* (Le Livre de poche, 1994), porté à l'écran par Zhang Yimou et primé au Festival de Cannes en 1994, et de *1986* (Actes Sud, 2006).

2005

105. 2005 年，越南文版小说集《古典爱情》，由越南文学出版公司出版。

106. 2005 年，长篇小说《活着》（繁体字版），由台湾麦田出版公司出版。
版次：2005 年 4 月 15 日，"三版一刷"。平装本。
页数为 245 页。

107. 2005 年, 越南文版长篇小说《活着》出版。

译者：武公欢。

Mã số: 22/2006/CXB/177-1883/CAND

- **Copyright: Du Hoa**
- **Dịch từ nguyên bản tiếng Trung của Nhà xuất bản Văn nghệ Thượng Hải - 2005.**
- **Nhà xuất bản Công an nhân dân giữ bản quyền tiếng Việt cuốn sách này.**

108. 2005 年，长篇小说《兄弟》（上），由上海文艺出版社出版。

版次：2005 年 8 月第 1 版。印次：2005 年 8 月第 2 次印刷。

字数共 179 千字。页数为 247 页。

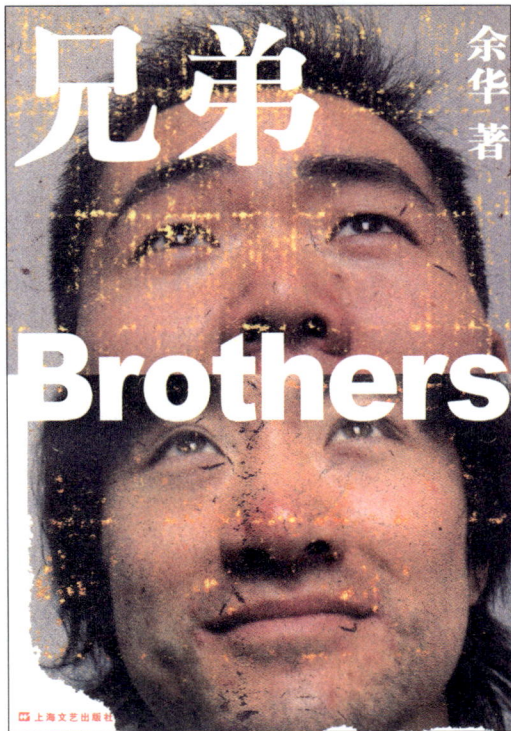

109. 2005 年，长篇小说《兄弟》（上）（繁体字版），由台湾麦田出版公司
出版。

版次：2005 年 11 月 1 日，"初版一刷"。平装本。

页数为 302 页。

上册中收录《兄弟》上部，还收录了评论家青田写作的《人生还是美
丽的》。

《人生还是美丽的》分"令人颤栗的残忍性与真实性""在没有英雄的
时代里——我只想做一个人"和"不可思议中开始了对历史的思考"
三个部分。

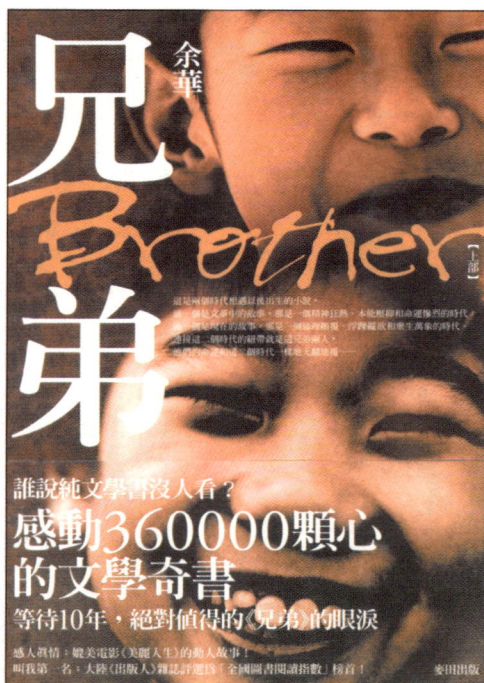

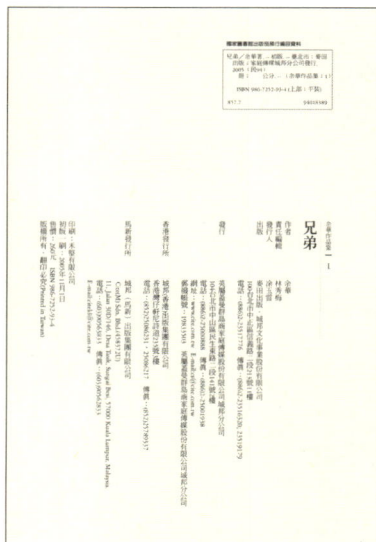

110. 2005 年，法文版小说集《古典爱情》，由法国 Babel 出版。

YU HUA
UN AMOUR CLASSIQUE

PETITS ROMANS TRADUITS DU CHINOIS PAR JACQUELINE GUYVALLET

BABEL

DU MÊME AUTEUR

Vivre !, Le Livre de Poche, 1994 ; Babel n° 880.
Un monde évanoui, Philippe Picquier, 1994.
Le Vendeur de sang, Actes Sud, 1997 ; Babel n° 748.
Un amour classique, Actes Sud, 2000.
Cris dans la bruine, Actes Sud, 2003.
1986, Actes Sud, 2006.
Brothers, Actes Sud, 2008.

Titres originaux :
*Xianshi yi zhong ; Gudian aiqing ;
Ci wen xiangei shaonü Yang Liu ; Ouran shijian*
© Yu Hua, 1988, 1989, 1990

© ACTES SUD, 2000
pour la traduction française
ISBN 978-2-7427-8247-5

BABEL, UNE COLLECTION DE LIVRES DE POCHE

UN AMOUR CLASSIQUE

Un enfant de quatre ans, en provoquant accidentel-
lement la mort de son cousin, déclenche une série
de vengeances qui anéantira une famille entière. Un
jeune lettré, candidat aux examens impériaux, tra-
verse sur son chemin une ville florissante et y rencon-
tre, comme en rêve, une merveilleuse jeune fille. Un
personnage à l'identité incertaine nous parle d'une
présence féminine qui le hante, peut-être celle de
Yang Liu, la jeune fille morte en lui léguant ses yeux…
Dans un café, deux hommes ont assisté à un meurtre.
Leur relation épistolaire, nourrie d'hypothèses sur les
mobiles de ce crime, s'achèvera en tragédie…
Oniriques et cauchemardesques, ces "petits
romans" où se devine parfois l'influence de Kafka
ou de Borges fait connaître Yu Hua dès la fin des
années 1980. Ecrits au lendemain d'une période
dramatique de l'histoire chinoise qu'ils désignent
sans le nommer, ils allient la puissance de l'imagi-
naire à la profondeur de la réflexion métaphysique
et proposent une vision fantastique et troublante de
la Chine contemporaine.

*Né en 1960 à Hangzhou (Zhejiang), Yu Hua a commencé
à écrire en 1983. Plusieurs de ses livres ont été traduits chez
Actes Sud : Le Vendeur de sang (1997 ; Babel n° 748), Un
amour classique (2000), Cris dans la bruine (2003), 1986
(2006), Vivre ! (Babel n° 880), adapté au cinéma par Zhang
Yimou, Grand Prix du jury au festival de Cannes 1994) et
Brothers (2008, prix Courrier international du meilleur livre
étranger).*

Illustration de couverture : Georges Malkine, *Sirens (détail)*, 1929.
© Arace, Paris, 2009.

DIFFUSION
Québec : LEMÉAC, ISBN 978-2-7609-2900-5
Suisse : SERVIDIS
France et autres pays : ACTES SUD
Dép. lég. : avril 2009 (France)
7,50 € TTC France / www.actes-sud.fr

ISBN 978-2-7427-8247-5

9 782742 782475

2006

111. 2006 年，法文版小说集《一九八六年》，由法国 ActesSud 出版公司
出版。

译者：Jacqueline Guyvallet。

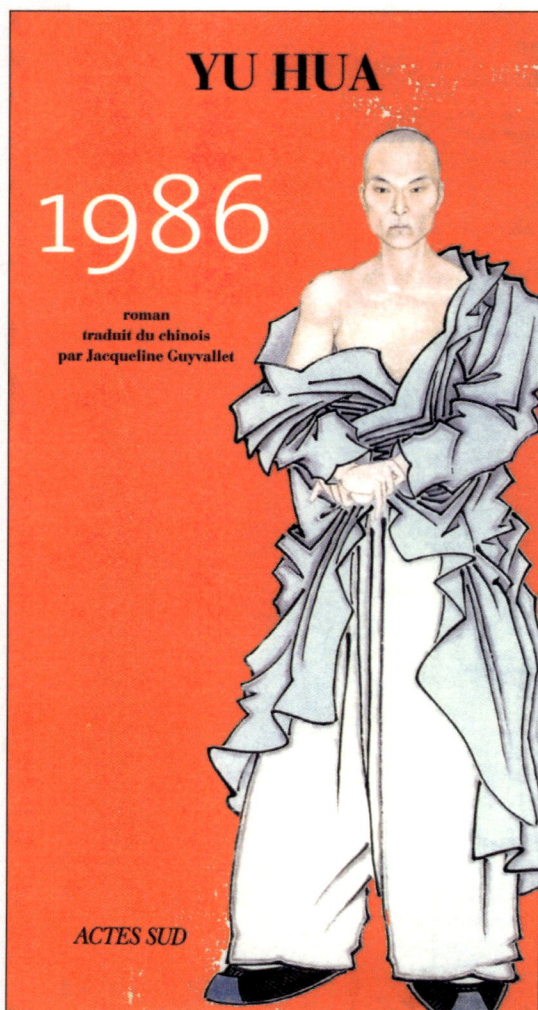

YU HUA

1986

roman
traduit du chinois
par Jacqueline Guyvallet

ACTES SUD

DU MÊME AUTEUR

Vivre !, Le Livre de poche, 1994.
Un monde évanoui, Philippe Picquier, 1994.
Le Vendeur de sang, Actes Sud, 1997.
Un amour classique, Actes Sud, 2000.
Cris dans la bruine, Actes Sud, 2003.

Titre original :
Yijiubaliu nian
一九八六年
Éditeur original :
Shoulmo/Hanwxei, Shanghai
© Yu Hua, 1987

© ACTES SUD, 2006
pour la traduction française
ISBN 2-7427-6132-2

Illustration de couverture :
Ren Xiong, Autoportrait (détail), dynastie des Qing,
musée du Palais impérial, Beijing

LE POINT DE VUE DES ÉDITEURS

1986, la Révolution culturelle commence en Chine. Un
professeur d'histoire, passionné de supplices chinois,
tombe aux mains des gardes rouges et disparaît. Les
années passent : nous voilà au printemps 1986, la
population ne songe plus qu'à jouir de la paix retrou-
vée et de la prospérité nouvelle. L'épouse du profes-
seur, remariée, mène une vie tranquille avec leur fille.
Jusqu'au moment où l'ombre de son mari revient pla-
ner sur la ville.
   Ce jour-là, en effet, un fou surgit et se livre au
milieu de la foule à un étrange cérémonial, simulant
sur les gens qui l'entourent l'exécution de supplices
imaginaires qu'il finit par s'appliquer réellement à lui-
même, selon un protocole atroce décrit dans ses moin-
dres détails.
   Le retour du refoulé, la difficulté et le devoir de se
souvenir, la marque indélébile laissée par le mal : telles
sont les réflexions qui sourdent de ce récit poé-
tique et terrifiant. À travers un jeu de reprises et de
variations, Yu Hua enferme le lecteur dans une mise
en abyme vertigineuse de la violence, tout en insinuant
le doute sur la réalité (concrète ? fantasmée ? symbo-
lique ?) de ce qu'il nous montre. L'horreur, présence
diffuse, hors du temps, surplombe l'histoire et la con-
science des hommes comme ces cauchemars récurrents
qui hantent la création artistique depuis les origines.
   Réécriture visionnaire de la Révolution culturelle,
1986 a d'emblée trouvé sa place parmi les grands
classiques.

Né en 1960 à Hangzhou (Zhefiang), Yu Hua a commencé
à écrire en 1983. Ont été traduits en français : Vivre ! (Le
Livre de poche, 1994), porté à l'écran par Zhang Yimou et
primé au festival de Cannes en 1994, Un monde évanoui
(Philippe Picquier, 1994) et chez Actes Sud, Le Vendeur de
Sang (1997), Un amour classique (2000) et Cris dans la
bruine (2003).

ACTES SUD

DÉP. LÉG. : MAI 2006
ISBN 2-7427-6132-2
AS 3930
12 € TTC France
www.actes-sud.fr

9 782742 761326

作品集和长篇小说单行本

112. 2006 年，小说集《现实一种》（繁体字版），由台湾麦田出版公司出版。

版次：2006 年 6 月 1 次，"初版一刷"。平装本。

页数为 192 页。

其中收录《现实一种》《河边的错误》《一九八六年》，共 3 篇作品。同时还收录余华《自序》和《詹姆斯·乔伊斯基金会颁奖词》，以及《新版说明》。

余华写道："我发现自己的写作已经建立了现实经历之外的一条人生道路，它和我现实的人生之路同时出发，并肩而行，有时交叉到了一起，有时又天各一方。因此，我现在越来越相信这样的话——写作有益于身心健康，因为我感到自己的人生正在完整起来。写作使我拥有了两个人生，现实的和虚构的，它们的关系就像是健康和疾病，当一个强大起来时，另一个必然会衰落下去。于是，当我现实的人生越来越平乏之时，我虚构的人生已经异常丰富了。这些中短篇小说所记录下来的，就是我的另一条人生之路。与现实的人生之路不同的是，它有着还原的可能，而且准确无误。虽然岁月的流逝会使它纸张泛黄字迹不清，然而每一次的重新出版都让它焕然一新，重获鲜明的形象。这就是我为什么如此热爱写作的理由。"

下册

余华作品版本叙录

高玉 王晓田 编著

《音乐影响了我的写作》

音乐的叙述和文学的叙述有时候是如此的一致，它们都暗示了时间漫去的新生，暗下了空间的转瞬即逝；它们都经历了段落的开始，高潮的推出和结束的回响。

《温暖和百感交集的旅程》

我对那些伟大作品的每一次阅读，都会被他们带走，那是温暖而百感交集的旅程！它们将我带走，之后又让我独自一人回去……当我回来之后，才知道它已经永远和我在一起了！

《许三观卖血记》

我想这是现实生活给予我们的最基本的感受，亲切同时又让人不安。

《黄昏里的男孩》

这就是我成为一名作家的理由，我对那些故事没有统治权，即便是我自己写下的故事，一旦写完，它就不再属于我，我只是被它们选中来完成这样的工作。因此，我作为一个作者，你作为一个读者，都是偶然。

—《活着》

……当我再次没遇到对自己的经历如此清楚的人时，我总是怀疑他能够看到自己往事的踪迹，是否可以看到自己年轻时走去的姿态，是否可以看到他是如何衰老的。这样的老人在乡间实在是难找，也许长辈都看到了他们的生活损坏了他们的记忆，而面对往事他们已经显得木讷，常常不知所措的微笑掩盖过去。他们对自己的经历缺乏热情，仿佛是道听途说般地只记得零星几点，即便是这零星几点也都是自身之外的记忆，问一、两句话表达了他们所认为的一切。

浙江工商大学出版社
ZHEJIANG GONGSHANG UNIVERSITY PRESS

113. **2006 年，小说集《古典爱情》，由人民文学出版社出版。**

版次：2006 年 1 月北京第 1 版。印次：2006 年 1 月第 1 次印刷。

字数共 75 千字。页数为 109 页。

其中收录《古典爱情》《河边的错误》《鲜血梅花》，共 3 篇作品。

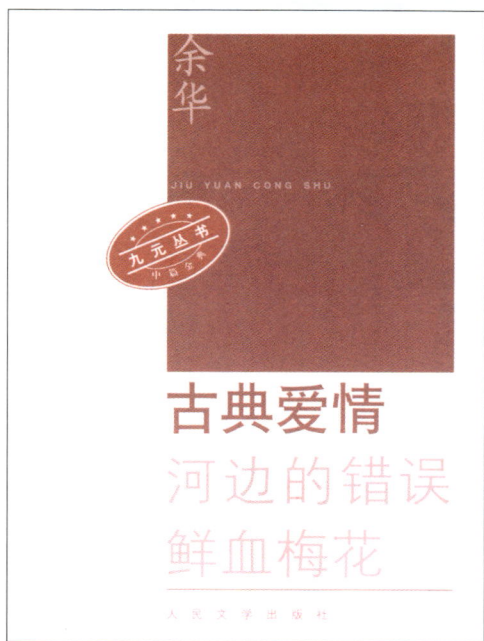

114. 2006 年，小说集《鲜血梅花》（繁体字版），由台湾麦田出版公司出版。

版次：2006 年 10 月 1 日，"初版一刷"。平装本。

页数为 180 页。

其中收录《鲜血梅花》《古典爱情》《往事与刑罚》《此文献给少女杨柳》《祖先》，共 5 篇作品。同时还收录余华《自序》和《詹姆斯·乔伊斯基金会颁奖词》，以及《新版说明》。

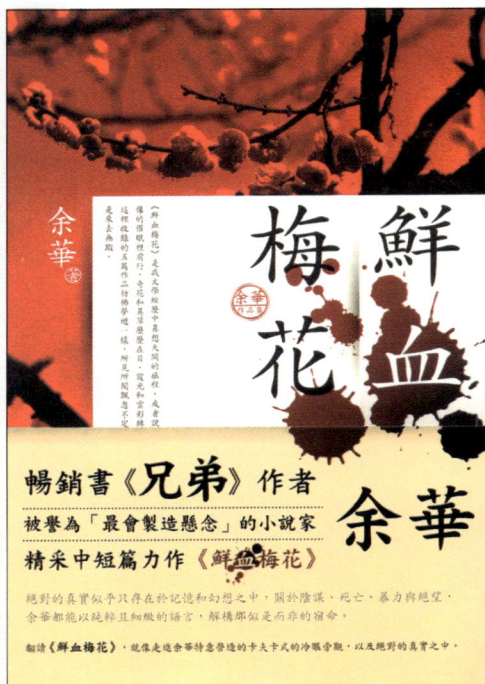

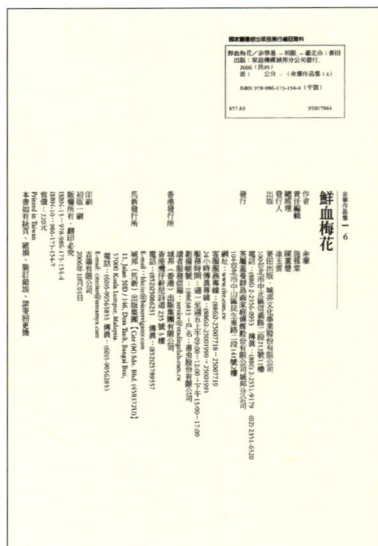

115. 2006 年，葡萄牙文版长篇小说《活着》，由巴西 COMPANHIA DAS LETRAS 出版公司出版。

译者：修安琪。

116. 2006 年,瑞典文版长篇小说《活着》(*Att leva*),由瑞典 Ruin 出版公司出版。

译者:陈安娜。

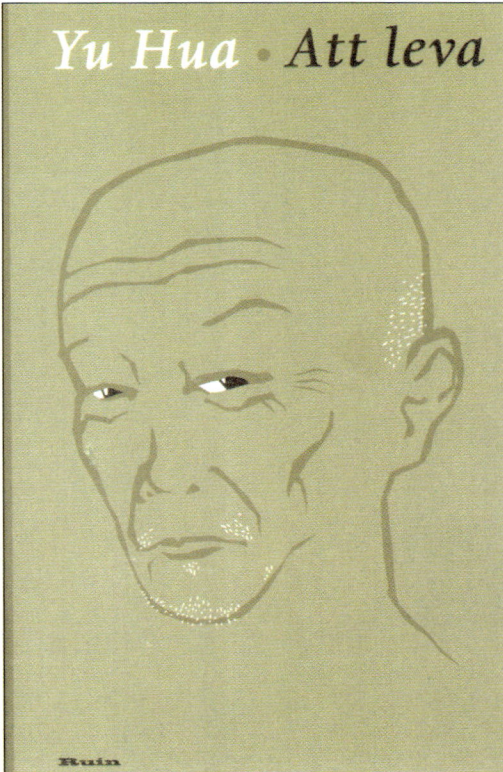

117. 2006 年，小说集《战栗》（繁体字版），由台湾麦田出版公司出版。

版次：2006 年 8 月 15 日，"初版一刷"。平装本。

页数为 172 页。

其中收录《一个地主的死》《战栗》《偶然事件》，共 3 篇作品。同时还收录余华《自序》和《詹姆斯·乔伊斯基金会颁奖词》，以及《新版说明》。

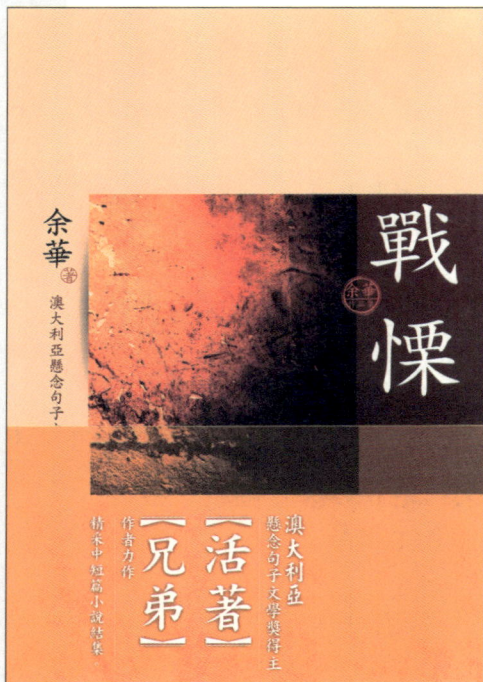

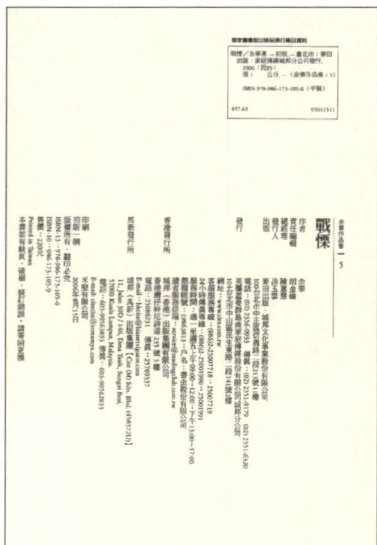

118. 2006 年，瑞典文版长篇小说《许三观卖血记》，由瑞典 Ruin 出版公司出版。

译者：陈安娜。

119. 2006 年，越南文版长篇小说《许三观卖血记》，由越南人民公安出版
社出版。

译者：武公欢。

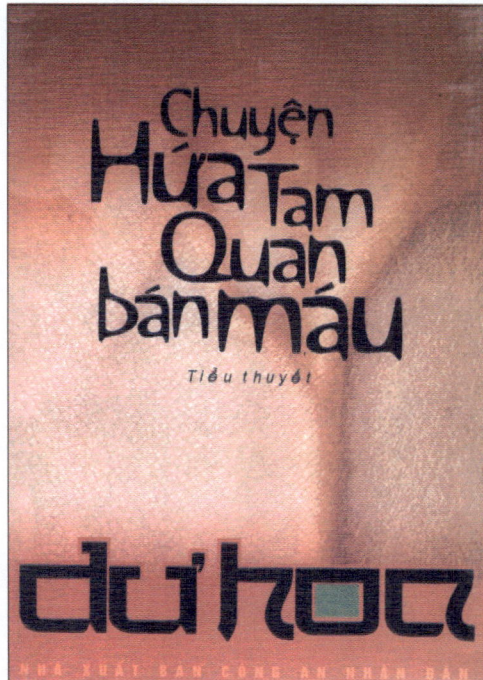

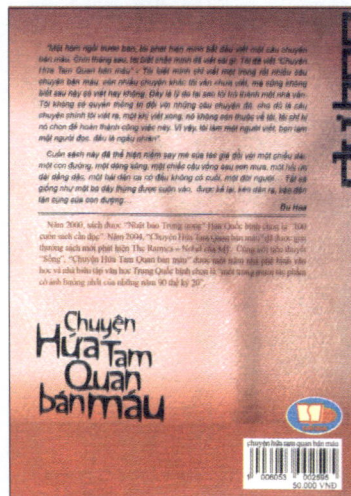

120. 2006 年，越南文版长篇小说《兄弟》（上），由越南人民公安出版社
出版。

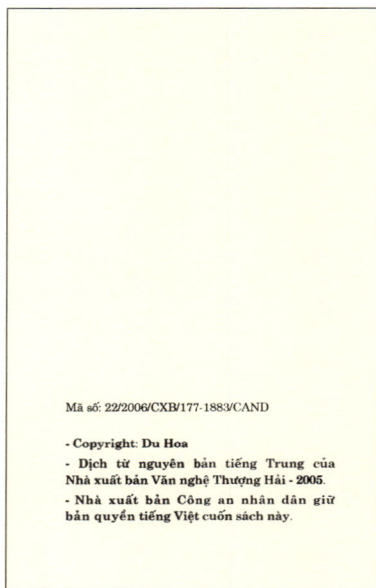

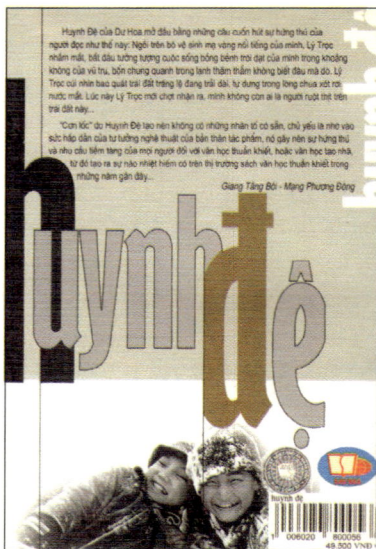

121. 2006 年，越南文版长篇小说《兄弟》（下）由越南人民公安出版社
      出版。
      译者：武公欢。

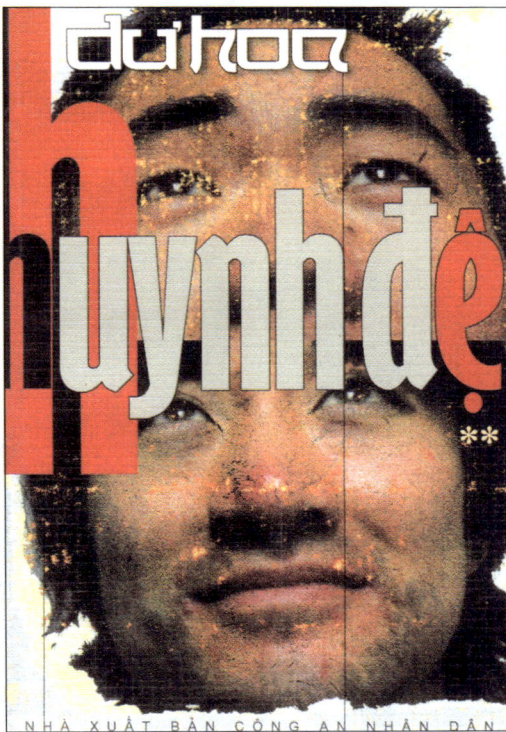

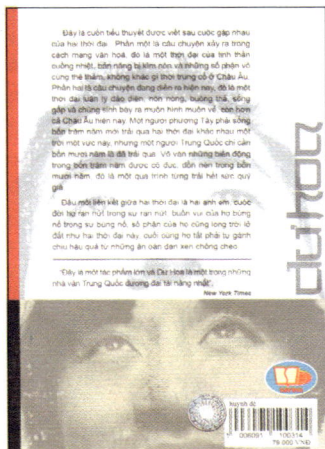

122. 2006 年，长篇小说《兄弟》（下），由上海文艺出版社出版。

版次：2006 年 3 月第 1 版。印次：2006 年 3 月第 1 次印刷。

字数共 335 千字。页数为 475 页。

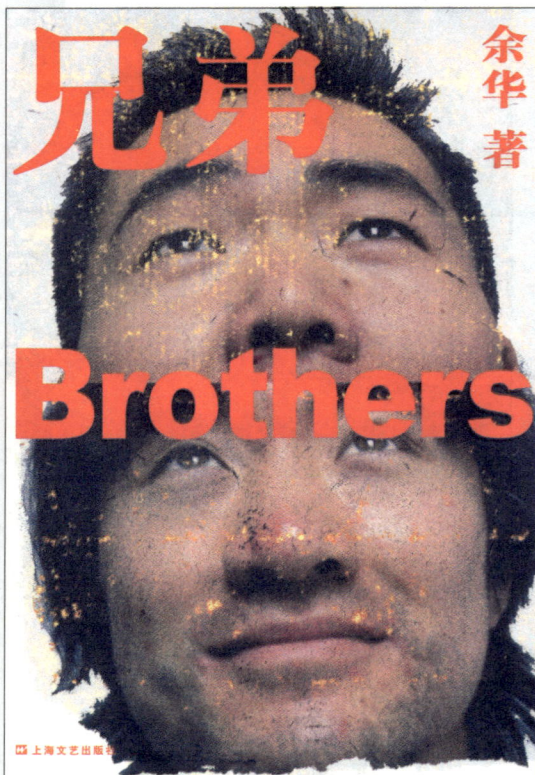

图书在版编目（CIP）数据

兄弟. 下部/余华著. - 上海：上海文艺出版社, 2006.3
ISBN 7 - 5321 - 2984 - 5
Ⅰ. 兄… Ⅱ. 余… Ⅲ. 长篇小说 - 中国 - 当代. Ⅳ. I247.5
中国版本图书馆 CIP 数据核字(2006)第 018192 号

策　划　人：郏宗培
　　　　　　　　恽永新
责任编辑：韩　樱
封面设计：丁旭东
设计总理：徐　俊
版式设计：王志伟

兄　弟
下部
余　华　著

上海文艺出版社出版、发行
地址：上海绍兴路 74 号
电子信箱：cslcm@publicl. sta. net. cn
网址：www. slsm. com

新华书店经销　上海文立印务有限公司印刷
开本 890×1240　1/32　印张 15　字数300,000
2006 年 3 月第 1 版　2006 年 3 月第 1 次印刷
印数：1~900,000 册
ISBN 7 - 5321 - 2984 - 5/I · 2291　定价:27.00 元

告读者　如发现本书有质量问题请向印刷厂质量科联系
T: 021 - 54742915

123. 2006 年，长篇小说《兄弟》（下）（繁体字版），由台湾麦田出版公司
出版。

版次：2006 年 4 月 1 日，"初版一刷"。平装本。

页数为 495 页。

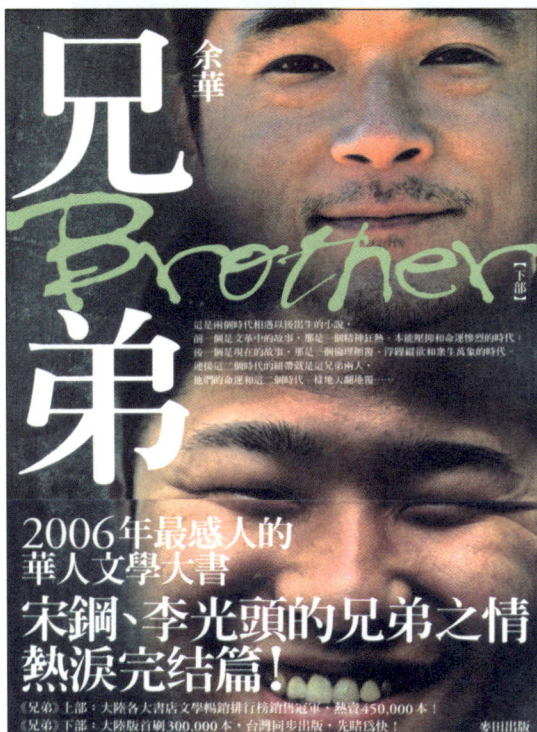

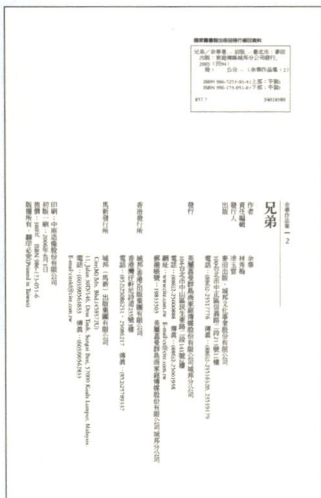

124. 2006 年，韩文版长篇小说《兄弟》（上下），由韩国人文主义出版公司
出版。

2007

125. 2007 年，英文版长篇小说《在细雨中呼喊》(*Cries in the drizzle: a novel*)，由美国兰登书屋 AnchorBooks 出版。

译者：Allan Barr。

First Anchor Books edition, October 2007.

Yu Hua's beautiful, heartbreaking novel Cries in the Drizzle follows a young Chinese boy throughout his childhood and adolescence during the reign of Chairman Mao.

With its moving, thoughtful prose, Cries in the Drizzle is a stunning addition to the wide-ranging work of one of China's most distinguished contemporary writers.

"Yu Hua is the most profound voice coming out of China today."

——Lisa See, author of Snow Flower and The Secret Fan

"A rare achievement in literature…[Xu Sanguan is] a character that reflects not just a generation but the soul of a people."

——The Seattle Times

"A work of astounding emotional power."

——Dai Sijie, author of Balzac and the Little Chinese Seamstress

Praise for Yu Hua's Chronicle of a Blood Merchant

"Immensely moving… Artfully constructed, beautifully written, and stealthily consuming-it repeatedly stops you in your tracks."

——The Boston Globe

"Epic…Offers unforgettable images of cruelty and kindness."

——The Washington Post Book World

"Vital and electric…Shows the persistence of human sensibility in the face of totalitarian logic."

——Slate

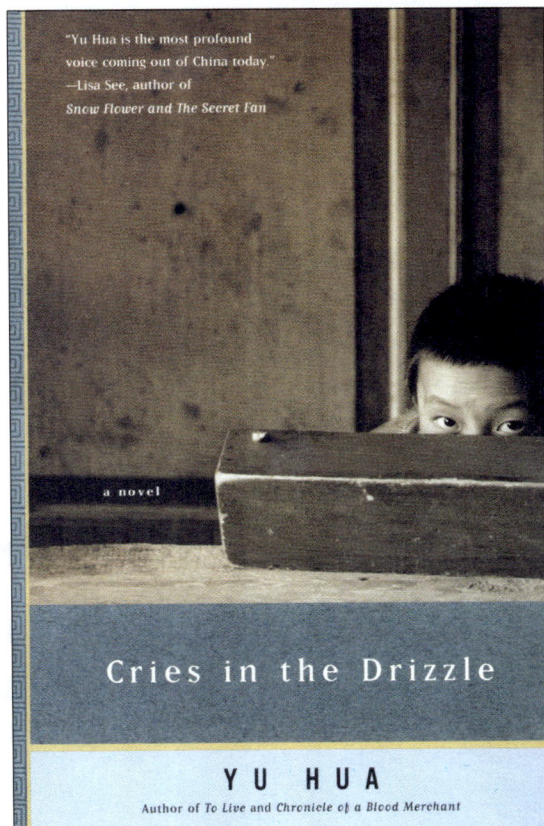

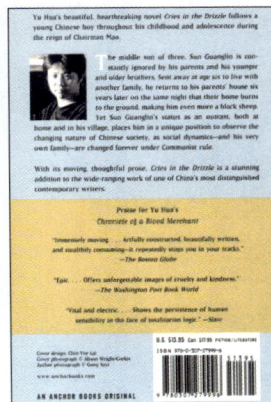

126. 2007 年, 长篇小说《活着》(繁体字版), 由台湾麦田出版公司出版。

版次：2007 年 11 月 1 日，"四版一刷"。平装本。

页数为 257 页。

其中收录余华在 2007 年 5 月 15 日写作的《〈活着〉麦田新版前言》。

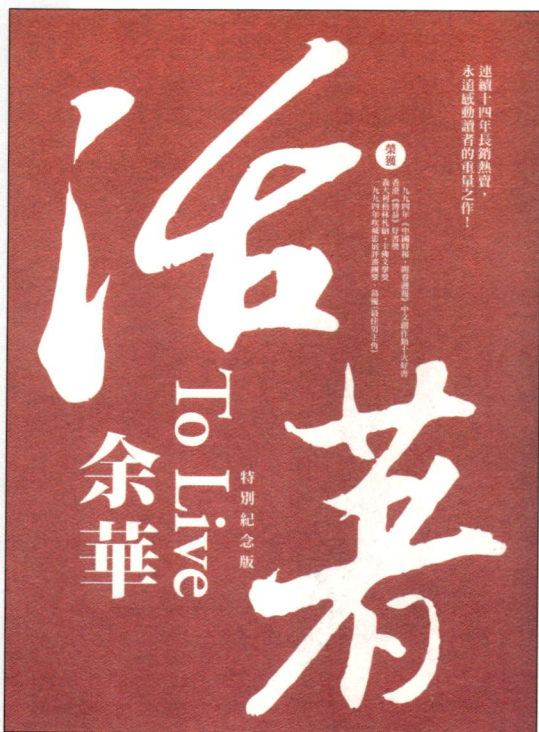

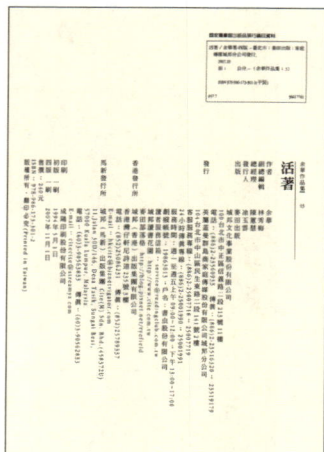

127. 2007 年，瑞典文版长篇小说《许三观卖血记》(*En handelsman i blod*)，由瑞典 Ruin 出版公司出版。

译者：陈安娜。

128. 2007 年，希伯来文版长篇小说《许三观卖血记》，由以色列 Am Oved
出版公司出版。

译者：Dan Daor。

129. **2007 年，随笔集《我能否相信自己》，由明天出版社出版。**

版次：2007 年 3 月第 1 版。印次：2007 年 3 月第 1 次印刷。

页数为 231 页。

其中收录《我能否相信自己》《温暖和百感交集的旅程》《内心之死》《博尔赫斯的实现》《山鲁佐德的故事》《契诃夫的等待》《卡夫卡和K》《布尔加科夫与〈大师和玛格丽特〉》《三岛由纪夫的写作与生活》《文学和文学史》《回忆和回忆录》《胡安·鲁尔福》《威廉·福克纳》《西·伦茨的〈德语课〉》《奥克斯福的威廉·福克纳》《大仲马的两部巨著》《一个作家的力量》《我的阿尔维德·法尔克式的生活》《高潮》《否定》《色彩》《灵感》《字与音》，共 23 篇作品。《序》由汪晖写作，同时包括，余华在 2007 年 2 月 7 日写的《后记一》和 2007 年 2 月 15日写的《后记二》。

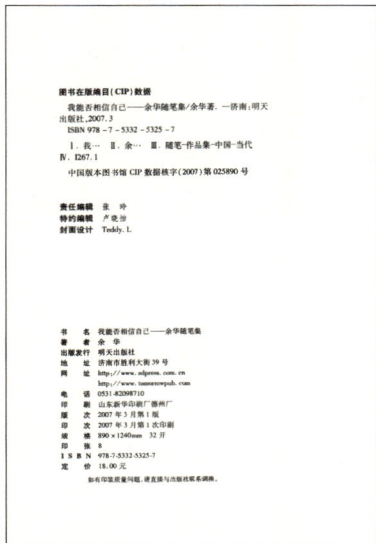

130. **2007 年，长篇小说《兄弟》，由作家出版社出版。**

131. 2007 年, 韩文版长篇小说《兄弟》, 由韩国人文主义出版公司出版。

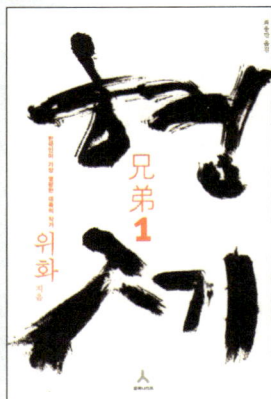

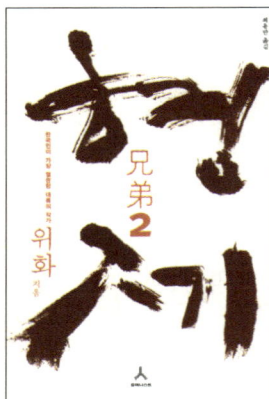

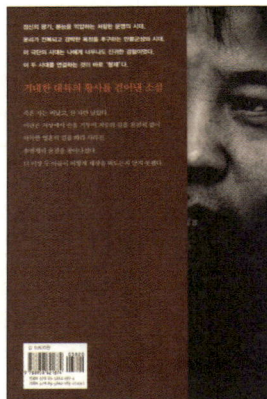

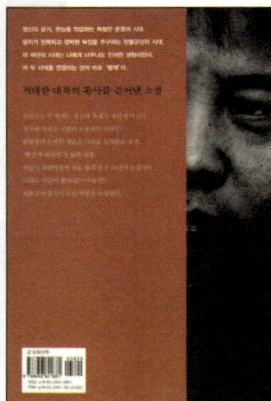

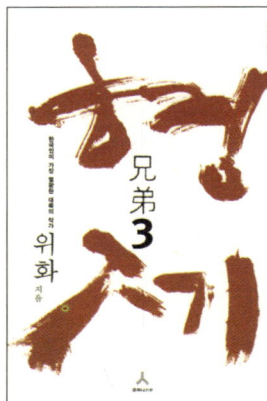

132. 2007 年，捷克文版长篇小说《许三观卖血记》由捷克 Dokoran 出版
公司出版。

译者：红佩佳。

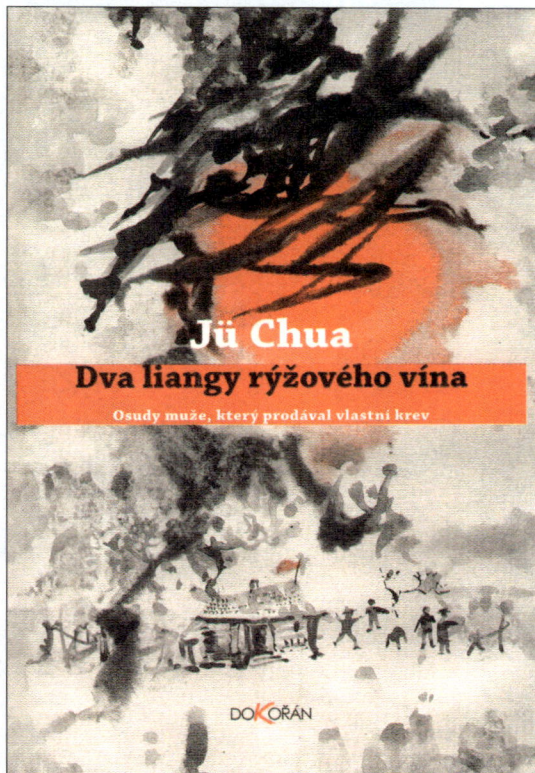

133. 2007 年，印度马拉雅拉姆语版长篇小说《活着》由印度ＤＣ BOOKS
出版公司出版。

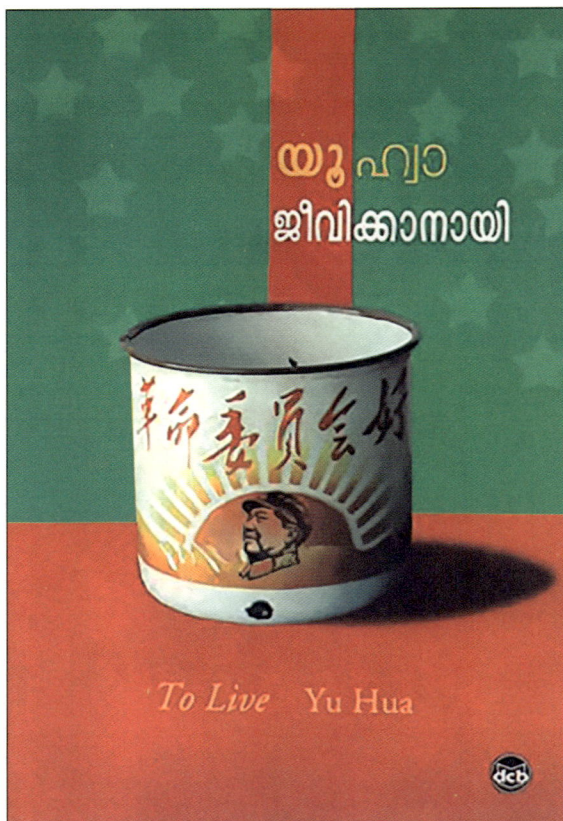

134. 2007 年，韩文版作品集《我没有自己的名字》，由韩国绿林出版公司
出版。

135. 2007 年，韩文版长篇小说《活着》，由韩国绿林出版公司出版。

136. 2007 年，韩文版长篇小说《许三观卖血记》，由韩国绿林出版公司
出版。

2008

137. 2008 年，小说集《现实一种》，由作家出版社出版。

版次：2008 年 5 月第 1 次。印次：2012 年 2 月第 4 次印刷。

字数共 100 千字。页数为 156 页。

其中收录《现实一种》《河边的错误》《一九八六年》，共 3 篇作品。

138. 2008 年，小说集《世事如烟》，由作家出版社出版。

版次：2008 年 5 月第 1 次。印次：2012 年 2 月第 5 次印刷。

字数共 100 千字。页数为 151 页。

其中收录《十八岁出门远行》《西北风呼啸的中午》《死亡叙述》《爱情故事》《命中注定》《两个人的历史》《难逃劫数》《世事如烟》，共 8 篇作品。

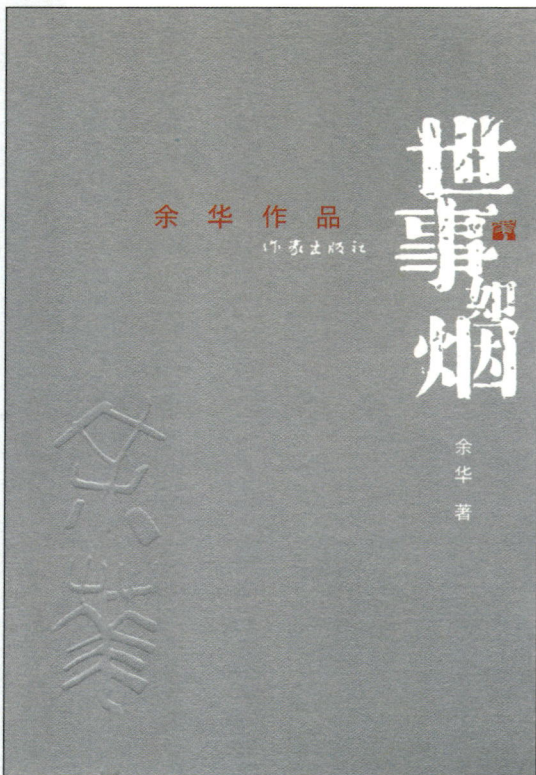

图书在版编目（CIP）数据

世事如烟/余华著. - 北京：作家出版社，2008. 5
（2012.2重印）
（余华作品）
ISBN 978 - 7 - 5063 - 4313 - 8

Ⅰ. 世… Ⅱ. 余… Ⅲ. ①中篇小说 - 作品集 - 中国 - 当代
②短篇小说 - 作品集 - 中国 - 当代 Ⅳ. I247. 7

中国版本图书馆 CIP 数据核字（2008）第 060944 号

世事如烟

作者：余 华
作者摄影：杨英梓
责任编辑：王琪 钱英
装帧设计：何 珍
版式设计：任晓云
出版发行：作家出版社
社址：北京农展馆南里 10 号   邮编：100125
电话传真：86 - 10 - 65930756（出版发行部）
              86 - 10 - 65004079（总编室）
              86 - 10 - 65015116（邮购部）
E - mail：zuojia@ zuojia. net. cn
http://www. zuojia. net. cn
印刷：富华印刷有限公司
成品尺寸：142 × 210
字数：100 千
印张：5   印数：20001 - 26000
版次：2008 年 5 月第 1 版
印次：2012 年 2 月第 5 次印刷
ISBN 978 - 7 - 5063 - 4313 - 8
定价：12.00 元

作家版图书，版权所有，侵权必究。
作家版图书，印装错误可随时退换。

139. **2008 年，小说集《鲜血梅花》，由作家出版社出版。**

版次：2008 年 5 月第 1 次。印次：2012 年 2 月第 4 次印刷。

字数共 95 千字。页数为 143 页。

其中收录《鲜血梅花》《古典爱情》《往事与刑罚》《此文献给少女杨柳》《祖先》，共 5 篇作品。

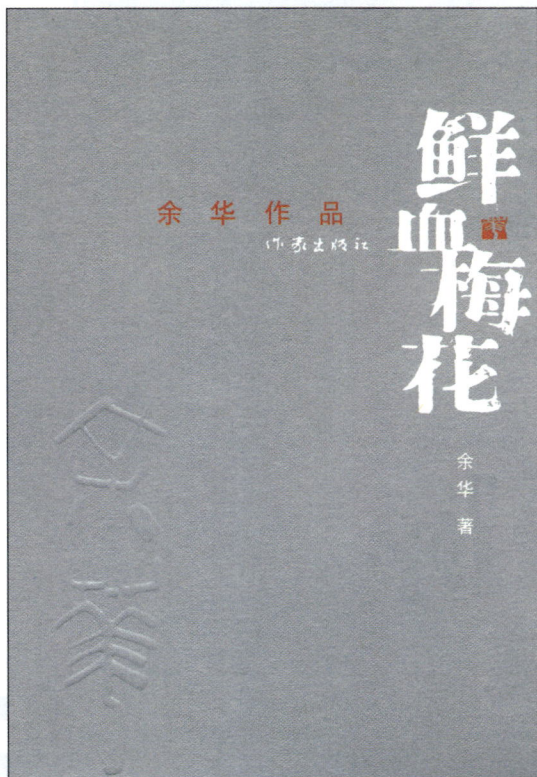

图书在版编目（CIP）数据

鲜血梅花/余华著．－北京：作家出版社，2008.5
（2012.2 重印）
（余华作品）
ISBN 978－7－5063－4309－1

Ⅰ．鲜…　Ⅱ．余…　Ⅲ.中篇小说－作品集－中国－当代
②中国小说－作品集－中国－当代　Ⅳ.I247.7

中国版本图书馆 CIP 数据核字（2008）第 060948 号

鲜血梅花

作者：余　华
作者名题字：韩美林
责任编辑：钱英　朱燕
装帧设计：何　婷
版式设计：日凌云
出版发行：作家出版社
社址：北京农展馆南里 10 号　邮编：100125
电话传真：86－10－65930756（出版发行部）
　　　　　86－10－65930079（总编室）
　　　　　86－10－65015116（邮购部）
E－mail：zuojia@ zuojia．net．cn
http://www．zuojia．net．cn
印刷：紫恒印刷有限公司
成品尺寸：142×210
字数：95 千
印张：4.75　　　　印数：15001－20000
版次：2008 年 5 月第 1 版
印次：2012 年 2 月第 4 次印刷
ISBN 978－7－5063－4309－1
定价：12.00 元

作家版图书，版权所有，违者必究。
作家版图书，印装错误可随时退换。

140. 2008 年，长篇小说《在细雨中呼喊》，由作家出版社出版。

版次：2008 年 5 月第 1 版。印次：2008 年 9 月第 2 次印刷。

字数共 180 千字。页数为 276 页。

其中包括《中文版（再版）自序》《意大利文版自序》《韩文版自序》。

余华在"自序"中介绍道："我想，这应该是一本关于记忆的书。它的结构来自于对时间的感受，确切地说是对已知时间的感受，也就是记忆中的时间。这本书试图表达人们在面对过去时，比面对未来更有信心。因为未来充满了冒险，充满了不可战胜的神秘，只有当这些结束以后，惊奇和恐惧也就转化成了幽默和甜蜜。这就是人们为什么如此热爱回忆的理由……我的写作就像是不断拿起电话，然后不断地拨出一个个没有顺序的日期，去倾听电话另一端往事的发言。"

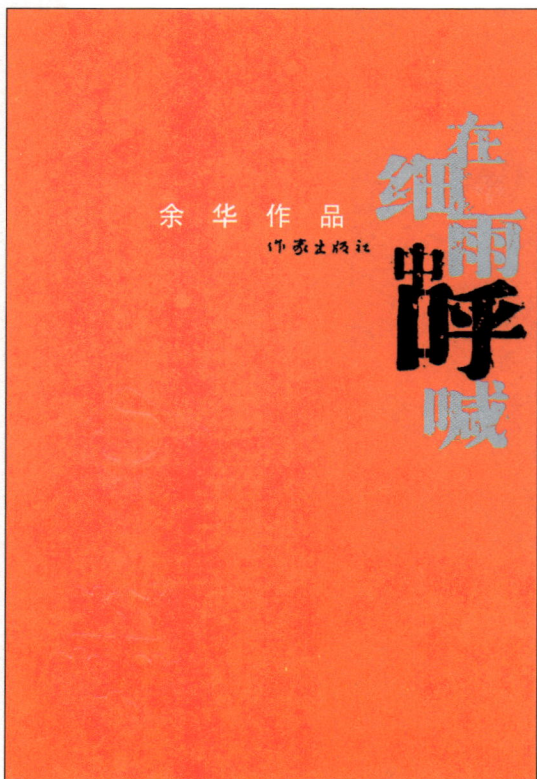

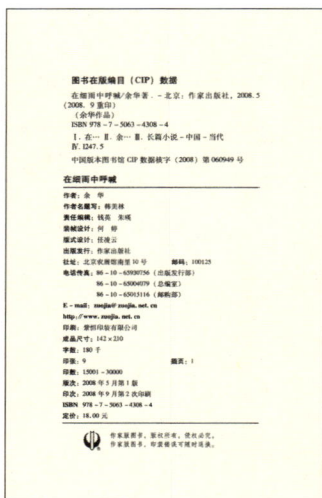

141. 2008 年，长篇小说《活着》，由作家出版社出版。

版次：2008 年 5 月第 1 版。印次：2008 年 10 月第 3 次印刷。

字数共 120 千字。页数为 183 页。

其中还包括《中文版自序》《韩文版自序》《日文版自序》《英文版自序》《麦田新版自序》。

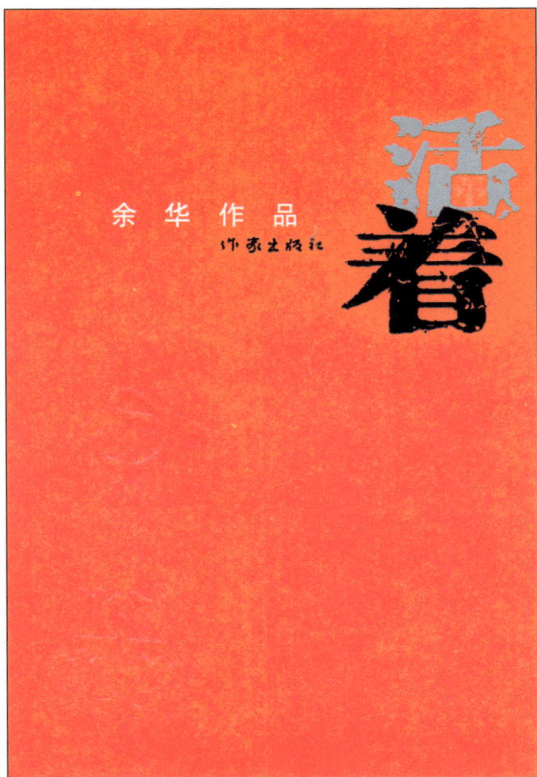

图书在版编目（CIP）数据

活着/余华著. —北京：作家出版社，2008.3 （2008.10 重印）
（余华作品）
ISBN 978 - 7 - 5063 - 4306 - 0

Ⅰ. 活… Ⅱ. 余… Ⅲ. 长篇小说 - 中国 - 当代
Ⅳ. I247.5

中国版本图书馆 CIP 数据核字（2008）第 060951 号

活 着
作　者：余　华
作者名题写：韩美林
责任编辑：钱英　朱燕
装帧设计：何　婷
版式设计：任漫云
出版发行：作家出版社
社址：北京农展馆南里 10 号　　邮编：100125
电话传真：86 - 10 - 65930756（出版发行部）
　　　　　86 - 10 - 65004079（总编室）
　　　　　86 - 10 - 65015116（邮购部）
E - mail：zuojia@zuojia.net.cn
http://www.zuojia.net.cn
印刷：紫恒印刷有限公司
成品尺寸：142×210
字数：120 千
印张：6.5　　　　　　插页：1
印数：10001 - 50000
版次：2008 年 5 月第 1 版
印次：2008 年 10 月第 3 次印刷
ISBN 978 - 7 - 5063 - 4306 - 0
定价：15.00 元

作家版图书，版权所有，侵权必究。
作家版图书，印装错误可随时退换。

142. 2008 年，小说集《战栗》，由作家出版社出版。

版次：2008 年 5 月第 1 版。印次：2012 年 2 月第 4 次印刷。

字数共 95 千字。页数为 144 页。

其中收录《偶然事件》《战栗》《一个地主的死》，共 3 篇作品。

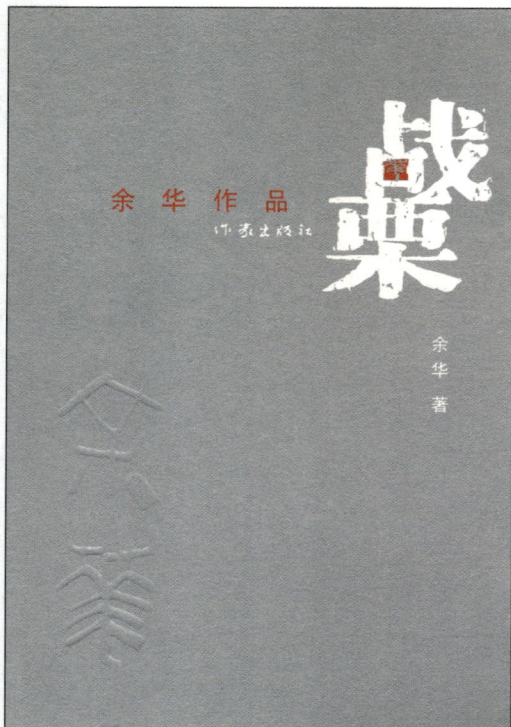

图书在版编目（CIP）数据

战栗/余华著. - 北京：作家出版社，2008. 5（2012. 2
重印）

（余华作品）

ISBN 978 - 7 - 5063 - 4310 - 7

Ⅰ. 战… Ⅱ. 余… Ⅲ. ①中篇小说 - 作品集 - 中国 - 当代
②短篇小说 - 作品集 - 中国 - 当代 Ⅳ. I247. 7

中国版本图书馆 CIP 数据核字（2008）第 060947 号

战 栗

作者：余 华
作者总编写：韩美林
责任编辑：钱英 朱珊
装帧设计：何 婷
版式设计：任溪云
出版发行：作家出版社
社址：北京农展馆南里 10 号　　邮编：100125
电话传真：86 - 10 - 65930756（出版发行部）
　　　　　86 - 10 - 65004079（总编室）
　　　　　86 - 10 - 65015116（邮购部）
E - mail：zuojia@ zuojia. net. cn
http://www. zuojia. net. cn
印刷：北京明月印务有限责任公司
成品尺寸：142 ×210
字数：95 千字
印张：4. 75　　　　插页：1
印数：17001 - 22000
版次：2008 年 5 月第 1 版
印次：2012 年 2 月第 4 次印刷
ISBN 978 - 7 - 5063 - 4310 - 7
定价：12. 00 元

作家版图书，版权所有，侵权必究。
作家版图书，印装错误可随时退换。

143. 2008 年，长篇小说《许三观卖血记》，由作家出版社出版。

版次：2008 年 5 月第 1 版。印次：2008 年 5 月第 1 次印刷。

字数共 170 千字。页数为 253 页。

其中包括《中文版（再版）自序》《韩文版自序》《德文版自序》《意大利文版自序》。

图书在版编目（CIP）数据

许三观卖血记/余华著. - 北京：作家出版社，2008.5
（余华作品）
ISBN 978 - 7 - 5063 - 4307 - 7

I . 许… II . 余… III . 长篇小说 - 中国 - 当代
IV . I247.5

中国版本图书馆 CIP 数据核字（2008）第 060950 号

许三观卖血记

作者：余 华
作者名题写：韩美林
责任编辑：钱英 朱瑛
装帧设计：何 婷
版式设计：任凌云
出版发行：作家出版社
社址：北京农展馆南里 10 号　　　邮码：100125
电话传真：86 - 10 - 65930756（出版发行部）
　　　　　86 - 10 - 65004079（总编室）
　　　　　86 - 10 - 65015116（邮购部）
E - mail: zuojia@ zuojia. net. cn
http:// www. zuojia. net. cn
印刷：紫恒印装有限公司
成品尺寸：142 ×210
字数：170 千
印张：8.5　　　　　　　插页：1
印数：001 - 20000
版次：2008 年 5 月第 1 版
印次：2008 年 5 月第 1 次印刷
ISBN 978 - 7 - 5063 - 4307 - 7
定价：17.00 元

作家版图书，版权所有，侵权必究。
作家版图书，印装错误可随时退换。

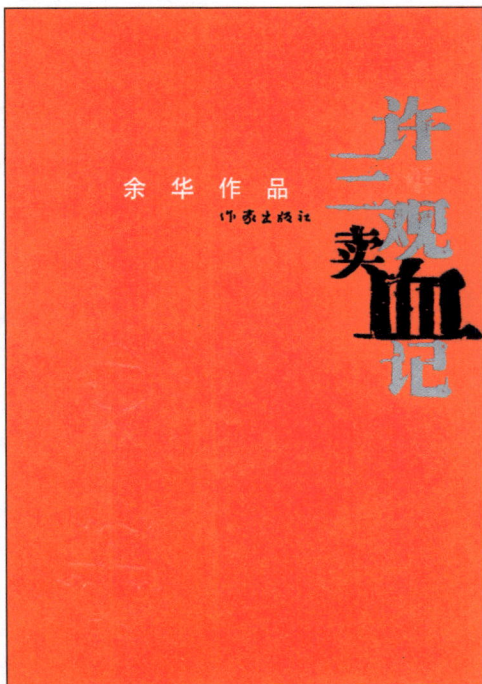

144. 2008 年，小说集《我胆小如鼠》，由作家出版社出版。

　　版次：2008 年 5 月第 1 版。印次：2012 年 2 月第 4 次印刷。

　　字数共 100 千字。页数为 152 页。

　　其中收录《我胆小如鼠》《夏季台风》《四月三日事件》，共 3 篇作品。

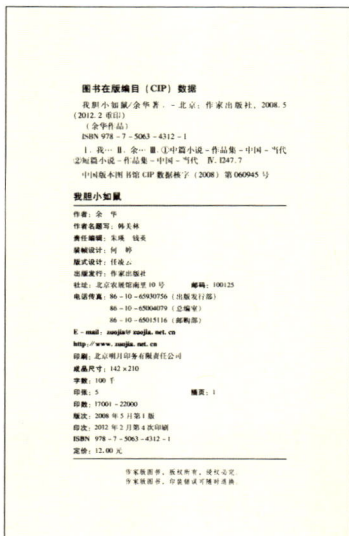

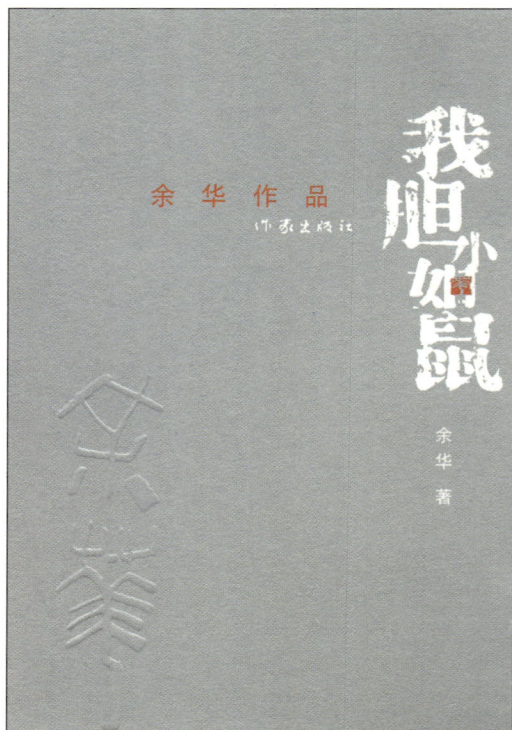

145. **2008 年，小说集《黄昏里的男孩》，由作家出版社出版。**

版次：2008 年 5 月第 1 版。印次：2012 年 2 月第 4 次印刷。

字数共 100 千字。页数为 161 页。

其中收录《我没有自己的名字》《黄昏里的男孩》《为什么没有音乐》《女人的胜利》《阑尾》《空中爆炸》《在桥上》《炎热的夏天》《他们的儿子》《蹦蹦跳跳的游戏》《我为什么要结婚》《朋友》，共 12 篇作品。

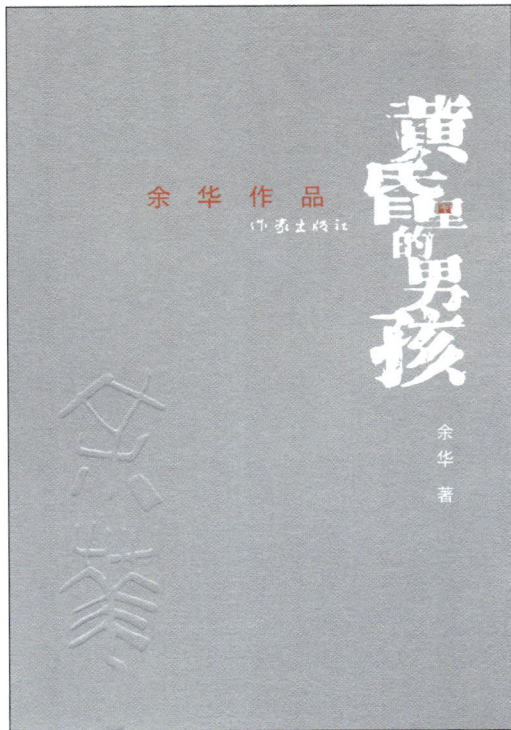

146.　2008 年, 随笔集《音乐影响了我的写作》, 由作家出版社出版。

版次: 2008 年 5 月第 1 版。印次: 2008 年 9 月第 2 次印刷。

字数共 100 千字。页数为 153 页。

其中收录《音乐影响了我的写作》《音乐的叙述》《高潮》《否定》《色彩》《灵感》《字与音》《重读柴科夫斯基》《消失的意义》《人类的正当研究便是人》《强劲的想象产生事实》《灵魂饭》《韩国的眼睛》, 共13 篇作品。

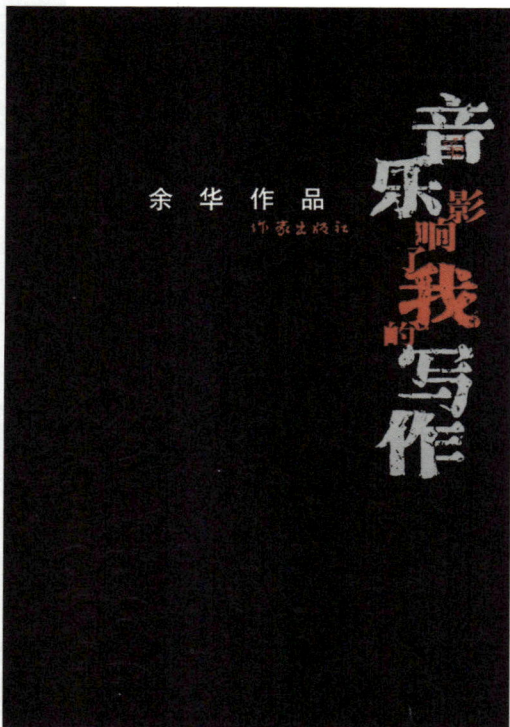

图书在版编目 (CIP) 数据

音乐影响了我的写作/余华著. ~北京: 作家出版社,
2008.5 (2008.9重印)
(余华作品)
ISBN 978 - 7 - 5063 - 4316 - 9

Ⅰ. 音… Ⅱ. 余… Ⅲ. 随笔 - 作品集 - 中国 - 当代
Ⅳ. I267.1
中国版本图书馆 CIP 数据核字 (2008) 第 060941 号

音乐影响了我的写作

作者: 余 华
作者名题写: 韩美林
责任编辑: 朱燕 钱英
装帧设计: 何 妍
版式设计: 任度云
出版发行: 作家出版社
社址: 北京农展馆南里 10 号　　　邮编: 100125
电话传真: 86 - 10 - 65930755 (出版发行部)
　　　　　 86 - 10 - 65004079 (总编室)
　　　　　 86 - 10 - 65015116 (邮购部)
E - mail: zuojia@ zuojia. net. cn
http: //www. zuojia. net. cn
印刷: 富华印装有限公司
成品尺寸: 142 ×210
字数: 100 千　　　　　　　　　　插页: 1
印张: 5
印数: 6001 - 12000
版次: 2008 年 5 月第 1 版
印次: 2008 年 9 月第 2 次印刷
ISBN 978 - 7 - 5063 - 4316 - 9
定价: 12.00 元

作家版图书, 版权所有, 侵权必究。
作家版图书, 印装错误可随时退换。

147. 2008 年，随笔集《没有一条道路是重复的》，由作家出版社出版。

版次：2008 年 5 月第 1 版。印次：2012 年 5 月第 6 次印刷。

字数共 120 千字。页数为 185 页。

其中包括"两个童年"和"生活、阅读和写作"两个部分。

"两个童年"中收录《流行音乐》《可乐和酒》《恐惧和成长》《儿子的影子》《消费的儿子》《儿子的出生》《父子之战》《医院里的童年》《麦田里》《土地》《包子和饺子》《国庆节忆旧》《最初的岁月》，共 13 篇作品；

"生活、阅读和写作"中收录《结束》《午门广场之夜》《关于时间的感受》《关于回忆和回忆录》《美国的时差》《别人的城市》《一年到头》《十九年前的一次高考》《我的第一份工作》《回忆十七年前》《谈谈我的阅读》《应该阅读经典作品》《写作的乐趣》《我的写作经历》《我为何写作》《长篇小说的写作》《网络和文学》《文学和民族》《没有一条道路是重复的》《奢侈的厕所》《谁是我们共同的母亲》《歪曲生活的小说》《什么是爱情》《虚伪的作品》《川端康成和卡夫卡的遗产》《文学中的现实》，共 26 篇作品。

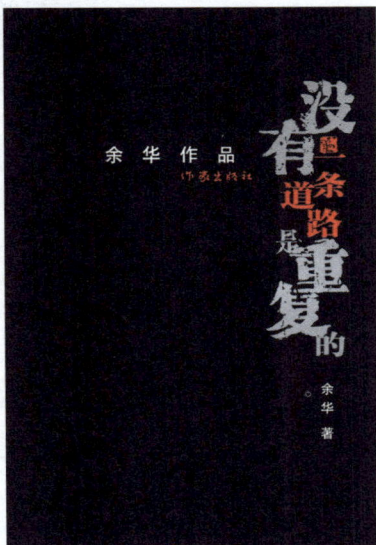

148. **2008 年，长篇小说《兄弟》，由作家出版社出版。**

版次：2008 年 5 月第 1 版。印次：2009 年 4 月第 3 次印刷。

字数共 500 千字。页数为 476 页。

"这是两个时代相遇以后出生的小说，前一个是'文革'中的故事，那是一个精神狂热、本能压抑和命运惨烈的时代，相当于欧洲的中世纪；后一个是现在的故事，那是一个伦理颠覆、浮躁纵欲和众生万象的时代，更甚于今天的欧洲。一个西方人活四百年才能经历这样两个天壤之别的时代，一个中国人只需四十年就经历了。四百年间的动荡万变浓缩在了四十年之中，这是弥足珍贵的经历。连结这两个时代的纽带就是这兄弟两人，他们的生活在裂变中裂变，他们的悲喜在爆发中爆发，他们的命运和这两个时代一样地天翻地覆，最终他们必须恩怨交集地自食其果。"

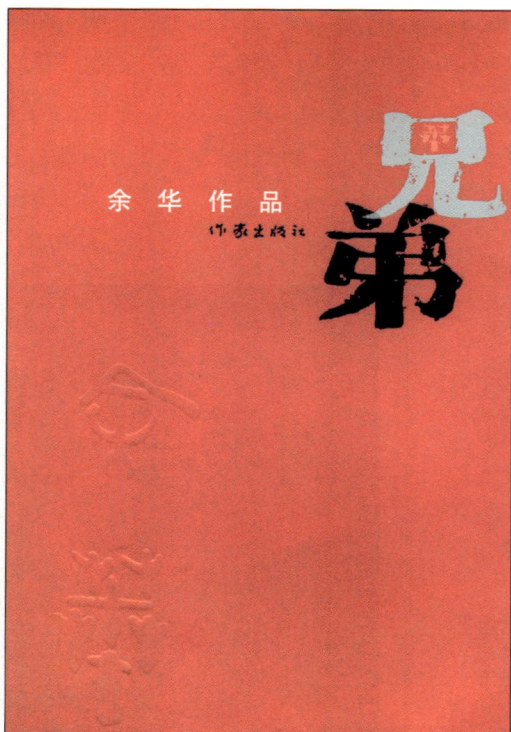

图书在版编目（CIP）数据

兄弟/余华著. - 北京：作家出版社，2008.5（2009.4 重印）
（余华作品）
ISBN 978 - 7 - 5063 - 4305 - 3

Ⅰ. 兄… Ⅱ. 余… Ⅲ. 长篇小说 - 中国 - 当代
Ⅳ. I247.5
中国版本图书馆 CIP 数据核字（2008）第 060939 号

兄　弟

作者：余　华
作者名题写：韩美林
责任编辑：逯英　宋琥
装帧设计：阿　妙
版式设计：任凌云
出版发行：作家出版社
社址：北京农展馆南里 10 号　　邮编：100125
电话传真：86 - 10 - 65930756（出版发行部）
　　　　　86 - 10 - 65004079（总编室）
　　　　　86 - 10 - 65015116（邮购部）
E - mail：zuojia@ zuojia. net. cn
http：//www. zuojia. net. cn
印刷：北京明月印刷有限责任公司
成品尺寸：142 ×210
字数：500 千
印张：15　　　　　　插页：1
印数：30001—40000
版次：2008 年 5 月第 1 版
印次：2009 年 4 月第 3 次印刷
ISBN　978 - 7 - 5063 - 4305 - 3
定价：35.00 元

作家版图书，版权所有，侵权必究。
作家版图书，印装错误可随时退换。

149. 2008 年，法文版《兄弟》（*Brothers*），由法国 Actes Sud 出版公司出版。

译者：Angel Pino ; Isabelle Rabut。

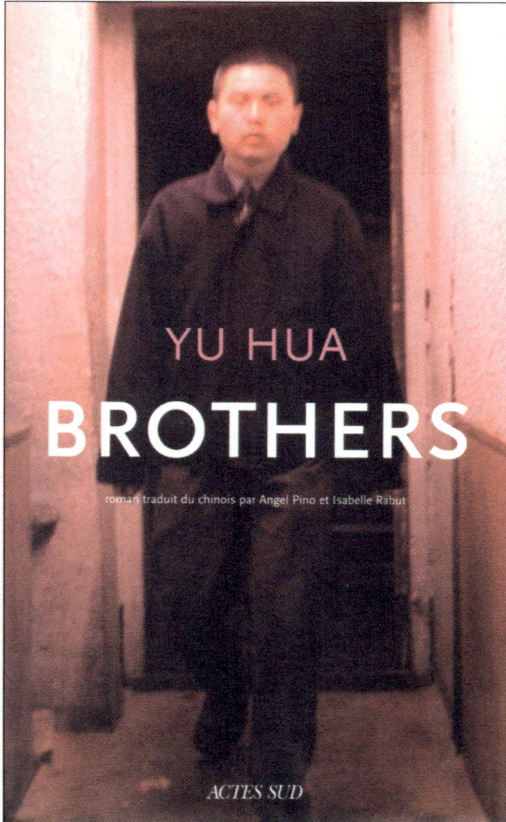

150. 2008 年，日语版长篇小说《兄弟》，由日本文艺春秋出版。

译者：泉京鹿。

2008 年 6 月 25 日，"第一刷"。

此版本分为上下卷，上卷被命名为"'文革'篇"，下卷被命名为"开放
经济篇"。

151. 2008 年，法文版长篇小说《活着》(*Vivre!*)，由法国 Actes Sud 出版公司重新出版。

译者：Ping Yang。

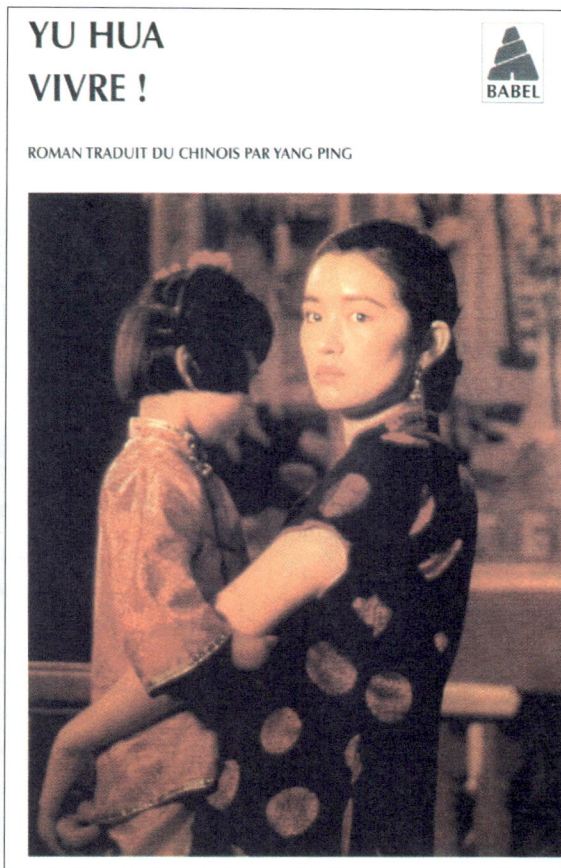

DU MÊME AUTEUR

Un monde évanoui, Philippe Picquier, 1994.
Le Vendeur de sang, Actes Sud, 1997 ; Babel n° 748.
Un amour classique, Actes Sud, 2000.
Cris dans la bruine, Actes Sud, 2003.
1986, Actes Sud, 2006.
Brothers, Actes Sud, 2008.

Première publication :
Librairie générale française, 1994

Titre original :
Huozhe
© Yu Hua, 1994

© ACTES SUD, 2008
pour la traduction française
ISBN 978-2-7427-7390-2

BABEL, UNE COLLECTION DE LIVRES DE POCHE

VIVRE !

Fugui, enfant gâté et unique héritier de la famille Xu, est un fils prodigue qui dilapide son bien dans les jeux d'argent, au grand dam de son épouse Jiazhen. Ruiné, il est contraint de travailler la terre. Mais ce revers de fortune se révèle une chance au moment de l'avènement de la Chine communiste : autrefois fils de propriétaire foncier, désormais simple paysan, il échappe au triste sort réservé aux nantis. Les tourmentes successives qui secouent le pays tout au long du XXe siècle n'épargneront toutefois pas sa famille.

Immortalisé par le film de Zhang Yimou qui en a été tiré (Grand Prix du jury au festival de Cannes 1994), *Vivre !* est le premier roman de Yu Hua dans lequel l'émotion et la compassion prennent le pas sur la violence. Considéré en Chine comme une œuvre majeure, ce livre célèbre l'inaltérable volonté de vivre, par-delà les malheurs et les coups du destin.

Né en 1960 à Hangzhou (Zhejiang), Yu Hua a commencé à écrire en 1983. Plusieurs de ses livres ont été traduits chez Actes Sud : *Le Vendeur de sang* (1997 ; Babel n° 748), *Un amour classique* (2000), *Cris dans la bruine* (2003), *1986* (2006) et *Brothers* (2008).

Photographie de couverture : Affiche du film *Vivre !*
© Photo12.com - Collection cinéma

DIFFUSION
Québec : LEMÉAC ISBN 978-2-7609-2777-1
Suisse : SERVIDIS
France et autres pays : ACTES SUD
Dép. lég. : avril 2008 (France)
7,50 € TTC France / www.actes-sud.fr

ISBN 978-2-7427-7390-2

152. 2008 年，越南文版长篇小说《在细雨中呼喊》在越南出版。

译者：武公欢。

153. 2008 年，韩文版作品集《灵魂饭》在韩国出版。

译者：崔容晚。

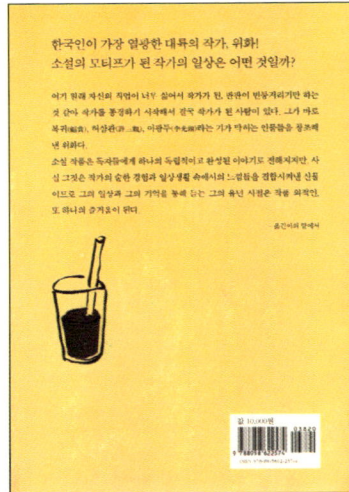

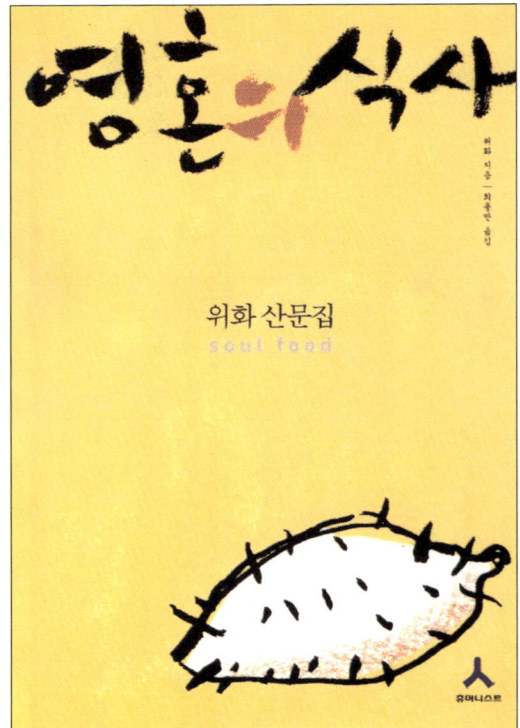

154. 2008 年，德文版长篇小说《活着》，由德国 btb 出版公司出版平装本。

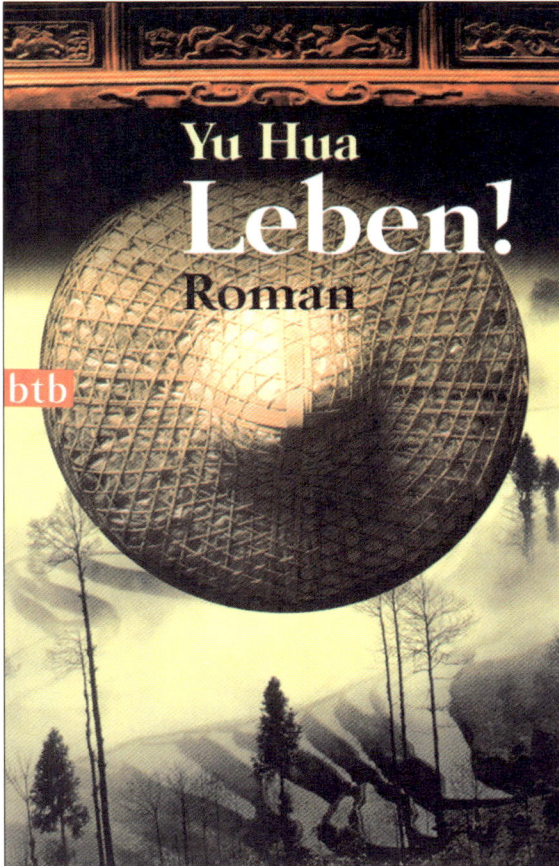

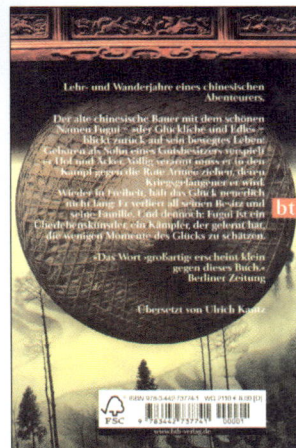

155. 2008 年，意大利文版长篇小说《兄弟》（上）由意大利 Feltrinelli 出版公司出版。

译者：Silvia Pozzi。

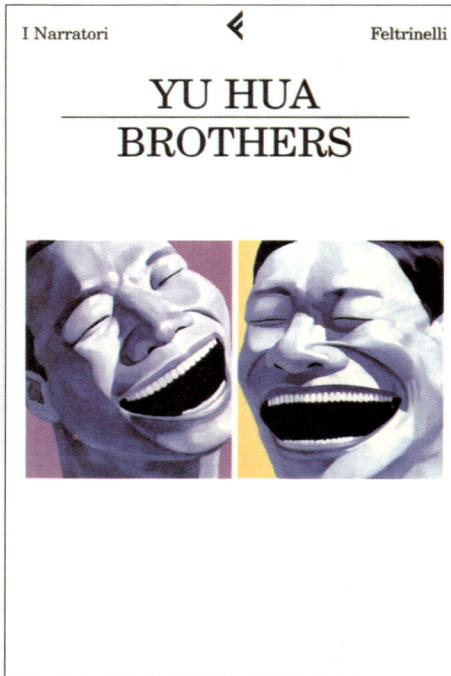

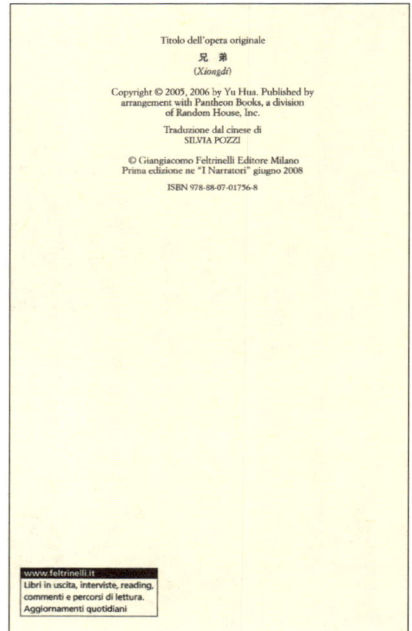

156. 2008 年，葡萄牙文版长篇小说《活着》，由巴西 Companhia das Letras 出版公司出版。

译者：修安琪。

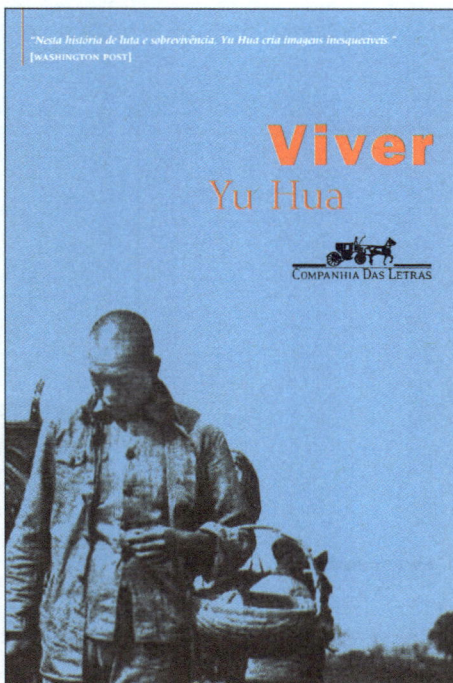

157. 2008 年，意大利文版长篇小说《活着》，由意大利 Feltrinelli 出版。

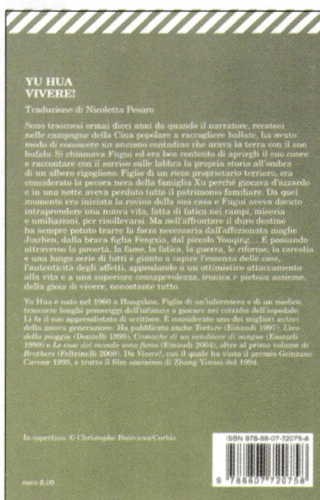

Titolo dell'opera originale
HUOZHE
© 1993 Yu Hua

Traduzione dal cinese di
NICOLETTA PESARO
Per la traduzione, copyright © 1997 Donzelli editore

© Giangiacomo Feltrinelli Editore Milano
Prima edizione nell'"Universale Economica" gennaio 2009

Stampa Grafica Sipiel Milano

ISBN 978-88-07-72075-8

www.feltrinelli.it
Libri in uscita, interviste, reading,
commenti e percorsi di lettura.
Aggiornamenti quotidiani

Universale Economica Feltrinelli

YU HUA
VIVERE!

YU HUA
VIVERE!
Traduzione di Nicoletta Pesaro

Sono trascorsi ormai dieci anni da quando il narratore, recatosi nelle campagne della Cina popolare a raccogliere ballate, ha avuto modo di conoscere un anziano contadino che arava la terra con il suo bufalo. Si chiamava Fugui ed era ben contento di aprirgli il suo cuore e raccontare con il sorriso sulle labbra la propria storia all'ombra di un albero rigoglioso. Figlio di un ricco proprietario terriero, era considerato la pecora nera della famiglia Xu perché giocava d'azzardo e in una notte aveva perduto tutto il patrimonio familiare. Da quel momento era iniziata la rovina della sua casa e Fugui aveva dovuto intraprendere una nuova vita, fatta di fatica nei campi, miseria e umiliazioni, per risollevarsi. Ma nell'affrontare il duro destino ha saputo potuto trarre la forza necessaria dall'affezionato moglie Jiazhen, dalla brava figlia Fengxia, dal piccolo Youqing... E passando attraverso la povertà, la fame, la fatica, la guerra, le riforme, la carestia e una lunga serie di lutti è giunto a sapire l'essenza delle cose, l'autenticità degli affetti, appuntando a un ottimistico attaccamento alla vita e a una superiore consapevolezza, ironica e pietosa assieme, della gioia di vivere, nonostante tutto.

Yu Hua è nato nel 1960 a Hangzhou. Figlio di un'infermiera e di un medico, trascorre lunghi pomeriggi dell'infanzia a giocare nei corridoi dell'ospedale. La tv il suo apprendistato di scrittore. È considerato uno dei migliori autori della nuova generazione. Ha pubblicato anche Torture (Einaudi 1997) Lino della pioggia (Donzelli 1998), Cronache di un venditore di sangue (Einaudi 1999) e Le case del mondo sono fiens (Einaudi 2004); oltre al primo volume di Brothers (Feltrinelli 2008). Da Vivere!, con il quale ha vinto il premio Grinzane Cavour 1998, è tratto il film omonimo di Zhang Yimou del 1994.

In copertina. © Christophe Boisvieux/Corbis.

euro 8,00

ISBN 978-88-07-72075-8

2009

158. 2009 年，长篇小说《呼喊与细雨》（繁体字版），由台湾麦田出版公司出版。

版次：2004 年 2 月 20 日，"初版一刷"；2009 年 11 月 1 日，"二版一刷"。平装本。

页数为 332 页。

159. 2009 年, 长篇小说《许三观卖血记》, 由人民文学出版社出版。
版次：2004 年 5 月北京第 1 版。印次：2009 年 7 月第 1 次印刷。
字数共 175 千字。页数为 207 页。

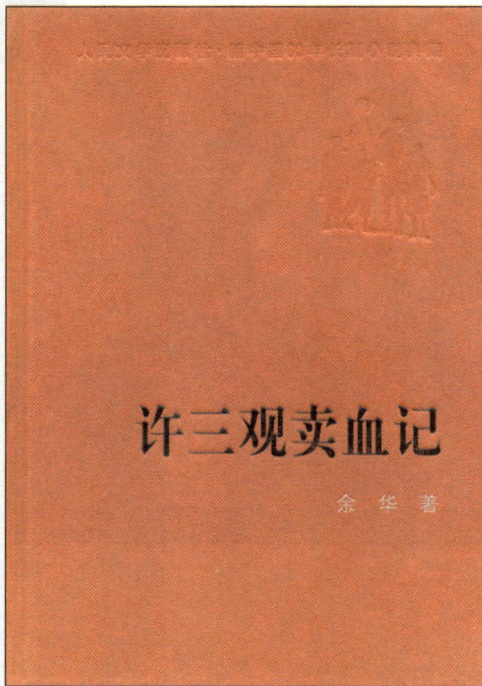

160.　2009 年，英文版长篇小说《兄弟》（*Brothers*），由美国兰登书屋旗下
　　　的 Pantheon Books 出版公司出版。

　　　译者：Eileen Chengyin Chow, Carlos Rojas。

161.　2009 年，英文版长篇小说《兄弟》（*Brothers*），由英国麦克米伦公司
　　　出版。

162. 2009 年，英文版长篇小说《兄弟》，由英国 Picador 出版。
精装本。

译者：Eileencheng-Yin Chow, Carlos Rojas。

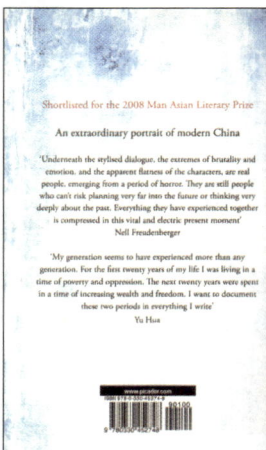

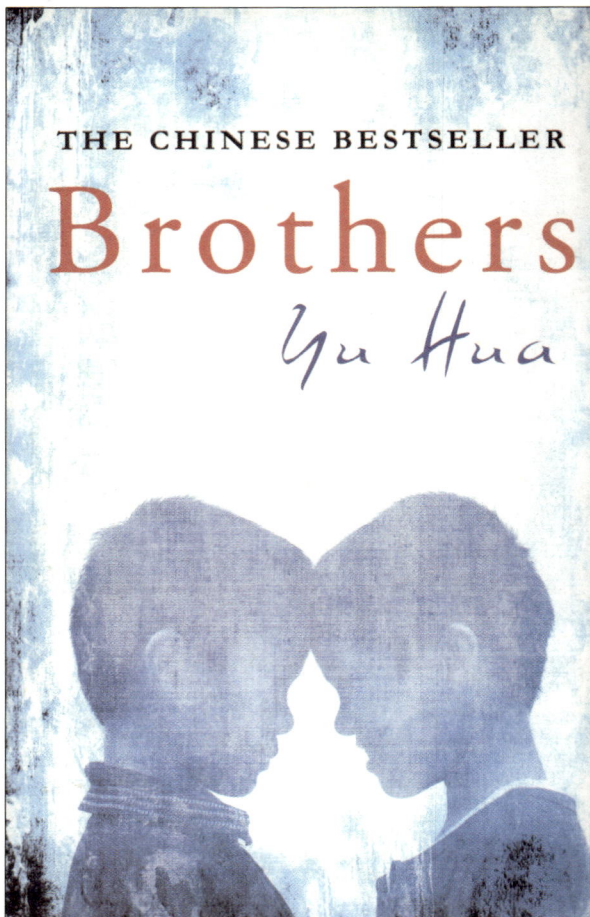

163. 2009 年，亚洲英文版长篇小说《兄弟》，由 Picador Asia 出版。

译者：Eileencheng-Yin Chow，Carlos Rojas。

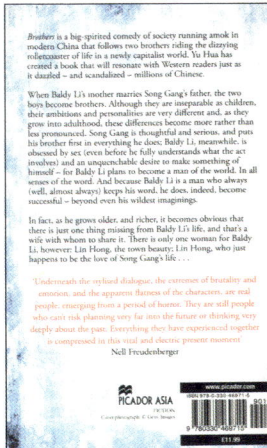

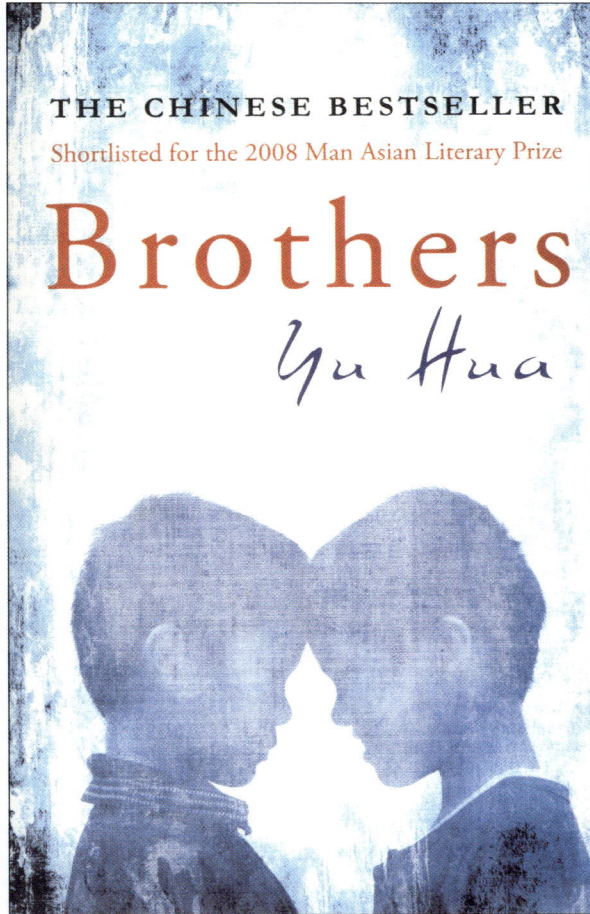

THE CHINESE BESTSELLER

Shortlisted for the 2008 Man Asian Literary Prize

Brothers

Yu Hua

Brothers is a big-spirited comedy of society running amok in modern China that follows two brothers riding the dizzying rollercoaster of life in a newly capitalist world. Yu Hua has created a book that will resonate with Western readers just as it dazzled – and scandalized – millions of Chinese.

When Baldy Li's mother marries Song Gang's father, the two boys become brothers. Although they are inseparable as children, their ambitions and personalities are very different and, as they grow into adulthood, these differences become more rather than less pronounced. Song Gang is thoughtful and serious, and puts his brother first in everything he does; Baldy Li, meanwhile, is obsessed by sex (even before he fully understands what the act involves) and an unquenchable desire to make something of himself – for Baldy Li plans to become a man of the world. In all senses of the word. And because Baldy Li is a man who always (well, almost always) keeps his word, he does, indeed, become successful – beyond even his wildest imaginings.

In fact, as he grows older, and richer, it becomes obvious that there is just one thing missing from Baldy Li's life, and that's a wife with whom to share it. There is only one woman for Baldy Li, however: Lin Hong, the town beauty; Lin Hong, who just happens to be the love of Song Gang's life . . .

'Understands the stylised dialogue, the extremes of brutality and emotion, and the apparent flatness of the characters, are real people, emerging from a period of horror. They are still people who can't risk planning very far into the future or thinking very deeply about the past. Everything they have experienced together is compressed in this vivid and electric present moment'
Nell Freudenberger

PICADOR ASIA

164. 2009 年，长篇小说《兄弟》英文版有声读物，由美国 Recorded Books LLC 出版。

译者：Eileencheng-Yin Chow, Carlos Rojas。

朗诵：Louis Changchien。

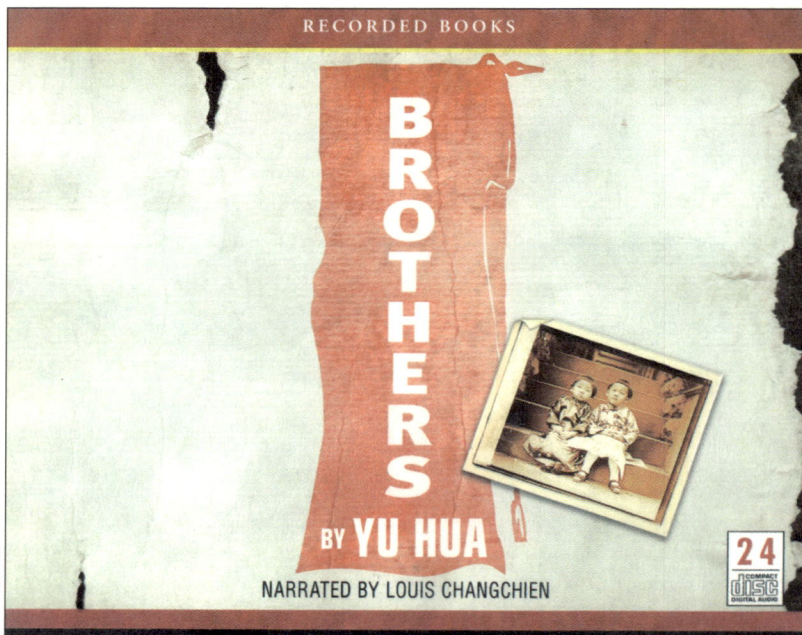

165. 2009 年，意大利文版长篇小说《兄弟》（下），由意大利 Feltrinelli 出版公司出版。

译者：Silvia Pozzi。

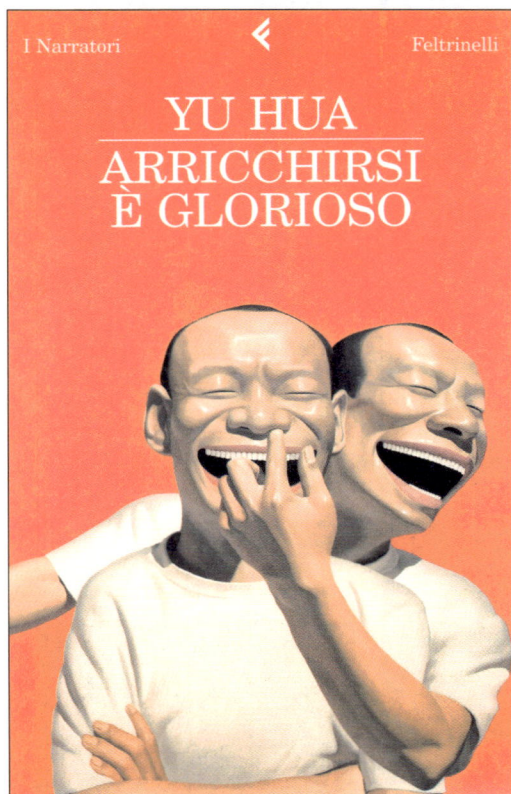

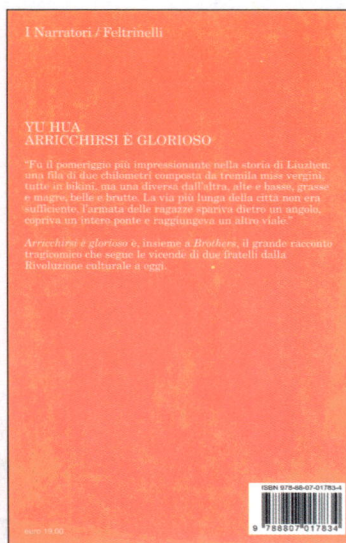

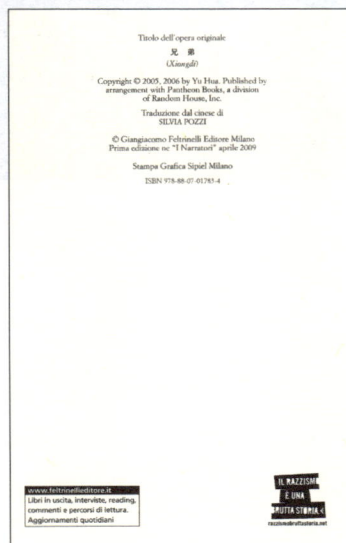

166. 2009 年，德文版长篇小说《兄弟》，由德国 Fischer 出版公司出版。
译者：Ulrich Kautz。

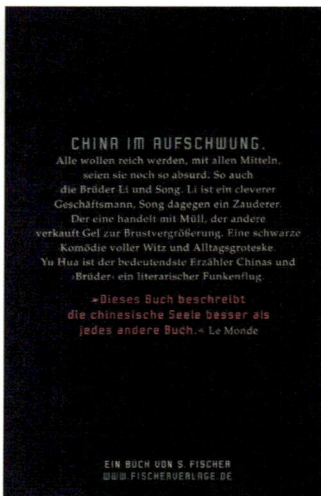

Der Verlag dankt dem Übersetzungsfonds
des Amtes für Presse und Publikationswesen der VR China
für die großzügige Förderung der Übersetzung.

FSC MIX Papier aus verantwortungsvollen Quellen FSC® C083411

Veröffentlicht im Fischer Taschenbuch Verlag,
einem Unternehmen der S. Fischer Verlag GmbH,
Frankfurt am Main, Mai 2012

Die Originalausgabe erschien unter dem Titel
«Xiongdi» im Verlag Shanghai Wenyi Chubanshe, Schanghai,
2005 (Teil I) und 2006 (Teil II).
This translation published by arrangement with Pantheon Books,
a division of Random House, Inc.
© 2005 / 2006 Yu Hua
Für die deutsche Ausgabe:
© 2009 S. Fischer Verlag GmbH, Frankfurt am Main
Druck und Bindung: CPI - Clausen & Bosse, Leck
Printed in Germany
ISBN 978-3-596-17868-1

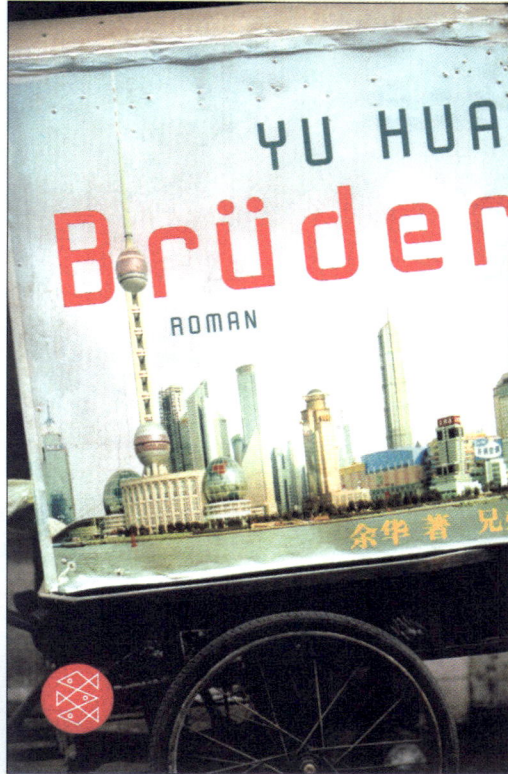

YU HUA

Brüder

ROMAN

余华著 兄弟

»Ein grandioser,
ziemlich derber Schelmenroman.«
Der Spiegel

»Schräg, witzig, saftig rasant -
der Pekinger Autor Yu Hua ringt dem
modernen China eine Komik ab,
die man kaum vermuten würde.«
Westdeutsche Allgemeine Zeitung

China im Aufschwung. Alle wollen reich
werden, mit allen Mitteln, seien sie noch so
absurd. So auch die Brüder Li und Song.
Der eine handelt mit Müll, der andere verkauft
Gel zur Brustvergrößerung. Eine schwarze
Komödie voller Witz und Alltagsgroteske.
Yu Hua ist der bedeutendste Erzähler Chinas
und ›Brüder‹ ein literarischer Funkenflug.

Umschlaggestaltung
buxdesign, münchen
Abbildung: EIGHTFISH / Getty Images
www.fischerverlage.de

Fischer

167. 2009 年，西班牙文版长篇小说《兄弟》，由西班牙 Seix Barral 出版公
司出版。

译者：Vicente Villacampa。

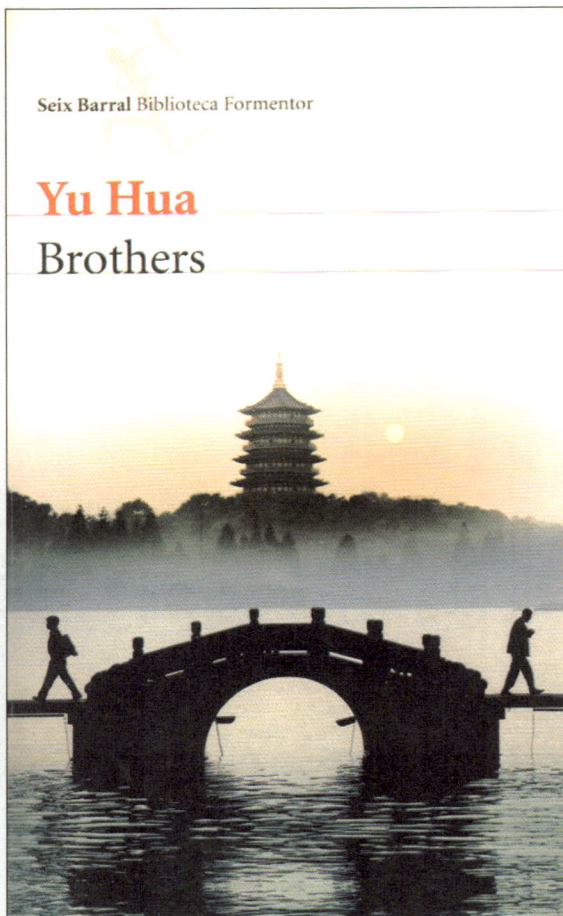

168. 2009 年，法文版小说集《十八岁出门远行》，由法国 Actes Sud 出版公司出版。

译者：Jacqueline Guyvallet, Angel Pino, Isabelle Rabut。

DU MÊME AUTEUR

VIVRE ; Le Livre de poche, 1994 ; Babel n° 880.
UN MONDE ÉVANOUI, Philippe Picquier, 1994.
LE VENDEUR DE SANG, Actes Sud, 1997 ; Babel n° 748.
UN AMOUR CLASSIQUE, Actes Sud, 2000 ; Babel n° 955.
CRIS DANS LA BRUINE, Actes Sud, 2003.
1986, Actes Sud, 2006.
BROTHERS, Actes Sud, 2008.

Titres originaux :
Shiba sui chumen yuanxing, Xibei feng huxiao de zhongwu,
Siwang xushu, Wangshi yu xingfa, Xianxue meihua,
Dangge ren de kuhl, Mingzhong zhuang,
Wo meiyou ziji de mingzi, Bengkong tiaoluo de yusxi
Wo danxiao ru shu, Huangltun li de maobar

《十八岁出门远行》《西北风呼啸的中午》
《死亡叙述》《往事与刑罚》《鲜血梅花》
《难个人的口灵》《命中注定》
《我没有自己的名字》《蹦棚跳落的雨滴》
《我胆小如鼠》《黄昏里的男孩》

© Yu Hua, 1987, 1988, 1989, 1993, 1996, 1997

© ACTES SUD, 2009
pour la traduction française
ISBN 978-2-7427-8824-8

LE POINT DE VUE DES ÉDITEURS

Les onze nouvelles qui composent ce recueil ont été
écrites par Yu Hua au cours des premières années
de sa carrière littéraire. Avec une constance quasi
obsessionnelle, l'auteur y creuse les thèmes structu-
rants de son univers mental : la solitude de l'individu
face à un monde absurde ; la cruauté, la violence et
la mort ; la culpabilité et la rétribution des fautes
passées ; le hasard et la fatalité.
Nourris de l'expérience de la Révolution culturelle,
qu'il traversa enfant et qui hante ces pages sans jamais
être nommée, ces textes aux accents kafkaïens em-
pruntent, en les dévoyant, aux formes les plus di-
verses, du Bildungsroman au récit fantastique ou au
roman chinois de cape et d'épée. Interrogeant la
condition humaine dans ce qu'elle a de plus énigma-
tique et de plus angoissant, ces exercices de style
jamais vains constituent autant de variations sur le
malheur.

Né en 1960 à Hangzhou (Zhejiang), Yu Hua a commencé
à écrire en 1983. Ont été traduits en français : Vivre ! (Le
Livre de poche, 1994 ; Babel n° 880), porté à l'écran par
Zhang Yimou et primé au Festival de Cannes en 1994, Un
monde évanoui (Philippe Picquier, 1994) ; et chez Actes
Sud, Le Vendeur de sang (1997 ; Babel n° 748), Un amour
classique (2000 ; Babel n° 955), Cris dans la bruine (2003),
1986 (2006), et Brothers (2008), qui a obtenu à sa sortie le
prix Courrier international.

Illustration de couverture : So-Yeun Lee, Grüner Vogel, 2007,
120 x 90 cm, oil on canvas © courtesy Doeneseldorf

ACTES SUD   ISBN 978-2-7427-8824-8
DÉP LÉG : NOV. 2009
19 € TTC France
www.actes-sud.fr

YU HUA

Sur la route
à dix-huit ans

nouvelles traduites du chinois
par Jacqueline Guyvallet,
Angel Pino et Isabelle Rabut

ACTES SUD

169.　2009 年, 韩文版《炎热的夏天》, 由韩国文学村庄出版公司出版。

170.　2009 年, 意大利文版长篇小说《活着》, 由意大利 Feltrinelli 出版公司
　　　出版。

171. 2009 年，斯洛伐克文版长篇小说《兄弟》，由斯洛伐克 Marencin PT
出版公司出版。

172.　2009 年，匈牙利文版长篇小说《兄弟》，由匈牙利 Magveto 出版公司
　　　　出版。

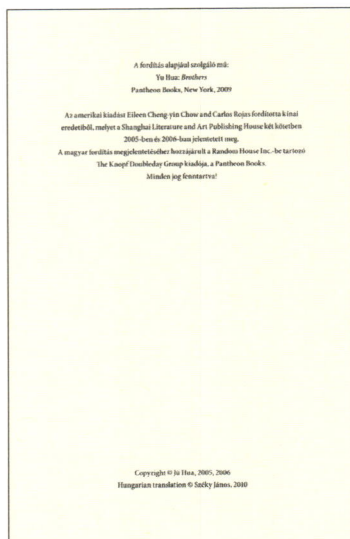

173.　2009 年，韩文版小说集《战栗》，由韩国文学村庄出版。

174. 2009 年，塞尔维亚文版长篇小说《活着》，由塞尔维亚 GEOPOETI-KA 出版公司出版。

译者：佐兰。

175. 2009 年，泰文版长篇小说《活着》，由泰国 Nanmee Books 出版公
司出版。

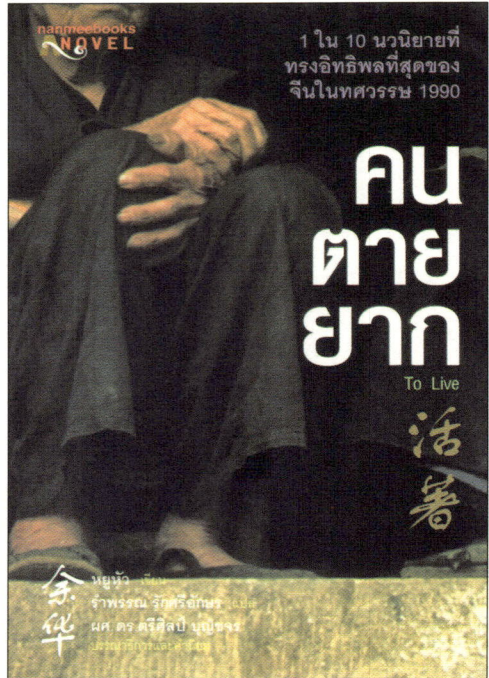

176. 2009 年，泰文版长篇小说《兄弟》，由泰国 NanmeeBooks 出版公司出版。

177. 2009 年，泰文版长篇小说《许三观卖血记》，由泰国 NanmeeBooks
出版公司出版。

178. 2009 年，随笔集《间奏：余华的音乐笔记》，由江苏文艺出版社出版。

版次：2009 年 1 月第 1 版。印次：2009 年 1 月第 1 次印刷。

字数共 80 千字。页数为 119 页。

其中收录《音乐的叙述》《高潮》《肖斯塔科维奇和霍桑》《〈第七交响曲〉和〈红字〉》《灵感》《否定》《色彩》《字与音》，共 8 篇作品。

图书在版编目（CIP）数据

间奏——余华的音乐笔记 / 余华著. —南京：江苏文艺
出版社，2009.1
（越界文丛）
ISBN 978-7-5399-3046-6

Ⅰ.间… Ⅱ.余… Ⅲ.随笔－作品集－中国－当代
Ⅳ.I267.1

中国版本图书馆 CIP 数据核字（2008）第 185891 号

书 名	间奏——余华的音乐笔记
著 者	余 华
责任编辑	金 泉
责任校对	樊 高
责任监印	卞宁坚 江伟明
出版发行	凤凰出版传媒集团
	江苏文艺出版社
集团网址	凤凰出版传媒网 http://www.ppm.cn
照 排	南京凯建图文制作有限公司
印 刷	南京理工大学印刷厂
经 销	江苏省新华发行集团有限公司
开 本	787×1092 毫米 1/32
字 数	80 千
印 张	3.875
版 次	2009 年 1 月第 1 版，2009 年 1 月第 1 次印刷
标准书号	ISBN 978-7-5399-3046-6
定 价	16.00 元

（江苏文艺版图书凡印刷、装订错误可随时向承印厂调换）

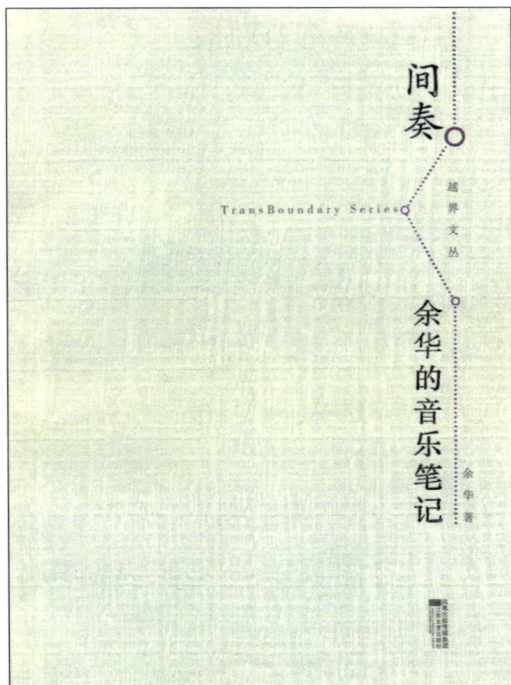

20 10

179. 2010 年，葡萄牙文版长篇小说《兄弟》，由巴西 Companhia das Letras 出版公司出版。

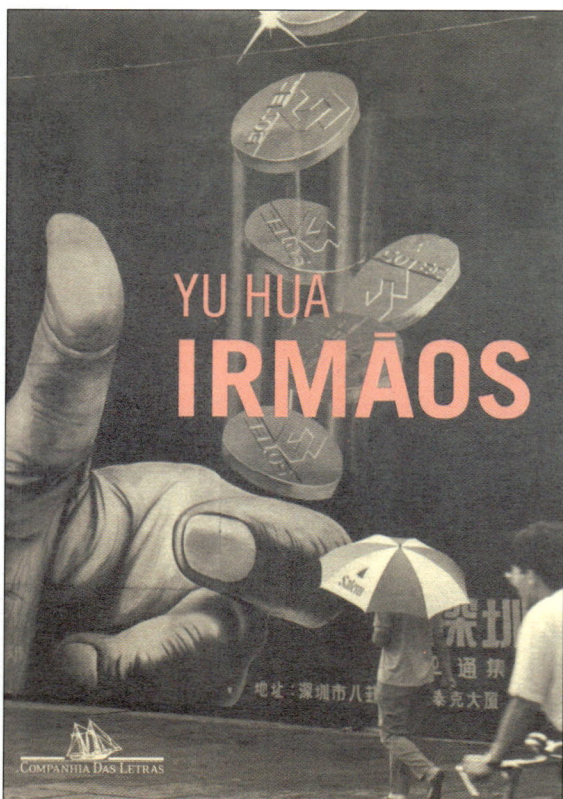

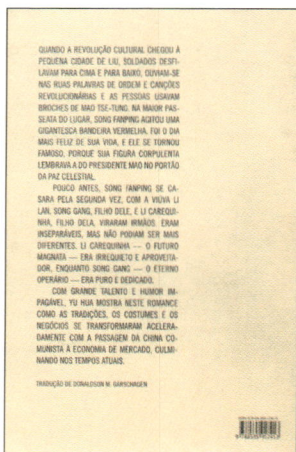

180. 2010 年，韩文版小说集《夏季台风》，由韩国文学村庄出版。

181. 2010 年，韩文版小说集《一九八六年》，由韩国文学村庄出版。

182. 2010 年，西班牙文版长篇小说《活着》，由西班牙 Seix Barral 出版公司出版。

译者：Anne—Hélène Suárez Girard。

183. 2010 年，意大利文版小说集《爱情和死亡的故事》，由意大利 Hoepli
出版公司出版。

184. 2010 年，法文版随笔集《十个词汇里的中国》，由法国 Arles: Actes Sud 出版公司出版。

译者：Angel Pino，Isabelle Rabut。

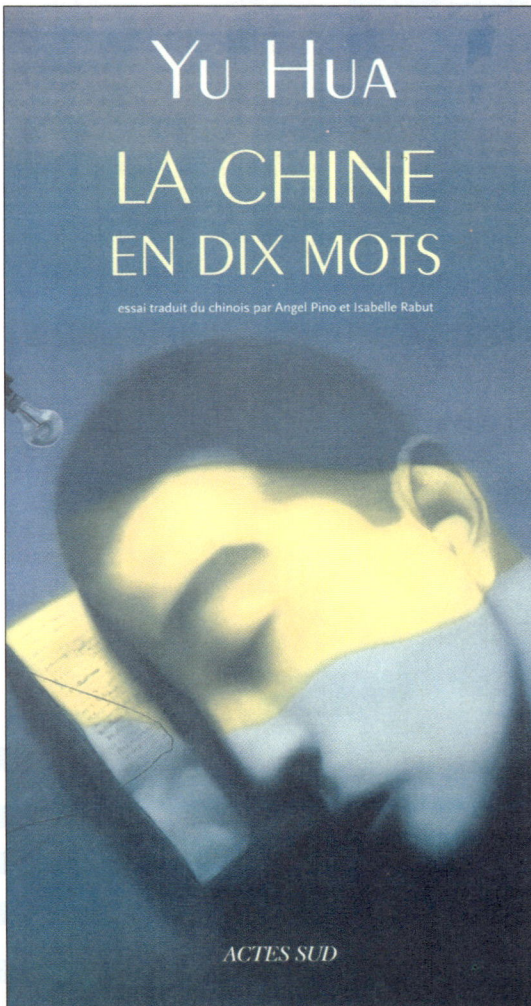

YU HUA
LA CHINE
EN DIX MOTS

essai traduit du chinois par Angel Pino et Isabelle Rabut

ACTES SUD

DU MÊME AUTEUR

VIVRE !, Le Livre de poche, 1994 ; Babel n° 880.
UN MONDE ÉVANOUI, Philippe Picquier, 1994.
LE VENDEUR DE SANG, Actes Sud, 1997 ; Babel n° 748.
UN AMOUR CLASSIQUE, Actes Sud, 2000 ; Babel n° 955.
CRIS DANS LA BRUINE, Actes Sud, 2003.
1986, Actes Sud, 2006.
BROTHERS, Actes Sud, 2008 ; Babel n° 1005.
SUR LA ROUTE À DIX-HUIT ANS, Actes Sud, 2009.

Titre original :
Shige cihui zhong de Zhongguo
十个词汇中的中国
© Yu Hua, 2010

© ACTES SUD, 2010
pour la traduction française
ISBN 978-2-7427-9223-8

LE POINT DE VUE DES ÉDITEURS

Construit autour de dix mots clefs – "Peuple", "Leader", "Lecture", "Écriture", "Lu Xun", "Disparités", "Révolution", "Gens de peu", "Faux", "Embrouille" –, qui pour certains appartiennent au lexique maoïste et pour d'autres au vocabulaire le plus récent, cet essai interroge un demi-siècle d'histoire : ce demi-siècle qui a vu la Chine passer brutalement de l'hystérie politique de la Révolution culturelle à la frénésie productiviste et consumériste de ces dernières années.

Tel un long commentaire de Yu Hua sur son best-seller Brothers, ce livre révèle les continuités entre le passé et le présent, et bat en brèche certains discours béats sur le miracle économique chinois en mettant au jour ses plaies, ses excès et ses dérives. Avec une clairvoyance dénuée de toute complaisance nationaliste, il en démonte la face cachée, notamment l'absence de transparence politique.

C'est en virtuose que Yu Hua entremêle souvenirs personnels et analyse sociale, revisite son enfance, ses années de formation, et finalement souligne au fil de ces dix mots le parcours qui fut le sien : celui d'un écrivain cinquantenaire dont l'œuvre s'est constamment nourrie des paradoxes et des drames de la Chine.

Ce témoignage lucide et courageux, qui n'élude pas les sujets sensibles tels que les événements de Tian'anmen en 1989, est inédit en Chine.

Né en 1960 à Hangzhou (Zhejiang), Yu Hua a commencé à écrire en 1983. Ont été traduits en français : Vivre ! (Le Livre de poche, 1994 ; Babel n° 880), porté à l'écran par Zhang Yimou et primé au Festival de Cannes en 1994, Un monde évanoui (Philippe Picquier, 1994) , et, chez Actes Sud, Le Vendeur de sang (1997 ; Babel n° 748), Un amour classique (2000 ; Babel n° 955), Cris dans la bruine (2003), 1986 (2006), Brothers (2008 ; Babel n° 1005) qui a obtenu à sa sortie le prix Courrier international, et tout la récente Sur la route à dix-huit ans (2009).

Illustration de couverture : Ammesia and Memory n°1, 2007 © Zhang Xiaogang

ACTES SUD
DÉP. LÉG. : SEPT. 2010
22 € TTC France
www.actes-sud.fr

ISBN 978-2-7427-9223-8

185. 2010 年，英文版长篇小说《兄弟》，由美国兰登书屋旗下的 Anchor-
　　　Books 出版。

　　　平装本。

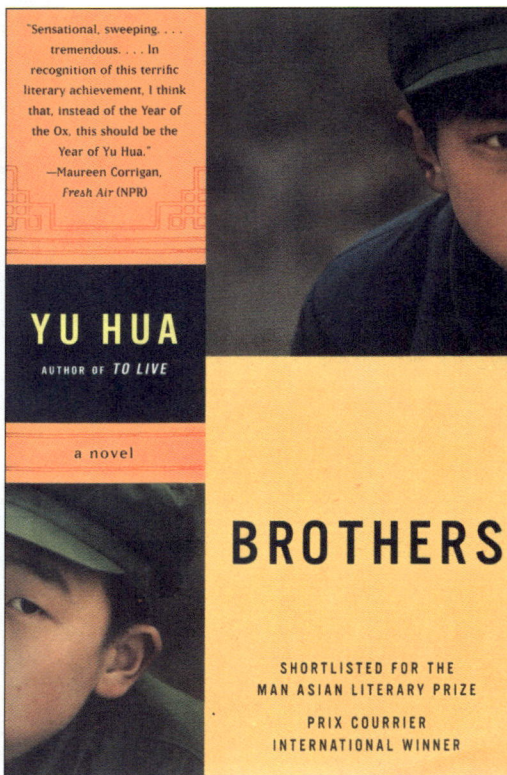

186. 2010 年，英文版长篇小说《兄弟》，由英国 Picador Paperback
出版。
平装本。

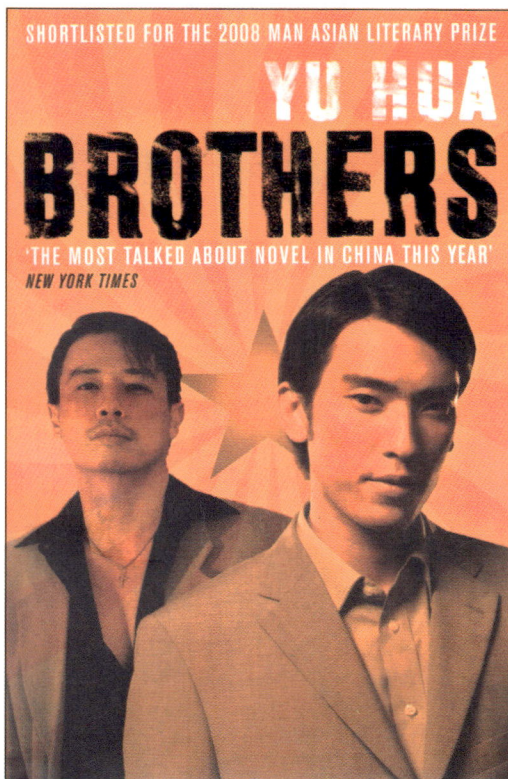

187. 2010 年，日文版长篇小说《兄弟》，由日本文春文库出版社出版。

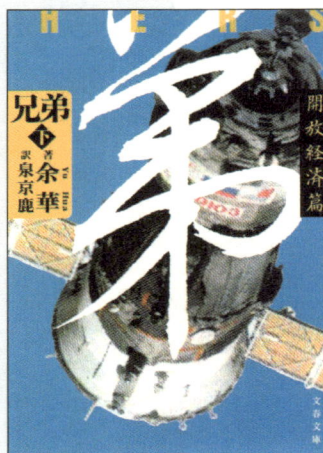

188. 2010 年，小说集《鲜血梅花》，由作家出版社出版。

189. **2010 年，长篇小说《活着》，由作家出版社出版。**

版次：2008 年 5 月第 1 版，2010 年 10 月第 2 版。印次：2011 年
12 月第 20 次印刷。

字数共 136 千字。页数为 191 页。

其中还包括《中文版自序》《韩文版自序》《日文版自序》《英文版自
序》《麦田新版自序》，以及《外文版评论摘要》。

2003 年 11 月 28 日，美国《西雅图时报》评论："能塑造一个既能反
映一代人，又代表一个民族的灵魂的人物，堪称是一个罕见的文学成
就。中国作家余华在 20 世纪 90 年代的小说《活着》和《许三观卖血
记》中也许做出了两次这样的成就。"

2003 年 10 月 12 日，美国《明星论坛报》评论："余华这部划时代的
家族悲剧《活着》，你只要读到一半，就已经确信它是不朽之作了。换
而言之，《活着》是一部经典。主人公福贵和他的家庭与西方读者似乎
相隔千里，又仿佛近似邻里，最后甚至成了一家人。"

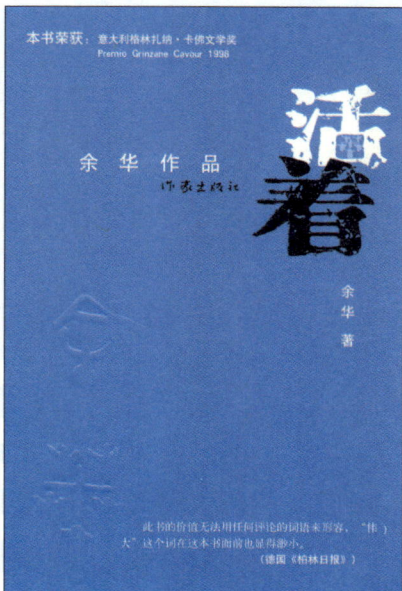

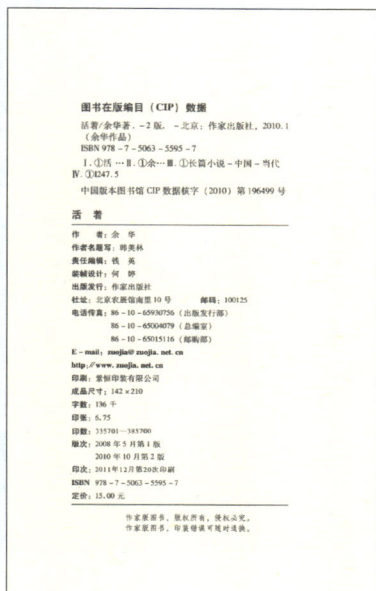

190. **2010 年，长篇小说《兄弟》，由作家出版社出版。**

版次：2008 年 5 月第 1 版，2010 年 7 月第 2 版。印次：2012 年 3 月第 11 次印刷。

字数共 500 千字。页数为 646 页。

其中还收录余华于 2005 年 7 月 11 日写作的《后记》。

瑞士《时报》评选出 2000 年至 2010 年这 10 年来全球最为重要的 15 本书，余华《兄弟》位列其中。入选评语是："中国的弥尔顿《失乐园》：40 年的高峰与低谷。"《时报》认为："在这 10 年里，20 世纪的故事大张旗鼓地在小说中扎根，作者们反映了世界的深刻。文学变得全球化和错综复杂。其他入选的作品还有菲利普·罗斯的《现场》、奥尔罕·帕慕克的《雪》、村上春树的《海边的卡夫卡》和托妮·莫里森的《仁慈》等。"

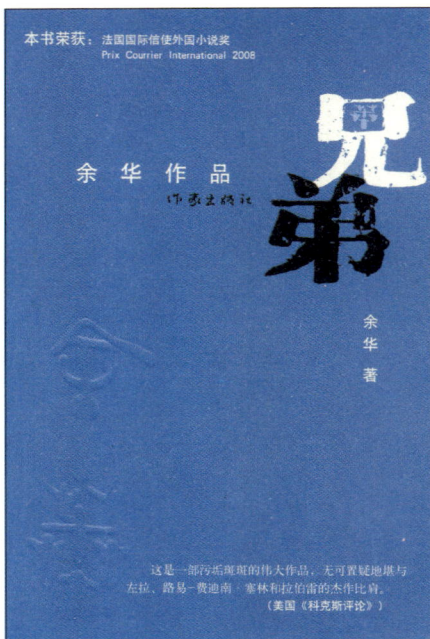

191. 2010 年，法文版长篇小说《兄弟》，由法国 Babel 出版。

YU HUA
BROTHERS

ROMAN TRADUIT DU CHINOIS PAR ANGEL PINO ET ISABELLE RABUT

BABEL

DU MÊME AUTEUR

Vivre !, Le Livre de poche, 1994 ; Babel n° 880.
Un monde évanoui, Philippe Picquier, 1994.
Le Vendeur de sang, Actes Sud, 1997 ; Babel n° 748.
Un amour classique, Actes Sud, 2000 ; Babel n° 955.
Cris dans la bruine, Actes Sud, 2003.
1986, Actes Sud, 2006.
Brothers, Actes Sud, 2008.
Sur la route à dix-huit ans, Actes Sud, 2009.

Titre original :
Xiongdi – Brothers
兄弟
Éditeur original :
Shanghai wenyi chubanshe, Shanghai
© Yu Hua, 2005 (livre I) et 2006 (livre II)

© ACTES SUD, 2008
pour la traduction française
ISBN 978-2-7427-8982-5

BABEL, UNE COLLECTION DE LIVRES DE POCHE

BROTHERS

Li Guangtou et Song Gang ne sont pas d'authentiques
frères mais leurs destins se sont de longue date trouvés
liés pour le meilleur et pour le pire. Enfants, puis ado-
lescents pendant la Révolution culturelle, ils atteignent
l'âge adulte au moment où la Chine entre dans l'ère
tumultueuse des "réformes" et de l'"ouverture". La
solidarité, cimentée par les épreuves, qui les unissait
jusqu'alors se fissure et leurs chemins se séparent :
tandis que Song Gang, l'intellectuel doux et loyal, se
voit rapidement dépassé par son époque, Li Guangtou,
le brigand, tirera le meilleur parti des bouleversements
en cours.
   En retraçant le parcours de ces deux personnages,
Yu Hua interroge près d'un demi-siècle d'histoire
chinoise : des années 1960 et 1970, marquées par la
répression morale et les atrocités politiques, à nos
jours, où les énergies individuelles se libèrent dans un
désordre épique. Portrait de toute une génération, celle
de la faim, de la violence, de la frénésie économique
et des grandes migrations, des ascensions fulguran-
tes et des naufrages, *Brothers* compose une véritable
odyssée de la Chine contemporaine, de Mao aux JO.

Né en 1960 à Hangzhou (Zhejiang), Yu Hua a commencé à
écrire en 1983. Il a reçu en 2008 le prix Courrier international
du meilleur livre étranger pour Brothers. Son œuvre est dis-
ponible en France aux éditions Actes Sud, qui ont notamment
publié Le Vendeur de sang (1997) ; Babel n° 748), Un amour
classique (2000 ; Babel n° 955) et Vivre ! (Babel n° 880,
adapté au cinéma par Zhang Yimou, Grand Prix du jury au
festival de Cannes 1994).

Photographie de couverture : Ian Teh / Agence Vu.

DIFFUSION
Québec : LEMÉAC ISBN 978-2-7609-2479-1
Suisse : SERVIDIS
France et autres pays : ACTES SUD
Dép. lég. : mars 2010. France :
14,50 € TTC France : www.actes-sud.fr

ISBN 978-2-7427-8982-5

9 782742 789825

192.　2010 年，韩文版中篇小说集《四月三日事件》，由韩国出版。

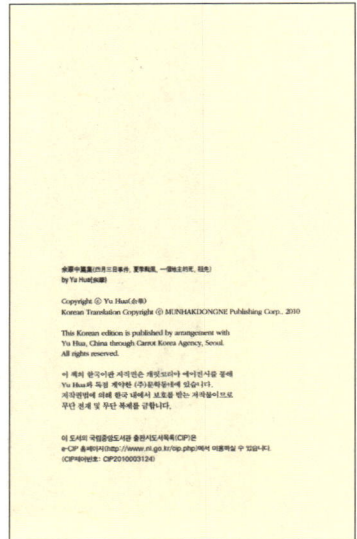

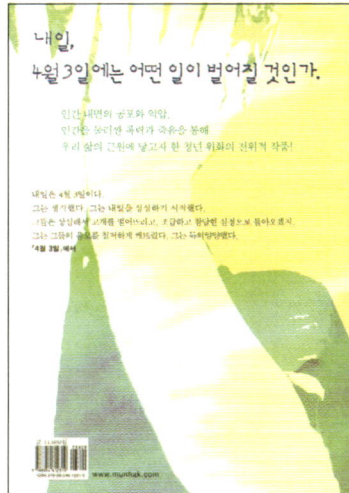

2011

193. 2011 年，长篇小说《在细雨中呼喊》，由作家出版社出版。

版次：2008 年 5 月第 1 版，2011 年 2 月第 2 版。印次：2011 年 4 月第 7 次印刷。

字数共 189 千字。页数为 283 页。

其中包括《中文版（再版）自序》《意大利文版自序》《韩文版自序》，以及《外文版评论摘要》。

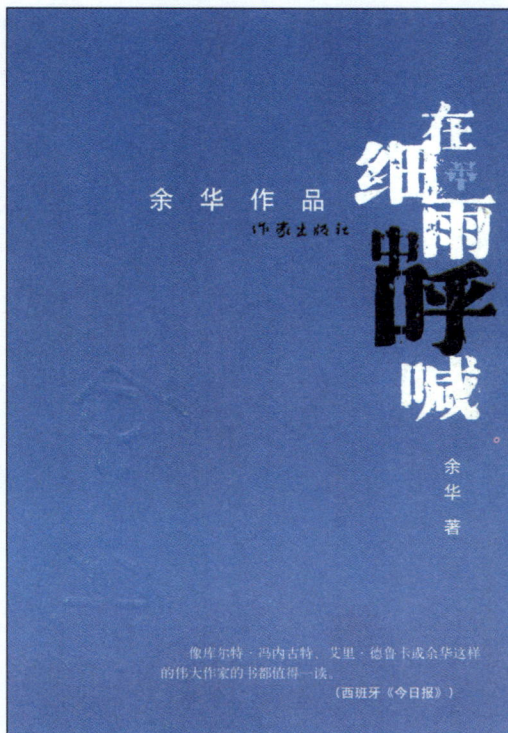

194. 2011年，长篇小说《许三观卖血记》，由作家出版社出版。

版次：2008年5月第1版，2011年2月第2版。印次：2011年3月第6次印刷。

字数共178千字。页数为264页。

其中包括《中文版（再版）自序》《韩文版自序》《德文版自序》《意大利文版自序》，以及《外文版评论摘要》。

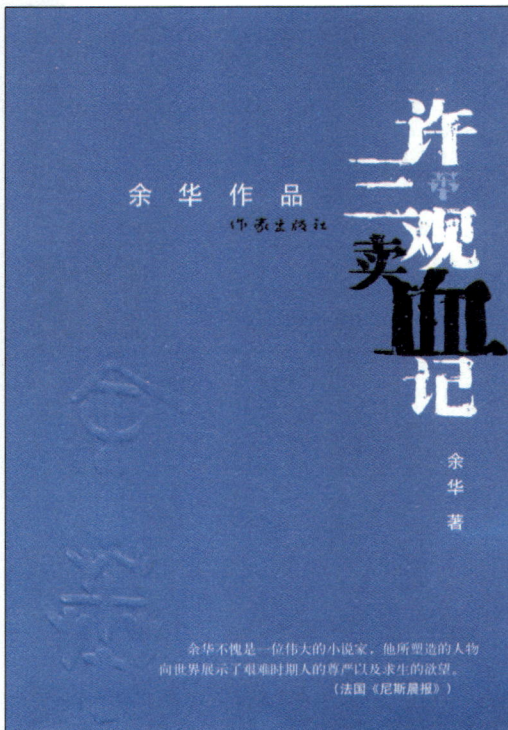

余华不愧是一位伟大的小说家。他所塑造的人物
向世界展示了艰难时期人的尊严以及求生的欲望。
〔法国《尼斯晨报》〕

195. 2011 年，长篇小说《许三观卖血记》（繁体字版），由台湾麦田出版公司出版。

版次：1997 年 5 月 1 日，"初版一刷"；2011 年 9 月 27 日，"三版一刷"。平装本。

页数为 292 页。

其中序论为王德威写作的《伤痕即景，暴力奇观——余华的小说》，还收录余华写作的自序《足球场上的奔者——长篇小说的写作》。

196. 2011 年，随笔集《十个词汇里的中国》（中文繁体字版），由台湾麦田
出版公司出版。

版次：2010 年 1 月 4 日，"初版一刷"；2012 年 7 月，"初版六刷"。
平装本。

其内容有《人民》《领袖》《阅读》《写作》《鲁迅》《差距》《革命》《草
根》《山寨》《忽悠》，共 10 篇文章。同时还包括"前言和后记"，以及
余华写毕于 2010 年 10 月 14 日的《说明》。

2010 年，法文版随笔集《十个词汇里的中国》由法国 Actes Sud 出版公司出版。2011 年，随笔集《十个词汇里的中国》（中文繁体字版），由台湾麦田出版公司出版。同年，英文版随笔集《十个词汇里的中国》由美国兰登书屋和英国 Duckworth 出版公司出版。2011 年，泰文版随笔集《十个词汇里的中国》由泰国 NanmeeBooks 出版公司出版。2012 年，意大利文版随笔集《十个词汇里的中国》由意大利 Feltrinelli 出版公司出版。2012 年，西班牙文版随笔集《十个词汇里的中国》由西班牙 Alba 出版公司出版。2012 年，瑞典文版随笔集《十个词汇里的中国》由瑞典 Natur&Kultur 出版公司出版。2012 年，俄文版随笔集《十个词汇里的中国》由俄罗斯 AST 出版公司出版。2012 年，日文版随笔集《十个词汇里的中国》由日本河出书房出版。2012 年，韩文版随笔集《十个词汇里的中国》由韩国文学村庄出版。2012 年，德文版随笔集《十个词汇里的中国》由德国 S.Fischer 出版公司出版。2013 年，波兰文版随笔集《十个词汇里的中国》由波兰 Diaolog 出版公司出版。2013 年，法文版随笔集《十个词汇里的中国》由法国 Actes Sud 旗下的 Babel 出版法文版平装本。

197. 2011 年，英文版随笔集《十个词汇里的中国》在美国出版。

译者：Allan Barr。

198. 2011 年，泰文版随笔集《十个词汇里的中国》，由泰国 Nanmee Books 出版公司出版。

199. 2011 年，葡萄牙文版长篇小说《许三观卖血记》，由巴西 Companhia das Letras 出版公司出版。

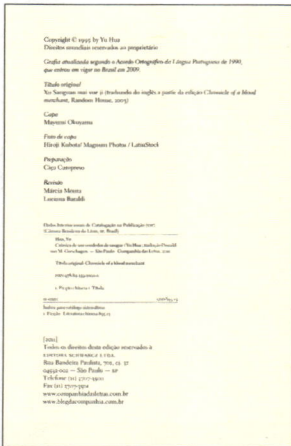

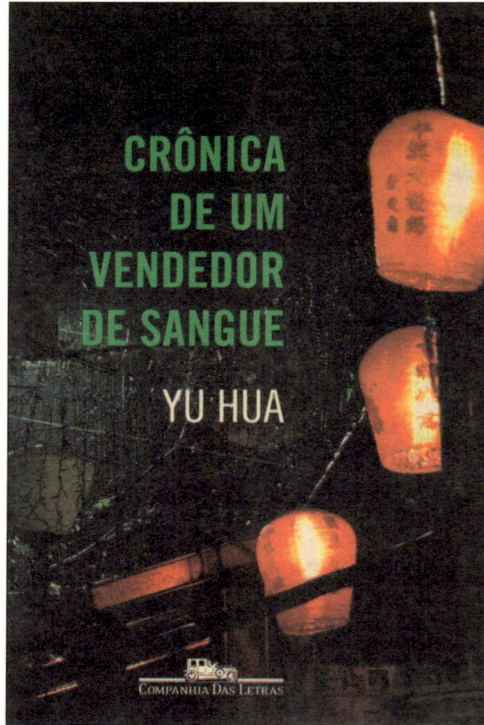

200. 2011 年,《余华精选集》,由北京燕山出版社出版。

版次:2011 年 1 月第 3 版。印次:2013 年 1 月第 4 次印刷。精装本。

字数共 300 千字。页数为 387 页。

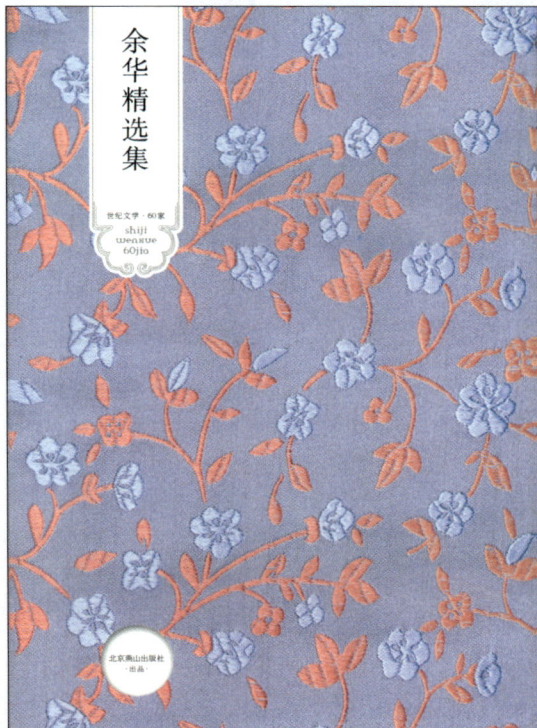

图书在版编目(CIP)数据

余华精选集 / 余华著.
- 北京:北京燕山出版社,2005.12(2013.1 重印)
ISBN 978-7-5402-0304-7

Ⅰ. 余… Ⅱ. 余… Ⅲ. ①短篇小说-作品集-中国-当代
Ⅳ. I247.7

中国版本图书馆 CIP 数据核字(2005)第 158058 号

余华精选集

作 者	余 华
编选者	洪治纲
责任编辑	张红梅
封面设计	小 贾
出版发行	北京燕山出版社
	北京市宣武区陶然亭路 53 号 邮编 100054
经 销	新华书店
印 刷	北京中科印刷有限公司
开 本	787×1092 1/32
印 张	13
字 数	300 千字
版次印次	2011 年 1 月第 3 版 2013 年 1 月第 4 次印刷
定 价	25.00 元

版权所有 盗版必究

201. 2011 年，斯洛伐克文版长篇小说《兄弟》下部，由斯洛伐克 Marencin PT 出版。

202. 2011 年, 越南文版小说集《古典爱情》, 由越南人民公安出版社出版。

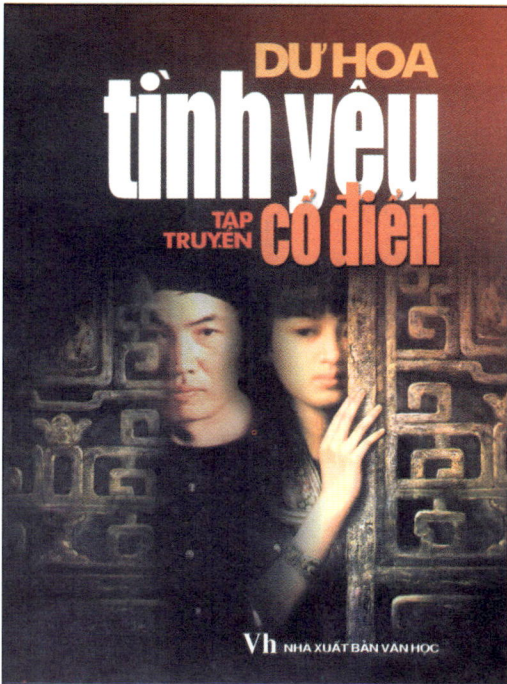

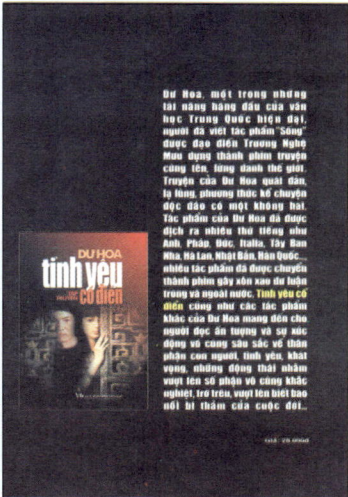

TÌNH YÊU CỔ ĐIỂN
Truyện của Dư Hoa, Vũ Công Hoan *dịch*

Chịu trách nhiệm xuất bản:
Nguyễn Cừ
Biên tập:
Triệu Xuân
Trình bày: Thế Hiệp
Bìa: Họa sĩ Đỗ Duy Ngọc
Sửa bản in: Mạc Nguyên

NHÀ XUẤT BẢN VĂN HỌC
18 Nguyễn Trường Tộ - Hà Nội
ĐT: (84.4) 829 4685 * Fax: (84.4) 829 4781
E-Mail: nxbvanhoc@hn.vnn.vn

CHI NHÁNH TP HỒ CHÍ MINH
290/20 Nam Kỳ Khởi Nghĩa, Quận 3, TP.HCM
*ĐT: (84.8) 848 3481; 846 9858 * Fax: (84.8) 848 3481*

In 1.000 cuốn, khổ 14,5 x 20,5cm. Tại Cty Cổ phần In Gia
Định, số 9D Nơ Trang Long, Q. Bình Thạnh, TP. HCM - ĐT:
8412644. Giấy chấp nhận đăng ký KHXB số: 1434/20 Cục
Xuất bản cấp ngày 26.8.2005. Trích ngang kế hoạch xuất bản
số: 334/VHGP, Nhà xuất bản Văn Học cấp ngày 7.8.2005. In
xong và nộp lưu chiểu quý 4-2005.

203. 2011 年，越南文版长篇小说《活着》，由越南人民公安出版社出版。

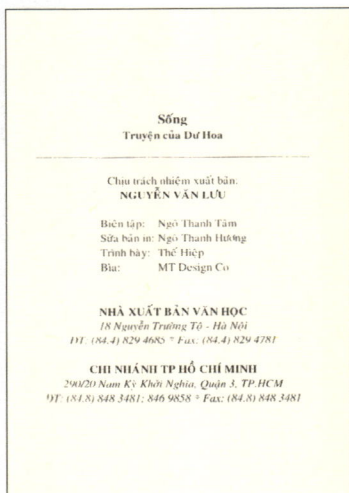

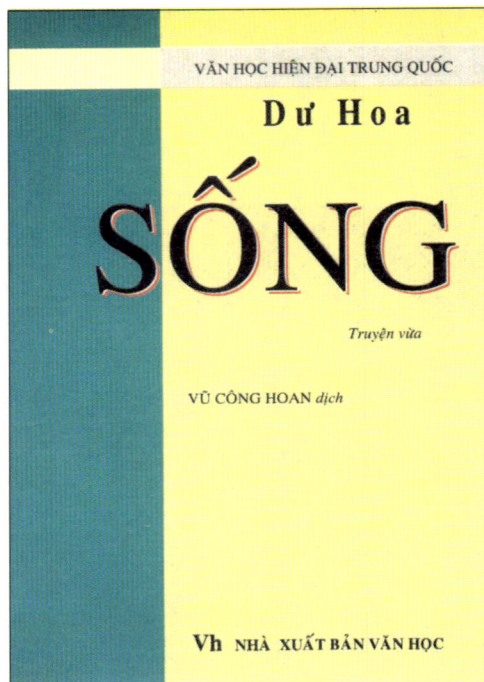

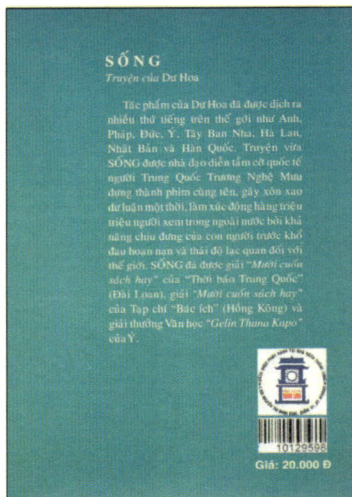

2012

204. 2012 年，小说集《现实一种》，由作家出版社出版。

版次：2008 年 5 月第 1 版，2012 年 9 月第 2 版。印次：2015 年 5 月第 9 次印刷。

精装本的版次：2012 年 9 月第 1 版。印次：2013 年 6 月第 2 次印刷。

字数共 100 千字。页数为 156 页。

其中收录《现实一种》《河边的错误》《一九八六年》，共 3 篇作品，以及《自序》。

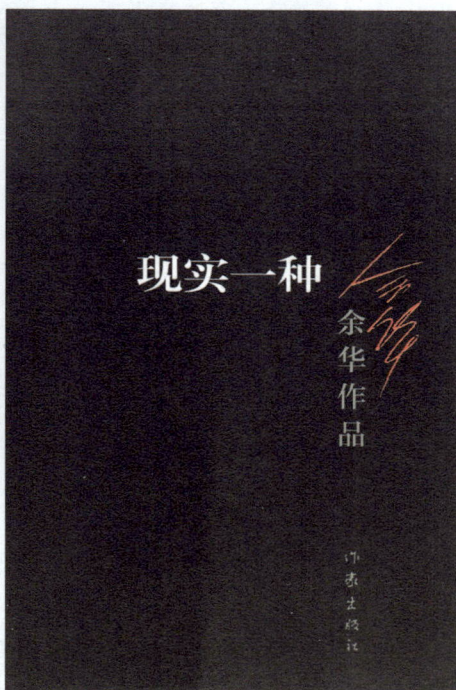

205. 2012 年，小说集《世事如烟》，由作家出版社出版。

　　精装版的版次：2012 年 9 月第 1 版。印次：2013 年 6 月第 2 次印刷。

　　字数共 100 千字。页数为 151 页。

　　其中收录《十八岁出门远行》《西北风呼啸的中午》《死亡叙述》《爱情故事》《命中注定》《两个人的历史》《难逃劫数》《世事如烟》，共 8 篇小说，以及《自序》。

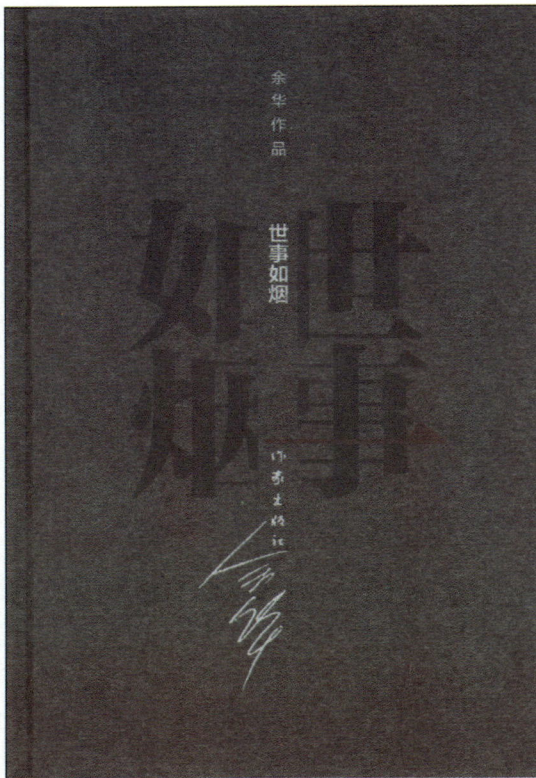

图书在版编目（CIP）数据

世事如烟 / 余华著. —— 北京：作家出版社，
2012.9（2013.6重印）
（余华作品）
ISBN 978-7-5063-6531-4

Ⅰ. ①世… Ⅱ. ①余… Ⅲ. ①中国小说 - 小说集 - 中
国 - 当代 ②短篇小说 - 小说集 - 中国 - 当代 Ⅳ. ①I247.7

中国版本图书馆CIP数据核字（2012）第168909号

世事如烟

作　　者：余　华
责任编辑：钱　英
装帧设计：白制印工作室
出版发行：作家出版社
社　　址：北京农展馆南里10号　　邮　编：100125
电话传真：86-10-65930756（出版发行部）
　　　　　85-10-65004079（总编室）
　　　　　85-10-65015116（邮购部）
E-mail：zuojia@zuojia.net.cn
http://www.hanzemjia.net.cn（作家在线）
印　　刷：三河市豪恒印装有限公司
成品尺寸：142 x 210
字　　数：100千字
印　　张：4.875
印　　数：7001-14000
版　　次：2012年9月第1版
印　　次：2013年6月第2次印刷
ISBN　978-7-5063-6531-4
定　　价：24.00元

作家版图书，敬权所有，侵权必究。
作家版图书，印装错误可随时退换。

206. **2012 年，小说集《鲜血梅花》，由作家出版社出版。**

版次：2008 年 5 月第 1 版，2012 年 9 月第 2 版。印次：2013 年 6 月第 7 次印刷。

精装本的版次：2012 年 9 月第 1 版。印次：2013 年 6 月第 2 次印刷。

字数共 95 千字。页数为 143 页。

其中收录《鲜血梅花》《古典爱情》《往事与刑罚》《此文献给少女杨柳》《祖先》，共 5 篇作品，以及《自序》。

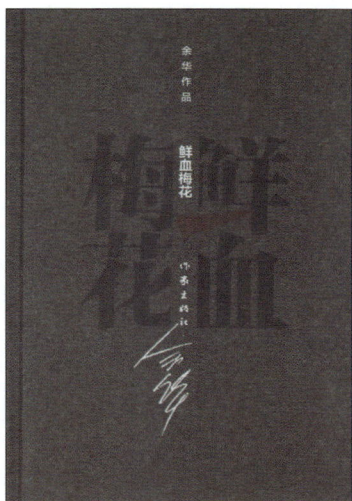

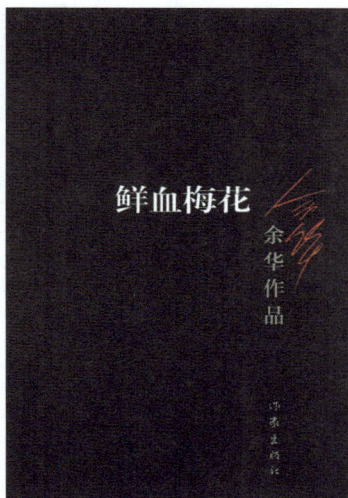

207. 2012 年，长篇小说《在细雨中呼喊》，由作家出版社出版。

版次：2008 年 5 月第 1 版，2011 年 2 月第 2 版，2012 年 9 月第 3 版。印次：2015 年 12 月第 24 次印刷。

字数共 189 千字。页数为 283 页。

其中还包括《中文版（再版）自序》《韩文版自序》《意大利文版自序》，以及《外文版评论摘要》。

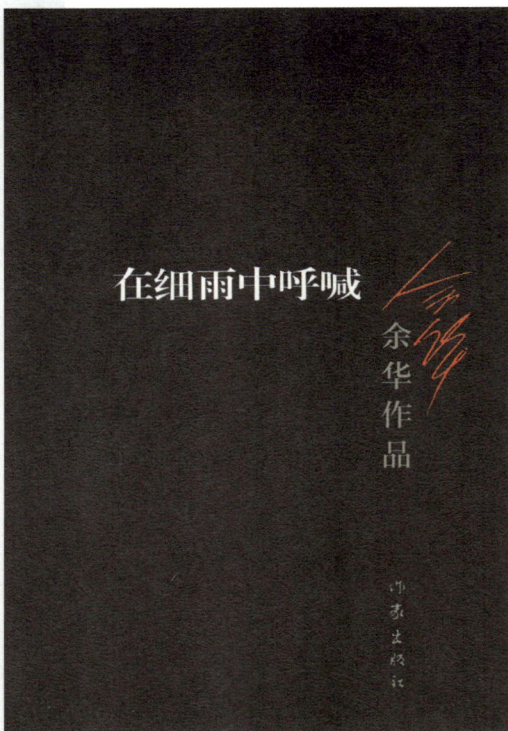

图书在版编目（CIP）数据

在细雨中呼喊/余华著. - 3 版. - 北京:作家出版社,
2012.9
（2015.12重印）
（余华作品）
ISBN 978 - 7 - 5063 - 6560 - 4

Ⅰ.①在… Ⅱ.①余… Ⅲ.①长篇小说 - 中国 - 当代
Ⅳ.①I247.5

中国版本图书馆 CIP 数据核字（2012）第 175999 号

在细雨中呼喊

作　　者: 余 华
责任编辑: 钱 英
装帧设计: 张晓龙
出版发行: 作家出版社
社　　址: 北京农展馆南里 10 号　邮编: 100125
电话传真: 86 - 10 - 65930756（出版发行部）
　　　　　86 - 10 - 65004079（总编室）
　　　　　86 - 10 - 65015116（邮购部）
E - mail: zuojia@ zuojia. net. cn
http:∥www. haozuojia. com（作家在线）
印　　刷: 三河市赛恒印装有限公司
成品尺寸: 142 × 210
字　　数: 189 千字
印　　张: 9.25
印　　数: 28001 - 256000
版　　次: 2008 年 5 月第 1 版
　　　　　2011 年 2 月第 2 版
　　　　　2012 年 9 月第 3 版
印　　次: 2015 年 12 月第 24 次印刷
ISBN 978 - 7 - 5063 - 6560 - 4
定　　价: 25.00 元

作家版图书，版权所有，侵权必究。
作家版图书，印装错误可随时退换。

208. **2012 年, 长篇小说《活着》, 由作家出版社出版。**

版次：2008 年 5 月第 1 版, 2010 年 10 月第 2 版, 2012 年 8 月第 3
版。印次：2015 年 10 月第 65 次印刷。

精装本的版次：2012 年 9 月第 1 版。印次：2016 年 1 月第 14 次
印刷。

字数共 136 千字。页数为 191 页。

其中还包括《中文版自序》《韩文版自序》《日文版自序》《英文版自
序》《麦田新版自序》, 以及《外文版评论摘要》。

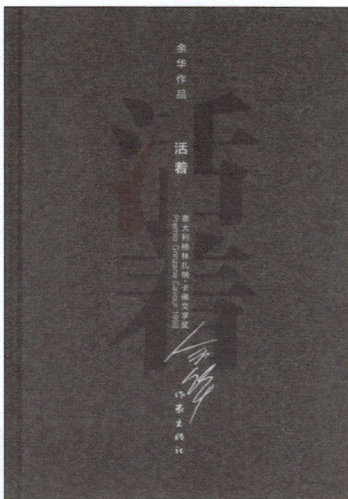

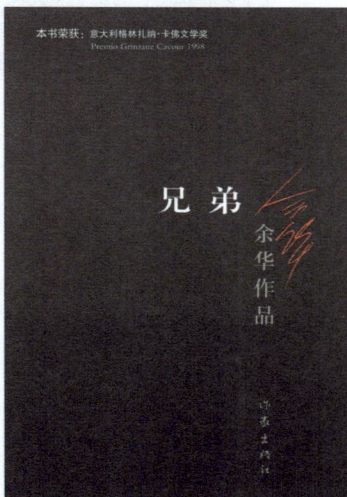

209. **2012 年, 小说集《战栗》, 由作家出版社出版。**

版次：2008 年 5 月第 1 版, 2012 年 9 月第 2 版。印次：2015 年 8 月第 9 次印刷。

精装本的版次：2012 年 9 月第 1 版。印次：2013 年 6 月第 2 次印刷。

字数共 95 千字。页数为 144 页。

其中收录《偶然事件》《战栗》《一个地主的死》, 共 3 篇作品, 以及《自序》。

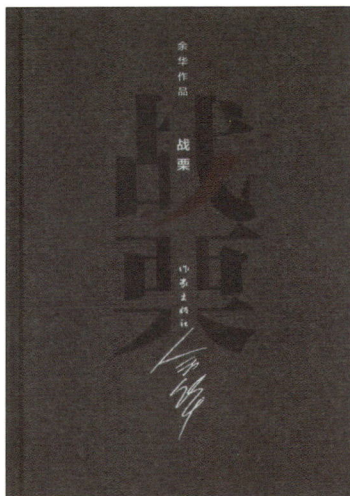

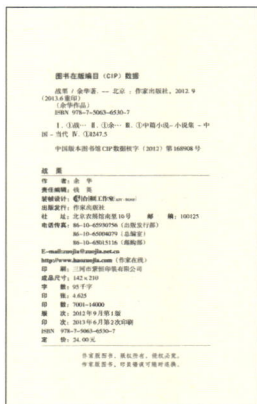

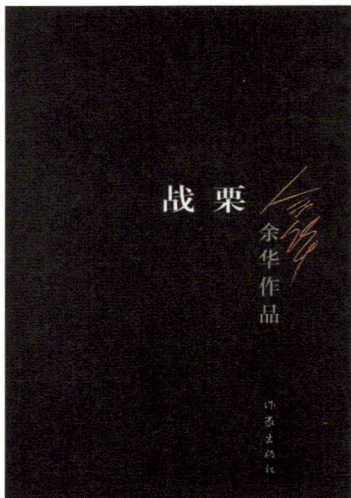

210. **2012 年, 长篇小说《许三观卖血记》, 由作家出版社出版。**

版次：2008 年 5 月第 1 版，2011 年 2 月第 2 版，2012 年 9 月第 3 版。印次：2015 年 10 月第 31 次印刷。

精装本的版次：2012 年 9 月第 1 版。印次：2015 年 9 月第 8 次印刷。

字数共 178 千字。页数为 264 页。

其中还包括《中文版（再版）自序》《韩文版自序》《意大利文版自序》《德文版自序》，以及《外文版评论摘要》。

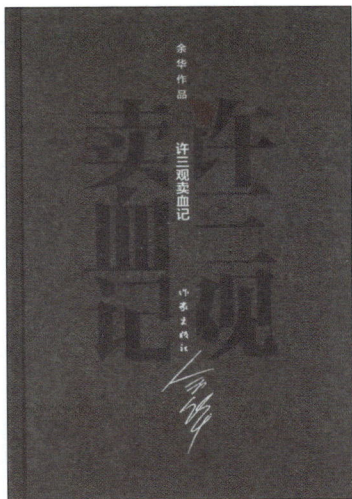

211. 2012 年，小说集《我胆小如鼠》，由作家出版社出版。

版次：2008 年 5 月第 1 版，2012 年 9 月第 2 版。印次：2015 年 6 月第 9 次印刷。

字数共 100 千字。页数为 152 页。

其中收录《偶然事件》《战栗》《一个地主的死》，共 3 篇作品，以及《自序》。

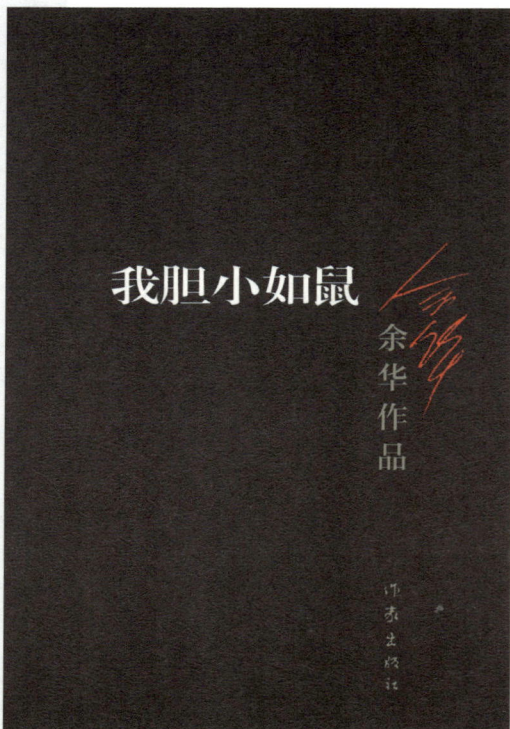

212. 2012 年，随笔集《音乐影响了我的写作》，由作家出版社出版。

版次：2008 年 5 月第 1 版，2012 年 9 月第 2 版。印次：2013 年 6 月第 8 次印刷。

字数共 100 千字。页数为 153 页。

其中收录《音乐影响了我的写作》《音乐的叙述》《高潮》《否定》《灵感》《色彩》《字与音》《重读柴科夫斯基》《消失的意义》《强劲的想象产生事实》《人类的正当研究便是人》《韩国的眼睛》《灵魂饭》，共 13 篇作品。

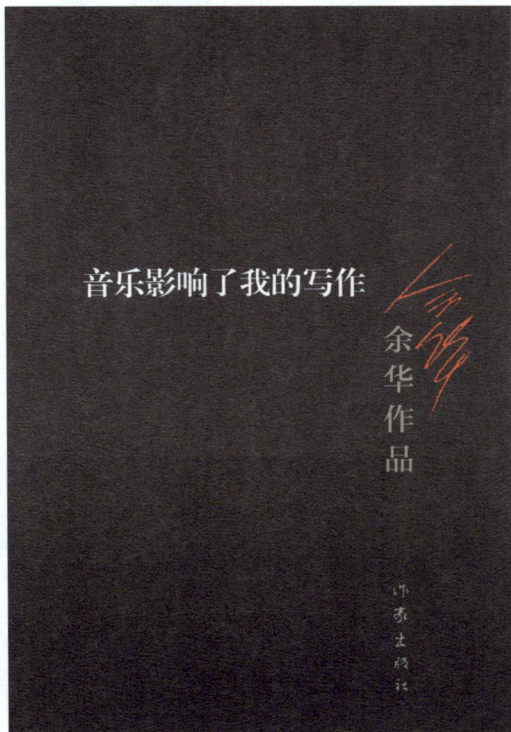

213. 2012 年，随笔集《没有一条道路是重复的》，由作家出版社出版。

版次：2008 年 5 月第 1 版，2012 年 9 月第 2 版。印次：2012 年 12 月第 9 次印刷。

字数共 120 千字。页数为 185 页。

其中包括"两个童年"和"生活、阅读和写作"两个部分。

"两个童年"中收录《流行音乐》《可乐和酒》《恐惧和成长》《儿子的影子》《消费的儿子》《儿子的出生》《父子之战》《医院里的童年》《麦田里》《土地》《包子和饺子》《国庆节忆旧》《最初的岁月》，共 13 篇作品。

"生活、阅读和写作"中收录《结束》《午门广场之夜》《关于时间的感受》《关于回忆和回忆录》《美国的时差》《别人的城市》《一年到头》《十九年前的一次高考》《我的第一份工作》《回忆十七年前》《谈谈我的阅读》《应该阅读经典作品》《写作的乐趣》《我的写作经历》《我为何写作》《长篇小说的写作》《网络和文学》《文学和民族》《没有一条道路是重复的》《奢侈的厕所》《谁是我们共同的母亲》《歪曲生活的小说》《什么是爱情》《虚伪的作品》《川端康成和卡夫卡的遗产》《文学中的现实》，共 26 篇作品。

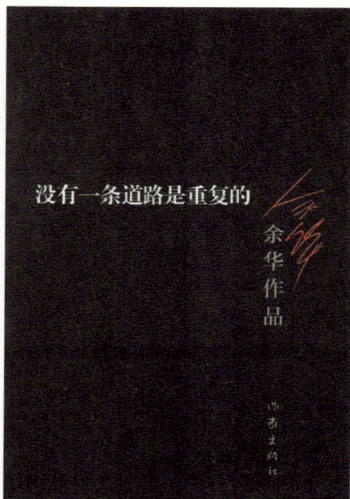

214. 2012 年，长篇小说《兄弟》，由作家出版社出版。

版次：2008 年 5 月第 1 版，2010 年 7 月第 2 版，2012 年 9 月第 3 版。印次：2015 年 5 月第 31 次印刷。

字数共 500 千字。页数为 646 页。

215. 2012 年，德文版长篇小说《兄弟》，由德国 S.Fischer 出版公司出版。

译者：Ulrich Kautz。

216. 2012 年，英文版随笔集《十个词汇里的中国》，由英国 Duckworth 出版公司出版。

译者：Allan Barr。

217.　2012 年，英文版随笔集《十个词汇里的中国》（语音版），由美国
Gildan Media 公司出版。

译者：Allan Barr。

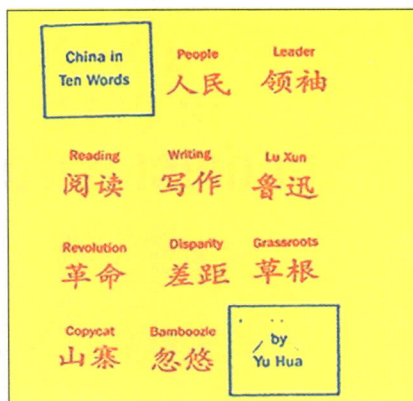

218. 2012 年，意大利文版随笔集《十个词汇里的中国》，由意大利 Feltri-
nelli 出版公司出版。

译者：Silvia Pozzi。

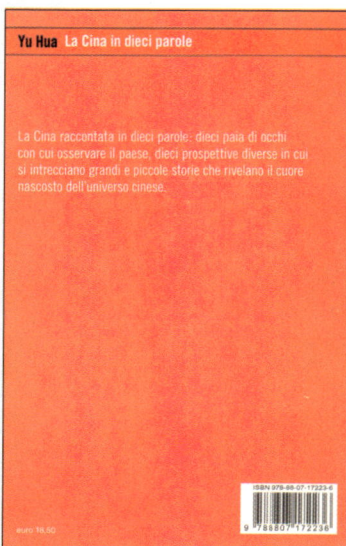

219. 2012 年，西班牙文版随笔集《十个词汇里的中国》，由西班牙 Alba 出版公司出版。

译者：Nuria Pitarque。

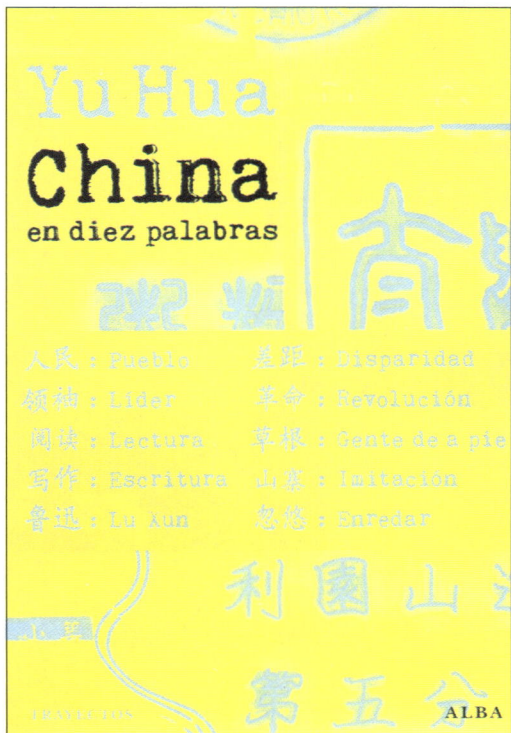

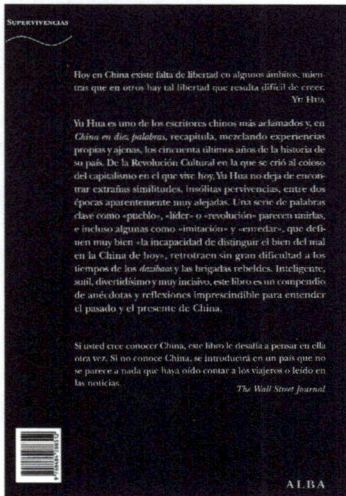

220. 2012 年，瑞典文版随笔集《十个词汇里的中国》，由瑞典 Natur &
Kultur 出版公司出版。

译者：陈安娜。

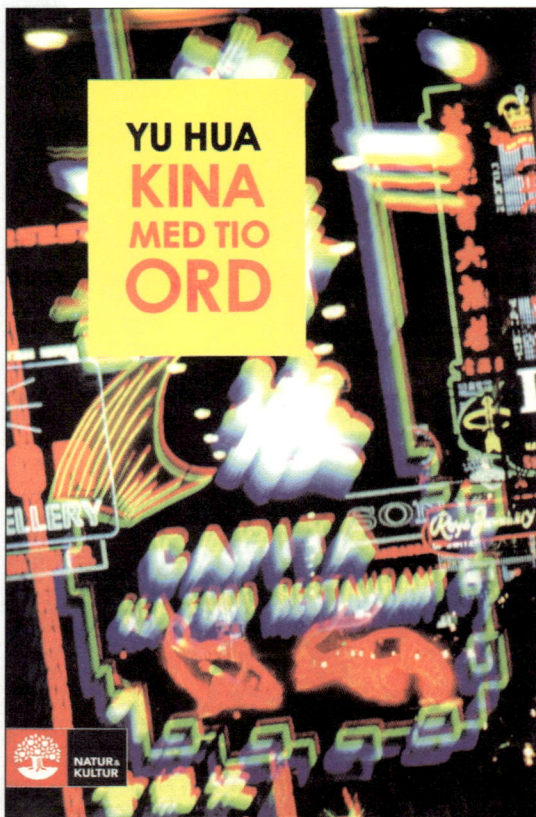

221. 2012 年，挪威文版长篇小说《兄弟》，由挪威 Aschehoug 出版公司
出版。

译者：勃克曼。

222. 2012 年，俄文版随笔集《十个词汇里的中国》，由俄罗斯 AST 出版公司出版。

译者：Roman Shapiro。

223. 2012 年，日文版随笔集《十个词汇里的中国》，由日本河出书房出版。
译者：饭塚容。

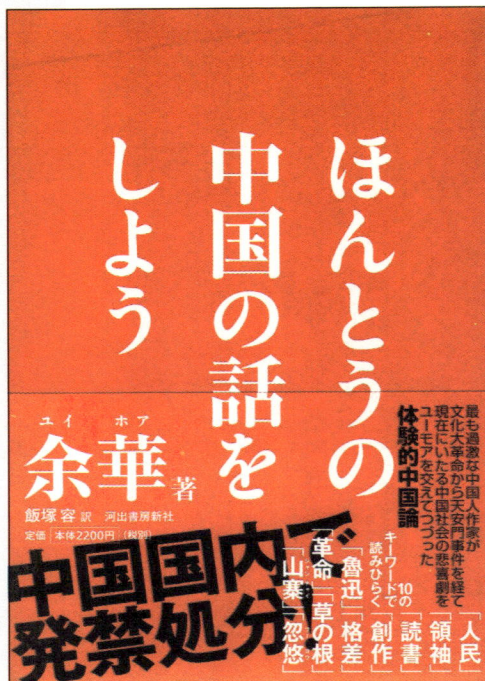

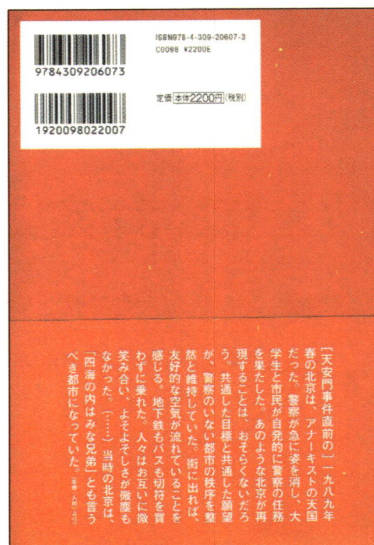

224. 2012 年，韩文版随笔集《十个词汇里的中国》，由韩国文学村庄出版。

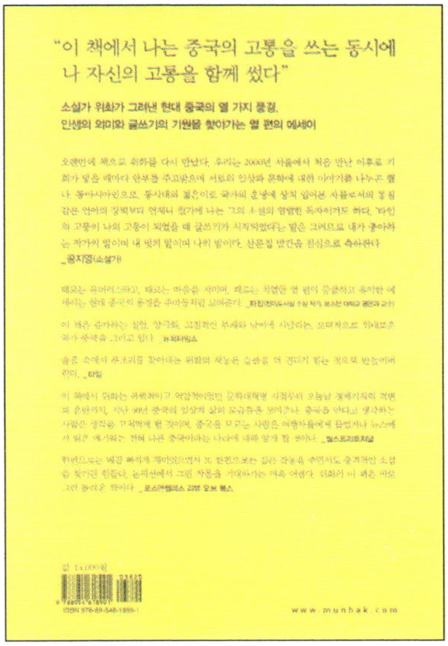

위화, 열 개의 단어로 중국을 말하다

위화 지음 | 김태성 옮김

사람의 목소리는 빛보다 멀리 간다

문학동네

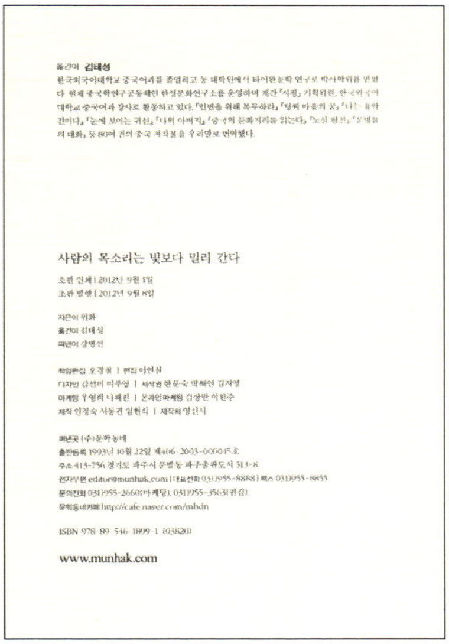

225. 2012 年，德文版随笔集《十个词汇里的中国》，由德国 S.Fischer 出
版社出版。

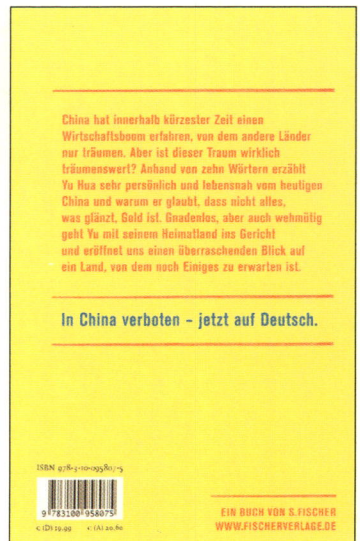

2013

226.　2013 年，作品集《一九八六年》，由花城出版社出版。

版次：2013 年 8 月第 1 版。印次：2013 年 8 月第 1 次印刷。

字数共 150 千字。页数为 200 页。

其中收录《一九八六年》《现实一种》《医院里的童年》《我为何写作》《我能否相信自己》《文学中的现实》，共 6 篇作品。还包括余华与洪治纲的访谈录《写作的最大难度在于朴素和诚实》，以及收录朱伟写作的《关于余华》，摩罗写作的《论余华的〈一九八六年〉》和郜元宝写作的《余华创作中的苦难意识》。作品集最后是《余华创作年表》。同时，还有《总序》和《编选说明》。

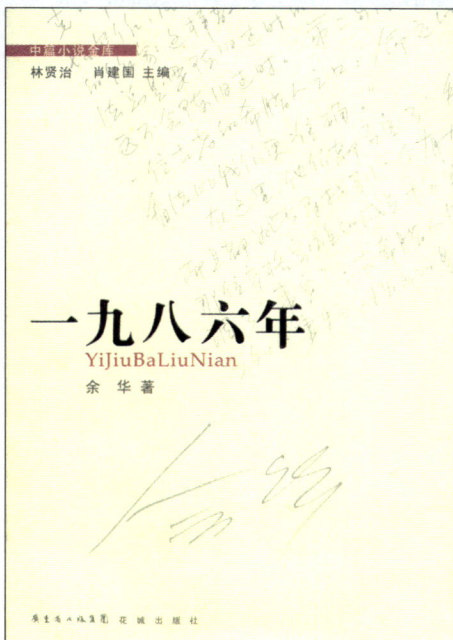

227. 2013 年，小说集《现实一种》，由作家出版社出版。

精装本的版次：2013 年 6 月第 1 版。印次：2015 年 2 月第 2 次印刷。

字数共 100 千字。页数为 156 页。

其中收录《现实一种》《河边的错误》《一九八六年》，共 3 篇作品，以及《自序》。

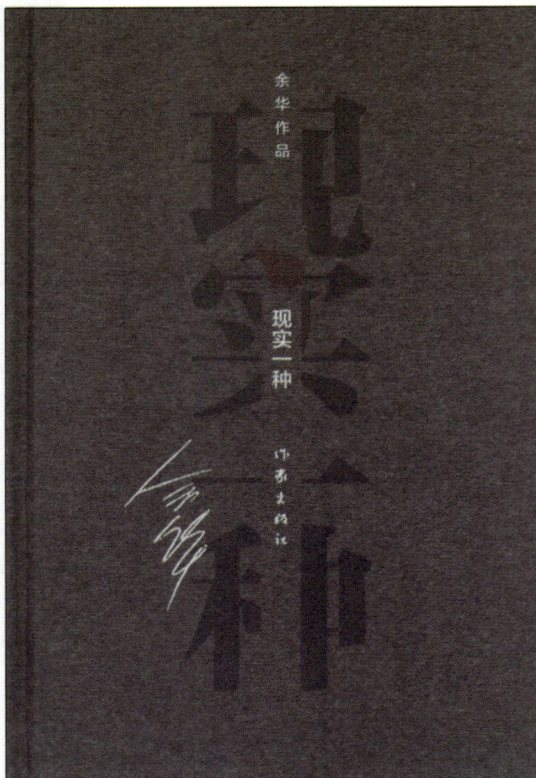

图书在版编目（CIP）数据

现实一种 / 余华著. —— 北京：作家出版社，
2013.6（2015.02重印）
（余华作品）
ISBN 978-7-5063-6710-3

Ⅰ. ①现… Ⅱ. ①余… Ⅲ. ①中短篇小说 - 小说集 - 中
国 - 当代 Ⅳ. ①I247.5

中国版本图书馆CIP数据核字（2012）第265044号

现实一种

作　　者：余　华
责任编辑：钱　英
装帧设计：伯冈工作室 LDY_ROME
出版发行：作家出版社
社　　址：北京农展馆南里10号　　邮　编：100125
电话传真：86-10-65930756（出版发行部）
　　　　　86-10-65004079（总编室）
　　　　　86-10-65015116（邮购部）
E-mail:zuojia@zuojia.net.cn
http://www.haozuojia.com（作家在线）
印　　刷：三河市宏恒印装有限公司
成品尺寸：142×210
字　　数：100千字
印　　张：5
印　　数：3001—6000
版　　次：2013年6月第1版
印　　次：2015年2月第2次印刷
ISBN　978-7-5063-6710-3
总 定 价：356.00元（全13册）

作家版图书，版权所有，侵权必究。
作家版图书，印装错误可随时退换。

228. **2013 年，小说集《世事如烟》，由作家出版社出版。**

精装本的版次：2013 年 6 月第 1 版。印次：2015 年 2 月第 2 次印刷。

字数共 100 千字。页数为 151 页。

其中收录《十八岁出门远行》《西北风呼啸的中午》《死亡叙述》《爱情故事》《命中注定》《两个人的历史》《难逃劫数》《世事如烟》，共 8 篇小说，以及《自序》。

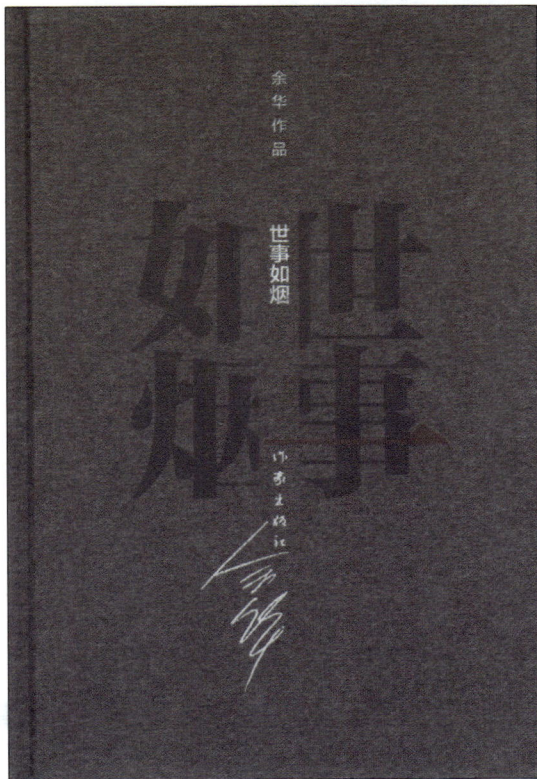

229. 2013 年，小说集《鲜血梅花》，由作家出版社出版。

精装本的版次：2013 年 6 月第 1 版。印次：2015 年 2 月第 2 次印刷。

字数共 95 千字。页数为 143 页。

其中收录《鲜血梅花》《古典爱情》《往事与刑罚》《此文献给少女杨柳》《祖先》，共 5 篇作品，以及《自序》。

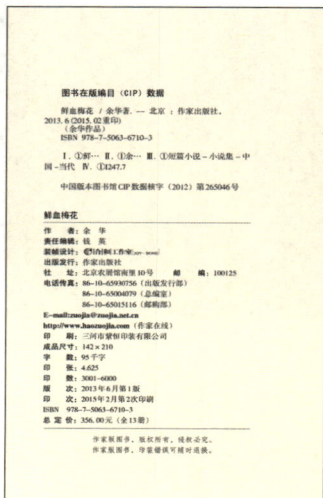

图书在版编目（CIP）数据

鲜血梅花 / 余华著. — 北京：作家出版社，
2013.6（2015.02 重印）
ISBN 978-7-5063-6710-3
（余华作品）

Ⅰ. ①鲜… Ⅱ. ①余… Ⅲ. ①短篇小说 - 小说集 - 中
国 - 当代 Ⅳ. ①I247.7

中国版本图书馆 CIP 数据核字（2012）第 265046 号

鲜血梅花

作　　者：余　华
责任编辑：钱　英
装帧设计：《作家别工作室[2011 - 2016]》
出版发行：作家出版社
社　　址：北京农展馆南里 10 号　邮　编：100125
电话传真：86-10-65930756（出版发行部）
　　　　　86-10-65004079（总编室）
　　　　　86-10-65015116（邮购部）
E-mail:zuojia@zuojia.net.cn
http://www.haozuojia.net（作家在线）
印　　刷：三河市蒙恒印装有限公司
成品尺寸：142×210
字　　数：95 千字
印　　张：4.625
印　　数：3001-6000
版　　次：2013 年 6 月第 1 版
印　　次：2015 年 2 月第 2 次印刷
ISBN　978-7-5063-6710-3
总 定 价：356.00 元（全 13 册）

作家版图书，版权所有，侵权必究。
作家版图书，印装错误可随时退换。

230. **2013 年，长篇小说《在细雨中呼喊》，由作家出版社出版。**

精装本的版次：2013 年 6 月第 1 版。印次：2015 年 2 月第 2 次印刷。

字数共 189 千字。页数为 283 页。

其中还包括《中文版（再版）自序》《韩文版自序》《意大利文版自序》，以及《外文版评论摘要》。

图书在版编目（CIP）数据

在细雨中呼喊 / 余华著. — 北京：作家出版社，
2013.6（2015.02 重印）
（余华作品）
ISBN 978-7-5063-6710-3

Ⅰ.①在… Ⅱ.①余… Ⅲ.①长篇小说 - 中国 - 当代
Ⅳ.①I247.5

中国版本图书馆 CIP 数据核字（2012）第 265150 号

在细雨中呼喊

作　　者：余　华
责任编辑：钱　英
装帧设计：怡得细工作室
出版发行：作家出版社
社　　址：北京农展馆南里 10 号　　邮　编：100125
电话传真：86-10-65930756（出版发行部）
　　　　　86-10-65004079（总编室）
E-mail:zuojia@zuojia.net.cn
http://www.haozuojia.com（作家在版）
印　　刷：三河市爱恒印装有限公司
成品尺寸：142 × 210
字　　数：189 千字
印　　张：9.25
印　　数：3001—6000
版　　次：2013 年 6 月第 1 版
印　　次：2013 年 2 月第 2 次印刷
ISBN 978-7-5063-6710-3
总 定 价：356.00 元（全 13 册）

作家版图书，版权所有，侵权必究。
作家版图书，印装错误可随时退换。

231. 2013 年，长篇小说《活着》(繁体字版)，由台湾麦田出版公司出版。

版次：2013 年 2 月 1 日，"四版二十八刷"。精装本。

页数为 257 页。

其中还包括余华 2012 年 12 月 28 日写作的《〈活着〉二十周年纪念版序言》和余华 2007 年 5 月 15 日写作的《〈活着〉麦田新版前言》。

232. **2013 年，长篇小说《活着》，由作家出版社出版。**

精装本的版次：2013 年 6 月第 1 版。印次：2015 年 2 月第 2 次印刷。

字数共 136 千字。页数为 191 页。

其中还包括《中文版自序》《韩文版自序》《日文版自序》《英文版自序》《麦田新版自序》，以及《外文版评论摘要》。

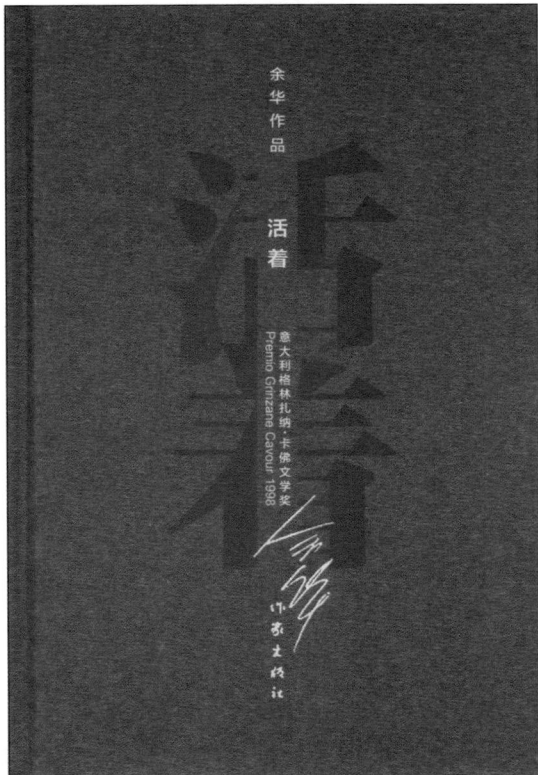

图书在版编目（CIP）数据

活着 / 余华著. — 北京：作家出版社，2013.6
（2015.02重印）
（余华作品）
ISBN 978-7-5063-6710-3

Ⅰ. ①活… Ⅱ. ①余… Ⅲ. ①长篇小说 - 中国 - 当代
Ⅳ. ①I247.5

中国版本图书馆 CIP 数据核字（2012）第 265028 号

活 着

著　　者：余　华
责任编辑：钱　英
美术设计：伯乔工作室
出版发行：作家出版社
社　　址：北京农展馆南里10号　邮　编：100125
电话传真：86-10-65930756（出版发行部）
　　　　　86-10-65004079（总编部）
　　　　　86-10-65015116（邮购部）
E-mail:zuojia@zuojia.net.cn
http://www.haozuojia.com（作家在线）
印　　刷：河北鑫恒印装有限公司
成品尺寸：142×210
字　　数：136 千字
印　　张：6.75
印　　数：3001-6000
版　　次：2013年6月第1版
印　　次：2015年2月第2次印刷
ISBN 978-7-5063-6710-3
总 定 价：356.00元（全13册）

作家版图书，版权所有，侵权必究。
作家版图书，印装错误可随时退换。

233. 2013 年，小说集《战栗》，由作家出版社出版。

   精装本的版次：2013 年 6 月第 1 版。印次：2015 年 2 月第 2 次印刷。

   字数共 95 千字。页数为 144 页。

   其中收录《偶然事件》《战栗》《一个地主的死》，共 3 篇作品，以及《自序》。

234. 2013 年，长篇小说《许三观卖血记》，由作家出版社出版。

精装本的版次：2013 年 6 月第 1 版。印次：2015 年 2 月第 2 次印刷。

字数共 178 千字。页数为 264 页。

其中还包括《中文版（再版）自序》《韩文版自序》《意大利文版自序》《德文版自序》，以及《外文版评论摘要》。

235. 2013 年，小说集《我胆小如鼠》，由作家出版社出版。

精装本的版次：2013 年 6 月第 1 版。印次：2015 年 2 月第 2 次印刷。

字数共 100 千字。页数为 152 页。

其中收录《偶然事件》《战栗》《一个地主的死》，共 3 篇作品，以及《自序》。

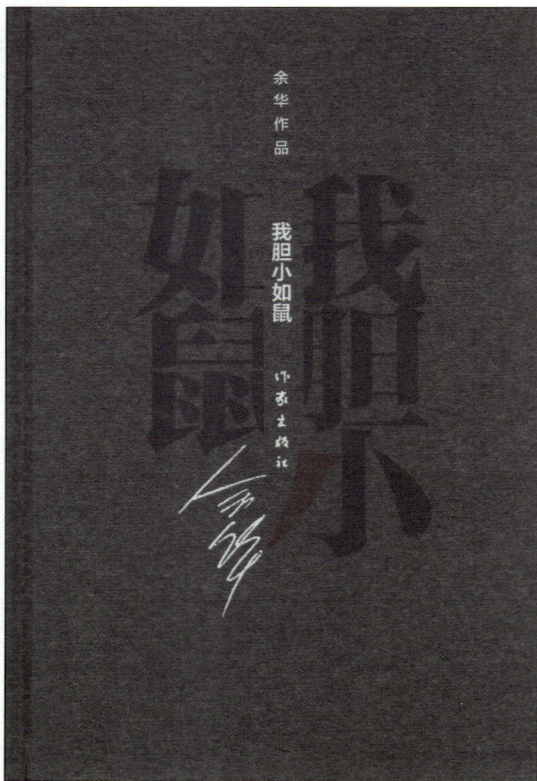

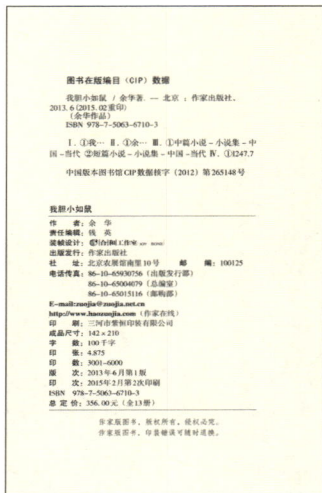

236. 2013 年，小说集《黄昏里的男孩》，由作家出版社出版。

精装本的版次：2013 年 6 月第 1 版。印次：2015 年 2 月第 2 次印刷。

字数共 107 千字。页数为 161 页。

其中收录《空中爆炸》《蹦蹦跳跳的游戏》《为什么没有音乐》《我为什么要结婚》《阑尾》《我没有自己的名字》《炎热的夏天》《在桥上》《他们的儿子》《黄昏里的男孩》《女人的胜利》《朋友》，共 12 篇作品，以及《自序》。

237. 2013 年，随笔集《温暖和百感交集的旅程》，由作家出版社出版。

精装本的版次：2013 年 6 月第 1 版。印次：2015 年 2 月第 2 次印刷。

字数共 100 千字。页数为 149 页。

其中收录《我能否相信自己》《温暖和百感交集的旅程》《卡夫卡和 K》《山鲁佐德的故事》《博尔赫斯的现实》《契诃夫的等待》《布尔加科夫与〈大师和玛格丽特〉》《三岛由纪夫的写作与生活》《胡安·鲁尔福》

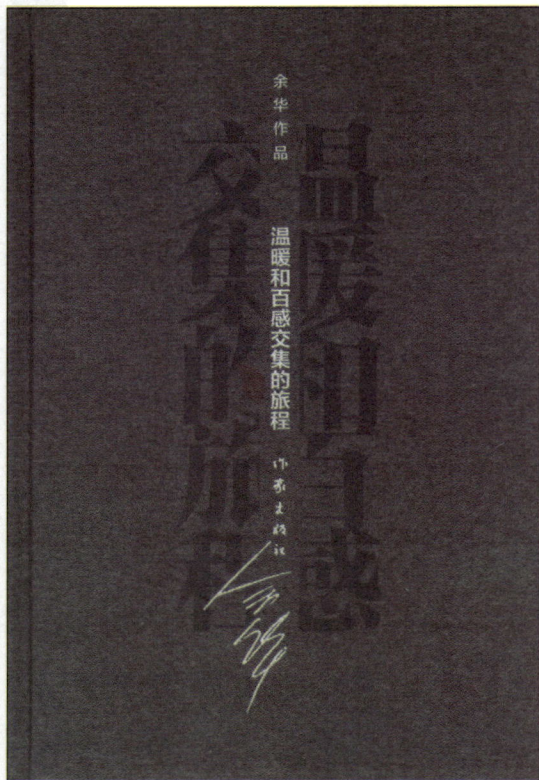

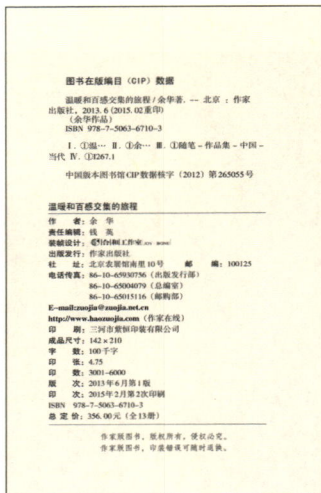

《威廉·福克纳》《内心之死》《文学和文学史》，共 12 篇作品，以及"前言和后记"。

"前言和后记"中收录《〈许三观卖血记〉中文版（1998 年）序》（北京，1998-7-10）、《〈许三观卖血记〉韩文版（1998 年）序》（北京，1997-8-26）、《〈许三观卖血记〉德文版（1999 年）序》（北京，1998-6-27）、《〈许三观卖血记〉意大利文版（1999 年）序》（北京，1998-4-11）、《〈活着〉中文版（1993 年）序》（海盐，1993-7-27）、《〈活着〉韩文版（1997 年）序》（北京，1996-10-17）、《〈活着〉日文版（2002 年）序》（北京，2002-1-17）、《〈在细雨中呼喊〉中文版（1998 年）序》（北京，1998-10-11）、《〈在细雨中呼喊〉意大利文版（1998 年）序》（北京，1998-8-9）、《〈在细雨中呼喊〉韩文版（2003 年）序》（2003-5-26）、《〈现实一种〉意大利文版（1997 年）序》（北京，1997-6-11）、《〈99 余华小说新展示——6 卷〉自序》（1999-4-7）、《〈河边的错误〉中文版（1993 年）跋》（嘉兴，1992-8-6）、《〈许三观卖血记〉中文版（1996 年）跋》（北京，1996-2-8），共 14 篇文章。

238. 2013 年，随笔集《音乐影响了我的写作》，由作家出版社出版。

精装本的版次：2013 年 6 月第 1 版。印次：2015 年 2 月第 2 次印刷。

字数共 100 千字。页数为 153 页。

其中收录《音乐影响了我的写作》《音乐的叙述》《高潮》《否定》《灵感》《色彩》《字与音》《重读柴科夫斯基》《消失的意义》《强劲的想象产生事实》《人类的正当研究便是人》《韩国的眼睛》《灵魂饭》，共 13 篇作品。

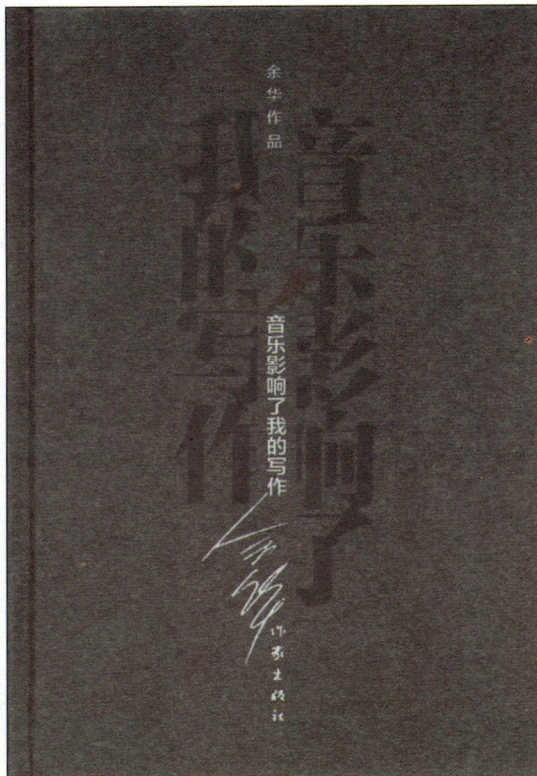

239. **2013 年，随笔集《没有一条道路是重复的 》，由作家出版社出版。**

精装本的版次：2013 年 6 月第 1 版。印次：2015 年 2 月第 2 次印刷。

字数共 120 千字。页数为 185 页。

图书在版编目（CIP）数据

没有一条道路是重复的 / 余华著. -- 北京 : 作家
出版社 2013. 6 (2015. 02 重印)
（余华作品）
ISBN 978-7-5063-6710-3

I . ①没… Ⅱ . ①余… Ⅲ . ①随笔 - 作品集 - 中国 -
当代 Ⅳ . ①I267.1

中国版本图书馆 CIP 数据核字（2012）第 265026 号

没有一条道路是重复的

作　　者：余 华
责任编辑：钱 英
装帧设计：合和工作室
出版发行：作家出版社
社　　址：北京农展馆南里 10 号　　邮　编：100125
电话传真：86-10-65930756（出版发行部）
　　　　　86-10-65004079（总编室）
　　　　　86-10-65015116（邮购部）
E-mail:zuojia@zuojia.net.cn
http://www.haozuojia.com（作家在线）
印　　刷：三河市紫恒印装有限公司
成品尺寸：142×210
字　　数：120 千字
印　　张：6
印　　数：3001-6000
版　　次：2013 年 6 月第 1 版
印　　次：2015 年 2 月第 2 次印刷
ISBN　978-7-5063-6710-3
总 定 价：356.00 元（全 13 册）

作家版图书，版权所有，侵权必究
作家版图书，如有印装可随时退换

其中包括"两个童年"和"生活、阅读和写作"两个部分。

"两个童年"中收录《流行音乐》《可乐和酒》《恐惧和成长》《儿子的影子》《消费的儿子》《儿子的出生》《父子之战》《医院里的童年》《麦田里》《土地》《包子和饺子》《国庆节忆旧》《最初的岁月》,共 13 篇作品。

"生活、阅读和写作"中收录《结束》《午门广场之夜》《关于时间的感受》《关于回忆和回忆录》《美国的时差》《别人的城市》《一年到头》《十九年前的一次高考》《我的第一份工作》《回忆十七年前》《谈谈我的阅读》《应该阅读经典作品》《写作的乐趣》《我的写作经历》《我为何写作》《长篇小说的写作》《网络和文学》《文学和民族》《没有一条道路是重复的》《奢侈的厕所》《谁是我们共同的母亲》《歪曲生活的小说》《什么是爱情》《虚伪的作品》《川端康成和卡夫卡的遗产》《文学中的现实》,共 26 篇作品。

240. **2013 年，长篇小说《兄弟》，由作家出版社出版。**
精装本的版次：2013 年 6 月第 1 版。印次：2015 年 2 月第 2 次
印刷。
字数共 500 千字。页数为 646 页。

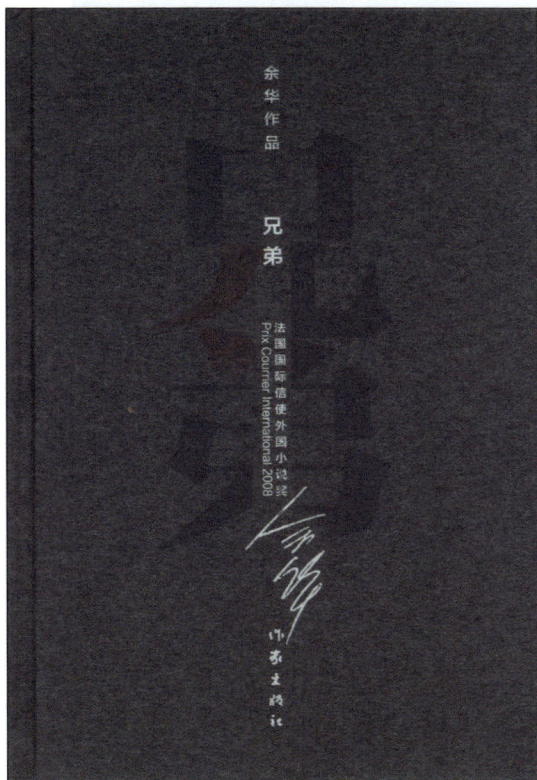

图书在版编目（CIP）数据

兄弟 / 余华著．— 北京：作家出版社，2013.6
（2015.02重印）
（余华作品）
ISBN 978-7-5063-6710-3

Ⅰ．①兄… Ⅱ．①余… Ⅲ．①长篇小说 - 中国 - 当代
Ⅳ．①I247.5

中国版本图书馆 CIP 数据核字（2012）第 265043 号

兄 弟

作 者：余 华
责任编辑：钱 亮
装帧设计：赏门创树工作室
出版发行：作家出版社
社 址：北京农展馆南里 10 号 邮 编：100125
电话传真：86-10-65930756（出版发行部）
86-10-65004079（总编室）
86-10-65015116（邮购部）
E-mail：zwzj@zwzjia.net.cn
http://www.haozuojia.com（作家在线）
印 刷：三河市紫恒印装有限公司
成品尺寸：142 × 210
字 数：500 千字
印 张：20.25
版 次：2013 年 6 月第 1 版
印 次：2015 年 2 月第 2 次印刷
ISBN 978-7-5063-6710-3
总 定 价：356.00 元（全13册）

作家版图书，版权所有，侵权必究。
作家版图书，印装错误可随时退换。

241. **2013 年，随笔集《间奏：余华的音乐笔记》，由江苏文艺出版社出版。**

版次：2013 年 9 月第 1 版，2013 年 9 月第 1 次印刷。精装本。

字数共 90 千字。页数为 174 页。

其中收录《音乐的叙述》《高潮》《〈第七交响曲〉和〈红字〉》《灵感》《否定》《色彩》《字与音》，共 7 篇作品。

书的腰封上是这样介绍的："作家余华的音乐往事。音乐是一种普遍的生活方式。在字与音的双重旋律里，发现前所未有的快乐。"如果说有一种语言是属于全人类的，那么非音乐莫属。音乐是那些不同时代和不同国家民族的人，那些不同经历和不同性格的人，出于不同的理由和不同的认识，以不同的立场和不同的形式，最后以同样的赤诚之心创造出来的。与其他艺术相比，音乐能够更直接和更强烈地侵袭和完全占领人们的感官。

余华说："音乐一下子就让我感受到了爱的力量，像炽热的阳光和凉爽的月光，或者像暴风雨似的来到了我的内心。"

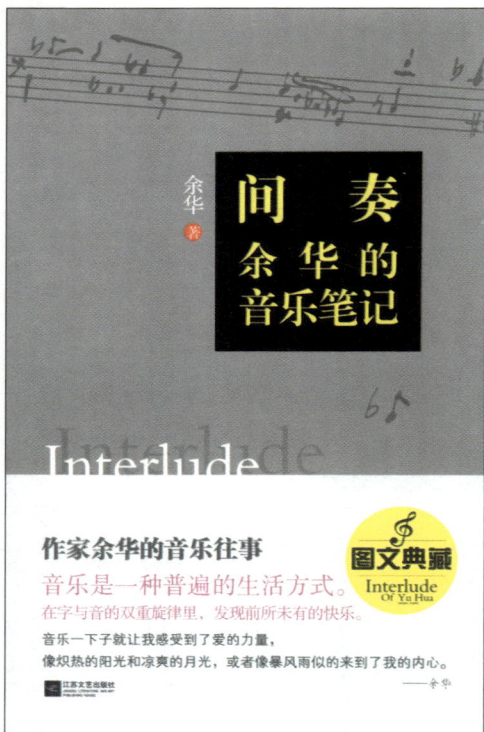

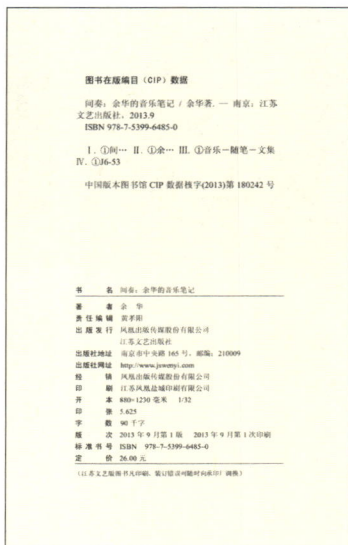

242. **2013 年，长篇小说《第七天》，由北京新星出版社出版。**

版次：2013 年 6 月第 1 版。印次：2013 年 6 月第 2 次印刷。

字数共 130 千字。页数为 225 页。

《第七天》是《兄弟》之后七年余华最新长篇小说。

比《活着》更绝望，比《兄弟》更荒诞。

"我们仿佛行走在这样的现实里，一边是灯红酒绿，一边是断壁残垣。或者说我们置身在一个奇怪的剧院里，同一个舞台上，半边正在演出喜剧，半边正在演出悲剧……"

余华说："与现实的荒诞相比，小说的荒诞真是小巫见大巫。"

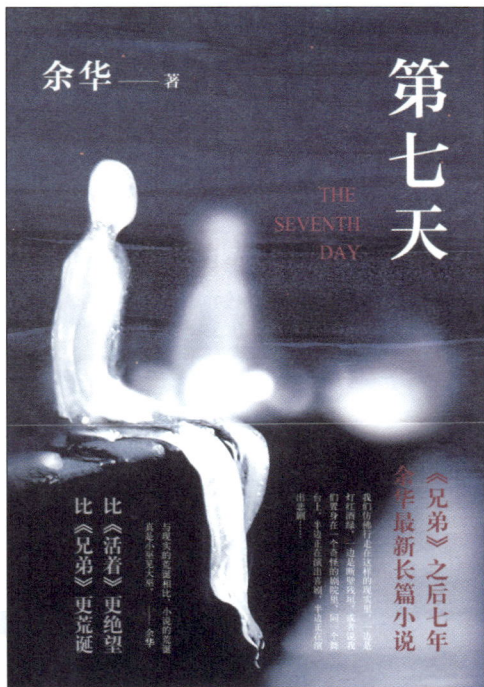

2013 年，长篇小说《第七天》由北京新星出版社出版。同年，长篇小说《第七天》（繁体字版）由台湾麦田出版公司出版。2013 年，韩文版长篇小说《第七天》由韩国绿林出版公司出版。2014 年，法文版长篇小说《第七天》由法国 Actes Sud 出版公司出版。2014 年，日文版长篇小说《第七天》由日本河出书房出版。2015 年，英文版长篇小说《第七天》由美国兰登书屋和澳大利亚 Text 出版公司出版。2016 年，意大利文版长篇小说《第七天》由意大利 Feltrinelli 出版公司出版。2016 年，荷兰文版长篇小说《第七天》由荷兰 DEGEUS 出版公司出版。2016 年，挪威文版长篇小说《第七天》由挪威 Aschehoug 出版公司出版。2016 年，捷克文版长篇小说《第七天》由捷克 Verzone s.r.o. 出版公司出版。2016 年，斯洛伐克文版长篇小说《第七天》由斯洛伐克 Marencin PT 出版公司出版。2016 年，塞尔维亚文版长篇小说《第七天》由塞尔维亚 GEOPOETIKA 出版公司出版。2016 年，阿拉伯文版长篇小说《第七天》由科威特 Ebdate Alimayia 出版公司出版。2016 年，土耳其文版长篇小说《第七天》由土耳其 alabanda 出版公司出版。2017 年，德文版长篇小说《第七天》由德国 S.Fischer 出版公司出版。2017 年，瑞典文版长篇小说《第七天》由瑞典 Bokstugan Wanzhi 出版公司出版。2017 年，丹麦文版长篇小说《第七天》由丹麦 KLIM 出版公司出版。

243. 2013 年, 日文版长篇小说《许三观卖血记》, 由日本河出书房出版。
译者：饭塚容。

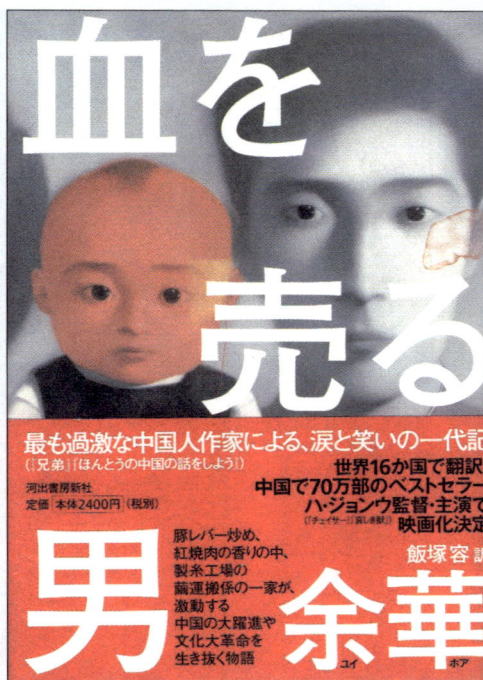

244. 2013 年，波兰文版随笔集《十个词汇里的中国》，由波兰 Dialog 出版
公司出版。

245. 2013 年，荷兰文版长篇小说《兄弟》，由荷兰 DEGEUS 出版公司出版。

246. 2013 年，西班牙加泰罗尼亚语版《往事与刑罚》，由西班牙 Males Herbes Publishing House 出版公司出版。

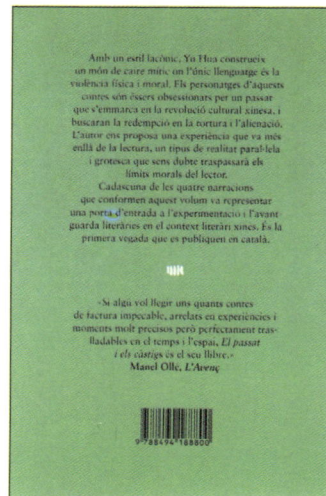

247. 2013 年，长篇小说《第七天》（繁体字版），由台湾麦田出版公司出版。

版次：2013 年 8 月 1 日，"初版一刷"；2014 年 10 月 15 日，"初版十刷"。平装本。

页数为 270 页。

序为王德威写作的《从十八岁到第七天》。

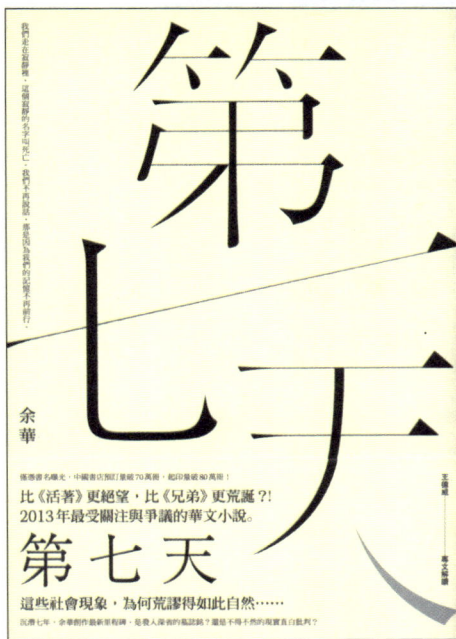

248. 2013 年，法文版随笔集《十个词汇里的中国》，由法国 Actes Sud 出
版社出版。

249. 2013 年, 韩文版中篇小说集《难逃劫数》, 由韩国文学社出版。

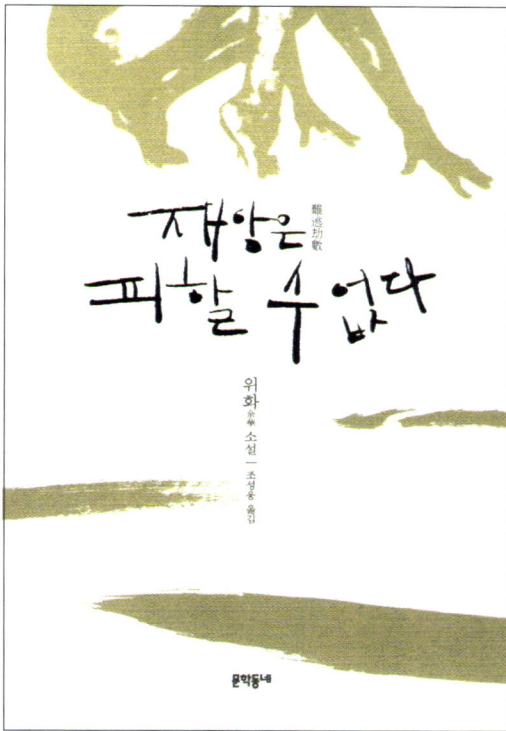

20 14

250. 2014 年，小说集《现实一种》，由作家出版社出版。

版次：2014 年 1 月第 1 版。印次：2015 年 7 月第 2 次印刷。

字数共 100 千字。页数为 156 页。

其中收录《现实一种》《河边的错误》《一九八六年》，共 3 篇作品，以及《自序》。

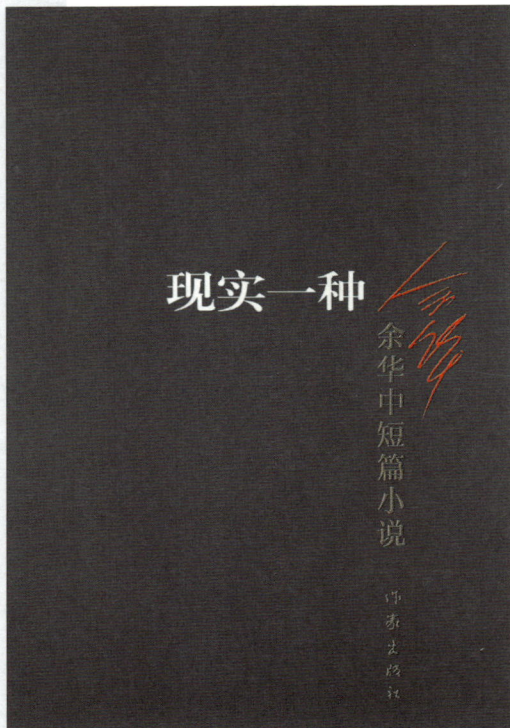

图书在版编目（CIP）数据

现实一种／余华著．－北京：作家出版社，2014.1
（余华中短篇小说）
（2015.07重印）
ISBN 978－7－5063－7105－6

Ⅰ．①现… Ⅱ．①余… Ⅲ．①中篇小说－小说集－中国－当
代．①I247.5

中国版本图书馆 CIP 数据核字（2013）第 291348 号

现实一种

| 作　　者：余　华 |
| 责任编辑：钱　英 |
| 装帧设计：张瑞先 |
| 出版发行：作家出版社 |
| 社　　址：北京农展馆南里 10 号　　邮编：100125 |
| 电话传真：86－10－65930756（出版发行部） |
| 　　　　　86－10－65004079（总编室） |
| 　　　　　86－10－65015116（邮购部） |
| E－mail：zwjia@zwjia.net.cn |
| http://www.haozuojia.com（作家在线） |
| 印　　刷：三河市豪恒印装有限公司 |
| 成品尺寸：142×210 |
| 字　　数：100 千 |
| 印　　张：5 |
| 印　　数：6001－12000 |
| 版　　次：2014 年 1 月第 1 版 |
| 印　　次：2015 年 7 月第 2 次印刷 |
| ISBN 978－7－5063－7105－6 |
| 总 定 价：109.00 元（全 6 册） |

作家服务，就认同时，诚怀必究。
作家服务，印装错误可随时退换。

251. **2014 年，小说集《世事如烟》，由作家出版社出版。**

版次：2014 年 1 月第 1 版。印次：2015 年 7 月第 2 次印刷。

字数共 100 千字。页数为 151 页。

其中收录《十八岁出门远行》《西北风呼啸的中午》《死亡叙述》《爱情故事》《命中注定》《两个人的历史》《难逃劫数》《世事如烟》，共 8 篇小说，以及《自序》。

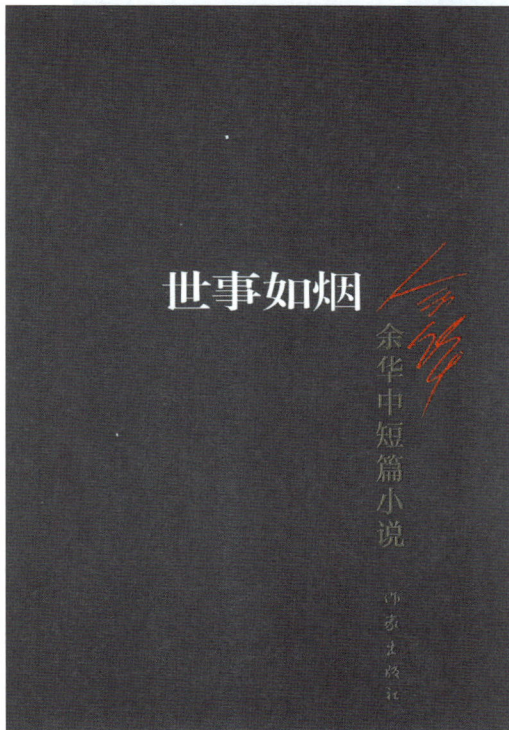

252. 2014 年，小说集《鲜血梅花》，由作家出版社出版。

版次：2014 年 1 月第 1 版。印次：2015 年 7 月第 2 次印刷。

字数共 95 千字。页数为 143 页。

其中收录《鲜血梅花》《古典爱情》《往事与刑罚》《此文献给少女杨柳》《祖先》，共 5 篇作品，以及《自序》。

图书在版编目（CIP）数据

鲜血梅花/余华著. - 北京:作家出版社，2014.1
（余华中短篇小说）
（2015.07重印）
ISBN 978 - 7 - 5063 - 7105 - 6

I. ①鲜… II. ①余… III. ①短篇小说 - 小说集 - 中国 - 当代 IV. ①I247.7

中国版本图书馆 CIP 数据核字（2013）第 291345 号

鲜血梅花

作　　者：	余　华
责任编辑：	钱　英
装帧设计：	蔡晓光
出版发行：	作家出版社
社　　址：	北京农展馆南里 10 号　邮编：100125
电话传真：	86 - 10 - 65930756（出版发行部）
	86 - 10 - 65004079（总编室）
	86 - 10 - 65015116（邮购部）
E - mail：	zuojia@ zuojia. net. cn
http：// www. haozuojia. com（作家在线）
印　　刷：	三河市宏恒印装有限公司
成品尺寸：	142 × 210
字　　数：	95 千
印　　张：	4.625
印　　数：	6001 - 12000
版　　次：	2014 年 1 月第 1 版
印　　次：	2015 年 7 月第 2 次印刷
ISBN 978 - 7 - 5063 - 7105 - 6
总 定 价：	109.00 元（全 6 册）

作家版图书，版权所有，侵权必究。
作家版图书，印装错误可随时退换。

253. **2014 年，长篇小说《在细雨中呼喊》，由作家出版社出版。**

版次：2014 年 1 月第 1 版。印次：2015 年 9 月第 3 次印刷。

字数共 189 千字。页数为 283 页。

其中还包括《中文版（再版）自序》《韩文版自序》《意大利文版自序》，

以及《外文版评论摘要》。

图书在版编目（CIP）数据

在细雨中呼喊/余华著. - 北京：作家出版社，2014.1（2015.09重印）
（余华长篇小说）
ISBN 978 - 7 - 5063 - 7104 - 9

Ⅰ.①在… Ⅱ.①余… Ⅲ.①长篇小说 - 中国 - 当代
Ⅳ.①I247.5

中国版本图书馆 CIP 数据核字（2013）第 291289 号

在细雨中呼喊

作　　者：余　华
责任编辑：钱　英
装帧设计：张晓光
出版发行：作家出版社
社　　址：北京农展馆南里 10 号　邮编：100125
电话传真：86 - 10 - 65930756（出版发行部）
　　　　　86 - 10 - 65004079（总编室）
　　　　　86 - 10 - 65015116（邮购部）
E - mail：zuojia@zuojia.net.cn
http：//www.haozuojia.com（作家在线）
印　　刷：三河市紫恒印装有限公司
成品尺寸：142 x 210
字　　数：189 千
印　　张：9.25
印　　数：15001 - 20000
版　　次：2014 年 1 月第 1 版
印　　次：2015 年 9 月第 3 次印刷
ISBN 978 - 7 - 5063 - 7104 - 9
总　定　价：116.00 元（全 4 册）

作家版图书，版权所有，侵权必究。
作家版图书，印装错误可随时退换。

254. 2014 年，长篇小说《活着》，由作家出版社出版。

版次：2014 年 1 月第 1 版。印次：2015 年 9 月第 3 次印刷。

字数共 136 千字。页数为 191 页。

其中还包括《中文版自序》《韩文版自序》《日文版自序》《英文版自序》《麦田新版自序》，以及《外文版评论摘要》。

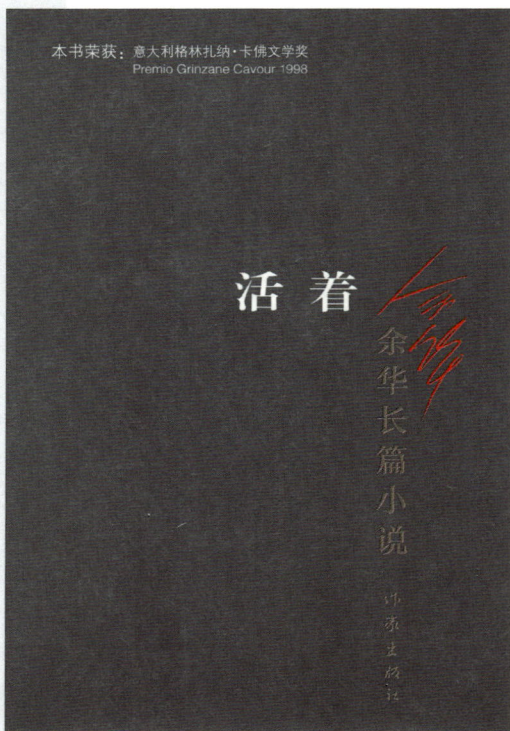

255. **2014 年，小说集《战栗》，由作家出版社出版。**

版次：2014 年 1 月第 1 版。印次：2015 年 7 月第 2 次印刷。

字数共 95 千字。页数为 144 页。

其中收录《偶然事件》《战栗》《一个地主的死》，共 3 篇作品，以及

《自序》。

图书在版编目（CIP）数据

战栗/余华著. - 北京：作家出版社，2014.1
（余华中短篇小说）
（2015.07重印）
ISBN 978－7－5063－7105－6

Ⅰ.①战…Ⅱ.①余…Ⅲ.①中篇小说－小说集－中国－当
代 Ⅳ.①I247.5

中国版本图书馆 CIP 数据核字（2013）第 291346 号

战 栗

作 者：余 华
责任编辑：钱 英
装帧设计：张效先
出版发行：作家出版社
社 址：北京农展馆南里 10 号 邮编：100125
电话传真：86－10－65930756（出版发行部）
86－10－65004079（出版科）
86－10－65015116（邮购部）
E－mail：zuojia@ zwjjz. net. cn
http://www.haozuojia.com（作家在线）
印 刷：三河市黎恒印装有限公司
成品尺寸：142×210
字 数：95 千
印 张：4.625
印 数：6001－12000
版 次：2014 年 1 月第 1 版
印 次：2015 年 7 月第 2 次印刷
ISBN 978－7－5063－7105－6
总 定 价：109.00 元（全 6 册）

作家版图书，版权所有，侵权必究。
作家版图书，印装错误可随时退换。

256. 2014 年，长篇小说《许三观卖血记》，由作家出版社出版。

版次：2014 年 1 月第 1 版。印次：2015 年 9 月第 3 次印刷。

字数共 178 千字。页数为 264 页。

其中还包括《中文版（再版）自序》《韩文版自序》《意大利文版自序》《德文版自序》，以及《外文版评论摘要》。

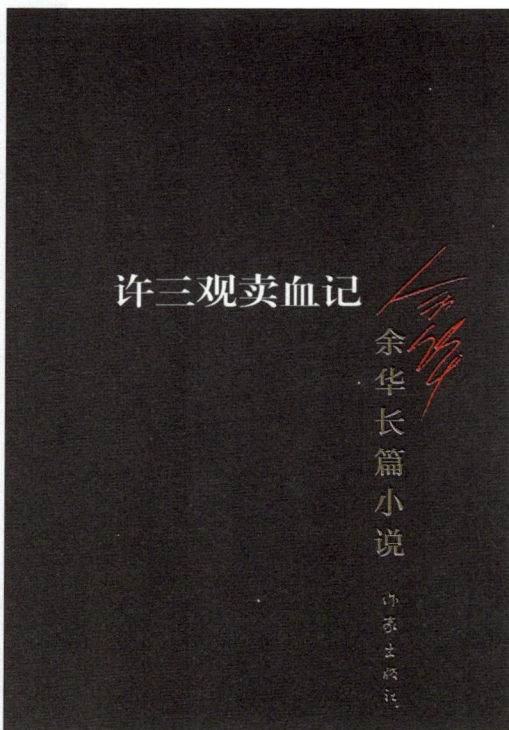

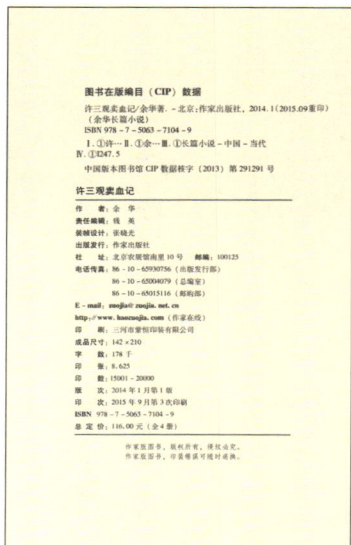

257. **2014 年，小说集《我胆小如鼠》，由作家出版社出版。**

版次：2014 年 1 月第 1 版。印次：2015 年 7 月第 2 次印刷。

字数共 100 千字。页数为 152 页。

其中收录《偶然事件》《战栗》《一个地主的死》，共 3 篇作品。还包括《自序》。

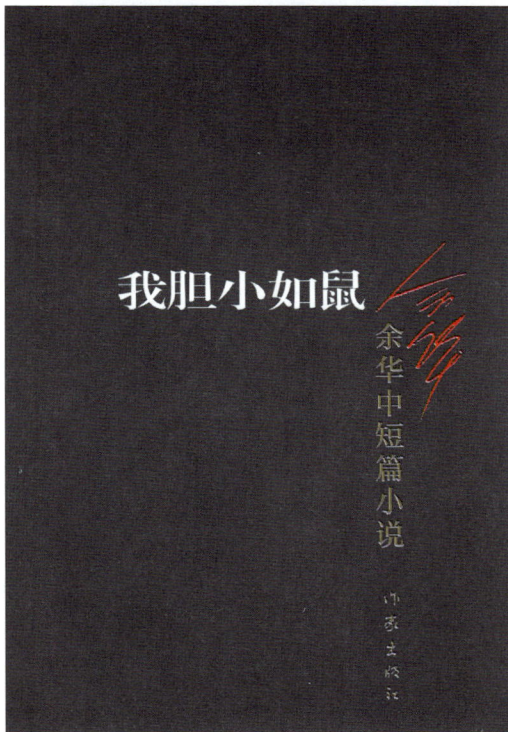

图书在版编目（CIP）数据

我胆小如鼠/余华著. - 北京：作家出版社，2014. 1
（余华中短篇小说）
（2015.07重印）
ISBN 978 - 7 - 5063 - 7105 - 6

Ⅰ. ①我… Ⅱ. ①余… Ⅲ. ①中篇小说 - 小说集 - 中国 - 当代②短篇小说 - 小说集 - 中国 - 当代 Ⅳ. ①I247. 7
中国版本图书馆 CIP 数据核字（2013）第 291313 号

我胆小如鼠

作　者：	余　华
责任编辑：	钱　英
装帧设计：	张晓光
出版发行：	作家出版社
社　址：	北京农展馆南里 10 号　邮编：100125
电话传真：	86 - 10 - 65930756（出版发行部）
	86 - 10 - 65004079（总编室）
	86 - 10 - 65015116（邮购部）
E - mail：	zuojia@ zuojia. net. cn
http：//www. haomojia. com（作家在线）
印　刷：	三河市盛如印装有限公司
成品尺寸：	142 ×210
字　数：	100 千
印　张：	4. 875
印　数：	6001 - 12000
版　次：	2014 年 1 月第 1 版
印　次：	2015 年 7 月第 2 次印刷
ISBN 978 - 7 - 5063 - 7105 - 6
总 定 价：	109. 00 元（全 6 册）

作家版图书，版权所有，侵权必究。
作家版图书，如有印装错误，可随时退换。

258. 2014 年，小说集《黄昏里的男孩》，由作家出版社出版。

版次：2014 年 1 月第 1 版。印次：2015 年 7 月第 2 次印刷。

字数共 110 千字。页数为 161 页。

其中收录《空中爆炸》《蹦蹦跳跳的游戏》《为什么没有音乐》《我为什么要结婚》《阑尾》《我没有自己的名字》《炎热的夏天》《在桥上》《他们的儿子》《黄昏里的男孩》《女人的胜利》《朋友》，共 12 篇作品，以及《自序》。

259. **2014 年, 随笔集《温暖和百感交集的旅程》, 由作家出版社出版。**

版次 : 2014 年 1 月第 1 版。印次 : 2015 年 6 月第 2 次印刷。

字数共 100 千字。页数为 149 页。

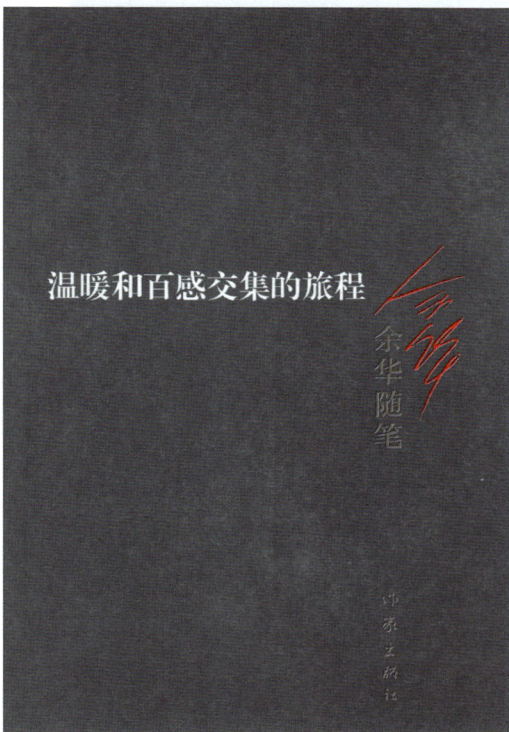

图书在版编目 (CIP) 数据

温暖和百感交集的旅程/余华著. - 北京:作家出版社,
2014.1
(2015.06重印)
(余华随笔)
ISBN 978 - 7 - 5063 - 7103 - 2

Ⅰ.①温… Ⅱ.①余… Ⅲ.①随笔 - 作品集 - 中国 - 当代
Ⅳ.①I267.1

中国版本图书馆 CIP 数据核字 (2013) 第 291351 号

温暖和百感交集的旅程

作　　者:余　华
责任编辑:杨　葵
装帧设计:蔡晓光
出版发行:作家出版社
社　　址:北京农展馆南里 10 号　　邮编:100125
电话传真:86 - 10 - 65930756 (出版发行部)
　　　　　86 - 10 - 65004079 (总编室)
　　　　　86 - 10 - 65015116 (邮购部)
E - mail : zuojia@ zuojia. net. cn
http://www.haozuojia.com (作家在线)
印　　刷:三河市豪恒印装有限公司
成品尺寸:142 x 210
字　　数:100 千
印　　张:4.75
印　　数:6001 - 12000
版　　次:2014 年 1 月第 1 版
印　　次:2015 年 6 月第 2 次印刷
ISBN 978 - 7 - 5063 - 7103 - 2
总　定　价:56.00 元 (全 3 册)

作家版图书,版权所有,侵权必究。
作家版图书,印装错误可随时退换。

其中收录《我能否相信自己》《温暖和百感交集的旅程》《卡夫卡和 K》《山鲁佐德的故事》《博尔赫斯的现实》《契诃夫的等待》《布尔加科夫与〈大师和玛格丽特〉》《三岛由纪夫的写作与生活》《胡安·鲁尔福》《威廉·福克纳》《内心之死》《文学和文学史》，共 12 篇作品，以及"前言和后记"。

"前言和后记"中收录《〈许三观卖血记〉中文版（1998 年）序》（北京，1998-7-10）、《〈许 三 观 卖 血 记〉韩 文 版（1998 年）序》（北京，1997-8-26）、《〈许三观卖血记〉德文版（1999 年）序》（北京，1998-6-27）、《〈许三观卖血记〉意大利文版（1999 年）序》（北京，1998-4-11）、《〈活着〉中文版（1993 年）序》（海盐，1993-7-27）、《〈活着〉韩文版（1997 年）序》（北京，1996-10-17）、《〈活着〉日文版（2002 年）序》（北京，2002-1-17）、《〈在细雨中呼喊〉中文版（1998 年）序》（北京，1998-10-11）、《〈在细雨中呼喊〉意大利文版（1998 年）序》（北京，1998-8-9）、《〈在细雨中呼喊〉韩文版（2003 年）序》（2003-5-26）、《〈现实一种〉意大利文版（1997 年）序》（北京，1997-6-11）、《〈99 余华小说新展示——6 卷〉自序》（1999-4-7）、《〈河边的错误〉中文版（1993 年）跋》（嘉兴，1992-8-6）、《〈许三观卖血记〉中文版（1996 年）跋》（北京，1996-2-8），共 14 篇文章。

260. **2014 年，随笔集《音乐影响了我的写作》，由作家出版社出版。**

版次：2014 年 1 月第 1 版。印次：2015 年 6 月第 2 次印刷。

字数共 100 千字。页数为 153 页。

其中收录《音乐影响了我的写作》《音乐的叙述》《高潮》《否定》《灵感》《色彩》《字与音》《重读柴科夫斯基》《消失的意义》《强劲的想象产生事实》《人类的正当研究便是人》《韩国的眼睛》《灵魂饭》，共 13 篇作品。

图书在版编目（CIP）数据

音乐影响了我的写作/余华著. — 北京：作家出版社，
2014.1
（2015.06重印）
（余华随笔）
ISBN 978 - 7 - 5063 - 7103 - 2

Ⅰ. ①音… Ⅱ. ①余… Ⅲ. ①随笔 - 作品集 - 中国 - 当代
Ⅳ. ①I267.1

中国版本图书馆 CIP 数据核字（2013）第 291354 号

音乐影响了我的写作

作　者：余　华
责任编辑：钱　英
装帧设计：张晓光
出版发行：作家出版社
社　址：北京农展馆南里 10 号　邮编：100125
电话传真：86 - 10 - 65930756（出版发行部）
　　　　　86 - 10 - 65004079（总编室）
　　　　　86 - 10 - 65015116（邮购部）
E - mail：zuojia@ zuojia. net. cn
http：// www. haozuojia. com（作家在线）
印　刷：三河市爱恒印装有限公司
成品尺寸：142 × 210
字　数：100 千
印　张：4.875
印　数：6001 - 12000
版　次：2014 年 1 月第 1 版
印　次：2015 年 6 月第 2 次印刷
ISBN 978 - 7 - 5063 - 7103 - 2
总 定 价：56.00 元（全 3 册）

作家版图书，权利所有，侵权必究。
作家版图书，印装错误可随时退换。

261. **2014 年，随笔集《没有一条道路是重复的》，由作家出版社出版。**

版次：2014 年 1 月第 1 版。印次：2015 年 6 月第 2 次印刷。

字数共 120 千字。页数为 185 页。

其中包括"两个童年"和"生活、阅读和写作"两个部分。

"两个童年"中收录《流行音乐》《可乐和酒》《恐惧与成长》《儿子的影子》《消费的儿子》《儿子的出生》《父子之战》《医院里的童年》《麦田里》《土地》《包子和饺子》《国庆节忆旧》《最初的岁月》，共 13 篇作品。

"生活、阅读和写作"中收录《结束》《午门广场之夜》《关于时间的感受》《关于回忆和回忆录》《美国的时差》《别人的城市》《一年到头》《十九年前的一次高考》《我的第一份工作》《回忆十七年前》《谈谈我的阅读》《应该阅读经典作品》《写作的乐趣》《我的写作经历》《我为何写作》《长篇小说的写作》《网络和文学》《文学和民族》《没有一条道路是重复的》《奢侈的厕所》《谁是我们共同的母亲》《歪曲生活的小说》《什么是爱情》《虚伪的作品》《川端康成和卡夫卡的遗产》《文学中的现实》，共 26 篇作品。

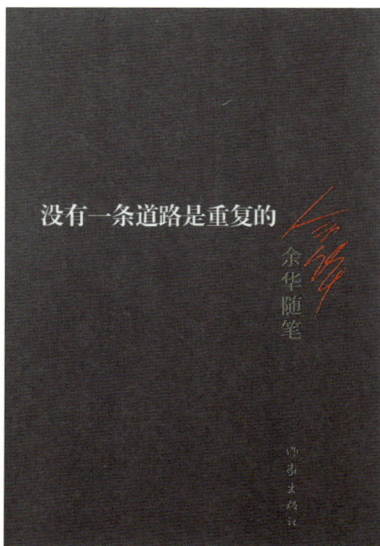

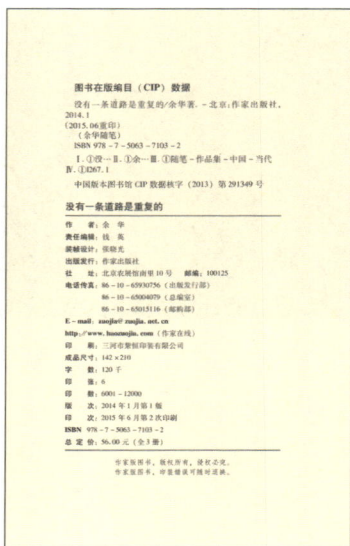

图书在版编目（CIP）数据

没有一条道路是重复的/余华著. - 北京：作家出版社，
2014.1
（2015.06重印）
（余华随笔）
ISBN 978 - 7 - 5063 - 7103 - 2

Ⅰ. ①没… Ⅱ. ①余… Ⅲ. ①随笔 - 作品集 - 中国 - 当代
Ⅳ. ①I267.1

中国版本图书馆 CIP 数据核字（2013）第 291349 号

没有一条道路是重复的

作　者：余　华
责任编辑：钱　英
装帧设计：张晓光
出版发行：作家出版社
社　址：北京农展馆南里 10 号　邮编：100125
电话传真：86 - 10 - 65930756（出版发行部）
　　　　　86 - 10 - 65004079（总编室）
　　　　　86 - 10 - 65015116（邮购部）
E - mail：zuojia@ zuojia. net. cn
http://www.haozuojia. com（作家在线）
印　刷：三河市盛桐印装有限公司
成品尺寸：142 ×210
字　数：120 千
印　张：6
印　数：6001 - 12000
版　次：2014 年 1 月第 1 版
印　次：2015 年 6 月第 2 次印刷
ISBN 978 - 7 - 5063 - 7103 - 2
总 定 价：56.00 元（全 3 册）

作家版图书，版权所有，侵权必究。
作家版图书，印装错误可随时退换。

262. **2014 年，长篇小说《兄弟》，由作家出版社出版。**

版次：2014 年 1 月第 1 版。印次：2015 年 9 月第 3 次印刷。

字数共 500 千字。页数为 646 页。

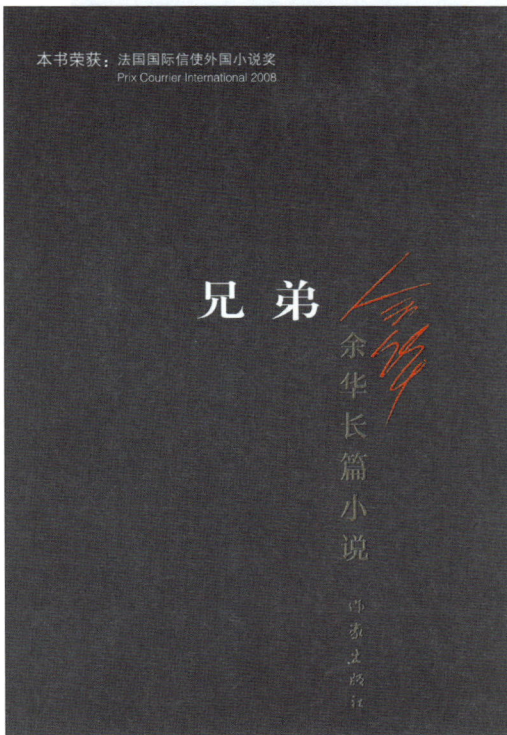

图书在版编目（CIP）数据

兄弟/余华著. - 北京：作家出版社，2014.1（2015.09重印）
（余华长篇小说）
ISBN 978 - 7 - 5063 - 7104 - 9

Ⅰ.①兄… Ⅱ.①余… Ⅲ.①长篇小说 - 中国 - 当代
Ⅳ.①I247.5

中国版本图书馆 CIP 数据核字（2013）第 291292 号

兄　弟

作　　者：余　华
责任编辑：钱　英
装帧设计：张晓光
出版发行：作家出版社
社　　址：北京农展馆南里 10 号　　邮　编：100125
电话传真：86 - 10 - 65930079（出版发行部）
　　　　　86 - 10 - 65004079（总编室）
　　　　　86 - 10 - 65015116（邮购部）
E - mail：zuojia@ zuojia. net. cn
http://www. haozuojia. com（作家在线）
印　　刷：三河市豪恒印装有限公司
成品尺寸：142 × 210
字　　数：500 千
印　　张：20.25
印　　数：15001 - 20000
版　　次：2014 年 1 月第 1 版
印　　次：2015 年 9 月第 3 次印刷
ISBN 978 - 7 - 5063 - 7104 - 9
总 定 价：116.00 元（全 4 册）

作家版图书，版权所有，侵权必究。
作家版图书，印装错误可随时退换。

263. 2014 年，英文版小说集《黄昏里的男孩》，由美国兰登书屋旗下的
Pantheon Books 和 Anchor Books 出版。

其中收录《空中爆炸》《蹦蹦跳跳的游戏》《为什么没有音乐》《我为
什么要结婚》《阑尾》《我没有自己的名字》《炎热的夏天》《在桥上》
《他们的儿子》《黄昏里的男孩》《胜利》《朋友》《我胆小如鼠》，共 13
篇作品。

译者：Allan Barr。

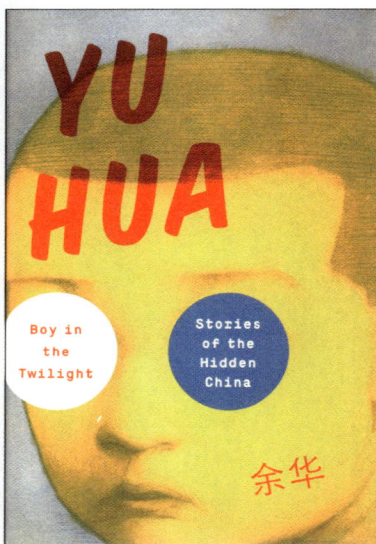

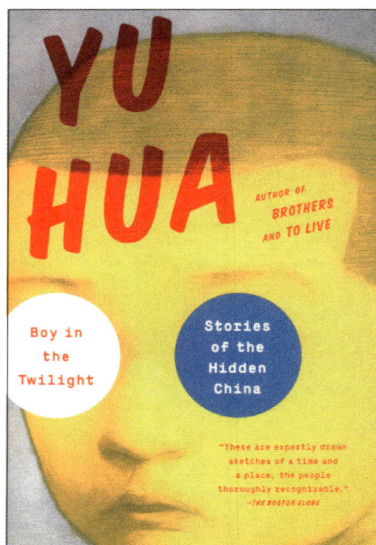

264. 2014 年，法文版长篇小说《第七天》，由法国 Actes Sud 出版公司
出版。

译者：Angel Pino，Isabelle Rabut。

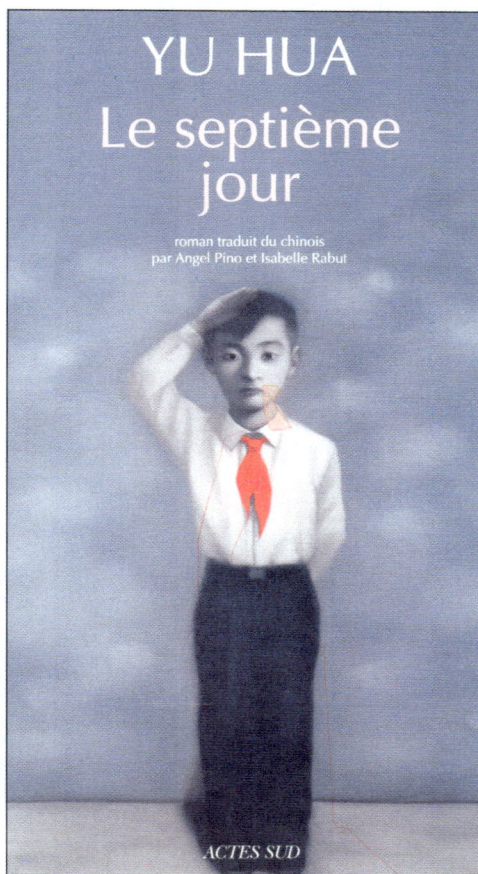

265. 2014 年，西班牙文版长篇小说《许三观卖血记》，由西班牙 Seix
Barral 出版公司出版。

译者：Anne-Hélène Suárez Girard。

266. 2014 年，捷克文版长篇小说《活着》，由捷克 Verzone s.r.o. 出版公司出版。

译者：红佩佳。

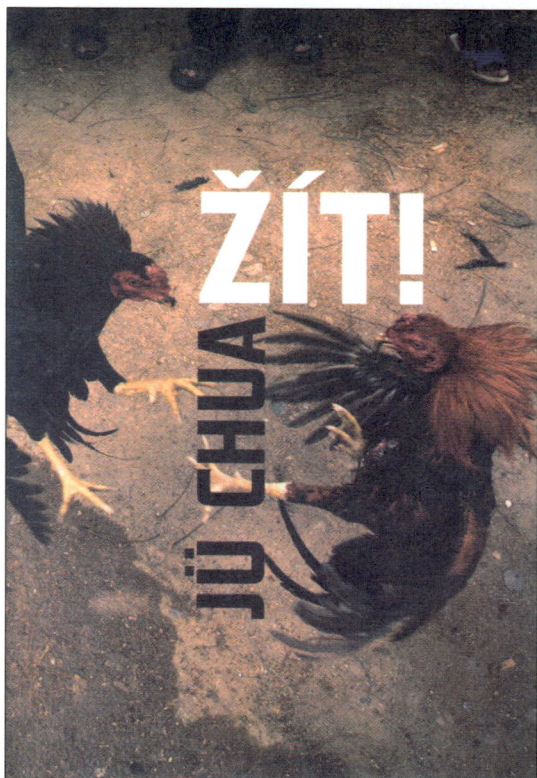

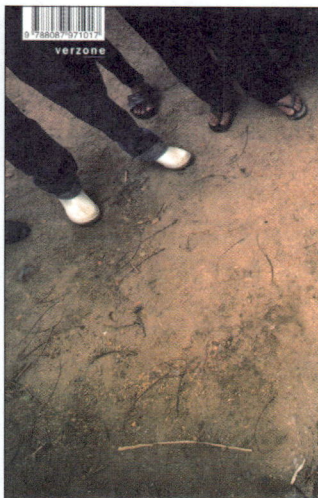

267. 2014 年，俄文版长篇小说《活着》，由俄罗斯 TEXT 出版公司出版。

译者：Roman Shapiro。

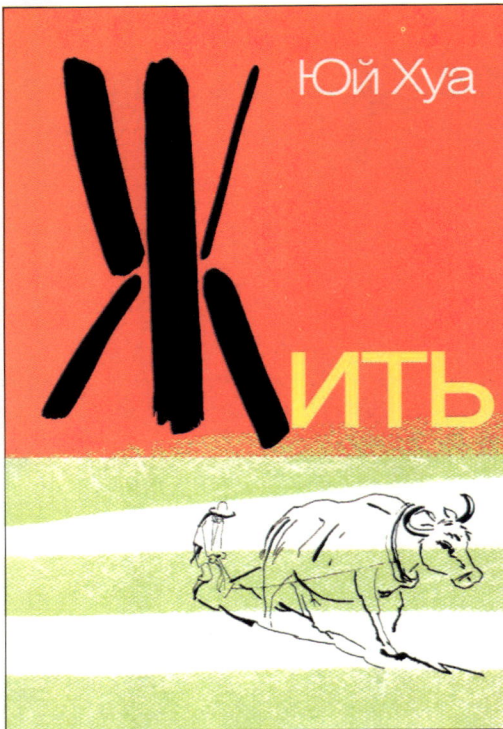

УДК 821.581
ББК 84(5Кит)-44
Ю 11

ISBN 978-5-7516-1259-7

© Yu Hua, 1992
© Р. Шапиро, перевод, 2014
© «Текст», издание на русском языке, 2014

Юй Хуа

ЖИТЬ

«Бескрайние поля засыпали. Опускалась ночь
Земля открывала ей навстречу свою крепкую грудь,
как женщина ребенку».
   Так заканчивается написанный в 1992 году роман
«Жить», повествующий о судьбе обычного китайского
крестьянина, а через нее — о судьбе всего Китая
во второй половине минувшего века.
Он принес своему автору, китайскому писателю
Юй Хуа, мировую известность. Она еще более возросла,
когда выдающийся режиссер Чжан Имоу снял по этому
роману фильм, удостоенный Большого приза жюри
Каннского фестиваля. Теперь, двадцать с лишним лет
спустя, роман «Жить» пришел наконец к читателям
в России.

经典中国国际出版工程
China Classics International

268. 2014 年，塞尔维亚文版长篇小说《许三观卖血记》，由塞尔维亚 GEOPOETIKA 出版公司出版。

译者：佐兰。

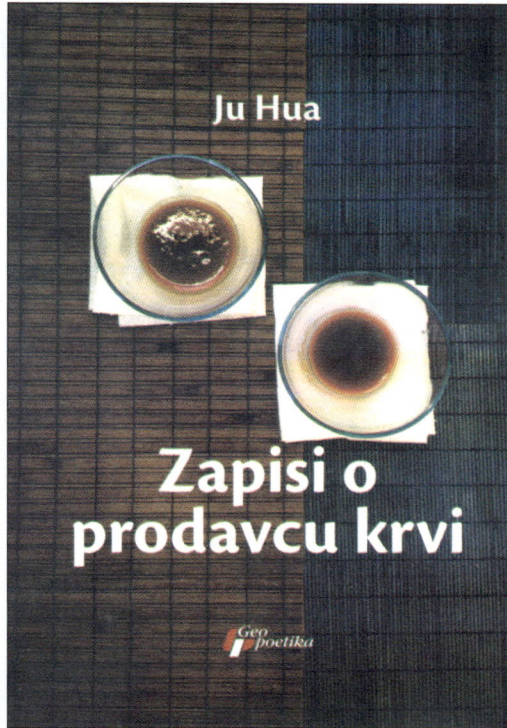

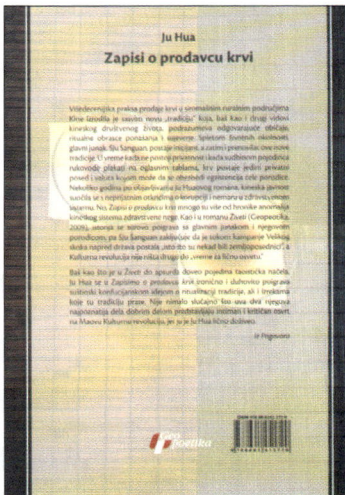

269. 2014 年，日文版长篇小说《第七天》，由日本河出书房出版。

译者：饭塚容。

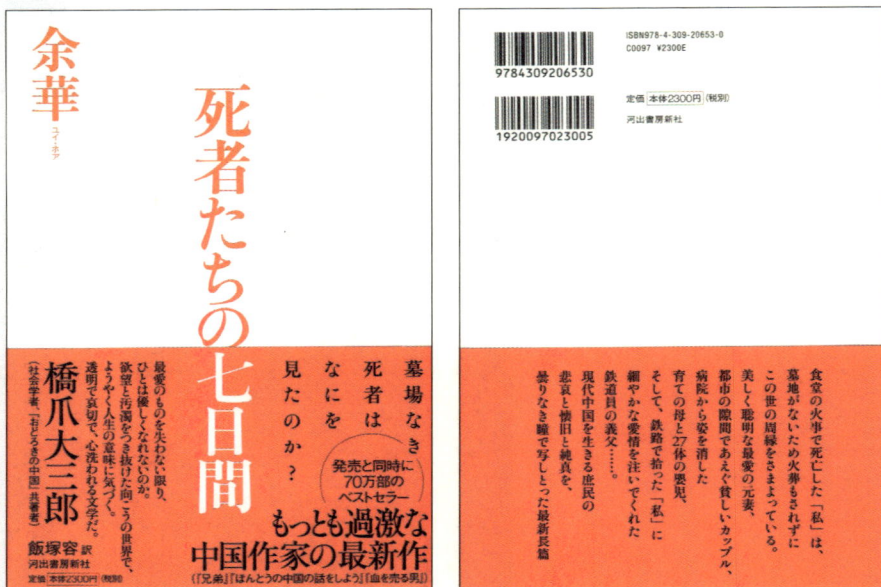

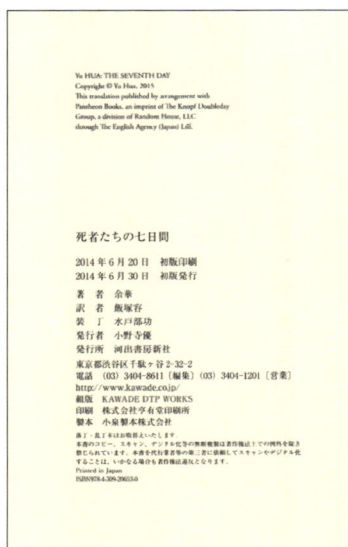

270. 2014 年，泰文版长篇小说《第七天》，由泰国 NanmeeBooks 出版。

271. 2014 年，泰文版长篇小说《在细雨中呼喊》，由泰国 NanmeeBooks
出版。

272. 2014 年，印度泰米尔语版长篇小说《许三观卖血记》，由泰国
sandhya 出版公司出版。

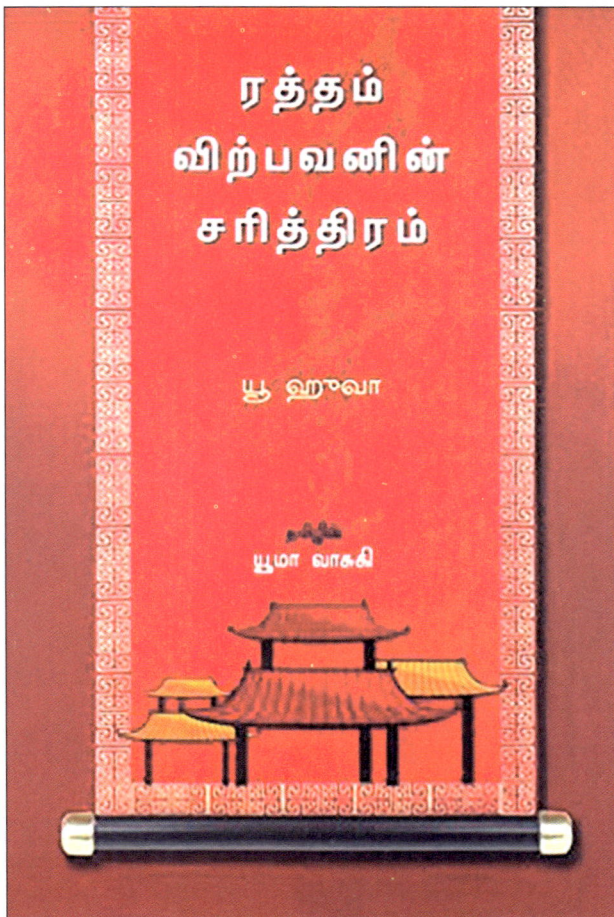

20 15

273. 2015 年，印尼文版长篇小说《活着》，由印尼 PT GRAMEDIA PUSTAKA UTAMA 出版。

译者：奥古斯丁。

274. 2015 年，阿拉伯语长篇小说《活着》，由科威特 Ebdate Alimayia 出版公司出版。
译者：阿齐兹。

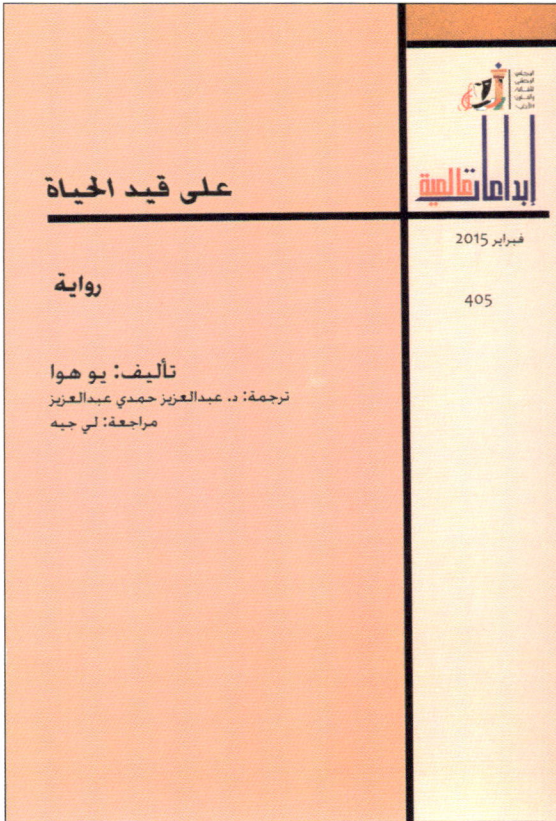

275. 2015 年，俄文版长篇小说《兄弟》，由俄罗斯 TEXT 出版公司出版。

译者：Yulia Dreyzis。

276. 2015 年，英文版长篇小说《第七天》，由美国兰登书屋旗下的 Pantheon Books 出版。

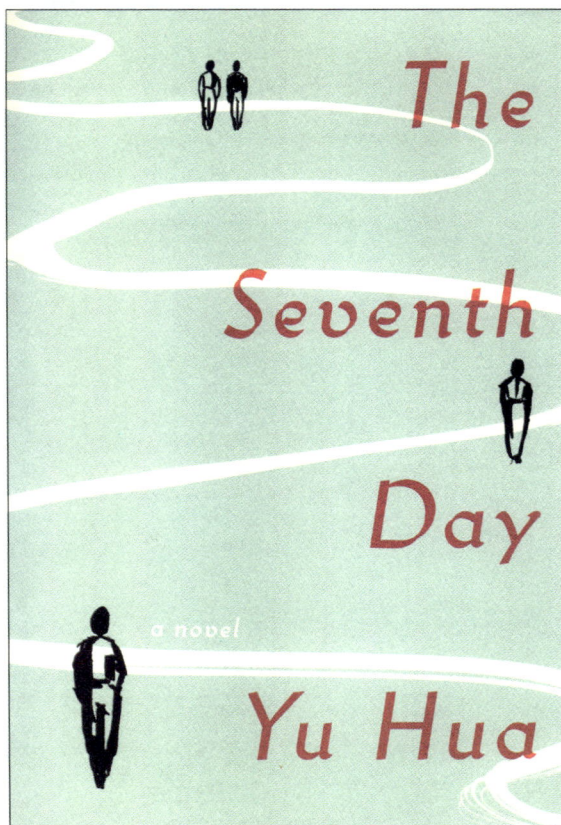

277. 2015 年，英文版长篇小说《第七天》，由澳大利亚企鹅出版公司旗下 Text 出版。

278. 2015 年，丹麦文版长篇小说《活着》，由丹麦 KLIM 出版公司出版。
译者：魏安娜。

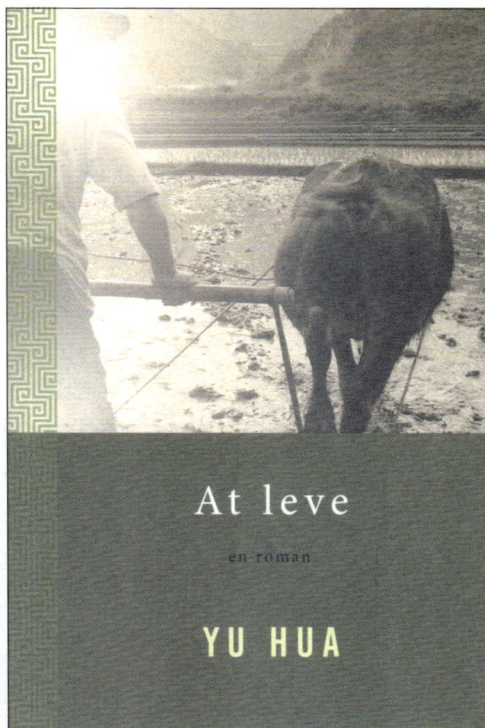

Yu Hua
At leve

© 1993 Yu Hua
© 2015 dansk udgave, Klim

At leve er oversat fra kinesisk til dansk af
Anne Wedell-Wedellsborg
efter 活着 [*Hunzhe*]

Omslagsdesign: Christinna Lykkegaard Nilsson

Tryk: Specialtrykkeriet

ISBN: 978 87 7129 702 7

Published with support from

经典中国国际出版工程
China Classics International

Forlaget Klim   Støttet af
www.klim.dk   STATENS KUNSTFOND

Kopiering fra denne bog må kun finde sted på institutioner, der har
indgået aftale med Copydan og kun inden for de i aftalen nævnte
rammer.

At leve
en roman

YU HUA

For revolutionen træder Fugui bogstavelig talt på de i
forvejen undertrykte. Kontrasten mellem hans status
før og efter revolutionen er skærende. Han ødsler
familiens formue væk i spillebuler og på bordeller,
før han dybt angrende forsøger sig med det simplere
bondeliv. Men Fuguis prøvelser er langt fra ovre.

At leve er den rørende historie om en mands forvand-
ling fra forkælet rigmandssøn til godhjertet bonde.
Kulturrevolutionen bliver i romanen det bagtæppe,
som ændrer det kinesiske samfund fundamentalt
med uoverstigelige konsekvenser for individet til
følge.

Det bliver en fortælling fuld af enestående billeder,
der på en gang beretter om historiske hændelser og i
samme nu beskriver tidløse menneskelige problema-
tikker.

ISBN: 978 87 7129 702 7

279. 2015 年，杂文集《我们生活在巨大的差距里》，由北京十月文艺出版
社出版。

版次：2015 年 2 月第 1 版。印次：2015 年 2 月第 1 次印刷。

字数共 130 千字。页数为 220 页。

其中收录《一个记忆回来了》《我们生活在巨大的差距里》《一个国家，两个世界》《哀悼日》《奥运会与比尔·盖茨之杠杆》《最安静的夏天》《七天日记》《录像带电影》《给塞缪尔·费舍尔讲故事》《一九八七年〈收获〉第五期》《巴金很好地走了》《我的文学白日梦》《荒诞是什么》《飞翔和变形》《生与死，死而复生》《奥克斯福的威廉·福克纳》《西格弗里德·伦茨的〈德语课〉》《我的阿尔维德·法尔克式的生活》《伊恩·麦克尤恩后遗症》《两位学者的肖像》《罗伯特·凡德·休斯特在中国摁下的快门》《我们的安魂曲》《一个作家的力量》《失忆的个人性和社会性》《茨威格是小一号的陀思妥耶夫斯基》《大仲马的两部巨著》《关键词：日常生活》《在日本的细节里旅行》《耶路撒冷 & 特拉维夫笔记》《篮球场上踢足球》《南非笔记》《英格兰球迷》《埃及笔记》《迈阿密 & 达拉斯笔记》《纽约笔记》《非洲》《酒故事》《儿子的固执》《写给儿子的信》，共 39 篇作品。还包括附录一《兄弟》创作日记，附录二《第七天》之后。

书的封面上这样写道："余华 10 年首部杂文集。从中国到世界，从文学到社会，以犀利的目光洞察时代病灶，以戏谑的文笔戳穿生活表象。当社会面目全非，当梦想失去平衡，我们还能认识自己吗？"

余华说："这就是我的写作，从中国人的日常生活出发，经过政治、历史、经济、社会、体育、文化、情感、欲望、隐私等等，然后再回到中国人的日常生活之中……我们都是病人，因为我们一直生活在两种极端里，与其说我是在讲故事，不如说我是在寻找治疗，因为我是一个病人。"

2016

280. 2016 年，意大利文版长篇小说《第七天》，由意大利 Feltrinelli 出版公司出版。

译者：Silvia Pozzi。

281. 2016 年，西班牙文版长篇小说《在细雨中呼喊》，由西班牙 Seix Barral 出版公司出版。

译者：Anne-Hélène Suárez Girard。

282. 2016 年，葡萄牙文版长篇小说《活着》，由葡萄牙 Relogio d'agua 出版公司出版。

译者：Tiago Nabais。

283. 2016 年，葡萄牙文版长篇小说《许三观卖血记》，由葡萄牙 Relogio d'agua 出版公司出版。

译者：修安琪。

284. 2016 年，荷兰文版长篇小说《第七天》，由荷兰 DEGEUS 出版公司出版。

285. 2016 年，瑞典文版长篇小说《兄弟》，由瑞典 Bokstugan Wanzhi 出版。

译者：秦必达。

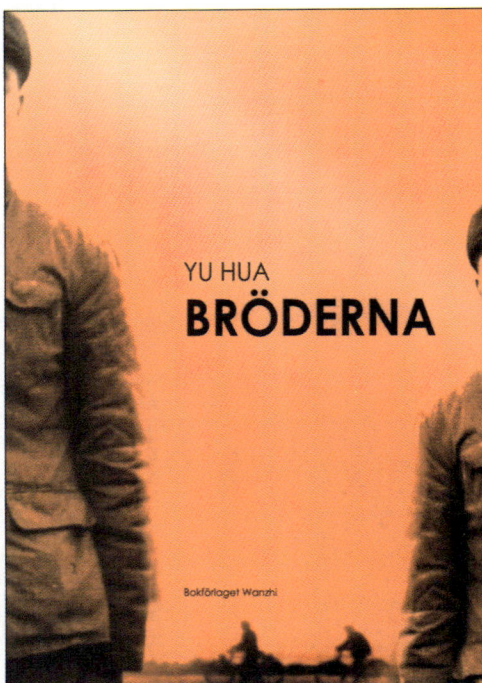

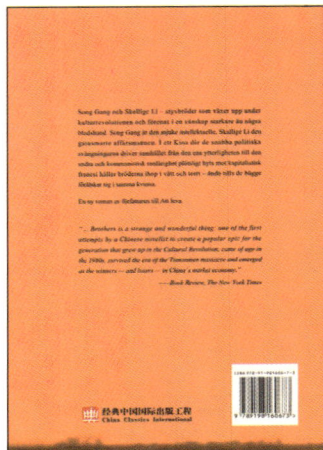

286. 2016 年，挪威文版长篇小说《第七天》，由挪威 Aschehoug 出版公司出版。

译者：勃克曼。

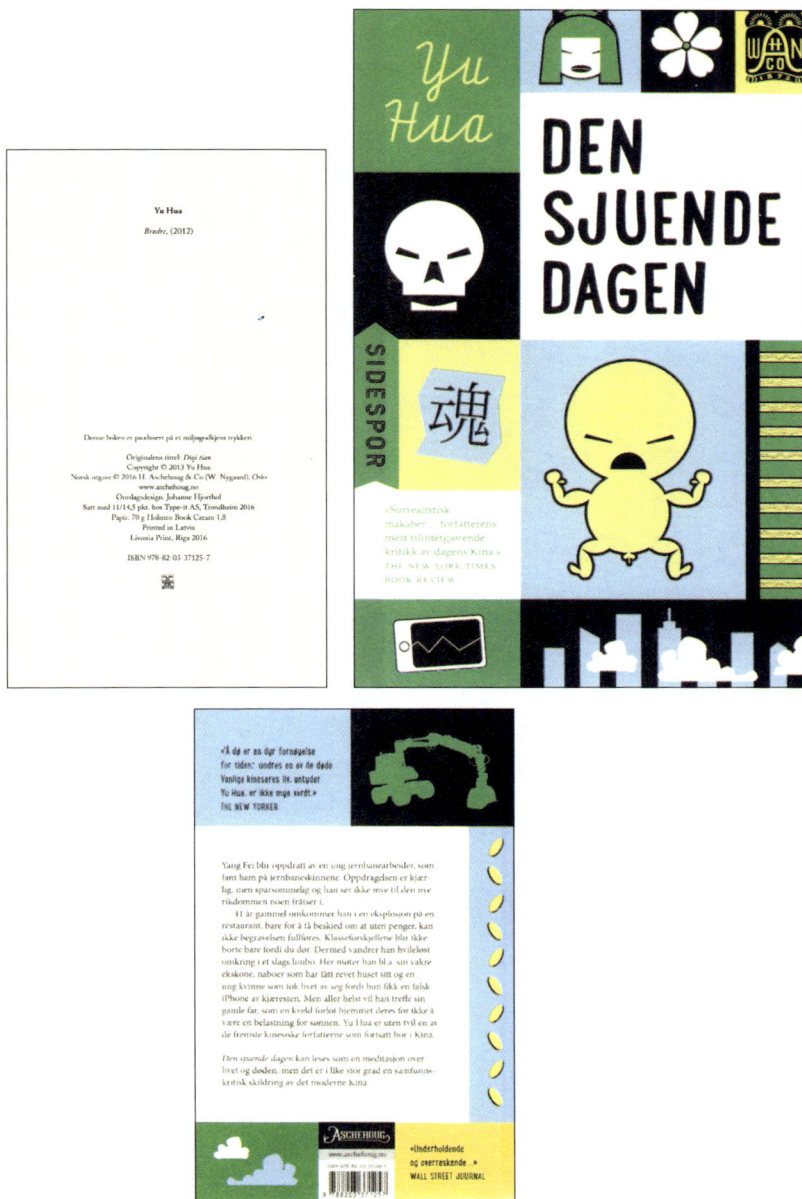

287. 2016 年，丹麦文版长篇小说《许三观卖血记》，由丹麦 KLIM 出版公司出版。

译者：Sidse Laugesen。

288. 2016 年，芬兰文版长篇小说《活着》，由芬兰 Aula & Co. 出版公司出版。

289. 2016 年，斯洛文尼亚文版长篇小说《活着》，由斯洛文尼亚 Mladinska Knjiga Publishing House Group 出版公司出版。

290. 2016 年，捷克文版长篇小说《第七天》，由捷克 Verzone s.r.o. 出版公司出版。

译者：红佩佳。

291. 2016 年，斯洛伐克文版长篇小说《第七天》，由斯洛伐克 Marencin PT 出版公司出版。

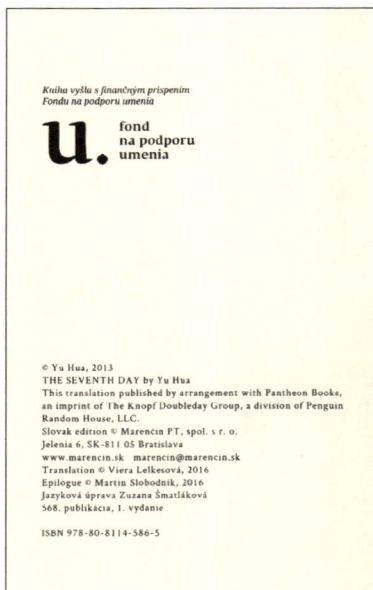

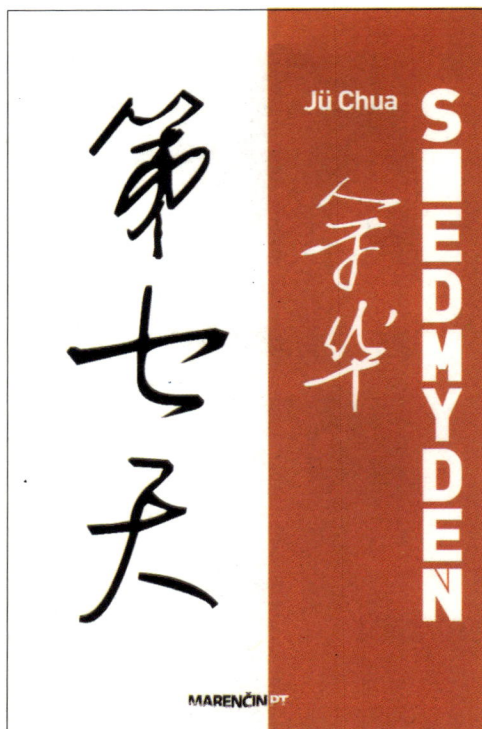

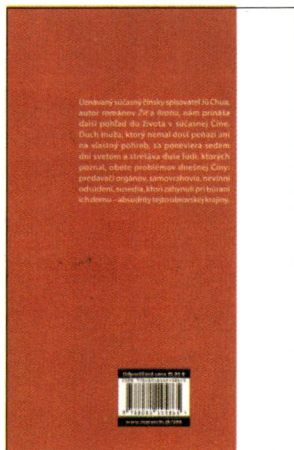

292. 2016 年，俄文版长篇小说《许三观卖血记》，由俄罗斯 TEXT 出版公司出版。

译者：Roman Shapiro。

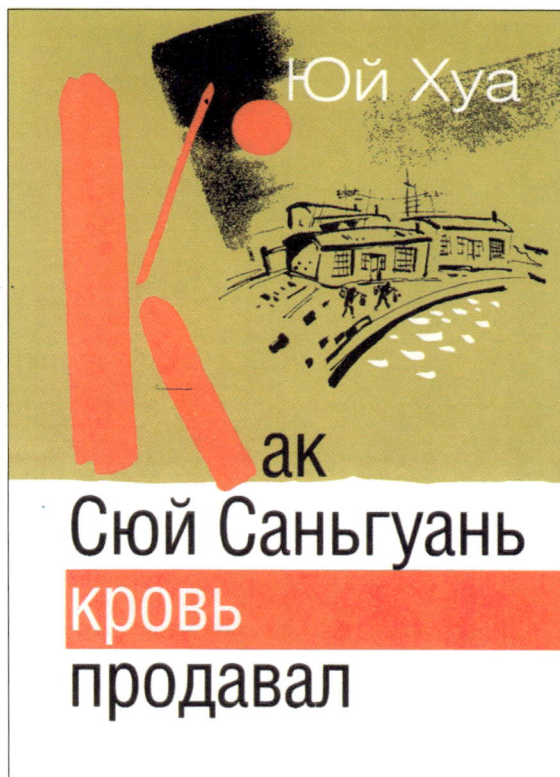

293. 2016 年，塞尔维亚文版长篇小说《第七天》，由塞尔维亚 GEOPO-ETIKA 出版公司出版。

译者：佐兰。

294. 2016 年，罗马尼亚文版长篇小说《活着》，由罗马尼亚 Humanitas 出版公司出版。

译者：白罗米。

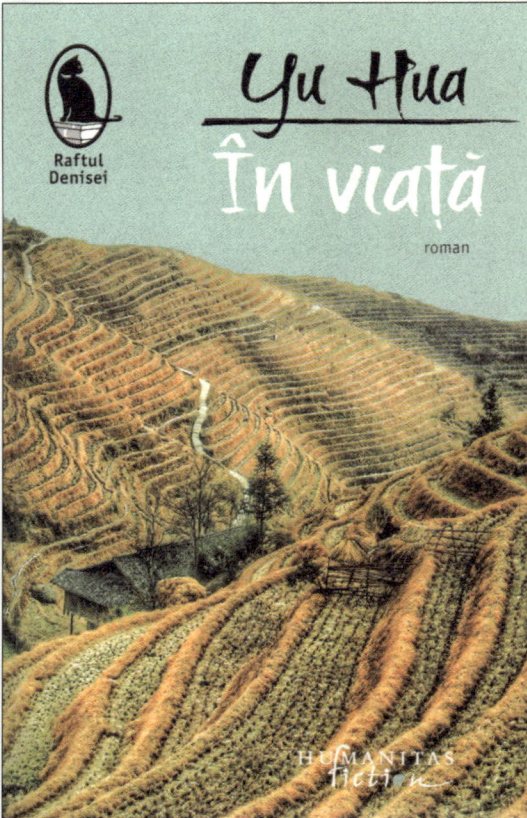

Redactor: Ștefana Nalbant
Coperta: Angela Rotaru
Tehnoredactor: Manuela Măxineanu
Corector: George Șerban
DTP: Andreea Dobreci, Carmen Petrescu

Tipărit la Accent Print – Suceava

YU HUA
HUOZHE
Copyright © Yu Hua, 1993
All rights reserved.
This edition is published by arrangement with Humanitas Fiction SRL
through the agency of China National Publications Import and Export
(Group) Corporation.

© HUMANITAS FICTION, 2016, pentru prezenta versiune românească

Descrierea CIP a Bibliotecii Naționale a României
YU HUA
În viață / Yu Hua, trad. și note de Mugur Zlotea. –
București: Humanitas Fiction, 2016
ISBN 978-606-779-121-1
I. Zlotea, Mugur (trad.; note)
821.581-31=135.1

EDITURA HUMANITAS FICTION
Piața Presei Libere 1, 013701 București, România
tel. 021/408 83 50, fax 021/408 83 51
www.humanitas.ro

Comenzi online: www.libhumanitas.ro
Comenzi prin e-mail: vanzari@libhumanitas.ro
Comenzi telefonice: 021 311 23 30

Yu Hua este primul scriitor chinez căruia i s-a decernat în 2002 James Joyce Award. Romanul *În viață*, apărut în 1993 și interzis inițial de autoritățile chineze, este considerat una dintre cele mai influente zece cărți ale ultimelor trei decenii în China. S-a vândut de-a lungul anilor în peste șase milioane de exemplare și a devenit un adevărat fenomen editorial. A fost recompensat în 1998 cu Premiul Grinzane Cavour și în 2014 cu Premiul Giuseppe Acerbi. Ecranizarea în regia lui Zhang Yimou a câștigat Marele Premiu al Juriului la Festivalul Internațional de Film de la Cannes din 1994.

Yu Hua mărturisește în introducerea uneia dintre edițiile chineze că ideea acestui roman i-a venit de la cunoscutul parlor song "Old Black Joe". *În viață* este cronica unei transformări individuale, fără un fel de adam eroic, iar Xu Fugui, personaj central și narator spumos, ajunge un maestru al supraviețuirii, captiv în labirintul a patru decenii de istorie modernă a Chinei: Războiul Civil, venirea la putere a Partidului Comunist, Marele Salt Înainte, Revoluția Culturală și perioada postmaoistă. Fugui nu încearcă să-și înfrângă destinul și nici nu se răzvrătește. Povestea lui este cea a unei lupte continue împotriva tăvălugului istoriei, ci una a răbdării și a bucuriei de a rămâne în viață.

"Yu Hua este un Hemingway chinez."
Le Monde

"Yu Hua e cea mai profundă voce a Chinei de astăzi. *În viață* nu surprinde numai adâncimile a tot ceea ce înseamnă China și poporul său, ci reușește să capteze esența ființei omenești."
Lisa See

"*În viață* este un roman de o forță emoțională incredibilă."
Dai Sijie

"Avem de-a face cu un gigant al literaturii chineze contemporane."
Radio Open Source

295. 2016 年，阿拉伯文版长篇小说《第七天》，由科威特 Ebdate Alimayia
出版公司出版。

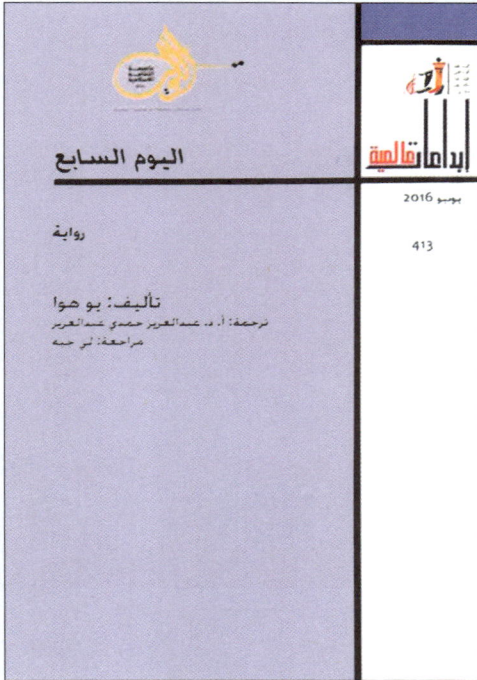

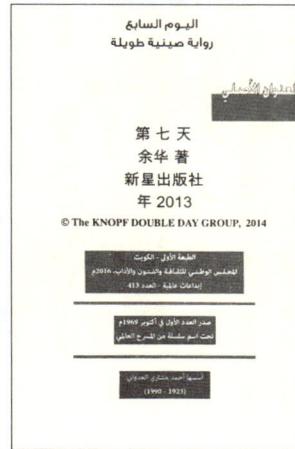

译者：阿齐兹。

اليوم السابع

رواية

تأليف: يو هوا

اليوم السابع
رواية صينية طويلة

第 七 天
余华 著
新星出版社
年 2013
© The KNOPF DOUBLE DAY GROUP, 2014

اليوم السابع

ISBN: 978-99906-0-502-0

296. 2016 年，阿拉伯文版长篇小说《许三观卖血记》，由埃及 ATLAS 出
版公司出版。

译者：哈赛宁。

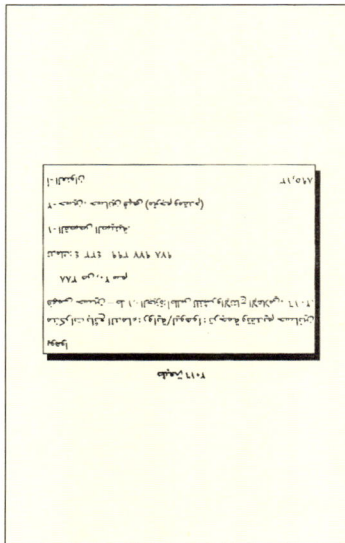

297.　2016 年, 土耳其文版长篇小说《活着》, 由土耳其 Jaguar Kitap 出版公司出版。

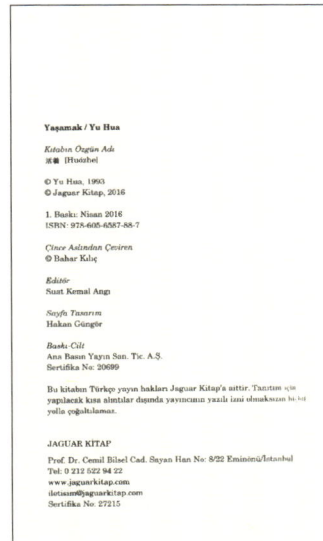

Aile servetini yiyip tükettiği gençlik günlerinde, uzun bir hayatın ona neler sunacağından habersizdir elbette Fugui.

Yıllar sonra, yaşlı öküzüyle tarlasını sürerken tanıştığı bir yabancıya hayatından söz etmeye başladığında, şımarık bir gencin başına gelenlerden fazlasını sayıp dökecektir bu yüzden: Fugui, kendisiyle birlikte altı insanın hayatını, kaderin sürprizlerini, yaşamın acılarını ve sevinçlerini anlatır. Onun dilinden -daha doğru bir ifadeyle Yu Hua'nın kaleminden dökülenler, insanlık durumlarına dair epik bir romana dönüşür böylece. Basit bir anlatım, güçlü bir anlatı doğurur: Sabanın toprakta bıraktığı izlere benzer kâğıt üzerinde satırlar. Yaşamın her şeyi kapsaması gibi, Yaşamak da hayatı olduğu gibi kucaklar. Doğumları ve ölümleri, mutsuzlukları ve umutlarıyla...

Yayımlandığında ülkesinde yasaklanmasına rağmen, bir hayat öyküsü okumamış da sanki bir hayat yaşamış olduklarını söyleyen okurlarının her geçen gün artmasıyla bir "modern klasik"e dönüşen Yaşamak'ı Bahar Kılıç, Çince aslından çevirdi.

Kapak Tasarım gray318

/jaguaryayinları　/jaguarkitap　/jaguarkitap

"Mutlu azınlığa!"

YAŞAMAK　YU HUA

Yaşamak / Yu Hua

Kitabın Özgün Adı
活着 [Huozhe]

© Yu Hua, 1993
© Jaguar Kitap, 2016

1. Baskı: Nisan 2016
ISBN: 978-605-6587-88-7

Çince Aslından Çeviren
© Bahar Kılıç

Editör
Suat Kemal Angı

Sayfa Tasarım
Hakan Güngör

Baskı-Cilt
Ana Basım Yayın San. Tic. A.Ş.
Sertifika No: 20699

Bu kitabın Türkçe yayın hakları Jaguar Kitap'a aittir. Tanıtım için yapılacak kısa alıntılar dışında yayıncının yazılı izni olmaksızın hiçbir yolla çoğaltılamaz.

JAGUAR KİTAP
Prof. Dr. Cemil Bilsel Cad. Sayan Han No: 8/22 Eminönü/İstanbul
Tel: 0 212 522 94 22
www.jaguarkitap.com
iletisim@jaguarkitap.com
Sertifika No: 27215

298. 2016 年，土耳其文版长篇小说《第七天》，由土耳其 alabanda 出版
公司出版。

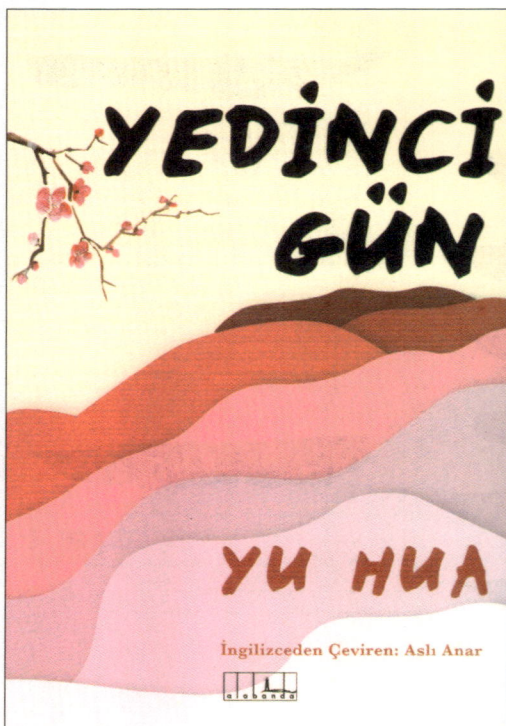

299. 2016 年，韩文版杂文集《我们生活在巨大的差距里》，由韩国文学村庄出版社出版。

译者：李旭渊。

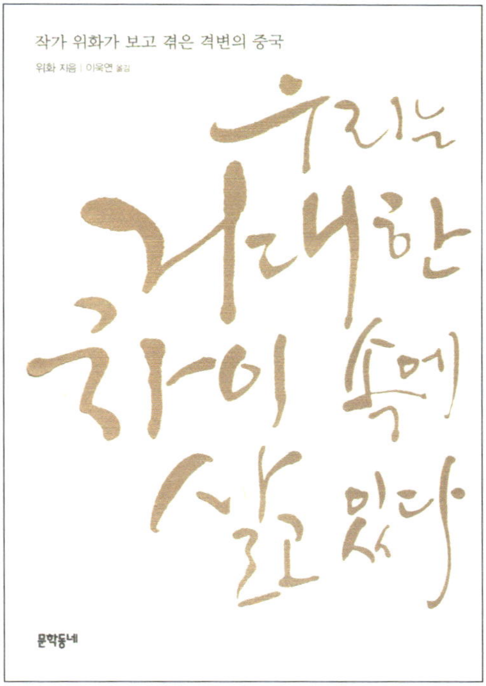

작가 위화가 보고 겪은 격변의 중국

위화 지음 | 이욱연 옮김

우리는 거대한 차이 속에 살고 있다

문학동네

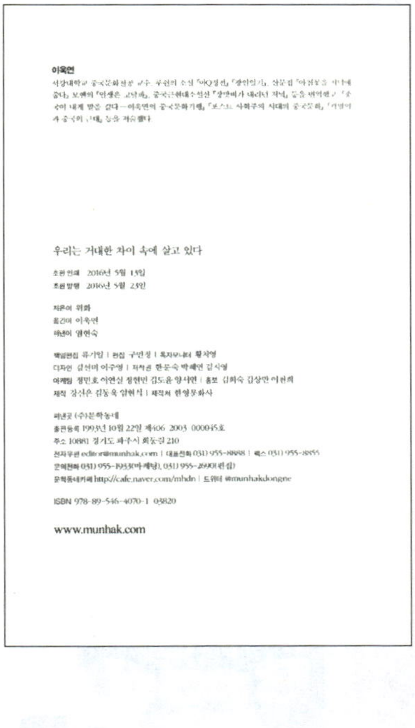

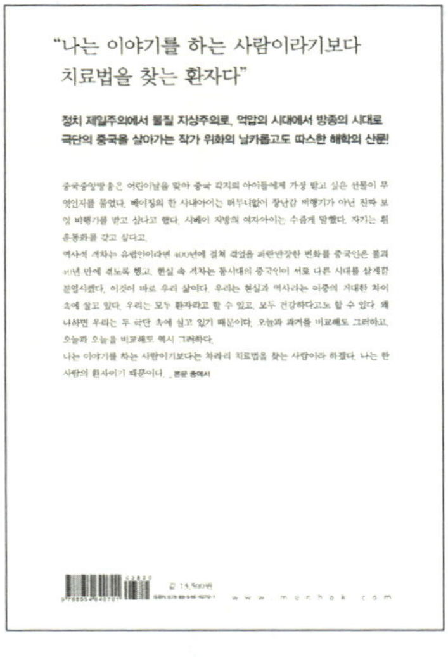

"나는 이야기를 하는 사람이라기보다
치료법을 찾는 환자다"

정치 제일주의에서 물질 지상주의로, 억압의 시대에서 방종의 시대로
극단의 중국을 살아가는 작가 위화의 날카롭고도 따스한 해학의 산문!

300. 2016 年，挪威文版长篇小说《兄弟》，由挪威 Aschehoug 出版社
出版。

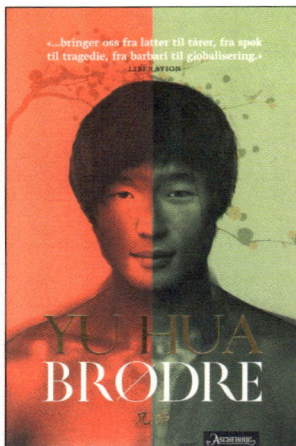

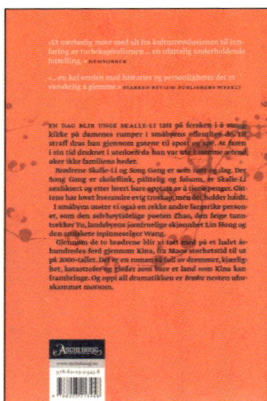

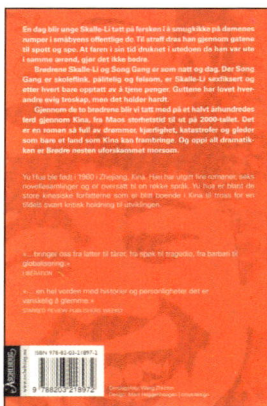

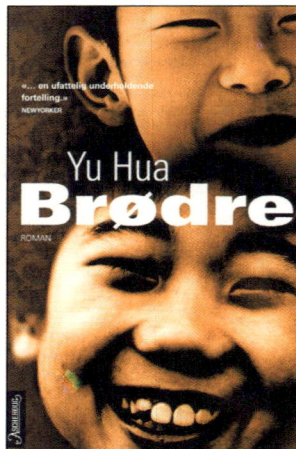

2017

301. 2017 年，德文版长篇小说《第七天》，由德国 S.Fischer 出版社出版。

译者：Ulrich Kautz。

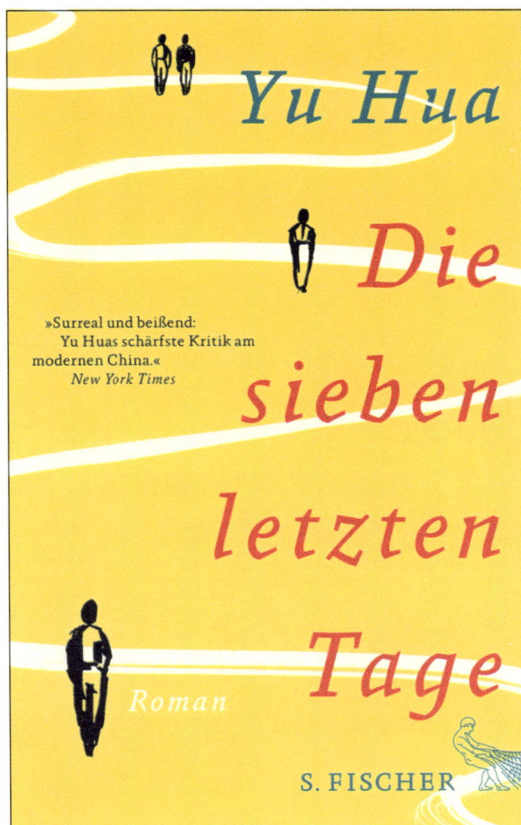

Yu Hua

Die sieben letzten Tage

»Surreal und beißend: Yu Huas schärfste Kritik am modernen China.«
New York Times

Roman

S. FISCHER

302. 2017 年，瑞典文版长篇小说《第七天》，由瑞典 Bokstugan Wanzhi 出版公司出版。

303. 2017 年，丹麦文版长篇小说《第七天》，由丹麦 KLIM 出版公司出版。

304. 2017 年，瑞典文版长篇小说《在细雨中呼喊》，由瑞典 Bokstugan Wanzhi 出版社出版。

305. 2017 年，德文版长篇小说《在细雨中呼喊》，由德国 S.Fischer 出版社出版。

306. 2017 年，西班牙语版小说集《往事与刑罚》，由西班牙 Seix Barral 出版社出版。

307. 2017 年，土耳其文长篇小说《许三观卖血记》，由土耳其 Jaguar Kitap 出版社出版。

308. 2017 年，印尼文版长篇小说《许三观卖血记》，由印尼 PT GRAME-DIA PUSTAKA UTAMA 出版社出版。

盗版本

（"精品集"和"作品集"）

1999

001. 1999 年,《余华文集》,署内蒙古人民出版社出版。

版次:1999 年 4 月第 1 版。印次:1999 年 4 月第 1 次印刷。

字数共 420 千字。页数为 574 页。

其中包括短篇小说、中篇小说、长篇小说三个部分。"短篇小说"部分收录《十八岁出门远行》《西北风呼啸的中午》《死亡叙述》《爱情故事》《命中注定》《两个人的历史》,共 6 篇作品;"中篇小说"部分收录《河边的错误》《一九八六年》《难逃劫数》《一个地主的死》,共 4 篇作品;"长篇小说"部分收录《许三观卖血记》《活着》,共 2 部作品。

责任编辑:蒋 娜
封面设计:贲 鸟

余华文集
余华 著

内蒙古人民出版社
(呼和浩特市新城西街 20 号)
各地新华书店经销 电子工业印刷厂 印刷
开本:850×1168 1/32 印张:19.5 字数:420 千
1999 年 4 月第 1 版 1999 年 4 月第 1 次印刷
印数:0001~5200 册
ISBN7-204-04402-9H-793 定价:32.00 元

2000

002. **2000 年,《余华经典文集》, 署内蒙古人民出版社出版。**

版次 : 2000 年 4 月第 1 版。印次 : 2000 年 4 月第 1 次印刷。

字数共 620 千字。页数为 860 页。

其中包括短篇小说、中篇小说、长篇小说以及随笔作品四个部分。

短篇小说中收录《十八岁出门远行》《西北风呼啸的中午》《死亡叙

责任编辑：琴 娜
封面设计：青 鸟

余华经典文集
余 华 著

内蒙古人民出版社出版
(呼和浩特市新城西街 20 号)
各地新华书店经销 电工工业印刷厂印刷
开本：880×1168 1/32 印张：27 字数 620 千
2000 年 4 月第 1 版 2000 年 4 月第 1 次印刷
印数：0001-5200 册
ISBN7-204-04402-91-793 定价：56.80 元

述》《爱情故事》《两个人的历史》《命中注定》，共 6 篇作品；中篇小说中收录《河边的错误》《一九八六年》《难逃劫数》《一个地主的死》，共 4 篇作品；长篇小说中收录《许三观卖血记》《活着》《在细雨中呼喊》，共 3 部作品；随笔中收录《温暖和百感交集的旅程》《卡夫卡和 K》《山鲁佐德的故事》《博尔赫斯的实现》《契诃夫的等待》《布尔加科夫与〈大师和玛格丽特〉》《三岛由纪夫的写作与生活》《胡安·鲁尔福》《威廉·福克纳》《强劲的想象产生事实》《我能否相信自己》《文学和文学史》《内心之死》《高潮》《否定》《色彩》《灵感》《字与音》《音乐的叙述》《重读柴科夫斯基——与〈爱乐〉杂志记者的谈话》《音乐影响了我的写作》《消失的意义》《人类的正当研究便是人》，共 23 篇作品。

2001

003. 2001年，"华人畅销书作家精品丛书"，《余华作品精选》，署青海人民出版社出版。

版次：2001年7月第1版。印次：2001年7月第1次印刷。

字数共160千字。页数为310页。

其中收录《活着》《世事如烟》《往事与刑罚》《命中注定》，共4篇作品。

代序为《十七年前的牙医》。这篇代序节选自余华在2000年发表于

余华作品精选①

出版 发行	青海人民出版社（西宁市同仁路10号）

经销：新华书店
印刷：青海民族印刷厂
开本：850×1168毫米 1/64
印张：5
字数：160千字
版次：2001年7月第1版
印次：2001年7月第1次印刷
印数：1～3000
书号：ISBN 7 - 225 - 01672 - 5/B · 24
全8册57.60元　本册6.80元

《北京文学》中的作品，名为《回忆十七年前》。后《回忆十七年前》被收录在 2002 年南海出版公司出版的余华作品集《灵魂饭》中。在《回忆十七年前》这篇作品中，余华讲述了自己与《北京文学》的情缘。余华谈道："23 岁那年，我还在一家镇卫生院拔牙，当时我最大愿望是能够进入县文化馆，因为常见文化馆工作的人在街上游荡，我喜欢这样的工作。于是，我开始写作，我一边拔牙一边写作，拔牙是没有办法，写作是为了以后不拔牙……在卫生院的时候，我即使迟到一分钟都会遇到训斥。我第一天去文化馆上班时，故意迟到了三个小时，十点钟才去，我想试探一下他们的反应，结果没有一个人对我的迟到有所反应，仿佛我应该在这个时间去上班。我当时的感觉真是十分美好，我觉得自己是在天堂里找到了一份工作。"

004. **2001 年，长篇小说《许三观卖血记》，署花山文艺出版社出版。**

版次：2001 年 10 月第 1 版。印次：2001 年 10 月第 1 次印刷。

字数共 295 千字。页数为 362 页。

其中包括余华写毕于 1998 年 7 月 10 日的《中文版自序》，1997 年 8 月 26 日的《韩文版自序》，1998 年 6 月 27 日的《德文版自序》。

小说集中收录《许三观卖血记》和《活着》，共 2 部作品。

图书在版编目(CIP)数据

许三观卖血记/余华著. —石家庄：花山文艺出版社，2001
ISBN7—80611—981—7

Ⅰ. 许… Ⅱ. 余… Ⅲ. 长篇小说—中国—当代
Ⅳ. Ⅰ391

中国版本图书馆 CIP 数据核字(2001)第 08576 号

许三观卖血记
余 华 著

责任编辑：冯 勇　　装帧设计：陈 帅
美术编辑：江海涛　　责任校对：文鹃晖

出版发行：花山文艺出版社(石家庄市和平西路新文里 8 号)
邮政编码：050071　http://www.hspul.com
E-mail：hswycbs@public.sj.he.cn
Tel：0311—704250】转
Fax：0311—7837506

印　刷：长虹印务有限公司

经　销：新华书店

850×1168 毫米　1/32　11.75 印张　295 千字　2001 年 10 月第 1 版
2001 年 10 月第 1 次印刷　印数：1—3,000　定价：14.80 元
ISBN7—80611—981—7/Ⅰ·1130

005. **2001 年,《余华精品文集》,署北岳文艺出版社出版。**

有两个版本:

第一个版次为 2001 年 10 月第 1 版,2001 年 10 月第 1 次印刷。

字数共 468 千字。页数为 589 页。

其中收录《爱情故事》《命中注定》《难逃劫数》《一个地主的死》《在细雨中呼喊》《活着》《许三观卖血记》,共 7 篇作品。

第二个版次：2001 年 10 月第 1 版。印次：2001 年 10 月山西第 1 次印刷。

字数共 468 千字。页数为 589 页。

其中收录《爱情故事》《命中注定》《难逃劫数》《一个地主的死》《在细雨中呼喊》《活着》《许三观卖血记》，共 7 篇作品。

有人这样评价：余华的书一旦问世，便成为人类共有的经验。就像伟大的哲学家用一个思想概括全部思想一样，伟大的小说家通过一个人的一些最普通的事物，使所有人的一生涌现在他的笔下。

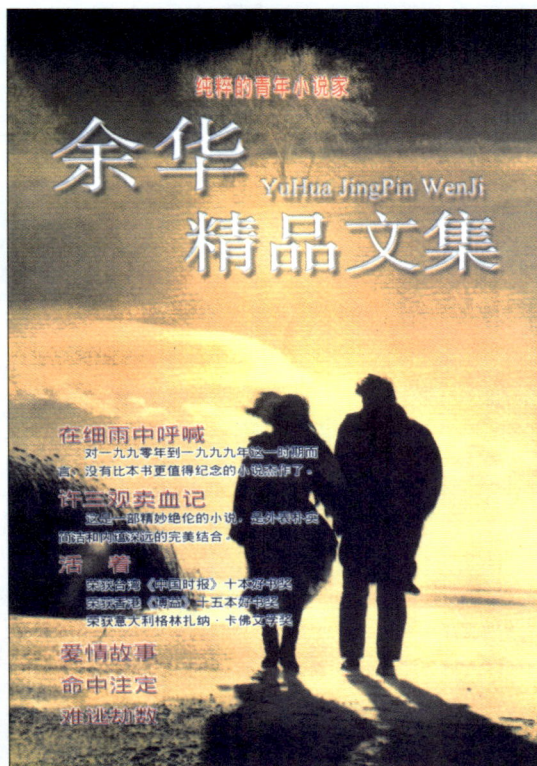

2002

006. 2002 年,《余华精品文集》,署北岳文艺出版社出版。

版次：2002 年 6 月第 1 版。印次：2002 年 6 月山西第 1 次印刷。

字数共 468 千字。页数为 589 页。

其中收录《爱情故事》《命中注定》《难逃劫数》《一个地主的死》《在细雨中呼喊》《活着》《许三观卖血记》,共 7 篇作品。

007. 2002 年,《余华经典作品选》,署内蒙古人民出版社出版。

版次:2002 年 12 月第 1 版。印次:2002 年 12 月第 1 次印刷。

字数共 350 千字。页数为 571 页。

其中收录《爱情故事》《命中注定》《难逃劫数》《一个地主的死》《在细雨中呼喊》《活着》《许三观卖血记》,共 7 篇作品。

图书在版编目(CIP)数据

余华经典作品选/余华著. —呼和浩特,内蒙古人民出版社,2002. 12
ISBN 7-80506-230-6/Z. 34
Ⅰ. 余… Ⅱ. 余… Ⅲ. 散文-作品集-中国-现代 Ⅳ. I266
中国版本图书馆 CIP 数据核字(2002)第 002730 号

出版发行	内蒙古人民出版社
地　　址	呼和浩特高新城西街 20 号
经　　销	全国新华书店
印　　刷	内蒙古新城印刷厂
印　　张	18
字　　数	350 千字
版　　次	2002 年 12 月第 1 版
印　　次	2002 年 12 月第 1 次
印　　数	1～2000
书　　号	ISBN 7-80506-230-6/Z. 34
定　　价	31. 8

版权所有,翻印必究,未经许可,不得转载!

2003

008. 2003 年,《余华作品集》, 署南海出版公司出版。

版次 : 2003 年 1 月第 1 版。印次 : 2003 年 11 月第 10 次印刷。

字数共 450 千字。页数为 792 页。

其中收录《活着》《在细雨中呼喊》《许三观卖血记》, 共 3 部作品。

并收录 1993 年 7 月 27 日余华写作的《〈活着〉前言》和余华于北京 1996 年 10 月 17 日写作的《〈活着〉韩文版自序》。

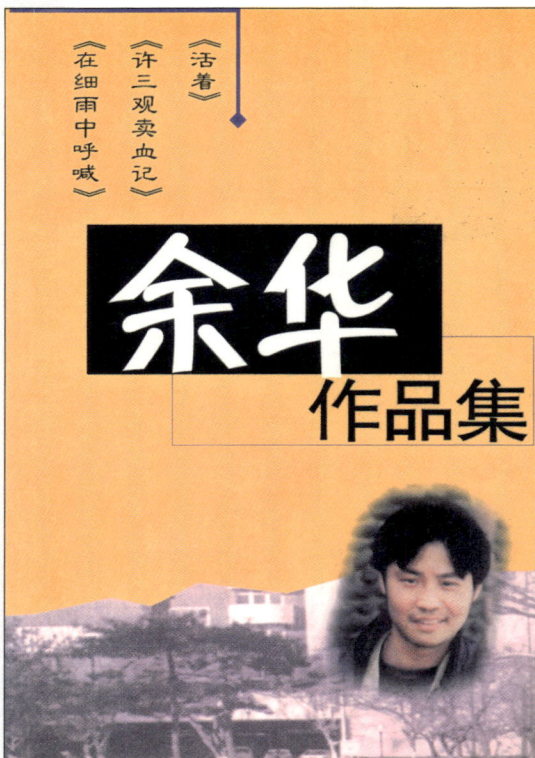

YU HUA ZUO PIN JI
余华作品集

作　者　余　华
责任编辑　春　天
封面设计　康笑宇
出版发行　南海出版公司　电话 (0898) 5350227 5352906
社　址　海口市机场路友利园大厦 B 座 3 楼　邮编　570203
经　销　新华书店
印　刷　唐山市裕丰印务有限公司
开　本　850×1168 毫米　1/32
印　张　25
字　数　450 千字
版　次　2003 年 1 月第 1 版　2003 年 11 月第 10 次印刷
书　号　ISBN 7-5442-1096-0/I·190
定　价　38.80 元

南海屋图书　版权所有　盗版必究

009. 2003 年，"余华作品集"，《活着》，署南海出版公司出版。

版次：2003 年 4 月第 1 版。

字数共 500 千字。页数为 540 页。

其中收录《活着》《许三观卖血记》《在细雨中呼喊》，共 3 部作品，同时还包括《余华自传》。《余华自传》的内容节选自余华写作的《最初

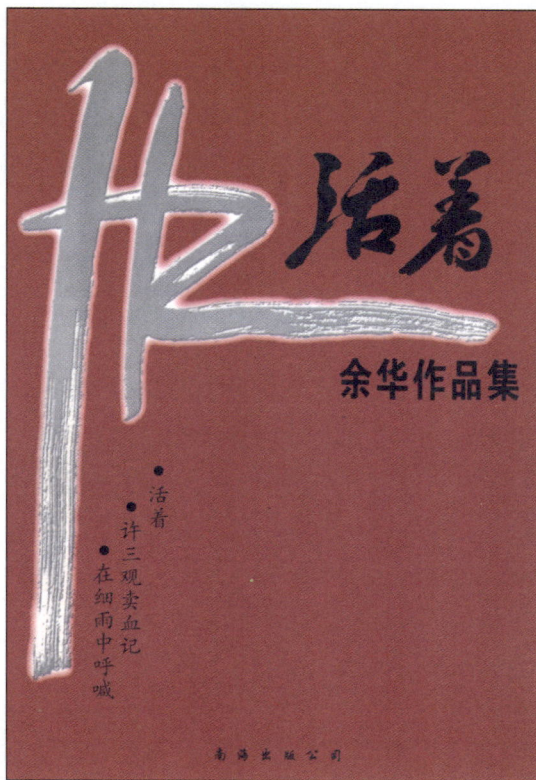

活着·余华作品集

作　　者　余　华
责任编辑　袁杰伟　杨　雯
封面设计　杨　平
出版发行　南海出版公司
社　　址　海口市机场路友利园大厦 B 座 3 楼　邮编　570203
经　　销　新华书店
印　　刷　唐山市润丰印刷有限公司
开　　本　850×1168 毫米　1 / 32
印　　张　17
字　　数　500 千字
版　　次　2003 年 4 月第一版
书　　号　ISBN7-5442-1096-0/I·190
定　　价　25.00 元

版权所有　盗版必究

的岁月》。《最初的岁月》收录在 1995 年中国社会科学出版公司出版的《余华作品集》（3）中，在 1995 年时文章的题目是《自传》。后又收录在 2002 年南海出版公司出版的余华作品集《灵魂饭》中。

余华在《自传》中写道："一位真正的作家永远只为内心写作，只有内心才会真实地告诉他，他的自私、他的高尚是怎么突出。内心让他真实地了解自己，一旦了解了自己也就了解了世界。很多年前我就明白了这个原则，可是要捍卫这个原则必须付出艰辛的劳动和长时期的痛苦，因为内心并非时时刻刻都是敞开的，它更多的时候倒是封闭起来，于是只有写作，不停地写作才能使内心敞开，才能使自己置身于发现之中，就像日出的光芒照亮了黑暗，灵感这时候才会突然到来。"

010. **2003 年，《余华文集》，署长江文艺出版社出版。**

版次：2003 年 7 月第 1 版。印次：2003 年 7 月第 1 次印刷。

字数共 340 千字。页数为 480 页。

其中包括短篇小说、中篇小说、散文与随笔、创作谈四个部分。"短篇小说"部分收录《十八岁出门远行》《西北风呼啸的中午》《死亡叙述》《爱情故事》《鲜血梅花》《往事与刑罚》《我没有自己的名字》《为什么没有音乐》《蹦蹦跳跳的游戏》《黄昏里的男孩》，共 10 篇作品；"中

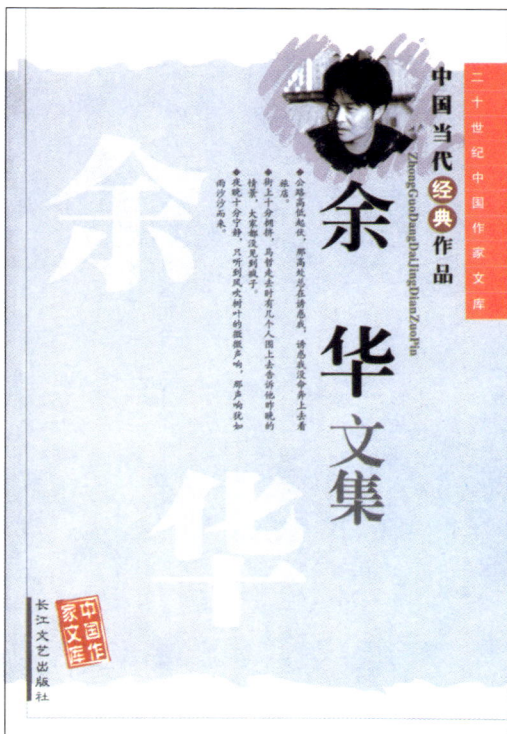

（鄂）新登字 05 号

图书在版编目（CIP）数据

余华经典作品/孙忠军 选编
武汉：长江文艺出版社，2003.7
（现代文学名家作品精选）

ISBN 7 - 5354 - 2467 - 0/I·17

I．余…
II．孙…
III．小说 - 作品集 - 中国 - 现代
IV．I 216.2

中国版本图书馆 CIP 数据核字（2002）第 096796 号

责任编辑：康志刚   责任校对：写 廉
封面设计：徐慧芳   责任印制：周铁衡

出版：长江文艺出版社
　　　（武汉市解放大道新育村 33 号　邮编：430022）
发行：长江文艺出版社
http://www.cjlap.com
E - mail：cjlap@public.wh.hb.cn
印刷：今印印务有限公司

开本：850 × 1168 毫米 1/32　印张：15.3　插页：1
版次：2003 年 7 月第 1 版　　2003 年 7 月第 1 次印刷
字数：340 千字　　　　　　　印数：1 - 8000 册

　　　　　定价：23.00 元

篇小说"部分收录《河边的错误》《现实一种》《世事如烟》《古典爱情》《偶然事件》《此文献给少女杨柳》，共6篇作品；"散文与随笔"部分收录《儿子的出生》《恐惧与成长》《流行音乐》《可乐和酒》《最初的岁月》《布尔加科夫与〈大师和玛格丽特〉》《卡夫卡和K》《内心之死》《文学和文学史》，共9篇作品；"创作谈"部分收录《虚伪的作品》《长篇小说的写作》两篇文章和"前言和后记"。"前言和后记"中收录《〈活着〉前言》《〈活着〉韩文版前言》《〈现实一种〉意大利文版前言》《〈许三观卖血记〉韩文版前言》《〈许三观卖血记〉意大利文版前言》《〈许三观卖血记〉德文版前言》《〈许三观卖血记〉中文版前言》《〈河边的错误〉后记》，共8篇作品。作品集同时收录陈思和写毕于1997年6月的《余华小说与世纪末意识》，并将其作为代序。

011. 2003 年,《余华小说精品》,署南海出版公司出版。

版次:2003 年 8 月第 1 版。印次:2003 年 8 月第 1 次印刷。

字数共 320 千字。页数为 560 页。

其中收录《在细雨中呼喊》《活着》《许三观卖血记》,共 3 部作品。

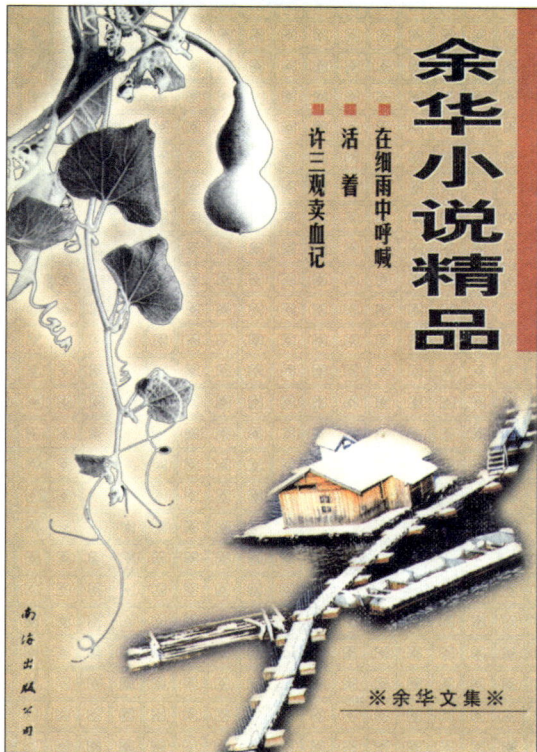

图书在版编目(CIP)数据

余华小说精品/余华著. – 海口·南海出版公司,2003. 6
ISBN 7 – 5442 – 1096 – 0
Ⅰ. 余… Ⅱ. 余… Ⅲ. 长篇小说集 – 中国 – 当代
Ⅳ. 1732. 1
中国版本图书馆 CIP 数据核字(2003)第 20231 号

余华小说精品

作　　者　余 华
责任编辑　杨 雯 孙吉和
平面设计　康笑宇工作室
出版发行　南海出版公司
杜　　址　海口市机场路友利园大厦 B 座楼
经　　销　新华书店
印　　刷　唐山市飓丰印务有限公司
开　　本　850×1168　　1/32
印　　张　19
字　　数　320 千字
版　　次　2003 年 8 月第 1 版　2003 年 8 月第 1 次印刷
书　　号　ISBN 7 – 5442 – 1096 – 0
定　　价　28. 00 元

南海版图书　版权所有　盗版必究

012.　2003 年，"余华精品集"，《世事如烟》，署南海出版公司出版。

版次：2003 年 10 月第 1 版。印次：2003 年 10 月第 1 次印刷。

字数共 520 千字。页数为 573 页。

其中收录《世事如烟》《活着》《许三观卖血记》《在细雨中呼喊》《十八岁出门远行》《现实一种》《爱情故事》《朋友》，共 8 篇作品。

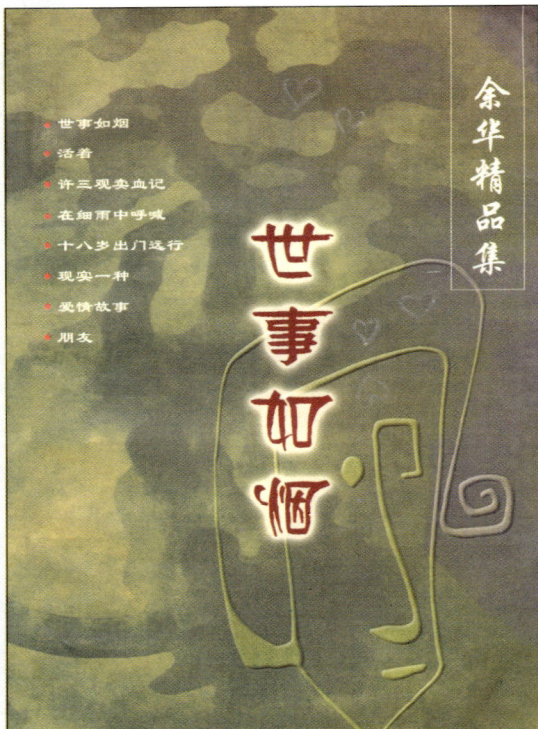

SHI SHI RU YAN
余华精品集·世事如烟

作　者　余　华
责任编辑　袁杰伟　杨雯
封面设计　宝　珈
出版发行　南海出版公司
杜　址　海口市机场路友利园大厦 B 座 3 楼　邮编 570203
经　销　新华书店
印　刷　唐山市润丰印务有限公司
开　本　880×1230 毫米　1/32
印　张　18
字　数　520 千字
版　次　2003 年 10 月第 1 版　2003 年 10 月第 1 次印刷
书　号　ISBN 7－5442－2390－6
定　价　28.80 元

南海版图书　版权所有　盗版必究

013. 2003 年,《回忆之门》,署南海出版公司出版。

版次：2003 年 10 月第 1 版。印次：2003 年 10 月第 1 次印刷。

页数为 685 页。

其中收录《在细雨中呼喊》《许三观卖血记》《活着》3 部长篇小说，并在"两个童年"和"生活、阅读和写作"两个部分收录余华的 36 篇作品。

"两个童年"中收录《流行音乐》《可乐和酒》《恐惧与成长》《儿子的

图书在版编目(CIP)数据

回忆之门/余华著. —海口：南海出版公司, 2003.10
ISBN 7 - 5442 - 2047 - 8

Ⅰ. 回… Ⅱ. 余… Ⅲ. 作品集 - 中国 - 当代 Ⅳ. I267

中国版本图书馆 CIP 数据核字(2002)第 088472 号

回忆之门

作　　者　余　华
责任编辑　袁杰伟　杨　雯
封面设计　丽风工作室
出版发行　南海出版公司　电话 (0898) 65350227
社　　址　海口市机场路友利国大厦 B 座 3 楼　邮编　570203
经　　销　新华书店
印　　刷　河北省丰润县印刷有限公司
开　　本　850×1168 毫米　1/32
印　　张　21.625
版　　次　2003 年 10 月第 1 版　2003 年 10 月第 1 次印刷
书　　号　ISBN 7 - 5442 - 8/I · 395
定　　价　29.80 元

南海版图书　版权所有　盗版必究

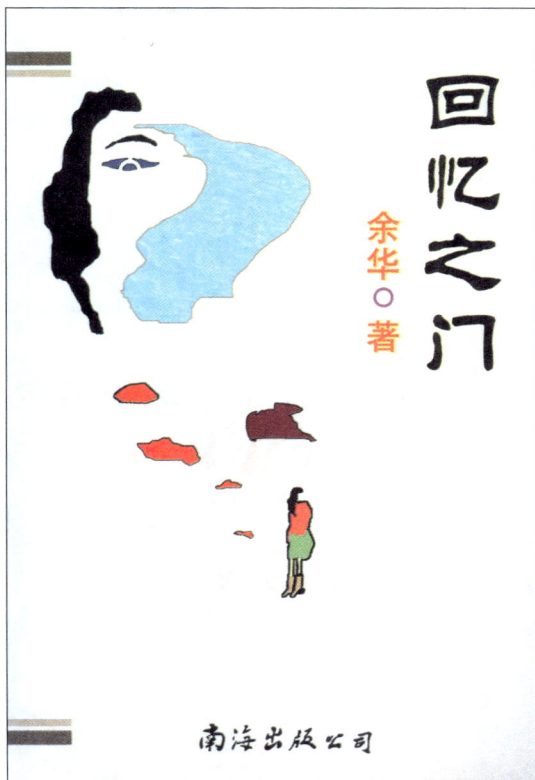

影子》《消费的儿子》《儿子的出生》《父子之战》《医院里的童年》《麦田里》《土地》《包子和饺子》《国庆节忆旧》《最初的岁月》，共 13 篇作品；

"生活、阅读和写作"中收录《灵魂饭》《韩国的眼睛》《结束》《午门广场之夜》《关于时间的感受》《关于回忆和回忆录》《美国的时差》《别人的城市》《一年到头》《十九年前的一次高考》《我的第一份工作》《回忆十七年前》《谈谈我的阅读》《应该阅读经典作品》《写作的乐趣》《我的写作经历》《我为何写作》《长篇小说的写作》《网络和文学》《文学和民族》《没有一条道路是重复的》《奢侈的厕所》《谁是我们共同的母亲》，共 23 篇作品。

014. **2003 年,《余华文集》,署内蒙古人民出版社出版。**

印次：2003 年 11 月第 1 次印刷。

字数共 300 千字。页数为 571 页。

其中收录《爱情故事》《命中注定》《难逃劫数》《一个地主的死》《在细雨中呼喊》《活着》《许三观卖血记》, 共 7 篇作品。

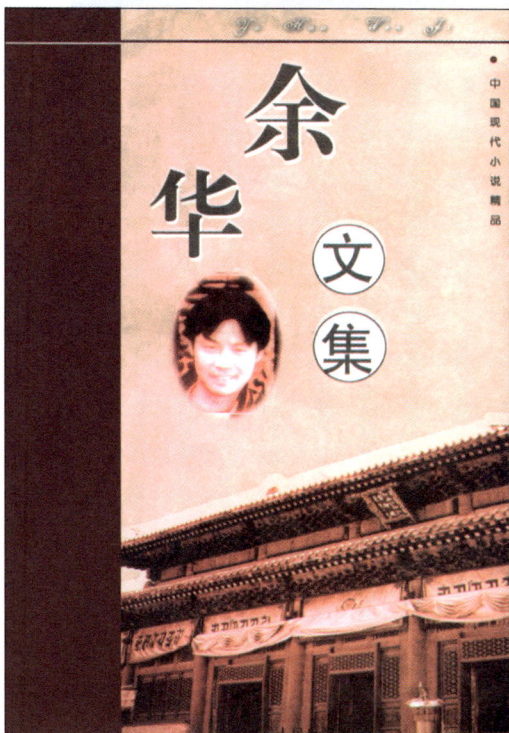

图书在版编目〔CLP〕数据

余华文集/余华著. — 呼和浩特: 内蒙古人民出版社, 2003.11
ISBN 7-5360-4150-5/G·415

Ⅰ.余… Ⅱ.余… Ⅲ.文集—作品集—中国—现代 Ⅳ.1266

中国版本图书馆CLP数据核字（2003）第002774号

出版发行: 内蒙古人民出版社
地　　址: 呼和浩特高新城西街20号
经　　销: 全国新华书店
印　　刷: 内蒙古新城印刷厂
开　　本: 850×1168 1/32
印　　张: 18
字　　数: 300千字
印　　次: 2003年11月第1次
印　　数: 1-6000册
书　　号: ISBN 7-5360-4150-5/G-415
定　　价: 29.80元.

015. 2003 年，《余华文集》，署北岳文艺出版社出版。

版次：2003 年 12 月北京第 1 版。印次：2003 年 12 月河北第 1 次
印刷。

字数共 754 千字。页数为 736 页。

其中收录《高潮》《我没有自己的名字》《世事如烟》《在细雨中呼喊》
《许三观卖血记》《活着》《古典爱情》《一个地主的死》《四月三日事
件》《河边的错误》《难逃劫数》《夏季台风》《一九八六年》，共 13 篇
作品。

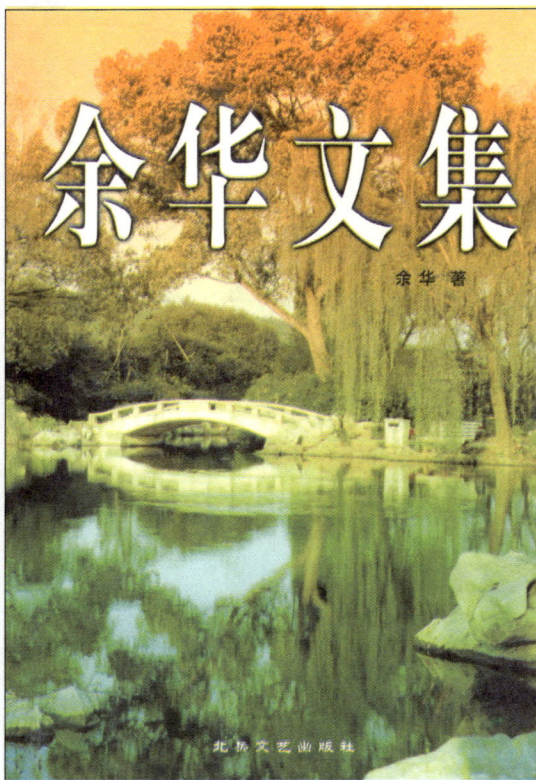

（京）新登字 083 号
图书在版编目（CIP）数据
余华文集/余华著.—北京：北岳文艺出版社,2003
ISBN 7－5442－1096－0/I·190
Ⅰ.余… Ⅱ.余… Ⅲ.文集—中国—当代 Ⅳ.I247.5
中国版本图书馆 CIP 数据核字(2003)第 094764 号

余华文集

余 华 著作
北岳文艺出版社 出版发行
河北承德市第一印刷厂印刷 新华书店经销
*
850×1168 1/32 23 印张 754 千字
2003 年 12 月北京第 1 版 2003 年 12 月河北第 1 次印刷
定价:32.00 元

2004

016. **2004 年,《余华作品集》, 署南海出版公司出版。**

版次：2004 年 10 月第 1 版, 2004 年 10 月第 1 次印刷。

字数共 350 千字。页数为 543 页。

其中收录《活着》《许三观卖血记》《在细雨中呼喊》《十八岁出门远行》《我没有自己的名字》《鲜血梅花》《在桥上》《空中爆炸》, 共 8 篇作品。

图书在版编目（CIP）数据

余华作品集 : 余华著. —海口: 南海出版公司,
2004. 10
ISBN 7-5441-2593-9

Ⅰ. 余… Ⅱ. 余… Ⅲ. 作品集 – 中国 – 当代

中国版本图书馆CIP数据核字（2004）第074040号

余华作品集

责任编辑	杨 雯 李 洁
出版发行	南海出版公司 电话（0898）65350227
杜 址	海口市蓝天路友利国大厦B座3楼 邮编 570203
电子信箱	nhcbgs@0898.net
经 销	新华书店
印 刷	上海复旦四维印刷有限公司
开 本	880×1230 毫米1/32
印 张	18.5
字 数	350千
版 次	2004年10月第1版 2004年10月第1次印刷
书 号	ISBN 7-5441-2593-9
定 价	28.80元

南海版图书 版权所有 盗版必究

余 华

作品集

十八岁出门远行
许三观卖血记
在细雨中呼喊
活着

中国现代名家经典书系

南海出版公司

017. 2004 年,《余华作品集》, 署北岳文艺出版社出版。

版次: 2004 年 11 月第 1 版。印次: 2004 年 11 月第 1 次印刷。

字数共 180 千字。页数为 572 页。

其中收录《活着》《许三观卖血记》《在细雨中呼喊》《现实一种》《四月三日事件》《一九八六年》《古典爱情》《世事如烟》《难逃劫数》,共 9 篇作品。

"余华让我们看到了什么是最惊心动魄的叙述。《活着》, 不管是屈辱还是风光; 不管是甜蜜还是酸楚; 不管愿不愿意, 喜不喜欢, 都得活着……"(封面文字)

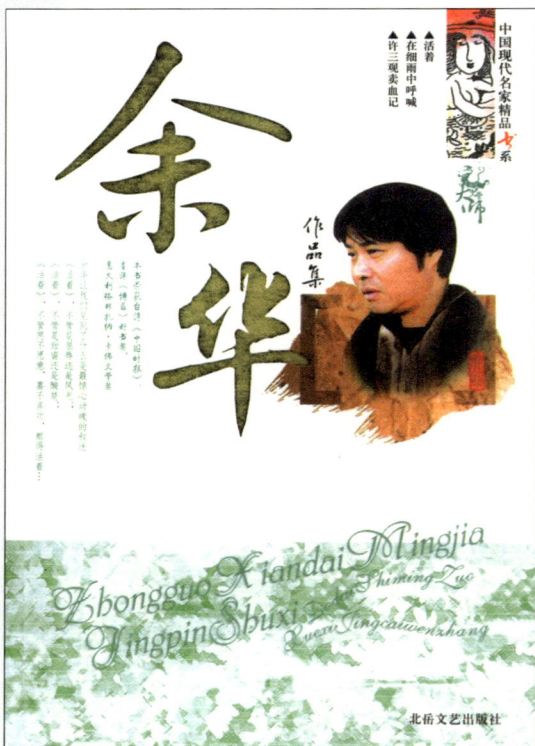

图书在版编目 (CIP) 数据

余华作品集 / 余华著. - 北岳文艺出版社, 2004.10
ISBN 7 - 5378 - 6953 - 7

Ⅰ. 余… Ⅱ. 余… Ⅲ. 小说集 Ⅳ. 1226.523

中国版本图书馆 CIP 数据核字 (2004) 第 047459 号

余华作品集

作　者: 余　华
责任编辑: 李凤娥
出版发行: 北岳文艺出版社
地　址: 太原市新道街46号
邮　编: 030002
印　刷: 北方大成印刷厂
经　销: 各地新华书店
版　次: 2004 年 11 月第 1 版
　　　　2004 年 11 月第 1 次印刷
开　本: 880×1230毫米　1/32
印　张: 18印张
字　数: 180千字
书　号: ISBN 7 - 5378 - 6953 - 7/I · 8515
定　价: 26.80元

018. **2004 年,《余华文集》, 署北岳文艺出版社出版。**

版次：2004 年 11 月第 1 版。印次：2004 年 11 月第 1 次印刷。

字数共 450 千字。页数为 736 页。

其中收录《高潮》《我没有自己的名字》《世事如烟》《在细雨中呼喊》《许三观卖血记》《活着》《古典爱情》《一个地主的死》《四月三日事件》《河边的错误》《难逃劫数》《夏季台风》《一九八六年》, 共 13 篇作品。

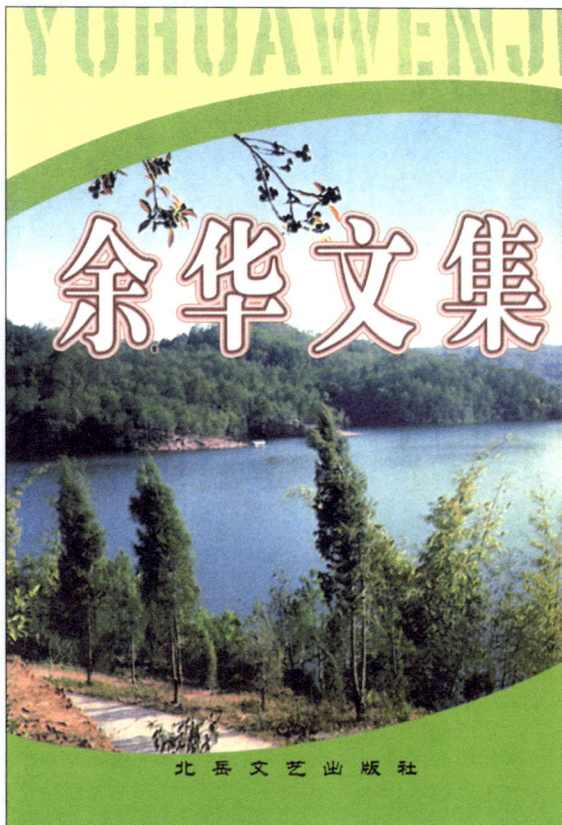

责任编辑：涧水旅
封面设计：丹 人

★

余华文集

★

北岳文艺出版社出版发行(太原市解放路 46 号楼)
山西省新华书店经销   山西新华印刷厂印刷

开本：850×1168   1/32   印张：23   字数：450 千字
2004 年 11 月第 1 版   2004 年 11 月第 1 次印刷
印数：1－2000 册

ISBN 7－80627－680－7/1·307
定价：32.80 元

2005

019. 2005 年,《余华作品集》,署南海出版公司出版。

版次:2005 年 1 月第 1 版。印次:2005 年 1 月第 1 次印刷。

字数共 550 千字。页数为 568 页。

其中收录《在细雨中呼喊》《许三观卖血记》《活着》,共 3 部作品。以及包括余华写于 1998 年 10 月 11 日的《中文版自序》和写于 1998 年 8 月 9 日的《意大利文版自序》。

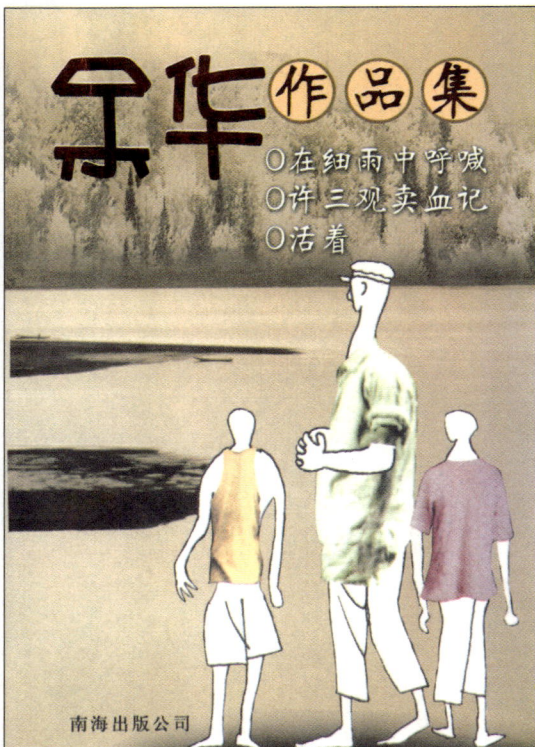

图书在版编目〔CIP〕数据

余华作品集/余华著. —南海出版公司,2005.1
ISBN 7 - 80616 - 307 - 7

Ⅰ. 余… Ⅱ. 余… Ⅲ. 作品集 - 当代 - 中国 Ⅳ.125
中国版本图书馆 CIP 数据核字(2004)第 487285 号

余华作品集

作　　者:	余 华
责任编辑:	张 军
装帧设计:	雅文创作室、版画设计
出版发行:	南海出版公司
地　　址:	海口市机场路友利园大厦 B 座 3 楼　邮编: 570203
经　　销:	新华书店
印　　刷:	北京市通州区鑫欣印刷厂
开　　本:	880×1230 毫米　1/32
印　　张:	20
字　　数:	550 千字
版次印次:	2005 年 1 月第 1 版　2005 年 1 月第 1 次印刷
印　　数:	5000 册
书　　号:	ISBN 7 - 80616 - 307 - 7/I·265
定　　价:	31.80 元

版权所有,侵权必究。

020. **2005 年，《余华精品集》，署人民文学出版社出版。**

版次：2005 年 5 月第 1 版。印次：2005 年 5 月第 1 次印刷。

页数共 410 页。

其中收录《活着》《在细雨中呼喊》《许三观卖血记》《战栗》《一个地
主的死》《古典爱情》，共 6 篇作品，以及《前言》。

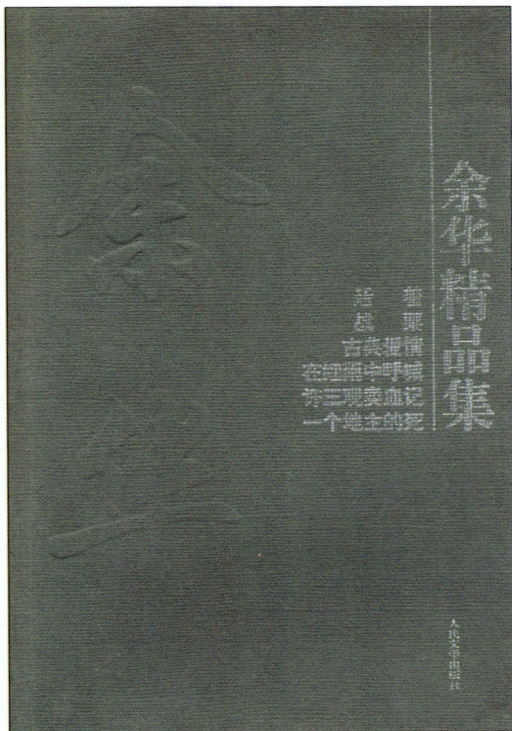

021. 2005 年,《余华作品集》,署南海出版公司出版。

版次:2005 年 7 月第 1 版。印次:2005 年 7 月第 1 次印刷。

字数共 350 千字。页数为 543 页。

其中收录《活着》《许三观卖血记》《在细雨中呼喊》《十八岁出门远行》《我没有自己的名字》《鲜血梅花》《在桥上》《空中爆炸》,共 8 篇作品。

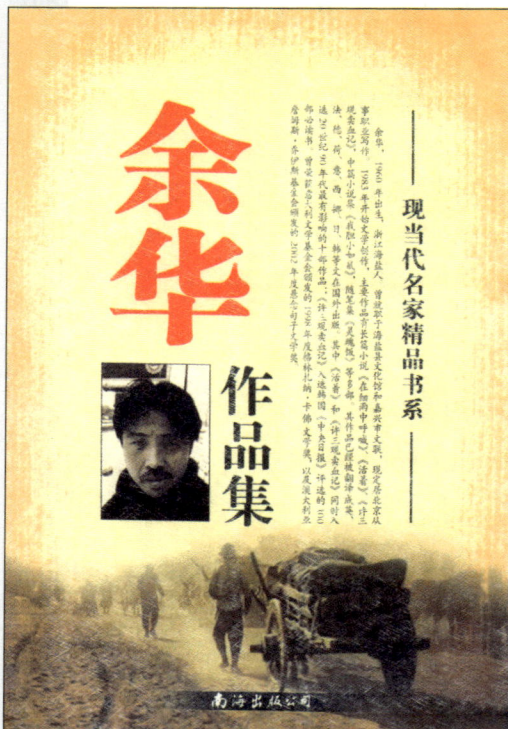

图书在版编目(CIP)数据

余华作品集/徐华著. - 海口:南海出版公司,
2005. 4
ISBN 7 - 5441 - 2593 - 9

Ⅰ. 余… Ⅱ. 余… Ⅲ. 作品集 - 中国 - 当代

中国版本图书馆 CIP 数据核字(2005)第 074949 号

余华作品集

责任编辑 杨 雯 李 洁
出版发行 南海出版公司   电话(0898)65350227
社   址 海口市蓝天路友利园大厦 B 座 3 楼 邮编 570203
电子信箱 nhclgg@0898. net
经   销 新华书店
印   刷 上海复旦四维印刷有限公司
开   本 880×1230mm   1/32
印   张 17.5
字   数 350 千
版   次 2005 年 7 月第 1 版 2005 年 7 月第 1 次印刷
书   号 ISBN 7 - 5441 - 2593 - 9
定   价 28.80 元

南海版图书 版权所有 盗版必究

022. 2005 年,《余华精品集》,署人民文学出版社出版。

版次：2005 年 10 月第 1 版。印次：2005 年 10 月第 1 次印刷。

页数共 409 页。

其中收录《活着》《兄弟》《许三观卖血记》《战栗》《一个地主的死》
《古典爱情》,共 6 篇作品,以及《前言》。

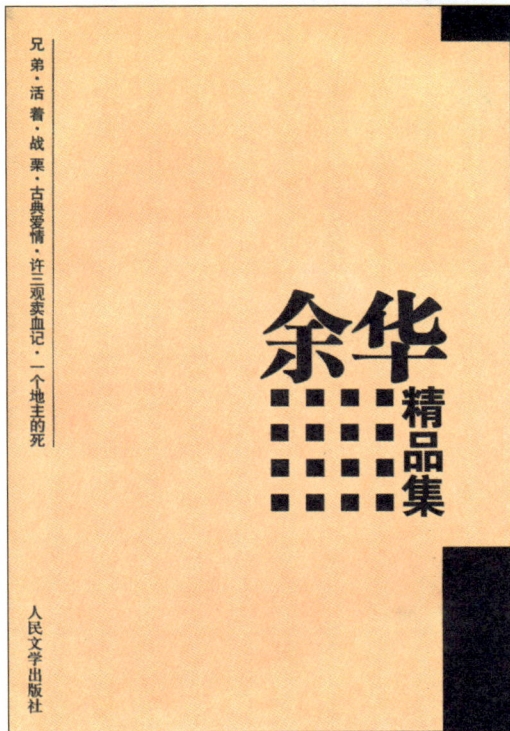

图书在版编目 (CIP) 数据

余华精品集/余华著－北京:人民文学出版社,2005.3
ISBN 7－02－002475－0

Ⅰ.余…　Ⅱ.余…　Ⅲ.长篇小说－作品集－中国－当代
Ⅳ.I247

中国版本图书馆 CIP 数据核字 (2003) 第 070853 号

余华精品集
余华　著

出版:人民文学出版社出版
社址:北京市朝内大街 166 号
印刷:北京昌平百善印刷厂印刷
发行:新华书店经销
版次:2005 年 10 月第 1 版
印次:2005 年 10 月第 1 次印刷
开本:787 毫米×1092 毫米　1/16
印张:26
书号:ISBN 7－02－002475－0/I·1934
定价:42.00 元

023. 2005 年,《余华精品集》,署人民文学出版社出版。

　　版次：2005 年 10 月第 1 版。印次：2005 年 10 月第 1 次印刷。

　　页数为 409 页。

　　其中收录《活着》《兄弟》《许三观卖血记》《战栗》《一个地主的死》

　　《古典爱情》,共 6 篇作品,以及《前言》。

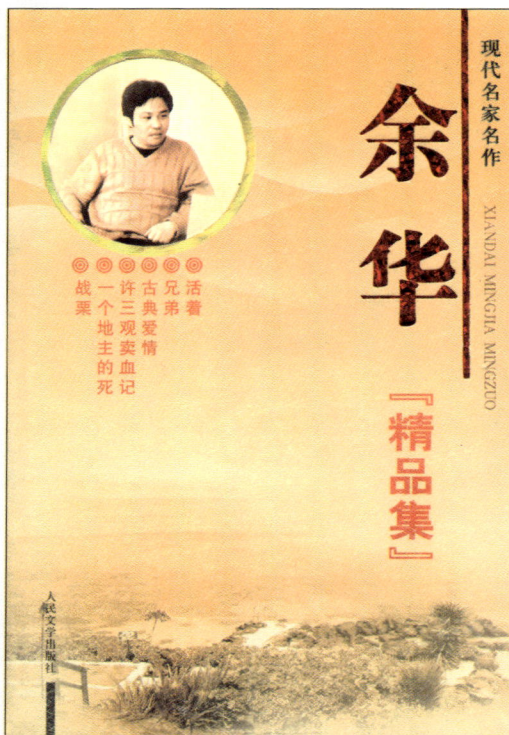

图书在版编目（CIP）数据

余华精品集/余华著－北京:人民文学出版社,2005.3

ISBN 7－02－002475－0

Ⅰ.余… Ⅱ.余… Ⅲ.长篇小说－作品集－中国－当代

Ⅳ.I247

中国版本图书馆 CIP 数据核字(2003)第 070853 号

余华精品集

余华　著

出版:人民文学出版社出版

社址:北京市朝内大街 166 号

印刷:北京昌平百善印刷厂印刷

发行:新华书店经销

版次:2005 年 10 月第 1 版

印次:2005 年 10 月第 1 次印刷

开本:787 毫米×1092 毫米　1/16

印张:26

书号:ISBN 7－02－002475－0/I·1934

定价:42.00 元

盗版本

024. **2005 年,《余华作品集》, 署作家出版社出版。**

版次：2005 年 11 月第 1 版。印次：2005 年 11 月第 1 次印刷。

字数共 550 千字。页数共 535 页。

其中收录《兄弟》《黄昏里的男孩》《活着》《许三观卖血记》, 共 4 篇作品。

"一位真正的作家永远只为内心写作, 只有内心才会真实地告诉他, 他的自私、他的高尚是多么突出。内心让他真实地了解自己, 一旦了解了自己也就了解了世界。"

余华说："很多年前我就明白了这个原则, 可是要捍卫这个原则必须付出艰辛的劳动和长时期的痛苦, 因为内心并非时时刻刻都是敞开的, 它更多的时候倒是封闭起来, 不停地写作才能使内心敞开, 才能使自己置身于发现之中, 就像日出的光芒照亮了黑暗, 灵感这时候才会突显。"

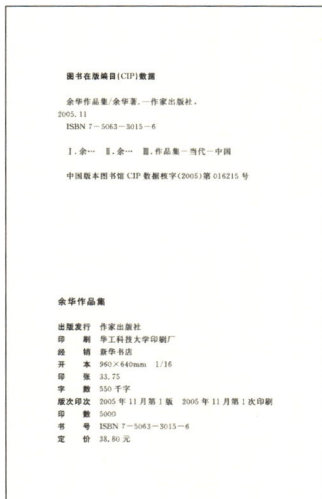

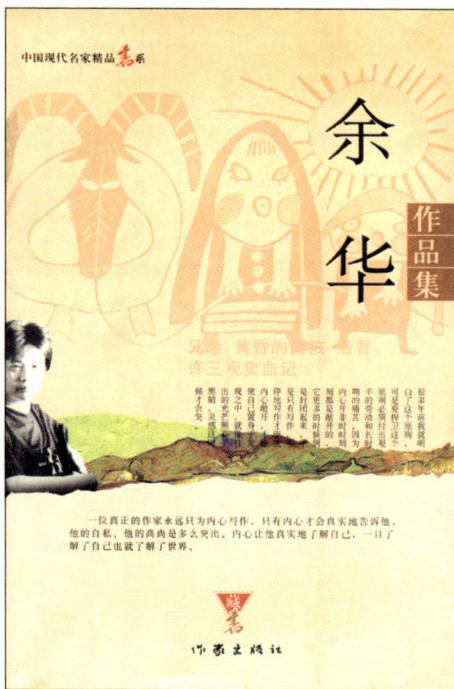

图书在版编目(CIP)数据

余华作品集/余华著. —作家出版社.
2005.11
ISBN 7－5063－3015－6

Ⅰ.余… Ⅱ.余… Ⅲ.作品集—当代—中国

中国版本图书馆 CIP 数据核字(2005)第 016215 号

余华作品集

出版发行　作家出版社
印　　刷　华工科技大学印刷厂
经　　销　新华书店
开　　本　960×640mm　1/16
印　　张　33.75
字　　数　550 千字
版次印次　2005 年 11 月第 1 版　2005 年 11 月第 1 次印刷
印　　数　5000
书　　号　ISBN 7－5063－3015－6
定　　价　38.80 元

025. 2005 年,《余华精品集》,署人民文学出版社出版。

版次：2005 年 11 月第 1 版。印次：2005 年 11 月第 1 次印刷。

字数共 700 千字。页数为 540 页。

其中收录《兄弟》《黄昏里的男孩》《活着》《许三观卖血记》,共 4 篇作品。

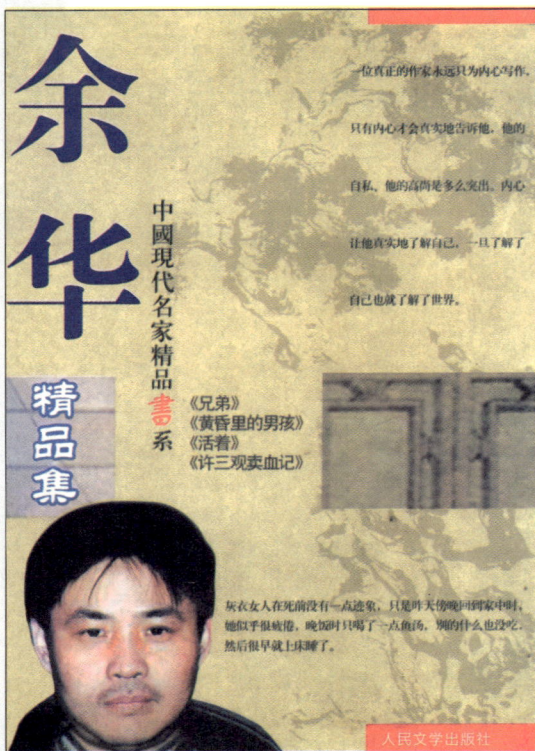

图书在版编目(CIP)数据
余华精品集/余华著. —北京：人民文学出版社，2005. 11
ISBN 7—02—004141—8
I. 余… II. 余… III. 精品集—中国—现代 IV. I210. 4
中国版本图书馆 CIP 数据核字(2005)第 003656 号

余华精品集

余华著
人民文学出版社出版
http://www.rw—cn.com
北京市朝内大街 166 号 邮编：100705
北京世界知识印刷厂印刷 新华书店经销
字数 700 千字 开本 880×1240 毫米 1/32 印张 17
2005 年 11 月第 1 版 2005 年 11 月第 1 次印刷
印数 1—10000
ISBN 7—02—004141—8/I·3339
定价 32. 80 元

026. 2005 年,《余华最新经典作品集》,署上海文艺出版社出版。

版次：2005 年 12 月第 1 版。印次：2005 年 12 月第 1 次印刷。

页数为 556 页。

其中收录了《兄弟》《活着》《在细雨中呼喊》《许三观卖血记》《爱情
故事》《命中注定》《难逃劫数》《一个地主的死》,共 8 篇作品。

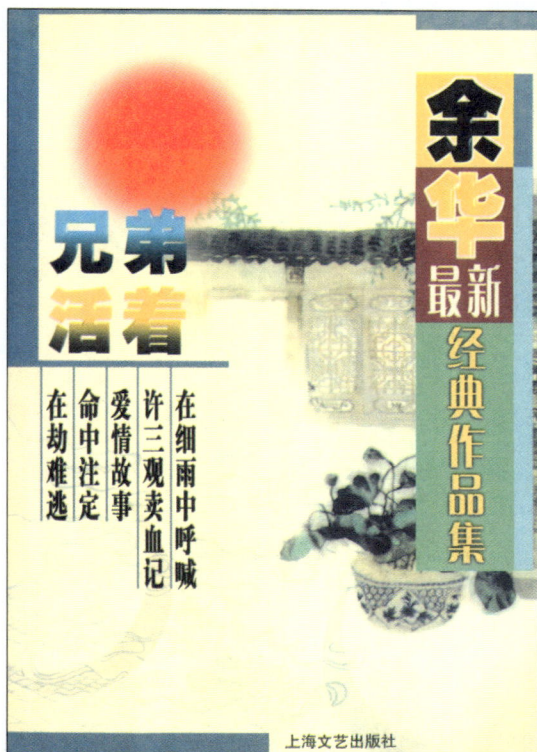

图书在版编目 (CIP) 数据

余华最新经典作品集/余华著. —上海:上海文艺出版社, 2005. 12
ISBN 7 — 5321-2902-0

Ⅰ. 余… Ⅱ. 余… Ⅲ. 长篇小说—中国—当代 Ⅳ. I247. 5
中国版本图书馆 CIP 数据核字 (2005) 第 075880 号

余华最新经典作品集
余华著
上海文艺出版社出版、发行
地址:上海绍兴路 74 号
开本 880×1230 1/32 印至 20
2005 年 12 月第 1 版 2005 年 12 月第 1 次印刷
印数:1—300,000 册
ISBN 7-5321-2902-0/I·2230 定价:34. 80 元

2006

027. 2006 年,《余华作品集》,署春风文艺出版社出版。

版次:2006 年 1 月第 1 版。印次:2006 年 1 月第 1 次印刷。

字数共 460 千字。页数为 473 页。

其中收录《活着》《许三观卖血记》《兄弟》,共 3 部作品,以及前言。

图书在版编目(CIP)数据

余华作品集/余华著. —沈阳:春风文艺出版社, 2005. 10
ISBN 7－5313－2541－4

Ⅰ. 余… Ⅱ. 余… Ⅲ. 作品集－中国－当代
Ⅳ. 1247. 8

中国版本图书馆 CIP 数据核字(2005)第 102439 号

春风文艺出版社出版发行
地址:沈阳市和平区十一纬路 25 号 邮政编码:110003
联系电话:024—23284285 23284029
购书电话:024—23284402 23284401
E-mail:chunfeng@vip.163.com
北宁市印刷厂印刷

开本:880×1230   印张:16
字数:460 千字   印数:000 1—100 00
2006 年第 1 月第 1 版   2006 年 1 月第 1 次印刷

责任编辑:时祥选   责任校对:潘晓春
封面设计:耿志远   版式设计:马奇萍

定价:28.80

028. **2006 年,《余华精品集》,署作家出版社出版。**

版次：2006 年 1 月第 1 版。印次：2006 年 1 月第 1 次印刷。

字数共 600 千字。页数为 428 页。

其中分为"散文"和"小说"两个部分。散文中收录《一个地主的死》《河边的错误》《鲜血梅花》《偶然事件》《此文献给少女杨柳》《现实一种》《世事如烟》《祖先》,共 8 篇作品;小说中收录《活着》《兄弟》,共 2 部作品。

图书在版编目（CIP）数据

余华精品集/余华著. —北京：作家出版社，2006. 1
ISBN 7－80550－676－0

Ⅰ. 余… Ⅱ. 余… Ⅲ. 精品集－中国－当代
Ⅳ. I247. 5

中国版本图书馆 CIP 数据核字 (2005) 第 106253 号

余华精品集

作　　者	余　华
责任编辑	窦海军
版式设计	吉　版
出版发行	作家出版社
社　　址	北京农展馆南里 10 号　　邮码：100026
电话传真	86－10－65930756（出版发行部）
	86－10－65004079（总编室）
	86－10－65389299（邮购部）

E－mail：wrtspub@public. bta. net. cn
http://www. zuojiachubanshe. com

印　　刷	北京乾坤印刷有限公司
开　　本	640×960 毫米　1/16
字　　数	600 千字
印　　张	28
印　　数	1－10000
版　　次	2006 年 1 月第 1 版
印　　次	2006 年 1 月第 1 次印刷
书　　号	ISBN 7－80550－676－0/G · 626
定　　价	33. 80 元

作家版图书，版权所有，侵权必究。

作家版图书，印装错误可随时退换。

029. 2006 年,《余华作品集》,署作家出版社出版。

版次:2006 年 1 月第 1 版。印次:2006 年 1 月第 1 次印刷。

字数共 550 千字。页数为 508 页。

其中收录《兄弟》《黄昏里的男孩》《活着》《许三观卖血记》,共 4 篇作品。

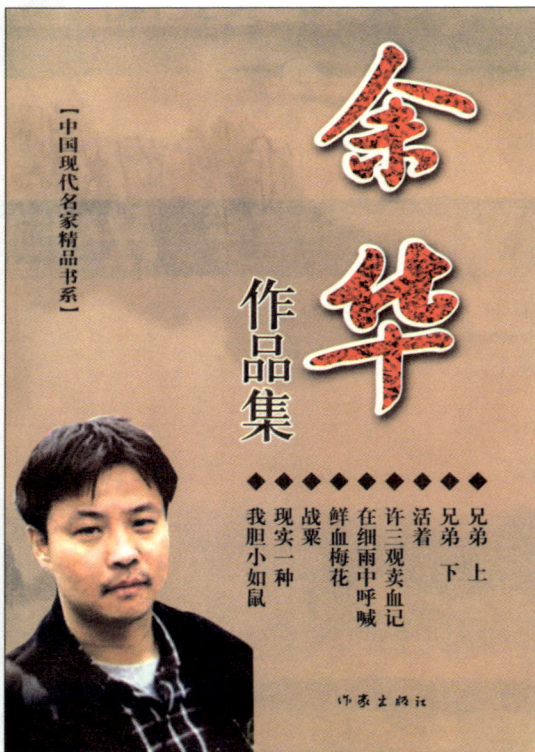

030. **2006 年,《余华文集》, 署人民文学出版社出版。**

印次：2006 年 1 月第 1 次印刷。

页数为 476 页。

其中收录《兄弟》《活着》《许三观卖血记》《没有一条道路是重复的》,
共 4 篇作品。

"对于任何个体来说, 真实存在的只能是他的精神, 太平间里那个纳凉
的少年, 最终长成那个可以冷静、无情地书写死亡与暴力的叙事者。"

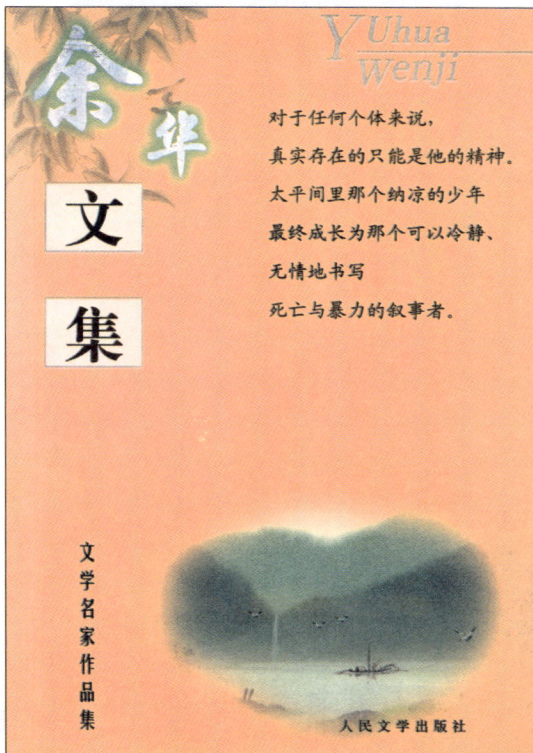

对于任何个体来说,
真实存在的只能是他的精神。
太平间里那个纳凉的少年
最终成长为那个可以冷静、
无情地书写
死亡与暴力的叙事者。

图书在版编目（CIP）数据

余华文集/余 华 著. - 北京: 人民文学出版社,
Ⅰ. 余… Ⅱ. 余… Ⅲ. 作品集 - 中国 - 现代
Ⅳ. 1246. 5
ISBN 7 - 02 - 004923 - 0
中国版本图书馆 CIP 数据核字 (2005) 第 09048 号

余华文集

作　　者：余 华 著
出版发行：人民文学出版社
印　　刷：河北省卢龙滨海印刷有限公司
装　　订：河北省卢龙滨海印刷有限公司
经　　销：新华书店北京发行所
开　　本：880×1230
印　　张：15
版　　次：2006 年 1 月第 1 次印刷
定　　价：32. 80 元

031. 2006 年,《余华精选集》,由北京燕山出版社出版。

版次:2006 年 1 月第 1 版。印次:2006 年 1 月第 1 次印刷。

字数共 240 千字。页数为 196 页。

其中收录《朋友》《空中爆炸》《蹦蹦跳跳的游戏》《我没有自己的名字》《黄昏里的男孩》《我胆小如鼠》《十八岁出门远行》《西北风呼啸的中午》《爱情故事》《鲜血梅花》《古典爱情》《往事与刑罚》《此文献给少女杨柳》《世事如烟》《现实一种》,共 15 篇作品。还包括洪治纲写作的《苦难的救赎》和洪治纲编写的《余华创作要目》。

032. **2006 年,《余华精品集》, 署人民文学出版社出版。**

版次：2006 年 4 月第 1 版。印次：2006 年 4 月第 1 次印刷。

字数共 369 千字。页数为 444 页。

其中收录《兄弟》《活着》等作品。

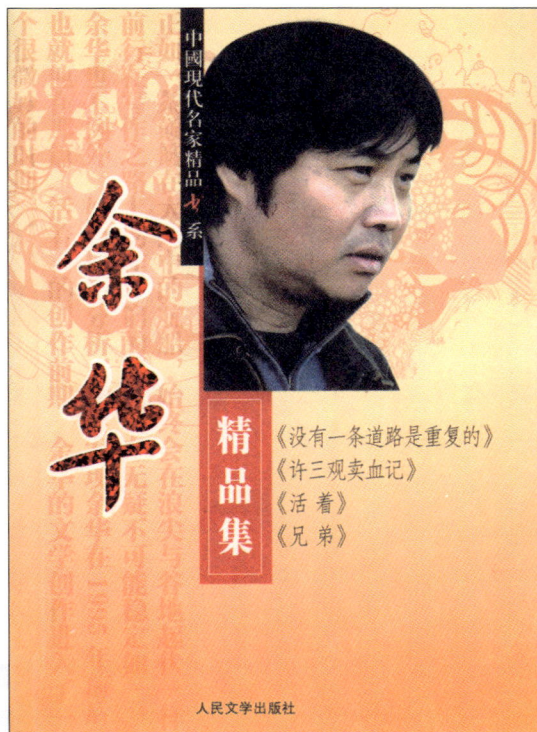

图书在版编目（CIP）数据

余华精品集/余华　著． - 沈阳：人民文学出版社，
2006. 4
ISBN 7 － 80203 － 082 － X
Ⅰ．余…　Ⅱ．余…　Ⅲ．精品集 - 中国 - 当代

中国版本图书馆 CIP 数据核字（2006）第 074944 号

余华作品集

责任编辑	杨 雯　李 洁
出版发行	人民文学出版社
社　址	沈阳市和平区十一纬路 25 号
电子信箱	nhchgs@0898．net
经　销	新华书店
印　刷	上海复旦四维印刷有限公司
开　本	960×640mm　1/16
印　张	28
字　数	369 千
版　次	2006 年 4 月第 1 版　2006 年 4 月第 1 次印刷
书　号	ISBN　7 - 80203 - 082 - X
定　价	36．80 元

版权所有　盗版必究

中國現代名家精品文系

余华

精品集

《没有一条道路是重复的》
《许三观卖血记》
《活 着》
《兄 弟》

人民文学出版社

033. 2006 年,《余华精品集》,署作家出版社出版。

版次：2006 年 4 月第 1 版。印次：2006 年 4 月第 1 次印刷。

字数共 600 千字。页数为 444 页。

其中收录《活着》《兄弟》(上下),共 2 部作品。

图书在版编目 (CIP) 数据

余华精品集/余华著. 一北京：作家出版社, 2006. 3
ISBN 7－80550－676－0

Ⅰ. 余… Ⅱ. 余… Ⅲ. 精品集－中国－当代
Ⅳ. I247. 5

中国版本图书馆 CIP 数据核字 (2005) 第 106253 号

余华精品集

作　　者：余 华
责任编辑：窦海军
版式设计：吉 辰
出版发行：作家出版社
社　　址：北京农展馆南里 10 号　邮编：100026
电话传真：86－10－65930756 (出版发行部)
　　　　　86－10－65004079 (总编室)
　　　　　86－10－65389299 (邮购部)
E－mail：wrtspub@public. bta. net. cn
http://www.zuojiachubanshe.com
印　　刷：北京乾坤印刷有限公司
开　　本：640×960 毫米　1/16
字　　数：600 千字
印　　张：28
印　　数：1－10000
版　　次：2006 年 4 月第 1 版
印　　次：2006 年 4 月第 1 次印刷
书　　号：ISBN 7－80550－676－0/G·626
定　　价：33. 80 元

作家版图书，版权所有，侵权必究。
作家版图书，印装错误可随时退换。

盗版本

034. 2006 年,《余华全集》, 署作家出版社出版。

版次：2006 年 4 月第 1 版。印次：2006 年 4 月第 1 次印刷。

页数为 636 页。

其中收录《兄弟》《兄弟（下）》《活着》《在细雨中呼喊》《许三观卖血记》《难逃劫数》《河边的错误》《夏季台风》《战栗》《一个地主的死》, 共 10 篇作品。

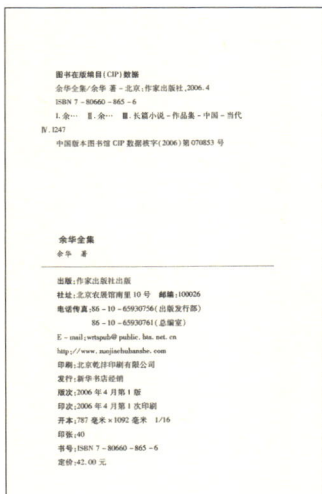

图书在版编目（CIP）数据

余华全集/余华 著 – 北京：作家出版社, 2006.4
ISBN 7 – 80660 – 865 – 6
I. 余… II. 余… III. 长篇小说 – 作品集 – 中国 – 当代
IV. I247
中国版本图书馆 CIP 数据核字（2006）第 078853 号

余华全集
余华 著

出版：作家出版社出版
社址：北京农展馆南里 10 号 邮编：100026
电话传真：86 – 10 – 65930756（出版发行部）
　　　　　86 – 10 – 65930761（总编室）
E – mail : wtzapub@public. bta. net. cn
http://www.zuojiachubanshe.com
印刷：北京乾坤印刷有限公司
发行：新华书店经销
版次：2006 年 4 月第 1 版
印次：2006 年 4 月第 1 次印刷
开本：787 毫米 × 1092 毫米 1/16
印张：40
书号：ISBN 7 – 80660 – 865 – 6
定价：42.00 元

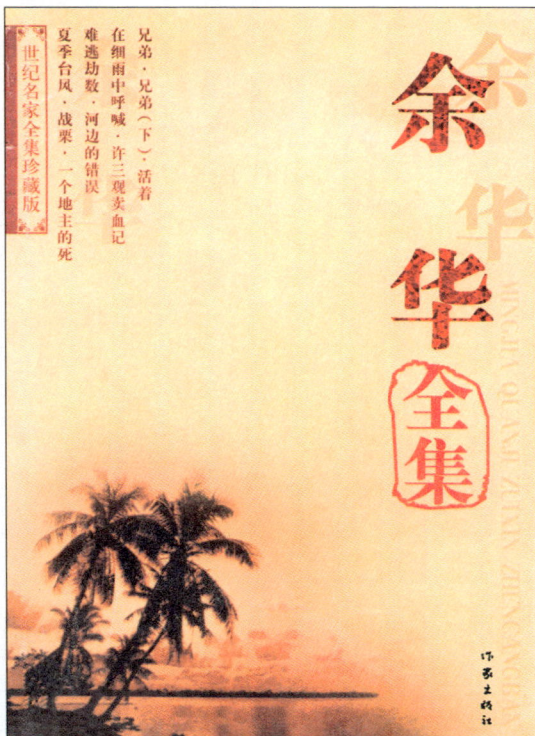

035. 2006 年,《余华作品集》,署作家出版社出版。

版次：2006 年 5 月第 1 版。印次：2006 年 5 月第 1 次印刷。

字数共 750 千字。页数为 636 页。

其中收录《兄弟》《活着》《许三观卖血记》《在细雨中呼喊》《鲜血梅花》《古典爱情》《往事与刑罚》《此文献给少女杨柳》《祖先》《战栗》《偶然事件》《一个地主的死》《现实一种》《河边的错误》《一九八六年》《我胆小如鼠》《夏季台风》《四月三日事件》，共 18 篇作品。

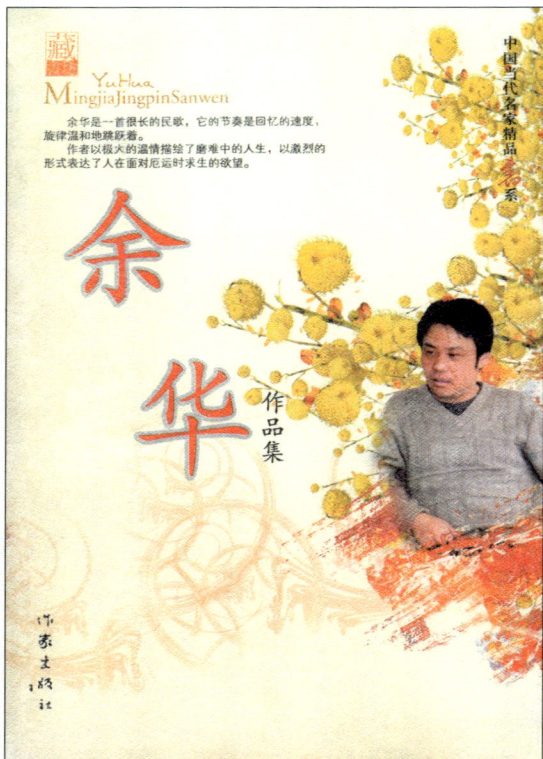

图书在版编目(CIP)数据

余华作品集/余华著. —作家出版社, 2006. 1
ISBN 7-02-003994-4

Ⅰ. 余… Ⅱ. 余… Ⅲ. 作品集-当代-中国

中国版本图书馆 CIP 数据核字(2006)第 064194 号

余华作品集

印　刷　北京市朝阳区宏伟家印刷厂
经　销　新华书店
开　本　880×1230mm　1/32
印　张　17
字　数　550 千字
版　次　2006 年 1 月第 1 版
印　次　2006 年 1 月第 1 次印刷
印　数　5000
书　号　ISBN 7-02-003994-4/I·3034
定　价　28.80 元

036. 2006 年,《余华作品集》,署内蒙古人民出版社出版。

版次:2006 年 7 月第 1 版。印次:2006 年 7 月第 1 次印刷。

页数为 606 页。

其中包括"长篇小说""中篇小说"和"短篇小说"三个部分。长篇小说中收录《活着》《许三观卖血记》《在细雨中呼喊》《兄弟》(上下),共 4 部作品;中篇小说收录《战栗》《古典爱情》《一个地主的死》《偶然事件》《世事如烟》《四月三日事件》《一九八六年》《难逃劫数》《现实一种》《河边的错误》《夏季台风》《我没有自己的名字》,共 12 篇作品;短篇小说收录《两个人的历史》《命中注定》《死亡叙述》《爱情故事》《鲜血梅花》《往事与刑罚》《祖先》《此文献给少女杨柳》《我能否相信自己》《十八岁出门远行》,共 10 篇作品。

图书在版编目(CIP)数据

余华作品集 / 余华 著 . - 内蒙古人民出版社 .
2006.7
ISBN 7-80177-321-7
Ⅰ . 余 … Ⅱ . 余 … Ⅲ . 青春 - 小说
Ⅳ .I247.5
中国版本图书馆 CIP 数据核字 (2006) 第 062034号

书　　名　余华作品集
编　　辑　余 华
出版发行　内蒙古人民出版社
经　　销　全国新华书店
印　　刷　内蒙古人民印刷有限公司
开　　本　787 × 1092mm　1/16
印　　张　40
版　　次　2006 年 7 月第 1 版　2006 年 7 月第 1 次印刷
书　　号　ISBN 7-80177-321-7/I·009
定　　价　68.00 元

037. 2006 年,《余华作品集》,署人民文学出版社出版。

版次:2006 年 7 月第 1 版。印次:2006 年 7 月第 1 次印刷。

字数共 550 千字。页数为 636 页。

其中收录《兄弟》(上下)、《黄昏里的男孩》、《活着》、《许三观卖血记》,共 4 篇作品。

图书在版编目(CIP)数据

余华精品集/余华著. —人民文学出版社,
2006.7
ISBN 7 - 02 - 004571 - 5

Ⅰ.余… Ⅱ.余… Ⅲ.精品集 - 当代 - 中国

中国版本图书馆 CIP 数据核字(2006)第 108684 号

余华精品集

出版发行	人民文学出版社
印 刷	北京怀柔红螺印刷厂
经 销	新华书店
开 本	1400×1000mm 1/16
印 张	40
字 数	550 千字
版次印次	2006 年 7 月第 1 版 2006 年 7 月第 1 次印刷
印 数	3000
书 号	ISBN 7 - 02 - 004571 - 5
定 价	42.00 元

038. **2006 年,《余华精品集》, 署世界文学出版社出版。**

版次：2006 年 10 月第 1 版。印次：2006 年 10 月第 1 次印刷。

字数共 550 千字。页数为 636 页。

其中收录《兄弟》(上下)《黄昏里的男孩》《活着》《许三观卖血记》,

共 4 篇作品。

图书在版编目(CIP)数据

余华精品集/余华著. —世界文学出版社.
2006.10
ISBN 7 - 02 - 004571 - 5

Ⅰ.余… Ⅱ.余… Ⅲ.精品集—当代—中国

中国版本图书馆 CIP 数据核字(2006)第108684号

余华精品集

出版发行　世界文学出版社
印　　刷　浙江东阳胶印厂印刷
经　　销　新华书店
开　　本　1400×1000mm　　1/16
印　　张　40
字　　数　550千字
版次印次　2006年10月第1版　　2006年10月第1次印刷
印　　数　5000
书　　号　ISBN 7 - 02 - 004571 - 5
定　　价　42.00元

039. 2006 年,《余华精品集》,署炎黄文化出版社出版。

版次:2006 年 11 月第 1 版。印次:2006 年 11 月第 1 次印刷。

字数共 550 千字。页数为 508 页。

其中收录《兄弟》(上下)《黄昏里的男孩》《活着》《许三观卖血记》,
共 4 篇作品。

图书在版编目(CIP)数据

余华精品集/余华著. — 炎黄文化出版社,
2006.9
ISBN 7—02—003994—4

Ⅰ.余… Ⅱ.余… Ⅲ.精品集—当代—中国

中国版本图书馆 CIP 数据核字(2006)第 108684 号

余华精品集

出版发行	炎黄文化出版社
印 刷	北京怀柔红螺印刷厂
经 销	新华书店
开 本	910×1280mm
印 张	16
字 数	550 千字
版次印次	2006 年 11 月第 1 版 2006 年 11 月第 1 次印刷
印 数	5000
书 号	ISBN 7—02—003994—4/I·3034
定 价	28.80 元

040. **2006 年,《余华精品集》, 署漓江出版社出版。**

版次：2006 年 12 月第 1 版。印次：2006 年 12 月第 1 次印刷。

字数共 400 千字。页数为 508 页。

其中收录《兄弟》(上下)《黄昏里的男孩》《活着》《许三观卖血记》,

共 4 篇作品。

图书在版编目 (CIP) 数据

余华精品集/余华著. —桂林:漓江出版社,2006. 12
ISBN 7 - 5407 - 3647 - 1
Ⅰ. 余… Ⅱ. 余… Ⅲ. 精品集—中国—当代
Ⅳ. I221. 5
中国版本图书馆 CIP 数据核字 (2006) 第 104235 号

余华精品集

作者●余 华
责任编辑●陆汉波
封面设计●石绍康
出版发行●漓江出版社
社址●桂林市南环路 159 - 1 号 邮编●541002
电话●(0773)2821573 2863956(营销部) 2865335 (邮购)
传真●(0773)2821268 2803018
E - mail:ljcbw@ glptt. gx. cn
http://www. lijiang - pub. com
印制●桂林中报印刷厂
开本●640 × 960mm 1/24
字数●400 千字
印张●21
版次●2006 年 12 月第 1 版
印次●2006 年 12 月第 1 次印刷
书号●ISBN 7 - 5407 - 3647 - 1
定价●28. 80 元

漓江屋图书:版权所有,侵权必究
漓江屋图书:如有印装质量问题 请与工厂调换

2007

041. 2007 年,《余华精品集》,署作家出版社出版。

版次：2007 年 1 月第 1 版。印次：2007 年 1 月第 1 次印刷。

页数为 540 页。

其中收录《许三观卖血记》《兄弟》《活着》《世事如烟》,共 4 篇作品。

042. **2007 年,《余华精品集》,署作家出版社出版。**

印次:2007 年 1 月第 1 次印刷。

页数为 444 页。

其中收录《许三观卖血记》《兄弟》《活着》,共 3 部作品。

043. 2007 年,《余华作品集》,署新世界出版社出版。

版次：2007 年 1 月第 1 版。印次：2007 年 1 月北京第 1 次印刷。

字数共 1200 千字。页数为 604 页。

其中收录《鲜血梅花》《现实一种》《战栗》《黄昏里的男孩》《许三观卖血记》《活着》《兄弟》,共 7 篇作品。

图书在版编目(CIP)数据

余华作品集/余华著. —北京：新世界出版社,
2007.1
ISBN 7-5064-3349-4

Ⅰ.余... Ⅱ.余... Ⅲ.长篇小说-作品集-中国-当代
Ⅳ.I465.3

中国版本图书馆 CIP 数据核字 (2006) 第 054253 号

余华作品集

作　　者：余 华
丛书策划：著 色
责任编辑：刘春梅 李 林
装帧设计：80 零、小贾
出版发行：新世界出版社
社　　址：北京市西城区百万庄大街 24 号 (100037)
总编室电话：+86 10 6899 5424　6832 6679 (传真)
发行部电话：+86 10 6899 5968　6899 8705 (传真)
网　　址：http://www.nwp.cn (中文)
　　　　　http://www.newworld-press.com (英文)
电子信箱：nwpcn@public.bta.net.cn
印　　刷：北京印刷厂　　　　　经　销：新华书店
开　　本：710×1000　1/16
字　　数：1300 千　　　　　　印　张：39
版　　次：2007 年 1 月第 1 版　2007 年 1 月北京第 1 次印刷
书　　号：ISBN 7-5064-3349-4
定　　价：48.00 元

044. 2007 年,《余华作品集》,署作家出版社出版。

版次:2007 年 2 月第 1 版。印次:2007 年 2 月第 1 次印刷。

字数共 1200 千字。页数为 604 页。

其中收录《兄弟》《活着》《许三观卖血记》《在细雨中呼喊》《鲜血梅花》《古典爱情》《往事与刑罚》《此文献给少女杨柳》《战栗》《偶然事件》《一个地主的死》《现实一种》《河边的错误》《一九八六年》《我胆小如鼠》《夏季台风》《四月三日事件》,共 17 篇作品。

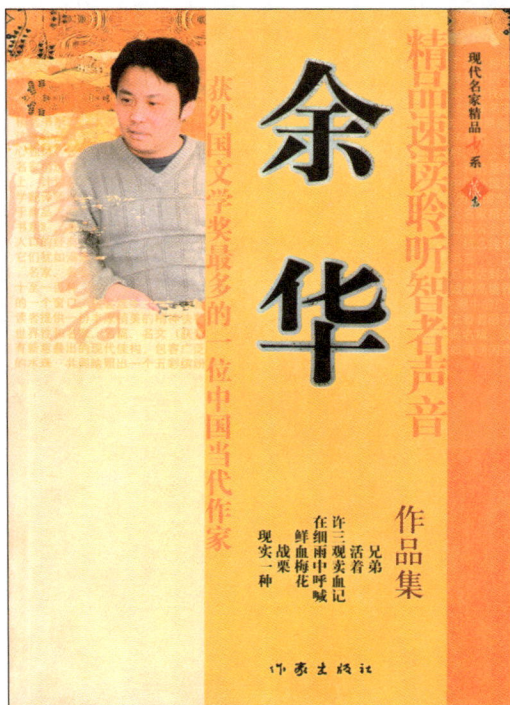

045. **2007 年,《兄弟》, 署作家出版社出版。**

版次 : 2007 年 6 月第 1 版。2007 年 6 月第 1 次印刷。

字数共 400 千字。页数为 443 页。

"谈到《兄弟》, 余华多次表示, 对新作的水准很有信心, 他认为是比《许三观卖血记》《活着》更加丰富和饱满的作品, 而且确实有了新的变化, 希望读者能够接受 10 年之后的他。"

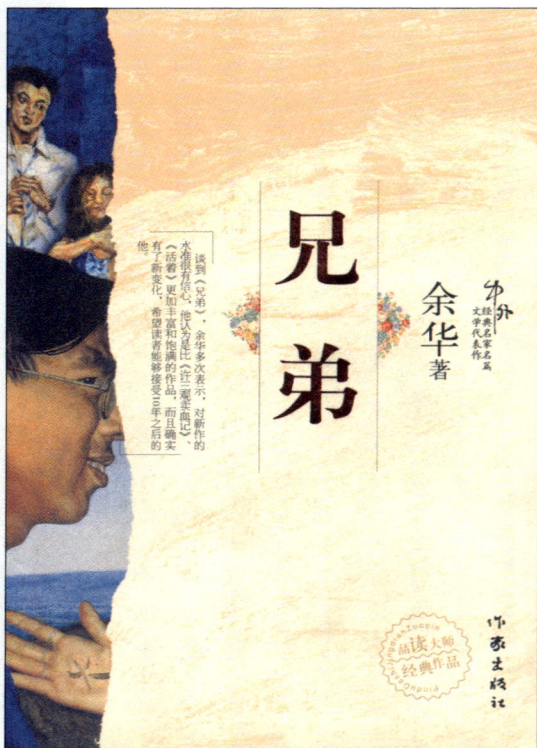

图书在版编目(CIP)数据

兄弟/余华著. —北京:作家出版社,
2007.6
ISBN 7 - 80500 - 676 - 0

I.兄... Ⅱ.余... Ⅲ.长篇小说 - 中国 - 当代 Ⅳ.I266

中国版本图书馆 CIP 数据核字(2007)第 137848 号

兄弟
余华 著

出 版:作家出版社	
印 刷:北京怀柔红螺印刷厂	
版 次:2007 年 6 月第 1 版	
印 次:2007 年 6 月第 1 次印刷	
规 格:880 ×1230	
印 张:14	
开 本:1/32	
字 数:400 千字	
书 号:ISBN 7 - 80500 - 676 - 0	
定 价:30.00 元	

★版权所有 盗版必究★

046. **2007 年,《余华作品集》,署作家出版社出版。**

版次：2007 年 10 月第 1 版，2007 年 10 月第 1 次。

字数共 550 千字。页数为 508 页。

其中收录了《兄弟》《黄昏里的男孩》《活着》《许三观卖血记》,共 4 篇作品。

"这些作品所记录下来的就是作者的另一条人生之路。与现实的人生之路不同的是，它有着还原的可能，而且准确无误。虽然岁月的流逝会使它纸张泛黄字迹不清，然而每一次的重新出版都让它焕然一新，重获鲜明的形象。这些小说反映了现代主义的多个侧面，它们体现了深刻的人文关怀，并把这种有关人类生存状态的关怀回归到最基本最朴实的自然界。"

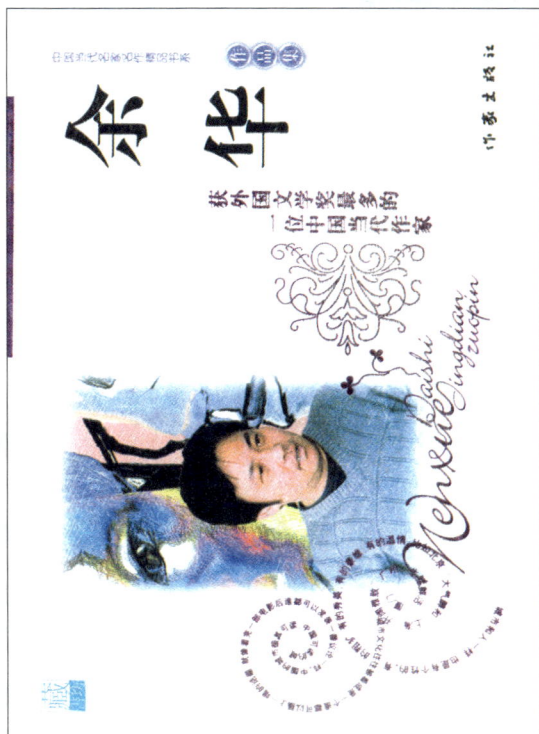

图书在版编目(CIP)数据

余华作品集/余华著. —北京:作家出版社,2007.10
ISBN 7 - 02 - 003994 - 4

Ⅰ.余… Ⅱ.余… Ⅲ.作品集 - 当代 - 中国

中国版本图书馆 CIP 数据核字(2007)第 108684 号

余华作品集

作　者	余华
出版发行	作家出版社
印　刷	北京怀柔红螺印刷厂
经　销	新华书店
开　本	880×1230 毫米　1/32
印　张	17
字　数	550 千字
版次印次	2007 年 10 月第 1 版　2007 年 10 月第 1 次印刷
印　数	5000
书　号	ISBN 7 - 02 - 003994 - 4
定　价	28.80 元

047. 2007 年,《余华精品全集》,署内蒙古人民出版社出版。

版次:2007 年 10 月第 1 版。印次:2007 年 10 月第 1 次印刷。

字数共 1030 千字。页数为 604 页。

其中收录《兄弟(上)》《兄弟(下)》《活着(上)》《活着(下)》《许三观卖血记》《在细雨中呼喊(上)》《在细雨中呼喊(下)》。

图书在版编目(CIP)数据

余华作品全集/余华 著.—呼和浩特:内蒙古人民
出版社,2007.10
ISBN 7 - 204 - 08530 - 2
Ⅰ.余… Ⅱ.余… Ⅲ.作品集 - 中国 - 现代
Ⅳ.I2537.5
中国版本图书馆 CIP 数据核字(2007)第 066535 号

余华作品全集

著　者:余华
责任编辑:吴日朙
出版发行:内蒙古人民出版社
社　址:呼和浩特市新城区新华大街祥泰商厦
电　话:0471 - 4978076
印　刷:内蒙瑞通中嘉制版有限公司
开　本:710×1000 1/16
印　张:38 字　数:1030 千字
版　次:2007 年 10 月第 1 版
印　次:2007 年 10 月第 1 次印刷
书　号:ISBN 7 - 204 - 08530 - 2/I·1778
定　价:48.00 元

本系列作品均有著作权,任何重制、仿制、盗版或以其他方法加以侵害,一经查获,必定
追究到底,绝不宽贷。
(版权所有,翻印必究)

2008

048. 2008 年,《余华精品集》, 署作家出版社出版。

版次：2008 年 1 月第 1 版。印次：2008 年 1 月第 1 次印刷。

页数为 475 页。

其中收录《兄弟》《许三观卖血记》《难逃劫数》《河边的错误》, 共 4 篇作品。以及一篇余华写于 1992 年 8 月 6 日的《后记》。

图书在版编目 (CIP) 数据

余华精品集/余华 著 - 北京：作家出版社, 2008. 1
ISBN 7 - 5063 - 6211 - 2
Ⅰ. 余… Ⅱ. 余… Ⅲ. 长篇小说 - 中国 - 当代
Ⅳ. I247
中国版本图书馆 CIP 数据核字 (2008) 第 070853 号

余华精品集
余华 著

出版：作家出版社出版
社址：北京农展馆南里 10 号 邮编：100026
电话传真：86 - 10 - 65930756 (出版发行部)
　　　　86 - 10 - 65930761 (总编室)
E - mail：wrtspub@ public. bta. net. cn
http：//www.zuojiachubanshe.com
印刷：北京乾祥印刷有限公司
发行：新华书店经销
版次：2008 年 1 月第 1 版
印次：2008 年 1 月第 1 次印刷
开本：880 × 1230mm　1/32
印张：15
书号：ISBN 7 - 5063 - 6211 - 2/I · 715
定价：29.80 元

现当代名家名作精品书系

余华

兄弟
兄弟 2
许三观卖血记
难逃劫数
河边的错误

精品集

作家出版社

《后记》的内容如下：

　　三四年前，我写过一篇题为《虚伪的作品》的文章，发表在1989 年的《上海文论》上。这是一篇具有宣言倾向的写作理论，与我前几年的写作行为紧密相关。

　　文章中的诸多观点显示了我当初的自信与叛逆的欢乐，当初我感到自己已经洞察到艺术永恒之所在，我在表达思考时毫不犹豫。现在重读时，我依然感到没有理由去反对这个更为年轻的我，《虚伪的作品》对我的写作依然有效。

　　这篇文字始终没有脱离这样一个前提，那就是所有理论都只针对我自己的写作，不涉及到另外任何人。

　　几年后的今天，我开始相信一个作家的不稳定性，比他任何尖锐的理论更为重要。一成不变的作家只会快速奔向坟墓，我们面对的是一个捉摸不定与喜新厌旧的时代，事实让我们看到一个严格遵循自己理论写作的作家是多么可怕，而作家源源不断的生命力在于经常的朝三幕四。为什么几年前我们热衷的话题，现在已经无人顾及。是时代在变？还是我们在变？这是一个难以解答的问题，却说明了固定与封闭的事物是不存在的。作家的不稳定性取决于他的智慧与敏锐的程度。作家是否能够使自己始终置身于发现之中，这是最重要的。怀疑者告诉我们：任何一个命题的对立面，都存在着另一个命题。这句话解释了那些优秀的作家为何经常自己反对自己。作家不是神甫，单一的解释与理论只会窒息他们，作家的信仰是没有仪式的，他们的职责不是布道，而是发现，去发现一切可以使语言生辉的事物。无论是健康美丽的肌肤，还是溃烂的伤口，在作家那里都应当引起同样的激动。所以我现在宁愿相信自己是无知的，实际上事实也是如此。任何知识说穿了都只是强调，只是某一立场和某一角度的强调。事物总是存在两个以上的说法，不同的说法都标榜自己掌握了世界真实。可真实永远都是一位处女，所有的理论到头来都只是自鸣得意的手淫。

对创作而言，不存在绝对的真实，存在的只是事实。比如艺术家和匠人的区别。匠人是为利益和大众的需求而创作，艺术家是为虚无而创作。艺术家在任何一个时代都只能是少数派，而且往往是那个时代的笑柄，虽然在下一个时代里，他们或许会成为前一时代的唯一代表，但他们仍然不是为未来而创作的。对于匠人来说，他们也同样拥有未来。所以我说艺术家是为虚无而创作的，因为他们是这个世界上仅存的无知者，他们唯一可以真实感受的是来自精神的力量，就像是来自夜空和死亡的力量。在他们的肉体腐烂之前，是没有人会去告诉他们，他们的创作给这个世界带来了什么。匠人就完全不一样了，他们每一分钟都知道自己从实际中获得了什么，他们在临死之前可以准确地计算出自己有多少成果。而艺术家只能来自于无知，又回到无知之中。

049. 2008 年,《活着 许三观卖血记》,署作家出版社出版。

版次：2008 年 1 月第 1 版。印次：2009 年 1 月第 2 次印刷。

字数共 399 千字。页数为 284 页。

其中收录《活着》《许三观卖血记》,共 2 部作品。

《活着》讲述了一个人和他命运之间的友情,这是最为感人的友情,他们互相感激,同时也互相仇恨,他们谁也无法抛弃对方,同时谁也没有理由抱怨对方。

图书在版编目(CIP)数据

活着 许三观卖血记/余华著. - 北京:作家出版社,2008.1
ISBN 7 - 80500 - 676 - 0

Ⅰ.①活… ②许… Ⅱ.余… Ⅲ.作品集—中国—现代
Ⅳ.1516.88

中国版本图书馆 CIP 数据核字(2008)第 111134 号

活着 许三观卖血记

出版发行:作家出版社
社　　址:北京市朝阳区南里 10 号
印　　刷:北京市宏伟印刷厂
经　　销:各地新华书店
开　　本:880×1230 毫米 1/32
印　　张:9
版　　次:2008 年 1 月第 1 版
印　　次:2009 年 1 月第 2 次印刷
字　　数:399 千字
印　　数:1 - 10000 册
书　　号:ISBN 7 - 80500 - 676 - 0/Ⅰ·578
定　　价:24.00 元

图书若有印装问题,请随时向印务部更换。

050. **2008 年,《活着》, 署作家出版社出版。**

版次：2008 年 1 月第 1 版。印次：2008 年 1 月第 1 次印刷。

页数为 347 页。

其中收录《活着》《许三观卖血记》《在细雨中呼喊》, 共 3 部作品。

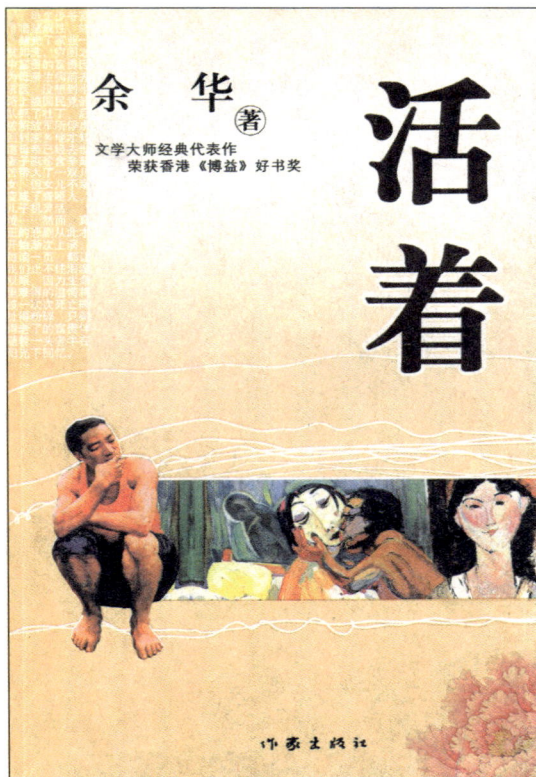

图书在版编目 (CIP) 数据

活着 / 余华 著. — 北京: 作家出版
社, 2008. 1
ISBN 7 – 02 – 003994 – 4

Ⅰ. 活… Ⅱ. 余… Ⅲ. 作品集 – 中国 – 当代
Ⅳ. I533. 45

中国版本图书馆 CIP 数据核字 (2008) 第 14734 号

活 着

作　　者: 余华
出版发行: 作家出版社
社　　址: 北京农展馆南里 10 号
邮　　码: 100026
电话传真: 86 – 10 – 65930756 (出版发行部)
　　　　　86 – 10 – 65004079 (总编室)
印　　刷: 北京市宏伟印刷厂
开　　本: 680 × 980　1/16
印　　张: 22
版　　次: 2008 年 1 月第 1 版
印　　次: 2008 年 1 月第 1 次印刷
ISBN 7 – 02 – 003994 – 4
定　　价: 25. 80 元

作家版图书, 印装错误可随时退换。

051. 2008 年,《余华精品集》,署世界文学出版社出版。

版次:2008 年 4 月第 1 版。印次:2009 年 3 月第 4 次印刷。

字数共 1000 千字。页数为 640 页。

其中收录《我能否相信自己》《兄弟》《许三观卖血记》《在细雨中呼喊》,共 4 篇作品。

图书在版编目(CIP)数据

余华精品集/余华 著.—北京:世界文学出版社,2008.4

ISBN 7 - 02 -004571 - 5

Ⅰ.余… Ⅱ.余… Ⅲ.精品集-中国-当代 Ⅳ.I288

中国版本图书馆 CIP 数据核字(2007)第 137320 号

余华精品集

作　者　余　华
出版发行　世界文学出版社
社　址　北京市东城区朝内大街 166 号
印　刷　北京新华印刷厂
版　次　2008 年 4 月第 1 版
印　次　2009 年 3 月第 4 次印刷
开　本　710×1000 毫米　1/16
印　张　40
字　数　1000 千字
书　号　ISBN 7 - 02 -004571 - 5
定　价　42.00 元

052. **2008 年,《余华精品集》,署世界文学出版社出版。**

版次：2008 年 4 月第 1 版。印次：2009 年 3 月第 4 次印刷。

字数共 1000 千字。页数为 640 页。

其中收录《我能否相信自己》《兄弟》《许三观卖血记》《在细雨中呼喊》,共 4 篇作品。

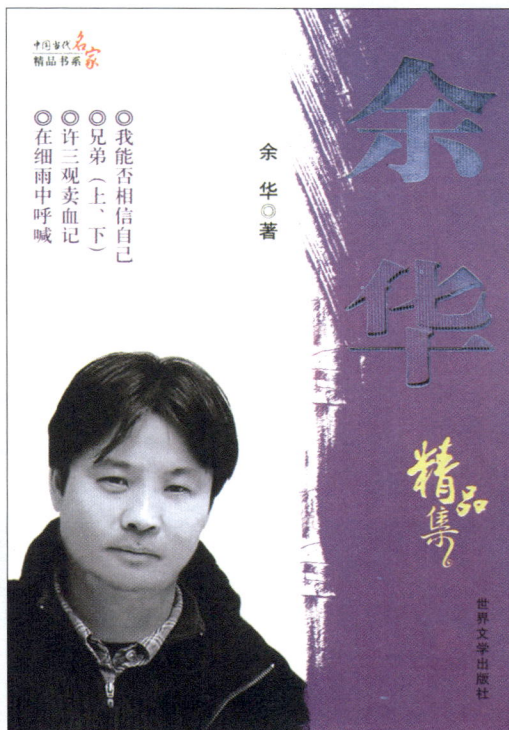

图书在版编目（CIP）数据

余华精品集/余华 著.—北京:世界文学出版社,2008.4

ISBN 7 - 02 - 004571 - 5

Ⅰ.余… Ⅱ.余… Ⅲ.精品集－中国－当代 Ⅳ.I288

中国版本图书馆 CIP 数据核字(2007) 第 137320 号

余华精品集

作　者	余 华
出版发行	世界文学出版社
社　址	北京市东城区朝内大街 166 号
印　刷	北京新华印刷厂
版　次	2008 年 4 月第 1 版
印　次	2009 年 3 月第 4 次印刷
开　本	710 × 1000 毫米 1/16
印　张	40
字　数	1000 千字
书　号	ISBN 7 - 02 - 004571 - 5
定　价	42.00 元

版权所有 盗版必究

053. 2008 年，《余华作品集》，署作家出版社出版。

版次：2008 年 6 月第 1 版。印次：2008 年 6 月第 1 次印刷。

字数共 600 千字。页数为 576 页。

其中收录《兄弟》《活着》《许三观卖血记》《在细雨中呼喊》，共 4 部作品。

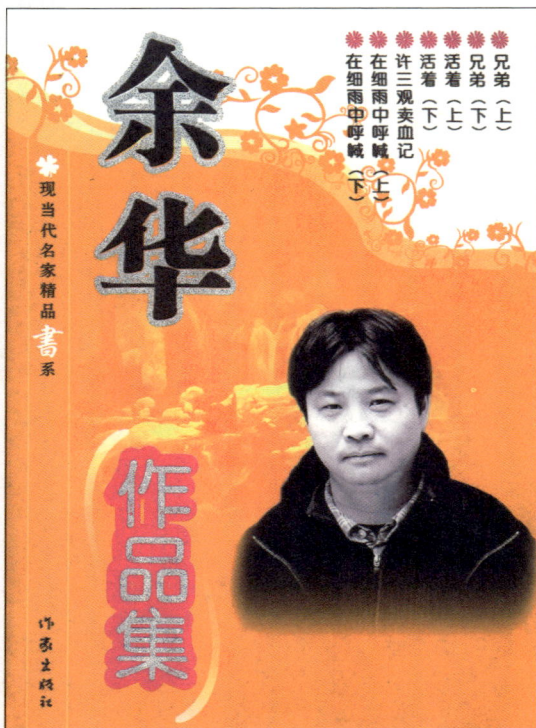

图书在版编目（CIP）数据

余华作品集/余华著. 一作家出版社, 2008

ISBN7－50215－328－3/K·392

Ⅰ. 余… Ⅱ. 余… Ⅲ. 作品集－当代－中国

中国版本图书馆 CIP 数据核字（2008）第 676573 号

余华作品集

出版发行　作家出版社
印　　刷　北京宝玉印刷厂印刷
经　　销　新华书店
开　　本　1400×1000mm　　1/16
印　　张　38
字　　数　600 千字
版次印次　2008 年 6 月第 1 版　2008 年 6 月第 1 次印刷
印　　数　5000
书　　号　ISBN7－50215－328－3/K·392
定　　价　58.00 元

054. **2008 年,《余华精品集》, 署世界文学出版社出版。**

版次：2008 年 12 月第 1 版。印次：2008 年 12 月第 1 次印刷。

字数共 480 千字。页数为 496 页。

其中收录《兄弟》《黄昏里的男孩》《战栗》《许三观卖血记》, 共 4 篇
作品。

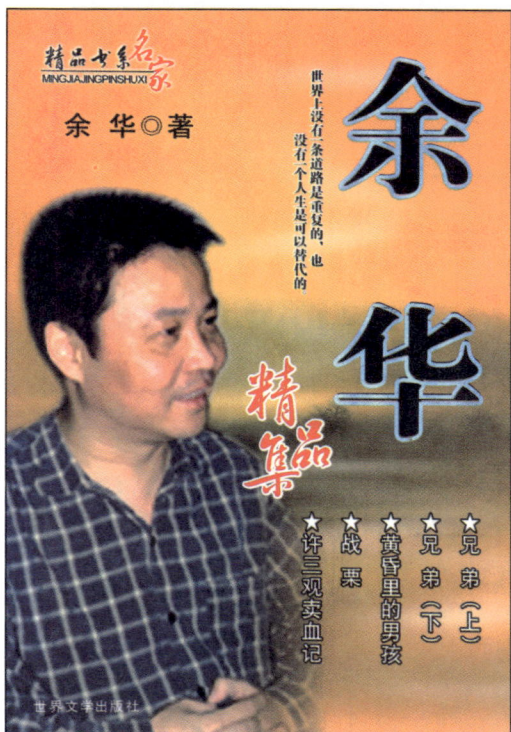

图书在版编目（CIP）数据

余华精品集/余华 著．—北京：世界文学出版社，
2008
ISBN 978 - 7 - 5613 - 4117 - 9
Ⅰ. 余… Ⅱ. 余… Ⅲ. 精品集—当代—中国
Ⅳ. I247. 5
中国版本图书馆 CIP 数据核字（2008）第 108684 号

余华精品集

作　　者	余 华
出版发行	世界文学出版社
社　　址	北京东城区朝内大街 137 号
邮　　编	100010
印　　刷	北京怀柔红螺印刷厂
经　　销	新华书店
开　　本	880×1230mm　1/32
印　　张	16
字　　数	480 千字
版　　次	2008 年 12 月第 1 版　2008 年 12 月第 1 次印刷
印　　数	5000
书　　号	ISBN 978 - 7 - 5613 - 4117 - 9
定　　价	32. 80 元

2009

055. 2009 年,《余华精品集》, 署作家出版社出版。

版次: 2009 年 3 月第 10 版。印次: 2009 年 3 月第 1 次印刷。

页数为 432 页。

其中收录《许三观卖血记》《兄弟》《活着》《世事如烟》, 共 4 篇作品。

中国大陆先锋派小说的代表人物

余华 精品集

作家出版社

责任编辑: 毛光明
封面设计: 杨 超

余华精品集 余华 著

出版、总发行: 作家出版社
出版人: 曹树祥
经 销: 吉林市新华书店
制 版: 吉林市新华电脑有限公司
印 刷: 吉林市天虹印刷厂
版 次: 2009 年 3 月第 10 版
 2009 年 3 月第 1 次印刷
开 本: 880×1230mm 1/32 印张: 13.5
印 数: 1～3000 册
ISBN 7－106－02581－X/B · 0042

定价: 46.00 元

056. **2009 年, 余华精选集《兄弟的爱》, 由北京燕山出版社出版。**

版次：2009 年 4 月第 3 版。印次：2009 年 4 月第 3 次印刷。

字数共 240 千字。页数为 236 页。

其中收录《朋友》《空中爆炸》《蹦蹦跳跳的游戏》《我没有自己的名字》《黄昏里的男孩》《我胆小如鼠》《十八岁出门远行》《西北风呼啸的中午》《爱情故事》《古典爱情》《鲜血梅花》《往事与刑罚》《此文献给少女杨柳》《世事如烟》《现实一种》《偶然事件》, 共 16 篇作品。

同时还收录洪治纲写作的《苦难的救赎》和洪治纲编写的《创作要目》。

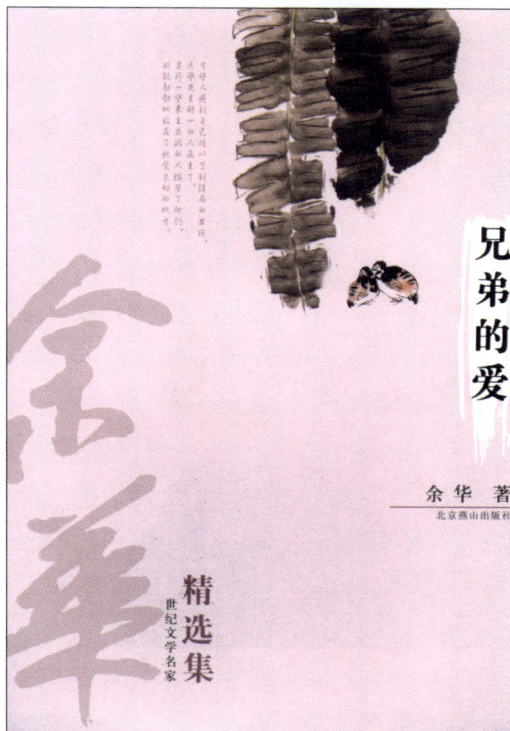

图书在版编目（CIP）数据

余华精选集 / 余华著. – 北京：北京燕山出版社, 2005.12
（2009.4 重印）
ISBN 978 – 7 – 5402 – 0304 – 7

I. 余… II. 余… III. 短篇小说 - 作品集 - 中国 - 当代 IV. I247.7

中国版本图书馆 CIP 数据核字（2005）第 158058 号

责任编辑：马明仁 王豊川 里 功

余华精选集

北京燕山出版社出版发行
（北京市宣武区陶然亭路 53 号 100054）
新 华 书 店 经 销
北京京和印务有限公司印刷
710 × 1000mm 16 开 16 印张 240 千字
2009 年 4 月第 3 版 2009 年 4 月第 3 次印刷
定价：29.80 元

057. 2009 年,《余华精品集》,署世界文学出版社出版。

版次:2009 年 5 月第 1 版。印次:2009 年 11 月第 3 次印刷。

页数为 475 页。

其中收录《活着》《兄弟》《河边的错误》《黄昏里的男孩》,共 4 篇作品。

图书在版编目(CIP)数据

余华精品集/余华著. —世界文学出版社,2009. 11
ISBN 978 - 7 - 80698 - 963 - 0

Ⅰ. 余… Ⅱ. 余… Ⅲ. 精品集 - 当作 - 中国

中国版本图书馆 CIP 数据核字(2009)第 657236 号

余华精品集

世界文学出版社
北京飞与印刷厂印刷
经销:全国新华书店
710mm×1000mm 1/16 30 印张
2009 年 5 月第 1 版 2009 年 11 月第 3 次印刷
书号:ISBN 978 - 7 - 80698 - 963 - 0
定价:48.00 元

058. **2009 年,《余华全集》,署人民文学出版社出版。**

版次:2009 年 9 月第 1 版。印次:2009 年 9 月第 1 次印刷。

字数共 520 千字。页数为 604 页。

其中收录《活着(上)》《活着(下)》《兄弟(上)》《兄弟(下)》《河边的错误》《黄昏里的男孩》《许三观卖血记》《在细雨中呼喊(上)》《在细雨中呼喊(下)》《颤栗》。

图书在版编目(CIP)数据

余华全集/余华 著. 人民文学出版社,2009. 9
ISBN 978 - 7 - 5001 - 1834 - 3

I. 余… Ⅱ. 余… Ⅲ. 作品集—中国—现当代
IV. 1347. 5

中国版本图书馆 CIP 数据核字(2009)第 162678 号

余华全集

作　　者:余华
出版发行:人民文学出版社
印　　刷:三河市汇鑫印务有限公司
经　　销:全国新华书店
开　　本:787 毫米 × 1092 毫米　1/16
字　　数:520 千字
印　　张:40
版　　次:2009 年 9 月第 1 版
　　　　　2009 年 9 月第 1 次印刷
书　　号:ISBN 978 - 7 - 5001 - 1834 - 3
定　　价:118. 00 元

[版权所有 翻印必究·印装有误 负责调换]

2011

059. 2011 年,《余华作品集》,署西藏人民出版社出版。

版次:2011 年 9 月第 1 版。印次:2011 年 9 月第 1 次印刷。

字数共 960 千字。页数为 608 页。

其中收录《活着》《许三观卖血记》《在细雨中呼喊》《兄弟》,共 4 部

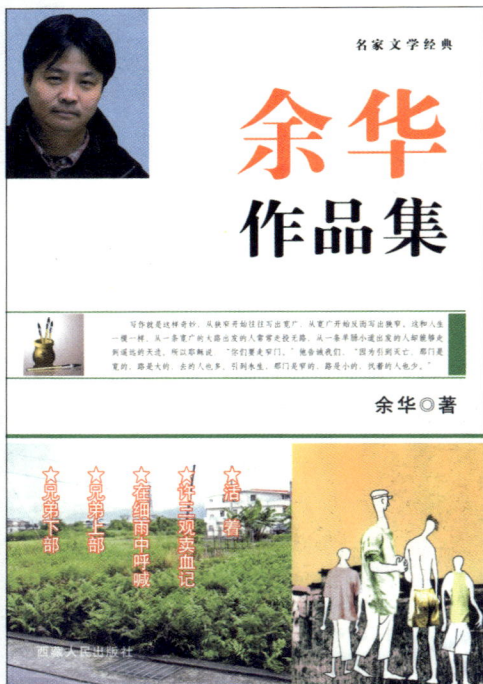

作品。

图书在版编目(CIP)数据

余华作品集/余华 著. 一拉萨:西藏人民出版社,2011
ISBN 978-7-5613-4117-9

Ⅰ. 余… Ⅱ. 余… Ⅲ. 作品集—当代—中国
Ⅳ. I247.5

中国版本图书馆 CIP 数据核字(2011)第 108684 号

余华作品集

作　　者　余 华
出版发行　西藏人民出版社
社　　址　拉萨市林廓北路 20 号
邮　　编　850000
印　　刷　北京怀柔红螺印刷厂
经　　销　新华书店
开　　本　787×1092mm　1/16
印　　张　38
字　　数　960 千字
版　　次　2011 年 9 月第 1 版　2011 年 9 月第 1 次印刷
印　　数　5000
书　　号　ISBN 978-7-5613-4117-9
定　　价　62.80 元

版权所有　侵权必究

余华说:"写作就是这样奇妙,从狭窄开始往往写出宽广,从宽广开始反而写出狭窄。这和人生一模一样,从一条宽广的大路出发的人常常走投无路,从一条羊肠小道出发的人却能够走到遥远的天边。所以耶稣说:'你们要走窄门。'他告诫我们,'因为引到死亡,那门是宽的,路是大的,去的人也多。引到永生,那门是窄的,路是小的,找着的人也少。'"

余华很少写爱情,但是在《兄弟》中,他写下了自认这个世界上最美妙的爱情。"每个人的爱情,都必定与他的时代紧密相连。"余华说,"'文革'那个时代,给人们留下的印象,似乎一直是夫妇父母子女之间的互相背叛和出卖。但很多人可能不知道,在那个时代,有很多家庭是空前团结的。就像我的小说里写的一样,有一男一女,他们互相需要,相依为命,缺了对方就活不下去。这样的爱情非常实,是这个世界上最美好的,只有这样的爱情才能永远。像我们现在这样的年代,谁缺了谁都没啥大不了,是不可能产生美妙永久的爱情的。"

2012

060. **2012 年,《余华精品集》, 署北岳文艺出版社出版。**

版次 : 2012 年 3 月第 1 版。印次 : 2012 年 3 月第 1 次印刷。

字数共 660 千字。页数为 480 页。

其中收录《活着》《兄弟》《许三观卖血记》《在细雨中呼喊》, 共 4 部
作品。

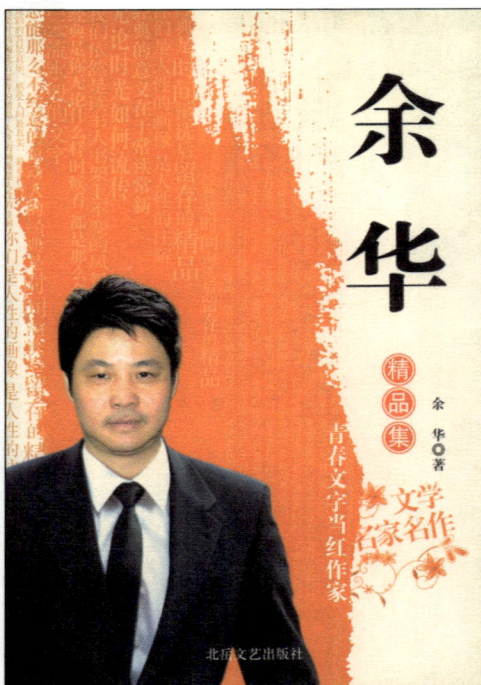

图书在版编目 (CIP) 数据

余华精品集/余华 著. 北岳文艺出版社, 2012.3
ISBN 978 - 7 - 81109 - 651 - 4
Ⅰ. 余… Ⅱ. 余… Ⅲ. 作品集 Ⅳ. R244 - 49
中国版本图书馆 CIP 数据核字 (2011) 第 094693 号

余华精品集

著　　者 : 余　华
责任编辑 : 于奎潮　胡小河
文字编辑 : 李　玲
责任监制 : 卞宁宽　江伟明
出版发行 : 北岳文艺出版社
经　　销 : 全国新华书店
印　　刷 : 北京猫林印刷有限公司
开　　本 : 710×1000 毫米　1/16
字　　数 : 660 千字
印　　张 : 30
印　　次 : 2012 年 3 月第 1 版　2012 年 3 月第 1 次印刷
书　　号 : ISBN 978 - 7 - 81109 - 651 - 4
定　　价 : 58.00 元

他选本

（本书仅收录以余华作品为书名的选本，入选各
种作品选，包括语文课本的作品，概不收录。）

1993

001. 1993 年，"武侠小说选萃"，《鲜血梅花》，由北京师范大学出版社出版。

由李复威主编，李松刚选编。

版次：1993 年 10 月第 1 版。印次：1996 年 11 月第 2 次印刷。

字数共 220 千字。页数为 239 页。

其中收录余华的《鲜血梅花》，在第 62 页到第 76 页。还收录越未生的《血溅一叶庄》等作家的作品。

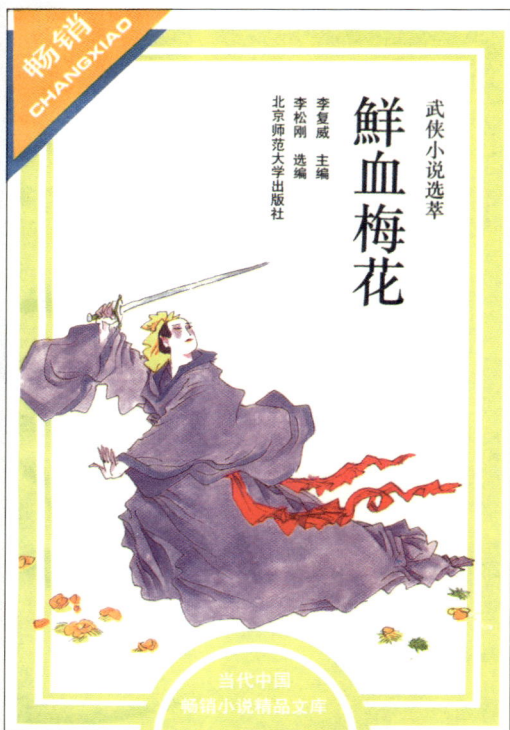

1994

002. 1994 年，"当代情爱小说精品大系"，《情殇》，由九州图书出版社出版。
由青羊主编。

版次：1994 年 12 月第 1 版。印次：1995 年 1 月第 2 次印刷。

字数共 400 千字。页数为 443 页。

其中收录余华的《爱情故事》，在第 214 页到第 223 页。还收录贾平凹的《五魁》和苏童的《女孩为什么哭泣》等作家的作品。

"本世纪之末一大批青年作家，以前所未有的坦诚与大胆，以其多彩之笔，恣意挥洒性情，对性爱、情爱做了惊世骇俗的描绘，灵魂与肉体相搏，荒诞与庄严共舞。《情殇》就是这样一部作品，卷帙浩繁，洋洋大观，堪称新时期性爱小说精品大成。"

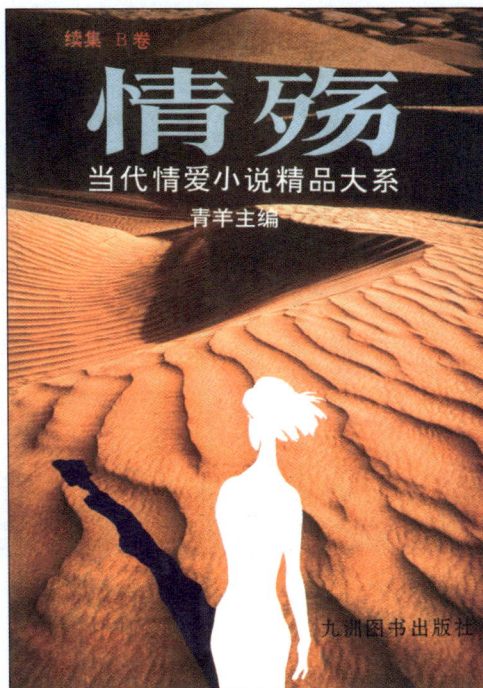

(京)新登字 309 号

情 殇　续集 B 卷
——当代情爱小说精品大系

出　版　九州图书出版社
　　　　　（北京丰盛胡同19号）
发　行　新华书店
印　刷　北京百花彩印有限公司印刷
开　本　850×1168毫米　大32开
字　数　400千字　印张14
印　数　1—10000册
版　次　1994年12月第1版
印　次　1995年1月第2次印刷
书　号　ISBN 7－80114－035－4／I·14
定　价　13.90元（全二卷27.80元）

2000

003. 2000 年,《鲜血梅花》, 由时代文艺出版社出版。

版次:2000 年 8 月第 3 版。印次:2000 年 8 月第 1 次印刷。该版本后又由时代文艺出版社出版了《鲜血梅花》硬精装本和平装本。共 4 种不同的版本。

字数共 270 千字。页数为 346 页。

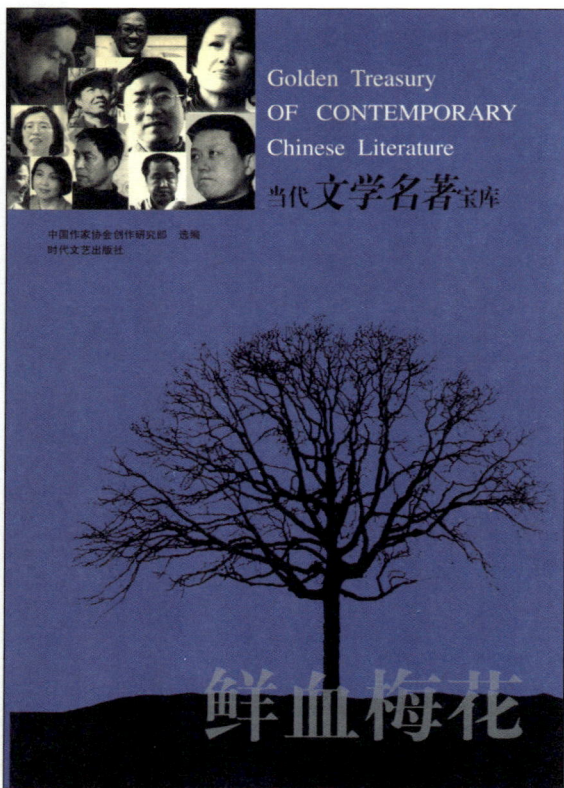

【吉】新登字 05 号

鲜血梅花
XIAN XUE MEI HUA   中国作家协会创研部 选编
责任编辑:胡卓识   封面设计:郭 炜

时代文艺出版社 850×1168毫米 11开本 2插页 270 000字
(长春市斯大林大街28号)
香风市首铜彩色印刷厂 印制 2000年8月第3版2000年8月第一次印刷
吉林省新华书店发行 印数3 000册 定价:15.00 元

其中收录余华的《鲜血梅花》，在第 72 页到第 87 页。"鲜血梅花"部分还包括高尚写作的《余华，速请刹车》，是关于《鲜血梅花》读后的想法。作品集中还收录铁凝的《棉花垛》等作家的作品。

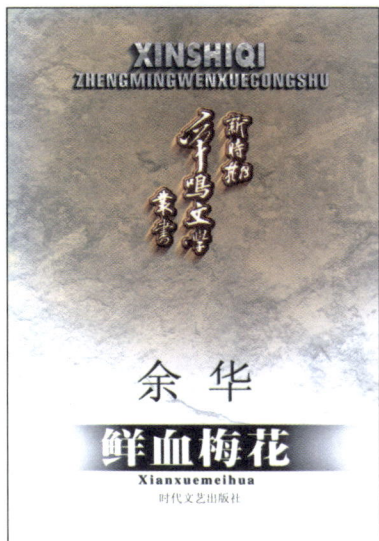

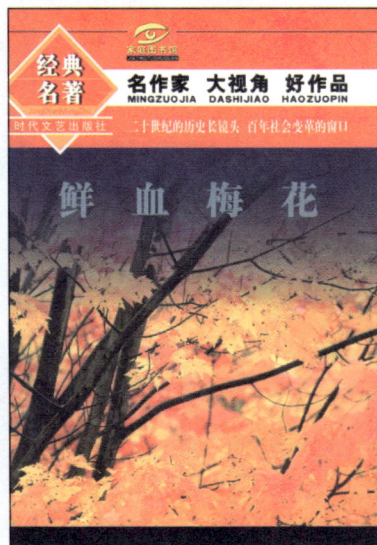

004. 2005 年，《我为什么写作——当代著名作家讲演集》，由郑州大学出版社出版。

由王尧、林建法主编

版次：2005 年 5 月第 1 版。印次：2005 年 5 月第 1 次印刷。

字数共 248 千字。页数为 289 页。

其中收录余华的《我的文学道路》，在第 59 页到第 88 页。还收录莫言的《文学创作的民间资源》和张炜的《世界与你的角落》等作家的作品。

图书在版编目（CIP）数据

我为什么写作——当代著名作家讲演集/王尧、林建法主编.—郑州：
郑州大学出版社,2005.5
ISBN 7-81106-069-8

I.我… II.①王…②林… III.当代文学-文学
创作-中国-文集 IV.I206.7-53
中国版本图书馆 CIP 数据核字（2005）第 043298 号

郑州大学出版社出版发行
郑州市大学路 40 号   邮政编码:450052
出版人:邓世平   发行电话:0371-66966070
全国新华书店经销
郑州文华印务有限公司印制
开本:710 mm×1 010 mm   1/16
印张:19
字数:248 千字   印数:1~6 000
版次:2005 年 5 月第 1 版   印次:2005 年 5 月第 1 次印刷

书号:ISBN 7-81106-069-8/I·8   定价:25.00 元
本书如有印装质量问题，请拞本社调换

2010

005. 2010 年，"中国当代法制文学精萃·中篇小说"，《河边的错误》，由中国人民公安大学出版社出版。

雷达主编，李清霞副主编。

版次：2010 年 4 月第 1 版。印次：2010 年 4 月第 1 次印刷。

字数共 300 千字。页数为 299 页。

其中收录余华的《河边的错误》，在第 1 页到第 40 页。还收录张贤亮的《土牢情话》和从维熙的《远去的白帆》等作家的作品。

这是我国首部大型法制文学的权威选本，它从新时期以来近三十年的浩瀚文字中，精选出了一批思想艺术俱佳，产生过广泛影响，为广大读者赏心悦目的法制文学作品，题材纷繁多样，故事盘根错节，笔法摇曳多姿，涵盖公安、检查、司法、海关、谍战、国家安全等领域，深入到寻常百姓的财产分割、血缘辨识、婚恋纠葛和道德焦虑，读来大有山重水复的诡谲，扣人心弦的理趣。这些作品，以其思想涵量、人性深度和艺术创新而凸显价值。

2011

006. **2011 年，《文学：想象、记忆与经验》，由复旦大学出版社出版。**

版次：2011 年 3 月第 1 版。印次：2011 年 3 月第 1 次印刷。

字数共 219 千字。页数为 272 页。

本书是由著名作家余华主持的"文学问题"年度系列研讨会论文集，收录了余华、毕飞宇、王嘉良、张清华、张新颖、洪治纲、王侃等作家与

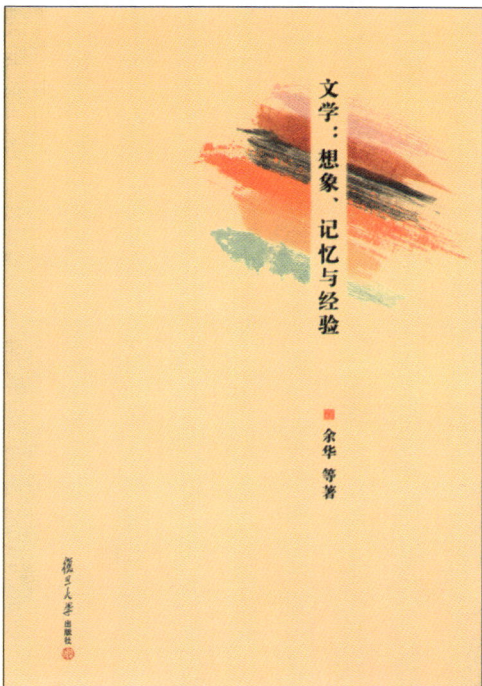

图书在版编目（CIP）数据

文学：想象、记忆与经验 / 余华等著 . —上海：

复旦大学出版社，2011.3

ISBN 978-7-309-07936-4

Ⅰ. 文… Ⅱ. 余… Ⅲ. 文学研究—中国 Ⅳ. I206

中国版本图书馆 CIP 数据核字（2011）第 021223 号

文学：想象、记忆与经验

余 华 等著

出品人 / 贺圣遂 责任编辑 / 胡春丽

复旦大学出版社有限公司出版发行

上海市国权路 579 号 邮编：200433

网址：fupnet@fudanpress.com http://www.fudanpress.com

门市零售：86-21-65642857 团体订购：86-21-65118853

外埠邮购：86-21-65109143

江苏省句容市排印厂

开本 787×960 1/16 印张 17.25 字数 219 千

2011 年 3 月第 1 版第 1 次印刷

ISBN 978-7-309-07936-4/I·598

定价：28.00 元

如有印装质量问题，请向复旦大学出版社有限公司发行部调换。

版权所有 侵权必究

批评家的演讲稿或论文。他们从各自的理解出发，从不同的角度阐述了与文学相关的"记忆""想象"和"经验"等问题。这些问题的探讨，立足于"文学基础"，试图裨益于人们对文学的理解、批评和接受。

本书共收录余华的 6 篇文章。其中包括《飞翔和变形——关于文学作品中的想象（一）》《生而死，死而复生——关于文学作品中的想象（二）》《一个记忆回来了》《文学与经验》，以及附录一中余华写作的《按语》和附录二中王侃和余华的谈话录《我想写出一个国家的疼痛》。

2013

007. 2013 年，《十八岁出门远行》，由明天出版社出版。

由王蒙主编，张清华为执行主编。

版次：2013 年 5 月第 1 版。印次：2013 年 5 月第 1 次印刷。

字数共 127 千字。页数为 200 页。

其中收录余华的《十八岁出门远行》，在第 86 页到第 96 页。还收录王安忆的《谁是未来的中队长》和苏童的《金鱼之乱》等作家的作品。

2015

008.　2015 年，《十八岁出门远行》，由明天出版社出版。

由王蒙主编，张清华为执行主编。

版次：2015 年 5 月第 1 版。印次：2015 年 5 月第 1 次印刷。

字数共 127 千字。

其中收录余华的《十八岁出门远行》，在第 86 页到第 96 页。还收录王安忆的《谁是未来的中队长》和苏童的《金鱼之乱》等作家的作品。

余华创作年谱简编

1983 年

001.《第一宿舍》(短篇小说),《西湖》1983 年第 1 期。

002.《疯孩子》(短篇小说),《海盐文学》1983 年第 1 期。

003.《 "威尼斯" 牙齿店》(短篇小说),《西湖》1983 年第 8 期。

004.《鸽子, 鸽子》(短篇小说),《青春》1983 年第 12 期。

1984 年

005.《星星》(短篇小说),《北京文学》1984 年第 1 期。

006.《美丽的珍珠》(短篇小说),《海盐文艺》1984 年第 2 期。

007.《竹女》(短篇小说),《北京文学》1984 年第 3 期。

008.《月亮照着你, 月亮照着我》(短篇小说),《北京文学》1984 年第 4 期。

009.《甜甜的葡萄》(短篇小说),《小说天地》1984 年第 4 期。

010.《男儿有泪不轻弹》(短篇小说),《东海》1984 年第 5 期。

1985 年

011.《我的 "一点点" ——关于〈星星〉及其他》(论文),《北京文学》1985 年第 5 期。

1986 年

012.《三个女人一个夜晚》(短篇小说),《萌芽》1986 年第 1 期。

013.《老师》(短篇小说),《北京文学》1986 年第 3 期。

014.《看海去》(散文),《北京文学》1986 年第 5 期。

015.《回忆》(短篇小说),《文学青年》1986 年第 7 期。

1987 年

016.《十八岁出门远行》(短篇小说),《北京文学》1987 年第 1 期。

017.《西北风呼啸的中午》(短篇小说),《北京文学》1987 年第 5 期。

018.《四月三日事件》(中篇小说),《收获》1987 年第 5 期。

019.《一九八六年》(中篇小说),《收获》1987 年第 6 期。

1988 年

020.《河边的错误》(中篇小说),《钟山》1988 年第 1 期。

021.《现实一种》(中篇小说),《北京文学》1988 年第 1 期。

022.《世事如烟》(中篇小说),《收获》1988 年第 5 期。

023.《难逃劫数》(中篇小说),《收获》1988 年第 6 期。

024.《死亡叙述》(短篇小说),《上海文学》1988 年第 11 期。

025.《古典爱情》(中篇小说),《北京文学》1988 年第 12 期。

1989 年

026.《往事与刑罚》(短篇小说),《北京文学》1989 年第 2 期。

027.《鲜血梅花》(短篇小说),《人民文学》1989 年第 3 期。

028.《我的真实》(随笔),《人民文学》1989 年第 3 期。

029.《此文献给少女杨柳》(中篇小说),《钟山》1989 年第 4 期。

030.《虚伪的作品》（随笔）,《上海文论》1989 年第 5 期。

031.《爱情故事》（短篇小说）,《作家》1989 年第 6 期。

032.《两个人的历史》（短篇小说）,《河北文学》1989 年第 10 期。

033.《十八岁出门远行》（小说集）,作家出版社 1989 年版。

1990 年

034.《偶然事件》（中篇小说）,《长城》1990 年第 1 期。

035.《走向真实的语言》（随笔）,《文艺争鸣》1990 年第 1 期。

036.《川端康成和卡夫卡的遗产》（随笔）,《外国文学评论》1990 年第 2 期。

037.《读西西女士的〈手卷〉》（随笔）,《当代作家评论》1990 年第 4 期。

038.《十八岁出门远行》（小说集）（繁体字版）,台湾远流出版公司 1990 年版。

1991 年

039.《夏季台风》（中篇小说）,《钟山》1991 年第 4 期。

040.《呼喊与细雨》（后更名为《在细雨中呼喊》）（长篇小说）,《收获》 1991 年第 6 期。

041.《偶然事件》（小说集）,花城出版社 1991 年版。

042.《世事如烟》（小说集）（繁体字版）,台湾远流出版公司 1991 年版。

1992 年

043.《活着》（长篇小说）,《收获》1992 年第 6 期。

044.《结束》（随笔）,《芒种》1992 年第 10 期。

045.《河边的错误》(小说集), 长江文艺出版社 1992 年版。

046.《呼喊与细雨》(繁体字版), 台湾远流出版公司 1992 年版。

1993 年

047.《一个地主的死》(中篇小说),《钟山》1993 年第 1 期。

048.《祖先》(短篇小说),《江南》1993 年第 1 期。

049.《命中注定》(短篇小说),《人民文学》1993 年第 7 期。

050.《活着》, 长江文艺出版社 1993 年版。

051.《在细雨中呼喊》, 花城出版社 1993 年版。

052.《夏季台风》(小说集)(繁体字版), 台湾远流出版公司 1993 年版。

053.《在细雨中呼喊》(繁体字版), 台湾远流出版公司 1993 年版。

1994 年

054.《我，小说，现实》(随笔),《今日先锋》1994 年第 1 期。

055.《吵架》(短篇小说),《啄木鸟》1994 年第 4 期。

056.《重读柴科夫斯基》(随笔),《爱乐丛刊》1994 年第 4 辑。

057.《战栗》(中篇小说),《花城》1994 年第 5 期。

058.《在桥上》(短篇小说),《青年文学》1994 年第 10 期。

059.《炎热的夏天》(短篇小说),《青年文学》1994 年第 10 期。

060.《自传》(随笔),《美文》1994 年第 11/12 期。

061.《余华作品集》(1、2、3), 中国社会科学出版社 1994 年版。

062.《活着》(繁体字版), 香港博益出版公司 1994 年版。

063.《活着》(繁体字版), 台湾麦田出版公司 1994 年版。

064.(法文)《世事如烟》(小说集), 法国 PHILIPPE PICQUIER 出版公司 1994 年版。

065.(法文)《活着》, 法国 HACHETTE 出版公司 1994 年版。

066.（荷兰文）《活着》，荷兰 DE GEUS 出版公司 1994 年版。

067.（希腊文）《活着》，希腊 LIVANI 出版公司 1994 年版。

1995 年

068.《阑尾》（短篇小说），《作品》1995 年第 1 期。

069.《我没有自己的名字》（短篇小说），《收获》1995 年第 1 期。

070.《他们的儿子》（短篇小说），《收获》1995 年第 2 期。

071.《许三观卖血记》（长篇小说），《收获》1995 年第 6 期。

072.《潘凯雄印象二三》（随笔），《当代作家评论》1995 年第 6 期。

073.《传统·现代·先锋》（随笔），《今日先锋》1995 年第 6 期（第 3 辑）。

074.《我为什么要结婚》（短篇小说），《东海》1995 年第 8 期。

075.《希望与欲望》（随笔），《东海》1995 年第 8 期。

076.《女人的胜利》（短篇小说），《北京文学》1995 年第 11 期。

077.《别人的城市》（随笔），《巴黎国际城市节会刊》1995 年版。

078.《战栗》（小说集）（繁体字版），香港博益出版公司 1995 年版。

1996 年

079.《空中爆炸》（短篇小说），《大家》1996 年第 2 期。

080.《蹦蹦跳跳的游戏》（短篇小说），《大家》1996 年第 2 期。

081.《强劲的想象产生事实》（随笔），《作家》1996 年第 2 期。

082.《三岛由纪夫的写作与生活》（随笔），《作家》1996 年第 2 期。

083.《新年第一天的文学对话——关于〈许三观卖血记〉及其它》（余华、潘凯雄访谈），《作家》1996 年第 3 期。

084.《长篇小说的写作》（随笔），《当代作家评论》1996 年第 3 期。

085.《谁是我们共同的母亲》（随笔），《天涯》1996 年第 4 期。

086.《叙述中的理想》(随笔),《青年文学》1996年第5期。(此文之后又发表在《当代文坛报》1997年5—6期,见第101条。)

087.《若即若离的城市》(随笔),《青年文学》1996年第5期。

088.《叙事：掘进自我的存在》(余华、林舟谈话录),《东海》1996年第8期。

089.《我的故事》(即后来的《我胆小如鼠》)(中篇小说),《东海》1996年第9期。

090.《为什么没有音乐》(短篇小说),《人民文学》1996年第11期。

091.《布尔加科夫与〈大师和玛格丽特〉》(随笔),《读书》1996年第11期。

092.《结构余华》,《北京青年报》1996年5月7日。

093.《许三观卖血记》,江苏文艺出版社1996年版。

094.《河边的错误》(小说集),长江文艺出版公司1996年版。

095.《许三观卖血记》(繁体字版),香港博益出版公司1996年版。

096.《许三观卖血记》(繁体字版),台湾麦田出版公司1996年版。

097.(英文)《往事与刑罚》(小说集),美国夏威夷大学出版公司1996年版。

1997年

098.《黄昏里的男孩》(短篇小说),《作家》1997年第1期。

099.《奢侈的厕所》(散文),《长城》1997年第1期。

100.《我所不认识的王蒙》(散文),《时代文学》1997年第6期。

101.《叙述中的理想》(随笔),《当代文坛报》1997年5—6期。(此文最早发表在《青年文学》1996年第5期,见第86条。)

102.《作家与现实》(随笔),《作家》1997年第7期。

103.《我为何写作》(演讲),本文是作者在意大利都灵举办的"远东地区文学论坛"的演讲稿(1997年11月),后收录《我能否相信自己》,人民日报出版社1998年版。

104.《许三观卖血记》（繁体字版），台湾麦田出版公司 1997 年版。

105.（法文）《许三观卖血记》，法国 ACTES SUD 出版公司 1997 年版。

106.（意大利文）《活着》，意大利 DONZELLI 出版公司 1997 年版。

107.（意大利文）《折磨》（小说集），意大利 EINAUDI 出版公司 1997 年版。

108.（韩文）《活着》，韩国绿林出版公司 1997 年版。

1998 年

109.《医院里的童年》（随笔），《华夏记忆》1998 年第 1 期。

110.《包子和饺子》（随笔），《华夏记忆》1998 年第 2 期。

111.《博尔赫斯的现实》（随笔），《读书》1998 年第 5 期。

112.《契诃夫的等待》（随笔），《读书》1998 年第 7 期。

113.《我能否相信自己——在香港中文大学的演讲》（演讲），《作家》1998 年第 8 期。

114.《眼睛和声音——关于心理描写之一》（随笔），《读书》1998 年第 11 期。

115.《内心之死——关于心理描写之二》（随笔），《读书》1998 年第 12 期。

116.《我能否相信自己》（随笔集），北京人民日报 1998 年版。

117.《许三观卖血记》，南海出版公司 1998 年版。

118.《活着》，南海出版公司 1998 年版。

119.《黄昏里的男孩》（小说集）（繁体字版），香港明报出版公司 1998 年版。

120.（德文）《活着》，德国 Klett-Cotta 出版公司 1998 年版。

121.（意大利文）《在细雨中呼喊》，意大利 DONZELLI 出版公司 1998 年版。

122.（韩文）《许三观卖血记》，韩国绿林出版公司 1998 年版。

1999 年

123.《文学和文学史》(随笔)，《读书》1999 年第 1 期。

124.《音乐的叙述》(随笔)，《收获》1999 年第 1 期。

125.《音乐影响了我的写作》(随笔)，《音乐爱好者》1999 年第 1 期。

126.《"我只要写作，就是回家" ——与作家杨绍斌的谈话》(访谈)，《当代作家评论》1999 年第 1 期。

127.《高潮》(随笔)，《收获》1999 年第 2 期。

128.《"我不喜欢中国的知识分子"》(访谈)，《作家》1999 年第 2 期。

129.《永远活着》(访谈)，《作家》1999 年第 2 期。

130.《否定》(随笔)，《收获》1999 年第 3 期。

131.《色彩》(随笔)，《收获》1999 年第 4 期。

132.《父子之战》(随笔)，《华夏记忆》1999 年第 4 期。(此文之后又发表在《视野》2000 年第 5 期，见第 159 条。)

133.《灵感》(随笔)，《收获》1999 年第 5 期。

134.《字与音》(随笔)，《收获》1999 年第 6 期。

135.《时差》(随笔)，《南方周末》1999 年 7 月 16 日。

136.《温暖和百感交集的旅程》(随笔)，《读书》1999 年第 7 期。

137.《八问余华》(余华、黄少云谈话录)，《女友》1999 年第 7 期。

138.《余华——有一种标准在后面隐藏着》(王永午、余华访谈录)，《中国青年报》1999 年 9 月 3 日。

139.《卡夫卡和 K》(随笔)，《读书》1999 年第 12 期。

140.《黄昏里的男孩》(小说集)，新世界出版社 1999 年版。

141.《我胆小如鼠》(小说集)，新世界出版社 1999 年版。

142.《世事如烟》(小说集)，新世界出版社 1999 年版。

143.《鲜血梅花》(小说集)，新世界出版社 1999 年版。

144.《现实一种》(小说集)，新世界出版社 1999 年版。

145.《战栗》(小说集)，新世界出版社 1999 年版。

146.《在细雨中呼喊》，南海出版公司 1999 年版。

147. 《温暖的旅程——影响我的 10 部短篇小说》，新世界出版社 1999 年版。

148. 《我能否相信自己》（随笔集），人民日报出版社 1999 年版。

149. 《2000 年文库·余华卷》（中文繁体字版），香港明报出版公司 1999 年版。

150. （德文）《许三观卖血记》，德国 Klett-Cotta 出版公司 1999 年版。

151. （意大利文）《许三观卖血记》，意大利 EINAUDI 出版公司 1999 年版。

152. （意大利文）《世事如烟》（小说集），意大利 EINAUDI 出版公司 1999 年版。

153. （韩文）《许三观卖血记》，韩国绿林出版公司 1999 年版。

154. （法文）《古典爱情》（小说集），法国 Actes Sud 出版公司 1999 年版。

155. （意大利文）《在细雨中呼喊》，意大利 Donzelli 出版公司 1999 年版。

2000 年

156. 《山鲁佐德的故事》（随笔），《作家》2000 年第 1 期。

157. 《消失的意义》（随笔），《视野》2000 年第 1 期。

158. 《我的一生窄如手掌》（随笔），《莽原》2000 年第 1 期。（此文收入文集时题为《人类的正当研究便是人》）。

159. 《父子之战》（随笔），《视野》2000 年第 5 期。（此文最早发表在《华夏记忆》1999 年第 4 期，见第 132 条。）

160. 《网络和文学》（随笔），《作家》2000 年第 5 期。

161. 《文学和民族——2000 年 6 月 3 日在韩国民族文学作家会议上的演讲》（演讲），《作家》2000 年第 8 期。

162. 《回忆十七年前》（随笔），《北京文学》2000 年第 9 期。

163. 《内心之死》（随笔集），华艺出版社 2000 年版。

164.《高潮》(随笔集),华艺出版社 2000 年版。

165.《鲜血梅花》(小说集),时代文艺出版社 2000 年版。

166.《当代中国文库精读——余华卷》,香港明报出版公司 2000 年版。

167.《活着》(繁体字版),台湾麦田出版公司 2000 年版。

168.(法文)《古典爱情》(小说集),法国 ACTES SUD 出版公司 2000 年版。

169.(韩文)《世事如烟》(小说集),韩国绿林出版公司 2000 年版。

170.(韩文)《我没有自己的名字》(小说集),韩国绿林出版公司 2000 年版。

2001 年

171.《没有边界的写作——读胡安·鲁尔福》(随笔),《小说界》2001 年第 1 期。

172.《文学不衰的秘密》(余华、张英访谈录),《大家》2001 年第 2 期。

173.《灵魂饭》(随笔),《上海文学》2001 年第 5 期。

174.《午门广场之夜》(随笔),《北京青年报》2001 年 6 月 25 日。

175.《文学:走过先锋之后——余华访谈》,《羊城晚报》2001 年 12 月 12 日。

176.《我的第一份工作》(随笔),《榕树下》(网站) 2001 年版。

177.《现实一种:余华中短篇小说集》(上、下),青海人民出版社 2001 年版。

178.《中国当代作家选集丛书——余华卷》,人民文学出版社 2001 年版。

179.《当代中国小说名家珍藏版——余华卷》,文化艺术出版社 2001 年版。

2002 年

180. 《小说的世界》(演讲),《天涯》2002 年第 1 期。

181. 《文学不是 "内分泌"》(汪跃华、余华访谈录),《文汇读书周报》2002 年 3 月 8 日。

182. 《文学与记忆》(随笔),《文学报》2002 年 3 月 14 日。

183. 《我的文学道路——在苏州大学 "小说家讲坛" 上的讲演》(演讲),《当代作家评论》2002 年第 4 期。

184. 《一个人的记忆决定了他的写作方向》(访谈),《当代作家评论》2002 年第 4 期。

185. 《这只是千万个卖血故事中的一个》(随笔)(作者为《许三观卖血记》英文版所写的前言),《当代作家评论》2002 年第 5 期。(期刊上无原文)

186. 《自述》(随笔),《小说评论》2002 年第 4 期。

187. 《叙述的力量》(叶立文、余华访谈录),《小说评论》2002 年第 4 期。

188. 《这只是千万个卖血故事中的一个》(随笔)(作者为《许三观卖血记》英文版所写的前言),《读书》2002 年第 7 期。

189. 《灵魂饭》(随笔集),南海出版公司 2002 年版。

190. 《说话》(演讲录),春风文艺出版社 2002 年版。

191. 《我没有自己的名字》(小说集),云南人民出版社 2002 年版。

192. 《许三观卖血记》(繁体字版),台湾麦田出版公司 2002 年版。

193. 《我能否相信自己》(随笔集)(繁体字版),台湾远流出版公司 2002 年版。

194. 《灵魂饭》(随笔集)(繁体字版),台湾远流出版公司 2002 年版。

195. (日文)《活着》,日本角川书店 2002 年版。

196. (越南文)《活着》,越南文学出版公司 2002 年版。

2003 年

197.《〈说话〉自序》(随笔),《当代作家评论》2003 年第 1 期。

198.《朋友》(短篇小说),《小说界》2003 年第 2 期。

199.《什么是爱情》(随笔),《作家》2003 年第 2 期。

200.《歪曲生活的小说》(随笔),《作家》2003 年第 2 期。

201.《可乐和酒》(随笔),《散文百家》2003 年第 2 期。

202.《朱德庸漫画中的爱情》(随笔),《中国青年报》2003 年 5 月 7 日。

203.《朋友》(小说集),江苏文艺出版社 2003 年版。

204.《没有一条道路是重复的》(随笔集)(繁体字版),台湾远流出版公司 2003 年版。

205.《黄昏里的男孩》(小说集)(繁体字版),台湾麦田出版公司 2003 年版。

206.《我胆小如鼠》(小说集)(繁体字版),台湾麦田出版公司 2003 年版。

207.《世事如烟》(小说集)(繁体字版),台湾麦田出版公司 2003 年版。

208.《战栗》(小说集)(繁体字版),台湾麦田出版公司 2003 年版。

209.(英文)《活着》,美国兰登书屋 2003 年版。

210.(英文)《许三观卖血记》,美国兰登书屋 2003 年版。

211.(德文)《许三观卖血记》,德国 GOLDMANN 出版公司 2003 年版。

212.(法文)《在细雨中呼喊》,法国 ACTES SUD 出版公司 2003 年版。

213.(意大利文)《世事如烟》(小说集),意大利 EINAUDI 出版公司 2003 年版。

214.(荷兰文)《许三观卖血记》,荷兰 DE GEUS 出版公司 2003 年版。

215.(挪威文)《往事与刑罚》(小说集),挪威 Tiden Norsk Forlag 出版公司 2003 年版。

216.(韩文)《在细雨中呼喊》,韩国绿林出版公司 2003 年版。

2004 年

217.《文学中的现实》(随笔),《上海文学》2004 年第 5 期。

218.《远行的心灵》(访谈),《花城》2004 年第 5 期。

219.《韩国的眼睛》(随笔),《中外书摘》2004 年第 5 期。

220.《阅读、音乐与小说创作》(访谈),《作家》2004 年第 11 期。

221.《音乐影响了我的写作》(随笔集),上海文艺出版社 2004 年版。

222.《没有一条道路是重复的》(随笔集),上海文艺出版社 2004 年版。

223.《温暖和百感交集的旅程》(随笔集),上海文艺出版社 2004 年版。

224.《我胆小如鼠》(小说集),上海文艺出版社 2004 年版。

225.《世事如烟》(小说集),上海文艺出版社 2004 年版。

226.《鲜血梅花》(小说集),上海文艺出版社 2004 年版。

227.《在细雨中呼喊》,上海文艺出版社 2004 年版。

228.《活着》,上海文艺出版社 2004 年版。

229.《强劲的想象产生事实》(随笔集),上海文艺出版社 2004 年版。

230.《黄昏里的男孩》(小说集),上海文艺出版社 2004 年版。

231.《战栗》(小说集),上海文艺出版社 2004 年版。

232.《许三观卖血记》,上海文艺出版社 2004 年版。

233.《现实一种》(小说集),上海文艺出版社 2004 年版。

234.《许三观卖血记》,人民文学出版社 2004 年版。

235.《呼喊与细雨》(繁体字版),台湾麦田出版公司 2004 年版。

236.《许三观卖血记》(繁体字版),台湾麦田出版公司 2004 年版。

237.《鲜血梅花》(小说集)(繁体字版),台湾麦田出版公司 2004 年版。

238.《战栗》(小说集)(繁体字版),台湾麦田出版公司 2004 年版。

239.《现实一种》(小说集)(繁体字版),台湾麦田出版公司 2004 年版。

240.(意大利文)《世事如烟》(小说集),意大利 Einaudi 出版公司 2004 年版。

241.(荷兰文)《许三观卖血记》,荷兰 DE GEUS 出版公司 2004 年版。

242.(韩文)《在细雨中呼喊》,韩国绿林出版公司 2004 年版。

243. （英文）《许三观卖血记》美国兰登书屋 Anchor Books 出版公司 2004 年版。

244. （德文）《许三观卖血记》，德国 btb 出版公司 2004 年版。

245. （法文）《许三观卖血记》，法国 Babel 出版社 2004 年版。

2005 年

246. 《奥克斯福的威廉·福克纳》（随笔），《上海文学》2005 年第 3 期。

247. 《西·伦茨的〈德语课〉》（随笔），《上海文学》2005 年第 3 期。

248. 《致保罗先生》（随笔），《作家》2005 年第 4 期。

249. 《文学作品中有跳动的心脏》（随笔），《编辑学刊》2005 年第 5 期。

250. 《一个作家的力量》（随笔），《小说界》2005 年第 6 期。

251. 《余华：〈兄弟〉这十年》（余华、张英谈话录），《作家》2005 年第 11 期。

252. 《兄弟》（上）（长篇小说），《收获·长篇专号》2005 年秋冬卷（有删节）。

253. 《余华：我能够对现实发言了》（余华、张英、王琳琳谈话录），《南方周末》2005 年 9 月 8 日。

254. 《读程永新的小说》（随笔），《新民晚报》2005 年 2 月 6 日。

255. 《兄弟》（上），上海文艺出版社 2005 年版。

256. 《兄弟》（上下）（繁体字版），台湾麦田出版公司 2005 年版。

257. 《活着》（繁体字版），台湾麦田出版公司 2005 年版。

258. （越南文）《古典爱情》（小说集），越南文学出版公司 2005 年版。

259. （越南文）《活着》，越南出版 2005 年版。

260. （法文）《古典爱情》（小说集），法国 Babel 出版社 2005 年版。

2006 年

261. 《大仲马的两部巨著》（随笔），《编辑学刊》2006 年第 1 期。

262. 《兄弟》（下）（长篇小说），《收获》2006 年第 2—3 期。

263. 《回到现实，回到存在——关于长篇小说〈兄弟〉的对话》（洪治纲、余华访谈录），《南方文坛》2006 年第 3 期。

264. 《〈兄弟〉夜话》（余华、严峰访谈录），《小说界》2006 年第 3 期。

265. 《执着阅读》（随笔），《大学时代》2006 年第 4 期。

266. 《余华现在说》（余华 / 张英、宋涵对话录），《南方周末》2006 年 4 月 27 日。

267. 《余华：争议不是坏事》（余华、吴虹飞、李鹏访谈录），《南方人物周刊》2006 年 4 月 11 日。

268. 《古典爱情》（小说集），人民文学出版社 2006 年版。

269. 《兄弟》（下），上海文艺出版社 2006 年版。

270. 《鲜血梅花》（繁体字版），台湾麦田出版公司 2006 年版。

271. 《兄弟》（下）（繁体字版），台湾麦田出版公司 2006 年版。

272. 《现实一种》（小说集）（繁体字版），台湾麦田出版公司 2006 年版。

273. 《鲜血梅花》（小说集）（繁体字版），台湾麦田出版公司 2006 年版。

274. 《战栗》（小说集）（繁体字版），台湾麦田出版公司 2006 年版。

275. （法文）《一九八六年》（小说集），法国 Actes Sud 出版公司 2006 年版。

276. （法文）《许三观卖血记》，法国 ACTES SUD 出版公司 2006 年版。

277. （瑞典文）《活着》，瑞典 Ruin 出版公司 2006 年版。

278. （越南文）《兄弟》（上，下），越南人民公安出版公司 2006 年版。

279. （越南文）《许三观卖血记》，越南人民公安出版公司 2006 年版。

280. （葡萄牙文）《活着》，巴西 COMPANHIA DAS LETRAS 出版公司 2006 年版。

281. （韩文）《兄弟》（上下），韩国人文主义出版公司 2006 年版。

2007 年

282. 《三十岁后读鲁迅》（演讲），《青年作家》2007 年第 1 期。

283. 《文学不是空中楼阁——在复旦大学的演讲》(演讲),《文艺争鸣》2007 年第 2 期。

284. 《录像带电影》(散文),《西湖》2007 年第 2 期。

285. 《日本印象》(散文),《西湖》2007 年第 2 期。

286. 《"混乱"与我们时代的美学》(访谈),《上海文学》2007 年第 3 期。

287. 《飞翔和变形——关于文学作品中的想象之一》(演讲),《收获》2007 年第 5 期。(此文之后又发表在《文艺争鸣》2009 年第 1 期,见第 328 条。)

288. 《我们生活在巨大的差距里》(演讲),《读书》2007 年第 9 期。

289. 《从大仲马说起》(随笔),《西部》2007 年第 11 期。

290. 《阅读与写作》(随笔),《上海文学》2007 年第 12 期。

291. 《我能否相信自己》(随笔集),明天出版社 2007 年版。

292. 《活着》(繁体字版),台湾麦田出版公司 2007 年版。

293. (英文)《在细雨中呼喊》,美国兰登书屋 Anchor Books 出版公司 2007 年版。

294. (瑞典文)《许三观卖血记》,瑞典 Ruin 出版公司 2007 年版。

295. (希伯来文)《许三观卖血记》,以色列 Am Oved 出版公司 2007 年版。

296. (韩文)《兄弟》(合集),韩国人文主义出版公司 2007 年版。

297. (韩文)《我没有自己的名字》(小说集),韩国绿林出版公司 2007 年版。

298. (韩文)《活着》,韩国绿林出版公司 2007 年版。

299. (韩文)《许三观卖血记》,韩国绿林出版公司 2007 年版。

300. (印度马拉雅拉姆文)《活着》,印度印度 D C BOOKS 出版社 2007 年版。

301. (捷克文)《许三观卖血记》,捷克 Dokoran 出版社 2007 年版。

2008 年

302. 《我写下了中国人的生活——答美国批评家 William Marx 问》（访谈），《作家》2008 年第 1 期。

303. 《流行音乐的力量》(随笔)，《视野》2008 年第 2 期。

304. 《轻盈的才华》(随笔)，《作家》2008 年第 4 期。

305. 《伊恩·麦克尤恩后遗症》(随笔)，《作家》2008 年第 8 期。

306. 《中国早就变化了》(随笔)，《作家》2008 年第 8 期。

307. 《鲜血梅花》(小说集)，作家出版社 2008 年版。

308. 《战栗》(小说集)，作家出版社 2008 年版。

309. 《现实一种》(小说集)，作家出版社 2008 年版。

310. 《世事如烟》(小说集)，作家出版社 2008 年版。

311. 《我胆小如鼠》(小说集)，作家出版社 2008 年版。

312. 《黄昏里的男孩》(小说集)，作家出版社 2008 年版。

313. 《音乐影响了我的写作》(随笔集)，作家出版社 2008 年版。

314. 《没有一条道路是重复的》(随笔集)，作家出版社 2008 年版。

315. 《活着》，作家出版社 2008 年版。

316. 《许三观卖血记》，作家出版社 2008 年版。

317. 《兄弟》，作家出版社 2008 年版。

318. 《在细雨中呼喊》，作家出版社 2008 年版。

319. (法文)《兄弟》，法国 Actes Sud 出版公司 2008 年版。

320. (日文)《兄弟》，日本文艺春秋出版公司 2008 年版。

321. (法文)《活着》，法国 Actes Sud 出版公司 2008 年版。

322. (越南文)《在细雨中呼喊》，越南出版 2008 年版。

323. (韩文)《灵魂饭》(随笔集)，韩国出版 2008 年版。

324. (德文)《活着》，德国 btb 出版公司 2008 年版。

325. (意大利文)《兄弟》(上)，意大利 Feltrinelli 出版公司 2008 年版。

326. (葡萄牙文)《活着》，巴西 Companhia das Letras 出版公司 2008 年版。

327.（意大利文）《活着》，意大利 Feltrinelli 出版社 2008 年版。

2009 年

328.《飞翔和变形——关于文学作品中的想象之一》（随笔），《文艺争鸣》2009 年第 1 期。（此文最早发表在《收获》2007 年第 5 期，见第 287 条。）

329.《生与死，死而复生——关于文学作品中的想象之二》（随笔），《文艺争鸣》2009 年第 1 期。

330.《细节的合理性》（随笔），《文艺争鸣》2009 年第 6 期。

331.《两位学者的肖像——读马悦然的〈我的老师高本汉〉》（随笔），《作家》2009 年第 10 期。

332.《被遗忘的革命》（随笔），《纽约时报》2009 年 5 月 31 日。

333.《西北风呼啸的中午》（短篇小说），《明报月刊》2009 年版。

334.《"八〇后作家在对社会撒娇"》（访谈），《羊城晚报》2009 年 12 月 6 日。

335.《许三观卖血记》，人民文学出版社 2009 年版。

336.《间奏：余华的音乐笔记》（随笔集），江苏文艺出版社 2009 年版。

337.《呼喊与细雨》（繁体字版），台湾麦田出版公司 2009 年版。

338.（英文）《兄弟》，美国 Pantheon 出版公司 2009 年版。

339.（英文）《兄弟》，英国麦克米伦公司 2009 年版。

340.（英文）《兄弟》，香港 PicadorAsia 2009 年版。

341.（英文）《兄弟》，美国 Recorded BooksLLC（Audio）2009 年版。

342.（意大利文）《兄弟》（下），意大利 Feltrinelli 出版公司 2009 年版。

343.（德文）《兄弟》，德国 Fischer 出版公司 2009 年版。

344.（西班牙文）《兄弟》，西班牙 Seix Barral 出版公司 2009 年版。

345.（法文）《十八岁出门远行》（小说集），法国 Actes Sud 出版公司 2009 年版。

346. （韩文）《炎热的夏天》，韩国文学村庄出版社 2009 年版。

347. （塞尔维亚语）《活着》，Beograd: Geopoetika 出版公司 2009 年版。

348. （意大利文）《活着》，意大利 Feltrinelli 出版公司 2009 年版。

349. （斯洛伐克文）《兄弟》，斯洛伐克 Marencin PT 出版公司 2009 年版。

350. （泰文）《活着》，泰国 NanmeeBooks 出版社 2009 年版。

351. （泰文）《许三观卖血记》，泰国 NanmeeBooks 出版社 2009 年版。

352. （泰文）《兄弟》，泰国 NanmeeBooks 出版社 2009 年版。

353. （匈牙利文）《兄弟》，匈牙利 Magveto 出版社 2009 年版。

2010 年

354. 《一个记忆回来了》（随笔），《文艺争鸣》2010 年第 1 期。

355. 《当德国成为领跑者》（随笔），《京华时报》2010 年 7 月 6 日。

356. 《我想写出一个国家的疼痛》（王侃、余华访谈录），《东吴学术》2010 年创刊号。

357. 《活着》，作家出版社 2010 年版。

358. 《兄弟》，作家出版社 2010 年版。

359. 《鲜血梅花》（小说集），作家出版社 2010 年版。

360. （英文）《兄弟》，美国 Anchor 出版社 2010 年版。

361. （英文）《兄弟》，英国 PicadorPaperback 2010 年版。

362. （法文）《兄弟》，法国 Babel 出版社 2010 年版。

363. （法文）《十个词汇里的中国》（随笔集），法国 Actes Sud 出版社 2010 年版。

364. （意大利文）《爱情和死亡的故事》，意大利 Hoepli 出版社 2010 年版。

365. （西班牙文）《活着》，西班牙 Seix Barral 出版社 2010 年版。

366. （葡萄牙文）《兄弟》，巴西 Companhia das Letras 出版社 2010 年版。

367. （日文）《兄弟》，日本文春文库出版社 2010 年版。

368. （韩文）《夏季台风》，韩国文学村庄出版社 2010 年版。

369. （韩文）《一九八六年》，韩国文学村庄出版社 2010 年版。

370. （韩文）《四月三日事件》（中篇小说集），韩国出版社 2010 年版。

2011 年

371. 《文学与经验》（随笔），《文艺争鸣》2011 年第 1 期。

372. 《给塞缪尔．费舍尔讲故事》（随笔），《大方》2011 年第 2 期。

373. 《文学中的现实和想象力》（演讲），《延河》2011 年第 3 期。

374. 《消费的儿子》（随笔），《视野》2011 年第 12 期。

375. 《在细雨中呼喊》，作家出版社 2011 年版。

376. 《许三观卖血记》，作家出版社 2011 年版。

377. 《余华精选集》，北京燕山出版社 2011 年版。

378. 《许三观卖血记》（繁体字版），台湾麦田出版公司 2011 年版。

379. 《十个词汇里的中国》（随笔集）（繁体字版），台湾麦田出版公司 2011 年版。

380. （英文）《十个词汇里的中国》（随笔集），美国 Pantheon 出版公司 2011 年版。

381. （越南文）《活着》，越南人民公安出版社 2011 年版。

382. （越南文）《古典爱情》，越南人民公安出版社 2011 年版。

383. （泰文）《十个词汇里的中国》（随笔集），泰国 NanmeeBooks 出版社 2011 年版。

384. （斯洛伐克文）《兄弟》（下部），斯洛伐克 Marencin PT 出版社 2011 年版。

385. （越南文）《古典爱情》（小说集），越南人民公安出版社 2011 年版。

386.（越南文）《活着》，越南人民公安出版社 2011 年版。

2012 年

387.《我们的安魂曲》（随笔），《全国新书目》2012 年第 3 期。

388.《鲜血梅花》（小说集），作家出版社 2012 年版。

389.《活着》，作家出版社 2012 年版。

390.《许三观卖血记》，作家出版社 2012 年版。

391.《战栗》（小说集），作家出版社 2012 年版。

392.《现实一种》（小说集），作家出版社 2012 年版。

393.《我胆小如鼠》（小说集），作家出版社 2012 年版。

394.《世事如烟》（小说集），作家出版社 2012 年版。

395.《在细雨中呼喊》，作家出版社 2012 年版。

396.《兄弟》，作家出版社 2012 年版。

397.《音乐影响了我的写作》（随笔集），作家出版社 2012 年版。

398.《没有一条道路是重复的》（随笔集），作家出版社 2012 年版。

399.（德文）《十个词汇里的中国》（随笔集），德国 S.FISCHER 出版公司 2012 年版。

400.（英文）《十个词汇里的中国》（随笔集），美国 Anchor 出版公司 2012 年版。

401.（英文）《十个词汇里的中国》（随笔集），美国 Gildan Media（Audio）2012 年版。

402.（英文）《十个词汇里的中国》（随笔集），英国 Duckworth 出版社 2012 年版。

403.（意大利文）《十个词汇里的中国》（随笔集），意大利 Feltrinelli 出版公司 2012 年版。

404.（西班牙文）《十个词汇里的中国》（随笔集），西班牙 Alba 出版公司 2012 年版。

405. （瑞典文）《十个词汇里的中国》（随笔集），瑞典 Natur&Kultur 出版社 2012 年版。

406. （挪威文）《兄弟》，挪威 Aschehoug 出版社 2012 年版。

407. （俄文）《十个词汇里的中国》（随笔集），俄罗斯 AST 出版社 2012 年版。

408. （日文）《十个词汇里的中国》（随笔集），日本河出书房 2012 年版。

409. （韩文）《十个词汇的中国》（随笔集），韩国文学村庄出版社 2012 年版。

2013 年

410. 《〈失忆〉读后》（随笔），《东吴学术》2013 年第 2 期。

411. 《毛泽东很生气》（随笔），《纽约时报》（评论版）2013 年 4 月 11 日。

412. 《鲜血梅花》（小说集），作家出版社 2013 年版。

413. 《活着》，作家出版社 2013 年版。

414. 《许三观卖血记》，作家出版社 2013 年版。

415. 《战栗》（小说集），作家出版社 2013 年版。

416. 《现实一种》（小说集），作家出版社 2013 年版。

417. 《我胆小如鼠》（小说集），作家出版社 2013 年版。

418. 《世事如烟》（小说集），作家出版社 2013 年版。

419. 《在细雨中呼喊》，作家出版社 2013 年版。

420. 《兄弟》，作家出版社 2013 年版。

421. 《黄昏里的男孩》（小说集），作家出版社 2013 年版。

422. 《温暖和百感交集的旅程》（随笔集），作家出版社 2013 年版。

423. 《音乐影响了我的写作》（随笔集），作家出版社 2013 年版。

424. 《没有一条道路是重复的》（随笔集），作家出版社 2013 年版。

425. 《第七天》，北京新星出版社 2013 年版。

426. 《间奏：余华的音乐笔记》（随笔集），江苏文艺出版社 2013 年版。

427.《一九八六年》（作品集），花城出版社 2013 年版。

428.《第七天》（繁体字版），台湾麦田出版公司 2013 年版。

429.《活着》（繁体字版），台湾麦田出版公司 2013 年版。

430.（法文）《十个词汇里的中国》（随笔集），法国 Babel 出版社 2013 年版。

431.（加泰罗尼亚文）《往事与刑罚》，西班牙 Males Herbes Publishing House 出版社 2013 年版。

432.（荷兰文）《兄弟》，荷兰 DE GEUS 出版社 2013 年版。

433.（波兰文）《十个词汇里的中国》（随笔集），波兰 Diaolog 出版社 2013 年版。

434.（日文）《许三观卖血记》，日本河出书房 2013 年版。

435.（德文）《十个词汇里的中国》（随笔集），德国 S.Fischer 出版社 2013 年版。

436.（法文）《十个词汇里的中国》（随笔集），法国出版 2013 年版。

437.（韩文）《难逃劫数》（中篇小说集），韩国出版 2013 年版。

2014 年

438.《小记童庆炳老师》（随笔），《南方文坛》2014 年第 1 期。

439.《鲜血梅花》（小说集），作家出版社 2014 年版。

440.《活着》，作家出版社 2014 年版。

441.《许三观卖血记》，作家出版社 2014 年版。

442.《战栗》（小说集），作家出版社 2014 年版。

443.《现实一种》（小说集），作家出版社 2014 年版。

444.《我胆小如鼠》（小说集），作家出版社 2014 年版。

445.《世事如烟》（小说集），作家出版社 2014 年版。

446.《在细雨中呼喊》，作家出版社 2014 年版。

447.《兄弟》，作家出版社 2014 年版。

448.《黄昏里的男孩》（小说集），作家出版社 2014 年版。

449.《温暖和百感交集的旅程》（随笔集），作家出版社 2014 年版。

450.《音乐影响了我的写作》（随笔集），作家出版社 2014 年版。

451.《没有一条道路是重复的》（随笔集），作家出版社 2014 年版。

452.（英文）《黄昏里的男孩》，美国 Pantheon 出版社 2014 年版。

453.（英文）《黄昏里的男孩》，美国 Anchor 出版社 2014 年版。

454.（法文）《第七天》，法国 Actes Sud 出版社 2014 年版。

455.（西班牙文）《许三观卖血记》，西班牙 Seix Barral 出版社 2014 年版。

456.（捷克文）《活着》，捷克 Verzone s.r.o. 出版社 2014 年版。

457.（俄文）《活着》，俄罗斯 TEXT 出版社 2014 年版。

458.（塞尔维亚文）《许三观卖血记》，塞尔维亚 GEOPOETIKA 出版社 2014 年版。

459.（日文）《第七天》，日本河出书房 2014 年版。

460.（泰文）《第七天》，泰国 NanmeeBooks 出版社 2014 年版。

461.（泰文）《在细雨中呼喊》，泰国 NanmeeBooks 出版社 2014 年版。

462.（印度泰米尔语）《许三观卖血记》，印度 sandhya 出版社 2014 年版。

2015 年

463.《我们生活在巨大的差距里》（杂文集），北京十月文艺出版社 2015 年版。

464.（英文）《第七天》，美国 Pantheon 出版社 2015 年版。

465.（英文）《第七天》，澳大利亚 Text 出版社 2015 年版。

466.（丹麦文）《活着》，丹麦 KLIM 出版社 2015 年版。

467.（俄文）《兄弟》，俄罗斯 TEXT 出版社 2015 年版。

468.（阿拉伯文）《活着》,科威特 Ebdate Alimayia 出版社 2015 年版。

469.（印尼文）《活着》，印尼 PT GRAMEDIA PUSTAKA UTAMA 出版社 2015 年版。

2016 年

470.《阅读的故事》(散文),《收获》2016 年第 2 期。

471.(英文)《第七天》,美国 Anchor 出版社 2016 年版。

472.(德文)《第七天》,德国 S.Fischer 出版社 2016 年版。

473.(意大利文)《第七天》,意大利 Feltrinelli 出版社 2016 年版。

474.(西班牙文)《在细雨中呼喊》,西班牙 Seix Barral 出版社 2016 年版。

475.(葡萄牙文)《活着》,葡萄牙 Relogio d'agua 出版社 2016 年版。

476.(葡萄牙文)《许三观卖血记》,葡萄牙 Relogio d'agua 出版社 2016 年版。

477.(荷兰文)《第七天》,荷兰 DEGEUS 出版社 2016 年版。

478.(瑞典文)《兄弟》,瑞典 Bokstugan Wanzhi 出版社 2016 年版。

479.(挪威文)《第七天》,挪威 Aschehoug 出版社 2016 年版。

480.(丹麦文)《许三观卖血记》,丹麦 KLIM 出版社 2016 年版。

481.(芬兰文)《活着》,芬兰 Aula & Co. 出版社 2016 年版。

482.(斯洛文尼亚文)《活着》,斯洛文尼亚 M.K. Group 出版公司 2016 年版。

483.(捷克文)《第七天》,捷克 Verzone s.r.o. 出版社 2016 年版。

484.(斯洛伐克文)《第七天》,斯洛伐克 Marencin PT 出版社 2016 年版。

485.(俄文)《许三观卖血记》,俄罗斯 TEXT 出版社 2016 年版。

486.(塞尔维亚文)《第七天》,塞尔维亚 GEOPOETIKA 出版社 2016 年版。

487.(罗马尼亚文)《活着》,罗马尼亚 Humanitas 2016 年版。

488.(阿拉伯文)《许三观卖血记》,埃及 ATLAS 出版社 2016 年版。

489.(阿拉伯文)《第七天》,科威特 Ebdate Alimayia 出版社 2016 年版。

490.(土耳其文)《活着》,土耳其 Jaguar Kitap 出版社 2016 年版。

491.（土耳其文）《许三观卖血记》，土耳其 Jaguar Kitap 出版社 2016 年版。

492.（土耳其文）《第七天》，土耳其 alabanda 出版社 2016 年版。

493.（韩文）《我们生活在巨大的差距里》，韩国文学村庄出版社 2016 年版。

494.（挪威文）《兄弟》，挪威 Aschehoug 出版社 2016 年版。

2017 年

495.（德文）《第七天》，德国 S.Fischer 出版社 2017 年版。

496.（瑞典文）《第七天》，瑞典 Bokstugan Wanzhi 出版公司 2017 年版。

497.（丹麦文）《第七天》，丹麦 KLIM 出版公司 2017 年版。

498.（瑞典文）《在细雨中呼喊》，瑞典 Bokstugan Wanzhi 出版社 2017 年版。

499.（德文）《在细雨中呼喊》，德国 S.Fischer 出版社 2017 年版。

500.（西班牙语）《往事与刑罚》（小说集），西班牙 Seix Barral 出版社 2017 年版。

501.（土耳其文）《许三观卖血记》，土耳其 Jaguar Kitap 出版社 2017 年版。

502.（印尼文）《许三观卖血记》，印尼 PT GRAMEDIA PUSTAKA UTAMA 出版社 2017 年版。

后 记

　　我有想编一本余华研究资料的想法,始于 2011 年。原因主要是想为余华研究做一些基础性的工作。最初思路比较庞杂,但在收集资料的过程中,思路逐渐明晰,最终决定首先清理作品版本问题。

　　余华 1980 年开始"创作"意义上的写作,1983 年开始正式发表文学作品,1987 年初发表《十八岁出门远行》一举成名。"余华作品"是目前收录余华作品最全的余华"文集",但 1987 年之前的作品没有收入集子。我认为,从开始写作到最初成名,这是一个作家创作的重要阶段,应该重视。前些年,我开始收集这些散落的作品,并且对它们进行研究,去年终于成文,题为《论余华的早年阅读与初期创作及其关系》,发表在《浙江师范大学学报》2016 年第 3期。但现在看来,成文的时候我对余华早期作品的收集还是有所遗漏,文章显得不是很严谨。

　　收集资料是一个很艰辛的过程。在这次资料搜集过程中,我们同样面临了很多困难,但也能从中收获到发现惊喜时所带来的愉悦。本书所罗列各种余华作品,绝大多数都已经通过各种渠道购得,现均陈列于余华研究中心,满满两大书架。买书的渠道除了京东、当当、亚马逊、澜瑞外文、孔夫子网等网上书店以外,旧书店也是一个很重要的途径。有些书已经很难觅得且贵,比如 1989 年作家出版社出版的余华第一本作品集《十八岁出门远行》,坊间很少,价格惊人，让人难以承受。再是还有很多书，同一个印刷版次就有多个版本，比如封面包装有多个不同的样子，又有精装本和平装本之别，这些情况的存在无疑增加了我们搜集资料的难度，这也是我们目前暂且无法做到全面收集的原因。余华比较早的作品集《河边的错误》，1992 年由长江文艺出版社出版，其实这个文集有精装本和平装本两种版本，精装本印量极少，余华本人都说之前未见过，我们通过了很多周折才得到。余华早年发表在《海盐文艺》中的作品比如《疯孩子》(后来改名为《星星》发表在《北京文学》1984 年第 1 期)，网络和书店是无法购得的，我们最后是在海盐文化馆找到的，据工作人员说那里也仅只有一本。余华有些访谈、小文章，多发表在报纸上，而报纸就更难收集，所以图片只能阙如。

在资料搜集的过程中，不断有盗版书来到我们面前，而且量还比较大，以至最后成为我们"叙录"的重要内容，似乎很有成就，但同时也很"沉痛"。在资料搜集中，我们也参考和借鉴了已有的成果，比如吴义勤主编的《余华研究资料》、洪治纲编的《余华研究资料》等。在编写本书的过程中，我们也有很多新的发现，这种发现是令人很愉悦的。

我们是怀着编写一本余华研究专题工具书的愿望来编写这本书的。需要说明的是，尽管我们一直很用心和努力，但遗漏是在所难免的，特别是外文著作的搜集对我们来说还是有难度的。同时有些资料我们没有找到第一手原物，我们会继续收集资料，准备适当的时候再出修订本，一是弥补过去的缺陷，二是收集新作，增加新的内容。

本书是和我的研究生王晓田一起完成的，在完成的过程中得到余华本人的帮助，这是要特别表示感谢的。

高玉

2016 年 11 月 5 日于浙江师范大学